MATHIAS FREY

EXCESS – Verschwörung zur Weltregierung

TRASCO Verlag

EXCESS
Verschwörung zur Weltregierung

MATHIAS FREY

MIX
Papier aus verantwortungsvollen Quellen
FSC® C014496

5. Auflage 2017
www.trasco-verlag.ch

Cover Design Kit Foster

Die Originalausgabe erschien
unter dem Titel EXCESS © Mathias Frey 2008

Satz und Layout: GGP Media GmbH, Pößneck
Druck und Einband: GGP Media GmbH, Pößneck
Printed in Germany

ISBN 978-3-033-04180-6

Der Inhalt dieses Buches ist frei erfunden.
Personen, Firmen, Organisationen und Behörden sind entweder fiktiv oder in einem fiktiven Zusammenhang verwendet.

Alles, was nicht frei erfunden ist, entspricht voll und ganz der Wahrheit.

EXCESS ist keine Vorhersage, sondern eine Variation aktueller Zeitgeschichte.

The worldstate is the only kind of human future worth having, a future of universal peace, liberty, well-being, unity, and adventure, where all of us live in fraternity and sorority one with another, in a vast and ever-changing world-city that reaches from earth to the stars.

W. Warren Wagar (1932–2004)
Historiker und Futurologe

In Zeiten da Täuschung und Lüge allgegenwärtig sind, ist das Aussprechen der Wahrheit ein revolutionärer Akt!

Eric Arthur Blair (1903–1950, veröffentlichte unter dem Pseudonym George Orwell)
Schriftsteller und Journalist

Nicht dulden, dass der Beschluss der Bösen sich durchsetzt!

Urheber unbekannt

Für die Opfer politischer Visionen

Prolog

Samstag, 10. September 2016

1.20 Uhr. Die Würfel waren gefallen – schon Monate zuvor. Menschen, tausende Meilen entfernt, hatten Entscheidungen getroffen. Existentielle Entscheidungen. Selbst für den zwei Meter großen und sehr sportlichen Tim ›Silk‹ Lewis wäre *wegrennen* jetzt keine Option mehr gewesen.

Nachdem er Don's Bar and Grill, sein abends immer gut frequentiertes Restaurant in Sandrock, einem Tausend-Seelen-Dorf in Nordtexas, aufgeräumt hatte, schloss er die Tür ab. Draußen lockerte er wie nach einem Basketballspiel mit ein paar Dehnübungen seine angespannten Arm- und Nackenmuskeln. Er deutete ein paar Laufschritte an, atmete tief ein und einige Male stoßweise aus und schlenderte dann gemütlich zu seinem Haus, keine hundert Meter von Don's entfernt. Lewis summte ein Lied vor sich hin. Der Umsatz war gut gewesen an diesem Abend und die Gäste hatten sich anständig benommen. Ein paar Auswärtige, Soldaten, die an einem Manöver in Nordtexas teilnahmen, hatten die Kasse zusätzlich klingeln lassen. Zufrieden sog er die kühle, klare Luft in sich auf. Nur das Zirpen der Grillen und das Knirschen seiner Stiefel durchbrachen die Stille der Nacht. Lewis haderte oft mit der Enge und Abgelegenheit von Sandrock – er würde nicht ewig hier bleiben, dafür war er mit seinen dreißig Jahren zu jung. Aber in Momenten wie diesen ließ er die Atmosphäre des absoluten Friedens gern auf sich wirken.

Ein Schmerz, kurz wie ein Nadelstich, durchfuhr ihn, als er an Josephina dachte. Seit ihrem Streit vor einer Woche hatten sie nicht mehr miteinander gesprochen. Hässliche Worte waren gefallen, grundlose Verdächtigungen ausgesprochen worden. Noch immer konnte er sich nicht dazu durchringen, sie anzurufen oder mit seinem Pick-up ins nur fünfundvierzig Meilen entfernte Amarillo zu fahren. Er schloss die Augen und glaubte, den süßen Duft ihrer Haut zu riechen. Ein Glücksgefühl machte sich in ihm breit. Morgen, spätestens übermorgen, würde er über seinen Schatten springen und sich bei ihr melden. Er würde ihr vorschlagen, sich im Bourbonstreet Café in Amarillo zu treffen, um ihre Versöhnung zu feiern. Dort hatten sie sich vor einem Jahr kennen gelernt. Lächelnd schloss er die Tür zu seinem Haus auf.

Er zog Cowboystiefel, Jeans und T-Shirt aus, holte sich ein Bier aus dem Kühlschrank und schaltete seinen neuen Fernseher ein. Ziellos und gedankenverloren zappte er durchs Programm und leerte das Bier mit schnellem Zug. Da niemand in Hörweite war, unterdrückte er den lauten Rülpser nicht. Er zerquetschte die leere Bierdose mit einer Hand und warf sie zielsicher quer durch den Raum in den an der Wand angebrachten Basketballkorb, worauf sie scheppernd im Eimer darunter landete, und ging unter die Dusche.

Gut zehn Minuten später – er war zwar sehr müde, aber von der Arbeit immer noch zu aufgekratzt, um schlafen zu gehen – holte er ein zweites Bier und setzte sich mit einem Handtuch um die Hüften vor den Fernseher. Wieder schaltete er sich durch Dutzende von Sendern, bis er an der gerade laufenden Wiederholung der Late Night Show auf NBC hängen blieb. Von dieser Sendung würde er sich einschläfern lassen und dann ins Bett verschwinden.

Er hatte noch nicht einmal über den ersten Witz lachen können, als der Bildschirm plötzlich schwarz wurde und eine sonore Männerstimme mit »This is NBC Breaking News« das Programm unterbrach. Wie aus Marmor gemeißelte Buchstaben drehten sich vor dem schwarzen Hintergrund und formierten sich zu *Breaking News*, begleitet von dunkel dröhnenden Orgeltönen. Für einen Moment, weniger als eine Sekunde, sah Lewis das Gesicht einer schwarzen Nachrichtensprecherin. Sofort verschwand das Bild wieder und zum zweiten Mal innerhalb einer Viertelminute wurde dramatisch mit »This is NBC Breaking News«, rotierenden Marmorbuchstaben und dröhnenden Orgeltönen eine Eilmeldung angekündigt.

Die haben wohl die Technik nicht im Griff, dachte Lewis. Wieder erschien dasselbe Nachrichtenstudio, diesmal aber saß die bekannte Judith Roth hinter dem Newsdesk. Lewis stutzte kurz, vergaß dann aber sofort seine Verwunderung über den schnellen Wechsel der beiden Sprecherinnen, als er das Geschehen am Bildschirm verfolgte.

»Meine Damen und Herren, wir unterbrechen hier unser Programm wegen aktueller Entwicklungen in Europa. Ich bin Judith Roth und berichte live vom NBC Breaking News Desk in New York City.« In diesem Moment wurde im rechten oberen Quadranten des Bildschirms *Tote bei Explosion am Flughafen London-Heathrow* eingeblendet. Gleichzeitig begann am unteren Rand *Breaking News * Explosion fordert Tote in London-Heathrow* durchzulaufen. Es folgte eine zweite, statische Textzeile: *Developing Story * Stay with NBC Breaking News*. Während weniger Sekunden tauchte die Schrift *Judith Roth, NBC Breaking News Desk New York City* auf.

Lewis saß aufrecht in seinem Sessel. Judith Roth hielt ihre rechte Hand ans Ohr, während ihr Anweisungen aus der Regie durchgegeben wurden. Dann blickte sie wieder in die Kamera. »Wie vor wenigen Minuten bekannt wurde, hat sich eine schwere Explosion am Flughafen London-Heathrow ereignet. Nach ersten Informationen sind dabei zahlreiche Menschen getötet und verletzt worden. Da sich die Explosion offenbar in Terminal 3 ereignete, in dem auch Flüge aus den USA ankommen, ist es möglich, dass sich auch amerikanische Staatsbürger unter den Opfern befinden.«

Holy shit!, dachte Lewis. Er zuckte zusammen, als es irgendwo draußen in der Steppe eine mächtige Explosion gab. Die Fenster klirrten in ihren wackligen Rahmen. Er sprang auf, hielt das Handtuch fest, hastete zum Fenster, riss es auf und blickte angestrengt in die dunkle Nacht. Da er nichts sehen konnte, kehrte er zum Sessel zurück und wandte sich wieder dem TV-Geschehen zu. *Hat wohl mit dem Manöver zu tun*, dachte er.

Erneut hörte die Nachrichtensprecherin auf die Stimme aus der Regie, bevor sie fortfuhr: »Direkt aus London ist nun via Telefon unser Korrespondent David Gardner zugeschaltet. David, was können Sie uns zum jetzigen Zeitpunkt sagen?«

Gardner begann mit großer Routine und der für TV-Reporter notwendigen Eloquenz in der Stimme seinen Bericht. »Judith, die Informationen sind noch sehr unvollständig, aber wir wissen, dass sich kurz vor sieben Uhr morgens Lokalzeit London, also vor etwa einer knappen Stunde, im Terminal 3 des Heathrow-Flughafens, dem größten Flughafen der Metropole, eine schwere Explosion ereignet hat. Nach ersten Angaben der Polizei sind dabei mindestens fünfzig Menschen getötet und wahrscheinlich mehr als fünfhundert verletzt worden. Bereits Minuten nach der Explosion wurde der Flugbetrieb eingestellt.« Gardner unterbrach seinen Monolog. Kurze Pause. Leise hörte man ihn sagen: »Kann das jetzt über den Sender gehen? Okay.«

Die Moderatorin blickte mit ernster Miene in die Kamera und wartete.

Gardner setzte seinen Bericht fort. »Wie wir soeben erfahren, wurde in der Zwischenzeit auch der Flugbetrieb an allen anderen Flughäfen von London eingestellt. Scotland Yard und der Inlandgeheimdienst MI5 haben offenbar Hinweise, dass es sich um einen terroristischen Akt handeln könnte. Zurzeit versuchen Rettungskräfte, Ordnung in das Chaos zu bringen und jene Menschen unter den Opfern zu identifizieren, die am dringendsten medizinische Hilfe benötigen. Judith, dies sind die Informationen, die wir zum jetzigen Zeitpunkt haben.«

»Wo genau befinden Sie sich, David?«

»Ich befinde mich gerade in der City von London und wir versuchen mit unserem Team so schnell wie möglich den Ort des Geschehens zu erreichen. Judith?«

»Danke für Ihren ersten Bericht, David. Wie mir die Regie soeben mitteilt, haben wir eine Augenzeugin am Telefon, offenbar eine Passagierin, die sich in Heathrow aufhält und nähere Angaben zum Geschehen machen kann. Hallo, wer ist am Telefon? Bitte sprechen Sie, wir sind landesweit live auf Sendung.«

Eine aufgeregte Stimme mit britischem Akzent war zu hören. »Hier spricht Julia Atkinson.«

»Julia, was hat sich in Heathrow ereignet, was können Sie uns berichten?«

»Es ist schrecklich! Ich bin heute aus den USA in London angekommen, und kurz nachdem ich das Terminal verlassen habe, ich wollte gerade in ein Taxi einsteigen, da gab es einen ungeheuren Knall, so etwas, das kann sich niemand vorstellen.« Die Stimme der Augenzeugin begann zu brechen.

Sie wird gleich einen Heulkrampf bekommen, dachte Lewis.

Die Zeugin riss sich zusammen und erzählte weiter. »Die Glastüren sind zerborsten, und dann kamen schon die ersten Menschen aus dem Terminal. Ein Mann ist direkt vor dem Taxi zusammengebrochen, sein Gesicht war blutüberströmt, und in seinen Armen hielt er den Körper dieses kleinen Jungen.« Ihre Stimme stockte wieder. »Der Junge blutete und sein Kopf hing nach unten, ich weiß nicht, er war nicht mehr bei Bewusstsein, vielleicht ...« Julia Atkinson konnte sich nicht mehr beherrschen und begann haltlos zu weinen.

Lewis glaubte zu hören, wie sie auf den Boden fiel. Dann ertönte ein Klicken und das Schluchzen von Julia Atkinson verschwand. Die Leitung nach London war unterbrochen. Lewis schluckte leer.

Judith Roth, die Nachrichtensprecherin, blickte mit bedauerndem Blick in die Kamera. »Für all jene Zuschauer, die sich gerade erst zugeschaltet haben, eine kurze Zusammenfassung. Um kurz vor sieben Uhr morgens Ortszeit London, also vor etwa einer Stunde ...«

Tim Lewis starrte ungläubig auf den Bildschirm. Der herzzerreißende Zusammenbruch der Augenzeugin hatte ihn mitgenommen. Wieder dachte er an Josephina. Er war kein Weichei, aber jetzt musste er blinzeln, um noch scharf sehen zu können.

»... scheint sich außerdem zu bestätigen, dass es sich um einen terroristischen Akt handelt. Wie soeben gemeldet wurde«, fuhr Judith Roth fort, »wurde in der Nähe des Tatortes ein Bekennerschreiben von einer bisher unbekannten *Kampfgruppe Nine Eleven* gefunden. Nine Eleven jährt sich morgen zum fünfzehnten Mal.« Während sie sprach, flimmerte eine kurze Bildzusammenfassung des 11. September 2001 über den Schirm. Der Einschlag der beiden Flugzeuge ins World Trade Center; eine dunkle Rauchwolke, die aus einem Loch am Pentagon quillt; der Kollaps der beiden Türme in Manhattan; die Wiese mit der Einschlagstelle eines Flugzeugs in Pennsylvania. »... bei denen dreitausend Menschen ums Leben gekommen sind. Die schreckliche Fratze des Terrorismus hat sich nach einer Phase der Ruhe wieder jäh zurückgemeldet.«

Lewis wollte nicht mehr warten. *Jetzt* war der Zeitpunkt, um mit Josephina zu sprechen. Er griff zum Telefon und wählte ihre Nummer in Amarillo.

»Leider kann zur Zeit keine Verbindung zur von Ihnen gewählten Nummer hergestellt werden«, tönte eine Frauenstimme aus dem Hörer. Er drückte auf die Wiederholungstaste. Wieder dieselbe Ansage.

»Verdammt!«, fluchte er ins Telefon. *Vielleicht werden bei der Telefongesellschaft Wartungsarbeiten durchgeführt*, versuchte er sich die Situation zu erklären. Er hätte jetzt so gerne Josephinas Stimme gehört! Morgen früh würde er es wieder probieren. Der Gedanke tröstete ihn.

»Wir schalten nun noch einmal zu David Gardner, der offenbar weitere Informationen hat. David?«

»Judith, ich befinde mich gerade auf dem Weg nach Heathrow, deshalb ist es möglich, dass die Tonqualität nicht optimal ist.« Die Stimme von Gardner klang digital zerhackt, wie bei einer schlechten Netzverbindung. »... wird nun von der Polizei bestätigt, dass es sich um einen Terrorakt handelt. Die Zahl der Opfer wird mittlerweile mit mindestens einhundertfünfzig Toten und siebenhundert Verletzten angegeben.«

Nach einer Viertelstunde wurde Lewis von Müdigkeit übermannt und hörte nur noch Bruchstücke. »... Premierminister wird sich in Kürze an die Öffentlichkeit wenden ... das ganze Gebiet um den Flughafen weiträumig abgesperrt ... nicht sicher, ob wir es bis zum Flughafen schaffen ... eines der schrecklichsten Attentate in der Geschichte Europas ... massive Konsequenzen angekündigt ...«

Dann verlor Lewis den Kampf gegen die Müdigkeit und alles wurde schwarz, als er in seinem Sessel in tiefen Schlaf sank.

I

Fünfzehn Monate vorher …

1

Juni 2015

Für den kurzen Flug von Washington D. C. nach Boston konnte die Global Voyager, der größte Businessjet der Welt, problemlos auf der nur eintausendfünfhundert Meter langen Piste 04 des Reagan National Airport starten. Innen kaum hörbar liefen die beiden Turbinen hoch und setzten das Flugzeug schnell in Bewegung. Arthur Sinshy, stolzer Besitzer des Interkontinentaljets, Abgeordneter des US-Kongress für den 6. Wahlbezirk des Bundesstaates Massachusetts und wie meistens einziger Passagier der G-70, wurde von der Beschleunigung des Jets tief in den bequemen Ledersitz gedrückt. Er blickte durchs Fenster und bemerkte, wie die Sommerhitze die Luft über dem Vorfeld zum Flimmern brachte. Es war ein Freitagnachmittag; für viele Abgeordnete Zeit, nach Hause aufzubrechen.

»Wir werden in fünfzig Minuten in Boston Logan landen«, hatte der Captain den Passagier kurz vor dem Start informiert und hinzugefügt: »Dort wartet bereits Ihr Helikopter.« Er würde Art Sinshy zu seinem Gut bringen, dem Wynth Estate, dreißig Kilometer nordöstlich des Bostoner Flughafens direkt am Atlantik gelegen.

Sinshy atmete tief ein, um den Geruch von Lavendel in sich einzusaugen. Die Stewardess hatte wie immer die Kabine vor dem Start mit einigen Tricks dazu gebracht, zu duften wie eine unberührte Sommerwiese am Chickahominy-Fluss in Virginia. Es fehlte nur das Summen der Bienen.

Nach dem Abheben machte der Jet eine kleine Rechtskurve, um auf dem direktesten Weg Boston anzusteuern. Sinshy beobachtete, wie auf der linken Seite Kapitol und Weißes Haus langsam kleiner wurden und schließlich aus seinem Sichtfeld verschwanden. Was wohl die Präsidentin gerade machte?

»Wie immer ein Wasser?«, erkundigte sich die Stewardess mit der diskreten Zurückhaltung professioneller VIP-Betreuer.

»Nein, heute bitte einen Bourbon on the rocks«, antwortete er lächelnd und zog die Augenbrauen in die Höhe. »Wir haben doch sicher einen schönen Single Malt an Bord?«

»Oh ja«, sie hob übertrieben die Hände in die Höhe, »einen Laphroaig, fünfzehn Jahre.« Sinshy nickte und die Stewardess verschwand leise in der Bordküche.

Der erste Schluck explodierte an seinem Gaumen. Sinshy lehnte sich zufrieden zurück, während er mit der linken Hand den perfekten Sitz seines silbergrauen, welligen Haares überprüfte.

Wie nie zuvor stach ihm ins Auge, dass der Flugweg die Geschichte der Entstehung der USA widerspiegelte – allerdings in umgekehrter Reihenfolge – wie eine Reise mit einer Zeitmaschine: Von der nach dem ersten Präsidenten benannten Hauptstadt Washington, seit 1800 Sitz der Bundesregierung, über Philadelphia, wo 1776 die Unabhängigkeitserklärung unterzeichnet wurde, nach Boston, wo 1773 drei Ladungen Tee der britischen East India Company im Hafenbecken landeten, dorthin verfrachtet von ebenso wütenden wie sezessionswilligen Bostoner Bürgern.

Sinshy blickte mit Staunen auf die vor ihm liegenden handschriftlichen Notizen. Sie waren erst vor wenigen Tagen entstanden und beinhalteten die brisantesten Überlegungen, die er in seinem ganzen Leben angestellt hatte – vielleicht die brisantesten Überlegungen, die *irgendjemand* seit langer Zeit angestellt hatte.

Eugene Moore – einer seiner zahllosen Bekannten – ein Anwalt aus New York und ehemaliger Kongressabgeordneter, war vor einigen Tagen an ihn herangetreten. Sinshy wusste sofort, dass es nicht nur um ein reines Wiedersehen ging. Alle, die sich bei ihm meldeten hatten ein Anliegen. Seine Vermutung stellte sich bald als richtig heraus: Moore berichtete von einer Idee, die er und sein Halbbruder Paul O'Brien, Soziologe an der University of Chicago, nach dem Besuch eines politischen Kongresses in London entwickelt hatten. Dabei drehte es sich – wie so oft in diesen Zeiten – um die Frage einer neuen internationalen Ordnung und wie die USA sich darin einfügen könnte. »Konkret geht es um die Frage der Weltregierung«, hatte ihm Moore bald eröffnet.

»Weltregierung?«, hatte Sinshy mit zynischem Lächeln gefragt. »Ist das nicht ein hässliches Wort? Und ein bisschen abgehangen?«

»Nenn es, wie du willst, Art, auf jeden Fall geht es um das, was früher oder später sowieso kommen wird«, erwiderte Moore.

»Wirklich? Und was hat das mit mir zu tun?« Sinshy lächelte unschuldig.

Moore erzählte weiter. Wie er und sein Halbbruder Paul auf dem Rückflug in die USA sich darüber unterhalten, ja gestritten hatten, ob die Etablierung einer Weltregierung ein realistisches Ziel sei und wie die USA, die nur noch vom Mythos der ehemaligen Weltmacht lebten – marode Infrastruktur, anämische Realwirtschaft, schlechtes internationales Image, Überschuldung, immer schwächerer Dollar – sich in eine neue, eurasisch dominierte Weltordnung eingliedern würden.

»Oh.« Sinshy hob die Augenbrauen. »Die große strategische Linie!«

»Es geht um eine konkrete Frage«, sprach Moore unbeirrt weiter. »Die meisten Menschen in den ländlichen Teilen der Südstaaten sind unter normalen Umständen niemals bereit, die USA in eine internationale Ordnung einzugliedern, wenn das bedeutet, dass Washington Macht abgeben muss. Also hatten wir eine Idee. Neben der schleichenden Entwicklung hin zu einer …«

»Weltregierung?«

»Wie immer man es nennen will.« Moore kniff die Augen zusammen. »Neben der schleichenden Entwicklung kann die eigentliche Schaffung der Weltregierung nur unter großem, akutem Druck geschehen. Wie beispielsweise der 11. September 2001 zum …«

»Patriot Act geführt hat«, vervollständigte Sinshy den Satz.

»Oder Pearl Harbor zum offiziellen Eintritt der USA in den Zweiten Weltkrieg, oder der Reichstagsbrand zu den Ermächtigungsgesetzen.« Moore blickte Sinshy bedeutungsvoll an.

»Schön und gut, aber ich verstehe immer noch nicht.«

»Wir haben uns überlegt, dass man *es ausprobieren müsste!*«, ließ Moore die Bombe platzen. »Um den Eliten der eurasischen Welt die Kompatibilität der USA mit der neuen, wahrscheinlichen und unausweichlichen Weltordnung des 21. Jahrhunderts zu beweisen, muss man einen Feldversuch unternehmen. Ein gesellschaftspolitisches Experiment, in dessen Verlauf die Bewohner einer vollständig isolierten Stadt in den Südstaaten ohne ihr Wissen einem *gefälschten* Nachrichtenszenario ausgesetzt werden, das sich innerhalb einiger Tage von einer Kombination aus Terrorismus und beginnendem Dritten Weltkrieg hin zu einer Lösung entwickelt – der einzigen Lösung, die die Menschheit vor dem Untergang retten kann: Das Ende des Zeitalters der souveränen Staaten zugunsten der Schaffung einer Weltregierung mit globalem Gewaltmonopol.« Unter normalen Umständen, ohne Notstand, würden die Menschen die Notwendigkeit einer Weltregierung nicht verstehen, sie als unpraktikabel, größenwahnsinnig oder schlicht überflüssig zurückweisen. Moore machte zur Erläuterung eine kleine Tour d'Horizon, von den Überlegungen Immanuel Kants über die Schaffung des Völkerbunds nach dem Ersten Weltkrieg, der Absicht einiger an der Gründung der UNO beteiligten Politiker nach 1945, aus der UNO mittelfristig eine Weltregierung zu machen, bis zur Interpretation, die EU sei Ausgangspunkt und Modell für eine globale supranationale Struktur.

Sie vereinbarten, absolutes Stillschweigen über das Gespräch zu wahren. Außerdem sagte Sinshy Moore zu, über die Sache nachdenken zu wollen. *Böse Gedanken,* schoss es Sinshy durch den Kopf. *Kreative Zerstörung*, korrigierte er sich.

Durch das Fenster seines Jets sah Sinshy tief unter sich Philadelphia vorbeiziehen. Nachdenklich blickte er auf die Stadt. *Geschichte entwickelt sich in Schüben.*

Art Sinshy war kein gewöhnlicher Kongressabgeordneter. 1959 als erstes und einziges Kind in Cambridge, Massachusetts in die schwerreiche Sinshy-Dynastie hineingeboren, lernte er schnell, dass einer wie er fast nicht von dieser Welt war – aber in Gegenwart normalsterblicher Menschen gut daran tat, sich zu benehmen, als ob. Seine Vorfahren kamen Mitte des 19. Jahrhunderts aus Irland, wie andere Katholiken argwöhnisch beäugt von den mehrheitlich nicht-katholischen Bewohnern der amerikanischen Kolonien.

Die Sinshys – der Name entstand durch Verheiratung und Anglisierung mit der aus Bayern in die USA eingewanderten Familie Sinzig –, die in Irland in den hundert Jahren vor ihrer Migration nach Amerika erfolgreiche Unternehmer gewesen waren, bewiesen auch in der Neuen Welt ihren Sinn fürs Geschäft. Ein gezielt gewobenes Beziehungsnetzwerk, der notwendige Pragmatismus und ein Gespür für die kommenden Entwicklungen ließen sie bald zu einer der führenden Patrizierfamilien Neuenglands aufsteigen. Seit Mitte des 20. Jahrhunderts stand der Name «Sinshy» in einer Reihe mit den Rockefellers, Mellons, Morgans, Harrimans, Olins und anderen supereinflussreichen Familien der USA.

Nach dem Tod seines Vaters 1989 erbte Sinshy dessen gesamtes Vermögen, in erster Linie drei Viertel der Anteile an der Financial Capital Bank. Im Jahr darauf heiratete er Chantalle Dubois, mit der er seit 1981 liiert war. Sie entstammte einer frankokanadischen Unternehmerfamilie und arbeitete heute erfolgreich als Architektin unkonventioneller Wohnhäuser für eine betuchte Klientel. Arts erste große Liebe, Jeanne Adams, die er verlassen hatte, kurz nachdem er und Chantalle sich zum ersten Mal gesehen hatten, war 2012 zur ersten Präsidentin der USA gewählt worden.

Sinshy hielt nichts davon, sich mit der Arbeit seiner Vorgänger zufriedenzugeben. 1991 gründete er die Headline & Footage Corporation, den inzwischen größten Medienkonzern der USA und drittgrößten weltweit. Niemand kam an diesem Monolith aus Nachrichtenagenturen, TV- und Radiostationen, Kabelgesellschaften, elektronischen Medien und Tages- und Wochenzeitungen vorbei, wenn er in den USA erfolgreich Einfluss auf die öffentliche Meinung ausüben wollte. Krönung des Konzerns war der Sender NBC, den Headline & Footage 2011 erworben hatte.

Sinshy selbst hatte dafür gesorgt, dass Headline & Footage die Präsidentschaftskandidatur seiner Ex-Freundin Jeanne Adams subtil, aber nachhaltig unterstützte. Damit hatte er eine zuverlässige Freundin im Weißen Haus – was wollte man mehr?

Im Jahr 2012 verschob er die größten Teile seines Zehn-Milliarden-Dollar-Vermögens in die Sinshy Foundation und startete eine eigene Karriere als Politiker. Im selben Jahr gewann er den Wahlkampf und war seither Abgeordneter des Kongress. Die Wiederwahl im Jahr 2014 war für ihn nur eine organisatorische Frage gewesen. Während der Einfluss der Neokonservativen in den letzten Jahren stetig abnahm, positionierte sich Sinshy in den USA diskret als die neue Lobby Nummer eins. Die politischen Kommentatoren zeigten sich überzeugt, dass ein Sitz im Kongress für einen wie Sinshy nur eine Durchgangsstation sein konnte.

Wieder blickte er auf seine Notizen und erledigte innerhalb weniger Minuten drei Telefongespräche. Sinshy war bekannt für seinen knappen und intensiven Kommunikationsstil. Er hielt sich nicht lange mit Vorreden und Floskeln auf, sondern kam sofort zur Sache.

Als sich der Jet genau über Brooklyn befand, zwischen dem Kennedy-Flughafen und Manhattan, sah Sinshy auf den 1776 Fuß hohen Freedom Tower. Sein Blick wanderte einige Kilometer weiter nach Norden. Dort, direkt am Ufer des Hudson River, befand sich ein Helikopterlandeplatz. Für Sinshy war er seit 1981 der geografische Angelpunkt seines Lebens.

An einem heißen Nachmittag im Juli 1981 waren er und seine damalige Freundin Jeanne Adams gerade von einem Rundflug zurückgekehrt. Es war der Nachmittag, der sein Leben verändern sollte. Kurz nachdem er ausgestiegen war, landete ein weiterer Hubschrauber. Als dieser aufsetzte, löste sich ein Teil des Heckrotors, schoss mit hoher Geschwindigkeit hautnah an Sinshys Schulter vorbei und riss ihm die linke Halsschlagader auf. Er fiel zu Boden und bemerkte, dass er in einer schnell größer werdenden Blutlache lag. Erst wurde ihm schwindlig, dann verlor er das Bewusstsein. In fiebrigen Träumen hörte er Gott zu sich sprechen, während die Ärzte um sein Leben kämpften.

»Du, Arthur Carrick Sinshy, bist der Fels, auf dem ich mein Reich gründen will!«

Gott hatte ihn fast getötet, um ihn in letzter Minute zu retten. Sicher, die Ärzte hatten hervorragende Arbeit geleistet, erkannte Sinshy an. Aber selbst sie wunderten sich über seine schnelle

Genesung. Nie hatte er mit jemandem über diese Begegnung gesprochen. Jeanne Adams, die drei lange Tage im Krankenhaus darauf gewartet hatte, dass er wieder zu Bewusstsein kam, durchlebte die schlimmste Zeit ihres Lebens. Sie hatten sich 1979 an der Columbia University kennen gelernt und sich sofort verliebt. »Jeanne d'Art« wurde sie von ihren Kommilitonen genannt. Hätte sie damals gewusst, dass Art sie bald wegen einer anderen verlassen und sich Jahrzehnte später zum größten Problem ihrer Präsidentschaft entwickeln würde, vielleicht hätte sie Ungeheuerliches getan, als sie neben seinem Bett auf der Intensivstation darauf wartete, dass er wieder erwachte.

Seit jenem Tag wusste Art Sinshy, was seine Bestimmung war. Nie hatte er versucht, sein Ziel zu schnell – womöglich zur Unzeit – zu erreichen. Immer hatte er darauf vertraut, dass sich irgendwann eine Konstellation ergeben würde, um seinen Auftrag zu erfüllen. Drei lange Jahrzehnte hatte er sich immer höher gearbeitet in der Hierarchie der Mächtigen. Drei Jahrzehnte das Gottes-Diktum nie aus den Augen verloren.

»Du bist der Fels, auf dem ich mein Reich gründen will!«

Nun war der Zeitpunkt gekommen. Die Begegnung mit Eugene Moore, seine ungeheure Idee eines gesellschaftspolitischen Experiments war das Ereignis, auf das Sinshy gewartet hatte. Alles fügte sich nun in ein klares Bild. Wo vorher nichts zu erkennen war, traten jetzt unübersehbar Strukturen hervor – unübersehbar für ihn, Art Sinshy.

Die G-70 befand sich im Anflug auf Boston Logan, als Sinshy die Notizen sorgfältig in der Innentasche seines Jacketts verstaute.

2

Juni 2015

Wieder einmal – es gelang leider viel zu selten – hatte Präsidentin Adams es geschafft, sich am Sonntagvormittag für einige Stunden von ihren Verpflichtungen zu befreien. Mit ihrem Mann Richard saß sie am Esstisch der Residenz im Weißen Haus. Ihre Tochter Barbara, achtzehn Jahre alt und wild entschlossen, die Pubertät noch zu verlängern, wurde vom Secret Service im gesamten Weißen Haus gesucht. Beide, Richard und Barbara, waren am Vorabend in Washington eingetroffen und von einer Eskorte ins Weiße Haus gebracht worden; für eine Präsidentenfamilie wurden die simpelsten Vorgänge zum aufwendigen Staatsakt.

»Nimm doch deinen Vize mit«, meinte Richard, ohne den Blick von seinem Müsli abzuwenden. Wie immer weigerte er sich, seine Pflichten als First Gentleman wahrzunehmen. Ganz Wissenschaftler, hasste er alle Arten von Repräsentation.

»Wie du weißt dürfen wir nicht gemeinsam reisen«, schlug Jeanne den Vorschlag aus und kontrollierte den Sitz ihrer Frisur im Spiegelbild des umgedrehten Löffels. »Aus Sicherheitsgründen.« Für August war ein Staatsbesuch in Europa geplant und die Präsidentin suchte eine persönliche Reisebegleitung, zusätzlich zu den dreihundertfünfzig Personen, die schon auf der Liste standen.

»Es wird schon jemand mitkommen«, versuchte Richard die Diskussion zu beenden.

»Tausende von Amerikanern würden sich darum *reißen*, mitzukommen!«, fing sie wieder an. »Sie würden sich darum reißen, eine so gut aussehende, intelligente Frau zu haben, die Präsidentin ist und im Weißen Haus wohnt. Sie würden ihr überall hin folgen, ohne auch nur ein einziges Mal zu murren. Blind! Sie würden …«

»Darling, bitte!« Richard wiegelte kopfschüttelnd ab.

Es klopfte an der Tür. Ein Agent des Secret Service trat ein. Seine Miene ließ nichts Gutes ahnen.

»Barbara?«, fragte Jeanne in Erwartung einer schlimmen Nachricht.

»Wir haben sie im China Room gefunden«, antwortete er.

»Schön!«, entgegnete sie erleichtert. Immerhin besser als letzten Sommer, als man sie zusammen mit ihrem damaligen Freund, einem Punk mit Nasenring und Lippenpiercing, in letzter Sekunde davon hatte abhalten können, sich halbnackt im Rose Garden zu sonnen. »Und wo ist sie jetzt?«

»Auf ihrem Zimmer.« Noch immer machte der Mann vom Secret Service einen bedrückten Gesichtsausdruck.

»Sagen Sie es mir!« Jeanne wusste, das noch etwas kommen würde.

»Ihre Tochter wollte einen Teller des Chinaporzellans von Franklin Roosevelt aus der Vitrine nehmen. Sie hat erklärt, sie fände ihn sehr schön und wolle ihn hierher bringen, zum Frühstück.«

»Ja und?«

»Dabei ist ihr ein Missgeschick passiert.«

»Was ist kaputt?«

»Nur einige Teller; außerdem drei Tassen und eine Vase, die während der Zeit Harry Trumans im Oval Office stand.«

»Ich hatte dir ja gesagt, dass sie genaue Anweisungen braucht, wie sie sich im Weißen Haus zu verhalten hat«, regte sich Richard auf.

»Ich bitte dich! Sie ist *achtzehn*, soll ich sie vielleicht einsperren?«

»Man hätte sie auch rechtzeitig erziehen können!«

»Was heißt hier *man*? Das Kind ist von dir, falls du es vergessen hast!«

»Du hast ihr zu viel durchgehen lassen.«

Der Mann vom Secret Service blickte unruhig über den Tisch hinweg. Für den Geheimdienst war der Schutz der Präsidententochter ein Albtraum.

Als die matronenhafte schwarze Hebamme am 24. Mai 1960 in Niles/Ohio Jeanne Alexandra Taylor aus dem Geburtskanal geholfen hatte, ahnte sie nichts von der zukünftigen Rolle der Neugeborenen. Vielleicht hätte sie sonst erschrocken »Es ist eine Präsidentin!« gerufen. So aber legte sie das kleine Bündel mit einem lächelnden »Es ist ein Mädchen!« in die Arme ihrer völlig verausgabten, aber überglücklichen Mutter.

Die Taylors waren keine reiche, aber eine wohlhabende Familie. Christina Taylor hatte nach der Geburt ihres ersten Sohnes die Stelle als Primarlehrerin aufgegeben; ihr Mann Ted ernährte die Familie als gut bezahlter Metallurge bei der Republic Steel Corporation. Die amerikanische Stahlindustrie boomte und niemand zweifelte daran, dass es jemals anders sein würde. Eine Generation später ging das Unternehmen Konkurs. Wie viele andere wurde es ein Opfer der Politik der tiefsten Produktionskosten. Doch zu dieser Zeit, Mitte der achtziger Jahre, waren die vier Kinder der Taylors bereits flügge und Ted Taylor konnte sich in die Pension retten.

Jeanne Adams war nicht das erste Kind aus Niles, das einen Lebensweg antrat, der schließlich im Oval Office seinen Höhepunkt finden sollte: Präsident William McKinley, gestorben 1901, nachdem er von zwei Kugeln aus dem Revolver des Anarchisten Leo Czolgosz getroffen wurde, stammte ebenfalls aus der 100 Kilometer westlich von Cleveland gelegenen Kleinstadt.

Durch das damals noch sichere Einkommen ihres Vaters stand der schon als junges Mädchen sehr aufgeweckten und ambitionierten Jeanne der Weg an die höheren Bildungseinrichtungen offen, als sie 1978 die Highschool beendete. Im selben Jahr zog sie nach New York, um das College zu besuchen. Dort lernte sie 1979 Art Sinshy kennen – ihre erste große Liebe. Zwei Jahre lang waren die beiden unzertrennlich.

1981 erwarb sie an der Columbia University den Bachelor in Politologie. Da Sinshy sich kurz vorher von ihr getrennt hatte, worunter sie sehr litt, wechselte sie an die Georgetown University nach Washington D. C. Nach vier Jahren promovierte sie in Internationaler Politik.

Ihr während des Studiums noch weitgehend von Naivität geprägter Idealismus wurde auf praktikable Ausmaße gestutzt, als sie zwei Jahre lang Assistentin im Stab des Nationalen Sicherheitsrates war. 1986 kehrte sie als Dozentin für Internationale Beziehungen an die Georgetown University zurück und trat der Demokratischen Partei bei. Knapp zwei Jahre später heiratete sie den Meeresbiologen Richard Adams. Seit er sie das erste Mal getroffen hatte, war er dem Charme der selbstbewussten, witzigen und sehr rothaarigen Frau hoffnungslos erlegen. Die Anziehung beruhte auf Gegenseitigkeit. 1992 zählte sie zum außenpolitischen Beraterstab der Clinton-Gore-Kampagne. 1997 kam ihre Tochter Barbara zur Welt.

Nach der Verlegung ihres Wohnsitzes nach New York gewann sie 2000 den Teile Manhattans und Queens umfassenden vierzehnten Wahldistrikt und zog in den US-Kongress ein. Am 11. September 2001 und in den folgenden Tagen versuchte sie, den verstörten Bürgern ihres Wahlkreises Halt zu geben. Acht lange Jahre arbeitete sie im Kongress unter dem Zwang, ständig Geld für den nächsten Wahlkampf sammeln zu müssen – eine Wahlperiode dauerte nur zwei Jahre –, ohne ihr politisches Gewissen den aggressiven Lobbyisten vollständig ans Messer zu liefern. Auf die Spenden Art Sinshys konnte sie sich stets verlassen. Er bat sie nie um konkrete Gegenleistungen. Vielleicht hatte er immer noch ein schlechtes Gewissen wegen damals.

Im Sommer 2008 hielt sie beim Konvent der Demokraten die Einführungsrede für Hillary Clinton – trotzdem verlor diese die Wahl, wenn auch nur um wenige tausend Stimmen. Präsident wurde ein Milliardär aus New York.

Ein Jahr später wurde sie zur nationalen Berühmtheit, als sie während der Versorgungskrise, die als *the bred run* in die Geschichte einging, als Ausschussvorsitzende mit dafür sorgte, dass nirgendwo im Land Hungersnöte ausbrachen.

2010 erschien ihr Buch *Warum der nächste Präsident ein Demokrat sein muss.* Beobachter hielten es für einen geschickten Schachzug von Adams, die Geschlechterfrage im ganzen Buch nicht ein einziges Mal zu erwähnen. Das Buch wurde ein Bestseller.

Am 13. November 2012 gaben fast 60 Prozent der Wähler ihre Stimme Jeanne Adams und ihrem Vizepräsidentschaftskandidaten

Ross King aus Florida. Am 20. Januar 2013 legte sie als erste Frau in der Geschichte der USA den Amtseid als Präsidentin ab.

»Und was ist dein neuer Forschungsgegenstand?«, probierte Jeanne wieder ein Gespräch in Gang zu bringen. Sie war enttäuscht über das fehlende Engagement ihres Mannes und stellte sich vor, Richard wäre ein x-beliebiger US-Bürger, der heute mit der Präsidentin frühstücken durfte.

»Dinoflagellaten.«

»Sich gegenseitig auspeitschende Reptilien?« Sie schüttelte den Kopf und wunderte sich über ihren spontanen Humor.

»Algen.« Richard löffelte weiter ohne aufzublicken.

»Nicht, dass du mich mit Details überlastest!« Sie fragte sich, ob er vielleicht eine andere hatte, hielt es aber für wenig wahrscheinlich – Richard interessierte sich nur für Einzeller. Seit zwei Jahren forschte er am ozeanografischen Institut der Universität Hawaii in Honolulu. Nachdem seine Frau gewählt worden war und ihre Tochter in einem Internat in Seattle lebte, musste er auf das Familienleben keine Rücksicht mehr nehmen, man kannte sich ja schon seit Jahrzehnten. Also hatte er die Stelle auf Hawaii angenommen.

Obwohl sie ahnte, wie es enden würde, entschied Jeanne Adams sich für einen weiteren Versuch. Die Berichte über ihre ehelichen Probleme betrafen sie auch als Politikerin. »Früher haben Herrscher ihre Ehepartner in die Verbannung geschickt, wenn sie nicht …«

«Verdammt noch mal, Jeanne!» Richard schob sein Müsli beiseite und warf die Serviette auf den Tisch. »Wir hatten eine klare Vereinbarung: Ich bin kein Politiker und kein First Gentleman und kein Vorzeigeobjekt. Du machst deinen Job und ich meinen – darauf hatten wir uns *gemeinsam* geeinigt!«

»Du hast aber auch *ja* gesagt zu *in guten wie in schlechten Zeiten*. Jetzt ist eine schlechte Zeit – ich bin Präsidentin! Also könntest du dir vielleicht überlegen …«

»Macht ihr schon wieder Stress?« Barbara betrat das Esszimmer, setzte sich an den Tisch und begann, einzelne Stücke aus dem Fruchtsalat zu fingern.

»Barbara!«, spielte Jeanne unübersehbar übertrieben. »Schön, dass du auch kommst!«

»Was war im China Room?«, fragte Richard gereizt.

»Du meinst wegen des Geschirrs?«, erwiderte Barbara. »Das meiste davon war sowieso voll hässlich, aber um den einen Teller tut es mir leid. Er hatte einen schönen roten Rand und so ein Zeichen in der Mitte. Kann man den wohl irgendwo kaufen?« Neugierig sah sie ihre Eltern an.

Die beiden blickten sich an und schüttelten die Köpfe.

»Sicher, in den dreißiger Jahren des letzten Jahrhunderts. Dort kann man ihn kaufen«, erklärte Jeanne.

»Wann wirst du endlich vernünftig? Die Republikaner werden deine Mutter vierteilen, wenn sie von dieser Sache erfahren!«

»Ist doch nicht so tragisch«, gab Barbara schnippisch zurück.

Richard seufzte. Jeanne blickte auf den nackten Bauch ihrer Tochter. Die Hose hing tief; niemand konnte den grell-rosa Slip übersehen. *Wie lange es wohl dauert, bis so eine Pubertät endlich zu Ende geht?* Sie seufzte.

Eigentlich freute sie sich über den Besuch ihrer Familie, aber andererseits: So wie der Vormittag gelaufen war, ahnte sie die Entlastung für ihre Nerven, wenn sie Washington bald wieder verlassen würden. Ein Familienbrunch, wenn er so verlief wie heute, kostete sie mehr Nerven als eine saftige politische Intrige.

Obwohl sie seit über dreißig Jahren in Washington arbeitete, war sie immer wieder überrascht, was alles in dieser Stadt passieren konnte. Politische Intrigen waren dabei noch die harmlosere Manifestation der Tatsache, dass Washington ein Machtzentrum war – zwar kein so mächtiges mehr wie noch im 20. Jahrhundert, aber immer noch eines der wichtigsten der Welt.

Niemals hätte Präsident John Adams es für möglich gehalten, dass die USA – zumindest während einer gewissen Periode – die einzige Weltmacht sein würde, als er im November 1800 als erster Präsident ins Weiße Haus eingezogen war; es glich im Inneren zu diesem Zeitpunkt noch einer großen Baustelle. Hätte man ihm damals gesagt, dass sich zweihundert Jahre später sogar Akademiker zu der Aussage hinreißen lassen würden, die USA seien nur deshalb gegründet worden, um dereinst die Welt zu erobern, er hätte wahrscheinlich schallend gelacht. Zu groß waren zu dieser Zeit die Probleme der noch jungen und sehr unstabilen Republik. Wenigstens hatte man sich formell aus den Klauen des gierigen europäischen Feudalismus gelöst, und das war ein guter Anfang! Zwar ging die Zerstörung Washingtons durch die Briten im Jahr 1814 – sie hatten den Verlust ihrer amerikanischen Kolonien noch nicht verwunden – nicht spurlos am Weißen Haus vorbei, aber immerhin blieben die Außenwände stehen, während das Innere völlig ausbrannte.

Präsidentin Adams hatte ihr Amt in einer Zeit amerikanischer Nemesis angetreten: Das Staatsdefizit betrug im Jahr 2014 zum ersten Mal mehr als eintausend Milliarden Dollar, und das war nur die offizielle Zahl. Überall im Land wucherten Bushvilles – hässliche Zelt- und Containerstädte, die nach dem Immobiliencrash während der Amtszeit von George W. Bush wie Pilze aus dem Boden schossen. Adams ahnte nicht, dass pubertierende und sich verweigernde Familienmitglieder, die üblichen politischen Intrigen, die in unregelmäßigen Abständen von Washingtoner Dächern fallenden Geheimnisträger oder die gesellschaftlichen, wirtschaftlichen und finanziellen Probleme der USA *nichts* waren im Vergleich zu dem, was in den nächsten fünfzehn Monaten auf sie und die USA zukommen würde. Ihre Präsidentschaft wackelte vor sich hin. Als Verwalterin des Notstandes gefiel sie sich keineswegs, aber noch konnte sie sich nicht entscheiden, von ihrer passiven Rolle in eine aktive zu wechseln. Als Kongressabgeordnete hatte sie gelernt, sich bedeckt zu halten. Als Präsidentin entwickelte sie daraus eine Kunst, leider mit der Folge, dass sie selbst nicht wirklich wusste, was sie eigentlich wollte.

Nach kurzem Nachdenken entschied sie sich, wenigstens was ihre Familie betraf, zu einschneidenden Maßnahmen.

»Richard, du wirst mich auf der Reise nach Europa begleiten. Ich erwarte von dir, dass du dich entsprechend organisierst. Das ist wohl kein …«

»Nein, ich habe dir gesagt …«

»Und ich sage dir, dass ich jetzt als Präsidentin spreche!«

»Jeanne?!«

Sie blickte mit zusammengekniffenen Augen zu ihrer Tochter. »Und du ziehst sofort was Anständiges an, haben wir uns verstanden?!«

»Mom, ich bin achtzehn, was soll …«

»Achtzehn? Alt genug für Guantanamo. Also, keine Widerrede!«

3

Sonntag, 16. August 2015

»Um Gottes Willen, du Barbar!« Eugene Moore schlug die Hände über seiner Glatze zusammen, bevor er seinem Halbbruder Paul O'Brien das Messer aus der Hand riss.

»Was ...?«, stammelte Paul entgeistert.

»Hast du schon jemals im Leben eine Frühlingszwiebel geschnitten?« Eugene schüttelte den Kopf und blickte Paul vorwurfsvoll an. Er schob ihn beiseite und zerteilte das Gemüse schnell in kleine Scheiben. Paul verdrehte die Augen. Keine Frage – sein Bruder war der bessere Koch, aber: Es war nur eine Zwiebel!

Obwohl ihn sein ausladender Bauch in seiner Beweglichkeit einschränkte, tanzte Eugene Moore mit erstaunlicher Eleganz in der Küche seines Apartments an der Upper West Side am Central Park hin und her. Alle Zutaten zum kreolischen Hühnchen-Eintopf lagen militärisch ausgebreitet da und warteten auf ihre sorgfältige Zubereitung. Creole Chicken Gumbo *per se* war kein Gourmet-Gericht, aber Eugene zauberte eins daraus. Pauls Umgang mit der Zwiebel grenzte für seinen Halbbruder an ein Sakrileg. Zum Glück hatte er es noch verhindern können.

»Setz dich hin.« Eugene wies mit der Spitze seines Solinger Messers – handgefertigt, lebenslange Garantie, sündhaft teuer – in Richtung des kleinen Ecktischs. Paul hielt sich an seinem Wein fest und nahm seufzend Platz, er hatte mit Kochen nicht viel am Hut. In der ganzen Küche breitete sich ein Aroma aus – Hühnerbrühe, Thymian, Petersilie, Knoblauch, Lorbeerblätter – das jeder Anorexie die Lebensgeister ausgeblasen hätte.

Eugene ließ die Zwiebelstückchen ins warme Olivenöl gleiten, um sie zu glasieren. Das zerteilte und entbeinte Hühnchen legte er in die gusseiserne Kasserolle und briet es an. Duftwolken stiegen zur Decke auf. «Ja, so», flüsterte Eugene, während er mit konzentrierter Faszination in die Töpfe starrte. Paul beobachtete ihn und schmunzelte.

»Also, worum geht es eigentlich?« Er war nicht zum Essen von Chicago nach New York gereist. »Wir machen es!«, hatte ihm Eugene drei Tage zuvor am Telefon eröffnet. Mehr hatte er nicht sagen wollen.

»Das Öl darf auf keinen Fall zu heiß sein«, murmelte Eugen während er die Pfanne hin und her bewegte.

Paul wurde ungeduldig: »Weswegen hast du mich nach New York bestellt?«

»Eins nach dem anderen.« Eugene verschwand aus der Küche und kehrte mit einem Blatt Papier in der Hand zurück. »Zuerst das hier unterschreiben.«

»Was ist das?«

»Eine Verschwiegenheitserklärung.«

»Sind deine Kochrezepte neuerdings geheim?« Paul nahm das Papier und blickte auf das Logo. *DAPOR – Defense Agency for Population Research*. Langsam dämmerte ihm, worum es ging, und ein Adrenalinstoß überschwemmte sein Soziologengehirn. *Das* hatte Eugene also gemeint.

»Das kann doch nicht dein Ernst sein!« Paul schüttelte fassungslos den Kopf. »Es war doch nur eine verrückte Idee! Ich meine, wir hatten beide ein bisschen getrunken und in Verkehrsflugzeugen, also wegen der dünneren Atmosphäre, da geht der Alkohol schnell ins Blut und …«

Vier Monate vorher hatte Eugene Moore, der während einer Wahlperiode im US-Kongress gesessen hatte und seither als Privatmann Mitglied der Legislator's Conference for Global Government war, Paul zum jährlichen Treffen der Gruppe nach London mitgeschleppt. Paul, der sich für Politik wenig interessierte, war mitgereist in der Hoffnung, einiges von London zu sehen. Diese Hoffnung hatte sich zwar nicht erfüllt, sah man von der Fahrt vom Flughafen Heathrow zum Konferenzhotel ab, aber dafür hatte er anderes gesehen: vierhundert aktive und ehemalige Parlamentarier aus aller Welt, die sich drei Tage lang in Vorträgen, Workshops, Seminaren, beim Essen und vor allem bei nächtelangen Barbesuchen über den schnellsten Weg zur

Weltregierung unterhielten. Das taten sie schon seit den fünfziger Jahren, was ihren Enthusiasmus aber nicht zu dämpfen schien. Paul hatte sich mehr oder weniger intensiv gelangweilt, bis es auf dem Rückflug nach New York zu einer folgenreichen Unterhaltung zwischen den Halbbrüdern gekommen war. Zuerst hatte Paul die ganze Veranstaltung und das Streben nach Weltregierung in der Luft zerrissen. Was für ein Blödsinn, völlig abwegig, auf eine geradezu pathologische Art größenwahnsinnig, unerreichbar, theoretisches Geschwätz, Sonntagnachmittagszeitvertreib. Er machte sich lustig über verschiedene Teilnehmer, während Eugene versuchte, seine Flugangst zu unterdrücken. Ein australischer Chardonnay – man flog Businessclass – unterstützte ihn dabei.

»Zusammengefasst gesagt: Was für eine schwachsinnige Idee. Weltregierung – was für ein Quatsch!«

»Fertig?«, hatte Eugene ihn gelangweilt und so gelassen wie mit Flugangst möglich gefragt. Dann folgte eine Replik, die in ihrer arroganten Schärfe Pauls Einlassung in nichts nachstand. Paul gehöre zur ignoranten Mehrheit politischer Laien, die die Welt nur aus der Froschperspektive des Hier und Jetzt sehen würden. Es fehle vollkommen an historischer Orientierung. Ohne hunderte von Jahren geschichtlicher Entwicklung im Hinterkopf sei es *völlig unmöglich*, die Zukunft auch nur zu erahnen. »Wenn man die Erfolgsaussichten der Entwicklung zur Weltregierung richtig einschätzen will, muss man erst einmal realisieren, dass wir uns nicht am Anfang, sondern schon fast am Ende dieser Entwicklung befinden. Vor dreitausend Jahren gab es noch mehr als eine halbe Million mehr oder weniger unabhängige politische Gemeinschaften. Und heute nur noch weniger als zweihundert Staaten. Von diesen sind über dreißig in der EU zusammengefasst und mehrere Dutzend de facto Anhängsel großer Mächte wie Russland oder den USA.« Immer wieder schüttelten Turbulenzen den Airbus 380 und Eugene konnte nicht anders, als reflexartig den Sitzgurt um seinen mächtigen Bauch noch enger zu ziehen und sich an den Armlehnen festzuhalten.

Die Diskussion erstreckte sich über viele weitere Flugmeilen. Pauls felsenfeste Überzeugung, es mit einem Hirngespinst abgehobener Politiker und Politologen zu tun zu haben, wurde von der Argumentation Eugenes langsam aufgeweicht. Über die lange Schiene betrachtet, musste Paul zugeben, sähe es vielleicht anders aus. Außerdem konnte er dem Argument Eugenes folgen, dass es auch eine Frage der Terminologie sei.

»Die Weltregierung wird nicht unter dem Namen *Weltregierung* entstehen. Der Begriff Weltregierung wäre eine unnötige Erschwernis, ein rotes Tuch, geradezu so, als würde man einen Zoo als Tiergefängnis oder eine Zigarette als Giftstange bezeichnen.« Außerdem gäbe es den Unterschied zwischen dem völkerrechtlichen und dem tatsächlichen Zustand.

»Heißt in Bezug auf die Weltregierung?«, wollte Paul wissen.

»Es gäbe keine formell existierende Weltregierung, aber Machtstrukturen, die de facto die Funktion einer Weltregierung ausüben würden«, antwortete Eugene.

»Womit du zugibst, dass es eine große Hürde gibt auf dem Weg zur Weltregierung, nämlich deren formelle Proklamation.«

Eugene nickte.

»Und du wirst eingestehen, dass ein informeller Zustand nur als unbefriedigendes Provisorium gesehen werden kann.«

»Nichts ist so dauerhaft wie ein Provisorium.«

»Lass deine Sprüche, Eugene. Alles, was wir in London erlebt haben, hat ultimativ zum Ziel, eine Weltregierung als formell existierende Institution zu schaffen.«

»Richtig.«

»Eben. Und ich kann beim besten Willen nicht erkennen, wie das erreicht werden könnte.«

»Man muss zuallererst eine Sprachregelung schaffen«, erwiderte Eugene. »Nicht *Weltstaat,* sondern *Globale Demokratie*. Nicht *Weltregierung,* sondern *Friedenskommission*. Die Idee der Weltregierung als weltweites Machtmonopol ist logischerweise nicht vermittelbar.« Mit einem vielsagenden Blick fügte er hinzu: »Außer in Akademikerkreisen, versteht sich.«

»Natürlich. Ich bin übrigens Akademiker«, erinnerte Paul.

Eugene seufzte.

Paul war sicher, dass an einer Erkenntnis kein Weg vorbeiführte: Die USA würden sich niemals einer Weltregierung unterwerfen. Egal, wie der Präsident gerade hieß, Clinton, Bush oder Adams. Vor allem Menschen aus ländlichen Gebieten und den Südstaaten würden eine Revolution anzetteln und mit ihren Waffen den Kongress und das Weiße Haus stürmen.

So ging es hin und her, bis dem Soziologen Paul O'Brien zwei Stunden vor der Landung in JFK ein Gedanke durch den Kopf schoss. »Was hast du getan, als wir vorhin durch die Turbulenzen geflogen sind?«

»Ich habe keine Veranlassung, jetzt über meine Flugangst zu sprechen«, erwiderte Eugene barsch.

»Ich auch nicht. Aber was war das Erste, das du getan hast?«

»Das ist eine deiner Soziologie-Übungen. Lass den Scheiß jetzt.«

»Also gut«, fuhr Paul ungerührt fort, »ich sage es dir: Du hast mit Höchstgeschwindigkeit den Sitzgurt geschlossen und stramm gezogen, so fest es geht.«

Eugene sah Paul mit ernster Miene an. Er war verunsichert, weil er nicht wusste, wohin diese Überlegung führen würde.

»Und?«, fragte Eugene.

»Jetzt kommt der Soziologie-Scheiß: Die Turbulenzen, die den ruhigen und auch beruhigenden Flug ohne Vorwarnung unterbrochen haben, waren die Ursache für eine blitzartige Veränderung deines subjektiven Sicherheitsgefühls. Eben noch mit normalem Ruhepuls im Sitz gesessen und eine, zwei Sekunden später Herzklopfen, Schweißausbruch und der instinktive Griff zum Gurt; Festkrallen an den Armlehnen. Du hast den Gurt nicht nur normal geschlossen und leicht angezogen, was objektiv völlig genügt hätte, sondern so festgezurrt, wie du nur konntest, um emotionale Sicherheit herzustellen. Das hat natürlich nur beschränkt funktioniert, weil du immer noch die Turbulenzen gespürt hast. Aber du hättest in dem Moment für kein Geld der Welt den Gurt abgenommen.«

»Schön – aber was soll das?«

»Der Weg zum Weltstaat, der einzig denkbare Weg zum Weltstaat führt durch ein tiefes Tal der Angst!«, verkündete Paul. Er blickte Eugene triumphierend an. Dieser starrte erstaunt zurück.

»In der Soziologie spricht man von turbulenten und hyper-turbulenten Umwelten, wenn man untersucht, wie Menschen und Gruppen von Menschen auf rasche, unkalkulierbare, Angst einflößende Veränderungen ihrer Umwelt reagieren. Wenn also der langsame Prozess zum Weltstaat, wie du sagst, schon lange schleichend vor sich geht, muss dann nicht die eigentliche Schaffung in einer politischen Stimmung der Unausweichlichkeit geschehen? Nur so wäre vorstellbar, die eingefleischten Gegner so zu dezimieren und die Wirksamkeit ihrer Argumente zu reduzieren, dass sie schlicht keine Rolle mehr spielen und als politische Akteure im Off stehen. Unter normalen Umständen, also ohne Turbulenzen, lässt sich die Schwelle vom Zeitalter der Staatenwelt hin zum Weltstaat, oder wie auch immer du es nun nennst, nicht überschreiten, richtig? Schließlich gibt es in der Geschichte genügend Beispiele für schnelle politische Veränderungen in kürzester Zeit, und sie alle folgten auf unerwartete, erschreckende Ereignisse.« Paul hielt einige Sekunden inne, dann sprach er weiter. »Zuerst muss die alltägliche Routine zerstört werden, um dann eine Lösung anzubieten, wie sie wiederhergestellt werden kann. Diese Wiederherstellung des Alltags ist dann das globale Motiv, das gesellschaftliche Thema, um die politischen Ereignisse und Entscheidungen in die gewünschte Richtung zu kanalisieren.«

»Man müsste es ausprobieren«, entgegnete Eugene nach kurzem Nachdenken, ohne sich der Wucht seiner Worte bewusst zu sein. »So in der Art der *Invasion vom Mars* von Orson Welles. Damals sind viele Menschen in Panik geraten, als sie die Geschichte im Radio hörten.« Nachdenklich blickte er aus dem Fenster. In der Ferne zischte ein Jet vorbei Richtung Europa, erkennbar nur am Kondensstreifen. »Man müsste ein vollständiges Medienszenario vorbereiten und es auf ein abgelegenes Kaff irgendwo im Süden loslassen.«

Ein langes Schweigen war die Antwort. Dann hatten sie sich ausgemalt, wie man es anstellen könnte.

Eugene leerte die glasierten Frühlingszwiebeln mit dem Öl über das inzwischen knusprig angebratene Hühnchen. Er fügte Bouillon und Kräuter hinzu und schloss den Deckel.

»Also, unterschreiben!« Eugene hielt Paul einen Kugelschreiber hin und der unterschrieb die Erklärung.

»Einige Wochen nach unserem Gespräch habe ich eine einflussreiche Persönlichkeit des Ostküstenestablishments getroffen«, erklärte Eugene. Er wusch seine Hände, zog die mit einer Nixe bedruckte Schürze aus und hängte sie über eine Stuhllehne. Paul hörte gespannt zu. »Und was soll ich dir sagen? Wir haben einen Volltreffer gelandet!«

Paul verstand nicht. »Was?«

»*Man* hat großes Interesse an der Idee gezeigt. Nur einen Monat nach dem Gespräch bekam ich einen Anruf von Oberst George Warren, Chef der DAPOR. Defense Agency for Population Research.«

»Verteidigungsministerium?«

»Ja, Verteidigungsministerium. Die DAPOR ist eine Einheit der DARPA.«

»DARPA?«

»Defense Advanced Research Projects Agency.«

»Ich verstehe immer noch nicht. Was hat das Militär damit zu tun?«

»Mein liebes Paulchen, wir hatten die Idee zu einem Experiment, das, wenn überhaupt, nur mit staatlicher Hilfe und einem gigantischen Budget durchgeführt werden kann.«

»Was für ein Budget?«, fragte Paul.

»Eine Milliarde Dollar!« Eugene ließ seine Worte wirken. »Unsere Idee kostet *eine Milliarde Dollar*, mein Lieber!«

Paul glaubte, sich verhört zu haben. »Was?! Und dafür hat der Staat Geld?«

Eugene lachte laut auf. »Der Staat? Kein einziger Cent kommt vom Staat! Es wird privat finanziert!«

»Von wem, um Gottes Willen? Wer gibt eine Milliarde für …«

»Die Patrioten für Globale Demokratie!«

»Patrioten für …«

»… Globale Demokratie. Eine Gruppe politisch engagierter, wohlhabender US-Bürger, die in dem Experiment den Schlüssel zur Zukunft unseres Landes sehen.« Eugene leerte das Glas, holte den Weißwein aus dem Kühlschrank und goss beiden nach. Dann blickte er freudig in die Kasserolle. Der kreolische Hühncheneintopf machte sich prächtig.

»Und jetzt kommt's: Oberst Warren hat Excess, so heißt das Experiment …«

»Wie bitte? Excess?« Paul war am Limit seiner Aufnahmefähigkeit angelangt. Pentagon. DAPOR. DARPA. Eine Milliarde Dollar. Globale Patrioten. Excess?

»Excess! Oberst Warren, der das Experiment leiten wird, hat sich über dich erkundigt und möchte dir die Leitung des soziologischen Teils von Excess übertragen. Das heißt Vorbereitung, Ausführung und Analyse.« Eugene strahlte.

»Wirklich?«, fragte Paul erstaunt.

»Wirklich! Deshalb kommst du am 28. August mit mir nach Washington. Wir werden Warren und einige andere an der Vorbereitung von Excess beteiligte Personen kennen lernen.«

Paul schüttelte ungläubig den Kopf. Seine wissenschaftliche Neugier ließ ihn vibrieren, denn einen Feldversuch dieser Größenordnung hatte es noch nie gegeben.

Eugene lachte und tätschelte übermütig mit beiden Händen Pauls Wangen. »Das ist doch die ganz große Kiste für dich als Soziologe! Du wirst berühmt werden!«

Paul lächelte unsicher. »Nun ja, berühmt …«

»Allerdings gibt es eine Cool-off-Periode. Aus verständlichen Gründen.«

»Cool-off-Periode?«, fragte Paul. »Ich darf also während einer gewissen Zeit nach dem Experiment nichts öffentlich berichten?«

Eugene zuckte bedauernd die Schultern. »Ja, leider.«

»Wie lange?«

Eugene räusperte sich verlegen. »Fünfundzwanzig Jahre.«

4

Montag, 17. August 2015

David Isler, Analytiker des Strategischen Nachrichtendienstes SND der Schweizerischen Eidgenossenschaft, schob missmutig seinen Einkaufswagen durch den kleinen Supermarkt in Bolligen bei Bern. Seine Frau Angela und ihre dreijährige Tochter Olivia hatten sich nach dem gemeinsamen Essen zum Marzilibad an der Aareschlaufe unterhalb des Bundeshauses aufgemacht, wo sie den heißen Augustnachmittag genießen wollten. Das Einkaufen war an ihm hängen geblieben. Isler musste sich strecken, wenn er in die oberste Reihe der Regale greifen wollte. Halbglatzig, mit Brille, klein und schmächtig, war er eine äußerst unauffällige Figur. Niemand, der ihn auf der Straße sah, würde vermuten, dass es sich um einen der fähigsten Nachrichtenanalytiker Europas handelte. Beim SND hatte er Narrenfreiheit – Hauptsache, er stellte seinen brillanten Geist keiner anderen Organisation zur Verfügung.

Seit Wochen beschäftigte ihn, abgesehen von der Entwicklung seiner Tochter, nur eine Frage, die er im Auftrag des Bundesrates beantworten sollte: Was war der aktuelle Stand des europäisch-amerikanischen Verhältnisses, und wichtiger: Wie würde es weitergehen? Die auf den ersten Blick einfache Frage – man musste doch nur die Zeitung lesen – war in Wirklichkeit sehr komplex. Auf beiden Seiten des Atlantiks kämpften Repräsentanten verschiedener politischer Strömungen um Einfluss.

Nachdem die neokonservative Bewegung – die Mutter aller Versager, wie Isler es einmal formuliert hatte – den Politikbetrieb mit hochrotem Kopf und auf Zehenspitzen durch die Hintertür verlassen hatte, schaffte es Präsidentin Jeanne Adams, international neues Vertrauen und Ansehen für die USA zu gewinnen. Aber ihre Politik der Kooperation wurde regelmäßig von Scharfmachern torpediert. Einige davon konnten sich nicht mehr daran erinnern, sich vor Jahren noch stolz als Neokonservative bezeichnet zu haben.

Gleichzeitig unterminierten führende Kräfte in der EU-Hierarchie die mit Augenmaß geführte US-Politik der französischen und deutschen Regierungen, während sich Großbritannien bedeckt hielt. Es war nicht immer klar, welche Fraktion gerade die Oberhand hatte. Noch viel unklarer war, wie sich die nächste Zukunft entwickeln würde. Isler registrierte in gewissen Kreisen der EU eine besorgniserregende Entwicklung, die er »finalen Antiamerikanismus« nannte. Selbst Jeanne Adams, die betont viel Zeit in das Kitten des außenpolitischen Verhältnisses investierte, zu viel in den Augen der Scharfmacher, konnte diese USA-feindliche Stimmung nur teilweise durchbrechen.

Die Geschichte der USA – Schwesterrepublik der Schweiz – hatte es dem Analytiker seit seinen Teenagerjahren angetan. Er lebte auf, wenn seine Expertise in Bern gefragt war.

Zwischen der Gemüseabteilung und den Backwaren entschied Isler, seinem Freund und Mentor Pater Aurelius vom Benediktinerkloster Disentis bald einen Besuch abzustatten. Pater Aurelius, über achtzig Jahre alt, körperlich etwas gebrechlich, aber geistig topfit, flößte seiner Umwelt allein durch seine bloße Anwesenheit Respekt ein. Sein schlohweißes volles Haar, das meist ein wildes Eigenleben führte, sein schmales Gesicht, die rosige Haut, seine bedächtigen Bewegungen, die Wortkargheit, die er nur durchbrach, wenn er wirklich etwas zu sagen hatte, vermittelten authentisch seine natürliche Autorität. Vor allem aber war Pater Aurelius ein universalgebildeter Freidenker, ein Sammler von Ideen und Weltanschauungen. So war im Lauf der letzten Jahrzehnte die unwahrscheinliche Situation entstanden, dass ausgerechnet ein europäischer katholischer Intellektueller – dem Klischee nach also ein typischer Eurozentrist – einer der intimsten Kenner der chinesischen Strategemkunde wurde (Strategem = List). Diese im Westen weitgehend unbekannte chinesische Wissenschaft beschäftigte sich mit den sechsunddreißig Strategemen, wie sie seit Jahrtausenden in China bekannt waren. Auslöser für Pater Aurelius' Interesse an der Strategemkunde war seine Leidenschaft für Politik gewesen. Durch Zufall darauf gestoßen, hatte er festgestellt, dass sie durch ihre erfrischend uneuropäische Denkart überraschende Erkenntnisse brachte.

Isler war durch den seit seiner Gymnasialzeit in Disentis bestehenden Kontakt mit Pater Aurelius ein Spezialist auf dem Gebiet geworden. Seine Kenntnisse der Strategemik hatten es ihm schon mehrmals erlaubt, realitätsnahe Analysen zu formulieren, indem er List und Täuschung politischer Akteure durchschaute und entlarvte. In nächster Zeit wollte er mit dem Pater die Frage des transatlantischen Verhältnisses strategemisch erörtern.

Isler freute sich auf die halbe Stunde in seinem Rosengarten, die er für heute eingeplant hatte. Kurz vor der Kasse schweifte sein Blick über das Presseregal. Er blätterte mit gelangweiltem Gesichtsausdruck durch ein renommiertes Nachrichtenmagazin. *War die Welt letzte Woche wieder mal simpel gestrickt*, dachte er, als er es achtlos beiseite legte.

Achttausendfünfhundert Kilometer weiter westlich, Stunden später. Das Saxophon erfüllte die Luft mit seinem rauen Ton, die Stahlbesen strichen locker und präzise über die Trommeln des Schlagzeugs. Die beiden schwarzen Jazzmusiker bewegten ihre Köpfe kaum merklich zur Musik. Die Sonnenbrillen im sehr dunklen Raum – Wände und Decke waren schwarz gestrichen – vermittelten ihnen ein Gefühl von Blind Boy Fuller. Zwei Dutzend Gäste ließen den Tag in dem Lokal ausklingen.

Seit einer Stunde saß Tim ›Silk‹ Lewis an der Bar des Bourbonstreet Cafés an der Wolflin Avenue im Westen von Amarillo, Texas. Obwohl auf eintausendeinhundert Metern über Meer gelegen, im Panhandle, dem nördlichen Ausläufer des Bundesstaates Texas, herrschten draußen jetzt um 9 Uhr abends immer noch 25 Grad. Drinnen sorgte eine surrende Klimaanlage für Kühlung. Es war Montagabend, nicht viel los, wie jeden Montagabend.

Tim Lewis, der gerade seinen dreißigsten Geburtstag gefeiert hatte, bestellte ein weiteres Bier. Es fiel ihm schwer, seinen Blick von der schwarzhaarigen Schönheit am anderen Ende der Bar abzuwenden. *Wohl eine Mexikanerin*, dachte er. Tim wollte sich keine

Probleme mit ihrer männlichen Begleitung einhandeln, trotzdem pendelten seine Augen zwischen dem Gesicht der Unbekannten und ihrem einladenden Dekolletee, das über der Bar zu schweben schien und manchmal leicht wippte, hin und her. Nicht dass er mit seinen zwei Metern Lebendlänge Angst vor einer Auseinandersetzung gehabt hätte, aber er gehörte nicht zu den Männern, die Bestätigung im Streit suchten.

Es war schon das zweite Mal in drei Wochen, dass Tim die Frau im Bourbonstreet Café sah. Sie ging ihm nicht aus dem Kopf. Er ahnte, nein, *wusste*, dass sie bald zusammenkommen würden; ihre diskreten, aber regelmäßigen Blicke ließen sein Basketballerherz schneller schlagen. Doppelter Ruhepuls.

Eine Stunde später war ihr männlicher Begleiter – ein Cousin, wie sich später herausstellte – verschwunden. Nun blickte ihm die Schöne quer über den Tresen direkt in die Augen. Tim errötete, was man nicht sehen konnte, da die Gene seines afroamerikanischen Vaters über die seiner japanischen Mutter dominierten. Er musste lachen, als er merkte, dass er nervös wurde. Ohne ihn aus den Augen zu lassen, stand die Schöne auf und ging um die Bar herum auf ihn zu. Tim wurde noch unruhiger und fummelte am Anhänger seiner Halskette herum.

»Hallo.« Sie lächelte ihn an und setzte sich ohne zu fragen auf den Barhocker neben ihm. Ihre selbstsichere Eleganz, offensiv zu sein, ohne im Geringsten billig zu wirken, beeindruckte Tim.

»Hi«, erwiderte er und lächelte zurück. »Schon lange hier, also, ich meine, schön hier«, stotterte er. Wieder musste er lachen.

»Ja, schön hier.« Sie nickte lächelnd.

Nach weniger als zehn Minuten hatten sie ihre Umgebung vergessen. Tim wunderte sich, wie lange man über eine wenig aufregende Stadt wie Amarillo reden konnte. Er erfuhr, dass die Schöne Josephina Saprissa hieß, aus Mexiko stammte, dort zur Lehrerin ausgebildet worden war, keinen Job gefunden hatte, und nun halbtags als Übersetzerin für eine große Agentur arbeitete. Mit zuverlässiger Zufälligkeit berührten sich unter dem Tresen ab und zu ihre Knie.

Tim erzählte von sich. Wie es ihn von Kaneohe auf Oahu, der Hauptinsel von Hawaii, wo er aufgewachsen war, zuerst an die Westküste und dann nach Dallas verschlagen hatte, wo er fast Basketballprofi bei den Mavericks geworden wäre.

»Aber ich war zu klein.«

»Wirklich? Aber du bist doch fast zwei Meter hoch?«, fragte Josephina verwundert.

»Fast? Ganz genau zwei Meter! Okay, ich gebe es zu – die Konkurrenz war zu groß.« Sie lachten.

Von Dallas aus hatte er Texas erkundet, um einen Job zu finden, und war schließlich nach der Besichtigung des Palo Duro Canyons südöstlich von Amarillo in Sandrock hängen geblieben. »Seit zwei Jahren arbeite ich dort als Barkeeper in Don's Bar and Grill. Ein guter Job, wirklich.«

»Hast du nie daran gedacht, dich selbständig zu machen?«

Tim zögerte. Sollte er ihr auch den letzten Teil seiner Geschichte erzählen? Es würde vielleicht auf die Stimmung schlagen. Er räusperte sich. »Bin ich. Habe den Laden vor einem Monat übernommen.« Ihre Begeisterung kühlte schnell ab, als er weitererzählte: Ein Tanklastwagen, der Sandrocks einzige Tankstelle zweimal pro Woche mit Benzin versorgte, hatte wegen eines Defekts im Bremssystem die Geschwindigkeit auf der leicht abschüssigen Straße zum Dorf nicht reduzieren können. Er war zuerst in drei am Straßenrand geparkte Autos gerast, dabei umgekippt, wobei der Tank aufgerissen war, und dann brennend in das Holzhaus von Donald Blum gekracht, in dem sich Blum, seine Frau und seine drei Kinder aufgehalten hatten. »Niemand überlebte den Unfall.«

»Das ist ja eine schreckliche Geschichte.«

»Ja, das ist es.« Tim nickte betrübt und bereute, die Sache überhaupt erwähnt zu haben.

Donald Blum, seit Jahren Bürgermeister von Sandrock und Inhaber von Don's Bar and Grill, dem sozialen Mittelpunkt des Dorfes, hinterließ eine klaffende Lücke in der kleinen Gemeinde. Die Trauer um ihn war schon schlimm genug. Dass auch seine Frau und die Kinder den Tod gefunden hatten, empfand man als unerträglich.

Sandrock unterschied sich nur in zwei Aspekten von tausenden anderen Dörfern und kleinen Städten in den Südstaaten der USA: Durch die Lage in einem Ausläufer des Palo Duro Canyons lag der Ort einige Meter tiefer als die ihn umgebende steppenartige Landschaft des Texas Panhandle. Außerdem führte keine Überlandstraße durch das Dorf. Wer auf die von Childress nach Amarillo führende 287 wollte, musste zuerst eine Zubringerstraße benutzen, die nach zehn Meilen auf die Überlandstraße führte. Bog man nach rechts ab, erreichte man nach dreizehn Meilen Clarendon. Fuhr man nach links, kam man fünfundvierzig Meilen weiter westnordwestlich im Zentrum von Amarillo an. Wegen seiner abgelegenen und leicht vertieften Lage war Sandrock in Nordtexas auch als ›the dump‹ – die Grube – bekannt.

Jetzt wehten die Fahnen auf Halbmast in ›the dump‹. Don's war vorübergehend geschlossen worden, aber die Bürger von Sandrock waren einhellig der Meinung, Tim solle den Laden weiterführen. Blum hätte es sicher so gewollt.

»Also habe ich übernommen.« Tim seufzte. Josephina strich ihm vorsichtig über die Wangen.

Stunden später – die Stimmung hatte sich wieder erheblich verbessert – verließen sie das Bourbonstreet Café und machten sich mit Tims Auto auf den Weg zu Josephina. Tim parkte seinen Wagen an der Ecke Polk Street und Sechste, gegenüber dem Block, in dem Josephina wohnte.

Es war bereits taghell, als Tim und Josephina sich zum letzten Mal küssten und zufrieden einschliefen.

5

Donnerstag, 20. August 2015

Clifford Drake summte zufrieden, aber aufgekratzt vor sich hin. Der Geschäftsführer des Global Wealth Funds sah dem Ende seines Einsatzes auf der in der Irischen See gelegenen Isle of Man mit gelassener Freude entgegen. Er seifte sich noch einmal von Kopf bis Fuß ein und ließ dann das Wasser aus dem großen Duschkopf mit maximaler Stärke über Kopf und Körper prasseln. Wasserdampf quoll über die Schiene des Duschvorhangs, kondensierte an den Spiegeln und nebelte den größten Teil des Badezimmers ein.

Er wartete, bis auch die letzten Schaumflocken gurgelnd im Abfluss verschwunden waren, drehte das Wasser ab, nahm ein großes Frotteetuch, rieb sich trocken und kehrte in sein Schlafzimmer zurück. Er zog sich an und ging wieder ins Bad, um den Sitz der Krawatte zu überprüfen und seine Haare mit Wachs zum Glänzen zu bringen.

Eine halbe Stunde später erreichte er sein Büro in Douglas, der Hauptstadt der Isle of Man. Er hatte wenig Mitleid mit seinen drei Mitarbeitern, die bald ihren Job verlieren würden. Abgesehen von Maria. Sie war die einzige Einheimische im Team und Drake hatte sie eigentlich nur eingestellt, weil er sie sympathisch fand und von ihrer Anwesenheit einen positiven Effekt auf das hektische Betriebsklima erwartete. Eine Einschätzung, die sich bewahrheitet hatte. Die anderen beiden, Alesha Savage aus Australien und Fritz Kuhn aus Österreich, beides hoch spezialisierte Derivathändler, würden schnell wieder einen neuen Arbeitgeber finden.

Drei Stunden später, es war kurz vor Mittag, verlor der Global Wealth Fund innerhalb weniger Minuten eine Milliarde Dollar bei einem Derivatgeschäft, das Drake selbst in die Wege geleitet hatte. Die Gegenpartei, ein Hedgefonds auf den Bahamas, bestand auf sofortige Begleichung des Ausstandes. Damit war der Global Wealth Fund pleite.

Umgehend informierte Drake die CaribBank, Treuhänder des Fonds, über die Situation. Er veranlasste außerdem den Verkauf sämtlicher Aktiva, um die notwendigen liquiden Mittel bereitzustellen. Zwischendurch tröstete er Maria. Savage und Kuhn, die außer sich waren und nicht wussten, wie ihnen geschah, erhielten von Drake nur ein Schulterzucken. Er versuchte sie mit der Aussicht zu beruhigen, dass noch genügend Mittel vorhanden seien, um die akkumulierten Boni auszuzahlen, kümmerte sich aber nicht weiter um sie. Für Drake war der Job erledigt. Er ahnte nicht, warum er tat, was er tat, aber er wurde gut bezahlt. Fröhlich pfeifend verließ er am frühen Abend das Büro.

Am selben Tag, im Osten von Texas: Nancy Meixell verdrehte die Augen. »Nach Palestine?! Das ist wirklich die schlechteste Idee, die ich jemals gehört habe!«

»Wieso? Schließlich wird uns das Haus dort kostenlos zur Verfügung gestellt!«, versuchte Scott Reed die Präsidentin des New Texas Secession Movements umzustimmen.

»Kostenlos?«, herrschte sie den Generalsekretär der Bewegung an. »Ist es das, worum es geht, ja? *Kostenlos!?* Deshalb wird der Sitz der texanischen Unabhängigkeitsbewegung in ein Kaff verlegt, dessen Name nichts so sehr suggeriert wie *erfolglosen* Kampf für Souveränität?«

»Na ja, also ich meine, die meisten Leute wissen ja gar nicht …«, setzte Reed wieder an, bereits ahnend, dass es ihm nicht gelingen würde, den Satz zu Ende zu sprechen.

»Was wissen sie nicht?«, fauchte Meixell zurück.

»Bitte, das ist doch kein Grund, laut zu werden«, meldete sich der Sprecher der Bewegung, Robert Lamar, zu Wort. Seit einem halben Tag saß die gesamte Spitze des New Texas Secession Movements zusammen, um einen Beschluss über den neuen Sitz der Bewegung zu fassen. Das alte Holzhaus in Jacksonville, Texas, das sie seit Jahren als Kapitol benutzten, wie sie es großspurig nannten, würde ihnen bald nicht mehr zur Verfügung stehen.

»Also *was* wissen Sie nicht, Scotty?«, wollte es Meixell genau hören. Sie war inzwischen aufgestanden und beugte sich über den Tisch. Mit funkelnden Augen blickte sie den Generalsekretär an.

»Ich finde wirklich, wir sollten jetzt eine Pause machen«, versuchte nun auch der Kassenwart Russ Barry die Situation zu entspannen.

»*Das* ist es!«, schrie Meixell über den Tisch. »Genau *das* ist es! Ich bin hier von einem Haufen Idioten umgeben, denen nichts anderes einfällt, als unseren Hauptsitz nach *Palestine* zu verlegen«, sie schlug sich mehrmals mit der Hand gegen die Stirn, »und vorher aber bitte noch ein bisschen *Pause machen*!« Konsterniert blickten sich die anderen an.

»Nancy!«, rügte sie Kraus, der politische Stratege der Bewegung, stand auf, holte eine neue Wasserflasche aus dem Kühlschrank und setzte sich wieder an den Tisch. »Außerdem wäre es nicht notwendig gewesen, uns an einem Donnerstag hierher zu bestellen. Wir haben schließlich auch noch unsere Jobs.«

Meixell stutzte. »Was soll das? *Du* hast die Einladungen für diesen Termin verschickt, nicht ich«, blickte sie Kraus verständnislos an.

»Wie bitte?!«, versicherte sich Kraus, richtig gehört zu haben. »Ich habe überhaupt nichts gemacht. Abgesehen davon, dass ich meinen Chef bearbeiten musste, um heute frei zu bekommen.«

Meixell setzte sich wieder hin. Acht Personen blickten sich an und wussten den Vorgang nicht einzuordnen.

»Also was jetzt?«, fragte Reed in die Runde.

»Offenbar stimmt hier etwas nicht«, resümierte Lamar die aktuelle Situation. »Niemand von uns hat das Treffen arrangiert – und trotzdem sitzen wir hier.«

Sekunden später stand das ganze Holzhaus in Vollbrand. Mehrere fachmännisch installierte Brandsätze verwandelten den langjährigen Hauptsitz der Sezessionisten in eine Flammenhölle, aus der es kein Entrinnen gab. Nur während der ersten Sekunden nach Ausbruch des Feuers gab es noch einige Versuche, das Haus zu verlassen. Sie scheiterten jedoch kläglich, da sich Türen und Fenster nicht öffnen ließen. Feuerwehr und Polizei konnten Stunden später nur noch die verkohlten Leichen der einstigen Leitung des New Texas Secession Movements auf acht Zinksärge verteilen.

Bei der Special Tactical Operations Group STOG des Joint Intelligence Service 2 (JIS-2) bei Luxemburg – der zu diesem Zeitpunkt einzigen Institution auf der Welt, die die beiden Vorgänge im Kontext sah – registrierte man mit Zufriedenheit die parallelen Entwicklungen an diesem entscheidenden Donnerstag im August.

6

Freitag, 28. August 2015

Jeanne Adams hatte kürzlich registriert, dass sie den Sitz ihrer Frisur auch in den verspiegelten Brillengläsern der Secret-Service-Leute überprüfen konnte. In schwachen Momenten hielt sie es für möglich, dass ihre politischen Gegner ihren Frisurentick ausschlachten könnten. *Wie sicher sind die Welt und unser Land, wenn eine Frau die Macht über unsere Atomwaffen hat, die alle drei Minuten den Sitz ihrer Frisur überprüfen muss? Was, wenn eine Krise ausbricht? Müssen wir dann damit rechnen, dass sie vielleicht erst einmal zum Friseur geht? Wow, Mrs. President! Mit dieser Frisur können Sie sich im Situation Room wirklich sehen lassen!* Das Klopfen an der in der Wand eingelassenen Tür zum Oval Office riss sie aus ihren absurden Gedanken. Sie lächelte in sich hinein.

»Mrs. President, der Kongressabgeordnete Sinshy ist da«, informierte sie ihre Privatsekretärin Jacqueline Bovard.

»Sehr schön, Jackie. Soll reinkommen.« Sie freute sich, aber irgend etwas in ihr zog sich zusammen.

Auf der anderen Seite des Potomac, der die Grenze zwischen Washington D.C. und Arlington im Bundesstaat Virginia bildet, blickte Oberst George Warren, Chef der Defense Agency for Population Research, in dem abhörsicheren Sitzungsraum in einem Untergeschoss des Pentagon in die Runde. Neben dem kriegserprobten Oberst waren alle anderen Mitglieder der Projektgruppe Excess anwesend: Strafverteidiger und Excess-Ideengeber Eugene Moore; sein Halbbruder, der Soziologe Paul O'Brien; Floyd Landler, Inhaber und CEO der Global Planning and Execution Corporation, eine der zahllosen privaten Söldner- und Logistikfirmen, die ausschließlich für das Pentagon tätig waren – Nutznießer der Privatisierung des Krieges. Und Patricia Duanphen Palmer, thailändisch-amerikanische Politologin und Medienberaterin mit vielfältigen Geschäftsbeziehungen zum Headline & Footage-Konzern.

»Meine Dame, meine Herren, willkommen im Pentagon«, eröffnete Warren mit seinem breiten Jack-Nicholson-Grinsen die Sitzung. Der Raum strahlte eine kalte Funktionalität aus. Dunkler Linoleumboden, weiße Wände, grelles Licht von Leuchtstoffröhren. In der Mitte ein großer Tisch. An der Stirnseite des Raums, wo Warren zu seinen Ausführungen ansetzte, die üblichen technischen Einrichtungen, wie sie sich in jedem Sitzungsraum der Welt befanden. Gegenüber eine handelsübliche Tür, hinter der ein massives Sicherheitstor eingebaut war. Aus einem Schacht an der Decke erklang das Surren einer Belüftungsanlage. Spätestens beim Einatmen des penetranten Putzmittelgeruchs kam bei vielen Besuchern die Frage auf: *Was habe ich falsch gemacht, dass ich in diesem Loch gelandet bin?*

Im Pentagon-Jargon »Bubble« genannt, war der Raum akustisch und elektronisch hermetisch vom Gebäude und vom Rest der Welt abgetrennt.

Seit Pauls und Eugenes Treffen in New York waren erst knapp zwei Wochen vergangen. Eile war geboten, da man die aufwendigen Vorbereitungen zum Experiment innerhalb der kommenden zwölf Monate abschließen musste. Es war von den Auftraggebern für September 2016 festgesetzt worden.

Floyd Landler, ehemaliger Marine-Corps-Veteran und Söldner mit Kampferfahrung in der halben Welt konnte seinen gierigen Blick nicht von Patricia Palmer lösen. Sie schüttelte innerlich den Kopf. Typen wie Landler waren ihr schon tausendmal über den Weg gelaufen. Nur selten hatte sie sich auf diese Art von Virilität eingelassen. Bei Landler würde es nicht der Fall sein, das wusste sie. *Du bist so am Rand,* dachte sie voller Verachtung. Es war immer dasselbe. Solange sie nur die schweigende kleine thailändische Frau war, diente sie als Projektionsfläche für Männerfantasien.

»Wie wir alle wissen, stehen wir unter großem Zeitdruck«, fuhr Warren mit seinem breiten Südstaatenakzent fort, »da uns nur ein Jahr für die, wie Sie heute sehen werden, *extrem* aufwendigen Vorbereitungen für Excess bleibt. Wir sollten also keine Minute verlieren. Trotzdem muss genug Zeit sein, uns erst einmal vorzustellen. Ich denke, die meisten von Ihnen sehen sich heute zum ersten Mal.« Er räusperte sich. Sein Name sei George Warren. Er sei im Rang eines Oberst der Chef der Defense Agency for Population Research, einer unbekannten – oder besser gesagt *geheimen* – Forschungsabteilung des Verteidigungsministeriums. Sie stamme noch aus den Zeiten des Kalten Kriegs. Warren erklärte, dass die DAPOR nach der Kubakrise ins Leben gerufen worden sei, um das Verhalten der Zivilbevölkerung in Krisenzeiten zu studieren. Später sei sie der DARPA unterstellt worden.

»DARPA?« Patricia blickte ihn fragend an.

»Defense Advanced Research Projects Agency – eine ziemlich futuristische Sache«, antwortete Warren und hob die Augenbrauen. »Wie auch immer. Bevor ich vor fünf Jahren in diese Position berufen wurde, lernte ich die Welt bei Einsätzen mit den Marines in Vietnam, Indonesien, Afghanistan und natürlich Irak kennen.« Seit zehn Jahren sei er nur noch Bürohengst in Washington und würde manchmal lieber irgendwo in der Welt im Dreck liegen und »unsere Feinde töten«. Er lachte laut auf. Warren genügte sich selbst als Publikum vollständig. »Das wird mir aber nicht mehr vergönnt sein, da ich in zwei Jahren in Pension gehe und dann wohl gerade noch genug Energie haben werde, um auf der Veranda meiner Ranch in Texas den Schaukelstuhl leicht vor und wieder zurück zu bewegen.« Höfliches Lachen am Tisch. »So viel zu mir, vielleicht stellt sich jeder kurz selbst vor.« Er blickte zu Eugene.

»Danke für Ihre Ausführungen«, begann dieser in geschäftsmäßigem Ton. »Mein Name ist Eugene Moore, ich bin Zivilist«, er blickte entschuldigend zu Warren, »bin Strafverteidiger in New York, nicht ohne Erfolg, wenn ich das in aller Unbescheidenheit erwähnen darf. Vor fünf Jahren saß ich für einen New Yorker Wahlbezirk während einer Legislaturperiode im Kongress. Das Mandat ließ sich zeitlich allerdings mit meiner Arbeit als Anwalt nicht vereinbaren, weshalb ich kein zweites Mal zur Wahl angetreten bin. Nur dass keine Gerüchte entstehen, ich sei bereits nach nur einer Wahlperiode schon wieder abgewählt worden. Das wäre es so in aller Kürze.«

Nachdem sich alle vorgestellt hatten – Patricia vermied es, zu Landler zu blicken –, setzte Warren sein Gefechtsgesicht auf. »Das Ziel der heutigen Sitzung ist es, Ihnen, also der Führungscrew, einen Gesamtüberblick zu verschaffen. Wir werden Aufgabenverteilung, Projektplan und Kommunikationswege festlegen. Zuerst einmal ist es aber wichtig, dass Sie sich über die Brisanz von Excess bewusst werden.« Er lächelte, als hätte er gerade ein paar Kriegsgefangene gemacht. »Schließlich soll hinterher niemand sagen können, er habe nicht gewusst, woran er ein ganzes Jahr gearbeitet hat.« Warren blätterte zur nächsten Seite des kleinen Stapels Papier, der vor ihm auf dem Tisch lag.

Er wusste nicht, wie und warum die anderen zu Excess gestoßen waren, mit Ausnahme seines alten Kameraden Floyd. Ihn hatte er selbst rekrutiert. Warren war überzeugt, dass Landler der richtige Mann für den Job war.

Er erzählte, wie er vor erst einer Woche Besuch von einem langjährigen Bekannten bekommen habe. »Ein Analyst beim Institut für eurasische Studien. Sie wissen schon, einer der unzähligen Washingtoner Think Tanks, die im Wesentlichen nur Papier produzieren. Er hat mir von Excess erzählt – der Name trifft ja wirklich ins Schwarze – und von der erfreulichen Tatsache, dass das ganze Projekt von Privaten finanziert wird. Von einer Stiftung ›Patrioten für Globale Demokratie‹. Er hat mich gefragt, ob ich im Rahmen meiner Möglichkeiten als Chef der DAPOR bereit wäre, das Projekt zu unterstützen. Und wissen Sie was? Ich habe zugesagt!« Warren lachte zufrieden beim Gedanken an die zehn Millionen Dollar, die für ihn dabei rausspringen würden. *Zehn Millionen Dollar, die habe ich wirklich verdient – Herrgott, was sind schon zehn Millionen Dollar?* Einen Tag vor 9/11 hatte der damalige Verteidigungsminister Rumsfeld – Warren hasste den utopischen Versagerstrategen, wie viele seiner Offiziers-Kollegen, vor allem bei den Marines und der Army – einen Krieg erklärt. Und zwar der Pentagon-Bürokratie, die es fertig gebracht hatte, im Laufe der Zeit über zwei Billionen Dollar zu verlieren. Zweitausend Milliarden Dollar, über deren Verbleib keine Aussage gemacht werden konnte.

Überall im Pentagon gab es schwarze Kassen, mit denen verdeckte Operationen finanziert wurden und aus denen sich alle mögliche Kreaturen bedienten. Warren hatte das nie gemacht. Er hatte sich immer mit seiner mageren Offiziersbesoldung begnügt. *Was sind da schon meine zehn Millionen Dollar – von denen noch dazu kein einziger verdammter Cent aus Steuergeldern stammt? Eigentlich verkaufe ich mich viel zu billig*, dachte er.

Er schaltete sein Notebook ein.

EXCESS – A REAL-WORLD EXPERIMENT

leuchtete es auf der Projektionsfläche hinter Warren auf. »Also, ich habe zugesagt. Obwohl *mein* Kopf als Erster rollen wird, falls irgendetwas schiefgehen sollte. Kommen wir nun zum ersten Punkt des Überblicks. Wie Sie wissen, haben wir einen Juristen unter uns, Eugene Moore. Warum wird er Ihnen nichts über die juristischen Aspekte erzählen? Nun, ganz einfach. Schließlich gehen Bankräuber auch nicht zum Anwalt, bevor sie einen Überfall machen. Was ich damit sagen will: Wir übertreten mit Excess eine ganze Reihe von Gesetzen – Freiheitsberaubung, Eindringen in die Privatsphäre, Körperverletzung.«

»Körperverletzung?«, fragte Landler dazwischen.

»Psychologische Traumatisierung ist auch Körperverletzung. Dieser Tatbestand und noch mehr. Und das alles gleich tausendfach.« Warren blickte mit ernster Miene in die Runde. »Sie sollten sich nicht der falschen Hoffnung hingeben, irgendeiner der vielen Washingtoner Rechtsverdreher könne die bestehenden Gesetze dahingehend interpretieren, dass Excess vielleicht doch legal wäre – ist es nicht! Eine juristische Betrachtungsweise ist damit hinfällig. Was wir machen, ist definitiv *illegal*.«

Er machte eine Pause, um diese Neuigkeit einsickern zu lassen.

Für Eugene schien Warrens Hinweis nichts Neues zu sein. Paul rutschte unruhig auf dem Sitz hin und her. Landler tat, als habe er es nicht gehört. Für ihn war es nicht illegal, sondern höchstens *extralegal*. In seiner speziellen Branche – Private Military

Companies – war Extralegalität ein Dauerzustand. Patricia notierte *Excess ist illegal.* Einen Moment später riss sie den Zettel vom Block und ließ ihn im hinter ihr stehenden Schredder verschwinden; sie war entschlossen, sich dieses Projekt um keinen Preis der Welt entgehen zu lassen.

Warren lächelte grimmig. »Nun zum *wir*. Wer ist *wir*, juristisch gesehen? Wir bin vor allem *ich* sowie andere Staatsdiener, die im Verlauf des Experiments agieren werden. Was Sie betrifft«, er blickte zu Patricia, »die Sie für die Produktion des Medienszenarios verantwortlich sind«, sein Blick wanderte zu Paul, »oder Sie, Paul, der Sie die Aufzeichnungen aus der Stadt auswerten werden, für Sie sieht die Sache schon wesentlich besser aus. Schließlich kann eine Bank, die überfallen wurde, auch nicht den Supermarkt verklagen, in dem die Täter die Munition gekauft haben. Im juristischen Brennpunkt ist also primär das Pentagon, oder besser gesagt, ich!« Er machte einen bedauernden Gesichtsausdruck. »Trotzdem sollten Sie nicht vergessen, dass es neben dem juristischen Urteil auch noch das gesellschaftliche gibt. Was zum Beispiel würden die Medien über uns sagen, sollte jemand durch einen Unfall zu Schaden kommen und das Projekt im Gericht der öffentlichen Meinung landen?«

Patricia öffnete den Mund, als ob sie etwas sagen wollte, schloss ihn dann aber wieder.

»Sehen Sie«, fuhr Warren fort, »man würde über uns allen den Stab brechen. Aber das wird nicht passieren.«

Er erklärte, dass Excess dank der Involvierung des Staates unter dem Schutz des erst wenige Jahre alten Information Accessibility Acts (Informationszugangsgesetz) stehe. »Ein wunderschöner Euphemismus, nicht wahr?« Warren lächelte süffisant. »Informationszugangsgesetz«, sagte er und zog das Wort in die Länge wie ein Stück Gummi. »Hat sich das National Security Establishment wieder was Schönes ausgedacht.«

Patricia erschrak. »Darf ich fragen, wie Sie das erreicht haben? Das Informationszugangsgesetz kann nur beansprucht werden, wenn der Generalstaatsanwalt eine entsprechende Anordnung unterzeichnet. Sie wollen doch nicht etwa sagen, er weiß von Excess?«

Warren hatte von Anfang an realisiert, dass er nicht der Einzige war, der sich hatte kaufen lassen. Der Generalstaatsanwalt Terry Walker – seine Bestechlichkeit war in Washington seit Jahren ein Treppenwitz – war von den Patrioten für Globale Demokratie als Erster gekauft worden. So zumindest lautete Warrens Einschätzung. Kurz nachdem er zugesagt hatte, sich und die DAPOR Excess zur Verfügung zu stellen, war ihm eine Anordnung von Generalstaatsanwalt Walker überbracht worden. Aus ihr erfuhr Warren, dass Excess und alle damit im Zusammenhang stehenden Vorgänge ab sofort dem Informationszugangsgesetz unterstellt seien. Warren *wusste*, dass der prinzipienlose Walker dies ausschließlich getan hatte, weil er ein *korruptes Schwein* war, der alle – inklusive sich selbst – jederzeit zum Höchstpreis verkaufte. Er, Warren, hatte wenigstens die ehrenhafte Intention, Excess zu sabotieren. Die zehn Millionen, die dabei für ihn raussprangen, waren nichts weiter als eine angemessene Entschädigung für die persönlichen Unannehmlichkeiten, die er deswegen würde in Kauf nehmen müssen.

»Was Walker weiß oder nicht, weiß nur er selbst«, wischte Warren Patricias Frage beiseite. »Sie sollten sich um solche Themen keine Gedanken machen.« *Und jetzt noch eine dunkle Andeutung.* »Könnte Sie in Teufels Küche bringen!«

Eugene blickte lächelnd zu Paul, dessen Gesicht etwas bleicher war als zu Beginn der Sitzung. Paul hatte sich nie etwas aus Politik gemacht, und vom Tagesgeschäft hatte er keine Ahnung. Von diesen Sachen wollte er nichts wissen, dazu hatte er nicht die Konstitution.

»Nächstes Thema: Geopolitik«, setzte Warren seinen Vortrag fort.

»Muss das sein?« Landler blickte missmutig auf seine Uhr. *Ich muss nur wissen, was ich zu tun habe.*

»Vermutlich wird Ihnen nicht gefallen zu hören, dass die USA, wie wir sie kennen, nach Meinung unserer Auftraggeber keine

Zukunft hat. Trotzdem sollten Sie dieser Wahrheit mutig in die Augen blicken.« Warren klickte zur nächsten Seite der Präsentation.

Geopolitische Lage

1. 21. Jahrhundert ist Ende des Zeitalters der traditionellen Staatenwelt Durch technische Entwicklung, Globalisierung und Freihandel

2. Grösster Machtblock der Welt ist Eurasien: Bevölkerung, Rohstoffe, Wirtschaftspotenzial

3. Europäische Union expandiert Richtung Süd-Osten; Shanghai Cooperation Organization expandiert Richtung Nord-Westen: bis 2025 entsteht »Halber Weltstaat«

4. USA haben dann nur zwei aussenpolitische Optionen:

A. Konfrontation/Kalter Krieg/Heisser Krieg mit ›Eurasischer Union‹
=>
Überdehnung und darauf folgender Kollaps der USA

B. Kooperation mit ›Eurasischer Union‹
=>
USA wäre in der Rolle des schwächeren Partners und würde de facto abhängig von ›Eurasischer Union‹

Warren blätterte in seinen Notizen und begann zu erläutern. »Lassen Sie mich hierzu einige Bemerkungen machen. Also, die USA drohen durch die seit Jahrzehnten, vor allem seit dem Zusammenbruch des Warschauer Pakt-Systems, sich konstant beschleunigende Integration der *Weltinsel,* wie das Gebiet zwischen der französischen Atlantikküste und Japan auch genannt wird, in eine isolierte Position zu geraten. Dies ist historisch vergleichbar mit der Position der Britischen Inseln vor Europa. Diese Situation wiederholt sich heute, einhundert, zweihundert Jahre später, im globalen Maßstab. Was früher Europa war, ist heute Eurasien, die Rolle der Briten haben die USA übernommen. Eurasien, früher nur ein abstrakter geografischer Begriff, hat seit dem Fall der Mauer einen politischen Inhalt bekommen. Wir Amerikaner sehen die USA immer noch als halben Kontinent. Angesichts des unendlichen Machtpotentials Eurasiens sind wir aber nur noch eine große Insel. Im Vergleich zur gigantischen Weltinsel Eurasien sogar nur ein kleines Inselchen, das obendrein hoffnungslos überschuldet ist – dummerweise ausgerechnet bei unseren eurasischen Freunden. Dass diese Situation zu einem großen Teil das Resultat der Politik der USA selbst ist, bleibt eine bittere Ironie der Geschichte. Hybris und Nemesis haben zugeschlagen. Ich hoffe, Sie hegen keine Ressentiments gegenüber Texanern.« Während der Präsidentschaft von George W. Bush begann die Verschuldung der USA vollends aus dem Ruder zu laufen. Die Zahlen, die der Öffentlichkeit präsentiert wurden, waren nicht einmal eine grobe Annäherung an die Realität.

Warren erklärte weiter. Er erzählte von der historischen Anomalie, nach der die größte Macht der Welt nicht in Eurasien beheimatet war, sondern in Amerika; wie der Lauf der Geschichte diese Anomalie langsam zermalmte wie eine riesige, im Schneckentempo fahrende Dampfwalze. »Aus Sicht der politischen Klasse in Europa und Asien liegen die USA wie ein schwer angeschlagener Boxer auf dem Boden und sind gerade dabei, endgültig ausgezählt zu werden.« Er machte eine Pause und kratzte sich am Kopf. »Natürlich gäbe es die theoretische Option, Eurasien, das heißt in diesem Fall vor allem Russland und China, ein nukleares Ende zu bereiten. Sie glauben gar nicht, wie ernsthaft dieser Punkt im letzten Jahrzehnt bis in die höchsten Ebenen der Regierung diskutiert wurde. Aber nachdem das geplante System zur Abwehr ballistischer Raketen nie eine befriedigende Trefferquote erreicht hat, blieb es bei der Diskussion.« Immer wieder blickte er während seines Berichts auf die vor ihm liegenden Notizen.

Paul O'Brien fragte sich, woher Warren die Präsentation hatte. Selbst gemacht? Oder von den globalen Patrioten geliefert bekommen? Und wer waren diese Leute überhaupt? Offenbar verfügten sie über Geld im Überfluss.

Warren machte einen weiteren Klick mit der Maus.

Daraus folgt:
USA muss Multilateralismus ausbauen zur Neuen Aussenpolitik und sich an die Spitze der politischen Bewegung zur Etablierung von Weltregierung und Weltstaat stellen
=> Weltstaat made in USA
> Durch die Neue Aussenpolitik, die dem Experiment folgen soll, sollen eurasische politische Kreise

A. Den Willen der USA erkennen, sich der globalen politischen Integration nicht mehr zu verweigern, sondern sie aktiv mitzugestalten.

B. Die Möglichkeit erkennen, dass selbst die isolationistischen Südstaaten sich dieser Entwicklung nicht entgegenstellen.

C. Die Absicht erkennen, die Neue Aussenpolitik durchzusetzen durch derzeitige Regierung und folgende.

»Deshalb, und dies ist die Excess antreibende Motivation, haben wir nur eine realistische Möglichkeit, auch in fünfzig Jahren noch eine wichtige Stellung in der Welt zu halten. So paradox dies klingen mag, aber wir müssen uns an die Spitze der eurasischen Integration stellen und damit an die Spitze einer Bewegung, die auf die Schaffung einer Weltregierung und ultimativ eines Weltstaates hinausläuft. Wir nennen dies schlicht *Neue Außenpolitik*. Und wir müssen diese Neuausrichtung unserer Außenpolitik mit

Vehemenz betreiben. Excess soll die experimentelle Grundlage sein, um den Startschuss zu geben, diese neue Politik einzuleiten. Ein Startschuss, der unserer Regierung helfen soll, die Prioritäten ihrer Außenpolitik neu zu definieren. Sie soll das Heft des Handelns in die Hand nehmen. Die Regierungen Eurasiens sollen in der Folge von einer agierenden in eine reagierende Position gezwungen werden, reagierend auf die kommenden politischen Initiativen aus Washington.« Er trank einen Schluck Wasser. »Diese Entwicklung hoffen die Patrioten für Globale Demokratie mit Excess initiieren zu können. Ich denke, die Frage ›Warum Excess?‹ ist damit hinlänglich beantwortet. Ob die Rechnung aufgeht oder nicht, kann nur die Zukunft beantworten und ist nicht mehr Teil unserer Aufgabenstellung. Ich bin bis dahin, Sie wissen es, ohnehin längst pensioniert und«, er stand auf, ging in die Knie und bewegte sich wie ein Clown vor und zurück, »schaukle meinen müden Kriegerkörper langsam hin und her.«

Warren hielt die Idee vom Weltstaat für ausgemachten Blödsinn. Ziel der globalen Patrioten war es – zumindest laut der Präsentation –, den eurasischen Regierungen zu demonstrieren, dass, wenn man nur genügend psychologischen Druck kreierte, selbst die konservativsten Südstaatler in einem Kaff irgendwo in der Pampa einem Eintritt der USA in den Weltstaat zustimmen würden. Er, Warren, würde aber dafür sorgen, dass das Resultat des Experiments, das bereits vorgegeben war, ein ganz anderes sein würde. Er würde dafür sorgen, dass die ganze Sache gründlich daneben ging. Die globalen Patrioten brauchten das Pentagon für ihr Experiment. Dass sie sich die DAPOR – mit ihm als Chef – als federführende Institution ausgesucht hatten, war ihr eigener Fehler. *Ich werde euch eine Lektion erteilen, die ihr niemals vergessen werdet,* dachte Warren grimmig. *Überhaupt! Was sind das doch alles für Arschlöcher! Zuerst die durchgeknallten neokonservativen Versager, die Sandkastenimperialisten von der Project-for-a-New-American-Century-Front, die das US-Weltreich durch ihre immanente Strunzblödheit gleich selbst erledigt haben, und jetzt die Weltstaat-Freaks! Ich kann gar nicht so viel fressen, wie ich kotzen möchte!* Es schüttelte ihn durch.

»Nachdem wir nun wissen, dass Excess ein Mittel zum Zweck ist, um die sogenannte ›Neue Außenpolitik‹ zu initialisieren und damit den USA zu einem möglichst vorteilhaften Eintritt in den sich auch ohne unser Zutun entwickelnden Weltstaat zu verschaffen«, fuhr Warren fort, »können wir uns jetzt dem Experiment als solchem zuwenden.« Er klickte die nächste Seite der Präsentation an. »Sehen wir uns die vier Eckpunkte an, die dieses Experiment definieren.«

EXCESS: VIER ECKPUNKTE

1. REAL-TIME: 10 TAGE
2. REAL-WORLD: FINDET STATT ALS GEHEIMER FELDVERSUCH
3. »REAL-NEWS«: BEKANNTE TV-GESICHTER
4. REAL-EVENTS: MACHEN BEWOHNER ZU ZEUGEN

7

Als sie nach einer Pause wieder in die Bubble zurückgekehrt waren, setzte Warren seine Erklärungen fort. »Diese vier Punkte sind es, die die Kosten für Excess in eine exorbitante Höhe treiben. Real-Time heißt, dass vom Moment der Isolation von Globalvillage …«

»Was für ein Ding?«, unterbrach ihn Landler.

»Bis wir wissen, wo das Experiment stattfindet, nennen wir das Dorf *Globalvillage*«, erläuterte Warren. »Also, bis zum Ende des Experiments wird ein Zeitraum von zehn Tagen vergehen. Zehn Tage, in denen das Leben überall auf der Welt seinen normalen Gang weitergehen wird, während sich die Welt in Globalvillage grundlegend verändert. Die Bewohner werden erleben, wie aus dem Nichts heraus eine so dramatische weltpolitische Situation entsteht, wie sich die Nachrichtenlage Stunde um Stunde und Tag für Tag derart zuspitzt, dass gegen Ende dieses Zeitraums die USA, Russland und andere große Länder beschließen, ihre Staaten in einen entstehenden Weltstaat einzubringen – nur so kann ein nukleares Armageddon und damit das Ende der Menschheit verhindert werden. Und das alles *live on TV!*«

»Faszinierend!«, unterbrach ihn Patricia Palmer. »Wir werden emotionstechnisch Vollgas geben.« Nun war sie in ihrem Element. »Wir machen das mit der Angst-Musik.« Sie summte ein paar Töne einer dramatischen Melodie. »Und mit der Angst-Stimme!«

Sie sahen sich verdutzt an. Keiner hätte der zierlichen Frau diese Abgründigkeit zugetraut. Aber dafür war sie schließlich engagiert worden.

Landlers Gesicht hellte sich auf. Er glaubte eine Seelenverwandtschaft zu erkennen. »Und mit der Angst-Schrift«, fügte er hinzu. Patricia warf ihm einen vernichtenden Blick zu.

Der einzige denkbare Weg zum Weltstaat führt durch ein tiefes Tal der Angst, erinnerte sich Paul.

»Real-World bedeutet«, setzte Warren seinen Vortrag fort, »dass wir eine tatsächlich existierende Kleinstadt – eben Globalvillage – mit etwa eintausend Einwohnern vollkommen von der Außenwelt isolieren werden. Die Bewohner werden glauben, die starken Einschränkungen ihrer Bewegungsfreiheit und die nächtliche Ausgangssperre seien Teil von Maßnahmen zur Verhinderung von angeblich geplanten Terroranschlägen. Sie werden denken, diese Art von Ausnahmezustand herrsche *überall* in den USA, ja sogar in der ganzen Welt. Der dritte Punkt, Real-News, verursacht die meisten Kosten. Real-News bedeutet, dass das von den globalen Patrioten vorgegebene Nachrichtenszenario von den bekannten Gesichtern der großen Networks vermittelt wird. Wie Sie wissen, ist es dank des Erfindungsreichtums von DARPA und Hollywood schon seit Jahren möglich, einen Schauspieler X mit dem Gesicht und der Stimme einer Person Y zu überlagern. Dieses Verfahren – wir sprechen von digitalem Morphing – ist der Schlüssel zu unserem kleinen Experiment. Wir werden ein zweihundertvierzig Stunden andauerndes Nonstop-Nachrichtenprogramm im Design der landesweiten Nachrichtensender Fox, CBS, ABC, NBC und CNN produzieren. Also eintausendzweihundert Stunden TV-Produktion mit Kosten von siebenhundert bis achthundert Millionen Dollar.«

»Ein zweistündiger Kinofilm kostet doch schon hundert Millionen«, wendete Patricia ein.

»Richtig, Patricia. Aber bei unserer Produktion wirkt die Größendegression.«

Fragende Blicke.

»Massenproduktion! Die eigentlichen Aufnahmen werden größtenteils im Studio stattfinden. Kleine Fehler und Versprecher bei den Aufnahmen spielen keine Rolle. Im Gegenteil, sie erhöhen die Authentizität. Die Nachbearbeitung, das digitale Morphing also, kann heute fast vollautomatisch durchgeführt werden. Es ist Fließbandproduktion!«

»Verstehe.« Patricia nickte.

»Die beteiligten Schauspieler werden nichts von Excess wissen. Wir werden sie im Glauben lassen, es handle sich um Vorbereitungen für eine militärische Übung.« Er tippte sich mit dem Finger an die Schläfe. »Wo wir gerade dabei sind. Mit Ausnahme von Floyd sind Sie mit militärischen und geheimdienstlichen Verfahren wohl wenig vertraut. Also, es ist so: Operationen wie diese, die auf strikte Geheimhaltung angewiesen sind, werden nach dem Prinzip der *Abschottung* vorbereitet und durchgeführt. Das bedeutet, dass alle Beteiligten nur das wissen, was sie zur Ausführung ihrer spezifischen Aufgabe wissen müssen. Wir hier in diesem Raum sind – abgesehen von den Auftraggebern – die Einzigen, die wirklich im Bild sind.« Er hob vielsagend die Augenbrauen. »Neben den Studioproduktionen werden verschiedene Außensequenzen zu produzieren sein, inklusive«, er räusperte sich verlegen, »einem Attentat auf die Präsidentin und den Vizepräsidenten. Es ist ja nur Fiktion«, fügte er schulterzuckend an. »Wir werden außerdem eine Tageszeitung produzieren, natürlich die landesweit erscheinende USAToday. Radiostationen spielen in unserem Szenario keine Rolle. Radiosignale werden von uns mit Störsignalen überlagert. Das Web und andere elektronische Medien wird man ebenfalls nicht empfangen können. Wir zwingen die Menschen, ihre Informationen vom TV zu beziehen. Weil es den höchsten emotionalen Faktor hat. Schließlich geht es um *Angst – politische Angst!*

Zum vierten Punkt, Real-Events. Um die Authentizität des Programms zu steigern, wird ein Linienflugzeug ganz in der Nähe von Globalvillage abstürzen, am helllichten Tag – es soll möglichst viele Augenzeugen geben. Das Flugzeug wird ferngesteuert sein, niemand wird zu Schaden kommen. Die Folge des Absturzes wird sein, dass von uns gestellte TV-Teams nach Globalvillage kommen, um Interviews mit Augenzeugen zu machen. Die Bewohner werden also im Verlauf dieser sich entwickelnden, unglaublichen Nachrichtenlage auf einmal ihr eigenes Dorf, ihre eigenen Bekannten und Freunde am ›nationalen TV‹«, er zeichnete Anführungszeichen in die Luft »sehen – es gibt wenig, nein, nichts, was wir unternehmen könnten, um das Erlebnis für die Bewohner noch echter, noch reeller, noch authentischer zu gestalten.«

Warren machte eine Kunstpause und blickte mit großen Augen in die Runde. Paul und Patricia nickten anerkennend. »Aus den Nachrichten werden sie erfahren, dass angeblich Terroristen das

Flugzeug entführt hätten, um es mitten in einer Großstadt abstürzen zu lassen – Atlanta, New Orleans, Dallas, wo auch immer – eine Stadt in der Nähe von Globalvillage. Die Passagiere hätten dies aber dadurch verhindert, dass sie das Flugzeug heroisch auf freiem Feld zum Absturz gebracht hätten; man kennt diese Geschichte.« Warren machte eine verwerfende Geste und leerte mit einem einzigen Zug einen ganzen Becher Wasser. »Da Globalvillage physisch und hinsichtlich *aller* Kommunikationsmittel von der Außenwelt isoliert sein wird, angeblich aus Gründen der nationalen Sicherheit, eben um den Terroristen die Kommunikation zu verunmöglichen, kann die Nachrichtenlage innerhalb des Dorfes nicht verifiziert werden. *Man wird unser Nachrichtenszenario für die wahre, echte Realität halten.* Selbst Satellitensignale können in Globalvillage nicht empfangen werden, da wir sie elektronisch überlagern und auf diese Weise stören werden.« Er wandte seinem Publikum den Rücken zu und blickte zur Leinwand. »Real-Time, Real-World, Real-News und Real-Events. Zehn Tage, eine Kleinstadt, eintausendzweihundert Stunden Nachrichten, ein abstürzendes Verkehrsflugzeug – und das alles zum Schnäppchenpreis von nur einer Milliarde Dollar. *Das ist Excess!*« Warren drehte sich um und lächelte. Beeindrucktes Schweigen.

»Wie beenden wir das Experiment?«, stellte Patricia eine allen durch den Kopf gehende Frage.

Warren wusste, dass nun der schwächste Punkt im Konzept an die Reihe kam. *Wie kann man so ein Experiment beenden?* Er hielt sich weiter an die Vorgaben der Auftraggeber, auch wenn er sie für wenig realistisch hielt. *Ist mir egal, dann bin ich längst weg,* dachte er. Er bemühte sich, im selben Tonfall weiter zu sprechen wie vorher. »Wir werden jedem Bewohner eine *Entschädigung* von einhunderttausend Dollar anbieten, steuerfrei. Was übrigens, sie können alle rechnen, bei angenommenen eintausend Personen einhundert Millionen Dollar des Budgets ausmacht. Zehntausend Dollar pro Tag – kein schlechter Lohn für texanische Verhältnisse. Einhundert Millionen Dollar,« sprach er weiter, »genug, um in

Globalvillage alle Straßen mit italienischem Marmor zu pflastern. Im Gegenzug werden die Bewohner eine Schweigeverpflichtung unterzeichnen. Bei Vertragsbruch muss die Entschädigung verzinst zurückgezahlt werden. Abgesehen von den massiven rechtlichen Konsequenzen, die man in diesem Fall zu gewärtigen hätte – wer macht sich schon gerne die Regierung zum Feind? Ein Verstoß gegen das Informationszugangsgesetz hat massive Konsequenzen, das sollten Sie sich merken. Der Gesetzgeber hat Geldstrafen bis zu fünfhunderttausend Dollar vorgesehen und Freiheitsentzug bis zu fünfzehn Jahren. Wir werden die Bewohner außerdem *eindringlich* darauf aufmerksam machen, dass kein Journalist auch nur eine Silbe über das Experiment schreiben wird, weil es ein Staatsgeheimnis ist.«

»Und wenn einer der Bewohner anonym auf dem Web über das Experiment berichtet?«, fragte Eugene.

»Natürlich, ein nahe liegender Gedanke. Wie verhindert man, ganz allgemein gesprochen, die Verbreitung der Wahrheit? Indem man sie verwässert, verzerrt, verbiegt, zerschnetzelt, einschmilzt und wieder neu formt, und das in unterschiedlichsten Varianten. Ein altes Verfahren der Militärs und Geheimdienste. Desinformation macht Information zu Müll. Weil militärische Geheimnisse sich oft nur schwer schützen lassen, da sich immer irgendjemand findet, der bestechlich ist oder aus ideologischen Gründen dem Feind helfen will, streut man so viel mögliche und auch unmögliche Wahrheiten, dass dem Gegner vor lauter Wahrheiten der Kopf zu rauchen beginnt. Bedeutet hinsichtlich Excess: Nach dem Ende des Experiments werden wir im Web zwei, drei, vier Dutzend, wie sagt man so schön, Verschwörungstheorien verbreiten. Sie wissen schon – mit UFOs und ohne UFOs. Wahrheiten in allen Variationen. Ein präventiver Schlag gegen die Verbreitung der wahren Wahrheit.«

»Schön«, warf Paul ein, »aber was passiert, wenn ein Freund oder Angehöriger während des Experiments nach Globalvillage fährt?«

Warren machte eine anerkennende Geste. »Zufälligerweise wird Globalvillage in einem Gebiet liegen, in dem eine militärische

Übung mit dem Namen »Southern Countdown 16« stattfinden wird. Das erklärt die Straßensperren. Und warum die Kommunikation nach Globalvillage nicht funktioniert.«

Paul nickte zustimmend. Man hatte an alles gedacht.

»Es wird nur einen einzigen Schnittpunkt zwischen der Außen- und der Innenwelt während des Experiments geben«, fuhr Warren fort. »Das ist das abgestürzte Flugzeug. Während die Medien *in* Globalvillage berichten werden, es handle sich um ein von heldenhaften Passagieren selbst zum Absturz gebrachtes entführtes Verkehrsflugzeug, werden die Medien *außerhalb* berichten, es handle sich um eine militärische Version eines zivilen Flugzeugs, das im Rahmen der Übung Southern Countdown 16 zum Einsatz kam und aus noch unbekannten Gründen abgestürzt ist.« Warren lächelte zufrieden.

»Insgesamt«, fasste er zusammen, »ist Excess nichts anderes als ein Experiment in psychologischer Kriegsführung – PsyOp in Reinkultur.« Er lächelte hintergründig. *Was wissen diese Zivilisten schon über die Welt, wie sie wirklich ist?* »Sie halten Excess als Idee für extrem?«, fragte er rhetorisch in die Runde. »Sie haben keine Ahnung!« Sein Ton wurde ungnädig. »Mit PsyOp wurden Revolutionen inszeniert und Regierungen gestürzt. Es wurden internationale Abkommen eingefädelt, die angeblich das Klima schützen sollen, in Wahrheit aber nur Geld von unten nach oben umverteilen.« Seine Gesichtszüge verhärteten sich. »Die Psychokrieger haben Fantasien, die tausendmal extremer sind als die verrücktesten Verschwörungstheorien. Glücklicherweise werden nicht alle umgesetzt. Ein Beispiel gefällig? 1990 zog man in Erwägung, Saddam Hussein in sexuell kompromittierenden Situationen zu zeigen. Wie würde er vor seinem Volk dastehen, wenn er keinen hochkriegt?« Er blickte entschuldigend zu Patricia. Sie winkte ab. »Nichts Neues, denken Sie? Wie wär's dann damit? Was wäre der Effekt auf die irakische Bevölkerung gewesen, wenn Allah – holografisch erzeugt – über Bagdad schweben würde, um zum Aufstand gegen Saddam Hussein aufzurufen?«

Ungläubiges Staunen.

»Warum hat man das nicht gemacht?«, fragte Patricia.
»Weil man nicht wusste, wie Allah aussieht!«, antwortete Warren. »Außerdem war man 1990 technisch noch nicht so weit.« Sein Tempo steigerte sich. »Oder Operation Northwoods!« Er warf die Hände in die Höhe. »1962! Von den USA selbst inszenierter kubanischer Terrorismus auf amerikanischem Boden, um einen Vorwand zur Invasion Kubas zu haben. Kennedy hat dem Treiben einen Riegel vorgeschoben. Eine Schande für Texas, dass er in Dallas ermordet wurde! Die Covert Action Group produziert Artikel, Radio- und Fernsehnachrichten, die dann von den *freien Medien* verbreitet werden. Aber nicht, dass Sie denken, so was gäbe es nur in den USA. Nein, nein! Alle machen das! Alle! Die Wahrscheinlichkeit, dass Ihr bevorzugtes Nachrichten*magazin* zumindest teilweise direkt unter der Fuchtel eines Nachrichten*dienstes* steht ...« Er machte eine Geste, als wolle er sich selbst stoppen. Doch er sprach weiter, es sprudelte aus ihm heraus. Sein Kopf wurde rot. Etwas hatte ihn gepackt. Er wurde lauter. »Aber was steht dahinter? *Was?!* Denken Sie nicht einmal daran, dass *der Staat* das Ende der Fahnenstange ist! Sie haben keine Ahnung! Der Staat ist nur die Marionette! Der Staat ist, was wir uns haben wegnehmen lassen!« Er versuchte, den nächsten Satz herunterzuschlucken – vergeblich. »Denken Sie an verdammte Feudalsysteme, dann denken Sie richtig, verdammt!«
Verdutzte Blicke.

Art Sinshy, der sich wie immer so perfekt herausgeputzt hatte, als würde er gleich in einer Late Night Show auftreten, verließ zufrieden lächelnd das Weiße Haus. Er warf einen Blick Richtung Pentagon und machte einen kleinen Luftsprung.

Präsidentin Jeanne Adams hatte nicht viel Zeit, darüber nachzudenken, warum Art Sinshy ihr ausgerechnet *dieses* Geschenk gemacht hatte. Der nächste Termin stand an. Natürlich – das Geschenk symbolisierte den Tag, den Sinshy fast nicht überlebt hätte. Aber wieso stand es nun im Oval Office? Mit zusammengekniffenen Augen blickte sie auf das handgroße Stück eines abgebrochenen Rotorblatts, das kunstvoll auf einem Kubus aus Ebenholz montiert war. *Mittwoch, 15. Juli 1981* lautete die Gravur auf der am Kubus befestigten Goldplakette.

8

Warren schäumte, wenn er an seine Auftraggeber dachte. Und er verfluchte sich, nicht 50 Millionen verlangt zu haben. *Ihr seid mein Svengali? Bullshit! Ich bin das Trojanische Pferd, das Ihr selbst gekauft habt, Vollidioten!* Er verachtete alle Arten von Strategen. *Strategie ist für Anfänger! Kriege gewinnt man mit Logistik! Großspurige Strategien entwickeln und dann vor Stalingrad im Schnee stecken bleiben! Debile Vollidioten! Ich bin euer Albtraum, Arschlöcher!*

Der zweite Teil der Sitzung stand dem ersten in nichts nach. Nachdem Warren an alle abhörsichere Handys verteilt hatte, mit denen sie untereinander kommunizieren konnten, kam das Thema der audiovisuellen Totalüberwachung der Bewohner von Globalvillage auf den Tisch. Schließlich ging es darum, festzustellen, an welchem Punkt die Subjekte von Excess unter dem Druck der Nachrichtenlage einknicken würden. Nichtsdestotrotz war das Resultat des Experiments von den Auftraggebern vorbestimmt – niemand bezahlte eine Milliarde Dollar für eine Studie mit offenem Ausgang.

»Wenn die tatsächlichen Resultate nicht mit den antizipierten übereinstimmen, müssen sie angepasst werden.« Warren blickte ungnädig zu Paul.

Es war das erste Mal, dass Paul ernsthaft ans Aussteigen dachte. Er war Wissenschaftler, kein Vasall einer Gruppe von reichen Spinnern! Aber die Versuchung war zu groß. Nie mehr würde er an so eine Sache kommen. Kein Soziologe der Welt hatte jemals Gelegenheit gehabt, bei dieser Art von *Feldversuch* dabei zu sein. Er verfluchte sich für seine Korrumpierbarkeit, aber er blieb dabei. Sein Halbbruder Eugene lächelte ihn zufrieden an und nickte ihm zu, als wolle er sagen: *Richtig so!*

»Also, wie geht das mit Big Brother?« Warren klickte eine Seite weiter.

EXCESS: AUDIOVISUELLE ÜBERWACHUNG

1. AN ALLEN ÖFFENTLICHEN ORTEN – STRASSEN, ÄMTER,

RESTAURANTS ETC.

2. IN MINDESTENS 90 % ALLER PRIVATHÄUSER

war an der Wand zu lesen.

»Es ist unsere Vorgabe, Globalvillage mehr oder weniger lückenlos audiovisuell zu überwachen. Nun ist es kein Problem, an einigen öffentlichen Orten versteckte Kameras und Mikrofone zu installieren. Aber das genügt nicht. Wir wollen mit unserer Überwachung förmlich in allen Wohnzimmern präsent sein.« Warren blickte zu Floyd Landler. »Mein Freund Floyd hatte in diesem Zusammenhang eine geniale Idee. Floyd.« Warren hatte Landler bereits drei Tage zuvor ein kurzes Briefing gegeben.

Landler erklärte, dass er verschiedene Möglichkeiten in Betracht gezogen habe. Verdeckt in alle Häuser einzubrechen, um dort die entsprechende Ausrüstung zu installieren – unrealistisch. Deshalb müsse man die Bewohner dazu bringen, sich die entsprechende Ausrüstung selbst zu kaufen, sie in ihre Häuser zu tragen und sie selbstständig zu installieren. »Als mir diese Problemstellung bewusst wurde, hatte ich eine kleine Idee. Es ist eigentlich sehr einfach. Einige Monate vor Beginn des Experiments …«

»Wir nennen den Beginn des Experiments, also die Isolation von Globalvillage, übrigens *I-Day*, für *Isolation Day*«, erklärte Warren.

Landler fuhr fort. »Einige Monate vor dem I-Day wird ein Großhändler von TV-Geräten, der natürlich auch einer unserer Mitarbeiter ist, den lokalen Elektronikladen oder Supermarkt von Globalvillage besuchen. Er wird erzählen, dass er über einen Bestand von einigen hundert Plasma-Fernsehern verfügt, was ungefähr der Anzahl Haushalte entsprechen wird. Er wird sagen, dass die Geräte aufgrund eines kleinen, völlig unwichtigen Produktionsfehlers an der Rückseite der Verschalung zu einem unschlagbaren Preis erhältlich sind. Natürlich sind diese Geräte von uns mit der Überwachungseinrichtung präpariert, also Kamera und Mikrofon. Der Händler wird sie, so hoffen wir, in sein Programm aufnehmen und zu einem sehr attraktiven Preis anbieten. So können wir vermutlich einen Großteil der Wohnzimmer mit der notwendigen Ausrüstung ausstatten. Die aufgezeichneten Ton- und Bilddaten werden über das Stromnetz übertragen – vierundzwanzig Stunden am Tag.«

Landler lehnte sich zurück und lächelte. Als Warren wieder das Wort ergreifen wollte, fügte er hinzu: »Wir ziehen in Erwägung, vor Beginn des Experiments die Stadt vom öffentlichen Stromnetz zu trennen. Die audiovisuellen Daten werden zwar verschlüsselt. Aber es könnte theoretisch sein, dass jemand sie auffängt und dechiffriert.«

»Ein isoliertes Stromnetz hätte außerdem den Vorteil«, schaltete sich Paul ein, »dass wir nach Belieben Stromausfälle produzieren könnten.«

Die anderen blickten ihn fragend an. Er erklärte kurz die Theorie der turbulenten und hyper-turbulenten Umwelten. »Um eine Stimmung der politischen Angst zu erzeugen, sind auch nichtpolitische Turbulenzen wichtig. Durch den Stress, den sie verursachen, verstärken sie die allgemeine Stimmung der Unsicherheit und der Angst. Einige gezielte Stromausfälle wären hier sicher hilfreich. Sie würden physischen, den Bewohnern sehr nahe gehenden Stress produzieren. Effektiv wäre zum Beispiel ein Stromausfall am späten Vormittag; wenig geht den Menschen näher als ein knurrender Magen. Natürlich sollten die Unterbrechungen nicht zu lange dauern, sonst verpassen die Leute noch unsere Show.«

Patricia Palmer senkte den Kopf und kritzelte etwas auf den Block.

Warren blickte skeptisch in die Runde. *Nimmt ja jetzt schon eine erstaunliche Eigendynamik an.* »Ich denke, an diesem Punkt ist es angebracht, über Organisation und Kompetenzen zu sprechen.« Er blätterte in seinen Unterlagen und suchte auf seinem Notebook nach der entsprechenden Seite der Präsentation.

»Wie Sie sehen, gibt es in dieser Darstellung vor allem eine Aussage, die Sie sich merken sollten: Ich bin der Boss! Während des Experiments werde ich ständig im SitRoom – dem Situation

Room – anwesend sein. Den SitRoom werden wir in der Nähe von Globalvillage installieren. Innerhalb des abgesperrten Gebiets, aber unzugänglich für die Bewohner.«

Als Nächstes erzählte Warren von den Kriterien, nach denen Globalvillage auszusuchen sei.

EXCESS: EVALUATION GLOBALVILLAGE

1. LIEGT IN DEN SÜDSTAATEN
2. HAT CA. 1 000 EINWOHNER
3. IST MÖGLICHST ABGELEGEN
4. IST ÖKONOMISCH-SOZIAL MÖGLICHST AUTARK (LOKALE ARBEITSPLÄTZE)
5. LIEGT IN MULDE, SENKE

»Die ersten drei Punkte erklären sich von selbst. Vier hat folgenden Hintergrund: Angenommen, wir würden eine Kleinstadt auswählen, die nur eine Schlafstadt ist. Jeden Tag würden viele Menschen die Stadt verlassen, um zu ihren Arbeitsplätzen zu pendeln. Dann hätten wir ein großes Problem. Wie sollte man den außerhalb des isolierten Gebietes gelegenen Arbeitgebern erklären, warum einige oder gleich Dutzende ihrer Mitarbeiter – alle Einwohner derselben Stadt – von einem Tag auf den anderen nicht mehr zur Arbeit erscheinen?«

»Gut überlegt«, anerkannte Paul. Was als verrückte Idee gestartet war auf dem Flug von London nach JFK, war, von wem auch immer, bis ins kleinste Detail ausgearbeitet worden – es war unheimlich.

»Also ist es wichtig, dass möglichst wenige Bewohner von Globalvillage auswärts arbeiten. Deshalb muss es eine Stadt sein, in der möglichst viele der Bewohner nicht nur wohnen, sondern auch arbeiten, sofern sie nicht arbeitslos, pensioniert oder arbeitsunfähig sind. Es sollten möglichst wenig Beziehungen nach außen bestehen«, führte Warren weiter aus, »das ist wichtiger Faktor für das Gelingen von Excess. Falls sich doch jemand von außerhalb ins Auto setzen sollte, nachdem er telefonisch seine Angehörigen oder Freunde nicht erreicht hat, um nach Globalvillage zu fahren, wird er mindestens fünf Meilen vorher an eine militärische Straßensperre gelangen. Sie erinnern sich, Southern Countdown 16. Ein freundlicher Soldat wird dann erklären, dass eine militärische Übung stattfindet. Deswegen ist ein Passierschein notwendig, um nach Globalvillage zu gelangen. Dieser kann bei Stelle soundso des Verteidigungsministeriums beantragt werden. Das dauert natürlich einige Tage – bis nach dem Ende von Excess!«

Warren hob die Augenbrauen. »Also noch mal. Ein wichtiges Kriterium ist die Anzahl bestehender Außenbeziehungen von in der Stadt lebenden Personen sowie die Mobilität der in der Stadt lebenden Menschen. Deswegen werden auch die Bewegungsdaten der Mobiltelefone in die Evaluation von Globalvillage einfließen.«

Er überlegte, wie er den nächsten Punkt verdeutlichen oder kommentieren konnte. Verlegen rieb er sich das Kinn. »Jetzt zu einem, wie soll ich sagen, gespenstischem Auswahlkriterium für Globalvillage. *Liegt in Mulde, Senke*. Mit Excess betreten wir Neuland, was die Anzahl Personen betrifft, die einem Experiment ausgesetzt werden, noch dazu einem geheimen Experiment. Außerdem setzen wir diese Personen einem Szenario aus, das im schlimmsten Fall zu unberechenbaren Reaktionen der Bewohner führen könnte.« Paul nickte nachdenklich. »Deshalb ist es wichtig, dass wir geeignete Maßnahmen treffen, um das Experiment, sollte eine unerwartete, für Leib und Leben der Bewohner gefährliche Situation eintreten, jederzeit beenden können.« Er zuckte mit den Schultern. »Sollten wir also gezwungen sein, Excess vorzeitig abzubrechen, vielleicht weil jemand Amok läuft, eine Massenhysterie entsteht oder etwas anderes passiert, das wir jetzt noch nicht vorhersehen können, müssen wir in der Lage sein, dies zu tun, ohne unsere eigenen Leute einem Risiko auszusetzen. Und ohne die Bewohner der Stadt zu gefährden.«

Die anderen blickten Warren fragend an.

»Wir tun dies, indem wir bei der Auswahl der Stadt berücksichtigen, dass es sich um eine in einer Mulde oder Senke gelegene Stadt handelt.« Warren zögerte, zum eigentlichen Punkt zu kommen. Doch dann gab er sich einen Ruck. »Also, um es kurz zu machen: Wir werden, nur im äußersten Notfall natürlich«, er machte eine beschwichtigende Geste, »ein Betäubungsgas in die Stadt einleiten. Es ist, das versichere ich Ihnen persönlich, gesundheitlich vollkommen unbedenklich. Wenn dieser Fall eintritt, werden Spezialtruppen des Pentagons die weiteren notwendigen Schritte unternehmen. Also zum Beispiel Waffen einsammeln oder was immer auch die Situation erfordert. Die Entscheidung über ein derartiges Vorgehen liegt ausschließlich bei mir.«

»Ein Gas einleiten? Können wir so etwas wirklich verantworten?«, fragte Patricia Palmer mit besorgtem Blick. Jetzt wurde ihr doch etwas mulmig.

»Ich denke, Sie verkennen die Situation, Patricia. Eine Kleinstadt von der Außenwelt isolieren, um den Leuten eine *Scheißangst* einjagen, können wir *das* verantworten?«, entgegnete Warren gereizt.

Landler interessierten auch bei dieser Frage nur die organisatorischen Aspekte.

Paul schwor sich, seine Arbeit mit der größtmöglichen Sorgfalt zu machen. Er würde die Situation laufend so genau beobachten, dass er Warren im schlimmsten Fall empfehlen würde, das Experiment abzubrechen, bevor es zu einer Eskalation kommen könnte. Jetzt aber dachte er nicht daran, Excess zu vergessen. Es würde ohnehin nichts bringen. Man würde sich einen anderen Soziologen suchen und das Experiment wie geplant durchführen.

Eugene Moore konnte die Neuigkeit mit dem Betäubungsgas nicht beeindrucken. Wenn etwas notwendig war, konnte man es nicht verhindern. Bei Excess war es eben notwendig, Vorbereitungen für eventuell eintretende Situationen zu treffen. Für Eugene war es sogar ein beruhigender Gedanke, dass jemand an die Idee mit dem Betäubungsgas gedacht hatte. So konnte man, quasi auf Knopfdruck, dem Experiment ein schnelles Ende bereiten, sollte dies erforderlich sein.

Warren selbst hatte sich nicht nur über dieses Detail gewundert, als er das Excess-Briefing einige Tage zuvor zum ersten Mal gelesen hatte. Es war der Wunsch der Auftraggeber, dass das Experiment möglichst präzise nach den definierten Vorgaben umgesetzt wurde. Dafür bezahlten ihn die Patrioten für Globale Demokratie, wer immer das auch sein mochte. Trotzdem war Warren realistisch genug zu erkennen, dass Excess keine Sache war, nach deren Umsetzung man wieder zur Tagesordnung übergehen können würde. »Für alle, die sich Sorgen um das Wohlergehen der Bewohner machen«, setzte er seine Erklärungen fort, »wird es eine gute Nachricht sein, dass wir nicht nur daran gedacht haben, wie man die Sache im Notfall schnell und ungefährlich beenden kann, sondern auch, was passiert, sollte ein medizinischer Notfall eintreten.« Er blickte Patricia mit einem versöhnlichen Lächeln an. Ein Rettungshelikopter würde während der ganzen Dauer von Excess bereitstehen, um kranke oder verletzte Personen jederzeit auszufliegen. »Egal, ob es die medizinische Situation erforderlich macht oder nicht, aber der Patient wird erst wieder zurückkehren können, wenn das Experiment beendet ist. Unter gewissen Umständen könnten wir es Familienangehörigen ermöglichen, mit dem Patienten über militärische Leitungen zu telefonieren, aber nur wenn wir sicher sind, dass der Patient immer noch auf dem gleichen Informationsstand ist wie die Bewohner von Globalvillage.« Warren grinste breit.

»Was ist eigentlich, wenn einer der Bewohner sich bei Beginn des Experiments außerhalb des abgesperrten Gebiets aufhält und dann nach Globalvillage zurückkehren möchte? Ihm oder ihr könnte ja auffallen, dass die Medien außerhalb des Dorfs keine weltbewegenden Nachrichten melden?«, glaubte Paul einen Schwachpunkt im Konzept entdeckt zu haben.

»Aha! Sie denken wirklich mit.« Warren nickte beeindruckt. »Sollte dieser Fall tatsächlich eintreten, wäre die Person mit anderen Nachrichten, den echten Nachrichten, *kontaminiert.* Aus diesem Grund würden wir ihn oder sie unter Quarantäne setzen.«

»Kontaminiert? Quarantäne?«

»Das bedeutet nichts anderes, als dass wir die Person bis zum Ende des Experiments an einem geeigneten Ort festhalten würden.« Warren blickte Paul ungerührt an. *Jetzt macht sich der Zivilist gleich in die Hosen.*

»Aber …«, setzte Paul an.

»Ferien auf Staatskosten«, fegte Warren Pauls Bedenken beiseite. Er amüsierte sich über die Naivität, mit der die meisten der Zivilisten an das Projekt herangingen. Außerdem war er, trotz der grundsätzlich anderen politischen Weltanschauung seiner Auftraggeber, beeindruckt von deren sorgfältiger Vorbereitung von Excess – nichts wurde dem Zufall überlassen.

»Kommen wir zum letzten Teil des Briefings. Ich werde Sie jetzt mit dem Nachrichtenszenario vertraut machen. Erleben Sie die atemberaubende Veränderung der Welt zwischen dem 10. und 20. September 2016.« Wieder wählte er die entsprechenden Seiten der Präsentation aus. Langsam rollte der Text über die Projektionsfläche. Alle lasen konzentriert mit.

EXCESS: ZEHN TAGE IM SEPTEMBER 2016
STUNDE: VORGANG

0: BREAKING NEWS: EXPLOSION AM FLUGHAFEN LONDON-HEATHROW. BEI EXPLOSION IN TERMINAL 3, IN DEM AUCH FLÜGE AUS DEN USA ANKOMMEN, STERBEN BIS ZU 300 MENSCHEN

1 BREAKING NEWS: USA ERHÖHEN TERRORWARNSTUFE AUF HIGH/ORANGE, NACHDEM CIA UND ANDERE NACHRICHTENDIENSTE IN KURZER ZEIT EINE GROSSE ZAHL VON HINWEISEN AUF WEITERE GEPLANTE ANSCHLÄGE ERHALTEN HABEN. PENTAGON ERHÖHT THREATCON-WARNSTUFE WELTWEIT AUF DELTA, HÖCHSTE STUFE

1: BREAKING NEWS: ROHRBOMBE ZERSTÖRT HAUPTEINGANG DES KAPITOLS

1: BREAKING NEWS: UNBEKANNTE TERRORISTEN MIT NAMEN ›KAMPFGRUPPE 9/11‹ ÜBERMITTELN BRIEF AN VERSCHIEDENE TV-SENDER. DARIN WIRD DER »DEKADENTEN WESTLICHEN WELT« ANGEKÜNDIGT, IN EINEM »BOMBENTEPPICH«,

der von »Küste zu Küste«, vom »Berg ins Tal«,
von der »Großstadt bis ins Dorf« reicht, zu verbrennen

2: Ereignis: Pressekonferenz des Heimatschutzministeriums

2: Breaking News: Heimatschutzministerium erhöht Terrorwarnstufe auf SEVERE/ROT. Bittet alle Bürger zu Hause zu bleiben und unnötige Reisen zu unterlassen. Straßensperren im ganzen Land. Nationalgarde landesweit im Einsatz. Akute Gefahr weiterer Anschläge

6: Breaking News: FBI vereitelt Anschlag auf Präsidentin durch Festnahme von fünf Personen in Washingtoner Innenstadt

7: Ereignis: Pressekonferenz der Präsidentin. Bittet Bürger, Ruhe zu bewahren und den Behörden Arbeit zu erleichtern und alle nicht unbedingt notwendigen Reisen zu verschieben. Spricht von »größter Herausforderung der USA seit Zweitem Weltkrieg«

8: Ereignis: Pressekonferenz des FBI

12: Meldung: Offenbar Unruhe in Moskau. Verschiedene Regierungsstellen nicht erreichbar. Unklare Situation

15: Breaking News: Straßen von und nach Moskau geschlossen

15: Breaking News: Bombe explodiert in Berliner Hauptbahnhof. Mehrere Dutzend Tote

17: Meldung: EU ruft Mitgliedernationen zu maximaler Wachsamkeit gegen Terroristen auf

Inzwischen war Totenstille im Sitzungszimmer eingekehrt. Nur ab und zu unterbrach ein »Holy Shit!« oder ein ungläubiges Kichern die Stille. Nur die Klimaanlage surrte im Hintergrund. Warren, der die Präsentation bereits kannte, hatte sich auf die der Projektionsfläche gegenüberliegende Seite des Tisches gestellt, um so unauffällig die anderen Teilnehmer beobachten zu können.

So unglaublich sich die Nachrichtenlage darstellte, niemand konnte dem Szenario eine gewisse Plausibilität absprechen – zumindest, wenn man berücksichtigte, dass es für jede noch so undenkbare Situation ein erstes Mal gab. Wer hätte sich vor dem Ereignis schon vorstellen können, dass eines Tages zwei Boeing 767 in die beiden Türme des World Trade Centers rasen und die Türme wenig später *live on TV* zusammenstürzen würden?

Nach einigen Minuten hielt Warren den Text an und erläuterte: »Hier, zu Beginn des fünften Tages, wird der Tiefstpunkt erreicht. In den folgenden sechs Tagen wird sich die Situation beruhigen und man wird schnellen Schrittes und mit festem Blick Richtung Weltstaat marschieren.«

Paul schüttelte ungläubig den Kopf. Die globalen Patrioten hatten ihre Fantasie ungehemmt laufen lassen.

»Die Bewohner von Globalvillage werden an diesem Punkt nervlich vollkommen am Ende sein«, kommentierte Warren. »In Sichtweite ihrer Häuser liegt das Wrack eines Verkehrsflugzeugs, in Russland sind die Silos der Interkontinentalraketen geöffnet, die Präsidentin und der Vizepräsident sind tot, in Los Angeles Millionen gestorben durch eine von Terroristen gezündete Atombombe.« Zu Paul gewandt ergänzte er: »Jetzt sind die Menschen wirklich *am tiefsten Punkt im Tal der Angst*. Es wird Zeit, sie abzuholen.«

Paul nickte zustimmend und versuchte zu lächeln, aber er brachte nur eine Grimasse zustande.

Warren ließ das Szenario weiterlaufen: Die USA und Russland vereinbaren erste Gespräche zwischen Emissären von Präsident Sinshy und General Schdanow, der die Zerstörung von Los Angeles als barbarischen Akt verurteilt. Gleichzeitig konferiert Sinshy mit den Regierungschefs der EU-Länder und China, um einen umfassenden Vorschlag zur Lösung der Weltkrise auszuarbeiten. Am nächsten Tag verkündet Sinshy eine neue Doktrin im internationalen Zusammenleben. ›Frieden durch Einheit.‹ Stunden später bezeichnet General Schdanow die Frieden-durch-Einheit-Doktrin als denkbaren Weg, um einen Nuklearkrieg jetzt und in Zukunft abzuwenden. Der Generalsekretär der UNO zeigt sich zum ersten Mal seit Beginn der Weltkrise vorsichtig optimistisch. Er dankt Präsident Sinshy für seinen konstruktiven und visionären Vorschlag. Tage später wird die neue Losung bei einer feierlichen Zeremonie auf den Azoren vertraglich besiegelt. Das als *Declaration of Interdependence* bezeichnete Abkommen legt fest, dass eine supranationale Institution, die Kommission für Frieden und Freiheit, ab sofort die Hoheit über alle Nuklearwaffen übernimmt. Diese sollen größtenteils zerstört werden. Der Rest wird von der Kommission behalten, um zu verhindern, dass ein Land ein anderes mit konventionellen Waffen angreifen kann. Damit wäre die Institution des Krieges gestorben. Und die Institution der Weltregierung geboren. Mit Sinshys Rückkehr ins Weiße Haus, wo er als Erstes den noch von Präsidentin Adams verhängten Notstand aufhebt, sollte das Excess-Szenario enden.

»Nun wissen Sie alle, was für eine Arbeit auf uns wartet.« Warren blickte auf die Uhr. Seit fünf Stunden waren sie nun im fensterlosen Sitzungszimmer in einem Untergeschoss des Pentagons. Es war an der Zeit, zum Ende des Briefings zu kommen. Der Aufenthalt in der Bubble, das umfangreiche Briefing und Warrens Intensität hatten sie mitgenommen.

»So viel also zum Szenario«, ergriff Warren wieder das Wort. Niemand sagte etwas.

Eugene wunderte sich immer noch, warum sein Freund Art Sinshy im Szenario sich selbst zum Präsidenten der Vereinigten Staaten machen wollte. Da er mit Sinshy vor einem knappen Monat vereinbart hatte, aus Sicherheitsgründen bis auf Weiteres nicht mehr direkt miteinander zu kommunizieren, würde er auf diese Frage einige Zeit keine Antwort bekommen.

»Patricia, wie lange benötigen Sie, um einen Plan für die notwendigen Dreharbeiten und die elektronische Nachbearbeitung der Bilder zu entwerfen?« Warren zog ein zehnseitiges Dokument mit der Überschrift *Project Excess* aus seinem Aktenkoffer und gab es ihr.

»Ich denke, ich kann das innerhalb von zwei Wochen erledigen«, entgegnete Patricia in der Hoffnung, sie könne ihr Versprechen halten.

»Gut. Ich würde Sie gerne hier wieder treffen, und zwar heute in zwei Wochen.«

Patricia nickte zustimmend.

»Floyd«, setzte Warren die Aufgabenverteilung fort, »von dir benötige ich eine detaillierte Aufstellung über sämtliche notwendigen Einrichtungen sowie das erforderliche Personal. Außerdem natürlich ein Budget. Zwei Wochen?« Er blickte Landler fragend an.

»Ja, George, kein Problem«, antwortete Landler.

»Und nun zum Datum des I-Day.« Warren machte einen Klick mit der Maus.

EXCESS: I-DAY

FREITAG, 9. SEPTEMBER 2016

23.23 UHR ORTSZEIT GLOBALVILLAGE

9

Donnerstag, 3. September 2015 I-Day – 373

»Aha«, flüsterte David Isler und strich mit der Hand über seine Halbglatze. Seine interneuronalen Synapsen liefen auf Hochtouren und produzierten erste Denkresultate.

»Noch etwas Suppe?« Pater Aurelius blickte ihn mit hochgezogenen Augenbrauen an und ließ mit zittriger Hand eine Kelle Gemüsebouillon in Islers Teller fließen. Es war kurz nach vier. Isler war seit dem Frühstück noch nicht dazu gekommen, etwas zu essen. Der Koch des Klosters hatte sich erbarmt, einen Topf Suppe aufzuwärmen. Isler und der Pater waren die Einzigen im großen Speisesaal der Benediktinerabtei Disentis.

Gelegen oberhalb des Talbodens im Vorderen Rheintal in der bündnerischen Surselva, zwischen dem fast dreitausend Meter hohen Piz Run im Norden und dem Piz Muraun im Süden, war das Kloster der dominierende Bau in der Gegend. Die Abtei, 720 gegründet und tausend Jahre später mit der zweitürmigen Kirche architektonisch vervollständigt, beherbergte im barocken Bauwerk neben dem Gymnasium auch ein Klostermuseum mit kulturhistorischen und naturgeschichtlichen Exponaten.

»Den Kaiser täuschen und das Meer überqueren,« sagte Isler leise. Seit zwei Stunden unterhielten sie sich über die chinesische Strategemkunde, ein Thema, das sie seit Jahren beschäftigte. »Man tian guo hai.« Isler konnte kein Chinesisch, aber die Aussprache der Strategeme war ihm geläufig. Schon oft hatte ihm sein Wissen dieser im Westen fast unbekannten Lehre in seiner Funktion als Analytiker des Strategischen Nachrichtendienstes in Bern großen Nutzen gebracht.

»Ein Strategem *coram publico*«, sinnierte Pater Aurelius. Das weiße Haar schwebte in Wellen über seinem Kopf. »Gerade das vor aller Öffentlichkeit Ausgebreitete verdeckt nur allzu oft das tiefste Geheimnis.«

Es passierte immer wieder, dass Glaubensbrüder des Paters seine Leidenschaft für Strategemkunde nicht verstanden – Strategem hieß nichts anderes als *List.* Er sah hier ein Missverständnis. Niemals würde es dem Sanftmütigkeit personifizierenden Kleriker einfallen, ein Strategem anzuwenden, um jemandem zu schaden. Als Realist und Menschenkenner wusste er aber um das Böse in der Welt. Früh wurde er gewahr, dass man die Strategemkunde auch in die andere Richtung einsetzen konnte – um böse Absichten anderer zu durchschauen und sie zu durchkreuzen. Deshalb war »Seid klug wie die Schlangen und ohne Falsch wie die Tauben« sein liebstes Jesus-Zitat.

Den Kaiser täuschen und das Meer überqueren, das erste der sechsunddreißig Strategeme, habe seinen Ursprung im 7. Jahrhundert, resümierte Pater Aurelius. »Tai Zong, Kaiser der Tang-Dynastie mit Thalassophobie …«

»… Angst vor dem Meer«, ergänzte Isler.

»Ja. Er befand sich auf einem Feldzug gegen das auf der koreanischen Halbinsel gelegene Koguryo. Als er am Ufer des endlosen Meeres ankam, verließ ihn der Mut und der Feldzug drohte zu scheitern. Des Kaisers Generäle erdachten eine List. Ein reicher Bauer, der die Armee mit Proviant versorgte, lade ihn zu sich ein, teilten sie ihm mit. Sein Haus lag direkt am Meer. Der Kaiser folgte der Einladung. Als der Boden des Hauses zu schwanken begann, realisierte der Kaiser, dass das Haus ein getarntes Schiff war. Er war aber keineswegs wütend, sondern die vollendete Tatsache – sie befanden sich bereits auf dem offenen Meer – stärkte seinen Mut.« Ein Schmunzeln huschte um den Mund des Paters. Sie schwiegen einen Moment.

»Edgar Allan Poe«, sagte Isler.

»Poe«, wiederholte Pater Aurelius.

»›Der entwendete Brief.‹ Der Protagonist, Poe nennt ihn nur ›D‹, stiehlt einen Brief mit kompromittierendem Inhalt aus den Gemächern der Königin. Er weiß, dass die Polizei in sein Hotelzimmer kommen wird, um nach dem Brief zu suchen. Also versteckt er ihn so, dass er nicht gefunden wird«, erklärte Isler.

»Nämlich?«, fragte Pater Aurelius, obwohl er die Geschichte kannte. Regelmäßig exerzierten die beiden diese Art von reflektierendem Dialog. Immer wieder gelangten sie dabei zu neuen Erkenntnissen.

»Hinter der Tapete? In einem ausgehöhlten Tischbein?« Isler lächelte. Pater Aurelius schüttelte den Kopf.

»Viel zu einfach und zu kompliziert. Zuerst rollte er den Brief in beide Richtungen auf, beschmutzte und zerknitterte ihn und riss ihn sogar ein, um ihn alt und unwichtig wirken zu lassen, so als hätte er ihn fast weggeworfen, sich dann aber anders entschieden. Dann faltete er ihn in der entgegengesetzten Richtung der ursprünglichen Faltung und versah ihn mit seiner eigenen Adresse, geschrieben augenscheinlich mit der winzigen Handschrift einer Frau«, fasste Isler zusammen. »Schließlich legte er ihn wie achtlos in eine Briefablage aus Pappe, die vom Sims des Kamins baumelte.«

»Die Polizei hat ihn übersehen«, nahm Pater Aurelius den Faden auf, »weil sie zu weit dachte. Es war der intelligente Amateurdetektiv Auguste Dupin, der D's List durchschaute.«

Isler nickte zufrieden.

»Coram publico«, wiederholte Pater Aurelius. Sie lächelten.

Der Pater erinnerte an die häufige Anwendung des ersten Strategems, gerade in Krieg und Politik. Er erwähnte die List der deutschen Seite vor Beginn des Frankreichfeldzugs. Neunundzwanzig Mal hatten sie den Überfall verschoben, um so Frankreichs Wachsamkeit einzuschläfern. »Dann haben sie zugeschlagen!« Seine Miene verfinsterte sich.

»Unglaublich«, kommentierte Isler.

»Die Suppe«, mahnte Pater Aurelius.

»Wie bitte? Ach ja.« Isler blickte erstaunt in den Teller. »Nun ist sie kalt.«

»Zehn Millionen Dollar für einen fünfundzwanzig Jahre alten Jumbo? Sie machen Witze!« Floyd Landler hatte sich andere Größenordnungen vorgestellt. Für einen Einsatz im Nahen Osten hatte er im Auftrag des Pentagons schon russische MIGs gekauft, aber mit zivilen Flugzeugen hatte er bis zu seiner Arbeit für Excess noch nichts zu tun gehabt. Der Gesprächspartner am anderen Ende der Leitung, ein Flugzeughändler aus Arizona, hatte ihn überrascht. Er kritzelte *Boeing 747-200, flugfähig, aber ohne aktuelle FAA-Zulassung, 10M* auf seinen Notizblock. »Ja, richtig, für eine Filmproduktion, ein TV-Film über eine Fugzeugkatastrophe … Das Ding fliegt aber wirklich, oder? … Gut. … Mit provisorischer Zulassung, aha, interessant. … Was wir damit machen werden? Wir werden es abstürzen lassen!« Er lachte, als hätte er einen guten Witz erzählt. »Ja natürlich mit Fernsteuerung. … Nein, die entsprechende Technik bekommen wir von anderer Seite. … Natürlich könnten wir den Crash auch digital inszenieren, aber es würde nicht echt aussehen. … Ja, die Lackierung ist bereits organisiert. … Die Transaktion ein Haufen Papierkram? … Shit, das hört sich ja wirklich nach Arbeit an. … Nein, nicht ich, wenn das so ist, werden wir dafür einen Spezialisten engagieren; wie wär's mit Ihnen, Mike? … Sehr gut. … Der Name der Produktionsgesellschaft? Excess Film Productions, Los Angeles. … Ja, *nomen est omen*. … Bitte geben Sie mir Ihre E-Mail-Adresse, Mike.« Er notierte *mmiller@millerjet.com*. »Okay, meine ist ceo.fl@excessfilm.com. … Ja genau. Sie senden mir bitte möglichst bald die Details zum Flugzeug.«

Landler erschrak. Warum hatte er seinem Gesprächspartner, den er nicht einmal persönlich kannte, davon erzählt, dass die 747 wirklich abstürzen würde? An sich war das kein Problem, da Miller vom wahren Hintergrund der TV-Produktion niemals erfahren würde. Aber es war eine grobe Verletzung des Abschottungsprinzips. Warum musste Miller auch lauter Fragen stellen, die mit dem Flugzeugverkauf nichts zu tun hatten? Für einen Moment spürte Landler ein Schwindelgefühl hochsteigen. Verdammt! Er ließ sich seine Verunsicherung nicht anmerken. »Hören Sie, Mike, es ist wichtig, dass Sie die ganze Sache vertraulich behandeln, verstehen Sie? Das ist unser erster Film, und Sie können sich vorstellen, wie hart die Konkurrenz in unserem Geschäft ist«, versuchte er den

Schaden wieder gutzumachen. »Ja, vielleicht kann ich für Sie eine Komparsenrolle organisieren.« Er verdrehte die Augen. »Bis spätestens Ende Oktober müssen wir den Vogel abholen können. Okay, Mike, und vergessen Sie nicht, zu niemandem ein Wort, sonst ist der Deal gefährdet.«

Schlecht gelaunt beendete er das Gespräch. Was war er nur für ein Idiot! Er versuchte sich zu konzentrieren und dachte nach. Er kam zu dem Schluss, dass eigentlich nichts passiert war: Miller würde bei den Dreharbeiten nicht anwesend sein, also auch nicht sehen, dass die 747 – in den Farben der Air Force One lackiert – von Boden-Luft-Raketen abgeschossen würde. Außerdem würde er nicht zum exklusiven Kreis der nur etwa eintausend Menschen gehören, die die Aufnahmen sehen würden. Die Wahrscheinlichkeit, dass Miller in Globalvillage lebte, war … gleich null.

Trotzdem: Wenn Oberst Warren bei diesem Gespräch anwesend gewesen wäre, er hätten fassungslos den Kopf geschüttelt über Landlers Unprofessionalität. Landler versuchte, seinen Fauxpas zu vergessen.

Gleich nach der Sitzung im Pentagon hatte er sich im Kellerbüro der Global Planning and Execution Corporation in Alexandria im Bundesstaat Virginia, nur wenige Meilen südlich der Hauptstadt Washington gelegen, eingeschlossen, um die Grundlagen des Netzplans auszuarbeiten. Dieser Plan beinhaltete alle notwendigen Schritte zur Vorbereitung und Ausführung von Excess. Außerdem hatte er über eine Anwaltskanzlei in Los Angeles die Gründung der Excess Film Productions LLC eingeleitet; er selbst würde Chairman und CEO der Firma sein. Das vorgesehene Eigenkapital von einhunderttausend Dollar sowie die erste Tranche eines Produktionskredits von fünfzig Millionen Dollar warteten auf einem gerade erst eröffneten Konto auf der Sun & Sea Bank in George Town auf Grand Cayman, der größten der Kaimaninseln. Kontoinhaberin war eine ebenfalls auf den Kaimaninseln gegründete Gesellschaft mit dem Namen Global Village Illusions Financing Corporation, hinter der, so wusste Landler von Warren, die Patrioten für Globale Demokratie standen.

Landlers Mitarbeiter arbeiteten im sechsten Stock des Gebäudes. Bis jetzt hatte er noch keinen von ihnen in Excess eingeweiht. Er wollte zuerst herausfinden, wessen Arbeitskraft er benötigen würde. Er machte sich einen Spaß daraus, sie auf eine falsche Fährte zu locken, indem er ihnen einige völlig unsinnige Rechercheaufträge gab. So versuchten sie herauszufinden, wie viele Leopard-II-A4-Panzer die Schweizer Armee in den letzten fünf Jahren mit einer neuen Version des koaxialen Maschinengewehrs ausgestattet hatte, und wie der Name der für die Umrüstung verantwortlichen Person war. Außerdem sollten sie ihm militärische Landkarten der westdeutschen Streitkräfte aus dem Jahr 1989 besorgen, die das Gebiet der deutsch-deutschen Grenze von der Ostsee bis nach Nordbayern darstellten, und zwar diskret und ohne Hilfe des Pentagons, des deutschen Verteidigungsministeriums oder der EU. Drittens sollten sie herausfinden, ob und wo man ein Original der ersten Auflage des 1947 erschienenen Buchs *Our Vichy Gamble* erwerben konnte. Zwar konnte er sich grundsätzlich auf die Verschwiegenheit aller seiner Mitarbeiter verlassen – sie waren vertraglich zu Geheimhaltung verpflichtet –, aber bei Excess durfte er kein Risiko eingehen. Mit Warren war er überein gekommen, die Arbeiten am Projekt, sobald der erste Netzplan stand, direkt ins Pentagon und später in einen noch zu suchenden Standort in der Nähe von Globalvillage zu verlegen.

Neben seinem Bürosessel stand eine Staffelei, in die er einen großformatigen Papierblock eingespannt hatte. Wie immer bei komplexen Projekten startete er so deren Planung, um sie anschließend in ein Projektmanagementprogramm zu übertragen. Nach einigen Anläufen, die in einem Haufen geschredderten Papiers endeten, lag endlich eine brauchbare Version der für das Projekt benötigten Bereiche vor ihm. Diese waren unterteilt in die Kategorien Vorbereitung (I-Day – X) und Ausführung (I-Day + X). Auf diese Bereiche und Kategorien verteilten sich die einzelnen Aufgaben. Wie ihm im Lauf der Arbeit klar geworden war, war es ein außerordentlich aufwendiges Projekt. Entlang der gegenüber seines Schreibtischs liegenden Wand hatte er an einer Magnetschiene die auf Papier festgehaltenen Resultate seiner Arbeit angebracht. Seine Aufgabe in den nächsten Tagen würde sein, sie im Projektmanagementprogramm vernünftig zu ordnen und in einen logischen Bezug zueinander zu bringen. War diese Arbeit erst einmal vollbracht, konnte man sie Schritt für Schritt abarbeiten und so in den nächsten zwölf Monaten das Experiment auf eine strukturierte Art vorbereiten. Landler ließ seinen Blick über die Stichworte schweifen. Sein Kopf rauchte.

- *Kabelfernsehen und -radio vom Netz trennen und an das Experimentnetz anschließen*
- *Drohnen beschaffen mit Störsendern gegen Sat-TV ausrüsten (Warren)*
- *Störsender für terrestrische TV-Signale, Radio und CB-Funk installieren*
- *Mobiltelefonnetz unterbrechen*
- *Daten- und Telefonfestnetz unterbrechen*
- *Behälter zur Ausbringung Betäubungsgas mit Fernauslöser installieren*
- *Überwachungskameras und Mikrofone im öffentlichen Raum anbringen*
- *Stromnetz vom öffentlichen Netz abtrennen und an zu beschaffende Stromgeneratoren anschließen*
- *Betonblocks und NATO-Stacheldraht zur Errichtung einer Fünf-Meilen-Zone um Globalvillage beschaffen, gesamte Abgrenzung mit Tag-/Nacht-Kameras ausrüsten*
- *Luftraumabsperrung um Globalvillage organisieren (Warren)*
- *Plasmafernseher (500?) mit audiovisueller Überwachungseinrichtung ausstatten sowie mit Software zur Datenverschlüsselung und Adapter/Umwandler ausrüsten, um Daten in Stromnetz einzuspeisen*

Doch das war nur der Anfang. Ein Helikopter für medizinische Notfälle musste bereitgestellt und eine Isolationsstation in einem Militärkrankenhaus eingerichtet werden. Eine Quarantäneeinrichtung für die mit den *echten* Nachrichten kontaminierten Spätrückkehrer war aufzubauen. Mindestens ein Lieferwagen für die Versorgung der Einwohner mit den Gütern des täglichen Bedarfs war zu mieten oder zu kaufen. Man brauchte eine Immobilie, um den SitRoom zu installieren, von dem aus das ganze Experiment kontrolliert werden sollte, und natürlich die gesamte technische Einrichtung. Globalvillage selbst musste gefunden werden – das war die Aufgabe von Oberst Warren und dem Soziologen O'Brien. Dann natürlich der teuerste Teil der Vorbereitungen: Nicht weniger als 1 200 Stunden gefälschte Fernsehnachrichten nach den makabren Vorgaben der globalen Patrioten mussten abgedreht werden; man brauchte Schauspieler, Studios, technische Einrichtung, Fachleute für die Aufnahmen und die technische Nachbearbeitung. Zehn Ausgaben der USAToday mussten gedruckt werden. Eine Boeing 747 – Air Force One – und eine Boeing 767, die bei Globalvillage zum Absturz gebracht würde, mussten gekauft, umgespritzt und mit der Fernsteuerungseinrichtung ausgerüstet werden. Außerdem galt es herauszufinden, von welchem stillgelegten Militärflugplatz die Flugzeuge starten würden. Die 747 würde allerdings keinen besonders langen Flug vor sich haben, sondern gleich nach dem Start abgeschossen werden – wofür Boden-Luft-Raketen benötigt wurden. Schließlich mussten ein paar Verschwörungstheorien entwickelt und verbreitet werden, um die wahre Wahrheit zu schützen Themen: UNO, UFO, Illuminati, Freimaurer, CIA – das Übliche.

Landler plante, die für den Absturz während des Experiments vorgesehene Boeing 767 zu einem späteren Zeitpunkt bei einem anderen Flugzeughändler zu kaufen. Es fiel ihm schwer, sich zu konzentrieren. Noch immer nagte seine Indiskretion an ihm. Was sollte er tun? Miller noch einmal anrufen und ihn energisch darauf aufmerksam machen, dass er wirklich mit *niemandem* über die Sache reden durfte, roch zu sehr nach Panik. Er lehnte sich zurück und faltete die Hände über seinem kahlen Schädel. Er verspürte leichte Kopfschmerzen. Die Luft in seinem Kellerbüro schien auf einmal unerträglich stickig.

Erbarme Dich,
Mein Gott, um meiner Zähren Willen!
Schaue hier,
Herz und Auge weint vor Dir
Bitterlich.

Die Stimme der Altistin erfüllte die Kapelle. Sinshy liebte Bachs Matthäus-Passion. Er kniete vor dem steinernen Altar mit gefalteten Händen und gesenktem Kopf und betete still.

Nach einigen Minuten stand er auf, breitete seine Arme aus, hob den Kopf und sprach: »Herr, Du wirst Deine Menschenkinder auf eine schwere Reise schicken. Nur Du kennst den Weg des Leidens, den Deine Kinder in dieser Zeit beschreiten, um in die natürliche Gesellschaftsordnung einzugehen. In Dein tausendjähriges Reich der Glückseligkeit. Du hast mir die schwere Bürde übertragen, Deinen Willen auf Erden zu vollstrecken. Bitte, Herr, sei meiner gnädig und führe mich mit Deiner sicheren Hand durch das Dunkel der kommenden Jahre. Herr, darum bitte ich Dich!« Tränen liefen über seine Wangen und tropften auf das bei Gammarelli in Rom erworbene Papstgewand. »Nur mit Deiner Hilfe kann ich auf Erden ausführen, was Dein Wille ist. Dein Wille geschehe!« Minutenlang stand er da, weinend und mit ausgebreiteten Armen. »Im Namen des Vaters und des Sohnes und des Heiligen Geistes. Amen.« Flüsternd schloss er, als wolle er sich rückversichern: »Herr, ich bin nicht würdig, dass Du eingehst unter mein Dach, aber sprich nur ein Wort, so wird meine Seele gesund.«

Die Fenster der Kapelle, die am Rand seines riesigen Anwesens bei Boston stand, waren von außen mit Holzbrettern abgedeckt. Niemand sollte hineinblicken können. *Man würde mich nicht verstehen*, dachte Sinshy immer wieder. Zwischen Holzabdeckung und Fenstern waren Leuchtröhren installiert. Sie warfen ein unwirkliches Licht nach innen. Die einzige Tür verschloss Sinshy vor seinen Zwiegesprächen mit seinem Herrn, wie er es nannte, mit einem schweren Eisenriegel. So stellte er sicher, dass er und sein

Herr ganz allein waren. Neben dem Altar stand eine Vorrichtung, an der er manchmal ein Weihrauchfass aufhängte, das von einem Elektromotor geschwenkt wurde.

Sinshy entfernte sich langsam vom Altar, auf dem eine Bibel aus dem 16. Jahrhundert lag. Im Vorbeigehen streichelte er die Füße des Gekreuzigten und sagte lächelnd: »Wir verstehen uns, nicht wahr?« Dann zog er das Papstgewand aus, zum Vorschein kam ein exklusiver Anzug von Dormeuil, und hängte es sorgfältig in den Metallkasten neben der Tür der Privatkapelle. Er schloss ihn und drehte den Schlüssel zweimal um. Er wischte sich die Tränen von den Wangen und schnäuzte sich. Nachdem er den Eisenriegel zurückgeschoben hatte und die massive Holztür der Kapelle aufging, legte er den Lichtschalter um. Die Leuchtstoffröhren in den Fenstern erloschen. Schließlich schob er die Tür von außen zu und sicherte sie mit einem großen Schloss. Den Schlüssel dazu hatte er immer bei sich. Niemand außer ihm sollte jemals die Kapelle betreten.

Keine drei Minuten später bestieg der Kongressabgeordnete Art Sinshy den in einigen Dutzend Metern wartenden Helikopter, der ihn zum Flughafen Boston bringen würde. Dort stand seine G-70 bereit zum Flug nach Washington D. C. In neunzig Minuten würde er den ersten Termin in der Hauptstadt wahrnehmen können. Mittagessen mit einigen Kollegen aus dem Kongress.

»Schade, dass ich schon gehen muss, aber ich habe ja auch noch eine Familie«, seufzte Isler. Er stand mit Pater Aurelius in der Nähe des westlichen Eingangs zum Kloster Disentis, wo Isler seinen alten schwarzen Volvo in der Via Claustra geparkt hatte. Es war kurz nach 6 Uhr abends.

»Wirklich schade, David. Es war wie immer ein sehr schönes Gespräch mit Ihnen.« Pater Aurelius schmunzelte, als Isler erstaunt der attraktiven Maturandin nachschaute, die ihm einen kecken Blick zuwarf, bevor sie schnellen Schrittes im Gebäude verschwand.

»Ist sie für eine Klosterschülerin nicht etwas leicht angezogen?«, fragte Isler verwundert.

»Sie ist volljährig und eine gute Schülerin, wir drücken beide Augen zu«, antwortete Pater Aurelius. »Vor einem Jahr war sie mit ihrer Klasse im Vatikan bei einer Audienz des Papstes.«

»Sie war aber angemessen gekleidet?«, erkundigte sich Isler.

»Oh, sicher. Und stellen Sie sich vor, sie wurde als Klassensprecherin sogar vom Papst begrüßt und küsste seinen Ring.«

Hoffentlich ohne Zunge, schoss es Isler durch den Kopf.

Sie verabschiedeten sich und kamen wie immer überein, sich bald wieder zu treffen.

Den Kaiser täuschen und das Meer überqueren, sinnierte Isler, als der winkende Pater Aurelius aus dem Sichtfeld des Rückspiegels verschwand.

10

Freitag, 4. September 2015 I-Day – 372

Patricia Palmers rechter Fuß wippte nervös. Die kurzen thailändischen Beine übereinander geschlagen, saß sie auf ihrem Bürostuhl und blickte aus dem Fenster. Ihre Aufgabe, die Produktion der gefälschten Nachrichten zu organisieren, war unüberschaubar aufwendig. Am 9. September 2016 um 23.23 Uhr Lokalzeit würde Globalvillage vom Kabelnetz getrennt werden. Das war die Vorgabe. Hier hatte sie das erste Problem entdeckt und es pragmatisch gelöst: Tatsächlich würde man die Isolation des Kabelprogramms über einen Zeitraum von einigen Minuten verteilen müssen. Die fünf großen Nachrichtensender würden gestaffelt innerhalb von zehn Minuten abgeschaltet werden, da ein auf allen fünf Sendern gleichzeitig beginnendes Breaking-News-Programm unrealistisch wirken würde. Die vielen lokalen Nachrichtensender würden dann das Programm der fünf großen ›übernehmen‹. Die TV-Stationen, die keine Nachrichten produzierten, würde man vorerst weiterlaufen lassen, um sie dann im Verlauf des ersten Tages abzuschalten. Nur eine Schrifttafel, die einen Text wie *Aufgrund der aktuellen Ereignisse haben wir unser Programm auf unbestimmte Zeit unterbrochen* transportierte, würde noch zu sehen sein. Alle am ersten Tag weiterlaufenden Programme müssten vom Moment der Isolation an einige Sekunden zeitverzögert werden, um sie notfalls blitzschnell abschalten zu können. Etwa falls es *wirkliche* Breaking News geben würde, die auch in Programmen ohne eigene Nachrichten in Form eines Schriftbandes erscheinen könnten. Dieser Prozess musste also minutiös geplant werden, um keinen Fehler zu machen, der die Zuschauer in Globalvillage stutzig machen könnte. So weit, so gut.

Neben diesen und anderen kleineren Problemen, oder, wie Patricia fand, Herausforderungen, hatte sie schnell gemerkt, dass es *ein* großes Problem gab. Auf einigen Sendern würden zum Zeitpunkt der Isolation die regulären Spätnachrichten laufen. Im für das Experiment schlimmsten Fall könnte Folgendes passieren: Der Nachrichtenmoderator X sitzt im echten Programm eine Minute vor der Isolation im Studio. Er trägt ein weißes Hemd und eine rote Krawatte. Dann die Isolation, eingeleitet vom nur wenige Sekunden dauernden Breaking-News-Zeichen. Ab diesem Moment würde das schon lange vorher aufgezeichnete gefälschte Nachrichtenprogramm eingespielt. Was, wenn der nun durch einen Schauspieler ersetzte, elektronisch mit dem Gesicht des echten Moderators überlagerte Sprecher des gefälschten Programms ein blaues Hemd und eine gelbe Krawatte trug? Oder wenn der echte Sprecher Anfang September 2016 seine Frisur wechselte, zu einem Zeitpunkt, an dem es wegen der sehr aufwendigen elektronischen Nachbearbeitung des Programms zu spät wäre, zu reagieren? Oder wenn einer der fünf Sender kurz vor dem I-Day seine Studiodekoration änderte? Ein Albtraum!

Zur Lösung des Krawatten-Problems würde sie, falls ihr keine überzeugendere Lösung einfiele, den Auftraggebern raten, den Moment der Isolation auf nach Mitternacht Lokalzeit zu verschieben, wenn keine Live-Nachrichten mehr gesendet würden. Die Frage des Studiodekors war eine der Unwägbarkeiten, die sie vermutlich nicht in der Lage waren zu beherrschen. *Die notwendige Portion Glück gehört eben auch zu Excess,* dachte sie seufzend.

Da wegen der sich überschlagenden Ereignisse im vorbereiteten Nachrichtenszenario zehn Tage nonstop ›gesendet‹ werden müsste, war es notwendig, nicht nur die Hauptsprecher, sondern zu deren ›Ablösung‹ auch die zweite Garde der Sprecherinnen und Sprecher durch Schauspieler darstellen zu lassen und dann elektronisch mit den Gesichtern und Stimmen der Originale zu überlagern. Das allein benötigte mindestens zehn Personen pro Sender. Zusätzlich war es notwendig, andere bekannte *Talking Heads* zu simulieren, etwa wichtige Politiker, die Präsidentin, den Sprecher des Kongresses, den Generalsekretär der UNO, verschiedene europäische Staats- und Regierungschefs, die unvermeidlichen politischen Analysten oder die wichtigsten Außenkorrespondenten der Sender in aller Welt. Für alle musste ein Schauspieler gefunden werden, der eine Kopfform hatte, die dem des Originals zumindest in etwa entsprach, damit das Gesicht des Schauspielers sich gut mit dem elektronisch kreierten Gesicht der Originalperson überlagern lassen würde. Außerdem war notwendig, dass die Schauspieler Mimik, Gestik und Tonfall der echten Personen studieren und nachmachen konnten.

Insgesamt also eine große Aufgabe. Das Einzige, was sie im Moment tröstete, war, dass fast unbeschränkte finanzielle Mittel zur Verfügung standen.

Im Vergleich zur Produktion der TV-Nachrichten war die Vorbereitung der zehn gefälschten Ausgaben der USAToday ein Kinderspiel. Um einen Pravda-Effekt zu vermeiden, hatte sie bereits die Empfehlung an die globalen Patrioten notiert, eine zweite Zeitung zu produzieren, ein regionales Blatt, zu dem die Bewohner von Globalvillage einen näheren Bezug hatten.

Sie legte eine Pause ein. Es war kurz nach Mittag. Aus dem kleinen Kühlschrank im Büro ihrer Medienberatungsfirma Palmer Consulting im Potomac Center in der Hauptstadt holte sie sich ein Müsli-Joghurt. Sie setzte sich auf die Fensterbank, von der aus sie das Kapitol im Blick hatte.

Einige Minuten später unterbrach das Läuten des DAPOR-Handys ihre Lektüre. *Warren* zeigte das Display an. Militärisch kurz informierte er sie über die Entscheidung der globalen Patrioten, das Experiment im Bundesstaat Texas durchzuführen. Außerdem erkundigte er sich nach dem Stand ihrer Vorbereitungen. Er bat sie, zur nächsten Sitzung ein Memo mit allen Feststellungen und Bedenken für die Auftraggeber mitzubringen.

Fröhlich pfeifend ging Luce Brencis Richtung Battery Park am südlichen Ende Manhattans. Ein wichtiger Termin erwartete ihn. Wenn alles gut ging, würde seine Karriere einen großen Sprung nach vorne machen. Dass er deswegen nach Texas umziehen musste, nachdem er sein ganzes bisheriges Berufsleben an der Ostküste verbracht hatte, war für ihn kein Problem. Wichtiger war für den siebenunddreißigjährigen schlaksigen Journalisten mit dem Eierkopf und dem infantilen Kichern, den prestigeträchtigen Job eines Chefredakteurs einer bald landesweit erscheinenden Tageszeitung zu bekommen. Dass es eine texanische Tageszeitung war, nahm er in Kauf. Er dachte nicht im Traum daran, den Job, falls er ihn bekommen würde, für mehr als wenige Jahre zu machen. Dann würde er einen weiteren Karrieresprung anpeilen und bei der ersten sich bietenden Gelegenheit versuchen, Chef eines wirklich großen Blattes an der Ost- oder Westküste zu werden. Seit zehn Jahren arbeitete er als politischer Korrespondent für die Washington Post; die Chancen, dort Chefredakteur zu werden, waren jedoch gleich null – zu viele erfahrene Journalisten standen vor ihm auf der Liste.

Luce Brencis, intelligent, gebildet, ehrgeizig, skrupellos, charakterfrei, stimmte die Tatsache zuversichtlich, dass er vom ehemaligen Inhaber und Aufsichtsratsvorsitzenden der Headline & Footage-Gruppe – Eigentümerin der Texas Times – höchstpersönlich zu diesem Termin gebeten worden war. Sinshy war vor drei Jahren von seiner Position im Konzern zurückgetreten, nachdem er sich entschlossen hatte, für den US-Kongress zu kandidieren. Trotzdem verfügte er mithilfe seiner Stiftungen, die zusammen erhebliche Anteile an dem Medienkonzern hielten, immer noch über maßgeblichen Einfluss. In der Branche wusste jeder, dass er trotz der formellen Trennung immer noch die graue Eminenz des Konzerns war.

Brencis kicherte beim Gedanken an die Sinshy-Affäre, die vor einigen Monaten für wenige Tage die Schlagzeilen bestimmt hatte. Um die Unabhängigkeit der verschiedenen Redaktionen von ihrem ehemaligen Inhaber zu beweisen, hatte Sinshy dafür gesorgt, dass die New York Tribune, das Flaggschiff des Konzerns, auf der ersten Seite über eine von Sinshy illegal beschäftigte Haushaltshilfe berichtete. »Machen Sie einen Riesenaufstand«, hatte Sinshy zum Chefredakteur gesagt, »als hätte ich jemanden umgebracht«. Mit gespielter Verärgerung hatte er sich den Fragen der Journalisten gestellt. Nach kurzer Zeit war die Affäre vergessen, konnte von Sinshy aber jederzeit zitiert werden, falls seine politischen Opponenten ihm eine illegitime Nähe zu Headline & Footage vorwerfen würden.

Brencis fühlte sich wunderbar. Die Ärmel seines Hemdes zurückgekrempelt und die Anzugjacke locker über der Schulter tragend, kam er kurz nach Mittag im Park an. Er ging weiter bis zur südwestlichsten Spitze. Von dort konnte man die Freiheitsstatue sehen. Im Park wimmelte es von ausländischen und amerikanischen Touristen. Manager aus dem Financial District, die sich erlaubten, eine Mittagspause zu machen, genossen die für New York ruhige Atmosphäre.

Kurz nachdem Brencis es sich an einem schattigen Platz auf einer Bank bequem gemacht hatte, sprach ihn ein knapp dreißigjähriger Mann an. Er war auf den ersten Blick als Personenschützer des Secret Service zu erkennen. »Der Kongressabgeordnete wartet gleich hier um die Ecke. Bitte folgen Sie mir.« Er zeigte in Richtung einer schwarzen Limousine.

Kurz vor sie den schwarzen Pontiac erreicht hatten, murmelte der Fremde etwas in seinen linken Ärmel. Dann legte er seine rechte Hand an den Griff der hinteren Tür. Er schaute aufmerksam um sich, bevor er sie öffnete. Mit einem Blick bedeutete er Brencis einzusteigen.

»Luce, vielen Dank, dass Sie so spontan Zeit hatten«, begrüßte Sinshy Brencis mit ausgesuchter Freundlichkeit. Sie reichten sich die Hände und Sinshy zog den Journalisten in den Fonds der Limousine. Der Mann des Secret Service schloss die gepanzerte Tür.

»Freut mich sehr, Sie persönlich kennen zu lernen.« Brencis kicherte, während er sein Jackett über die Knie legte.

»Können wir uns zuerst darauf einigen, dass dies ein rein privates und informelles Gespräch ist?«, stellte Sinshy gleich die Konditionen klar.

»Sicher.«

»Gut. Ich bin in Eile. Lassen Sie uns zur Sache kommen. Wie Sie wissen, braucht die Texas Times einen neuen Chefredakteur. Obwohl ich mit Headline & Footage eigentlich nichts mehr zu tun habe, kann ich einfach nicht verhindern, mitzudenken.«

»Alte Gewohnheiten«, bemerkte Brencis.

»Ich habe mir einige Gedanken gemacht und bin zu dem Schluss gekommen, dass man diesmal einem jungen Journalisten die Gelegenheit geben sollte, sich in dieser Position zu bewähren. Der letzte Chefredakteur hatte den Job so lange, dass man seinen kalten Körper aus dem Büro tragen musste. Herzversagen.«

»Tragisch, wirklich.«

»Den neuen Chefredakteur erwartet eine große Herausforderung. Die Texas Times ist in einer schwierigen Situation und bringt seit Jahren nur Verluste. Trotzdem hat Headline & Footage sich letztes Jahr entschlossen, sie zu kaufen und zu einer profitablen, landesweit erscheinenden Zeitung zu machen. Kurz und gut: Ich denke, Sie wären der ideale Kandidat für den Job.«

»Vielen Dank.« Brencis fühlte sich geschmeichelt.

»Bildung, Berufserfahrung, Durchsetzungsvermögen, Verantwortungsgefühl, Karrierebewusstsein. Bei Ihnen stimmt alles. Tatsächlich sehe ich eine große Zukunft für Sie. Texas könnte zum Sprungbrett in eine der ganz großen Redaktionen werden. Aber wir wollen der Zukunft nicht vorgreifen.« Sinshy blickte Brencis mit ernster Miene an. »Angenommen, Sie und die Texas Times einigen sich auf einen Vertrag, wann könnten Sie anfangen?«

»Januar 2016.«

»Gut. Ich mache Ihnen folgenden Vorschlag. Sie schicken Ihre formelle Bewerbung so schnell wie möglich an die Texas Times. Wenn ich mich nicht irre«, lächelte Sinshy, »werden Sie zu einem Gespräch nach Houston eingeladen. Der Rest wird sich von selbst ergeben.«

»Guter Plan«, kicherte Brencis.

»Und bitte vergessen Sie nicht, Luce, dieses Gespräch hat nie stattgefunden.«

»Natürlich nicht«, winkte Brencis ab.

»Sehr schön. Sie sind wirklich ein Mann, mit dem man Geschäfte machen kann. Es gibt viel zu wenige davon, glauben Sie mir.« Ein guter Draht zu Brencis war Sinshy wichtig für das, was im nächsten Herbst passieren würde.

»Es tut mir wirklich leid, aber ich muss weiter. In Washington wartet heute noch ein halbes Dutzend Termine auf mich.« Sinshy seufzte kopfschüttelnd. »Ich weiß selbst nicht, warum ich mir das antue. Aber was macht man nicht alles für sein Land?«

»Sicher.« Brencis unterdrückte sein Kichern.

»Also dann, auf gutes Gelingen.« Sie reichten sich erneut die Hände.

Nachdem Brencis es geschafft hatte, die schwere Tür der Limousine zu öffnen, stieg er aus. Sofort eilte der Mann vom Secret Service herbei und schloss sie wieder. Er verabschiedete sich von Brencis und setzte sich auf den Vordersitz. Der Chauffeur stieg ein, das Auto setzte sich in Bewegung, vorne und hinten flankiert von Einsatzwagen der Polizei. Mit Sirenengeheul verschwand die Karawane in den New Yorker Straßenschluchten.

Der Hitman lag gelangweilt auf dem Sofa seines Hotelzimmers im Friendship Inn in Tucson, Arizona, und zappte sich durch das TV-Programm, als ein vierfacher Piepston seines Handys das Ankommen einer neuen Textmitteilung anzeigte. Seit Wochen hatte das Handy nicht mehr viermal gepiepst – ein neuer Kontrakt! Er nahm das Handy und las eine Nachricht: *Großmutter geht es sehr schlecht. Du solltest vorbeikommen. Gruß M.* Minuten später klingelte das Telefon. Sofort nahm der Hitman den Hörer ab. »Johnson?«, meldete er sich, eine seiner zahlreichen falschen Identitäten.

»Rezeption, soeben ist ein Fax für Sie eingegangen.«

»Ich bin in einer Minute unten.« Nachdem er das mit krakeligen Buchstaben geschriebene Fax von der Rezeption geholt hatte und wieder in sein Zimmer zurückgekehrt war, öffnete er sein Notebook. Er startete ein Programm und tippte den Text des Fax ein:

LIKE LIMMER
RETELL JIM
ARBITRARY SHOP ROK
APHORIZE A NIXON

Er überprüfte die Richtigkeit und startete die Anagrammentschlüsselung mit der Eingabe-Taste. Sofort spuckte das Programm die Lösung aus.

MIKE MILLER
MILLERJET
SKY HARBOR AIRPORT
PHOENIX ARIZONA

Der Hitman beantwortete die Mitteilung per SMS: *Komme noch heute*. Es war kurz vor 3 Uhr nachmittags.

Dreieinhalb Stunden später traf der Hitman am Sky Harbor Airport ein. Er hatte sein Auto auf einem Parkplatz in einem Außenbezirk von Phoenix abgestellt und die letzten Meilen mit dem Taxi zurückgelegt. Nachdem er sich an der Übersichtskarte des Flughafens orientiert hatte, marschierte er zum Bürogebäude, in dem sich die Büros der Millerjet Trading Company befanden. Die Aufgabe war heikel. Er musste sich zuerst ein Bild der Situation machen. Nicht umsonst hatte man einen Profi wie ihn engagiert, und nicht umsonst war die Bezahlung hervorragend.

In seinem unauffälligen Anzug und mit nicht zu sauber geputzten italienischen Lederschuhen sah er aus wie unzählige andere Geschäftsleute, die täglich die Flughäfen der Welt frequentierten. Mit schwarzer Perücke und Sonnenbrille verbarg er das Gesicht und seine kurzen braunen Haare. Er hatte sich unterwegs umgezogen, nachdem er im Hotel in Jeans, T-Shirt und Sneakers ausgecheckt hatte. Locker und unauffällig bewegte er sich ohne Hektik auf das Gebäude zu.

In der Lobby angekommen, drückte er auf den Knopf, um den Lift zu bestellen. Millerjet hatte seine Büros im vierten Stock, wie er der Plakette neben der Lifttür entnahm. Trotz aller Routine begann sein Herz schneller zu schlagen. Wenn man ihn erwischte, erwartete ihn die Todesstrafe.

Im vierten Stock angekommen, schlenderte er den Gang entlang, bis er die Tür der Millerjet Trading Company erreichte.

Es gab drei Möglichkeiten. Entweder Miller war allein im Büro, dann würde der Hitman den Job sofort erledigen. Oder, falls sich noch andere Personen im Büro befanden, müsste er die Operation abbrechen – vorerst. War niemand da, würde die verfluchte Warterei anfangen.

Der Hitman klopfte an die Tür, Mike Miller öffnete.

»Bitte?«, fragte Miller.

»Mike Miller?«, fragte der Hitman zurück.

»Ja, der bin ich, und wer sind Sie?«

»Harris, Steven Harris. Ich interessiere mich für eines Ihrer Flugzeuge.« Noch immer stand der Hitman auf dem Gang. »Darf ich hereinkommen?«

»Sicher. Ich wollte zwar gerade gehen, aber wenn Sie schon mal hier sind. Sie haben aber keinen Termin vereinbart, oder?«, fragte Miller mürrisch.

Der Hitman, ein Meister in asiatischen Kampfsportarten, stellte zufrieden fest, dass sein Opfer weder dick noch besonders muskulös war. Beides würde ihm die Arbeit erleichtern. Miller schloss die Tür.

»Nein, ich bin spontan vorbeigekommen. Sie arbeiten doch nicht etwa allein hier?«, lotete der Hitman die Situation aus.

»Um diese Zeit schon. Meine Leute sind natürlich schon weg.« Miller blickte auf seine Armbanduhr. Es war kurz vor sieben.

Der Hitman hatte Glück, die Situation war optimal.

Miller drehte sich weg, um den Stapel Papier, den er in der Hand hielt, auf seinem Schreibtisch abzulegen. In diesem Moment griff der Hitman mit beiden Händen nach Millers Kopf und verdrehte ihn gezielt und brutal nach rechts. Mit einem lauten Knacken brach das Genick. Sofort sackte Miller leblos zu Boden. Der Hitman legte seine Finger auf Millers Halsschlagader und stellte zufrieden fest, dass das Herz aufgehört hatte zu schlagen. Das Leder der Handschuhe war so fein, dass er den Puls auch durch das Material hindurch fühlen konnte.

Dann richtete er in kürzester Zeit ein riesiges Chaos in Millers Büro an. Er öffnete alle Schubladen und verstreute den Inhalt auf dem Boden.

Sekunden später verließ er zügig, aber ohne Hast das Büro. Ihm war bewusst, dass überall Überwachungskameras installiert waren. Die Perücke, die seine Ohren verdeckte, und die Sonnenbrille, die seine Augenbrauen zur Hälfte verbarg, würden es unmöglich machen, ihn anhand der Bilder zu identifizieren.

Er hielt ein Taxi an und ließ sich die halbe Distanz zu seinem geparkten Auto chauffieren. Er täuschte dem Taxifahrer einen spanischen Akzent vor. Noch immer trug er seine Handschuhe. Neben einem schäbigen Restaurant bedeutete er dem Taxifahrer zu halten. Er bezahlte bar und stieg aus. Als das Taxi abgefahren war, verschwand er hinter einer kleinen Garage. Er blickte sich vorsichtig um und stellte sicher, dass er nicht beobachtet wurde. Blitzschnell zog er die im Aktenkoffer verstauten Jeans, das T-Shirt, die Sneakers und eine andere Sonnenbrille an. Anzug, Halbschuhe, Perücke und Handschuhe verstaute er im Aktenkoffer. Diesen ließ er in einer Plastiktüte verschwinden. Anschließend machte er sich zu Fuß auf den Weg zu seinem Auto.

Nach einer Stunde Fahrt Richtung Norden bog er nach Osten ab. Den Aktenkoffer übergoss er bei einem kurzen Halt auf einem abgelegenen Parkplatz mit Benzin und verbrannte ihn und dessen Inhalt. Die verkohlten Reste des Koffers warf er in einen kleinen Fluss neben dem Parkplatz.

Nachdem er gegen Mitternacht in Santa Fe, New Mexiko, angekommen war, setzte er das Akku wieder in sein Handy ein. Sofort versandte er eine Mitteilung. *Habe Großmutter getroffen. Es geht ihr jetzt gut.*

Es war erst zwei Wochen her, dass sie sich kennen gelernt hatten – trotzdem waren sie schon so vertraut, als hätten sie ein halbes Leben miteinander verbracht; so fühlten sie es zumindest – Frischverliebte!

Josephina Saprissa saß an der Bar im Don's in Sandrock, Texas, und schaute verträumt zu ihrem Freund Tim Lewis. Es war Freitag nach Mitternacht und das halbe Dorf schien sich im Don's versammelt zu haben. Einer der Gäste hatte ein paar Lieder irgendeines Countryfuzzies in der Jukebox gewählt. Sie hatten es schwer, gegen den Lärm der Gäste anzukommen.

Obwohl er alle Hände voll zu tun hatte, warf Tim ihr alle paar Minuten einen verliebten Blick zu. Er hatte es zuerst keine gute Idee gefunden, dass sie in seine Bar kam, denn die gierigen Blicke der anderen Männer waren schwer zu ignorieren. Aber schließlich hatte sein Wunsch nach Nähe überwogen. Jeder in Sandrock wusste, dass Josephina seine neue Freundin war. Seine zwei Meter Länge und die natürliche Autorität bewogen sie dazu, es auch zu respektieren.

Neben ihr an der Bar saßen Fred ›Sherlock‹ Reilly und Pit ›Palito‹ Cooper. Sie hatten gerade ihre Schicht in der Sandrock Correctional Facility beendet, einem Gefängnis des Branchenführers Inman Corporation, und kamen wie immer ins Don's, um den schalen Nachgeschmack ihrer Arbeit mit ein paar Bier herunterzuspülen.

»Wenn du gut unterhalten werden möchtest«, flüsterte Tim Josephina über den Tresen ins Ohr, »musst du nur den beiden Vögeln neben dir zuhören.« Er knabberte an ihrem Ohr, bevor er im Lagerraum verschwand, um zwei Kästen Bier zu holen.

»Und dass wir eine Schlampe als Präsident haben, ist das auch das Werk dieser Illumaten?«, fragte Pit Cooper seinen Freund.

»Illuminaten!«, korrigierte Fred Reilly. »Es heißt *Illuminaten*, und bedeutet ›Die Erregten‹. Erregt von der endlosen Macht über die Welt, die sie seit tausenden von Jahren innehaben«, ließ er Cooper wissen.

Josephina drehte sich weg und prustete.

»Erleuchteten. Die *Erleuchteten*«, korrigierte Tim Reillys Übersetzung im Vorbeigehen.

»Ja«, quittierte Cooper, »aber unsere Präsidentin – auch Illumatin?«

»Natürlich, die Schlampe war wahrscheinlich Clubmatratze im Bomiham Club oder wie die Scheiße heißt. Dieser Eliten-Puff an der Westküste. Ja, genau so, wie ich es dir sage, Palito, genau so ist es. Ein paar mal die Beine breitmachen und schwups, wenige

Jahre später ist sie unsere Präsidentin. So einfach ist das, so verdammt einfach!«

»Woher weißt du das alles, Sherlock? Bist du vielleicht auch ein Erregter, hä?«, fragte Cooper und lachte los.

»Jetzt hör mir mal gut zu, mein alter Freund, ich weiß es eben, weil ich *smart* bin, verstehst du? Die haben einen Fehler gemacht, weißt du, einen richtig großen Fehler.« Reilly hob vielsagend die Augenbrauen.

»Einen Fehler also.«

»Einen verdammten Fehler. Haben gedacht, die könnten uns alle überwachen mit dem Internet und dabei vergessen, dass sich die Bürger«, er versuchte den Tonfall eines Politikers zu treffen, »die erwachsenen Bürger untereinander mit Informationen versorgen. Weißt du, jeder schreibt das, was er weiß, und am Schluss wissen wir erwachsene Bürger mehr über die Illus, als sie über sich selbst.« Er lachte triumphierend.

Cooper winkte ab. »Erzähl mir nicht so einen Scheiß, Sherlock, du leidest an Parao …, Para …«

»… noia«, ergänzte Josephina.

»Genau, Paranoia.«

»Was weißt du schon! Silk, bring uns zwei Bourbon«, bestellte Reilly bei Tim die erste Runde Whiskey. Zu Cooper gewandt fuhr er fort, in verschwörerischem Ton. »Und noch was. Die meisten von ihnen sind Reptilien, verstehst du, Krokodile und Eidechsen und so Scheiß. Sie haben die Fähigkeit, ihr Äußeres so zu verändern, dass sie aussehen wie Menschen, aber sie sind in Wirklichkeit verdammte Krokodile!«

Cooper winkte ab.

»Area Fifty-one.« Reilly verdrehte die Augen. »Fällt jetzt bei dir der Groschen? Area Fifty-one, dort oben in Nevada – und weißt du, was ich herausgefunden habe?« Nachdem Cooper keine Antwort gab, setzte er seinen Vortrag fort. »Ich habe Folgendes herausgefunden, und jetzt halt dich fest: Im gleichen Jahr als sie das UFO gefunden haben, wurde die UNO gegründet!« Er schlug mit der flachen Hand auf den Tresen, mitten in eine Bierlache, und blickte Cooper mit weit aufgerissenen Augen an. Cooper wischte sich einige Spritzer Bier aus dem Gesicht. Josephina nahm ein Taschentuch und tupfte ihr T-Shirt ab.

»Ich muss mal für kleine Jungs«, antwortete Cooper.

Als er eine Minute später wieder seinen Platz neben Reilly eingenommen hatte, begann dieser gleich wieder zu reden. »Manchmal erledigen sie einen Job, den eigentlich wir machen sollten.« Reilly setzte zu einer neuen Runde politischer Aufklärung an.

»Wirklich?«, fragte Cooper.

»So verrückt sich das anhört. Hast du dir das schon mal überlegt, mit Lincoln und Kennedy, diesen verfluchten Hurensöhnen?«

Cooper blickte Reilly ebenso verständnislos wie gleichgültig an.

Reilly zog ein Stück Papier aus der Hosentasche, faltete es auf und erzählte.

»Jetzt musst du dich wirklich festhalten, das hast du noch nie gehört. Hat jemand ins Web gestellt. Also, es ist so.« Reilly begann vorzulesen. »Lincoln wurde 1846 in den Kongress gewählt. Kennedy 1946. Lincoln wurde 1860 zum Präsidenten gewählt, Kennedy 1960. Beide wurden an einem Freitag erschossen. Beide in den Kopf. Und jetzt wird's wirklich seltsam. Der Name von Lincolns Sekretärin war Kennedy. Der Name von Kennedys Sekretärin war Lincoln. Auf beide folgte nach ihrer Ermordung ein Präsident aus den Südstaaten mit dem Namen Johnson. Der Mörder von Lincoln wurde 1839 geboren. Der Mörder von Kennedy – der *Einzeltäter* – 1939. Und jetzt kommt's: Lincoln wurde in einem Theater namens Ford erschossen. Kennedy wurde in einem Lincoln von Ford erschossen«, lallte Reilly.

Josephina hatte sich inzwischen dem unter der Decke hängenden, stumm flimmernden Fernseher zugewandt. Sie las die Nachrichtenzeile am unteren Bildrand. *Sprecher des Kongresses bei Flugzeugabsturz getötet. Thomas Calgary starb bei Rundflug mit seinem Sportflugzeug. Ohne einen Notruf abzusetzen, stürzte die Cessna im Nordwesten des Bundesstaates New York ab. Der Kongress wählt in den nächsten Wochen einen Nachfolger in das Amt des Sprechers. Aussichtsreichster Kandidat ist der Abgeordnete Art Sinshy aus Massachusetts.*

11

Montag, 6. Oktober 2015 I-Day – 340

Rotbraune Nebelschwaden umhüllten sie. Ein modriger Geruch stieg ihr in die Nase. Nur wenig Licht erhellte die Szenerie. Langsam folgte sie dem schmalen Weg. Schritt für Schritt tastete sie sich vorwärts. Wenige Meter hinter ihr ein Mann. Er trug eine schwarze Augenmaske. Auf seinem Kopf eine absurd große Krone – sie war dreimal größer als er selbst. Über der Krone formierte sich der Nebel zu einem Ring, wie ein Heiligenschein direkt aus der Hölle. »Fürchte dich nicht, ich bin bei dir«, sagte der Mann. Es war Sinshys Stimme; sie klang merkwürdig verzerrt und entstellt. Zu beiden Seiten des Wegs fiel das Gelände in den Abgrund. Sie war unfähig zu sprechen. Der stete Schritt des Mannes trieb sie vorwärts. Steine und Wurzeln erschwerten das Gehen. Sie bewegte sich wie durch ein Moor. »Hab' keine Angst, ich bin bei dir. Du tust es für uns, für alle Menschen!« Was meinte er? *Was* tat sie? Plötzlich tauchte eine unendlich hohe Wand aus dem schmutzigen Nebel auf und versperrte ihr den Weg. Unmöglich, sie zu überwinden. Angestrengt versuchte sie zu erkennen, ob sie links oder rechts vorbeigehen könne. Sie musste stehen bleiben. Der Mann mit Sinshys Stimme kam immer näher. Schon konnte sie seinen Atem im Nacken spüren, er war eiskalt und unangenehm feucht. »Du tust es für uns, für alle Menschen. Es ist gut so«, hörte sie noch, bevor ihr der Mann einen Hieb versetzte. Mit einem lauten Schrei stürzte sie in die Unendlichkeit.

Voller Angst fuhr Jeanne Adams aus dem Schlaf hoch. Das Bett neben ihr war wie so oft leer. Ihr Mann Richard befand sich in Honolulu. Da noch niemand vom Secret Service ins Zimmer gestürmt war, wusste sie, dass sie nicht wirklich geschrieen hatte. Sie blickte auf die Uhr. 5.45 Uhr. *Wie passend*, dachte sie. Sie musste lachen. Die Situationskomik half ihr, sich wieder zu beruhigen.

Eine halbe Stunde später saß Jeanne Adams am Frühstückstisch. Eine Tasse Rotbuschtee in der Hand blätterte sie mit spitzen Fingern durch die Pressemappe. *Was nützt mir das Foto mit der Frisur von gestern?* Sie legte die Zeitungen weg und nahm das Dossier mit den Terminen für den Tag zur Hand. Drei Seiten, wie immer ein volles Programm. Von sieben Uhr bis am späten Abend hatte sie keine freie Minute. Irgendwann würde man ihr die offizielle Mitteilung aus dem Kongress überbringen, dass Art Sinshy zum neuen Sprecher gewählt worden war.

Wenigstens hatte Adams in den letzten Monaten eine Vorstellung davon bekommen, was sie als ihr politisches Erbe hinterlassen würde. Vor einem Monat war ihr guter Freund Thomas Calgary – der letzte Kongresssprecher – beim Absturz mit seinem Sportflugzeug ums Leben gekommen. Calgary hatte sich in den Monaten vor seinem Tod fast zu ihrem politischen Mentor entwickelt. Mit ihm hatte sie aufschlussreichere Gespräche geführt als mit den meisten anderen Menschen in ihrem Leben. Obwohl sein beruflicher Hintergrund der eines Piloten war, empfand sie ihn eher als einen Gelehrten, der – im Gegensatz zu den meisten Politikern in Washington – tatsächlich am Wohl der Menschen interessiert war. Calgarys exotische Auffassung von Politik – vernunftgeerdet, gemeinwohlorientiert, kulturoptimistisch – hatte ihre Einstellung zum Präsidentenamt verändert. Durch ihn hatte sie die Orientierung gewonnen, die ihr bisher gefehlt hatte. Calgary wusste viel über die Hintergründe der amerikanischen Geschichte und war äußerst geschickt im Aufzeigen von historischen, politischen, kulturellen und wissenschaftlichen Zusammenhängen. Unter seiner Leitung startete eine Gruppe von Abgeordneten beider Parteien im Kongress eine umfangreiche Initiative zur Erneuerung der Infrastruktur. Dabei ging es dem Piloten Calgary nicht um neue Flughäfen, sondern um die ambitionierte Zielsetzung, eine neue Generation von Magnetschwebebahnen zu entwickeln und landesweit zum Einsatz zu bringen. Ein modernes, leistungsfähiges und umweltfreundliches Netzwerk für den öffentlichen Verkehr sollte der Kern der neuen Infrastruktur werden. Calgary konnte seine Kollegen überzeugen, dass nur ein mutiges Programm den Abstieg der USA auf das Niveau eines Entwicklungslandes verhindern konnte. Obwohl Jeanne, in Übereinstimmung mit ihrem neoliberalen Glaubensbekenntnis, anfänglich nur schwer zu überzeugen war, ein so großes Programm durch den Staat zu initiieren, konnte Calgary sie innerhalb weniger Monate auf seine Seite ziehen. Es war jetzt auch aus ihrer Sicht ein vernünftiger Schritt, den realwirtschaftlichen Aspekt der dahinsiechenden Volkswirtschaft wieder vor die diskreditierte Ideologie der postindustriellen Informationsgesellschaft zu stellen.

Sinshy hatte das Programm, USTrans25, zwar auch unterstützt, wollte es aber, so Calgarys Überzeugung, nur in minimalem Rahmen durchführen. Aus Calgarys Sicht sabotierte Sinshy das Programm, indem er es öffentlich befürwortete, aber in Wirklichkeit durch gezielte Strangulierung unbedeutend klein halten wollte.

Jeanne erinnerte sich, wie Calgary bei seinem letzten Besuch im Weißen Haus ein Gedicht rezitiert hatte. Es war Shelley's *Mask of Anarchy*. Es hatte sie politisch so bewegt, dass sie es selbst auswendig gelernt hatte. Percy Shelley thematisierte in dem Gedicht das Massaker der britischen Regierung an den eigenen Bürgern, die in Manchester im August 1819 friedlich gegen die Getreidezölle und für ein allgemeines Wahlrecht demonstriert hatten.

Es war bei diesem Frühstück nach dem Albtraum, in dem ihr ein Mann mit Krone und Art Sinshys Stimme erschienen war, als sie eine weit reichende politische Entscheidung traf.

Sie wusste, dass sie damit mächtigen Interessen in die Quere kommen würde. Deshalb kam vor dem Politischen das Praktische: Um ihre persönliche Sicherheit und die ihrer Familie auch in Extremsituationen zu garantieren, würde sie den Personenschutz vom Secret Service auf den United States Marshals Service übertragen. Die Unruhe, die sie damit auslösen würde, musste sie in Kauf nehmen.

... The white zone is for immediate loading and unloading of passengers only – no parking! ... La zona blanca solamente es para car-

gar y descargar de pasajeros. No se puede estacionar! … The white zone is for immediate loading and unloading of passengers only – no parking!

Seit fünfzehn Minuten wartete Paul O'Brien am vereinbarten Treffpunkt beim Terminal C des Dallas Fort Worth International Airport auf Oberst Warren. Nach der digitalen Anzeigetafel war sein Flug wie geplant um zehn Uhr vierundzwanzig an Flugsteig C25 angekommen. O'Brien surrte der Kopf. *Scheiß auf die weiße Zone*, dachte er verärgert. Der Soziologe fragte sich, wie die Flughafenmitarbeiter in diesem Bereich es schafften, nicht wahnsinnig zu werden und die verdammte weiße Zone mit bloßen Fingernägeln vom Asphalt zu kratzen. Warren und er würden die drei bei der Evaluation im Pentagon übrig gebliebenen Dörfer, die für das Experiment in Frage kamen, in Augenschein nehmen. Die Entscheidung der globalen Patrioten, das Experiment in Texas durchzuführen, hatte die Auswahl stark eingeschränkt: Nur noch die Orte Kingfisher, Munich und Sandrock standen auf der Liste. Vorausgegangen war eine Filterung nach detaillierten Angaben über die Bewohner, wie Namen, Alter, Geschlecht, ethnische Zugehörigkeit, Zivilstand, Bildung, Beruf, Einkommen, Vermögen, Schulden, Hobbys, Wahlverhalten, Auszüge aus dem Strafregister, Bewegungsprofile anhand der Mobiltelefone, wen sie anriefen, wer sie anrief, Post- und Internetverkehr und ein Dutzend weitere Kriterien. Außerdem betrachtete man Luftaufnahmen und Satellitenfotos der Dörfer, Angaben über die wirtschaftlichen Tätigkeiten, Infrastruktur, Verkehrsanbindungen, geografische Situation und so weiter.

Zum ersten Mal sah Paul O'Brien Warren in ziviler Kleidung. In seinem blauen Baumwollhemd, den Jeans und den Cowboystiefeln hätte er ihn fast nicht erkannt.

»Schön, dass Sie es auch geschafft haben. Ich muss hier weg – die weiße Zone!«, begrüßte er den Oberst.

»Junge, Junge, Sie scheinen ja ein ziemlich fragiles Nervenkostüm zu haben«, stichelte Warren grinsend. »Also dann – auf unsere Rekognoszierung.«

Sie stiegen in den Shuttlebus, der sie zum Rental Car Center brachte.

Eine halbe Stunde später, nachdem sie das Highwaygewirr um Dallas/Fort Worth hinter sich gelassen hatten, steuerte Warren den Audi A7 auf der 287 Richtung Wichita Falls. Sie hatten vier Stunden Fahrt vor sich, dann würden sie ihren ersten Stopp erreichen – Sandrock. Für ihre Übernachtung hatte Warren im einzigen Motel zwei Zimmer reserviert.

»Also, zuerst einmal ist es wichtig«, erklärte Warren, »dass wir beide dieselbe Legende haben, falls uns jemand nach dem Grund der Reise fragt. Was sicher passieren wird. Sie können sich ja vorstellen, dass dort nur selten Fremde vorbeikommen.«

»Sicher.«

»Wir sind im Auftrag einer Werbeagentur – Spencer and Willis – unterwegs und suchen nach einem geeigneten Ort für Dreharbeiten zu einem Werbespot für einen neuen Rasierapparat.« Warren blickte O'Brien lächelnd an, als wolle er sagen: *Tolle Coverstory, was? War meine Idee!*

»Schön, ein Rasierapparat also. Und wie heißen wir?«, wollte O'Brien wissen.

»O'Brien und Warren. Warrens gibt es, wie Sie wissen, wie Sand am Meer, kommen ja auch in jedem Kinofilm mindestens einmal vor, und nach meinen Recherchen gibt es in den USA mindestens neunzig Paul O'Briens. Falsche Namen würden uns die Sache nur unnötig erschweren. Man verplappert sich allzu leicht, vor allem, wenn man in solchen Dingen keine Routine hat.«

»Sie trauen Zivilisten nicht besonders viel zu, Oberst?«, fragte O'Brien eingeschnappt.

»Ich habe meine Erfahrungen gemacht. Aber nehmen Sie das nicht persönlich. Ich denke, wir sollten die Recherchen vor Ort in drei Bereiche aufteilen. Erstens: Begehung des Ortes mit Fotoapparat und Videokamera. So verschaffen wir uns einen visuellen Überblick, der die Satellitenaufnahmen ergänzt. Falls nötig, werden wir ein Kleinflugzeug mieten, um einige Luftaufnahmen zu machen. Zweitens: Festhalten von fotooptischen Eindrücken außerhalb der

Ortschaften, aus allen vier Himmelsrichtungen. Drittens: *beiläufige* Gespräche mit Bewohnern, vor allem in den Restaurants. Deshalb werden wir auch in allen drei Dörfern übernachten. Am späten Abend unter Alkoholeinfluss an der Bar sind die Menschen ja viel gesprächiger als zu anderen Tageszeiten. Das wird uns hoffentlich nützliche Einblicke in das Innenleben des Dorfes bringen, vor allem, was Ihre, wie sagen Sie immer …«

»… Turbulenzen …«

»… betrifft, genau. Die nicht-politischen, die vielleicht kürzlich stattgefunden und die Bevölkerung weich geklopft haben.«

Nachdem sie einige Minuten geschwiegen hatten, griff O'Brien das Gespräch wieder auf. Er wies Warren darauf hin, dass die Bewohner des auszuwählenden Dorfs nicht repräsentativ seien. Es fehle die städtische Bevölkerung. Da letztere aber weniger konservativ sei, spiele dies keine Rolle. »Wenn also die Dorfbewohner dieser Sache zustimmen, kann man getrost davon ausgehen, dass es die Stadtbewohner sowieso tun würden. Ich denke, das ist eine faire Annahme, die sich auch wissenschaftlich untermauern lässt«, beendete O'Brien seine Überlegung.

Der Herr Soziologe muss dann wohl noch mal über seine wissenschaftlichen Bücher gehen, dachte Warren. Nicht, dass er ihn nicht mochte, aber seine weltfremde akademische Nordstaatenarroganz ging ihm auf den Geist. *Don't mess with Texas!*, grinste er zufrieden.

Noch drei Stunden bis Sandrock.

An diesem Montag war der Kongress der Vereinigten Staaten von Amerika zu einer Sondersitzung zusammengekommen. Es galt, einen neuen Sprecher zu wählen. Sinshys Wahl war eine reine Formalität, die Abgeordneten waren nicht einmal vollzählig anwesend. Bereits nach dem ersten Wahlgang war die Sache entschieden. Sinshy gewann mit 188 Stimmen vor seinem republikanischen Konkurrenten, der 164 Stimmen erhielt.

Am Abend dieses Tages lag die offizielle Mitteilung an die Präsidentin Jeanne Adams auf ihrem Schreibtisch im Oval Office:

Resolved, That the Clerk be instructed to inform the President of the United States that the House of Representatives has elected ARTHUR CARRICK SINSHY, a Representative from the State of Massachusetts, Speaker of the House of Representatives of the One Hundred Fourteenth Congress, replacing THOMAS CALGARY, a Representative from the State of New York, who passed away in a tragic accident.
Attest: Clerk.

12

Mittwoch, 25. November 2015 I-Day – 290

Kurz vor 10 Uhr vormittags. Seit einer halben Stunde saß der Analytiker David Isler im Atrium des Hotels Beau Rivage in Genf. Von seinem Arbeitgeber, dem Strategischen Nachrichtendienst SND in Bern, hatte er erfahren, dass der Sprecher des US-Kongresses, Art Sinshy, sich für einige Stunden in der Schweiz aufhalten würde. Die Studie über das europäisch-amerikanische Verhältnis für den Bundesrat hatte Isler zwar längst abgegeben, aber als Analytiker war es Teil seiner Natur, Informationen nach der Manier eines Staubsaugers zu sammeln – um später zu entscheiden, ob er sie benötigen würde oder nicht. Er ahnte, dass die Regierung in der Angelegenheit wieder auf ihn zukommen würde.

Es passierte selten, dass wichtige US-Politiker in die Schweiz kamen. Sinshy stand als potenzieller Präsidentschaftskandidat, zusammen mit einem Dutzend anderer Politiker, spätestens seit seiner Wahl zum Sprecher auf Islers Beobachtungsliste. Von der Nähe zu Sinshy versprach er sich nicht allzu viel, aber schaden konnte es auch nicht.

Die letzte Textmitteilung, die ihm der SND auf sein Handy gesendet hatte, besagte, dass Sinshy und seine Entourage vor wenigen Minuten in Cointrin gelandet waren. Sinshys einziger Programmpunkt in Genf war ein Treffen mit dem Präsidenten der Sinshy Africa Foundation, einer Stiftung, die soziale Projekte auf dem Schwarzen Kontinent unterstützte. Isler hielt es für möglich, dass noch andere Treffen anberaumt waren.

Sinshys Büro hatte die Richard-Wagner-Suite im ersten Stock des Hotels gemietet. Wie dem Flugplan für die Weiterreise zu entnehmen war, wollte er nur für drei Stunden in der Schweiz bleiben.

Zur Tarnung hatte Isler nicht nur eine Zeitung dabei, sondern auch seine dreijährige Tochter Olivia. Als erfahrener Dienstler wusste er, dass die Leute vom Secret Service, die Sinshy nicht nur unmittelbar begleiteten, sondern sich bereits jetzt im Hotel aufhielten, und zwar nicht nur markiert durch dunkelblauen Anzug und Knopf im Ohr, ein feines Gespür für die unangemeldete Anwesenheit von Kollegen hatten. Ein Kleinkind auf dem Schoß, mit verwaschenen Jeans bekleidet, die verbliebenen Haare einen Tick zu lang und eine Boulevardzeitung lesend, war Isler optimal getarnt.

Einige ihm nicht bekannte Kollegen der Schweizerischen Bundespolizei befanden sich ebenfalls im Atrium, abgesehen von den uniformierten Polizisten der Stadt Genf.

Isler hatte sich an einen Tisch etwas abseits des Atriums gesetzt. Von seiner Position aus hatte er Eingang und Atrium im Blick. Große, in Altrosa gehaltene Säulen verliehen der Halle eine mondäne Atmosphäre. Eine der Säulen gleich neben Islers Sitzplatz diente ihm als Sichtschutz. So konnte er diskret beobachten, ohne aufzufallen. Olivia war in tiefen Schlaf versunken, ihr Stoffhündchen Fidel klemmte unter dem Arm. Isler hatte ihr etwas zu essen gegeben und mit ihr die Toilette besucht. Es waren die Details, die einen Profi vom Amateur unterschieden.

Plötzlich kam Hektik auf – die Ankunft des Sprechers stand bevor. Polizeisirenen kündigten seine Wagenkolonne an. Die Personenschützer hechteten aus zwei Begleitfahrzeugen und blockierten den Eingangsbereich. Ein Mann mit Knopf im Ohr stellte sich in die Tür des Lifts. Der Lärmpegel stieg und übertönte jetzt den laut plätschernden Springbrunnen in der Mitte des Atriums. Männer sprachen in die Ärmel ihrer Anzüge. Köpfe drehten sich und suchten nach verdächtig wirkenden Personen. Umgeben von seinen Bodyguards eilte wie ein Herbstwind Art Sinshy durch die Drehtür ins Atrium. Isler konnte über den Rand der Zeitung nur den silbergrauen Schopf des Sprechers sehen. Nach einer kurzen Begrüßung durch den Hoteldirektor verschwand der Pulk im Lift. Die Hektik legte sich ebenso schnell, wie sie begonnen hatte. *Bis jetzt nicht sehr ergiebig*, dachte Isler, aber er hatte nichts anderes erwartet. Er wusste nicht, nach was oder wem er neben Sinshy Ausschau hielt, und so hoffte er auf seine Serendipität – die Kunst, durch eine stets aufmerksame Haltung glückliche und unerwartete Entdeckungen zu machen. *Mit leichter Hand ein Schaf wegführen*, erinnerte sich Isler an das zwölfte chinesische Strategem.

Olivia erwachte. Verschlafen blickte sie um sich. »Daddy«, lächelte sie Isler an. »Immer noch Hotel?«

»Ja, Schätzchen, aber nicht mehr lange.« Isler wusste, dass seine biologische Tarnung sich bald von ihrer problematischen Seite zeigen würde. Er überlegte. Anstatt einfach nur herumzusitzen, musste er aktiv werden. Er hatte eine Idee, es war zumindest einen Versuch wert. »Spielen?«, fragte er Olivia.

»Ja, spielen«, antwortete sie strahlend.

»Verstecken?«

»Ja, verstecken.«

Isler wusste, dass seine Tochter wenn sie einmal alt genug war, zu verstehen, was heute vor sich gegangen war, stolz sein würde auf ihre frühkindliche Geheimdienstarbeit. Er stand auf und machte mit Olivia an der Hand ein paar Schritte Richtung Empfang. Er ließ den Zugang nicht aus den Augen, in der Hoffnung, sie zu beeinflussen. Fünf Meter neben dem Empfang ließ er sie los, drehte sich um und hielt die Hände vor die Augen. Er zählte langsam von zehn auf null. Wie gehofft rannte Olivia sofort zur Rezeption, um sich dahinter zu verstecken. Mit einem an die Concierge gerichteten »Entschuldigen Sie, Kinder!« ging er hinter die Rezeption, um seine Tochter auf den Arm zu nehmen. Zwei Sekunden genügten ihm, um auf dem Bildschirm des Reservationscomputers – die Zimmerbelegung war dankenswerterweise grafisch dargestellt – zu erkennen, dass ihn sein Trick nicht weitergebracht hatte. *Arthur Sinshy (VIP)* war, wie Isler bereits wusste, als Gast in der Richard-Wagner-Suite eingetragen. Der Deluxe Room nebenan war nicht besetzt. Die neben Sinshys Raum liegende Sissi-Imperatrice-Suite war ebenfalls von Art Sinshy angemietet. *Nicht sehr ergiebig,* dachte Isler wieder. Aber immerhin wusste er jetzt, dass Sinshy für die kurze Zeit *zwei* Suiten angemietet hatte – was immer das bedeuten mochte.

»Ein wirklich süßes Mädchen«, sagte die Rezeptionistin verzückt und gab Olivia ein paar Bonbons.

»Ja, nur manchmal etwas ungeniert«, tat Isler, als wäre ihm der Vorfall peinlich.

»Ach, das macht doch gar nichts«, antwortete die Rezeptionistin schulterzuckend.

»Wie sagt man?«, fragte Isler seine Tochter, um das Theater zu vervollständigen.

»Danke«, murmelte Olivia.

Lächelnd verabschiedete er sich und verließ mit Olivia das Hotel. Er hatte Sinshy gesehen, Weiteres war bei seinem Besuch in Genf nicht herausgekommen. Isler hatte nichts anderes erwartet. Mit Olivia im Schlepptau wollte er nicht warten, bis Sinshy abreiste. Also ging er zu seinem Volvo, um zurück nach Bern zu fahren.

Sie bemerkten erst eine halbe Stunde nach ihrer Abfahrt, dass sie Fidel im Atrium des Beau Rivage vergessen hatten.

»Verdammt!« Isler verließ die Autobahn mit der nächsten Ausfahrt. Olivia würde es ihm nie verzeihen, das Kuscheltier in Genf vereinsamen zu lassen. Sie kehrten zum Hotel zurück.

Er ließ den Volvo in der Hotelvorfahrt stehen, schnappte Olivia und eilte ins Atrium. Nach erfolgloser Suche rund um den Springbrunnen ging er zum Empfang.

»Sie suchen sicher den hier«, erwartete ihn bereits die Concierge.

»Fidel!«, juchzte Olivia und drückte das Hündchen an sich.

»Vielen Dank«, quittierte Isler und steckte der Concierge zehn Franken zu.

»Merci bien! Beehren Sie uns bald wieder«, freute sie sich.

»Mickey!« Olivia hatte schon die nächste Attraktion entdeckt und zupfte an der Krawatte des dicken Mannes neben ihr.

»What a smart young lady you are!«, bemerkte der Dicke in breitem Englisch.

»Jetzt müssen wir aber wirklich gehen, Mama wartet zuhause«, teilte Isler seiner Tochter das weitere Programm mit. Er warf dem Dicken ein kurzen Blick zu, »Sorry!«, und eilte mit Olivia auf dem Arm zu seinem Auto zurück.

Nachdem er Olivia auf dem Kindersitz angeschnallt hatte und gerade selbst einsteigen wollte, machte Isler eine Entdeckung, die ihn wie ein Schlag traf. Niemand anderes als Jacques Maître trat in diesem Moment durch die Drehtür des Hotels ins Freie! Die lebende Geheimdienstlegende, Chef der Special Tactical Operations Group des Joint Intelligence Service 2, war heute also auch im Beau Rivage. Isler duckte sich wieder und streckte den Kopf in den Fond seines Volvos, um sich zu verstecken. Er tat, als ob er nochmal den Gurt von Olivias Sitz überprüfte.

Maître stieg in die schwarze Limousine, die gleich vor Islers Auto geparkt war, und fuhr ab. Isler wusste, dass Maîtres Anwesenheit in Genf nichts bedeuten musste. Hochklassige Hotels wie das Beau Rivage waren schon immer ein Tummelfeld aller großen Geheim- und Nachrichtendienste gewesen. Gerade deswegen beschäftigte Isler die Frage, warum Sinshy ausgerechnet dieses Hotel ausgewählt hatte und nicht einen diskreteren Ort.

»Guten Morgen, meine Damen und Herren, wir unterbrechen hier unser Programm wegen aktueller Entwicklungen in Europa. Ich bin Judith Roth und berichte live vom NBC Breaking News Desk in New York City.« Die Schauspielerin Danielle Wood, die die bekannte TV-Sprecherin Judith Roth darstellte, hielt ihre rechte Hand ans Ohr. Dann blickte sie wieder in die Kamera. »Wie vor wenigen Minuten bekannt wurde, hat sich eine schwere Explosion am Flughafen London-Heathrow ereignet. Nach ersten Informationen sind dabei zahlreiche Menschen getötet und verletzt worden. Da sich die Explosion offenbar in Terminal 3 ereignete, in dem auch Flüge aus den USA ankommen, ist es möglich, dass sich auch amerikanische Staatsbürger unter den Opfern befinden.« Sie hörte auf die Stimme aus der Regie. »Direkt aus London ist nun via Telefon unser Korrespondent David Gardner zugeschaltet. David, was können Sie uns zum jetzigen Zeitpunkt sagen?«

»Cuuuuut! Sehr gut, mein Schätzchen, wunderbar, wirklich, aber wir müssen noch mal am Licht arbeiten«, unterbrach der Regisseur mit seiner affektierten, aber trotzdem nicht unsympathischen Art die Aufnahmen.

Patricia Palmer stand neben einer der Kameras und strahlte vor Begeisterung. Es war der erste Tag der Dreharbeiten des Excess-Medienszenarios.

In den letzten zwei Monaten hatte sie Tag und Nacht gearbeitet, immer das Ziel vor Augen, mit den Dreharbeiten noch im November beginnen zu können. Um dieses Ziel zu erreichen, war es notwendig, mehrere Aufgaben parallel zu erledigen. Im September hatte sie deshalb fünf Assistenten engagiert, die sie aus ihrer beruflichen Laufbahn persönlich kannte. Sie hatte ihnen erzählt, sie sei ausführende Produzentin einer Reality-Videoproduktion für eine große militärische Übung, und konnte sie überzeugen, sich für einige Monate aus ihren Arbeitsverhältnissen zu befreien. Charmant, aber gnadenlos hatte sie eine Unzahl von Aufgaben an ihre neuen Mitarbeiter übertragen, ohne sie je wirklich aus den Augen zu verlieren. Alle hatten gut dotierte Verträge mit Excess Film Productions und waren zu absolutem Stillschweigen verpflichtet. Immer den Umfang der Aufgabenstellung im Bewusstsein, hatte Patricia eine Entscheidung nach der anderen getroffen. Die meisten davon waren richtig, wie sich heute herausstellte.

Alle Aufnahmen sollten an einem einzigen Ort stattfinden. Nach kurzer Recherche, bei der ihr Oberst Warren seine Unterstützung hatte zukommen lassen, hatten sie einen stillgelegten Militärflugplatz, Reglin Air Force Base in der Wüste von Arizona, als Standort für die Studioaufnahmen sowie den Start und Abschuss der Boeing 747 lokalisiert. Mit der für den Absturz während des Experiments gekauften 767 waren sie in den letzten zwei Wochen einmal um die Welt geflogen, um die zahlreichen Außenaufnahmen abzudrehen. Jetzt standen beide Flugzeuge im Hangar nebenan. Dort wurde die Technik zur Fernsteuerung der Jets eingebaut.

Im Haupthangar waren mehrere TV-Studios eingerichtet worden. Exakte Kopien der Studios der Nachrichtensender. Außerdem einige kleinere Studios zum Abdrehen von Szenen in den Presseräumen des Weißen Hauses, des FBIs, des Pentagons, des Heimatschutzministeriums und wo sonst noch. Die in Reglin kasernierten Spezialisten – Schauspieler, Kameraleute, Techniker, Imitationstrainer, Assistenten – lebten in luxuriös ausgestatteten Baracken, die man nur für diesen Zweck aufgebaut hatte. Die Kaserne selbst war in derart schlechtem Zustand, dass sich der Gedanke, die Leute dort unterzubringen, von selbst verboten hatte.

Patricia hatte neben den zwei Restaurants einige Aufenthaltsräume einrichten lassen mit TVs, Computerspielen, Trainingsgeräten, einer Bibliothek und einigen anderen Ablenkungsmöglichkeiten. In einer anderen Baracke war die Großküche installiert. Für die Zeit der Dreharbeiten sorgten Drei-Sterne-Köche rund um die Uhr für eine Auswahl, die jeder Kantine einer Vorstandsetage hätte Konkurrenz machen können.

Insgesamt belebten rund zweihundertfünfzig Menschen die Basis, die zehn Jahre vollkommen still in der Wüste gelegen hatte. In wenigen Wochen, nach dem Abschuss der 747, würde der Spuk enden. Reglin würde nach Ausbau der Studios, Abbruch der Baracken und dem Einsammeln der Wrackteile der 747 wieder vollkommen verwaisen.

Die Dreharbeiten stellten nur einen Teil der Nachrichtenproduktion dar. Das Videomaterial musste technisch nachbearbeitet werden, sodass aus den Gesichtern und Stimmen der Schauspieler die Gesichter und Stimmen der dargestellten Personen wurden. Patricia hatte festgestellt, dass es unmöglich war, im zivilen Bereich genügend Ausrüstung und Spezialisten aufzutreiben, um eintausendzweihundert Stunden Videoaufnahmen innerhalb weniger Monate nachzubearbeiten. Nach Gesprächen mit Oberst Warren, der die Problemstellung in einem Memo an die globalen Patrioten gerichtet hatte, war deshalb entschieden worden, einen anderen Weg zu beschreiten: Die Nachbearbeitung war Spezialisten der britischen RARAP übertragen worden, der Royal Agency for Research on Advanced Projects. Sie verfügte über die technischen und personellen Kapazitäten. Außerdem war sie grundsätzlich eine Organisation der Diskretion und Geheimhaltung. Die RARAP hatte sich bereit erklärt, an dem Projekt mitzuwirken. Man sah es als Herausforderung und als internen Test, die Möglichkeiten der Medienmanipulation auszuloten. Geholfen bei der Entscheidung der RARAP hatte die Tatsache, dass der Auftrag großzügig dotiert war.

Innerhalb kurzer Zeit hatte die RARAP eine dreißigminütige Testsequenz produziert. Als man sie neben einer Aufnahme der echten Judith Roth laufen ließ, waren Kopie und Original nicht voneinander zu unterscheiden. Probehalber hatte die RARAP auch eine Sequenz mit einer synthetischen Judith Roth produziert. Diese Version hatte jedoch nur fast echt gewirkt. Die größere Authentizität des digitalen Morphings lag darin, dass es trotz aller Fortschritte in der Videotechnik noch kein Programm gab, das in der Lage war, die Feinheiten der menschlichen Mimik reell nachzubilden.

Der Crew war am ersten Tag bei einem ausführlichen Briefing von Patricia Palmer eingeschärft worden, dass sie nicht umsonst eine Verschwiegenheitserklärung im Rahmen des Informationszugangsgesetzes unterschrieben hatte. »Sie wollen doch nicht im Gefängnis enden?«, hatte sie nicht ohne Pathos hinzugefügt.

Bis zum Ende der Dreharbeiten durfte niemand die Basis verlassen. Mangels Antennen funktionierten die Handys nicht. Außerdem hatte Patricia durchblicken lassen, dass die wenigen Festnetztelefone wahrscheinlich von der Defense Intelligence Agency, der National Security Agency, der Central Intelligence Agency, dem FBI oder allen zusammen überwacht wurden.

Jetzt war es endlich soweit, der erste Drehtag hatte begonnen. Nachdem der Regisseur mit dem Lichttechniker und dem Postproduktionsspezialisten der RARAP eine halbe Stunde diskutiert und sie einige Änderungen vorgenommen hatten, gab er grünes Licht für den nächsten Versuch. Für die Schauspielerin Danielle Wood war die Wartezeit unangenehm. Sie hatte eine Latexhaube auf dem Kopf, die sich vom Ansatz des Scheitels bis zum Hals erstreckte und auch die Ohren abdeckte.

»Also, Schätzchen«, begann der Regisseur.

»Danielle«, korrigierte ihn die Schauspielerin.

»Danielle. Das war wirklich super! Wir machen das jetzt noch mal, und versuchen gleich die ganze Sequenz abzudrehen.« Er blickte durch das Studio und suchte seine Aufnahmeleiterin. »Victoria?«

»Hinter dir.«

»Wo sind die Sprecher für den Part des Korrespondenten aus London und die Augenzeugin?«

»Sitzen im Tonstudio und warten.«

»Okay, dann sind wir soweit. Und alle, die nicht unbedingt gebraucht werden, raus aus dem Studio!«, kommandierte der Regisseur. Patricia zog sich in eine dunkle Ecke zurück, sie wollte noch ein bisschen zuschauen.

»Ton?«

»Ton läuft.«

»Kamera?«

»Kamera läuft.«

»Klappe!«

»NBC Breaking News, Sequenz 1-1-1, die Zweite!« Tack!

»Und Action, Schätzchen!«

»Guten Morgen, meine Damen und Herren, wir unterbrechen hier unser Programm wegen aktueller Entwicklungen in Europa. Ich bin Judith Roth und berichte live vom NBC Breaking News Desk in New York City ...«

Patricia Palmer war zufrieden. Ihre professionelle Organisation zeigte Früchte. Sie klopfte sich auf die Schulter und beobachtete Danielle Wood, die sehr überzeugend Judith Roth imitierte. Fast beneidete sie die Bewohner von Sandrock, Texas, die das Privileg haben würden, im September 2016 diese ›Nachrichten‹ als ihre Realität erleben zu dürfen. Kurz nach ihrer Texasreise hatten sich Oberst Warren und Paul O'Brien für das vierzig Meilen südöstlich von Amarillo gelegene Dorf entschieden.

Nach dem nächsten Schnitt verließ sie das Studio und ging zurück in ihr Büro, das in einer der Baracken eingerichtet war. Innerhalb der folgenden drei Tage würden alle fünf Studios in Betrieb genommen werden. Bis Mitte Dezember sollten sämtliche Aufnahmen im Kasten sein.

Höhepunkt wäre dann der Abschuss der Air Force One. Im Anschluss würden alle Beteiligten mit einem gecharterten Linienjet von Phoenix aus für eine Woche nach Hawaii fliegen, um dort den Abschluss der Dreharbeiten zu feiern. Die globalen Patrioten hatten das dafür notwendige Budget von über dreihunderttausend Dollar für Charterflug und Übernachtungen zur Verfügung gestellt. Patricia würde leider nicht mitreisen können. In Washington warteten die nächsten Termine.

13

Sonntag, 13. Dezember 2015 I-Day – 272

Art Sinshy sah, wie er starb. Seine Seele stieg in den Himmel. Dort erwartete ihn Gott – sein Herr.

»Arthur«, begrüßte Gott ihn zurückhaltend wie einen Freund, der zur Unzeit kommt.

»Herr!«, erwiderte Sinshy ehrfürchtig. Er wusste, dass etwas nicht stimmte und hatte ein mulmiges Gefühl. Sie blickten sich schweigend an.

»Komme ich also in den Himmel?«, brach Sinshy nach einer halben Ewigkeit das Schweigen.

»Früher hätte ich ›ja‹ gesagt«, seufzte Gott. »Schließlich hast du ein keusches und bescheidenes Leben geführt.«

Wovon um Gottes Willen redet er?, dachte Sinshy. »Früher?!«, fragte er Gott. Unbehagen stieg in ihm auf.

»Vor meinem Jurastudium«, antwortete Gott.

Sinshy schluckte leer; ihm wurde schlecht. »Du hast Jura studiert?!«, hörte er sich sinnlos fragen.

»Ja. Obwohl ich gestehen muss, dass ich beim Schlussexamen durchgefallen bin.«

Er nimmt mich auf den Arm, dachte Sinshy.

»Es war nach der Aufklärung – der Prüfer war Atheist!« Gott lächelte mitleidig. »Also, wie gesagt, ich würde dich schon reinlassen, aber ...«

»*Aber?*« Sinshy drohte das Bewusstsein zu verlieren.

»Es hat einen Verfahrensfehler gegeben!«, platzte Gott heraus.

»Einen WAS?!«, krächzte Sinshy.

»Einen Verfahrensfehler«, wiederholte Gott nachdenklich. Er machte eine Geste des Bedauerns. »Bürokratie – teuflische Sache!« Dann verschwand er kopfschüttelnd ins Nichts.

Sinshy fiel. Er suchte Halt – vergeblich. Schließlich gelang es ihm, sich festzukrallen. Schweißgebadet erwachte er im Bett seiner Global Voyager. Schwere Turbulenzen hatten das Flugzeug im Griff.

Zwei Stunden später landeten sie in Rom. Vor der Landung hatte Sinshy ausgiebig geduscht und sich wieder beruhigt. Ein Anzug aus Stoffen von Ethomas gab ihm irdische Sicherheit zurück. Als er auf dem Leonardo-da-Vinci-Flughafen die Treppe seiner Global Voyager hinunterstieg, war er voller Tatendrang. Eine kühle Brise erfrischte ihn.

Dutzende von Businessjets aus der ganzen Welt standen auf dem Vorfeld. Die globale Nomenklatura hatte sich eingefunden. Rom – heute war es wieder einmal Zentrum der Welt.

Drei schwarze Limousinen, eine für Sinshy und seine Assistentin, zwei für seine Begleiter vom Secret Service, warteten neben dem Flugzeug. Eskortiert von mehreren Lancias der Carabinieri brausten sie auf der Autobahn Richtung Innenstadt.

Sinshys Assistentin öffnete einen der Aktenkoffer und nahm eine Ledermappe heraus. Sie reichte sie ihrem Chef.

PEARLBRIDGE
ONE GROUP – ONE SPIRIT – ONE WORLD
ROME, ITALY
13–15 DECEMBER 2015

Sinshy blätterte ein wenig hin und her. Zwischendurch genoss er das Bild der vorbeiflitzenden Kulisse.

»Haben Sie gewusst, dass, wer in Rom an der Ampel nicht hupt, als Autist gilt?«, fragte Sinshy. Seine Assistentin schmunzelte. *Wahrscheinlich hat er den Witz von jemand anderem.*

Nachdem sie neben dem Vatikanstaat den Tiber überquert hatten, erreichten sie das Hotel Raphael in der Nähe der Piazza Navona.

Die Pearlbridge Gruppe, gegründet durch ein europäisches Königshaus und einen atlantischen Milliardär in den Fünfzigerjahren des 20. Jahrhunderts, war schlicht der exklusivste Verein der Welt. Einmal jährlich kamen rund einhundert der hochkarätigsten Vertreter aus Wirtschaft, Politik und Medien zusammen, um über Themen zu diskutieren, die die Welt bewegten oder bald bewegen würden. Aus den Medien hatte man sich, durch den bloßen Wunsch, dass man nicht über die Treffen berichte, über Jahrzehnte erfolgreich herausgehalten.

Sinshy wurde seit fünfzehn Jahren regelmäßig eingeladen. Er hatte den Sitz von seinem Vater geerbt. Schon öfter hatte er einen der Chefredakteure aus der Headline & Footage-Gruppe zu den Treffen mitgenommen. Auch sie richteten sich ausnahmslos nach dem Wunsch der mächtigen Teilnehmer, nichts über die Treffen verlautbaren zu lassen. Ironischerweise konnte man den Organisatoren der Pearlbridge-Meetings keineswegs Heimlichtuerei vorwerfen: Eine Depesche über das Treffen inklusive einer Liste mit allen Teilnehmern wurde nach jedem Treffen über die großen Nachrichtenagenturen verbreitet. Der Hinweis, es handle sich um eine rein private Zusammenkunft, die ›off-the-record‹ sei, wurde von den Chefredakteuren offenbar als verbindlicher Hinweis interpretiert, die Depesche abzulegen und keinen Bericht daraus zu machen. Dabei spielte es keine Rolle, ob die jeweiligen Medien sich gegenüber ihren Lesern konservativ, progressiv oder sonst wie gebärdeten – wenige Ausnahmen bestätigten die Regel. Gelegentlich verirrte sich die Wahrheit in die Medien.

Wie ein Bericht für den US-Kongress aus den siebziger Jahren aufzeigte, war die Wahrnehmung der Teilnehmer der Pearlbridge-Meetings sehr unterschiedlich. Vor allem jene Politiker, die nicht jedes Jahr, sondern nur zu einem der Treffen eingeladen wurden, verstanden Sinn und Zweck der Zusammenkunft oft nicht. Manche, so der Kongressbericht, reisten aus lauter Langeweile sogar vorzeitig ab. Andere, die regelmäßigen Teilnehmer, betrachteten die Treffen als das berufliche Highlight im Jahresablauf. Immer dabei gewesen war Harry Bacioso, der Doyen unter den abendländischen Diplomaten des 20. Jahrhunderts.

Verschwörungstheoretiker und jene, die die Massenmedien der Einfachheit halber als solche bezeichneten, konnten sich über die Wichtigkeit der Pearlbridge Gruppe nicht einigen. Einig war man sich nur, dass es sich um einen der seltsamsten Vorgänge im Informationszeitalter handelte. Einhundert der einflussreichsten Menschen der Welt trafen sich jedes Jahr, um für drei Tage zu konferieren, und die Medien berichteten zuverlässig … nichts.

Sinshy selbst konnte die inkompetente und inflationäre Anwendung des Worts ›Verschwörungstheorie‹ nicht ausstehen. Einerseits fand er als politischer Routinier Verschwörungen das Normalste der Welt. Andererseits, wusste er, waren für viele kollektive Vorgänge Verschwörungen schlicht überflüssig.

Bill Clinton und Tony Blair waren nicht die Einzigen, die vor ihrer Wahl ins Amt zu einem Treffen der Pearlbridge Gruppe eingeladen worden waren. Es wiederholte sich, was Edward Bernays schon 1928 in seinem Buch ›Propaganda‹ festgestellt hatte: *Ein Präsidentschaftskandidat mag durch überwältigende öffentliche Zustimmung gewählt werden, aber es ist kein Geheimnis, dass sich vielleicht nur ein halbes Dutzend Männer in einem Hotelzimmer auf seinen Namen einigen.* Sinshys Lieblingszitat aus Bernays Standardwerk war aber ein anderes: *Demokratie wird durch die intelligente Minderheit verwaltet, die es versteht, die Massen zu organisieren und zu führen.* Nach seinem eigenen Empfinden war Sinshy die personifizierte intelligente Minderheit, ohne die die Massen nicht würden überleben können.

Dieses Jahr drehten sich die Diskussionen der Pearlbridge Gruppe wie so oft um die Frage der globalen Ordnung und die Überbevölkerungs- und Rohstoffthematik. Außerdem erörterte man die ›große Gefahr‹ des seit Ende der neunziger Jahre andauernden und sich verschärfenden Global Coolings und mit welchen internationalen Mechanismen man dem Problem Herr werden könnte. Heliophysiker, die auch im 21. Jahrhundert das Klimageschehen weitgehend auf solare und kosmische Einflüsse zurückführten, zweifelten allerdings an den Möglichkeiten des Menschen, das globale Klima – im Guten oder Schlechten – zu beeinflussen. Man diagnostizierte klinischen Größenwahn.

Sinshy genoss seine Anwesenheit in Rom vor allem, weil er nun als Sprecher des US-Kongresses einen neuen Status innehatte.

Er hatte darum gebeten, dass er den Trinkspruch beim Eröffnungsdiner ausbringen durfte. Die anderen Teilnehmer hörten einen angetrunkenen Sprecher des Kongresses, sein Champagnerglas in die Höhe gereckt, euphorisch ausrufen: »Es lebe Eurasien! Es lebe das neue Amerika! Es lebe die neue Welt!«

14

Montag, 14. Dezember 2015 I-Day – 271

Oberst Warren schwieg, um abzuwarten, bis einige Passanten außer Hörweite waren. Er und Floyd Landler standen auf einem Parkplatz in der Nähe des Pentagon. Warren hatte Landler gebeten, für ein kurzes Gespräch nach Washington zu kommen.

»Das FBI hat die Ermittlungen übernommen.« Warren blickte Landler mit versteinerter Miene an.

»Das bedeutet?«, fragte Landler.

»Ich kann nur raten.« Warren zeigte mit grimmigem Lächeln seine Zähne, deren blendendes Weiß mit den Milliarden von Schneeflocken konkurrierte, die auf Washington herabrieselten. »Vermutlich bedeutet es, dass wir keine Scherereien bekommen werden.«

Aus den Nachrichten hatten sie erfahren, dass die Ermittlungen der Polizei in Phoenix zum Mord am Flugzeughändler Mike Miller nur schleppend vorankamen und sich deshalb die Bundespolizei eingeschaltet hatte. Warren schüttelte den Kopf. »Wie konntest du nur so dumm sein, am Telefon über das Projekt zu reden!«, zischte er.

»Es war ein Fehler. Jeder kann mal einen …«, verteidigte sich Landler.

»*Shut up!*«, herrschte Warren ihn an. »Ich habe dich für Excess engagiert, weil ich davon ausgegangen bin, dass du agierst wie ein Profi. Stattdessen legst du uns gleich in den ersten Wochen ein riesiges Ei. Aber egal. Mein Instinkt sagt mir, dass beim FBI die Ermittlungen an einem sicheren Ort angekommen sind.« Er lachte. *Terry Walker, das korrupte Schwein. Der Generalstaatsanwalt hat bestimmt seine dreckigen Finger im Spiel.* »Die viel wichtigere Frage ist: Was zur Hölle geht eigentlich vor? Wer hat Miller umgebracht? Offenbar ging es um irgendwelche Dokumente. Vielleicht aber auch nicht. Keiner weiß es.«

Nach dem Mord an Miller hatte Warren sofort entschieden, dass Landler den Kontakt nach Phoenix abbrechen sollte. Die Polizei hatte sich bei Landler gemeldet, weil sie seine Rufnummer und eine Notiz mit seiner E-Mail-Adresse in Millers Büro gefunden hatte. Zum Glück hatten sie die Spur nicht weiter verfolgt. Vielleicht war es auch mehr als Glück. Niemand wusste es. Warren hatte nach dem Zwischenfall den Kauf der beiden Flugzeuge selbst übernommen und sie bei einem anderen Händler im Namen der DAPOR gekauft. *Wer außer uns arbeitet noch an Excess?* war die Frage, die Warren immer mehr beschäftigte.

Eugene Moore schüttelte ungläubig den Kopf. Die Boeing 747-200 in den Farben der Air Force One glänzte im Sonnenlicht. »Und diesen Jumbo kann man wirklich fernsteuern?«

»Natürlich! Die Größe spielt keine Rolle«, erklärte der Pilot.

»So, so, bei Flugzeugen also auch nicht«, bemerkte der Soziologe Paul O'Brien.

»Fantastisch!« Moore strahlte. Sie standen auf dem Vorfeld der Reglin Air Force Base in der Wüste von Arizona. Eugene und sein Halbbruder Paul waren angereist, nur um den Abschuss des Jets zu sehen. Anschließend würde Eugene das Angebot der globalen Patrioten wahrnehmen. Eine Woche Luxusferien auf Hawaii. Seine Stimmung stieg noch mehr, als er an die Dutzenden von Kulturen und damit Kochrezepten dachte, die es auf Hawaii gab. Paul würde noch am selben Tag wieder nach Chicago zurückkehren. Oberst Warren war nicht gekommen. Er wusste, wie es aussah, wenn ein Flugzeug abgeschossen wurde. Floyd Landler war in seiner Firma in Alexandria beschäftigt.

Die Wohnbaracken hatten sich inzwischen geleert. Bergeweise Gepäck der zweihundertfünfzig Spezialisten stapelte sich auf dem Parkplatz des Stützpunktes. Fünf Busse würden die Leute nach Phoenix bringen. Dort wartete der Airbus für den Flug nach Honolulu.

Ein Team von zwanzig Chinesen war angereist, um das nach dem Abschuss brennende Wrack zu löschen und zu bergen. Die notwendige Ausrüstung hatten sie in den USA gemietet. In den nächsten Tagen würden außerdem dieselben Bühnenbildner, die

die Studios aufgebaut hatten, diese wieder abbrechen. Sie hatten von den Dreharbeiten nichts mitbekommen. Abschottung.

Jetzt gab es nur noch eine Szene abzudrehen: Start und Abschuss der Air Force One. Siebzehn Kameras würden die Bilder aufnehmen. Letztendlich würden aber, um der Authentizität willen, nur ein paar Sekunden verwackeltes Material eines ›Amateurfilmers‹ im Excess-Medienszenario landen. Da die Wüste in Arizona nicht aussah wie die Gegend um Andrews Air Force Base bei Washington, würde man für Excess eine Sequenz wählen, die das Flugzeug zeigte, kurz nachdem es abgehoben hatte. Im Hintergrund nur Himmel. Dann der Abschuss.

Die Kameraleute waren in Position, die Boden-Luft-Raketen zum Abschuss bereit. Die Chinesen warteten auf ihren Löscheinsatz. Zweihundertfünfzig Menschen fieberten der Szene entgegen; die Aufnahmeleiterin hatte sie an einem sicheren Ort am Rand des Vorfelds positioniert.

Die Fernsteuerung war redundant ausgelegt. Für die Aufnahme würde man im Jet installierten Sprengstoff zur Explosion bringen, um den visuellen Effekt zu maximieren.

Die Boden-Luft-Raketen waren so modifiziert worden, dass sie nur eintausend Meter hoch steigen konnten. So sollte der versehentliche Abschuss eines unbeteiligten Flugzeugs verhindert werden.

Der Pilot konnte vom Boden aus nur die wichtigsten Funktionen des Flugzeugs kontrollieren: Flugsteuerung, Triebwerksleistung, Bremsen, Bugradsteuerung, Landeklappen, Fahrwerk. Diese für einen Piloten beängstigend krude Art, einen Jumbo zu starten, musste für die Aufnahmen genügen.

Den Start der Triebwerke sowie die Konfiguration und Prüfung der Systeme nahm der Pilot im Cockpit des Jumbos vor. Anschließend setzte er die Parkbremse, aktivierte die Fernsteuerung, verließ das Flugzeug und kehrte in den Tower zurück, wo die Fernsteuerungseinrichtung untergebracht war.

Während die Air Force One mit laufenden Triebwerken auf dem Vorfeld stand und auf ihren letzten Einsatz wartete, ging die

Aufnahmeleiterin durch die lange Checkliste; nichts wurde dem Zufall überlassen, man hatte nur einen Versuch.

Da das Flugzeug ohne Beladung und mit wenig Treibstoff sehr leicht war, wollte der Pilot nur mit reduzierter Triebwerksleistung starten; ein scheinbar schweres Flugzeug wirkte im Wortsinn gewichtiger, dem Status des Jets entsprechend. Ein Startabbruch war nur in den ersten dreißig Sekunden nach Lösen der Bremsen möglich. Danach musste alles funktionieren.

»Rollen zur Piste«, gab die Aufnahmeleiterin das Signal an den Piloten. Langsam setzte sich der Jumbo in Bewegung. Über eine im Bugrad eingebaute Kamera konnte der Pilot den Jet präzise in der Mitte des Rollwegs halten.

»Fantastisch!«, sagte Eugene Moore erneut zu Paul O'Brien. Er rieb sich die Hände und strahlte bis über beide Ohren.

Paul grinste und schüttelte den Kopf. Selten hatte er seinen Bruder so enthusiastisch gesehen.

»Absolut fantastisch!«, wiederholte Eugene. Sie standen bei den anderen in sicherer Distanz zum Geschehen und warteten auf das Spektakel.

»Bereit zum Start«, meldete der Pilot der Aufnahmeleiterin, die hinter ihm stand, nachdem er den Jumbo auf die Piste gerollt hatte.

»Verstanden«, wies sie ihn an. »Achtung, an alle Kameras: *Let's roll!*« Nachdem die Kameraleute bestätigt hatten, dass ihre Kameras liefen, erkundigte sie sich beim Operator der Boden-Luft-Raketen über dessen Bereitschaft. Als auch er bestätigte, sagte sie zum Piloten: »Air Force One, cleared for take-off!«

Der Pilot fuhr die Triebwerke hoch. Dann löste er die Bremsen. Der Jumbo setzte sich in Bewegung. Immer schneller rollte er die Piste entlang – bis es passierte. Man hatte an alles gedacht, nur nicht daran, den Luftraum für die Zeit der Aufnahmen sperren zu lassen. Ein Ultraleichtflugzeug überflog das Pistenende. Der Pilot sah es nicht, da er sich auf den Bildschirm konzentrierte, wo das Bild der Bugradkamera und die Flugdaten eingeblendet waren. Die Aufnahmeleiterin sah es nicht, weil sie kurzsichtig war. Der Regisseur sah es nicht, weil er den Piloten beobachtete.

»Stoooop, stoooop!«, schrieen die Zuschauer und schlugen die Hände über den Köpfen zusammen. Zwecklos. Im Tower konnte man sie nicht hören.

In buchstäblich letzter Sekunde sah der Pilot den Eindringling über der Piste. Er riss die Triebwerkshebel auf Leerlauf und trat in die Bremsen.

»Abbruch!«, kommandierte die Aufnahmeleiterin über Funk an die Kameraleute, nachdem sie die Situation erfasst hatte.

»Verdammt!«, fluchte der Pilot. Er wusste, dass er vor dem nächsten Start ins Cockpit des Jumbos gehen musste, um die Temperatur der Bremsen zu überprüfen. Waren sie zu heiß, musste ein neuer Start verschoben werden. Sonst würden sich Bremsen und Reifen bei einem weiteren Abbruch in Rauch auflösen und die Szene könnte erst in einigen Tagen, nach einer aufwendigen Reparatur, wiederholt werden.

Der Pilot des Ultraleichtflugzeugs, der zuerst überrascht feststellte, dass sich Air Force One auf einem längst stillgelegten Militärflugplatz befand, und dann zu Tode erschrak, als das Präsidentenflugzeug wegen ihm einen Startabbruch ausführte, machte sich im Tiefflug aus dem Staub.

Nachdem die Bremstemperatur eine Stunde später wieder in den grünen Bereich gesunken war, konnte man einen zweiten Versuch wagen.

»Air Force One, Start frei!«, kommandierte die Aufnahmeleiterin. Wieder setzte sich die Boeing 747 in Bewegung. Immer schneller rollte sie über die Piste. Nach knapp vierzig Sekunden löste sich das Bugrad vom Boden. Langsam vergrößerte sich der Anstellwinkel, bis schließlich auch das Hauptfahrwerk Bodenkontakt verlor. Gleichmäßig zog der Pilot die Nase weiter nach oben, bis der Winkel zur Horizontalen 20 Grad erreicht hatte. In diesem Moment überflog das Flugzeug das Ende der Piste.

Jetzt begann eine Sequenz sehr kurz aufeinander folgender Ereignisse. Zuerst schoss eine Boden-Luft-Rakete absichtlich, um das Drama zu erhöhen, am Flugzeug vorbei in den Himmel. Unmittelbar darauf spie der Jumbo Dutzende von Feuerbällen aus dem Bauch: Diese Flares genannten Magnesiumkugeln hatten den Zweck, die nach dem heißesten Punkt des Flugzeugs, also dem Abgasstrahl, suchenden Raketen anzulocken und sie vom Flugzeug abzulenken. Den Jumbo würden sie aber vor der zweiten Rakete, die nun startete, nicht schützen können. Sie war mit einer optischen Elektronik ausgerüstet, die zielsicher nach dem Kreuzungspunkt von Rumpf und Flügel suchte.

Eugene Moore hielt den Atem an, als er sah, wie die Rakete ins Flugzeug eindrang. Im gleichen Moment wurde die dort installierte Sprengladung gezündet. Sie zerriss den Jumbo in vier Teile. Er zuckte zusammen und verzog das Gesicht, als der Knall sein Gehör erreichte. Durch den Rückstoß der Explosion wurde der hintere Teil des Rumpfs in seiner Bewegung gestoppt. Er blieb kurz in der Luft stehen, bevor er zu Boden fiel. Die Flügel, die die Treibstofftanks beinhalteten, explodierten, als sie auf dem Wüstenboden zerbarsten.

15

Montag, 14. Dezember 2015 I-Day – 271

Gut gelaunt saß Eugene Moore im vordersten von vier Bussen, die die ganze Crew von Reglin Air Force Base zum Flughafen von Phoenix brachten. Dort wartete ein Großraumjet der World Airlines für den Flug nach Honolulu. Destination Paradies.

»Hast du Flugangst, Eugene?« Seine Sitznachbarin Julia, eine Kamerafrau des ›Team CNN‹, blickte ihn durchdringend an.

»Ach was«, winkte er lächelnd ab. Er überlegte kurz. »Eigentlich schon, aber heute irgendwie nicht.«

»Siehst du! Siehst du!« Sie nickte zufrieden. »Man sieht es. *Ich* sehe es.«

»Du siehst, dass ich *eigentlich* Flugangst habe, *heute* aber nicht?«, fragte er ungläubig.

»Du hast auch heute Flugangst, Eugene! Glaub mir!«

Er blickte sie skeptisch an. »Hast du Flugangst?«

»Ich?« Sie warf lachend den Kopf in den Nacken und klopfte sich auf die mächtigen Schenkel. Dann beugte sie sich rüber und blickte ihn ernst an: »Ich habe vor *nichts* Angst, verstehst du? Höchstens davor, dass im dümmsten Moment der Scheiß-Akku von meiner Kamera den Geist aufgibt!«

Julia, der Name passte wie die Faust aufs Auge, erzählte einige Episoden aus ihrem Leben als Kamerafrau. Wie sie in South Central LA während der Unruhen in den neunziger Jahren eine Gang schwarzer Jugendlicher in die Flucht geschlagen hatte, indem sie drohte, ihnen mit der Kamera den Schädel einzuschlagen. Oder wie sie während des ersten Irakkriegs, als sie tatsächlich für CNN arbeitete, eine Gruppe irakischer Soldaten nur durch ihre bloße Anwesenheit dazu brachte, sich ihr und ihrem Team zu ergeben. Und natürlich ihre Lieblingsgeschichte: als während einer kleinen Rangelei zwischen ihr und Leuten des Secret Service, die Bill Clinton in Manhattan von einem Restaurant zu seiner Limousine begleiteten, einer der Sicherheitsleute plötzlich fluchend auf der

Straße lag. Dabei hatte sie ihn nur mit einer Hand ein bisschen geschubst, während sie weiterfilmte.

Eugene war sichtlich beeindruckt. Er glaubte ihr. Sie hatte eine Figur wie eine sowjetische Kugelstoßerin: fast zwei Meter groß, Arme und Schenkel wie Bäume, ihre Präsenz war überwältigend. Eugene hätte sich nicht gewundert, wenn sie zwischendurch auf den Boden gespuckt hätte. Oder wenn sie zum Pinkeln ein Pissoir aufsuchen würde.

»Und was hast eigentlich du mit diesem ganzen Schrott zu tun, den wir hier wochenlang abgefilmt haben?«, fragte sie. Eugene glaubte ein Knurren zu hören, während sie sprach.

»Ich bin nur so eine Art Koordinator.« Unangenehmes Thema, zu sensibel. »Kochst du gerne?«, versuchte er abzulenken. Bei ihrer Figur war das keine abwegige Frage. Bei ihrer Persönlichkeit schon.

»Kochen? Meinst du, ich bin schwul oder was?«, dröhnte sie zurück und schüttelte lachend den Kopf. Eugene realisierte, dass die Frage vollkommener Unsinn war. Er stellte sich vor, wie sie ein riesiges rohes Steak aus dem Kühlschrank nahm und es mit drei, vier Bissen verschlang.

»Jetzt hör mir mal zu. Meine Freunde nennen mich *Cat!*« Sie sah ihn mit ihrem Mehr-gibt-es-dazu-nicht-zu-sagen-Blick an.

»Cat wie Katze?« Eugene ahnte, dass er mit seiner Vermutung meilenweit daneben lag.

»Scheiß Katze! Cat wie Caterpillar, Mann!« Sie lachten.

Er stellte sich für einen Moment die Frage, ob Julia eine Partnerin für ihn sein könnte. Als er daran dachte, wie sie ihn beim Sex vielleicht gegen die Wand schleudern und ihm aus Versehen das Genick brechen würde – »ich wollte ihn doch nur streicheln!« – vergaß er den Gedanken schnell wieder.

Trotzdem kamen sich beide etwas näher. Eugene dachte daran, sich auch während des Flugs von Phoenix nach Honolulu neben sie zu setzen, um sich von ihren Geschichten ablenken zu lassen.

Jacques Maître, Chef der Special Tactical Operations Group STOG des Joint Intelligence Service 2, trommelte nervös mit seinen manikürten Fingern auf die Armlehne des Bürostuhls. Die

Maßnahme bereitete ihm trotz aller Routine und Abgeklärtheit Unbehagen. Sie hatten während der letzten Wochen innerhalb der STOG immer wieder neue Lösungen des Problems erwogen, waren aber zu keiner besseren gekommen. Manchmal erforderte die Politik radikale Schritte. Nur einen Augenblick lang erwog er, sofort zurückzutreten, um seinen Kopf aus der Schlinge der juristischen Verantwortung zu ziehen. Schnell verwarf er den Gedanken und dachte: *Vorwärts! Geschichte wird gemacht!*

Er griff zum Telefon und erkundigte sich nach dem Stand der Dinge.

»Hallo, hier Maître, wie steht's?«

»Alles läuft nach Plan, Monsieur.«

»Wann ist das … Rendezvous?«

»In ungefähr drei Stunden.«

»Gut.« Er seufzte. »Fahren Sie fort.«

»Jawohl, Monsieur.«

Er legte den Hörer auf, holte eine Flasche Cognac aus einem Fach der Bücherwand, goss sich ein Glas ein und nahm einen großen Schluck.

Eine komplizierte Operation nahm ihren Lauf. Neben dem Airbus der World Airlines gehörte ein zu einer Drohne umfunktionierter Businessjet dazu, der an einem Privatflughafen an der Westküste auf das Startsignal wartete. Und ein militärischer Kommunikationssatellit, der sich auf geostationärer Bahn über dem Pazifik befand, auf halbem Weg zwischen Hawaii und der Westküste.

»Na Junge, wie sieht's aus mit der Flugangst?« Julia blickte Eugene erwartungsvoll an. Die Triebwerke heulten auf. Rumpelnd setzte sich der Airbus auf der Startbahn in Phoenix in Bewegung.

»Kein Problem, kein Problem«, erwiderte Eugene und versuchte es zu glauben.

»Deine Hand zittert ja«, bemerkte sie.

»Das ist kein Zittern. Nur ein Ruhetremolo.«

»Was ist das denn?«

»Ein Euphemismus für ›Zittern‹.«

Sie lächelte verständnisvoll, ohne herablassend zu wirken, nahm Eugenes rechte Hand und drückte sie sanft. Eugene staunte über den dosierten Einsatz ihrer Muskelkraft.

Im fast bis auf den letzten Platz besetzten Airbus herrschte ausgelassene Stimmung. Die Menschen freuten sich über die gelungenen Dreharbeiten. Und noch mehr über den bevorstehenden Urlaub auf Hawaii. Nur einige waren verärgert, weil die im Flugzeug installierten Telefone nicht funktionierten, ihre Handys hatten sie immer noch nicht zurückerhalten. Sie würden ihnen aber noch vor der Landung ausgehändigt werden, hatte man ihnen vor dem Abflug versichert.

Eugene bedauerte, dass sein Halbbruder Paul nicht mitgekommen war und sich schon auf dem Heimflug nach Chicago befand. Patricia Palmer war ebenfalls abgereist.

In den ersten Minuten nach dem Start wurde Champagner ausgeschenkt. Eugene nahm die Gelegenheit zur Entspannung dankbar entgegen. Julia verstand es perfekt, ihm ein Gefühl der Sicherheit zu vermitteln. *Eine bessere Partnerin für diese Reise könnte ich gar nicht haben*, dachte er zufrieden.

Als der Airbus gut eine Stunde nach dem Start die Westküste der USA bei San Diego überflog, begann die eigentliche Operation, kommandiert und überwacht aus Luxemburg, wo JIS-2 und STOG ihren Sitz hatten. Auf der einzigen Piste eines kleinen Privatflugplatzes an der kalifornischen Küste startete eine Cessna Citation X – Destination Honolulu. An sich kein ungewöhnlicher Vorgang. Ungewöhnlich war allerdings, dass sich keine Menschen an Bord befanden. Um den Jet trotzdem in den regulären Flugverkehr einzugliedern, ohne bei der Flugsicherung aufzufallen, wurde mit hohem technischem Aufwand der Funkverkehr der Citation von Luxemburg aus erledigt: Die Anfragen der Flugsicherung übermittelte eine Software im Flight Management System des Businessjets verschlüsselt über den Satelliten nach Luxemburg. Dort beantwortete man sie, sendete sie an die Citation zurück und strahlte sie über die reguläre Funkfrequenz ab. Nach dem gleichen Muster wurde das Flugmanagementsystem der Citation programmiert. Den Rest erledigten Autopilot und automatische Schubregelung. Von nun an befand sich der Airbus auf einem parallelen Flugweg mit der Citation. An einer Stelle, wo der Pazifik fünftausend Meter tief war, würde es zum Rendezvous kommen.

»Sieh nur, der Pazifik!« Eugene blickte fasziniert in die Tiefe. Julia beugte sich nach links, um besser sehen zu können. Wie zufällig legte sie dabei eine Hand auf Eugenes Schulter. »Wasser!«, bemerkte sie trocken.

Das Kabinenpersonal schenkte unablässig Champagner nach und verteilte Sandwiches. Julia schnappte sich eins und verschlang es mit wenigen Bissen. »Hey, du solltest auch noch was essen, bevor du mir vom Fleisch fällst hier«, sagte sie und tätschelte seinen ausladenden Bauch. Er wollte etwas sagen, aber sie brachte ihn mit erhobenem Zeigefinger und heruntergezogenen Augenbrauen zum Schweigen. »Captain!«, rief sie einen in der Nähe stehenden Steward, »geben Sie mir noch so ein Ding für meinen Freund! Der Junge hat Flugangst; muss ihn ein bisschen ablenken.«

Eugene kicherte, als sie ihm das Sandwich vor den Mund hielt, und biß herzhaft hinein.

In Luxemburg stieg die Spannung. Es war wichtig, dass der Operation Erfolg beschieden sein würde. *Erfolg* bedeutete in diesem Fall, dass schon beim ersten Versuch alles nach Plan laufen musste. Es gab keinen zweiten Versuch.

Im Cockpit des Airbus herrschte gelangweilte Routine. Bis sich Los Angeles Center, die zuständige Flugsicherungsstelle, mit einer beunruhigenden Mitteilung meldete.

»World Airlines fünf null sieben acht, Los Angeles Center?«, ertönte die Stimme des Controllers im Cockpit.

»Go ahead«, antwortete der Copilot.

»Zu Ihrer Information, wir haben die Funkverbindung zu einem Flugzeug verloren, das sich auf Ihrer Drei-Uhr-Position befindet, Abstand zwanzig Meilen, gleiche Höhe, gleiche Flugrichtung.«

»Wir haben das Flugzeug auf dem TCAS.« Der Copilot sah ein Symbol auf dem internen Kollisionswarngerät.

»Roger. Das Rufzeichen des Flugzeugs ist November acht drei sieben Hotel, bitte versuchen Sie, Kontakt aufzunehmen«, bat der Controller den Copiloten.

Nachdem er es mehrmals versucht hatte, auch auf der internationalen Notfrequenz, meldete er dem Controller: »Kein Kontakt möglich, Sir.«

»Roger«, bedankte sich der Controller. Dann informierte er seinen Dienstleiter über den Vorgang.

Fünf Minuten später meldete sich der Controller ein weiteres Mal.

»World fünf null sieben acht, Center?«

»Fahren Sie fort.«

»Wir haben das Flugzeug vom Radar verloren. Letzte bekannte Position war drei Uhr, achtzehn Meilen, gleiche Höhe, gleiche Flugrichtung.«

»Danke.«

»Können Sie das Flugzeug sehen?«

Der Copilot beugte sich nach rechts und realisierte, dass er den Kondensstreifen des Jets nicht mehr sehen konnte.

»Negativ, Sir.«

»Roger. Wir sind zur Zeit nicht in der Lage, Sie von dem Flugzeug zu separieren.«

»Roger fünf null sieben acht.«

»Ich werde Sie auf dem Laufenden halten.«

Der Controller löste Alarm aus. Sofort wurde mit NORAD, dem nordamerikanischen Luftverteidigungskommando, Kontakt aufgenommen. Dort wurde ein Militärjet Richtung Citation geschickt, um die Situation vor Ort zu überprüfen.

Über dem offenen Pazifik gab es kein Primärradar, mit dem der Controller das Flugzeug wenigstens anhand der Radarsignale hätte beobachten können. Die Navigationscomputer der Flugzeuge in diesem Luftraum, wie auch über anderen Ozeanen, meldeten ihre Position laufend via Satellitenverbindung. Diese wurde dann in den zuständigen Luftverkehrkontrollzentren als Pseudo-Radarbild dargestellt. Waren sie aus welchen Gründen auch immer nicht mehr vorhanden, gab es für die zivile Flugsicherung keine Möglichkeit, das Flugzeug zu lokalisieren. Durch das Deaktivieren des Transponders der Citation wurde der Jet auch nicht mehr auf den Kollisionswarngeräten anderer Flugzeuge angezeigt.

Eugene und Julia waren bei der Geopolitik angekommen. Angefangen hatte es mit ihrer Frage, was der Schwachsinn mit der Weltregierung eigentlich sollte. Eugene erklärte seiner neuen Freundin, dass sie *ewigen Frieden und Wohlstand für alle* bringen würde, als er aus dem Augenwinkel sah, dass die Triebwerksverkleidung des Airbus einen dunklen Strich zeigte, der ihm vorher nicht aufgefallen war.

»Sieh mal, was ist das?« Beunruhigt machte er Julia auf seine Entdeckung aufmerksam.

»Jetzt kommt wieder das mit der Scheiß-Flugangst«, frotzelte sie.

»Mach keine Witze jetzt!« Er blickte angestrengt nach draußen. Auf der Außenhaut des Triebwerks war etwas, das dort nicht hingehörte. Eugene konnte jedoch nicht erkennen, worum es sich handelte.

Nach einigen Sekunden hatte sein Gehirn das verzerrte Bild entschlüsselt. »Da … um Gottes Willen! Da ist ein anderes Flugzeug unter uns!« Keiner der Passagiere ahnte, in welcher Gefahr sie sich befanden. Auch die Piloten hätten sich nicht im Traum vorstellen können, in diesem Moment in engem Formationsflug mit einem anderen Jet zu fliegen.

Sofort spürte Eugene, wie Adrenalin in seine Blutbahnen schoss. Julia erkannte mit ihrem geschulten Kamerafraublick, dass er Recht hatte. Jetzt erschrak auch sie zu Tode. Ein spitzer Schrei entfuhr ihr. Neugierige Blicke der anderen Passagiere richteten sich auf sie.

»Wir müssen die Crew informieren!«, wollte Eugene sagen. Doch er brachte kein Wort heraus.

»Was zum Henker…!«, fluchte Julia. Sie hatte den ersten Schreck überwunden, schneller als Eugene. Ihr Körper stellte sich auf die Lösung einer lebensbedrohlichen Situation ein. Sie nahm Eugene bei der Hand und drückte sie. »Wir schaffen das schon, Junge!«

Er blickte sie mit großen Augen an.

»Wir sind in Angriffsposition«, meldete eine Stimme am Telefon.

»Sehr gut. Los dann. Bringen wir's hinter uns! Machen Sie!« Jacques Maître legte den Hörer auf, goss sich einen weiteren großen Schluck Cognac ein, hob das Glas und schüttete den Cognac in einem Schwung in seinen Rachen.

Unvermittelt stieg die Cessna Citation steil nach oben und rammte den Rumpf des Airbus in dessen Mitte. Sie durchtrennte beide Flügelholme, zerstörte einen Tank und drang in die Kabine ein. Alles passierte zu schnell, als dass es jemand im Detail hätte erfassen können. Höllischer Lärm von Triebwerken, aufeinander kratzendem und sich verbiegendem Aluminium und rasender Fahrtwind erfüllten die Kabine. Schlagartig wurde es eiskalt. Explosiver Druckabfall. Schmerzen in allen Körperhöhlen. Es waren keine Schreie zu hören. Sie wurden vom Sturm, der durch die aufgerissene Kabine tobte, übertönt. Viele Menschen fielen in Schreckstarre.

Eugene Moore, Rechtsanwalt, ehemaliger Kongressabgeordneter, Weltstaatsanhänger ohne Gespür für politische Abgründe, hervorragender Hobbykoch, Pauls Halbbruder und Reisebegleiter von Julia, hatte Glück: Ein messerscharfes Stück Aluminium trennte seinen Kopf im ersten Moment der Kollision blitzschnell von seinem Hals. Julia wurde vom selben Teil so hart am Hinterkopf getroffen, dass sie sofort das Bewusstsein verlor, nicht ohne vorher noch *Welcher verdammte Hurensohn …* gedacht zu haben. Andere Insassen mussten sekundenlang warten, bis Bewusstlosigkeit durch Sauerstoffmangel einsetzte. Mit jedem Moment nahm die Sinkgeschwindigkeit der beiden Flugzeugwracks und ihrer teilweise herausgeschleuderten Insassen zu.

Nach neunzig Sekunden schlugen die ersten Wrackteile hart auf dem Pazifik auf und begannen zu versinken.

In Luxemburg war man zufrieden. Mit dem ersten überraschenden Angriff wurden alle Ziele der Operation erreicht: einerseits die vollständige Zerstörung des Cockpits der Cessna Citation X, um eine Rekonstruktion, im unwahrscheinlichen Fall, dass man das Wrack vom Grund des Pazifik heben würde, zu verunmöglichen. So würde nie jemand herausfinden können, dass in die Citation einige Teile eingebaut waren, die dort nicht hingehörten, aber zur Fernsteuerung notwendig waren. Andererseits die Überführung des Airbus in einen flugunfähigen Zustand. Zweihunderteinundfünfzig Zeugen der Dreharbeiten, abgesehen von den elf Crewmitgliedern, wurden für immer zum Schweigen gebracht, gestorben bei einem tragischen Unglück.

Aus Sicht der Täter waren es nur Kollateralschäden. Bedauerlich! Bedauerlich! Aber nur Kollateralschäden.

Seine Frau Marie hatte ihm gerade telefonisch mitgeteilt, dass sie im Stau stecke und erst in etwa zwanzig Minuten in O'Hare ankommen würde. Paul O'Brien ging zur nächsten Bar, die sich gleich neben dem Ausgang des Ankunftsterminals befand. Nachdem er ein Bier bestellt hatte, setzte er sich an einen der kleinen Holztische und verfolgte unkonzentriert die Nachrichten des NBC Airport Network. Er dachte immer wieder an die Bilder der abstürzenden Air Force One.

Plötzlich wurde der Bildschirm schwarz. Dann erschien ein vertrautes Gesicht:

»Guten Abend, meine Damen und Herren, wir unterbrechen unser Programm wegen einer gerade eingehenden tragischen Nachricht. Ich bin Judith Roth und berichte live vom NBC Breaking News Desk in New York City.« Paul musste einen Brechreiz unterdrücken. Warum auch immer, er ahnte, was nun folgen würde.

»Wie die FAA soeben meldet, sind heute am frühen Abend eintausend Meilen westlich von Los Angeles über dem offenen Pazifik zwei Flugzeuge kollidiert. Dabei handelt es sich vermutlich um einen Charterflug der World Airlines und einen Businessjet. Wir sind nicht in der Lage, Ihnen zum jetzigen Zeitpunkt weitere Informationen zu geben.«

Paul rannte zur nächsten Toilette. Er hatte sich noch nie in seinem Leben so schlecht gefühlt. Die ganze Welt brach über ihm zusammen.

Als er Minuten später in der Lage war, zum mit seiner Frau vereinbarten Treffpunkt zu gehen, läutete das Projekttelefon. Es war Patricia Palmer.

»Ich habe es gehört, Paul, es tut mir so leid. Ich bin am Boden zerstört!«

»Ja«, flüsterte er.

»Ein schreckliches Unglück. Nachdem alles so gut geklappt hat«, schluchzte sie.

»Nein, Patricia. Es ist kein Unglück. Wir haben ein Monster geboren.« Dann beendete er mit einem Tastendruck das Telefongespräch.

16

Sonntag, 20. Dezember 2015 I-Day – 265

David Isler saß in der Küche und blätterte zur nächsten Seite der Zeitung.

Ursache der Flugzeugkollision weiterhin unklar

Die Ursache der Kollision zweier Flugzeuge, die am 14. Dezember 1 000 Meilen westlich von Los Angeles über 250 Menschen das Leben gekostet hat, ist weiterhin unklar. Wie Gar Unger, Sprecher der Nationalen Transportsicherheitsbehörde NTSB, gestern in Washington bekannt gab, ist es nicht sicher, ob die Ursache je herausgefunden wird.

»Das Unglück hat sich an einem Ort ereignet, der unseren Experten die Untersuchung erschwert. Wichtige Bestandteile jeder Untersuchung, wie Wrackteile und die Aufzeichnungen der Flugdatenrekorder, fehlen bei diesem Unglück. Sie vom Grund des Pazifiks zu bergen wird sehr schwer, wenn nicht unmöglich sein. Zwar ist es uns gelungen, einige auf der Wasseroberfläche schwimmende Stücke des Wracks und Leichenteile zu bergen, aber ihre Aussagekraft scheint nach einer ersten Sichtung sehr gering zu sein. Das Einzige, was wir bisher wissen ist, dass es sich um Teile eines Airbus 330 und einer Cessna Citation X handelt. Untersuchungen der Leichenteile haben außerdem ergeben, dass es vermutlich kein Feuer an Bord der Flugzeuge gegeben hat. Das bestätigt uns in der Vermutung, dass es sich um eine Kollision gehandelt hat.«

Wie Unger weiter mitteilte, ist der Funkkontakt zur Cessna Citation etwa zehn Minuten vor der Unglückszeit abgebrochen. Kurze Zeit später hat der Informationsfluss des Navigationscomputers der Cessna zum Flugkontrollzentrum Los Angeles aus unbekannten Gründen gestoppt. Der Fluglotse hat daraufhin die Besatzung des in der Nähe des Businessjets fliegenden Airbus darauf aufmerksam gemacht, dass er die Separation nicht mehr gewährleisten könne. Außerdem hat er die militärische Luftraumverteidigung NORAD informiert.

Kurz darauf hat der Pilot eines anderen Linienflugzeuges gemeldet, einen Feuerball beobachtet zu haben.

Das von NORAD gesandte Aufklärungsflugzeug hat das fragliche Gebiet erst eine halbe Stunde nach der Kollision erreicht.

Möglicherweise hat zum Unglück beigetragen, dass beide Besatzungen durch die tief stehende Sonne geblendet wurden. »Es ist denkbar«, so Unger, »dass es an Bord der Cessna Citation ein größeres technisches Problem gegeben hat, das zum Ausfall mehrerer Systeme führte. Die Piloten könnten dadurch derart ablenkt worden sein, dass sie die Annäherung an den Airbus nicht wahrgenommen haben. Die direkt ins Cockpit leuchtende Sonne könnte ein weiterer Faktor gewesen sein.« Dies sei aber zum jetzigen Zeitpunkt reine Spekulation. Die Nationale Transportsicherheitsbehörde untersuche grundsätzlich ergebnisoffen.

Inzwischen wurden auch die Namen der Opfer bekannt gegeben. Bei den Passagieren des World-Airlines-Fluges handelte es sich um Mitarbeiter einer Filmproduktion einer in Los Angeles ansässigen Firma.

Außerdem befand sich der ehemalige Kongressabgeordnete Eugene Moore aus New York an Bord des Airbus.

In der Cessna Citation waren nur die beiden Piloten.

Isler schüttelte nachdenklich den Kopf. Er erinnerte sich an eine Flugzeugkollision, die im Sommer 2002 in der Nähe des Bodensees passiert war. Damals – es war nicht einmal ein Jahr nach dem 11. September – hatte er zuerst auf einen besonders perfiden terroristischen Anschlag getippt. Im Lauf der Untersuchungen war aber herausgekommen, dass die Kollision durch eine Verkettung unglücklicher Umstände passiert war. Damals hatte er zu weit gedacht – *déformation professionelle.*

Beim Unglück über dem Pazifik irritierte ihn allerdings, dass eines der beteiligten Flugzeuge – die Cessna Citation – von einer Air-Taxi-Gesellschaft betrieben worden war, deren CEO, Peter Pretorius, in der Datenbank des SND vorkam. Ein Kollege von Isler hatte diese Tatsache vor einigen Tagen beim Mittagessen beiläufig erwähnt. Pretorius habe seit Jahrzehnten Kontakte zum südafrikanischen Nachrichtendienst gehabt. Er war allerdings nie offiziell dort beschäftigt. »Pretorius ist wie ein Komet, dessen Orbit immer wieder mal an einem Schwarzen Loch vorbeikommt«, hatte der Kollege zu Isler gesagt.

»Fertig für den Adventsspaziergang!« Seine Frau Angela und ihre Tochter Olivia standen mit Stiefeln, dicken Jacken, Handschuhen und Mützen bekleidet in der Tür und machten erwartungsfrohe Gesichter.

»Was? Ach so, der Spaziergang. Bin schon fast draußen.« Isler lächelte, legte die Zeitung beiseite, und stand vom Küchentisch auf. Ein bisschen Zeit mit seiner Familie und frische Luft würden ihm gut tun.

Fünfzig Stunden nach dem Ablegen in Los Angeles erreichte die Island Princess die Stelle im Pazifik, über der sechs Tage zuvor die beiden Flugzeuge kollidiert waren. 31 Grad 27 Minuten Nord, 134 Grad 4 Minuten West. An Bord befanden sich eintausendfünfhundert Angehörige der Opfer.

Der Captain gab Anweisung, das Schiff zu stoppen. »Liebe Passagiere, wir haben unser Ziel erreicht. Wir werden hier verweilen, um Ihnen Gelegenheit zu geben, von Ihren Lieben Abschied zu nehmen. In einer halben Stunde beginnt auf dem Hauptdeck ein ökumenischer Gottesdienst«, gab er über das Lautsprechersystem bekannt.

Es war Mittag Ortszeit. Ein strahlend blauer Himmel floss in der Ferne in leichtem Dunst nahtlos in das Stahlblau des Pazifiks. Ein leichter Wind wehte über das Deck. Hoch oben waren einige Kondensstreifen zu sehen. Nichts schwamm auf der Wasseroberfläche, das an das Unglück erinnerte. Die nicht schwimmfähigen Wrackteile waren längst in der dunklen Tiefe versunken, der Rest von Strömung und Wind in alle Richtungen getrieben. Einige wenige Überbleibsel der Kollision hatten US Navy und Coast Guard in den letzten Tagen mit Netzen aus dem Meer gefischt.

Paul O'Brien stand mit seiner Frau Marie im Arm an der Reling und blickte stumm auf das Wasser.

Zwei Dutzend Seelsorger, Priester, Rabbis und Imame sowie Psychologen des Care Teams kümmerten sich um die Trauernden. Sie hörten zu, spendeten Trost, verteilten Taschentücher, nahmen Menschen in den Arm oder hielten sich diskret zurück.

Einige Meter von Paul entfernt standen Oberst Warren, Patricia Palmer und Floyd Landler. Paul hatte während der letzten zwei Tage vermieden, seine Frau mit ihnen in Kontakt zu bringen. Sie wusste zwar, wer sie waren; Paul musste aber auch in dieser schweren Zeit Marie gegenüber bei der offiziellen Erklärung seiner Tätigkeit in Washington bleiben. Sie lautete, dass er als Berater für eine militärische Filmproduktion arbeite.

Nachdem Paul den ersten Schock überwunden hatte, war er jetzt nicht mehr so sicher, ob es nicht vielleicht doch nur ein Unglück war. Vielleicht hatte er bei seinem Gespräch mit Patricia Palmer nach seiner Ankunft in O'Hare überreagiert. Warren hatte ihm bei mehreren Treffen in den letzten Tagen versichert, dass es keinerlei Hinweise auf eine andere Erklärung als eine Verkettung unglücklicher Umstände gäbe. Um seine eigene Sicherheit fürchtete Paul nicht.

Warren hatte ihn überreden können, dabeizubleiben. »Eugene hätte es mit Sicherheit so gewollt«, war der Satz, der Paul überzeugt hatte.

Die Angehörigen der Filmcrew hatten bisher keinerlei Verdacht geschöpft. Die Verstorbenen hatten ihnen erzählt, aus kommerziellen Gründen bis Ende 2015 nicht über das Filmprojekt sprechen zu dürfen. Dass es sich um ein militärisches Projekt handelte, wurde den Opfern erst nach ihrer Ankunft in Reglin erklärt. So gingen die Trauernden immer noch davon aus, es handle sich um eine konventionelle, wenn auch geheimniskrämerische Filmproduktion. Mit Sicherheit wären sonst sofort Verschwörungstheorien aufgekommen, wobei wohl niemand eine der Realität entsprechende differenzierte Theorie entwickelt hätte. Zu verworren und unwahrscheinlich war die Gruppe der inzwischen an Excess beteiligten Kreise. Die meisten hätten wohl einfach alles ›Washington‹ angelastet.

Warren, der nicht nur überzeugt war, dass der Tod des Flugzeughändlers Mike Miller in Zusammenhang mit dem Experiment stand, sondern auch, dass der Airbus nicht zufällig abgestürzt war, sorgte durch seine motivierenden Worte dafür, dass das Projekt wie geplant vorbereitet wurde. Nur so konnte er den Auftraggebern die Lektion erteilen, die sie nie vergessen würden – noch nie seit Beginn des Projekts war Warren dazu so entschlossen gewesen wie heute.

17

Sonntag, 3. Januar 2016 I-Day – 251

Jeanne Adams war sich ihrer Sache sicher. Sie wusste, dass der nächste Montag – der Tag der Rede zur Lage der Nation – so oder so den Wendepunkt ihrer Präsidentschaft markierte. Was sie vorhatte, war nichts weniger als ein politischer Coup. Realistischerweise musste sie annehmen, dass man sie von mehreren Seiten erschießen würde – und das vielleicht nicht nur im metaphorischen Wortsinn.

Wenigstens wurden sie und ihre Familie seit Beginn des Jahres vom United States Marshals Service geschützt – nicht, dass sie dem Secret Service nicht traute, aber *sicher war sicher*. Allerdings hatte der Wechsel, der mit Kapazitätsengpässen beim Secret Service begründet wurde, mehr Unruhe verursacht, als ihr lieb war.

Adams wusste, dass sie nichts zu verlieren hatte – andere in ihrer Position hätten dies wohl anders gesehen. Aber aus ihrer Sicht hatte sie alles erreicht, was es zu erreichen gab: Sie war als erste Frau ins Weiße Haus eingezogen.

Sollte nach der Rede ein politischer Sturm losbrechen und der Kongress versuchen, sie unter einem Vorwand ihres Amtes zu entheben, könnte sie als letzte Worte bei ihrem Abtritt immer noch etwas von der Rache einer verschworenen Männergesellschaft reden, die ihren weiblichen Erfolg nicht verkraftete. Sie lachte zufrieden in sich hinein. Wenigstens könnte sie dann gehen im Wissen *es* wenigstens probiert zu haben.

Nach intensiven Recherchen und Konsultationen war sie in den letzten Wochen zu dem Schluss gekommen, dass die Zeit für einen politischen Kurswechsel reif war. Das Land steckte in einer existenziellen Krise. Das Kartell der beiden Parteien hatte sich in den letzten Jahrzehnten in einer Verschwörung der Manipulation festgefahren. Sie wurde von den meisten Medien und vielen Akademikern und anderen gesellschaftlichen Vordenkern, aus Ignoranz oder anderen Motiven mitgetragen. Inzwischen war man in Washington Opfer der eigenen Propaganda geworden.

Das Staatsdefizit, offiziell eintausend Milliarden Dollar, war in Wirklichkeit dreimal so hoch. Der Comptroller General – der oberste Revisor des Staates – hatte sich seit 1998 jedes Jahr geweigert, die Jahresrechnung der Regierung durch seine Unterschrift zu zertifizieren. Journalisten und Opposition waren dummerweise immer gerade dann abgelenkt, wenn sie durch die Seiten seines Statements im Finanzbericht der Vereinigen Staaten blätterten. Die Arbeitslosigkeit – offiziell 9 Prozent – lag irgendwo zwischen 15 und 20 Prozent. Niemand wusste es genau, und niemand wollte es wissen. Die Inflation war höher als 10 Prozent – offiziell natürlich weniger als 4 Prozent – und das Wirtschaftswachstum seit Jahren negativ. Alle großen Städte und die meisten Teilstaaten waren pleite. Die industrielle Basis, früher Dynamo der Wertschöpfung des Landes, hatte sich fast gänzlich in Luft aufgelöst. Dafür befand sich die Wall Street immer noch in einem nicht enden wollenden Höhenflug – denn das Plunge Protection Team hatte seit Jahren immer dann eingegriffen, wenn den Spekulanten Verluste drohten. Der Höhenflug des Dow Jones schrumpfte allerdings beträchtlich zusammen, wenn man die tatsächliche Dollar-Inflation berücksichtigte.

Jeanne Adams wusste, dass jetzt die Zeit gekommen war, einen Schlussstrich unter die Parodie zu ziehen, zu der die amerikanische Wirtschaft verkommen war. Dafür war sie bereit, alles zu riskieren. Aber sie musste listig vorgehen.

Sie hatte sich mit einem halben Dutzend Abgeordneten in Kongress und Senat verbündet. Noch mehr Abgeordnete aber würden ihr ab nächster Woche das Leben so schwer machen, wie sie nur konnten. Ganz zu schweigen vom Sprecher des Kongresses und den Medien.

Sie ging gerade mit Francis Raffles, ihrem Berater und engsten Vertrauten im Weißen Haus, die Rede durch, als ihre ehemalige Kommilitonin und Busenfreundin Maya Shifter, die als Journalistin bei der New York Times arbeitete, ins Oval Office trat. Adams stand auf und umarmte sie. »Maya! Schön, dich zu sehen. Ich habe dich schon erwartet!«

»Du machst es wirklich spannend. Was ist los? Willst du mich zu deiner neuen Pressesprecherin machen?«, begrüßte Maya Shifter die Präsidentin.

»Ich komme dann am Nachmittag noch mal vorbei – dringende Termine«, sagte Raffles und verließ das Präsidentenbüro.

»Pressesprecherin? Auf keinen Fall, Maya. Getrennt reisen, gemeinsam ankommen.«

»Du sprichst in Rätseln. Gibst du mir wenigstens ein Exklusiv-Interview?«

»Nicht jetzt«, wiegelte Adams ab. Sie setzten sich auf das Sofa.

»Darf ich dich wenigstens noch mit Vornamen ansprechen?«

»Vorläufig.« Adams weihte ihre Freundin in den verwegenen Plan ein. Nach einer Weile schüttelte Shifter zweifelnd den Kopf. »Sie werden dich vierteilen.«

»Ich weiß.«

»Und warum diese Heimlichtuerei? Selbst hier im Weißen Haus?«

»Muss ich das wirklich erklären? Du weißt doch, wie es zugeht hier. Schon vergessen, dass Washington das größte Schlangennest der Welt ist?«

»Ja sicher.« Shifter dachte nach. »Also gut. Ich werde machen, was ich kann. Aber du weißt ja, die Chefredaktion.«

»Natürlich. Wie immer.« Adams verdrehet die Augen. »Und?«

»Was und?«, fragte Shifter.

»Die Frisur?«

»Wie in Stein gemeißelt, Frau Präsidentin!«

Nur schon beim Gedanken an seinen eigenen Namen bekam Sinshy manchmal feuchte Augen. ›Arthur‹, Echo des Mythos Artus, des Königs von England und Wales. Er soll vor eintausendfünfhundert Jahren gelebt und seine Heimat gegen die eindringenden Angeln und Sachsen verteidigt haben. Artus, der genialische Anführer, nicht ganz von dieser Welt, der am Schluss nicht starb, sondern entrückte – auf die Andersweltinsel Avalon. Der Magier Merlin, der Heilige Gral, die Tafelrunde. Alles im Orbit des Artus.

Dann ›Carrick‹, Sinshys zweiter Vorname – der Fels! Der Fels, auf dem Gott sein Reich bauen wollte! Gottes unerschütterliches Fundament auf Erden! Schließlich Sinshy, der Sündenscheue, der, dessen Handlungen Sünde *a priori* ausschlossen. Dass ›Sinshy‹ eine Anglisierung des bayerischen Namens ›Sinzig‹ war, störte Sinshy überhaupt nicht. *Es liegt alles im Namen!*

In einen dicken Pelzmantel gehüllt saß Art Sinshy auf dem Findling am Rande seines Anwesens. Er hatte den riesigen Felsen vor einigen Jahren in einer aufwendigen Operation aus den Appalachen auf sein Grundstück transportieren lassen. Immer, wenn es seine Zeit erlaubte, saß er hier und dachte nach.

Die eiskalte Winterluft war kristallklar. Sinshy konnte weit auf den Atlantik hinausblicken. Viele Gedanken gingen ihm heute durch den Kopf und fast alle drehten sich um die Präsidentin. Sie machte ihm Sorgen. Sie war undankbar. Sie setzte sich von ihm ab. Er hatte ihr immer geholfen. Seit er sie kannte. Sie war schließlich im Oval Office gelandet. Dort, wo sie hinwollte. Und jetzt das!

Seit Wochen berichtete ihm sein Informant aus dem Weißen Haus Beunruhigendes. Angefangen hatte es mit Adams' intensivem Kontakt zu Thomas Calgary, Sinshys Vorgänger im Sprecheramt. Er hatte ihr den Kopf verdreht mit seinen verrückten und naiven politischen Ansichten. Als Gott ihn sterben ließ, um den großen Plan nicht zu gefährden, war Adams schon so verwirrt, dass sie Calgarys wahnsinnige Ideen auch ohne seine Einflüsterei weiter verfolgte. Jetzt war sie vollends durchgedreht! Nicht nur, dass sie dem Secret Service das Vertrauen entzogen hatte und sich von den Marshals schützen ließ. Wie Sinshy von seinem Informanten wusste, plante Adams für den nächsten Montag nichts weniger als einen politischen Putsch! Er hatte sie überschätzt. Er hätte schwören können, sie würde Augenmaß bewahren und als Präsidentin nur Schritte unternehmen, die auch zu verantworten waren. Und jetzt dieser Alleingang! »Du hast mich so enttäuscht«, flüsterte Sinshy in den Wind.

Aber Adams' Undankbarkeit würde ihn nicht von seinem Weg abbringen. Als Sprecher des Kongresses hatte er die besten Voraussetzungen für den Sprung ins Weiße Haus. *Dann mache ich es eben selber!*

Die Texas Times erschien seit diesem Jahr landesweit. Ihr neuer Chefredakteur Luce Brencis hatte seine Bewährungsprobe bereits bestanden. Ohne dass dazu eine Absprache nötig gewesen wäre, hatte er in seinem ersten Leitartikel – ›Was hat die Präsidentin vor?‹ – Adams' Entscheidung über den Schutz ihrer Person thematisiert: ›Wenn die Präsidentin ihren eigenen Beschützern nicht mehr traut, wie soll dann die Bevölkerung der Präsidentin trauen?‹, hatte Brencis es hingedreht. Unlogisch – aber wirksam!

Sinshy lächelte. Vielleicht ahnte die Präsidentin es nicht einmal, aber mit ihren neuen politischen Ideen – *diesem wirren Zeug!* – legte sie sich quer zu seinem Plan. Gottes Plan! Und machte damit ihren größten Unterstützer zu ihrem größten Feind. Sinshys Informant hatte ihm gesagt, Adams wolle nächste Woche eine Lawine lostreten. *Arme Jeanne! Du wirst als Erste begraben.*

Sinshy stand auf, kletterte vom Felsen, und stapfte durch den Schnee zu seiner Kapelle. Ein Gespräch mit Gott würde ihm gut tun.

An der Kapelle angekommen, zog er seine Lederhandschuhe aus und fummelte den Schlüssel aus der Hosentasche. Er schob die schwere Holztür auf und trat ein. Nachdem er sie von innen verriegelt hatte, ertastete er den Schalter. *Klick.* Ein seltsames Licht erhellte die Kapelle. Weil es so kalt war – die Kapelle war unbeheizt –, zog er das Papstgewand über den Pelzmantel an. Nachdem Sinshy den weißen Pileulus aufgesetzt hatte, drehte er sich zum Altar, kniete nieder und bekreuzigte sich. Dann nahm er den Weihräucher aus dem Schrank, füllte Olibanum hinein und zündete es an. Sofort breitete sich der Duft im ganzen Raum aus. Er entzündete die große Kerze und schritt das Weihrauchfass schwenkend, einmal um den Altar. Dann hängte er das Fass an die elektrische Schwenkvorrichtung, die neben dem Altar stand, und schaltete sie ein. Gleichmäßig bewegte sie den Weihräucher hin und her. Schließlich ging er zur neben der Holztür angebrachten Musikanlage und wählte sein Lieblingsstück. *Erbarme Dich, Mein*

Gott, um meiner Zähren Willen! Die Stimme der Altistin erfüllte die Kapelle. Damit waren alle Vorbereitungen für sein Gespräch abgeschlossen.

Sinshy hatte sich vorgenommen, heute die große Lage zu besprechen – ein entscheidendes Jahr hatte begonnen. Es galt, Grundsätzliches zu erörtern. Außerdem wollte er für die Passagiere beten, die ihr Leben hoch über dem Pazifik – dem Friedensstifter – der guten Sache geopfert hatten. Sinshy wollte sein Gespräch mit einer dem Anlass entsprechenden Bibelstelle einleiten. Er stellte sich vor den Altar, schlug das Buch auf und verharrte einige Minuten mit aneinander gelegten Fingerspitzen im Gebet. Dann hob er die Arme und las:

»Am Anfang schuf Gott Himmel und Erde. Die Erde aber war wüst und wirr, Finsternis lag über der Urflut und Gottes Geist schwebte über dem Wasser. Gott sprach: Es werde Licht! Und es wurde Licht. Gott sah, dass das Licht gut war. Da schied Gott das Licht von der Finsternis und Gott nannte das Licht Tag und die Finsternis nannte er Nacht. Es wurde Abend und es wurde Morgen: erster Tag.«

Nachdem er das erste Kapitel des Buchs Genesis fertig gelesen hatte, faltete er die Hände und verharrte minutenlang in Stille. Dann betete er laut: »Herr, das Jahr der Reise ist gekommen. Wie Dein erster Sohn erfülle ich in treuer Liebe Deinen Auftrag. Unaufhaltsam dreht sich die Erde und wickelt sich in den seidenen Mantel der Einheit, dank Deiner unendlichen Weisheit und Güte. Herr, erbarme Dich all jener Schafe, die schon ihr Leben gegeben haben für das große Ziel. Sie färben den seidenen Mantel der Einheit mit dem Blutrot der selbstlosen Aufopferung. Für eine Welt in Einheit, Freiheit und ewigem Frieden. Im Namen des Vaters und des Sohnes und des Heiligen Geistes. Amen.«

Tränen der Rührung liefen über sein Gesicht. Er schluchzte leise. So verharrte er eine halbe Stunde in stillem Dialog mit Gott.

Im Flüsterton schloss er: »Herr, ich bin nicht würdig, dass Du eingehst unter mein Dach, aber sprich nur ein Wort, so wird meine Seele gesund.«

18

Montag, 11. Januar 2016 I-Day – 243

20.30 Uhr dreißig Ostküstenzeit. Noch eine halbe Stunde bis zur Rede zur Lage der Nation. Unruhe machte sich breit in Washington. Zur Esoterik neigende Insider glaubten ein Zischen in der Luft zu hören. Das Weiße Haus hatte alles versucht, um den Coup bis zuletzt geheim zu halten. Aber es hatte eine undichte Stelle gegeben.

Adams' Gegner streuten Gerüchte. In Blogs erschienen Worte wie *unzurechnungsfähig* und *Amtsenthebungsverfahren*. Im Fernsehen sprach man von einer möglichen politischen Überraschung und empfahl den Zuschauern, die Rede auf keinen Fall zu verpassen. Zeitgleich kündigte die Texas Times in einer Vorabmeldung zur morgigen Ausgabe sensationelle Enthüllungen aus der Vergangenheit der Präsidentin an.

Im Oval Office herrschte eine seltsame Ruhe. *Friedhofsruhe*, dachte Adams. Die Informationen, die sie in den letzten Minuten erreicht hatten, ließen nur einen Schluss zu: Es gab einen Verräter unter ihren engsten Mitarbeitern; außerdem hatten sich die Kreise, die befürchten mussten, durch die neue politische Linie ihre Pfründe zu verlieren, schon zum Gegenangriff formiert. Adams saß allein in ihrem Büro und ging noch einmal die Rede durch.

Ihr war bewusst, dass sie mit ihrem Vorgehen sämtliche Regeln brach, die sie brechen konnte. Eine Rede zur Lage der Nation war ein aufwendiges Projekt, das wochenlang vorbereitet wurde und an dem viele Stellen in Washington mitarbeiteten – normalerweise: Da waren die Redenschreiber der Exekutive, die Nachrichtendienste, das Außenministerium, das Pentagon. Oft wurde wochenlang um einzelne Sätze und Formulierungen gekämpft. Wie um die sechzehn Wörter, mit denen Präsident George W. Bush 2003 behauptet hatte, Saddam Hussein hätte versucht, in Afrika Uran zu kaufen. Alle wussten, dass die Sache nicht stimmte. Sie hatte sich schon Monate vorher als Desinformation entpuppt. Die Regierung Bush hatte trotzdem darauf bestanden, den Satz in der Rede zu belassen.

Der unheimliche Vizepräsident Dick ›Darth Vader‹ Cheney war so oft in die CIA-Zentrale nach Langley gefahren, bis CIA-Direktor George Tenet schließlich eingeknickt war. Von diesem Moment an war der Bruch zwischen den Besatzern des Weißen Hauses und den Fachleuten in Washingtons Geheimdienstwelt nicht mehr überbrückbar.

Bei Präsidentin Adams ging es nicht nur um einen Satz, sondern um eine ganze Rede. Sie brach alle Regeln – trotzdem war sie überzeugt, das Richtige zu tun. Sie ahnte aber auch, dass sie dafür einen hohen Preis würde bezahlen müssen. Vielleicht den ultimativen Preis, den ein Mensch zahlen kann! Wer aus der Reihe tanzt … Ihr war bewusst, dass Menschen wegen viel weniger eliminiert wurden. Von kriminellen Netzwerken in der CIA. Dem JIS-2. Dem SISDE. Vom FSB. Vom Mossad. Von x anderen Diensten. Im Namen einer Perversion der Raison d'État. Im Auftrag nie ins Licht tretender Sugardaddies. Ausgeführt durch vorgeschobene Tarnfirmen – Anwaltskanzleien, Unternehmensberatungen, Umzugsfirmen und was sonst noch. Durch lokale Mafias. Oder durch freischaffende Asteroiden: Männer, deren Beruf *Hitman* war.

Kampagnen. Attentate. ›Einzeltäter‹.

Aber so einfach war die Welt nicht. Nicht nur bei den Diensten gab es auch die ›Guten‹, welche die Krieg-und-Terror-Chaoten bekämpften.

Adams wollte zu den ›Guten‹ gehören. Zu der heterogenen, alle politischen Klischees als oberflächlich und untauglich entlarvenden Gruppe, die angesichts der Attacken auf die Menschlichkeit nicht resignierten. Die sich nicht korrumpieren ließen. Die die Angriffe der Medienwalze mit stoischer Gelassenheit hinnahmen. Thomas Calgary, der Adams politische Orientierung verschafft hatte, war nicht ihr einziges Vorbild. Sie bewunderte den ihr persönlich bekannten William Rodriguez, den Hausmeister des World Trade Centers, der eine Karriere als Kongressabgeordneter ausgeschlagen hatte. Weil er nicht bereit war, über seine Erlebnisse am 11. September zu schweigen. Erlebnisse, die nicht in die offizielle Geschichtsschreibung passten. Sie bewunderte den ehemaligen britischen Außenminister Robin Cook, der den Mut hatte, öffentlich darauf hinzuweisen, dass ›Al Kaida‹ nichts anderes bedeutete als ›die Datenbank‹. Die Datenbank der CIA, in der die Namen der Mudschaheddin-Kämpfer standen, die in den achtziger Jahren in Afghanistan gegen die Sowjetunion gekämpft hatten. Einen Monat nach dieser Veröffentlichung war Cook tot – angeblich erlag er einem Herzinfarkt. Sie bewunderte den Mikrobiologen David Kelly, der die Kriegshysterie der Blair-Bush-Fraktion gekontert hatte, indem er darauf hinwies, dass die britischen Geheimdienstberichte die Gefahr, die der Irak angeblich darstellte, unverantwortbar aufgebauscht hatten. Wenig später fand man Kelly tot im Wald – es hieß, er habe Selbstmord begangen. Sie bewunderte John O'Neill, FBI-Terrorismusexperte und später Sicherheitschef des World Trade Centers. Für seine Bemühungen, Attentatsvorbereitungen zu unterbinden, fand er in der FBI-Zentrale keine Unterstützung. O'Neill starb am 11. September 2001. Oder O'Neills persönlicher Freund, der CIA-Agent Roland Carnaby, der 2008 von der Polizei in Houston erschossen wurde. Adams hatte vor Jahren von einem journalistischen Einzelkämpfer erfahren, dass Carnaby Opfer einer Geheimdienstintrige geworden war. Carnaby hatte sich große Sorgen um die Verletzbarkeit des Großraums Houston gemacht. Ein Anschlag in diesem mit petrochemischen Anlagen gespickten Gebiet hätte albtraumartiges Zerstörungspotenzial. Beim Ministerium für die Sicherheit des Heimatlands hatte Carnaby kein Gehör gefunden. Er war auch ein persönlicher Freund ihres Vorgängers George H. W. Bush. Selbst diesem zollte Adams Respekt. Weil er versucht hatte, seinem Sohn George W. Bush den Irak-Krieg auszureden, und ihn – wenn auch spät – aus den Klauen der neokonservativen Berater zu retten.

Sei's drum. Jetzt gab es kein Zurück mehr. Sie legte die Rede beiseite und telefonierte mit ihrem Mann Richard und ihrer Tochter Barbara. Die Ermutigung ihrer Tochter, die Situation zu genießen, eine Stunde reden zu können, ohne dass sie jemand unterbrechen durfte, brachte die Präsidentin zum ersten Mal an diesem Tag zum Lachen.

Bolligen bei Bern, 2.45 Uhr. Der Weckers holte David Isler aus der zweiten Tiefschlafphase. Nur mit größter Willensanstrengung gelang es ihm, aufzustehen. Er hätte die Rede der Präsidentin zum Frühstück sehen können. Aber jetzt, mitten in der Nacht, war es wunderbar ruhig im Haus. Kurz bevor er ins Bett ging, hatte er vom SND einen Anruf erhalten. Es gäbe Gerüchte, dass die Rede substanzielle Ankündigungen enthalte. Für Isler Grund genug, die Sache live zu verfolgen.

Er ging in die Küche und setzte Wasser auf. Er schaltete das Licht aus und sah durchs Fenster den unablässig herabrieselnden Schneeflocken zu. Seit Tagen wollte es nicht mehr aufhören zu schneien.

Einige Minuten später setzte er sich mit Block, Kugelschreiber, einer Tasse schwarzem Instantkaffee und ein paar übrig gebliebenen Weihnachtskeksen ausgerüstet vor den Fernseher. 3 Uhr. Er schaltete CNN ein.

»... und Herren, Sie sehen Bilder aus dem Kapitol, wo Präsidentin Adams gerade den Sitzungssaal des Repräsentantenhaus betritt. Wie wir schon in der vergangenen Stunde berichtet haben, wollen gut unterrichtete Kreise in Washington wissen, dass die Präsidentin ihre Rede zur Ankündigung eines politischen Wechsels nutzen will.«

Die Bilder zeigten, wie die Präsidentin den am Gang stehenden Abgeordneten die Hand schüttelte, während die anderen Parlamentarier artig applaudierten.

»Steve Gates, Sie hatten bereits Gelegenheit, die Rede durchzulesen, wissen Sie mehr?«

Das Bild wechselte zu einem erregten Chefkorrespondenten für das Weiße Haus. »Wolf, lassen Sie es mich so formulieren: Offiziell weiß ich nichts, aber hören Sie gut zu. Das Manuskript, das wir und alle Journalisten vor einer Stunde erhalten haben, enthält nichts, was man nicht von der Rede erwarten würde. Auch auf mehrmaliges Nachfragen hat das Weiße Haus keinen offiziellen Kommentar zu den Gerüchten abgegeben, die in der letzten Stunde aufgekommen sind. Inoffiziell hat eine gewöhnlich sehr zuverlässige Quelle allerdings vor wenigen Minuten mitgeteilt, dass die Präsidentin nicht die Rede halten wird, die vor einer Stunde vorveröffentlicht wurde …«

Isler sprang von seinem Stuhl auf. »Also tatsächlich«, flüsterte er.

»Können Sie das bitte wiederholen, Steve?«, fragte ein verblüffter Moderator aus dem Studio in Atlanta.

»Sie haben richtig gehört, Wolf, aber ich wiederhole das gern. Dies scheint ein sehr interessanter Abend zu werden: Die Rede, die in wenigen Augenblicken beginnen wird, soll offenbar eine andere sein, als das innerhalb der letzten Stunde verteilte Manuskript.«

»Hat es so etwas schon einmal gegeben, Steve?«, fragte der Moderator.

»Nicht in den dreißig Jahren, in denen ich die Präsidentschaft verfolgt habe, und meines Wissens nach auch nie zuvor.«

»Steve, wir werden nicht mehr lange warten müssen. Wie ich sehe, ist die Präsidentin am Rednerpult angekommen.«

Isler setzte sich wieder und überprüfte mit einem Blick auf das Display der Fernbedienung, dass der Rekorder die Sendung aufzeichnete. Er sah die Präsidentin am Rednerpult darauf warten, dass sich der Applaus legte. Hinter ihr waren der Vizepräsident Ross King und der Kongresssprecher Art Sinshy zu sehen. Während King offenbar sehr angespannt war, strahlte Sinshys Lächeln Überlegenheit aus. Immer noch applaudierte die Vollversammlung. Plötzlich kam Unruhe auf. Die Bilder zeigten, wie Abgeordnete ihre Köpfe zusammensteckten. Kopfschütteln. Hektische Gesten. Der Applaus flachte ab. *Breaking News* las Isler die Textzeile am unteren Bildschirmrand *Weißes Haus verbreitet revidierten Redetext an Journalisten und Abgeordnete.* Isler sah, wie Sinshy sich nach vorn beugte, etwas zu Präsidentin Adams sagte und dabei den Kopf schüttelte. Die Präsidentin schien verunsichert zu sein. Der Applaus verstummte. »Skandal!« hörte man eine Stimme aus dem Hintergrund.

Sinshy stellte die Präsidentin vor. »Members of Congress. I have the high pleasure and the distinct honor of presenting to you the President of the United States.«

Noch einmal applaudierte der Kongress.

Den Kaiser täuschen und das Meer überqueren, dachte Isler.

Präsidentin Adams setzte zu ihrer Rede an: »Mister President, Mister Speaker, Members of the Senate and of the House of Representatives!

Die Verfassung sieht vor, dass der Präsident der Vereinigten Staaten von Amerika von Zeit zu Zeit im Kongress und vor dem Volk Rechenschaft ablegt über den Zustand der Union. Bei dieser Gelegenheit soll der Präsident dem Kongress Maßnahmen empfehlen, die er für notwendig hält, um Schaden von unserer Gemeinschaft abzuwenden und ihren Nutzen zu mehren.

Wir wurden von unserem Volk gewählt im Vertrauen und der Hoffnung, die Probleme unserer Zeit zu lösen und einen Weg in die Zukunft zu weisen. Wir dürfen uns glücklich schätzen, dass man dieses Vertrauen in uns setzt. Gleichzeitig sind wir uns bewusst, dass eine große Verantwortung auf unseren Schultern lastet. Eine Verantwortung, die uns manchmal zu erdrücken droht. Doch gewichtiger als die Last der Verantwortung sollten wir die Chance zur Gestaltung empfinden, die unser Amt uns eröffnet.

In diesem Geiste trete ich heute vor Sie, den Kongress der Vereinigten Staaten, um einen ehrlichen Bericht zum Zustand der Union zu geben. In diesem Geiste werde ich Ihnen ein Programm unterbreiten, das unsere Nation von der Sackgasse der Hoffnungslosigkeit zurück auf den Weg in die Zukunft führen wird. Es ist gleichzeitig mein Programm für eine zweite Amtszeit.

Es ist Brauch, dass sich der erste Teil der Rede zur Lage der Nation mit den Errungenschaften der Präsidentschaft befasst. Ich werde dies nicht tun. Wer drei Jahre lang nur den Notstand verwaltet, um den Konsens nicht zu stören, sollte sich dafür nicht auf die Schulter klopfen.«

Ein Raunen ging durch den Saal. Isler hörte, wie sich Sinshy übertrieben laut räusperte.

»Ich möchte diesen feierlichen Anlass dazu nutzen, zuerst eine grundsätzliche Frage zu stellen. Es ist wahrscheinlich die grundsätzlichste Frage, die wir uns stellen können: Was ist Amerika? Was sind die Vereinigten Staaten von Amerika?

Ich wäre nicht Politikerin, wenn ich nicht auch eine Antwort hätte. Amerika war jenes Territorium, das vor allem den Europäern vor zwei-, dreihundert Jahren als einziger Ausweg erschien, für sich und ihre Nachkommen, weit weg von den herrschenden Königen, Fürsten, Herzögen, und Grafen eine neue Zukunft zu erschaffen – die Neue Welt. Dafür nahmen sie eine beschwerliche und gefährliche Reise über den Atlantik in Kauf. Dafür trennten sie sich von dem, was ihnen am nächsten lag: ihre Familien, ihre Freunde, ihre Heimat.

Die Vereinigten Staaten von Amerika sind die *Republik*, die in Europa aufgrund der alten, feudalen Machtstrukturen nicht gegründet werden konnte.«

»Substanziell«, flüsterte Isler.

Breaking News, lautete nun die Textzeile. *Präsidentin verkündet radikale politische Wende, nennt sie ›Neue Zukunft‹.*

Offenbar hatten die Journalisten das neue Manuskript bereits überflogen. Isler hätte es natürlich aus dem Web herunterladen können, aber er saß wie gebannt vor dem Fernseher. Außerdem war bei Reden das gesprochene Wort maßgeblich.

»Unsere Vorväter, die sich aus dem festen Griff europäischer Kolonialherrschaft gelöst und unsere Republik proklamiert haben, taten dies aus der Überzeugung, eine der erhabensten der europäischen Errungenschaften Wirklichkeit werden zu lassen: die Idee der demokratischen, freiheitlichen und rechtsstaatlichen Republik. Die Republik, die den Menschen nicht als höheres Tier definiert, sondern als das lebende Abbild des Schöpfers – wenn auch als unperfektes Abbild. Wir wissen dies alle. Das sind die Vereinigten Staaten von Amerika! Die Republik der mit einem Funken Göttlichkeit beseelten Menschen, nicht das Reich der höheren Primaten.

Durch dieses Ideal, das den Menschen als Entdecker und Entwickler definiert – als Entdecker der naturgesetzlichen Ordnung und als nie ermüdender Entwickler immer neuer Methoden, um das menschliche Dasein auf unserem Planeten zu verbessern – haben es unsere Vorfahren in nur wenigen Generationen geschafft, von einer ehemaligen Kolonie zur mächtigsten Nation der Erde zu werden.

Dies war nie ihre Absicht, wie oft unterstellt wird. Aber es war die unausweichliche Konsequenz eines natürlichen Fortschrittsdrangs, durch den unsere Gesellschaft für immer mehr Menschen in der Welt attraktiv wurde, und der wie ein Magnet Menschen aus aller Welt angezogen hat. Was sie angezogen hat, war die Republik der Ideen und Möglichkeiten.«

»Aha!« Isler kritzelte einige Notizen auf den Block. Er ahnte, in welche Richtung die Rede nun weitergehen würde. Er bewunderte den Mut der Präsidentin. Er wusste, wie einsam sie sich in diesem Moment fühlen musste. *Allein gegen die Mafia.*

»Doch vor einigen Jahrzehnten sind wir vom Weg abgekommen. Wir haben Kriege geführt, nicht mehr um Despoten zu schlagen und ihre Völker zu befreien, sondern aus unehrenhaften Motiven.

Wir haben unser Wirtschaftssystem, das einst dem Zweck diente, die Lebensverhältnisse der Menschen zu verbessern, zu einem Selbstzweck werden lassen; diesem sollen die Menschen sich jetzt bedingungslos unterwerfen.

Wir haben das Prinzip des Gewinnstrebens, ein legitimes Ziel jedes Unternehmers, durch das Prinzip der Gewinnmaximierung ersetzt, was zu einer ungesunden Ausrichtung vieler ehemals gesunder Unternehmen geführt hat. Dadurch und durch andere Fehler ist ein stetig wachsendes Heer von Arbeitslosen entstanden. Und selbst jene, die Arbeit haben, verdienen oftmals nicht genug für ein menschenwürdiges Leben.

Wir haben die Produktion durch Spekulation ersetzt und das Schaffen realwirtschaftlicher Werte durch das Schaffen immer neuer Schulden, unter denen unser Land zu zerbrechen droht.«

Zwischenrufe, tumultartige Szenen, Applaus, widerwillige Ordnungsrufe des Sprechers Sinshy. Aus dem US-Kongress wurde ein Medley der Konfusion in die Welt übertragen. *Breaking News * Adams: ›USA hat Kriege aus unehrenhaften Motiven geführt.‹*

»Meine Gegner haben bitte den Anstand, mich zuerst anzuhören, und ihre Kritik anschließend anzubringen«, versuchte Adams Ruhe in den Saal zu bringen.

Isler pfiff durch die Zähne. »Was für eine Frau!«

»Und wir haben es zugelassen«, fuhr die Präsidentin fort, »dass demokratisch nicht legitimierte private Kräfte in unserer Gesellschaft eine immer dominierendere Rolle spielen und den Primat der Politik zu untergraben drohen. Kurz: Wir haben das Erbe unserer Gründer und Vorväter missachtet und, wissentlich oder ignorant, in den Schmutz gezogen.

Damit haben wir uns immer mehr den falschen Werten untergegangener Imperien angenähert. Deshalb hat sich unser Erfolg in Misserfolg gewandelt, unser Optimismus in Pessimismus, unser konstruktives Ideal in reinen Zynismus und unser Streben nach Entdeckung, Entwicklung und Produktion in ein Streben nach Hedonismus, Zerstreuung und Konsum.

Viele Völker der Welt blicken heute mit Verachtung auf unser Land und können ihre Freude über unseren Niedergang kaum verbergen. Wetten werden abgeschlossen über den erwarteten endgültigen Kollaps des Dollars, Berichte über negative Entwicklungen unseres Landes feixend kommentiert.

Keiner Partei und keinem Präsidenten kann die von mir skizzierte Entwicklung allein angelastet werden. Manche haben mehr dazu beigetragen, andere weniger. Insgesamt muss aber festgestellt werden, dass wir alle gemeinsam es aktiv gefördert oder passiv zugelassen haben, dass wir vom richtigen Weg abgekommen sind.

Ich bin als Präsidentin der Vereinigten Staaten von Amerika nicht länger gewillt, diese Situation hinzunehmen! Mein Eid gebietet es mir, diese Missstände schonungslos aufzuzeigen und mögliche Auswege darzulegen. Die enorme Anstrengung, den falschen Weg der vergangenen Jahrzehnte zu verlassen, bringt mich nicht dazu, die Hände resignierend in den Schoß zu legen. Sondern sie motiviert mich, jede Stunde meiner Amtszeit optimal zu nutzen. Ich lasse mich dabei vom Geist zweier unserer größten Präsidenten leiten. Franklin D. Roosevelt und John F. Kennedy. Ähnlich wie zu Roosevelts Zeit sind wir wieder in eine Situation geraten, in der nur die organisierte Kraft der Regierung in der Lage ist, eine entscheidende Verbesserung in überschaubarer Zeit herbeizuführen. Schon lange warten die Bürger unseres Landes darauf, dass wir der

Situation, wie sie ist, endlich mutig in die Augen blicken und aktiv werden. Wie Roosevelt es so treffend formulierte: ›For too long the people looked to government, but government looked away!‹

Heute Abend findet eine Revolution in Amerika statt! Es ist die Revolution des Verstandes und der Vernunft. Des Verstandes, uns wieder dessen zu entsinnen, was dem Land als Ganzes Erfolg bringt. Und der Vernunft uns der Kunst zu bedienen, staatlichte und private Kräfte in der Gesellschaft in ein optimales Verhältnis zueinander zu bringen. Optimal für die Menschen, nicht für staatliche oder private Eliten.

Wir müssen den Staat wieder erkennen als Moderator zwischen den Starken und den Schwachen. Den Feudalismus in seiner modernen Form zu überwinden ist seine Pflicht. Eine starke gesellschaftliche Mittelschicht und einen prosperierenden wirtschaftlichen Mittelstand zu schaffen, ist seine Gabe. Nur wenn er *das* tut, haben Staat und Regierung eine Existenzberechtigung.

Im gleichen Geist müssen wir private Kräfte wieder sehen als das, was sie sind. Nicht als egoistische Raubtiere, die im tödlichen Kampf auf einem Spielfeld ohne Regeln sich gegenseitig fressen, um so den Stärksten zu ermitteln. Sondern als Träger der Kreativität, die die Gesamtsituation der Gesellschaft stetig verbessern.

Jedes menschenwürdige Spiel hat Regeln. So muss auch das Spiel der Wirtschaft sich Regeln unterwerfen, die sicherstellen, dass es fair bleibt. Alles andere sind menschenunwürdige Konzepte aus längst vergangenen Jahrhunderten, die aber tragischerweise in jüngerer Vergangenheit wieder der Gruft entstiegen sind, in die sie zurecht verbannt worden waren.

Eine Gesellschaft, die auf die unternehmerische Kreativität ihrer Mitglieder verzichtet, ist zum Untergang verurteilt. Das passierte vor einer Generation mit dem Sozialismus.

Eine Gesellschaft, die auf den Gemeinwohlauftrag und die durch demokratische Wahlen legitimierte regulatorische Kraft des Staates verzichtet, ist ebenso zum Untergang verurteilt. Dies droht bald unser Schicksal zu werden, wenn wir nicht zu Verstand und Vernunft zurückkehren.«

Die Frau ist unglaublich. Isler hörte staunend zu.

»Sinnvolle Regulierung ist der Rahmen, in dem die Wirtschaft agieren soll. Gleichzeitig muss der Staat ihr eine Grundlage geben. Einen Boden, auf dem sie sich bewegen kann. Dieser Boden besteht aus einer modernen Infrastruktur. Beide Faktoren, der Boden, *auf* dem sie steht, und der Rahmen, *in* dem sie sich bewegt, sind existenzielle Voraussetzungen für gesamtgesellschaftlichen Erfolg. Und beide können nur vom Staat geschaffen werden.

Die Völker und Politiker in aller Welt, die jetzt diese Rede verfolgen oder morgen davon aus den Nachrichten erfahren, werden sich freuen zu hören, dass die USA sich weder in eine isolierte Position zurückziehen noch Pläne für eine neue Pax Americana verfolgen.

Die USA soll die Welt wieder durch die Kraft ihres Vorbilds überzeugen, so wie sie dies in ihren besten Zeiten getan hat, nicht durch die Drohung mit ihren Waffen.

Trotzdem werden wir immer bereit sein, unser Land militärisch zu verteidigen, sollte dies notwendig sein. Wir werden auch nicht aufhören, unsere Interessen zu verfolgen, so wie dies jedes andere Land der Welt ebenfalls tut.

Die USA streben nach einem freundschaftlichen und kooperativen Verhältnis mit den anderen Ländern der Welt. In Asien wie in Europa.«

Adams machte eine kurze Pause und straffte sich. Sinshy senkte den Kopf und blickte verbissen auf den vor ihm liegenden Redetext. Adams atmete ein, hob den Kopf und sah in die Kamera: »Amerikanerinnen und Amerikaner guten Willens: Helfen Sie mir! Helfen Sie mir bei der Revolution, die heute Abend im Kongress ihren Anfang nimmt! Sie mögen einwenden, es sei eine Revolution von oben. Damit haben Sie recht. Wichtig jedoch ist nicht der Anfang der Revolution, sondern ihr Ziel. Und ihr Ziel ist, die Lebensumstände der Menschen in diesem Land wieder zu verbessern.

Die Tür zum amerikanischen Traum muss wieder geöffnet werden.«

Breaking News, las Isler am unteren Bildschirmrand. *Adams: ›Heute beginnt eine Revolution in Amerika‹. Präsidentin verkündet Programm ›Neue Zukunft‹.*

»Senatoren und Abgeordnete des Kongresses: Helfen Sie mir! Engagieren Sie sich! Nehmen Sie Stellung! Streiten Sie mit mir! Legen Sie Ideen vor! Aber verfallen Sie nicht in eine Blockadehaltung. Die Geschichte würde Ihnen nicht verzeihen.

All jenen Kräften in der Gesellschaft, die jetzt schon entschieden haben, mich und mein Programm zu bekämpfen, sage ich Folgendes: Zerreißen Sie nicht diese Nation! Ziehen Sie nicht an den Registern des Sektionalismus! Ich bin bereit mit Ihnen zu streiten, und lasse mich für jede konstruktive Idee begeistern.

Den Kreisen der Gesellschaft, die nicht den Mut und die Kreativität zum offenen Streit um Ideen haben, sondern nur mit Hass auf die Präsidentin erfüllt sind, sage ich: Ihr Hass ist mir willkommen! Ich werde ihn ins Leere laufen lassen! Ich werde aber keinen Augenblick zögern, Sie zu exponieren und in die Schranken Ihrer fehlenden demokratischen Legitimation zu verweisen.

Das Programm, das ich Ihnen heute vorstelle, heißt ›Neue Zukunft‹. Es ist die neue Zukunft der Hoffnung, der Zuversicht und des Mutes. Sie ersetzt die alte Zukunft der Resignation, Verzweiflung und Angst.

It is the new future that will replace ›no future‹!

Das Programm ›Neue Zukunft‹ hat drei Elemente.«

Isler spitzte die Ohren.

»Das erste Element besteht in einer mutigen und ehrlichen Analyse der Situation. Ich denke, dass wir die statistischen Methoden, mit denen wir Wachstum, Inflation, Reichtum, Armut und Arbeitslosigkeit messen, erneuern müssen. Es gibt Grund zur Annahme, dass wir uns in den letzten Jahren und Jahrzehnten mit fehlerhaften statistischen Methoden selbst betrogen haben. Deshalb rufe ich eine Kommission ins Leben, bestehend aus Mitgliedern beider Kammern und beider Parteien, die innerhalb kurzer Zeit konkrete Vorschläge zur Erneuerung der Art, die Volkswirtschaft zu messen, unterbreiten soll.

Das zweite Element ist die Sanierung unserer Infrastruktur. Durch das Laissez-faire der vergangenen Jahrzehnte sind wir in diesem Bereich das Schlusslicht aller industrialisierten Staaten geworden. Die USA sind zum Beispiel eines der einzigen Länder auf der Welt, das nicht über ein nennenswertes Bahnsystem verfügt. Flughäfen und Autobahnen sind überlastet und fügen so der Volkswirtschaft immensen Schaden zu. Aber auch andere Bereiche der Infrastruktur sind in schlechtem Zustand. Das Stromnetz ist veraltet, die Energieproduktion in einem zu großem Maß von Rohstoffimporten abhängig. Dies führt zu einer Reihe von Problemen im Inneren wie im Äußeren und hemmt das Wachstum unserer Realwirtschaft.

Deshalb setze ich das Ziel, die Infrastruktur der USA innerhalb einer Dekade zur modernsten der Welt zu machen. Wir werden, wie dies der verstorbene Sprecher Thomas Calgary vorgeschlagen hat, ein landesweites Netz für den öffentlichen Verkehr erstellen, basierend auf der Magnetschwebebahn-Technologie. Dieses System werden wir nicht aus dem Ausland kaufen, sondern nach den neuesten Erkenntnissen der Wissenschaft selbst entwickeln.

Wir werden außerdem mit Russland und anderen Staaten in Verhandlungen treten, um ein Abkommen über den Bau des Beringstraßentunnels abzuschließen. Durch dieses Projekt, das den eurasischen mit dem amerikanischen Kontinent verbindet, schaffen wir eine neue Dynamik für die *reale* Weltwirtschaft. Wir folgen dabei der Maxime, *wirtschaftliche Impulse durch große Infrastrukturprojekte zu geben, anstatt durch Kriege*!

Gleichzeitig werden wir unsere Beteiligung an der internationalen Forschung in die Kernfusion massiv ausweiten. Um unsere Realwirtschaft ins 21. Jahrhundert zu katapultieren und damit Millionen von qualifizierten Arbeitsplätzen zu schaffen, brauchen wir große Mengen Energie. Nur die Kernfusion wird in der Lage sein, diese Mengen auf ökologisch verantwortbare Weise zu liefern. Sie wird es auch sein, die uns ins Wasserstoffzeitalter führen wird, damit wir das mit vielen Problemen behaftete Zeitalter des Erdöls endlich hinter uns lassen können.

Zu einer modernen Infrastruktur gehören auch neue Methoden in Landwirtschaft und Nahrungsmittelproduktion. Nur so können die Menschen trotz der global abnehmenden Temperaturen und der sich verkürzenden Vegetationszeiten auch in Zukunft zuverlässig ernährt werden.

Unsere Infrastruktur zu modernisieren und vor dem endgültigen Verfall zu retten, erfordert Investitionen in der Größenordnung von mehreren Tausend Milliarden Dollar. Wer behauptet, wir könnten uns das nicht leisten, dem sage ich: Es gibt keine Alternative! Mit dem Argument, die erforderlichen Investitionen seien nicht finanzierbar, hätte man auch nach dem Zweiten Weltkrieg Europa in Schutt und Asche liegen lassen können. Aber auch damals gab es keine Alternative. Die Investitionen waren die Grundlage für den größten und schnellsten wirtschaftlichen Aufschwung in der Menschheitsgeschichte.

Wir müssen einen Krieg gegen Verfall, Stillstand und Rückschritt führen! Die Waffen dieses Krieges sind Innovation, Entwicklung und Investitionen.

Wo dies angezeigt ist, werden wir die Bereiche der Wirtschaft, die zur Infrastruktur gezählt werden, wieder regulieren.

Die Finanzierung der kommenden Anstrengungen wird durch langfristige, niedrigverzinsliche Kredite geschehen. Wir folgen dabei dem Modell der Finanzierung des Wiederaufbaus Europas nach dem Zweiten Weltkrieg.

Schließlich – und auch dies zählt zur Infrastruktur – müssen wir das Weltfinanzsystem auf eine neue Grundlage stellen. Ziel muss sein, die Realwirtschaft vor spekulativen Exzessen zu schützen.

Das dritte Element des Programms ›Neue Zukunft‹ besteht in einer Bildungsoffensive, die sich auf die Bereiche Naturwissenschaft, Technologie und Forschung konzentriert. Amerika braucht nur dann noch mehr Psychologen, Soziologen und Rechtsanwälte, wenn wir den depressiven Weg der vergangenen Jahrzehnte nicht verlassen! Wenn wir uns aber mutig der Zukunft zuwenden, brauchen wir vor allem hoch qualifizierte Techniker, Ingenieure, Forscher, Erfinder, Entdecker und Entwickler!

Liebe Mitbürgerinnen und Mitbürger, Abgeordnete des Kongress und des Senats. Ich habe Sie heute Abend überrascht. Diese Überraschung war kein Selbstzweck. Sie war notwendig, um durch die Mauer unserer etablierten Verhaltensmuster und Gewohnheiten zu brechen. Einige meiner Mitarbeiter werden nun ebenso böse auf mich sein wie einige der Abgeordneten.«

Nach einer Schrecksekunde suchte sich die Anspannung im Saal Ventil in schallendem Gelächter.

»Morgen beginnt ein neuer Tag, aber schon jetzt beginnt eine neue Zukunft!

Wir müssen alles in unserer Macht Stehende tun, um die von der Kultur des Pessimismus gestreuten Zweifel und Ängste zu besiegen. Das Einzige, was die Verwirklichung unserer Pläne für morgen begrenzt, sind unsere heutigen Zweifel.

My fellow Americans: A new future starts today!

God bless the United States of America!«

Mit etwas Verzögerung setzte Applaus ein. In den Gesichtern der Abgeordneten war unschwer zu erkennen, wer aus Überzeugung applaudierte und wer am liebsten gar nicht anwesend gewesen wäre. Art Sinshy lächelte wieder. Als hätte die Präsidentin seine Rede gehalten.

David Isler dachte nicht daran, zurück ins Bett zu gehen. Der Kugelschreiber flog über den Notizblock. In wenigen Stunden würde dem Bundesrat eine erste Beurteilung der Situation vorliegen. *Epochal*, fiel ihm dazu ein. Er schüttelte immer wieder ungläubig den Kopf.

19

Dienstag, 12. Januar 2016 I-Day – 242

Im Sturm, den Jeanne Adams entfacht hatte, konnte sie an der Neuigkeit, die Francis Raffles ihr in den frühen Morgenstunden überbrachte, etwas Halt finden. Um 3 Uhr hatte das Telefon neben ihrem Bett geläutet. »Wir haben ihn!«, hatte Raffles ihr verkündet. Sein Assistent Rick Ames habe vom Telefon seines Büros am Vorabend die Presse informiert. Raffles habe dies selbst herausgefunden, indem er die zehn zuletzt gewählten Nummern des Telefons seines Assistenten überprüft habe. Eine der gewählten Nummern führte eine Stunde vor Beginn der Rede in die Redaktion von CNN in Washington. »Damit ist der Verrat bewiesen. Ames streitet den Anruf ab, aber das ist natürlich nur eine Schutzbehauptung. Ich habe ihn soeben fristlos entlassen und ihm mit einer Klage gedroht.«

Adams hatte sich bei Raffles für die Bemühungen bedankt, das Leck so schnell ausfindig gemacht zu haben. *Wenigstens das ist geklärt,* war ihr letzter Gedanke, bevor sie wieder einschlief.

Die auf dem Sessel eingerollte First Lady erwachte, entrollte sich, hüpfte auf den Boden, gähnte und streckte sich ausgiebig. Sie tänzelte zur Präsidentin und schnurrte ihr um die Beine.

»Lewinski lässt grüssen«, murmelte Jeanne Adams, als sie um 6 Uhr morgens bei einer Tasse japanischen Tautropfen-Tee die Texas Times sah. *Präsidentin auf Konfrontationskurs* verkündete die Titelzeile. Der Untertitel barg die am Vorabend angekündigte Bombe: *Anschuldigungen über Drogenhandel schwächen Position von Jeanne Adams.*

Adams hatte nicht erwartet, dass sie für ihr Programm ›Neue Zukunft‹ von den Medien mit Lob überhäuft wurde – dafür kannte sie die Strukturen zu gut –, aber das Niveau der Kampagne überraschte sie. Der Artikel beschäftigte sich nur in einigen Absätze mit ihrer Rede. Unbezahlbares Programm, unausgegorene Idee, spätpubertärer Idealismus, Konterrevolution, programmierter Flop, verantwortungsloser Vorschlag.

Drei Viertel des Artikels des Texas Times, die mit einer Auflage von über eine Million – gefördert durch Dumpingpreise und Gratisabonnements – jetzt viertgrößte Zeitung der USA, handelten von ihrer angeblichen Rolle als Drogenhändlerin während ihrer Zeit an der Columbia University in New York. Die Texas Times stützte ihren Artikel auf einen anonymen Kronzeugen, selbst Student in New York von 1979 bis 1982, der an Eides Statt erklärte, von Jeanne Adams im Sommer 1981 mehrmals Marihuana gekauft zu haben. ›Sie war eine sichere Quelle und hatte immer guten Stoff‹, wurde der Zeuge zitiert.

Unter dem Artikel war ein Kommentar des Chefredakteurs Luce Brencis abgedruckt. Adams kannte ihn oberflächlich von einigen Pressekonferenzen. *Die Revolution die in Rauch aufgeht* hatte Brencis getitelt und die charakterliche Eignung der Präsidentin in Frage gestellt.

Am Rand der Zeitungsseite fand sie eine handschriftliche Bemerkung ihres Vertrauten Francis Raffles: *Die Mutter aller Enten, in drei Tagen spricht niemand mehr davon!* Dazu hatte er ein Symbol gekritzelt, das eine Ente darstellen sollte.

Adams war nicht so sicher, ob die Einschätzung ihres Chefberaters richtig war. Zu gut war ihr in Erinnerung geblieben, wie achtzehn Jahre zuvor ein präsidialer Spermafleck die Nation monatelang beschäftigt hatte. Formell gesehen war es natürlich nicht der Fleck, sondern die Lügenfalle, in die Clinton getappt war.

Außerdem war 2016 ein Wahljahr. Der Termin war zwar erst im November, aber die Vorwahlsaison hatte gerade begonnen. Die wichtigen Vorwahlen in New Hampshire würden am 26. Januar stattfinden – in zwei Wochen. *Truman, Johnson*, erinnerte sich Adams. Beide waren in New Hampshire gescheitert, obwohl sie aus sicherer Position – als Präsidenten – in die Wahl gestartet waren. Sie mussten ihre Ambition aufgeben, sich ein weiteres Mal ins Weiße Haus wählen zu lassen, und wurden durch einen anderen

Kandidaten ihrer Partei ersetzt. Adams erinnerte sich, weil sie an der Universität eine Arbeit über den Vorgang geschrieben hatte. Sollte sie nun dasselbe Schicksal ereilen?

First Lady hatte inzwischen ihren Lieblingsplatz auf einem Fensterbrett eingenommen und schaute interessiert nach draußen.

Adams seufzte. Tausend Gedanken schossen ihr durch den Kopf. Sie ahnte, dass mit diesem Tag die schwierigste Phase ihres Lebens begonnen hatte. Schwieriger noch als die Trennung von Art Sinshy vor fünfunddreißig Jahren. Sie überlegte, ob er hinter der Kampagne stecken konnte. Immerhin war er noch Aufsichtsratsvorsitzender von Headline & Footage gewesen, als der Konzern die Texas Times gekauft hatte. Sie hielt es aber für unwahrscheinlich. *Das wäre doch viel zu offensichtlich – so plump würde er nie agieren.*

Auf jeden Fall standen ihr – natürlich nur metaphorisch – alle Haare zu Berge. Die Wähler in New Hampshire würden über ihr Schicksal entscheiden. Die Frage war, ob sie *Potgate* als Kampagne erkannten oder nicht.

Erheitern konnte sie das andere Thema, das die Texas Times auf die Titelseite gehievt hatte. *Vermieter mit Herz* stand über dem Untertitel *Vince Osman gründet Texanische Solidaritätsbewegung*. Über eine halbe Seite wurde in blumigen Worten beschrieben, wie der Immobilienkönig von Houston, der seit jeher von seinem sozialen Gewissen angetrieben worden sei, eine Stiftung ins Leben gerufen habe. »Wenn Washington sich nicht um Texas kümmert, müssen wir es eben selbst tun«, begründete Osman sein Projekt. Adams schüttelte den Kopf und legte die Zeitung beiseite.

Als sie zur New York Times griff, läutete das Telefon. »Ja? … Bill? … Wusste gar nicht, dass er Frühaufsteher ist. Danke, stellen Sie durch. … Guten Morgen, Bill, schön, dass du anrufst. … Liegt vor mir. … Ja, üble Sache. … Ich hoffe nicht, dass du recht hast, Bill. … An jedes Detail erinnere ich mich. … Wohl nicht dieselben Leute, aber derselbe Geist. … Sicher. … Die Rede? … Danke für das Kompliment! … Wir haben die undichte Stelle noch gestern Nacht gefunden. … Sicher. … Meinst du? … Ja. … Natürlich, New Hampshire – brandgefährlich! … Klar. … Warum bist du eigentlich schon wach? … Ach so, Paris. … Auf jeden Fall danke für den Anruf. … Du alter Schmeichler! … Grüße an die Senatorin. … Sicher, wir sehen uns!«

Adams legte den Hörer weg und überflog den Artikel ihrer Freundin Maya Shifter in der New York Times. Interessanter als der Artikel war eine Instant Message, die sie von der Autorin in den frühen Morgenstunden erhalten hatte: *Chefredaktion hat reingefunkt – sorry!*

Eine Zusammenfassung der elektronischen Medienberichte der letzten Stunde zeigte, dass die Drogengeschichte – Potgate – die Berichterstattung dominierte. Adams schüttelte wieder den Kopf. *Eigendynamik, verdammte Eigendynamik!*, dachte sie. *Wie stoppt man eine Lawine?*

Im Keller des Westflügels befand sich der Situation Room, ausgestattet mit allen erdenklichen Kommunikationseinrichtungen, Video- und Audiosystemen. Sie waren elegant hinter den mit erlesenen Hölzern getafelten Wänden verborgen. Präsident Kennedy hatte 1962 die Einrichtung dieses Raums angeordnet – das Scheitern der Invasion in der kubanischen Schweinebucht wurde unter anderem mit fehlenden Echtzeitinformationen erklärt.

Der Präsidentin gegenüber saß im Situation Room am frühen Nachmittag der Geheimdienstkoordinator Emmanuel Rubinstein. Von ihm erfuhr Präsidentin Adams eine weitere Neuigkeit, die nicht zur Verbesserung ihrer Stimmung beitrug.

»Können Sie das bitte wiederholen?« Jeanne Adams blickte Rubinstein mit zusammengekniffenen Augen an.

»Wir haben eine geschredderte Air Force One gefunden.« Rubinstein zuckte entschuldigend die Schultern.

»Meine zwei Exemplare stehen aber immer noch im Hangar in Andrews!?«

»Ja, wir … wir haben nachgezählt.« Er versuchte zu lächeln. Rubinstein, hoch gewachsen und schlank, schien mit seinem schmalen Gesicht und der feinen Mimik nicht nach Washington zu passen. Niemand würde darauf tippen, dass er die letzten vierzig Jahre seines Lebens im harten Geheimdienstmilieu verbracht hatte. Adams empfand Sympathien für ihn, weil er trotz der Chaoten in seiner Branche nie resigniert hatte. Sie fand seine Stärke bewundernswert.

»Der Zoll hat letzte Woche in Los Angeles einen Container kontrolliert, der zur Verschiffung nach China bereitstand. Der Inhalt war mit ›verschiedene Altstoffe‹ deklariert. Während der Inspektion ist einem der Zöllner zufälligerweise ein Stück Metall aufgefallen, auf dem ein Drittel des Präsidentensiegels zu sehen war. Daraufhin hat der Zoll direkt das lokale Büro des Secret Service in Los Angeles informiert. Dieser ist bei einer visuellen Untersuchung zu dem Schluss gekommen, dass es sich mit großer Wahrscheinlichkeit bei dem Inhalt des Containers um eine geschredderte Boeing 747 handelt. An verschiedenen Teilen waren die Farben zu erkennen, mit denen auch die Air Force One lackiert ist.« Rubinstein hielt inne und blickte sie an.

»Ja, was dann? Sie wollen mir doch nicht erzählen, man hätte den Container nicht sofort beschlagnahmt?«

»Doch, Misses President, natürlich.«

»Was also!?«

»Als man den Container am nächsten Tag abholen wollte, um den Inhalt detailliert zu untersuchen, war er verschwunden.«

»Sie machen Witze.«

»Ich fürchte nicht, Madam.«

»Und die Auswertung der Videoaufzeichnungen des Hafens von Los Angeles?«

»Sind auch verschwunden. Der Kontrollraum des Hafens wurde in derselben Nacht durch ein Feuer zerstört. Ursache war aber kein Kurzschluss, wie man den Medien erzählt hat, sondern Brandstiftung.«

Sie überprüfte den Sitz ihrer Frisur im spiegelnden Bügel eines Kugelschreibers. »Hat man denn niemanden beauftragt, den Container zu bewachen?«

»Selbstverständlich. Die drei Männer wurden zwei Tage später gefunden, nachdem sie sich durch Klopfzeichen und Rufen bemerkbar gemacht hatten. Sie waren in einem leeren Container am Hafen eingesperrt. Zum Glück ist ihnen nicht wirklich viel passiert. Einige Verletzungen, ein paar Beulen, Dehydrierung, ein Schock. Aber sie sind wieder wohlauf, zumindest körperlich. Alles, woran sie sich erinnern, ist, dass sie von mehreren schwarz gekleideten Männern überfallen wurden. Wir haben außerdem herausgefunden«, versuchte Rubinstein seine Ehre zu retten, »dass in den Wochen zuvor bereits zwei weitere Container mit derselben Deklaration vom selben Absender nach China verschifft wurden. Der Absender ist ein Altstoffhändler mit Sitz in Arizona. Er hat ausgesagt, das Material von einer Firma mit dem Namen Shipwreck Trading erhalten zu haben.«

»Und diese Shipwreck Trading?«

»Diese …«

»Halt! Lassen Sie mich raten. Die Firma gibt es nicht.«

»So ist es.«

»Und der chinesische Abnehmer?«

»War nicht sehr auskunftsfreudig. Es handelt sich um die Volksbefreiungsarmee. Man hat uns bedeutet, dass auch ein auf diplomatischem Weg unterbreitetes Auskunftsgesuch zu keinen weiteren Informationen führen würde, da man die Altstoffe bereits eingeschmolzen und wiederverwertet habe. Außerdem hat man uns gefragt, ob wir etwas über den Verbleib des dritten Containers wüssten.«

»Sehr witzig.«

»Ja, Madam.« Rubinstein hob seufzend die Schultern.

»Sonst noch was?«

»Nein, das wäre alles. Wir versuchen natürlich, den Container zu finden, aber…«

»Verschonen Sie mich, bitte!«, winkte sie ab. »Danke, Emmanuel. Wir sehen uns.«

Am Nachmittag kam Pierre, Adams' Friseur, ins Weiße Haus. Während er versuchte, die Perfektion der Präsidentinnenfrisur noch einmal zu steigern, verfolgte Adams den Auftritt Art Sinshys auf CNN.

»… außergewöhnliche Rede der Präsidentin vor dem Kongress, zu der ich ihr an dieser Stelle noch einmal gratulieren möchte. Natürlich hat sie viele Fragen aufgeworfen, aber im Großen und Ganzen kann ich ihr nur zustimmen: Es muss sich etwas verändern in diesem Land.« Sinshy lächelte den Interviewer an.

Adams rollte mit den Augen.

»Einige Kommentatoren und auch einige Abgeordnete haben Bemerkungen gemacht die in etwa lauten, die Präsidentin habe keine Revolution, sondern einen Putsch gestartet. Was denken Sie als Sprecher darüber?«

Sinshy winkte ab. »Also das ist wirklich übertrieben. Mir persönlich sind solche Kommentare nicht zu Ohren gekommen. Man muss hier die Kirche im Dorf lassen. Die Präsidentin hat das Wort Revolution wohl nur im metaphorischen Sinn gemeint. Ich zumindest habe keine durch die Straßen ziehenden Menschenmassen gesehen, als ich heute in mein Büro gefahren bin.« Sinshy lachte vergnügt über seinen Witz.

»Sind Sie bereit, mit der Präsidentin zusammenzuarbeiten bei ihrem Programm ›Neue Zukunft‹?«, fragte der Journalist.

»Selbstverständlich, ich werde sehr bald mit der Präsidentin sprechen, um Näheres zu ihrem Programm zu erfahren.«

»Nun noch etwas ganz anderes. Eine verstörende Entwicklung hat heute begonnen mit einem Artikel auf der Titelseite der Texas Times«, der Journalist hielt eine Ausgabe der Zeitung in die Kamera, »in dem berichtet wird, die Präsidentin habe während ihrer Zeit an der Columbia University mit Haschisch gehandelt.«

»Unsinn! Totaler Unsinn! Wahlkampfgetöse«, unterbrach ihn Sinshy verärgert.

Adams blickte skeptisch auf den Bildschirm. Sie stellte frustriert fest, dass sie Sinshys Gesicht nicht mehr lesen konnte.

»Meine Frage an Sie, Mister Speaker: Als jemand, der die Präsidentin seit über fünfunddreißig Jahren kennt, der mit ihr zusammen studiert hat – können Sie sich vorstellen, dass irgendetwas an diesen Anschuldigungen dran ist?«

Sinshy gab sich Mühe, überzeugend zu klingen, als er die Geschichte als wildes Märchen bezeichnete. Er sei ja eng mit der Präsidentin befreundet gewesen, schon damals, fügte er schnell hinzu, und so etwas sei für ihn unvorstellbar. Er selbst habe zumindest keine solchen Beobachtungen gemacht. Die Präsidentin habe ihm heute Morgen am Telefon gesagt, die Geschichte sei völlig aus der Luft gegriffen. »Und wissen Sie was?«, fügte er mit hochgezogenen Augenbrauen hinzu. »Ich glaube ihr!«

Adams schüttelte den Kopf, worauf Pierre erschrocken die Schere zurückzog. »Wir haben gestern Abend im Kongress das letzte Mal miteinander gesprochen«, sagte Adams mehr zu sich selbst als zum Coiffeur.

»Eine letzte Frage«, setzte der Reporter wieder an, »auch zu diesem Thema. Nun ist es ja so, dass die Texas Times, die diese Geschichte heute lanciert hat, zur Headline & Footage-Gruppe gehört, deren Mehrheitsaktionär und Vorsitzender Sie einmal waren.«

Sinshy blickte den Interviewer mit finsterer Miene an.

»Was waren Ihre ersten Gedanken, Mister Speaker, als Sie heute Morgen von dieser Geschichte gehört haben?«

»Sie haben schon erwähnt, dass ich mit Headline & Footage nichts mehr zu tun habe. Wissen Sie, wenn ich gestern Nachmittag schon davon erfahren hätte, vielleicht hätte ich meine Skrupel überwunden, nicht in das Geschehen der freien Presse einzugreifen, und hätte zum Telefon gegriffen, um mit dem Chefredakteur, einem Herrn, wie heißt er schon wieder …«, spielte Sinshy.

»Luce Brencis.«

»Ja, so heißt er wohl. Also um mit diesem Herrn Brencis zu sprechen, um ihn zu bitten, die ganze Geschichte noch einmal zu überprüfen, bevor er diese doch wirklich massiven Anschuldigungen veröffentlicht. Obwohl es wirklich gegen mein Naturell ist, Politik und Medien auf diese Art zu vermischen.«

»Mein Gott!« Adams warf die Hände in die Höhe. »So ein korrekter Mensch!«

»Aber ich hätte es vielleicht gemacht, um Schaden von der Präsidentin abzuwenden. Als ich dann gestern Abend zum ersten Mal von Potgate gehört habe, war ich wirklich schockiert und auch frustriert. Frustriert, dass, nun wie soll ich sagen, eines meiner ehemaligen Kinder, die Texas Times eben, mit so einer Geschichte heute aufmacht.« Sinshy machte einen betroffenen Gesichtsausdruck.

»Mister Speaker, vielen Dank für das Gespräch.«

»Ist mir immer eine große Freude, Jonathan.«

Adams verzog das Gesicht. »Glauben Sie ihm?«, fragte sie ihren Coiffeur.

»Nun, wie soll isch sagen, er war ja mal Ihr Freund«, druckste Pierre mit seinem französischen Akzent herum.

»Na los, raus mit der Sprache!«

»Also wenn Sie misch fragen – er lügt wie gedrückt. Aber jetzt wieder schön still'alten mit die Kopf, Madame le Président!«

Eine Minute später hatte CNN Atlanta Luce Brencis in der Leitung. Zuerst fragte der Moderator zum Hergang des Artikels.

Brencis gab die selben Antworten wie schon x-mal zuvor an diesem Tag. Die Geschichte über die mögliche Involvierung in Drogenhandel sei lange geplant gewesen; er verteidige die Arbeit seiner Redakteure wie ein Löwe, auch wenn dies seiner Karriere in den USA abträglich sei; die Wahrheit müsse ans Licht, ganz gleich, wie unangenehm sie sei; es bestehe ein Unterschied, einmal an einem Joint gezogen, aber nicht inhaliert zu haben, und fortgesetztem Drogenhandel; er empfinde sich als Feminist, umso schwerer sei es ihm gefallen, diesen Artikel abzusegnen; ganz abgesehen davon habe auch er seine Stimme für Jeanne Adams abgegeben; sie sei eine bewundernswerte Frau, aber dies schütze sie nicht vor den strengen Maßstäben, mit denen man die Präsidentschaft messen müsse; mit dem beginnenden Präsidentschaftswahlkampf habe der Bericht absolut nichts zu tun.

»Arschloch!« Adams konnte nicht glauben, was sie sah.

Dann leitete der Moderator auf das Interview mit Art Sinshy über. »Der Sprecher des Kongresses hat soeben zu der Frage Stellung genommen, was er getan hätte, wenn er schon gestern Nachmittag, also vor der ersten Vorabmeldung, von der Geschichte um eine mögliche Involvierung der Präsidentin in Drogengeschäfte erfahren hätte. Bitte hören Sie sich die Antwort an.«

Der letzte Teil des kurz vorher live gesendeten Interviews mit Sinshy wurde eingespielt.

»Was hätten Sie als Chefredakteur der Texas Times getan, wenn Sie vom Sprecher des Kongresses gestern Nachmittag so einen Anruf bekommen hätten, Mister Brencis?«

»Ich freue mich natürlich über jeden Anruf, aber es steht außer Zweifel, dass dies nichts an meiner Entscheidung geändert hätte. Die Presse steht stets unter starkem Druck von vielen Seiten, diese oder jene Geschichte nicht zu bringen, manchmal sogar versehen mit handfesten Drohungen. Aber wir Journalisten sind der Wahrheit und nur der Wahrheit verpflichtet, und ich wäre nicht qualifiziert für meinen Job, wenn ich dem konstanten Druck von außen nicht standhalten könnte.«

»Luce Brencis, Chefredakteur der Texas Times, danke für dieses Gespräch. Grüße nach Texas!«

20

Samstag, 23. Januar 2016 I-Day – 231

Und nun zu den Vorwahlen in New Hampshire am kommenden Dienstag. Noch immer sind die Umfragewerte der Präsidentin durch den Potgate-Skandal belastet. Der Hauptzeuge Ryan Pip bleibt bei seinen Anschuldigungen, die vom Weißen Haus kategorisch zurückgewiesen werden. In einer Vorabmeldung zu ihrer Sonntagsausgabe berichtet die Texas Times von massiven Drohungen, die Pip in den letzten Wochen erhalten habe. ›Man wird mich aber nicht klein kriegen‹, zitiert die Times Pip.

In Chicago sind gestern beim Brand eines Wohnhauses …«

Tim Lewis schaltete das Autoradio aus, legte den rechten Arm um Josephina und zog sie zu sich heran. Noch eine Stunde bis Laredo. Am Freitag Vormittag waren Tim und Josephina in seinem Pick-up in Sandrock los gefahren. Tim hatte Don's an diesem Wochenende seinem Mitarbeiter Joe überlassen.

Auf der über siebenhundert Meilen langen Strecke – von Norden nach Süden quer durch Texas – hatten sie in Austin eine Übernachtung eingelegt. Tim wollte seiner Freundin die Hauptstadt von Texas zeigen. Die hundert zusätzlichen Meilen störten sie nicht.

Das Ziel ihrer Reise, der texanisch-mexikanische Grenzort Laredo, war Schauplatz der längsten, aufwendigsten und verrücktesten Geburtstagsparty für George Washington.

Die lokale Geschichtsschreibung besagte, dass am 22. Februar 1898 eine Bruderschaft mit dem Namen ›Improved Order of the Red Men Yaqui Tribe No. 59‹ einen Schaukampf abgehalten und dabei das Stadthaus besetzt hatte. Der unterlegene Bürgermeister hatte den Schlüssel an den Großen Häuptling Sachem übergeben, der ihn wiederum an die Prinzessin Pocahontas weitergereicht hatte. Die Aufführung war eine Anspielung auf eine List der ›Söhne der Freiheit‹ der Amerikanischen Revolution gewesen, die, so die Legende, sich als Indianer getarnt hatten. Ihr Anführer George Washington hatte dabei den Häuptling Sachem gemimt.

Seit jenem Februar 1898 war Laredo inoffizieller Sitz der größten Geburtstagsfeier für den ersten Präsidenten der Republik.

Die Fahrt von Sandrock nach Austin am Freitag quer durch die ›sticks‹, wie Texaner die Pampa nannten, dauerte fast zehn Stunden. Inbegriffen war eine Kaffeepause in Wichita Falls, ein ausgiebiges Mittagessen in Jacksboro und ein Sexstop auf der freiluftigen und deshalb eher kühlen Ladefläche des Pick-up eine Stunde vor Austin.

In Austin frühstückten sie in einem von Studenten frequentierten Lokal. Deshalb waren sie die einzigen Gäste – es war Samstag. Wie es sich für einen Hauptstadtbesuch gehörte, besichtigten die beiden vor der Weiterfahrt nach Laredo das Kapitol. Gebaut von 1882 bis 1888 im Renaissance-Revival-Stil durch den Architekten Elijah E. Myers, ragte es dreihundertzehn Fuß in die Höhe, und war damit fünfzehn Fuß höher als das Kapitol in Washington. Die sechs in der Haupthalle unter der großen Kuppel eingelassenen kreisrunden Symbole stellten die verschiedenen Epochen der texanischen Geschichte dar. Obwohl das Kapitol gebaut wurde, als Texas schon Jahrzehnte zur Union gehörte, war das größte Symbol in der Mitte nicht das der Vereinigten Staaten von Amerika, sondern das der Republik Texas.

Tim las Josephina aus einem Faltprospekt vor: »Vom 2. März 1836, nachdem man Unabhängigkeit von Mexiko erreicht hatte, bis zum Beitritt zur Union am 29. Dezember 1845 war Texas eine souveräne Republik. Allerdings war man mit der Republik von Anfang an nicht sehr glücklich. Bereits 1837 äußerte Texas gegenüber US-Präsident Martin van Buren das Ansinnen, der Union beizutreten. Dieser lehnte ab. Sechs Jahre später versuchten die Briten, den Beitritt zu verhindern. Präsident John Tyler ließ sich davon nicht abhalten und entsprach 1844 dem texanischen Beitrittsgesuch. Auch die Drohung aus Mexiko, ein Beitritt Texas' zur Union käme einer Kriegserklärung gleich, konnte Tylers Politik nicht ändern. Unter Dach und Fach brachte den Vorgang schließlich der Nachfolger von John Tyler, Präsident James Polk. Der US-Kongress gab seinen Segen am 28. Februar 1845. Am 29. Dezember 1845 endete die Existenz der *Republic of Texas.* Deren letzter Präsident, Anson

Jones, proklamierte anlässlich der formellen Amtsübergabe an den texanischen Gouverneur James Henderson im Februar 1846: ›Der letzte Akt in diesem großen Drama ist jetzt abgeschlossen. Die Republik Texas ist nicht mehr.‹ Im Mai 1846 befanden sich die USA und Mexiko im Krieg.«

Josephina nickte beeindruckt.

Nach dem Rundgang durch das Kapitol schlenderten die beiden durch die Parkanlage. Josephina gefielen am meisten die vielen zutraulichen Eichhörnchen, die seit Ewigkeiten den Park um das Kapitol bewohnten. Neben den Eichhörnchen fiel in Austin noch eine andere Tierart auf, vor allem durch ihr seltsames Geschrei: Tausende von Dohlengrackeln – schwarze Vögel aus der Familie der Stärlinge, wie von Hitchcock geschaffen – bevölkerten den Park und die Lebenseichen entlang der Congress Avenue. Diese führte vom Colorado River zum ›Great Walk‹, dem einhundertfünfzig Meter langen gepflasterten Weg, der vor den Stufen des Kapitols endete.

Tim sang eine Fanfare, als sie früh am Samstagnachmittag die Stadtgrenze von Laredo erreichten. Er parkte den Pick-up außerhalb des Zentrums.

Sofort nach dem Aussteigen tauchten sie in die Laredo George Washington Birthday Celebration ein. Amerikanische, texanische, mexikanische und indianische Kultur war für die nächsten dreißig Stunden ihr Universum. Es war das Wochenende, an dem sie die Entscheidung trafen, noch dieses Jahr ein Kind zu zeugen und zu heiraten.

Am Montagvormittag machten sie sich auf den langen Rückweg nach Sandrock.

Gebannt starrten Oberst Warren, Patricia Palmer, Paul O'Brien und Floyd Landler auf den Bildschirm. Robert Rukin, Kontaktmann zur RARAP, fiel es schwer, seinen Stolz hinter einer Maske britischen Understatements zu verbergen. Mit dem ersten Viertel der nachbearbeiteten gefälschten TV-Nachrichten im Gepäck, war er im Pentagon eingetroffen. Er hatte es nicht erwarten können, die Gesichter seiner Auftraggeber zu sehen. Das Resultat der Arbeit von Rukin und seinem Team war absolut verblüffend. Weder aus der Distanz noch aus der Nähe ließ sich ein Unterschied zu den imitierten Personen erkennen. Die Zuschauer versuchten angestrengt, wenigstens eine minimale Differenz zu entdecken. Sie gingen bis auf wenige Zentimeter an den Bildschirm, schlossen die Augen, um sich auf Ton und Sprache zu konzentrieren, oder starrten einfach nur unbewegt auf den Fernseher. Nicht der kleinste Unterschied. Nichts!

»Ende Mai werden Sie den Rest erhalten.« Rukin tat, als würde er eine Arbeit wie diese täglich abliefern.

»Absolut perfekt, Bob, absolut perfekt!« Warren fand als Erster seine Sprache wieder. Er klopfte Rukin väterlich auf die Schulter.

Nachdem Rukin wenig später den Raum verlassen hatte, begann die Sitzung der Projektgruppe Excess. Warren teilte den Anwesenden mit, dass der Beginn des Experiments um gut zwei Stunden auf Samstag, den 10. September 2016, 1.55 Uhr, verschoben worden war. Damit hatten die Patrioten für Globale Demokratie auf das von Patricia Palmer identifizierte Krawattenproblem reagiert. Um die Einwohner von Sandrock aus den Betten zu holen und vor die Bildschirme zu treiben, würde man in der Nähe des Dorfs zum fraglichen Zeitpunkt Sprengstoff zur Explosion bringen.

»Der Urknall«, wie Warren lächelnd bemerkte. »Der Urknall der neuen Welt!«

21

Dienstag, 26. Januar 2016 I-Day – 228

Das ganz im Nordosten der USA gelegene New Hampshire, mit eineinhalb Millionen Einwohner im Jahr 2015 auf Rang 43 unter den fünfzig Bundesstaaten, war der erste US-Bundesstaat mit einer Verfassung und vor allem wegen der Vorwahlen bekannt.

Das war nicht immer so gewesen. Erst 1952 wurden die Vorwahlen im Neu-England-Staat zum Mythos. In diesem Jahr entschieden die Wähler in New Hampshire, für die Republikaner nicht den Favoriten Robert Taft, sondern Dwight Eisenhower zum Kandidaten zu wählen. Bei den Demokraten überraschte, dass Präsident Harry Truman seine Ambitionen für eine weitere Amtszeit begraben musste. Der Souverän bevorzugte Estes Kefauver, der aber bis zum demokratischen Konvent im Sommer durch Adlai Stevenson ersetzt wurde.

Diese doppelte Überraschung und die Tatsache, dass New Hampshire am Anfang des monatelangen Vorwahlzyklus stand, begründeten den Mythos, an dem kein Politologiestudent vorbeikam.

Heute, am 26. Januar 2016, war es wieder soweit. Fünfzehn Tage nach ihrer programmatischen Rede und zwei Wochen nach Beginn der Potgate-Kampagne, die seither die Medien dominierte, musste sich Präsidentin Jeanne Adams dem Votum der Wähler stellen. Dabei kam ihr zugute, dass ihre demokratischen Gegenkandidaten keine großen Namen hatten – genau genommen waren es nur Selbstdarsteller, Witzbolde und Prinzipienreiter. Der Anmeldeschluss für die Vorwahlen war bereits im November 2015 gewesen – lange, bevor Potgate die Präsidentin, ihre Kandidatur und die Partei belastet hatte.

Die letzten Umfragen zeigten aber, dass Adams nur mit 55 bis 60 Prozent der Stimmen rechnen konnte, was einer politischen Katastrophe gleichkam.

1996 gewann Bill Clinton die Vorwahlen in New Hampshire mit fast 95 Prozent. Wie 2016 gab es keine nennenswerte Opposition aus den eigenen Reihen. Der nächst beste demokratische Kandidat, ein Pat Paulson aus Kalifornien, konnte nur gut 1 Prozent der Stimmen auf sich vereinen. Neunzehn weitere demokratische Kandidaten teilten sich brüderlich die restlichen 4 Prozent.

Jeanne Adams konnte minimale Hoffnung schöpfen, weil Clinton 1992 und George W. Bush 2000 den New-Hampshire-Mythos durchbrochen hatten. Sie erreichten beide nur den zweiten Platz unter den Kandidaten ihrer Partei, gewannen aber später die Präsidentschaftswahlen. Clinton hatte damals den Spitznamen ›Comeback Kid‹ erhalten. Allerdings waren beide Kandidaten nicht als Präsident ins Rennen gegangen, sondern als Herausforderer eines Präsidenten.

Jeanne Adams verbrachte den Tag in New Hampshire und stand auf sieben Wahlkampfbühnen. Sie erklärte ihr Programm ›Neue Zukunft‹, versuchte an die Ressentiments der Menschen gegenüber den Massenmedien zu appellieren, und handelte Potgate auf der Humorebene ab: »Übrigens, einige unter den Zuschauern sehen sehr angespannt aus. Sie können nach der Veranstaltung vertrauensvoll zu mir kommen. Ich habe vor drei Jahren den Lincoln Bedroom umfunktioniert und pflanze dort Gras an. Der Vizepräsident schwört darauf!«

Eine bereits im Herbst für diese Woche geplante Arbeitsreise nach Europa hatte sie verschoben – ihr Image war nicht mehr belastbar.

Die Resultate der Exit Polls, die den ganzen Tag über hereintröpfelten, deuteten nicht auf eine Verbesserung der Lage hin. Die Umfragen ergaben, dass zwar viele Wähler an der Potgate-Kampagne zweifelten, aber nach dem fatalen Motto *Wo Rauch ist, ist auch Feuer* wählten.

In den Gremien der Demokraten wurden Szenarien durchgesprochen, wie man eine Katastrophe bei den Wahlen im November noch verhindern konnte, nämlich dass die Partei das Weiße Haus nach nur einer Legislaturperiode wieder verlieren würde. Fühler wurden ausgestreckt. Überlegungen angestellt. Karriereplanungen überprüft. Namen erwähnt.

Jeanne Adams wusste von den Aktivitäten. Doch nichts davon drang in diesen Stunden an die Öffentlichkeit.

Am Abend landete Marine One auf dem Rasen vor dem Weißen Haus. Adams winkte den Journalisten zu, machte auf Ronald Reagan, indem sie die Hand ans Ohr hielt und bedauernd die Schultern zuckte – sie hatte den Piloten vor der Landung angewiesen, die Triebwerke laufen zu lassen –, und verschwand in ihrer Residenz. Sie duschte, auf dem Kopf die Haube mit Präsidentensiegel, zog sich an und ging ins Oval Office. Wenig später kam auch ihr Berater Francis Raffles ins Präsidentenbüro. Sein Gesichtsausdruck ließ an Frustration nichts zu wünschen übrig.

»So schlimm?«, fragte Adams. Sie hatte bisher darauf verzichtet, sich vom Fernseher über das Wahlresultat informieren zu lassen.

»53 Prozent. Nach Schließung von 90 Prozent der Wahllokale.« Raffles schüttelte den Kopf.

»Wirklich?« Adams stand auf und ging zum Kamin. Auf dem Sims stand das auf Ebenholz montierte abgebrochene Rotorblatt, das ihr Art Sinshy vor einigen Monaten geschenkt hatte. Sie blickte es an, als könne es ein Geheimnis verraten.

Schweigend stand Raffles im Raum und kratzte sich am Kopf. »Vielleicht können wir ja noch einen oder zwei Prozentpunkte holen in den restlichen Wahlbezirken«, versuchte er, einen positiven Aspekt zu finden.

»Francis, Francis.« Adams drehte sich um und schüttelte den Kopf. »Ich schätze Ihre Bemühungen. Aber wir wissen beide, dass das keine Rolle mehr spielt.«

Raffles nickte wortlos.

Die Stille im Raum war schwer zu ertragen.

Adams wusste, dass ihre Kandidatur für eine zweite Amtszeit ernsthaft in Gefahr war. Es gab keinen Zweifel, dass ihr Programm ›Neue Zukunft‹ in der Ablage verschwinden und verstauben würde. Am meisten frustrierte sie, dass möglicherweise schon in den nächsten Tagen andere Demokraten in den Wahlkampf einsteigen könnten. Anfang März war der wichtigste Tag der Vorwahlen, *Super Tuesday.* Wer im Kampf um die Kandidatur mitmischen wollte, musste dies sofort tun, um die Anmeldefristen nicht zu verpassen. Politisch bedeutete dies, dass ihre Präsidentschaft vielleicht schon in Kürze nur noch repräsentativen Charakter haben würde. Es war erst drei Jahre her, dass sie den präsidialen Eid geleistet hatte. Wirklich Substantielles hatte sie in dieser Zeit nicht vollbracht. Jetzt, wo sie wusste, was sie wollte, stand ihre Mutation zur *lame duck* bevor.

Der Tag war sehr anstrengend gewesen. Die Nachrichten erzählten den Zuschauern von der Schlappe, die sie in New Hampshire einstecken musste. Sie war hungrig und müde. Morgen würde es um spätestens sechs Uhr weitergehen. Besprechung mit ihrem Wahlkampfstab, Termin mit den Parteigremien, Arbeitsbesuch der französischen Präsidentin, Kabinettssitzung – und das waren nur die Termine vor der kurzen Mittagspause.

Raffles' Telefon läutete. »Gut« war alles, was er in den Hörer sagte.

Adams hielt es für möglich, dass es heute noch eine weitere Nachricht geben würde. Es war 9 Uhr abends.

Zur gleichen Zeit glaubten hellsichtige Politikkenner wieder, ein Zischen am Himmel über Washington zu hören. Erfahrene Chefredakteure im ganzen Land wiesen ihre politischen Journalisten an, sich darauf einzustellen, heute länger zu arbeiten. Storydesigner der TV-Stationen machten sich Gedanken über grafische Layouts, die man später brauchen könnte. Präsidentschaftshistoriker saßen bei einem Glas Rotwein über ihren Büchern und ließen dabei den Fernseher nicht aus den Augen.

In Bolligen bei Bern läutete das Telefon. »Ja?«, flüsterte David Isler im Halbschlaf in den Hörer. Es war kurz nach 3 Uhr mitteleuropäischer Zeit. »Unterwegs nach Washington? Danke. Bis später.« Isler stand auf, machte sich einen Instantkaffee und setzte sich gähnend vor den Fernseher.

Eine halbe Stunde später. Auf der Piste 04 des Reagan National Airports landete, aus Boston kommend, eine Global Voyager. Schneller als sonst rollte der riesige Businessjet nach der Landung durch den nächtlichen Nebel zum Standplatz. Dort warteten einige

Limousinen. Mehr als sonst. Die Sicherheitsstufe für den Fahrgast war am Abend auf Anweisung des Secret Service auf ›präsidial‹ erhöht worden.

Kurz nach vier Uhr MEZ. Isler drohte in seinem Stuhl einzunicken, als der Bildschirm schwarz wurde. »This is CNN Breaking News«, meldete eine tiefe Männerstimme. Eine dunkle Schrift vor grellen Farben kündigte eine Eilmeldung an. »Verehrte Zuschauer, wir ändern den Ablauf der Nachrichten und schalten nun direkt ins Verwaltungsgebäude des Kongresses. Dort ist soeben der Sprecher, Art Sinshy, vor die Medien getreten, um eine wichtige Ankündigung zu machen.« Das Bild wechselte in einen mit aufgeregten Journalisten gefüllten Raum. Die Kamera zeigte Art Sinshy, wie er zum mit Mikrofonen voll gestellten Rednerpult schritt.

»Darf ich um Ruhe bitten, das Wort hat nun der Sprecher des Kongresses, Art Sinshy«, eröffnete seine Assistentin Ralitsa Quigley die Pressekonferenz.

Sinshy strich mit der Hand über seine silbergrauen Haare. Das Blitzlichtgewitter mutierte zu permanentem Weißlicht.

»Meine Damen und Herren«, begann er mit ernster Miene, worauf sofort Stille einkehrte, »heute ist der schwerste Tag in meinem Leben. Nach intensiven Gesprächen mit einer großen Zahl von Senatoren, Kongressabgeordneten, Mitgliedern der demokratischen Partei, und vor allem nach vielen Gesprächen mit Amerikanerinnen und Amerikanern und nach einem Telefonat mit meiner guten Freundin, Präsidentin Adams, habe ich die Entscheidung gefällt, mich für die Kandidatur zur Nominierung als Präsidentschaftskandidat für die Wahlen 2016 zu bewerben.« Sinshy blickte langsam von links nach rechts, um jedem Fotografen die Gelegenheit zu geben, in diesem Moment seines Lebens ein gutes Foto von ihm zu machen. »Diese Entscheidung ist mir so schwer gefallen wie keine andere in meinem Leben.«

Perfektes Timing, dachte Isler, *Spätnachrichten an der Ostküste, Abendnachrichten an der Westküste. Rechtzeitig vor Redaktionsschluss der Tageszeitungen.*

»Aus einem Gefühl der Pflichterfüllung für unser Land bin ich in eine Situation geraten, die ich mir bis vor wenigen Tagen selbst in meinen schlimmsten Fantasien nicht hätte vorstellen können. Ich werde als Kandidat antreten gegen die Präsidentin und damit gegen einen Menschen, mit dem mich viel verbindet.« Sinshy machte eine Pause und blickte mit glänzenden Augen in die Kameras. »Ich habe mich zu diesem Schritt entschieden, weil die Präsidentin, aus ihrer festen Überzeugung heraus, das Richtige zu tun, an ihrer Kandidatur für eine zweite Amtszeit festhält. Das nötigt mir den allergrößten Respekt vor ihrem Durchhaltevermögen ab. Sie ist nicht bereit, sich Potgate«, wieder blickte er in die Runde und schwieg einen Moment, »und den damit aufgeworfenen Fragen und Schwierigkeiten zu beugen.«

Breaking News, las Isler, *Art Sinshy will Kandidat der Demokraten werden.*

Sinshy führte weiter aus, dass Adams mit ihrer Entscheidung, an der Kandidatur für eine zweite Amtsperiode festzuhalten, ihre Stärke als Frau bewiesen habe. Sie sei eine Frau, die auch in einer schwierigen Situation nicht aufgebe. Damit habe sich jedoch gleichzeitig ein unüberbrückbarer Gegensatz in der Beurteilung der Situation zwischen der Präsidentin und Kreisen in der demokratischen Partei aufgetan. Ein Gegensatz, der nur von den Wählern aufgelöst werden könne. Aus diesem Grund habe er sich entschlossen, dem Druck seiner Freunde nachzugeben und ihren Bitten zu entsprechen – und sich für die Kandidatur zu bewerben. »Ich danke Ihnen für ihre Aufmerksamkeit. Leider kann ich zum jetzigen Zeitpunkt keine Fragen beantworten.«

Sinshy und seine Entourage kämpften sich wieder durch die Journalisten und verließen ohne weiteren Kommentar den Raum.

Isler schaute auf die Uhr. Acht nach vier. Der Auftritt Sinshys hatte nur fünf Minuten gedauert. Fünf Minuten, die genügten, die Dynamik des Wahljahres 2016 auf den Kopf zu stellen.

22

Sonntag, 28. Februar 2016 I-Day – 195

Herr, ich bin nicht würdig, dass Du eingehst unter mein Dach, aber sprich nur ein Wort, so wird meine Seele gesund.« Im Chor gaben die Besucher der Sonntagsmesse in der Klosterkirche St. Martin in Disentis den liturgischen Formelvers wieder, bevor sie zur heiligen Kommunion schritten.

Die hohen Schneemassen warfen ein helles Licht in die in Gold und Weiß gehaltene Barockkirche. Es sah aus, als leuchteten starke Scheinwerfer durch die großen Fenster, deren Licht von den hellen Farbtönen im Inneren reflektiert wurde. Die Sonne, die den nach Nordwesten ausgerichteten Bau von der rechten Seite anstrahlte, warf glänzende Flecken auf den Marmorboden.

David Isler wartete den richtigen Moment ab und reihte sich dann im Mittelgang in die Gläubigen ein. *Es dient einem guten Zweck,* dachte er und warf einen Blick nach oben. Konspirative Treffen waren nicht seine Spezialität, schließlich war er kein Agent, sondern Analytiker. Heute aber war es notwendig.

Vor einigen Tagen hatte eine Postkarte seines Schulfreundes Carlo Ciampi in Islers Briefkasten gelegen. Aus dem Skigebiet Laax bei Disentis sendete Ciampi ihm Grüße aus seinem Winterurlaub. Die Vorderseite der Karte zeigte ein Foto der Klosterkirche Disentis. Die verkehrt herum aufgeklebte Briefmarke signalisierte eine versteckte Nachricht. Isler hatte die Karte in ein Wasserbad gelegt. Als sich die Marke gelöst hatte, war darunter zu lesen: *28FEB 1000h.* Außerdem hatte Ciampi mit einem feinen Filzstift ein Kreuz aufgemalt. Daneben ein durchgestrichenes Handy. Isler hatte richtig dechiffriert: In der Messe um zehn ein konspiratives Treffen. Handy zu Hause lassen, damit kein Bewegungsprofil von der Reise nach Disentis entsteht. Isler wusste nicht, ob Ciampi sich einen Scherz erlaubt hatte und ihn nur wieder einmal sehen wollte. Da er aber seit zehn Jahren in der Verwaltung des Joint Intelligence Service 2 bei Luxemburg arbeitete, konnte es auch mehr bedeuten.

Also hatte sich Isler an die Instruktionen gehalten, sein Handy in Bolligen gelassen, und war kurz vor zehn in der Kirche eingetroffen.

Erst eine halbe Stunde nach Beginn der Messe hatte Isler Ciampi entdeckt. Ciampi hatte mit ernstem Gesichtsausdruck zu ihm geblickt und kurz genickt.

Während der nächsten halben Stunde hatte Isler die Frage beschäftigt, was sein alter Schulfreund von ihm wollte. Außerdem versuchte er sich vorzustellen, wie der weit über hundert Kilo schwere Ciampi auf Skiern die Pisten hinunterdonnerte.

Als die Kommunion begann, war es soweit. Ciampi, der zwei Reihen hinter Isler saß, ließ eine kleine Lücke in der Kolonne und bedeutete Isler mit diskretem Kopfnicken, sich vor ihm einzureihen.

»Ciao bello«, flüsterte Ciampi, als Isler vor ihm stand.

»Ciao, Carlo. Zu viele Agentenfilme gesehen?«, fragte Isler mit leiser Stimme, den Kopf zur Seite gedreht.

»Bist du immer noch USA-Analytiker?«, kam Ciampi direkt zum Thema.

Islers Nackenhaare kräuselten sich. »Allerdings.«

»Etwas geht vor sich«, flüsterte Ciampi.

»Die Wahlen im November?«, tippte Isler.

»Vielleicht. Aber es ist noch mehr. Seltsame Aktivitäten bei uns.« Ciampi räusperte sich verlegen, als ein Mann aus der Reihe nebenan ihm einen bösen Blick zuwarf. Die Kolonne bewegte sich in langsamem Schritttempo weiter nach vorn. Noch acht Meter bis zur Kommunion.

»Was für Aktivitäten?«, fragte Isler, nachdem sie eine Minute geschwiegen hatten.

»Die STOG.«

»Maître?«

»Ja.«

»Was genau?«

»Muss sich um eine große Sache handeln.«

»Genauer?«

»Ich sagte doch, niemand weiß was.«

»Und woher weißt du, dass *etwas* vor sich geht?«

»Zufall. Habe ohne es zu wollen ein Gespräch zwischen zwei STOGlern gehört.«

»Was haben sie gesagt?«

»Dass es aus ist mit den USA.«

Isler glaubte nicht richtig gehört zu haben. Noch drei Meter. »Was?!«, flüsterte Isler aufgeregt.

»Und ›SC sechzehn‹. Irgendwas in Texas. Vielleicht im September. Aber ich kann mich auch täuschen. Du hast es nicht von mir. Es ist sehr gefährlich. Ein Agent der STOG ist letzte Woche plötzlich an einem *Herzinfarkt* gestorben. Er war vierunddreißig und topfit. Also, David, kein Wort von mir.«

Nur noch zwei Gläubige standen zwischen Isler und dem Pfarrer.

»Können wir uns an einem anderen Ort treffen?«, fragte Isler.

»Ich habe dir alles gesagt, was ich weiß. Es ist gefährlich«, wiederholte Ciampi flüsternd.

»Der Leib Christi!« Der Pfarrer legte Isler eine Hostie auf die Handfläche.

»Amen«, antwortete Isler und nahm die Hostie in den Mund. Nachdem er zur Seite getreten war, drehte er sich um. Es war ihm ein Bedürfnis, Ciampi in die Augen zu blicken. Doch er sah nur noch seinen schwarzen Haarschopf, der sich schnell an den anderen Kirchgängern von Isler wegbewegte. Der Pfarrer blickte ihm verdutzt nach. Sekunden später war Ciampi hinter den Pfeilern im linken Nebenschiff verschwunden. Isler eilte auf der anderen Seite der Kirche nach hinten. Als er erst auf halbem Weg zum Ausgang war, sah er, wie Ciampi durch das Tor nach draußen hastete. Isler rannte ihm hinterher, so schnell er konnte. Die Treppen vor der Kirche hinunter, dann links über den abschüssigen Weg Richtung Autoparkplatz. Der Abstand zu Ciampi vergrößerte sich weiter. Isler atmete schwer und fluchte über seine schlechte Kondition. Auf einer vereisten Fläche rutschte er aus und landete unsanft auf dem Rücken. Als er keuchend wieder aufstand, die Verfolgung fortsetzte und endlich den Parkplatz erreichte, sah er Ciampi nur noch in einem Auto mit Luxemburger Kennzeichen davonbrausen. »Verdammt!« Er stützte die Arme auf die Oberschenkel und wartete, bis sich sein Puls wieder beruhigt hatte. Dann klopfte er den Schnee von Hose und Jacke und ging zurück in die Kirche, wo er sich in die hinterste Reihe setzte. Er zog seine Agenda und einen Kugelschreiber aus der Innentasche und notierte. *STOG – Maître – Ende USA – SC 16 – Texas – vielleicht September – junger STOG-Agent letzte Woche ›Herzinfarkt‹*. Er schrieb nicht auf, mit wem er gerade gesprochen hatte.

Nach der Messe spazierte Isler eine halbe Stunde durch die tief verschneite Landschaft nach Disla. Er war froh um die kalte Luft, die seinen Kopf vor dem Überkochen bewahrte. So weit das Auge reichte, sah man nur Weiß vom vielen Schnee, der von der Sonne zum Glitzern gebracht wurde. Isler nahm die Grüße der anderen Spaziergänger nicht wahr, erwiderte sie aber automatisch. Seine Gedanken kreisten um das kurze, schockierende Gespräch mit Ciampi. Und um den Tag, an dem er Maître vor dem Hotel Beau Rivage in Genf gesehen hatte. Um Sinshy, der auch in Genf gewesen war und jetzt Präsident werden wollte. Um das Ende der USA. Aber es ergab keinen Sinn! Er wusste, dass er keine weiteren Erläuterungen erwarten durfte, und es sich nicht erlauben konnte, mit Ciampi in Kontakt zu treten. Wenn Ciampi sagte, es sei gefährlich, stimmte das. Isler wusste eines sicher: Ciampi hatte Angst.

In Disla, einem Weiler aus nur ein paar Häusern, ging er in die zweihundert Jahre alte Ustria Fravia. Die Wirtin Anastasia, die ihn seit seiner Gymnasialzeit kannte, begrüßte ihn herzlich. Er bestellte ein Glas Chardonnay Schloss Salenegg und eine Portion Maluns da Lai. Das herzhafte Kartoffelgericht mit Salsiz, einer Bündner Wurstspezialität, baute ihn auf. Der Wein sorgte für eine Entkrampfung seiner Hirnwindungen.

Eineinhalb Stunden später war Isler zurück im Kloster. Vielleicht würde ein Gespräch mit Pater Aurelius Ordnung in seine Gedanken bringen. Mindestens aber Entlastung seiner Seele. Er wusste, dass er mit dem Pater über alles reden konnte. Als zu Paranoia neigender Dienstler vermutete Isler in jedem Menschen einen potentiellen Agenten – mit Ausnahme seiner Frau, seiner Tochter und Pater Aurelius.

Als er in der Stube des Paters angekommen war, schlug er einen kleinen Spaziergang vor. Der Geistliche lehnte dankend ab. Er war verkühlt und wollte seine Gesundheit schonen. Er bat Isler, sich an den Tisch zu setzen. Isler blickte zum Telefon. »Darf ich?«, fragte er und zog, ohne eine Antwort abzuwarten, den Stecker aus der Buchse. »Das Handy?«

Der Pater nahm sein Handy aus der Tasche seiner Kutte, blickte Isler lächelnd an und entfernte den Akku. Er hatte in den letzten Jahren die Grundbegriffe nachrichtendienstlicher Arbeit von Isler gelernt. »Freue mich schon auf die spannende Geschichte!«

Sie setzten sich an einen kleinen Holztisch am Fenster.

Isler berichtete von seinem Gespräch mit »einem Kollegen vom JIS-2«, wie er sich ausdrückte. Er wollte den Pater nicht mit dem Namen seines Informanten belasten – reine Vorsichtsmaßnahme. Er stellte die heute erhaltenen Neuigkeiten in Kontext zu seinen anderen Beobachtungen.

»Und er hat wirklich gesagt, es sei *aus* mit den USA?«, fragte der Pater erstaunt.

»Ja.«

»Vielleicht hat er es in einem anderen als dem wörtlichen Sinn gemeint«, gab Pater Aurelius zu bedenken.

»Vielleicht. Er hat mir gesagt, was er … aus Versehen gehört hat.«

Der Pater blickte minutenlang schweigend in die Ferne. »Und Sie halten es wirklich für möglich, dass dieser JIS-2 seine eigenen Mitarbeiter …« Er hielt kurz inne. Isler wollte den Satz gerade vervollständigen, als sein Gesprächspartner »umbringt?« sagte.

Isler zuckte die Schultern. »Die Special Tactical Operations Group ist kein Kindergarten. Außerdem ist Maître mit allen Wassern gewaschen. Sein erster Beruf war Soldat in der französischen Armee. In Afrika ist er bei einem UNO-Einsatz in Gefangenschaft geraten und wurde zwei Monate lang gefoltert und dabei fast umgebracht. Später hat er selbst gefoltert. Bei Kampfeinsätzen wurden Dutzende von Menschenleben von ihm ausgelöscht.« Isler fühlte sich nicht gut, so zum Pater zu sprechen. Es war eine andere Welt hier im Kloster. Folter. Kampfeinsätze. Es war deplaziert, jetzt noch mehr als sonst. Der gebrechliche Pater war nicht bei bester Gesundheit. Trotzdem sagte er: »Ja, ich halte es für möglich, dass im JIS-2 Mordaufträge für die eigenen Leute gegeben werden, wenn man es für unausweichlich hält.«

Pater Aurelius blickte ihn traurig an. »Maître«, sagte er und schüttelte bedauernd den Kopf. »Eine verlorene Seele.« Er seufzte. »Und was wollen Sie von mir?« Der Pater blickte ihn aufmerksam an.

»Das Gespräch an sich genügt.« Isler lächelte den Pater an.

Die Stube des Paters war schlicht eingerichtet. Ein Bett. Ein Schrank. Ein Tisch. Zwei Stühle. Aus dem einzigen Fenster sah man quer über das Tal auf den Piz Muraun im Süden und die benachbarten Gipfel.

»Warum hat Ihr Freund Ihnen von der Sache erzählt, David?«

»Ja, warum?« Isler überlegte.

»Wo er sich doch selbst in Gefahr brachte.«

»Vielleicht … ich weiß es nicht.«

»Weil er es nicht ertragen kann, dass ein böser Plan ohne Widerstand verwirklicht wird? Ohne konkret sagen zu können, was man dagegen unternehmen könnte?«

»Ja.« Isler nickte. »So was in der Art.«

»Obwohl er eigentlich absolut machtlos ist, nicht wahr? So wie Sie auch machtlos sind, David.« Der Pater strich mit zittriger Hand über seinen Kopf, um sein volles, schlohweißes Haar zur Raison zu bringen. »David Isler aus Bolligen und sein Freund vom europäischen Geheimdienst gegen den Rest der Welt.« Sie mussten lachen. Wie immer herrschte bei ihren Gesprächen eine Atmosphäre der Gelöstheit. Ein Spatz landete am Meisenknödel, der an einem Haken vor dem Fenster hing, und begann hektisch zu picken.

»Was würde der Spatz machen, wenn ein Falke …«, begann der Pater.

»Okay, Pater, ich habe verstanden. Sie haben mir Mut gemacht. Trotzdem – ich weiß ja nicht einmal, *was* vor sich geht.«

»Finden Sie es raus!«

»Und dann?«

»Handeln Sie, David!«

Ein zweiter Spatz landete auf dem Meisenknödel. Nach ein paar Sekunden Hin und Her schafften sie es für wenige Momente, zusammen am Knödel zu hängen. Dann erschreckte sie irgendetwas und sie waren verschwunden.

Pater Aurelius blickte zum Gipfel des Piz Muraun. »Den Tiger vom Berg in die Ebene locken.«

»Das fünfzehnte Strategem«, kommentierte Isler. »Diao hu li shan.«

»Wenn Tiger und Leopard ihr Versteck verlassen und sich den Menschen nähern, dann werden sie zur Beute der Menschen. Solange Tiger und Leopard in ihrem Versteck bleiben, vermögen sie ihre Machtstellung zu halten.« Der Pater nickte fast unmerklich mit dem Kopf, während er sprach.

Isler musste an Sinshy und seine Präsidentschaftsambitionen denken. Falls Sinshy der Tiger war, und zumindest seine Reise nach Genf könnte ein Indiz dafür sein, hatte er sich dann mit seinem Griff nach dem Weißen Haus nicht selbst in die Ebene gelockt?

23

Dienstag, 8. März 2016 I-Day – 186

Super Tuesday! Vorwahlen in fünfzehn Staaten, darunter so wichtige wie Massachusetts, New York und Kalifornien.

Jeanne Adams hatte bis zur letzten Minute gekämpft. Für ihre Nominierung und gegen den einzigen ernstzunehmenden Gegenkandidaten innerhalb der demokratischen Partei, ihren ehemaligen Freund Art Sinshy. Während des aufwendigsten Vorwahlkampfs eines Amtsinhabers seit Menschengedenken hatte sie in einem Monat mehr als achtzig Auftritte absolviert. Ein Programm, das nur mit dem Endspurt des eigentlichen Wahlkampfs im Herbst vergleichbar war.

Der Vorwahlkampf hatte sie von ihrem eigentlichem Job abgehalten – dem Regieren der Vereinigten Staaten von Amerika. Und damit auch von der Arbeit zur Umsetzung ihres Programms ›Neue Zukunft‹. Die Potgate-Kampagne hatte weiter die Medien dominiert. Kein Auftritt, an dem ihre Gegner nicht Demonstrationen organisiert hatten. Politische Aktivisten mit überdimensionalen Joints gaben ein willkommenes Bild für Fotografen und Kameraleute ab. Trotzdem hatten sich ihre Umfragewerte wieder erholt: Noch vor wenigen Tagen war nicht mehr sicher, ob Sinshy es schaffen würde, sie vom Kandidatensockel zu stoßen.

Die Katastrophe war erst am Sonntagabend passiert. Eine halbe Stunde, bevor ein Live-Interview mit Larry King aus dem Oval Office begann, überbrachte ihre kreidebleiche Privatsekretärin Jackie Bovard einen Umschlag. Es enthielt das Rücktrittsschreiben ihres engsten Beraters Francis Raffles. Minuten später meldeten die Agenturen die wichtigsten Sätze des Schreibens: »Ich muss mein Gewissen entlasten. Frau Präsidentin, ich kann die Lüge nicht mehr mittragen.« In einem Kommuniqué ließ Raffles verlautbaren, die Präsidentin habe ihm gegenüber in einem Gespräch unter vier Augen gestanden, dass die Vorwürfe der Medien richtig seien. Sie habe tatsächlich während mindestens einem Jahr in ihrer Studentenwohnung Marihuana angepflanzt und regelmäßig an befreundete Studenten verkauft.

Adams hatte keine Zeit, über die Enttäuschung nachzudenken. Nicht im Traum hätte sie Raffles, der schon zu ihrem Stab gehört hatte, als sie noch Kongressabgeordnete war, so einen Dolchstoß zugetraut. Trotzdem glaubte sie für Sekunden, das Bewusstsein zu verlieren, bevor ihre Kämpfernatur siegte. Raffles, den sie zur Rede stellen wollte, war nicht erreichbar – er war einfach abgetaucht und sollte erst Monate später als Buchautor wieder in der Öffentlichkeit erscheinen.

Sofort folgte der zweite Schlag an diesem Abend. Zehn Minuten vor Beginn des Interviews mit Larry King veröffentlichte die Texas Times auf ihrer Webseite ein Foto, das sie längst vergessen hatte. Es zeigte sie bei einer Studentenparty, wie sie mit roten Augen und einem dämlichen Grinsen tatsächlich eine Blüte Marihuana in die Kamera hielt. Es war ihr Marihuana, wie sie sich erinnerte. Sie hatte es von einem Kommilitonen gekauft und auch geraucht. Aber sie hatte nie damit gehandelt. In den frühen Morgenstunden und unter Haschischeinfluss hatte sie die Blüte in die Hand genommen und in die Kamera eines Kommilitonen gehalten. Völlig harmlos. Völlig blödsinnig. Aber heute politisch absolut verheerend. Eine Blitzumfrage in den ersten Minuten der Sendung zeigte, dass sie an diesem Abend die Hälfte ihrer Wähler verloren hatte. Niemand glaubte ihr mehr. Für die meisten war jetzt alles klar. Auch die wohlwollende Gesprächsführung durch Larry King, der ahnte, dass sie Opfer eine Intrige war – er kannte den amerikanischen Politikbetrieb seit der Steinzeit – konnte das Schlimmste nicht verhindern.

Am Montag, dem letzten Tag vor den Wahlen, war jede Zeitung mit dem Foto auf der Titelseite herausgekommen. Tausend Worte konnten den falschen Eindruck nicht zerstreuen. Jeanne Adams war politisch erledigt!

Am Dienstagabend nach dem letzten Wahlkampfauftritt im Weißen Haus angekommen, zog sie sich mit ihrem Mann Richard, ihrer Tochter Barbara und ihrer Freundin Maya Shifter von der

New York Times in Erwartung ihrer Niederlage in ihre Residenz zurück. Richard hatte die rettende Idee gehabt, nicht den Fernseher laufen zu lassen und so das langsame Hereintröpfeln der Resultate über sich ergehen zu lassen, sondern nach langer Zeit wieder einmal gemeinsam zu kochen. Ihre Mitarbeiter würden sie über das Resultat der Auszählungen informieren.

In diesem Kreis ihr vertrauter und wohl gesonnener Menschen fühlte sie sich seit langer Zeit zum ersten Mal wieder wie ein Mensch. Während Maya Shifter, die von Kochen keine Ahnung hatte, einige amüsante Anekdoten aus ihrem Leben als politische Journalistin von sich gab, raspelte Richard eine Ingwerknolle, um den Seeteufel zu verfeinern. Jeanne Adams marinierte das Lammrack mit gepresstem Knoblauch, Rosmarin und Olivenöl; sie ärgerte sich darüber, dies nicht schon am Vortag getan zu haben.

Die USA starrten wie gebannt auf das TV-Drama, das sich grausam und unabwendbar entwickelte – die Verkündung der Wahlresultate.

Der toskanische Montecarlo Bianco half zwar, die Stimmung etwas zu heben, aber schließlich endete die Diskussion doch wieder beim Politischen. Die Frage, die Jeanne Adams am meisten bewegte, war, ob sie einen anderen Weg hätte finden können, ihr Programm ›Neue Zukunft‹ zu kommunizieren. Vielleicht war es doch keine besonders geschickte Taktik gewesen, die öffentliche Aufmerksamkeit anlässlich der Rede zur Lage der Nation auf diese Weise zu nutzen. Andererseits wären die Hyänen so oder so über sie hergefallen. Was sie am meisten beunruhigte, war die Frage, ob man in den USA überhaupt noch etwas bewegen konnte, oder ob die amerikanische Republik den Weg vieler anderer Republiken in der Geschichte gehen würde und unweigerlich ihrer eigenen Selbstzersetzung entgegensteuerte. Außerdem schnitt sie die Frage an, ob sie nach der offiziellen Feststellung der Niederlage nicht sofort zurücktreten und die Amtsgeschäfte bis zur Inauguration des neuen Präsidenten im kommenden Januar ihrem Vizepräsidenten Ross King übergeben sollte.

Nach dem Lammrack, das wirklich schon am Vorabend hätte mariniert werden sollen, hielt es Jeanne Adams nicht mehr aus. Sie schaltete den Fernseher ein.

»... nur noch auf die Resultate aus Kalifornien. Wenn dieser Staat mit seinen fast vierhundert Delegiertenstimmen ebenfalls für Art Sinshy stimmt, wird er im Sommer beim demokratischen Konvent zum Kandidaten der demokratischen Partei gewählt werden. Hier noch einmal die bisher schon bekannten Resultate des heutigen Super Tuesday. ...«

»Okay, *that's it*«, kommentierte sie. Sie schaltete den Fernseher wieder aus. Mehr musste sie nicht wissen.

Maya Shifter versuchte weiter die Runde zu unterhalten, als eine Stunde später das Telefon läutete.

»Wir haben verloren, es tut mir leid, Misses President«, informierte sie der Leiter ihres Wahlkampfteams knapp. »Wollen Sie die Resultate im Einzelnen?«

Die Präsidentin verneinte und bat, die Verbreitung einer Stellungnahme für den kommenden Tag anzukünden.

Dreißig Sekunden später läutete das Telefon erneut.

»Mom, *er* ist am Apparat«, informierte sie ihre Tochter Barbara und verzog das Gesicht.

Jeanne Adams griff zum Telefon

»Es tut mir so leid, Jeanne, aber so ist das nun mal in der Demokratie, ich meine, der Wähler hat gesprochen«, heuchelte Sinshy.

»Du bist eine verlogene, intrigante Ratte! Fahr zur Hölle, du Teufel!«, zischte sie, bevor sie das Telefon gegen die Wand knallte.

Fünf Monate später …

24

Donnerstag, 4. August 2016 I-Day – 37

Im Frühling hatte David Isler viel Zeit in das ›USA-JIS-2-Enigma‹ investiert. Vergeblich. Die spärlichen Informationen, die er gesammelt hatte, genügten nicht, eine halbwegs plausible Arbeitsthese aufzustellen. Was er wusste, ließ sich nicht zu einem vernünftigen Gesamtbild zusammenfügen: Die STOG des JIS-2 plante *etwas*, vielleicht in Texas, vielleicht ein ›SC 16‹, was immer das auch war, vielleicht im September; jemand in der STOG hatte erwähnt, dass es ›aus‹ sei mit den USA; und der Chef der STOG, Maître, war am selben Tag im Hotel Beau Rivage gewesen wie der wahrscheinlich nächste Präsident Art Sinshy. Frustriert hatte er immer wieder versucht, die Puzzleteile anders anzuordnen – ohne Resultat.

Von Carlo Ciampi hatte Isler seit Februar nichts mehr gehört. Zwischendurch zweifelte er an Ciampis Geschichte. Sie war zu verrückt. *Aus mit den USA!* Deswegen, aber auch um Ciampi nicht zu gefährden, sollte die Geschichte doch stimmen, hatte Isler im SND mit niemandem über die Sache gesprochen.

Andere Themen hatten seine Aufmerksamkeit beansprucht und ihn vom USA-JIS-2-Enigma abgelenkt. Unter anderem arbeitete er immer wieder an der Frage, was zur Kollision des Airbus mit einem Businessjet über dem Pazifik geführt hatte. Er wusste, dass die Erklärungen der Nationalen Transportsicherheitsbehörde fadenscheinig waren. Sie behauptete immer noch, die Piloten der Citation seien von der direkt ins Cockpit scheinenden Sonne geblendet worden und hätten so die Annäherung an den Airbus nicht bemerkt. Nach genauer Berechnung hatte Isler aber herausgefunden, dass auch von der Flughöhe der beiden Jets aus gesehen die Sonne zum Zeitpunkt der Kollision bereits seit acht Minuten hinter dem Horizont verschwunden war. Außerdem fragte er sich, wieso die Kollision ausgerechnet von einem Flugzeug verursacht worden war, das von einer Firma betrieben wurde, deren CEO, Peter Pretorius, aus dem Geheimdienstumfeld stammte. Er hielt es für möglich, dass im Cockpit des Businessjets keine Piloten gewesen waren. Ferngesteuerte Flugzeuge waren nichts Neues.

Isler hatte die wagemutige These aufgestellt, dass man nur den einzigen Politiker an Bord des Airbus, Eugene Moore, auf unauffällige Art hatte umbringen wollen. Doch er konnte nichts über Moore herausfinden, das diese These gestützt hätte. Moore war schon lange nicht mehr politisch aktiv – wenn man von seiner Mitgliedschaft in der obskuren Legislator's Conference for Global Government absah. Zwar hatte Isler herausgefunden, dass Moore und Sinshy miteinander bekannt waren. Aber auch dieses Detail war, abgesehen vom aufregenden Moment der Entdeckung, nichts, was ihn weiterbrachte. Das Faktum, dass die Filmproduktionsgesellschaft, EXCESS Film Productions in Los Angeles, die den Airbus gemietet hatte, einen CEO hatte, der Chef und Inhaber einer privaten Söldnerfirma war, warf weitere Fragen auf, gab aber keine Antworten.

Isler wusste, dass es nicht das erste Mal war, dass US-Behörden die Öffentlichkeit täuschten. Die im Sommer 1996 vor Long Island abgestürzte Boeing 747 der TWA war ohne Zweifel von einer Boden-Luft-Rakete getroffen worden. Trotzdem behauptete das FBI, das die Untersuchungen kurz nach dem Unglück von der NTSB übernommen hatte, Ursache sei die Explosion eines Treibstofftanks gewesen. Isler konnte sich gut an den Vorgang erinnern. Auch an die Animation, die – sinnigerweise von der CIA gemacht – den Fernsehanstalten zur Verfügung gestellt worden war. Sie sollte beweisen, dass hunderte von Augenzeugen den sich nach oben bewegenden Lichtstrahl falsch interpretiert hatten. Es sei nicht eine vom Boden zum TWA-Jumbo aufsteigende Rakete gewesen, sondern der Lichtschein des brennenden Jets, der nach dem Verlust des gesamten Rumpfs vor dem Flügel noch eintausend Fuß in die Höhe geschossen sei. »It was not a missile!«, hatte eine tiefe Männerstimme aus dem Off eindringlich verkündet. Seit dem Zeitpunkt wusste Isler, dass es eine Rakete war. Er konnte sich erinnern, dass er damals – er hatte gerade beim SND als Assistent begonnen – gedacht hatte, er würde die Verantwortlichen für die CIA-Animation fristlos entlassen: Das Video war so plump gemacht, dass jeder halbwegs intelligente Mensch sofort denken musste, man wolle ihn manipulieren.

Allerdings musste Vertuschung nicht Involvierung bedeuten. Es konnte auch sein, dass man gravierende internationale Konsequenzen vermeiden wollte.

Solche von Analysten wie Isler aufbereiteten Hintergründe waren für den Bundesrat nicht von existenzieller Bedeutung. Aber als gut organisierter Staatsapparat wusste die Schweizer Regierung gerne mehr, als in den Zeitungen stand.

So war die Zeit bis August für Isler als Analytiker nicht gerade sehr erhebend gewesen. Berge von Fragen fanden keine Antworten.

Alles änderte sich, nachdem er am Abend des 4. August 2016 seiner Tochter Olivia die Gute-Nacht-Geschichte erzählt hatte.

»… und von diesem Tag an feierten alle Tiere gemeinsam ein großes Fest, wenn der Mond voll am Himmel stand.« Isler klappte das Buch zu.

»Daddy?«, kündigte Oliva an, dass sie ihm noch etwas erzählen wollte, und kuschelte sich dabei in ihrem Bett zurecht.

»Ja?«, fragte er im selben Tonfall zurück.

»Heute habe ich Mickeymann gesehen.« Sie strahlte ihn an.

»Mickey Mouse«, korrigierte er.

»Nein!«, protestierte sie und machte ein beleidigtes Gesicht. »Mickeymann! Mickeymann!«

»Welchen Mickeymann?«

»Mickeymann im Fernsehen! Weißt du, Mickeymann im Hotel in Denf!«

Isler verstand nicht. »Welchen Mickeymann?«, wiederholte er seine Frage.

Sie schluckte aufgeregt und spielte mit ihren Fingern. »Mickeymann im Hotel in Denf! Heute im Fernsehen! Mickeymann!«, sagte sie ungeduldig.

»Wo hast du diesen … Mickeymann gesehen?«, fragte Isler, der immer noch nicht verstand. »In der Spielgruppe?«

»Nein! Nein! Nein! Im Fern-se-hen! Mickeymann! Tezas!«

Isler begann zu kombinieren. Olivia war nach dem Abendessen von Angela erwischt worden, wie sie im Wohnzimmer saß und mit der Fernbedienung spielte. Aber *was* hatte sie gesehen? »Vorhin, als du im Wohnzimmer warst?«

»Jaaaa!«

»Und was hast du genau gesehen?« Isler nahm seine Tochter sehr ernst, und wenn sie ihm unbedingt etwas erzählen wollte, hörte er zu – wann immer er Zeit hatte.

»Mickeymann!« Sie verdrehte die Augen.

»Mickeymann also?«

»Ja-a! Mickeymann vom Hotel in Denf! Heute im Fernsehen. Ist jetzt in Tezas!«

Langsam begann er zu begreifen. »Meinst du das Hotel in Genf mit dem Springbrunnen, wo wir …«

»Ja-a!«

»Und wo ist er heute?«

»Te-zas!«

»Und das hast du im Fernsehen gesehen?«

Sie schlug resignierend die kleinen Hände vor dem Gesicht zusammen. »Ja Daddy«, sagte sie in mitleidigem Ton.

»Schön«, sagte Isler. Er konnte sich schwach erinnern. Sie waren zum Beau Rivage zurückgefahren, um Olivias Stoffhündchen Fidel zu holen. Als die Rezeptionistin es über den Tresen reichte, hatte Olivia jemanden an seiner scheußlichen Krawatte gezupft. Er glaubte sich zu entsinnen, dass sie mit Mickeys bedruckt war.

»Hast du gesagt, er ist heute in Texas?«

»Ja!«, strahlte sie. So sprach man es aus. »Texas! Texas!«

»Und was macht er dort?«, fragte er, ohne wirklich eine Antwort zu erwarten.

Olivia zuckte die Schultern und machte ein fragendes Gesicht. »Weiß nicht.«

Angela kam herein und setzte sich zu ihnen. Sie sangen das Gute-Nacht-Lied. Dann gaben die Eltern ihr einen Kuss und wünschten schöne Träume. »Bis morgen, mein Schatz!«

»Ja, bis morgen.« Olivia nahm Fidel in den Arm und zog sich die Bettdecke über den Kopf.

»Weißt du, was Olivia vorhin im Fernsehen gesehen hat?«, fragte Isler seine Frau, als sie die Tür hinter sich geschlossen hatten.

»Unsere Tochter ist seit neuestem auch an amerikanischer Politik interessiert. Vermutlich bist doch du der Kindsvater«, scherzte Angela. »Sie hat einen Bericht über einen dicken Texaner mit unglaublich geschmackloser Mickey-Mouse-Krawatte gesehen, der wohl als texanische Mutter Teresa in die Geschichte eingehen will.«

Isler blickte sie an, als sei sie ein Gespenst. Seine Nackenhaare stellten sich auf. Er spürte, dass diese Geschichte relevant war.

»Auf welchem Sender?« Er versuchte, ruhig zu bleiben.

»Schweizer Fernsehen. Tagesschau.«

Isler flog ohne ein Wort der Erklärung die Treppen hinunter und rannte zum Büro im Keller des Einfamilienhauses. Die Armbanduhr! Er hastete wieder ins Erdgeschoss, schnappte die Uhr aus der Küche – er hatte sie zum Abspülen ausgezogen – und war Sekunden später wieder vor der Bürotür. Er hielt die Uhr an ein neben der Tür befestigtes Metallkästchen. Ein leiser Gong signalisierte, dass sie entriegelt war. Die Sicherheitstechnologie stammte vom SND; er hatte deren Installation gefordert, da Isler manchmal zuhause arbeitete. Isler trat ein und schaltete das Licht an. In dem gut zwanzig Quadratmeter großen fensterlosen Raum waren an zwei Wänden vier Metallschienen übereinander befestigt. An ihnen hefteten mit Magneten Dutzende von Zetteln, Fotos, Plänen, Flussdiagrammen, Notizen und anderen Extensionen von Islers Gedächtnis. An der Stirnseite des Raums stand ein großer Schreibtisch. Mehrere Stapel Zeitungen und Papier ließen gerade genug Raum für seine zwei Notebooks. Er schaltete das Online-Notebook ein. Die Zeit, bis es hochgefahren war, nutzte er, um durch Hin- und Herbewegen der Tür die stickige Luft aufzufrischen.

Als das Notebook Einsatzbereitschaft signalisierte, ging er auf die Webpage des Schweizer Fernsehens und startete die Tagesschau. Er ließ sie schnell vorwärts laufen, bis … »Das gibt's doch nicht!«

Er schlug sich mit der flachen Hand auf den Schenkel, dass es weh tat. Er stoppte das Bild. Tatsächlich! Seine geniale Tochter hatte recht gehabt! Das Foto neben der Sprecherin, die den Beitrag anmoderierte, zeigte das Gesicht, in das er an der Rezeption im Beau Rivage eine halbe Sekunde geblickt hatte. Unter dem Kinn hing dieselbe abscheuliche Mickey-Mouse-Krawatte, die der Dicke in Genf anhatte. Sie war grell gelb und hatte die lachende Komikmaus im Großformat aufgedruckt. Isler schüttelte den Kopf. Er klickte auf *Play*.

»›Wenn Washington uns nicht hilft, müssen wir uns eben selbst helfen.‹ Das ist der Slogan des texanischen Multimillionärs Vince Osman, dem Gründer und großzügigen Financier der Texanischen Solidaritätsbewegung. Osman, der sich in den letzten Jahren als erfolgreicher Immobilienmakler einen Namen gemacht hat, will jetzt denen helfen, die ›von Washington verlassen wurden‹. Aus Houston berichtet unser USA-Korrespondent Thomas Ehren.«

»Aha!« Isler schaute ernst und nickte mit dem Kopf. Seine Konzentration war maximal. Er blickte auf die Uhr, um die Zeit zu nehmen.

Hofberichterstattung, dachte Isler, nachdem er den dreiminütigen Bericht gesehen hatte. Er hatte ein sehr wohlwollendes Bild von Osman gezeichnet, keinerlei Kritik angebracht und Osmans haarsträubende Statements unkommentiert übernommen – unter anderem »Washington sollte nicht vergessen, dass Texas mal eine unabhängige Republik war. Die Geschichte kann sich wiederholen!«

Islers Verdacht, über Osman sei nicht *einfach so* berichtet worden, wurde während des anschließenden Telefonats bestätigt. Ein alter Bekannter, der in der Redaktion der Tagesschau arbeitete, informierte Isler, dass der Bericht über Osman von Mount & Guesston angeregt worden sei. Mount & Guesston – eine der drei größten PR-Agenturen der Welt. Niemand, der ein Projekt hatte, für das er auf öffentliche Unterstützung angewiesen war – sei es die Einführung eines neuen Produkts, der Wahlkampf eines Politikers oder die plausible Begründung für den nächsten Krieg – kam an

Mount & Guesston oder ihren Konkurrenten vorbei. PR-Firmen, inzwischen wichtiger als Werbeagenturen, waren für etwa drei Viertel aller Medienberichte zuständig. Da Nachrichtendienste – oft genug im Tandem mit PR-Firmen – ebenfalls einen großen Einfluss auf die Medienberichterstattung hatten, blieb für regulären Journalismus nicht mehr allzu viel Platz.

Isler hatte noch am selben Abend einer Unternehmensdatenbank entnommen, dass 40 Prozent der Aktien von Mount & Guesston dem Headline & Footage-Konzern gehörten. Er saß noch bis tief in die Nacht in seinem Büro und dachte nach.

Er hatte immer noch keine Ahnung, wie sich die neu gewonnenen Informationen zu einer plausiblen, unparanoiden Arbeitsthese verarbeiten ließen. Aber aus dem Nebel begannen Teile einer Struktur hervorzutreten. Fragmente nur. Doch diese waren deutlich erkennbar.

Tim Lewis wollte nur ein paar Eier und Brot kaufen, als er ein Angebot sah, an dem er nicht vorbeigehen konnte. Mit zusammengekniffenen Augen las er das Plakat, das einen ultraschmalen Plasmafernseher für weniger als einhundertfünfzig Dollar anpries. Was waren schon einhundertfünfzig Dollar? Einziger, wenn auch irrelevanter Nachteil war ein kleiner Defekt an der rückseitigen Verschalung.

Er hatte von einigen seiner Gäste vom Angebot des Supermarkts in Sandrock gehört, aber vermutet, man wolle ihm einen Bären aufbinden. Neugierig und interessiert betrachtete er das Gerät. Die Bildqualität war verblüffend.

»Du solltest nicht lange zögern, Silk. Ich habe nur noch zwanzig Exemplare davon. Ganz Sandrock hat sich schon damit ausgerüstet. Ich selbst natürlich auch. Habe mir sogar zwei gekauft, um genau zu sein. Der Produktionsfehler auf der Rückseite ist nicht der Rede wert.« Stephen Austin, Inhaber des Supermarkts, ließ die Flipflops über den Boden schlurfen, als er seinen Bierbauch Richtung Tim bewegte.

»Und wo ist der Haken?«, fragte Tim.

»Hey, Mann, sei nicht immer so misstrauisch. Es gibt nur diesen Haken. Steht doch da. Kleiner Produktionsfehler auf der Rückseite. Hier!« Austin drehte eines der Geräte um und zeigte auf eine etwa handtellergroße Stelle des Gerätes, an der die Kunststoffverschalung eine unschöne Verschmelzung aufwies, ungefähr in der Form eines Spiegeleis.

»Hatten irgendein Problem beim Pressen der Verschalung. Wirkt sich aber in keiner Weise auf die Funktion des Gerätes aus. Außerdem: zwei Jahre Garantie! Wieso überlegst du überhaupt noch?! Habe schon fast alle vierhundert Geräte verkauft. Sogar der Knast hat ein paar Dutzend bestellt. Und glaub ja nicht, du bekommst in Amarillo oder sonst wo ein besseres Angebot. Völlig ausgeschlossen.«

»Woher hast du die Dinger?«

»Von einem Händler, der sie in der Stadt nicht verkaufen konnte, wegen diesem Fehler auf der Rückseite. Der ist hier in unser Kaff gekommen und ich habe ihm das ganze Kontingent abgekauft. Hab' sogar noch ein bisschen Kohle dabei verdient. Also was ist?«

»Wirklich zwei Jahre Garantie?«

»Ja Mann, sage ich doch. Zwei verdammte Jahre Garantie!«

»Hundertneunundvierzig Dollar?«

Austin nickte. »Hundertneunundvierzig Dollar!«

Tim Lewis überlegte noch einmal, während Austin ungeduldig mit den Fingern der linken Hand auf einem der Geräte herumtrommelte.

»Okay«, entschied Lewis dann.

Ohne ein weiteres Wort zu sagen, verschwand Austin durch den Vorhang in einen rückwärtigen Raum des Ladens und holte ein noch in einer Kartonschachtel verpacktes Gerät. Auf einem Wagen rollte er es zur Kasse. Dort öffnete er den Karton, überprüfte den Inhalt, stempelte den Garantieschein ab und unterschrieb ihn.

»Zahlst du jetzt gleich den ganzen Preis?«

»Ja, sicher.«

»Okay. Sonst noch was?«

»Das ist alles.« Eier und Brot hatte er vergessen.

»Also dann, einhundertneunundvierzig Dollar.«

Lewis nahm seine Kreditkarte heraus und zog sie durch den Schlitz. Eine knappe Minute später war die Transaktion abgeschlossen. Austin heftete den Kreditkartenausdruck an den Garantieschein und reichte ihn Lewis: »Nicht verlieren! Viel Spaß mit dem neuen Fernseher!«

Eine halbe Stunde später hatte Lewis das neue Gerät in seine Wohnung gebracht und ihn an die Stelle des alten Fernsehers platziert. Den stellte er auf den Speicher. Nach einer weiteren halben Stunde waren alle Sender auf den von ihm gewünschten Programmplätzen programmiert.

Die im Gerät installierte audiovisuelle Überwachungselektronik war nun auch in Lewis' Wohnung angekommen, wie in den Tagen zuvor in schon fast allen anderen Wohnungen und Häusern von Sandrock. Kurz vor dem I-Day, nach der Isolation des Stromnetzes, würde sie durch einen über die Stromleitung gesendeten Impuls aktiviert werden.

Tim zappte durch das Programm und blieb bei einer Nachrichtensendung hängen.

»… seltsame Todesserie bei der britischen Royal Agency for Research on Advanced Projects, kurz RARAP. Innerhalb der letzten drei Monate sind mehrere ihrer Mitarbeiter gestorben. Der letzte Todesfall passierte gestern, als der Bildtechnikspezialist Robert Rukin bei einem Selbstunfall mit seinem Auto in der Grafschaft Middlewothdathshire ums Leben kam. Damit erhöht sich die Zahl der Todesfälle auf siebzehn. Nach jüngsten Berichten hat Scotland Yard bei seinen Nachforschungen jetzt Unterstützung des Auslandsgeheimdienstes MI6 erhalten. Die russische Regierung bestreitet weiterhin, in die Todesfälle verwickelt zu sein, und spricht von einer, Zitat, böswilligen Kampagne. Nach einer kleinen Pause das Wetter …«

»Die Russen wieder!« Lewis schüttelte den Kopf und schaltete den Fernseher aus.

25

Samstag, 3. September 2016 I-Day – 7

»Halt! Identifizieren Sie sich!« Der glatzköpfige Söldner von Global Planning and Execution Corporation, gekleidet in der Uniform der Texas National Guard, leuchtete dem Neuankömmling mit der Taschenlampe ins Gesicht. »Ach du bist es, Gonzo. Verdammt früh unterwegs.« Es war 4 Uhr und stockdunkel.

»Muss noch ein paar Funktionskontrollen durchführen.« Gonzalez zeigte mit dem Daumen auf die Tasche, die auf dem Rücksitz lag, und schnippte seine Zigarette am Söldner vorbei in die neblige Steppe. »Auftrag von Landler.« Um seinen Hals hing ein Band, an dem die Zugangskarte baumelte. Er war nervös, ließ sich aber nichts anmerken.

»Geht klar. Viel Vergnügen.« Der Söldner öffnete die Schranke. Gonzalez setzte den Ford Minivan auf dem holprigen Feldweg langsam in Bewegung und parkte ihn eine Meile weiter direkt vor dem Gebäude. Das vor Jahren als Informationszentrum und Restaurant für Besucher des Palo Duro Canyon genutzte Betonhaus war zum Hauptquartier für das Experiment umfunktioniert worden. Es war über einen Feldweg erreichbar, der von der Straße abzweigte. Diese verband Sandrock mit der 287.

Oberst Warren hatte dafür gesorgt, dass ein Gebiet von einer halben Quadratmeile um das Haus seit Monaten militärisches Sperrgebiet war. In dieser Zeit war im Keller der SitRoom durch Landlers Firma installiert worden. Das Gebäude, intern *Excess Headquarters* genannt, figurierte als Zentrale des Experiments. Neben dem SitRoom im Keller befanden sich im Erdgeschoss Aufenthaltsraum, Kantine und Küche, im ersten Stock mehrere Schlafräume und die sanitären Einrichtungen. Nicht besonders luxuriös, aber für zehn Tage akzeptabel. Dreihundert Meter neben dem Gebäude, das vier Meilen ostnordöstlich von Sandrock stand, waren hinter einem Sicht- und Lärmschutz aus Holz und Dämmmaterial die Generatoren aufgestellt worden, die Sandrock während des Experiments mit Strom versorgen würden. Außerdem hatte man dort stromvernichtende Klimaanlagen platziert. Sie sollten vor den texanischen Betreibern des Stromnetzes verbergen, dass die Verbraucher aus Sandrock keine Energie mehr aus dem Netz zogen.

Meilenweise Kabel führten zum Haus und von ihm weg. Ein Hauptstrang lief Richtung Sandrock und diente dem Datentransfer von den öffentlichen Überwachungseinrichtungen und der Ansteuerung der Boxen mit Betäubungsgas sowie den verschiedenen Unterbrechern, um Sandrock von allen öffentlichen Netzwerken zu isolieren. Über sie wurden auch die vorbereiteten Nachrichtenprogramme in das Kabelnetz von Sandrock eingespeist. Der andere Kabelstrang lief am Haus vorbei von Sandrock zu den Stromgeneratoren und Klimaanlagen. Er war direkt neben dem Haus angeflanscht und mit einem Adapter verbunden, der die audiovisuellen Daten aus den Fernsehern zum SitRoom weiterleitete. Einige in Arbeitskleidung eines Stromversorgers gekleidete Mitarbeiter Landlers hatten in Sandrock, ohne Beachtung zu finden, die notwendigen Installationen vorgenommen. Alle Kabel führten auch in die zwei Meilen nordwestlich des Dorfs gelegene Sandrock Correctional Facility SCR. Deren Insassen waren Teil des Experiments. Erst vor wenigen Tagen hatte Landler realisiert, dass in der SCR auch fünf Personen arbeiteten, die nicht in Sandrock lebten. Es hatte ihn fünfzigtausend Dollar des Budgets gekostet, den Direktor des Gefängnisses dazu zu bringen, ihnen ohne Fragen zu stellen ab dem 9. September zwei Wochen Sonderurlaub zu genehmigen. Der Direktor selbst, der in Amarillo wohnte, würde während dieser Zeit ebenfalls nicht an seinem Arbeitsplatz erscheinen. Alle anderen Mitarbeiter wohnten in Sandrock. Da das Gefängnis bereits überbelegt war, bestand keine Gefahr, dass es während der Zeit des Experiments zu Neuzugängen kommen könnte.

Für Gonzalez war es kein Problem gewesen, in den vergangenen Tagen ein zusätzliches Glasfaserkabel zu legen, ohne dass es jemandem aufgefallen wäre. Es führte aus dem SitRoom heraus querfeldein Richtung Nordosten und endete dort in einem Verteilerkasten von AT&T, der direkt an der 287 stand. *Man* hatte Gonzalez an einem Vormittag ein Team von nach AT&T Technikern aussehenden Männern zur Seite gestellt, die das Kabel einige hundert Meter vor dem Verteilerkasten in einen Schacht einzogen. Der Rest des vier Meilen langen ultradünnen Kabels lag, wie auch alle anderen für das Experiment, schlicht auf dem kargen Steppenboden. Für zehn Tage würde das genügen.

Gonzalez wusste nicht, wer seine Auftraggeber waren oder was sie wollten, aber sie hatten sich sehr großzügig gezeigt. Sie machten es dem fünfundvierzigjährigen Mann möglich, ein neues Leben zu beginnen. Weit weg von Krieg und Söldnereinsätzen! Weit weg von Landler! Irgendwo an einem Strand mit vollbusigen Mulattinnen, die nichts sehnlicher wollten, als ihm seine Wünsche von den Augen und anderen Körperteilen abzulesen.

Gonzalez stieg aus dem Auto und nahm die Tasche vom Rücksitz. Grüßend ging er an der frierenden Wache vorbei, die die Haustür vor dem Eindringen Unbefugter schützte; sie war per Funk vom Wachmann an der Schranke über Gonzalez' Ankunft informiert worden. Er schob seine Zugangskarte in den Schlitz. *Klick*. Das Schloss entriegelte und er konnte eintreten. Er schaltete das Licht ein und ging in den Keller. Am Fuß der Treppe musste er durch eine weitere Chipkartentür. Er wusste, dass das System für Landler nachvollziehbar registrierte, dass Juan Gonzalez um 4.08 Uhr den SitRoom betrat. Aber es machte ihm nicht aus. Landler war bekannt, dass er ein Frühaufsteher war. Er hatte sein vollstes Vertrauen und den Auftrag zur Funktionskontrolle der Systeme. Dass er dazu die Überwachungskamera für ein paar Minuten ausschalten musste, würde niemanden wundern.

Durch das Entriegeln der Tür ging drinnen automatisch das Licht an. Gonzalez, obwohl eigentlich total abgebrüht, staunte immer wieder, wenn er diesen Raum betrat. Nachdem er mit dem Hauptschalter sämtliche Bildschirme zum Leben erweckte – die Server liefen seit zwei Wochen permanent –, wirkte der Keller wie eine Miniaturversion des Mission Control Centers Houston der NASA. Als durchschnittlicher Kellerraum gebaut war er nicht besonders hoch, aber man hatte die Platzverhältnisse optimal genutzt.

Nur der Geruch von Küchenvorräten, die hier einmal gelagert waren, konterkarierte die technische Atmosphäre. Einziges Geräusch war das diskrete Surren der Ventilatoren in den Servern.

Gonzalez setzte sich an den mit Experiment Supervisor betitelten Arbeitsplatz. Er war an der rückwärtigen Wand des Raums auf einem kleinen Podest eingerichtet worden und für Oberst Warren vorgesehen. Er atmete auf. Keine der Wachen war auf die Idee gekommen, in die Tasche zu sehen. In ihr befanden sich fünf schwarze Kunststoffkästchen von der doppelten Größe einer Zigarettenschachtel. Er wusste nicht, was sie enthielten, und er machte sich auch keinen Kopf. Sein Job war es, die geheimnisvollen Boxen in fünf der Server zu installieren und die aus ihnen herausragenden Kabel mit dem Main Bus der Server zu verbinden. Damit wurden sie an das als Netzwerk organisierte System im SitRoom angeschlossen. Außerdem sollte er acht Miniaturkameras an den Rand der Flachbildschirme kleben. Sie übermittelten ihre Signale per Funk an eines der Kunststoffkästchen. Für Gonzalez waren es keine Miniaturkameras, sondern lediglich zwei Zentimeter große Aufkleber, minimal dicker als normale, die mit Server nie Ausschalten! bedruckt waren. Drittens musste er das Glasfaserkabel, das zum AT&T-Verteilerkasten an der 287 führte, mit dem Master Server verbinden. Anschließend würde er wie von Landler beauftragt die Funktionen sämtlicher Systeme testen, ein Protokoll darüber erstellen, es auf den für Landler vorgesehenen Arbeitsplatz legen, seine Sachen einpacken und in den von Landler genehmigten Urlaub fliegen. Und nie wieder zurückkehren.

Neunzig Minuten später hatte er zwei der Spezialaufgaben ausgeführt. Nun blieb nur noch das Verbinden des Glasfaserkabels mit dem Master Server. Als er auch dies erledigt hatte, erwachten im achttausendzweihundert Kilometer entfernt gelegenen Einsatzraum der STOG bei Luxemburg zwei Dutzend Bildschirme zum Leben.

Es war 8 Uhr, als Tim Lewis wutentbrannt seine Sporttasche auf die Ladefläche des Pick-up schmiss, und sich dann auf den Fahrersitz schwang. »Scheiße, verdammt Scheiße!«, fluchte er und zog die Tür mit Wucht zu. »Diese blöde Zicke!« Er startete den Motor, legte den Gang ein und fuhr zur Ausfahrt des Parkplatzes. Ohne wie sonst das Fenster runterzukurbeln, um im gegenüber der Ausfahrt liegenden Wohnblock Josephina aus dem neunten Stock winken zu sehen, bog er nach rechts in die South East 6th Street. Nach einem Block bog er wieder rechts ab, um der South Taylor Street Richtung Süden zu folgen. Ein paar Minuten später erreichte er die Auffahrt zur 287, die aus Amarillo hinausführte.

Er schaltete das Radio ein und drehte die Lautstärke auf. So wie sich die Situation darstellte, war es *aus* mit Josephina! Schon vor zwei Wochen, kurz nachdem sie ihr einjähriges Kennenlernjubiläum feierten, hatte es angefangen zu kriseln. Vielleicht warf die Ehe, die mit der Hochzeit im Dezember auf Hawaii beginnen würde, schon ihre grausamen Schatten voraus. Josephina hatte ihn mit Nichtigkeiten genervt, die sie wie eine Gebetsmühle immer wieder ansprechen musste. Er hatte sie mit seiner Meinung nach unschuldigen Flirtereien, ohne es zu beabsichtigen, eifersüchtig gemacht. Seit Sommer lief ihr ambitioniertes Befruchtungsprogramm, leider bisher ohne Erfolg, was zusätzlich an ihren Nerven zerrte.

Gestern Abend hatte die vorletzte Stufe der Eskalation mit einem heftigen Streit in ihrem Stammlokal begonnen, dem Bourbonstreet Café im Osten Amarillos. Auslöser unbekannt. Trotzdem war er über Nacht bei ihr geblieben. Heute früh hatte sie ihn um sechs geweckt, um über irgendein nicht vorhandenes Problem stundenlange Diskussionen zu führen. Dabei wusste sie, dass er ein Morgenmuffel war. Gleichmäßig wurde von beiden Seiten die Lautstärke hochgedreht und die Rhetorik verschärft. Bis er schließlich seine Sachen gepackt hatte – auch die Zahnbürste – und mit einem »Wir sollten uns nie wieder sehen!« aus der Wohnung gestürmt war. Es war das Einzige, dem sie an diesem Morgen zugestimmt hatte.

Jetzt saß er, wütend, traurig, unglücklich, in seinem Pick-up, unterwegs nach Sandrock, *dem verdammten Scheißkaff!*

Sandrock, auf einer Höhe von zweitausendvierhundertzwölf Fuß in einem Ausläufer des Palo Duro Canyons gelegen, und ringsum eingekreist von kleinen Hügelzügen, lag in den Rolling Plains, ein teilweise flaches, teilweise leicht hügeliges Gebiet im Osten der High Plains, dem Hochland von Texas. Grosse Teile der Rolling Plains bestanden aus Weideland; in manchen Gebieten wurde Rinderzucht betrieben. Ein Viertel waren agrarische Kulturflächen. Überall in den Rolling Plains waren steppenartige Gebiete zu finden, die sich oft auf ehemals bewirtschafteten Äckern oder Weiden gebildet hatten. So bestand auch der größte Teil des Sandrock umgebenden Gebiets aus Steppe.

Sandrock selbst war, abgesehen von seiner Lage, ein durchschnittliches nordtexanisches Dorf. Sandrock hatte eintausendvierundfünfzig Einwohner, ein College, zehn verschiedene Kirchgemeinden, einen Supermarkt, ein Restaurant, ein Motel, eine Gesellschaft zur Förderung der wirtschaftlichen Tätigkeit, zwei Antiquitätenhändler, zwei Anwälte, einen Händler für neue und gebrauchte Autos, zwei Banken, drei Friseursalons, zwei Bekleidungsgeschäfte, ein Autowaschcenter, einen County Club, einen Bootsclub, verschiedene Handwerksbetriebe, eine Tankstelle, ein Begräbnisunternehmen, einen Friedhof für alle Konfessionen, ein Gartencenter, einen Gashändler, einen kleinen Juwelierladen, einen Laden für Alkoholika, mehrere kleine Gästehäuser, meistens in den Gebäuden ehemaliger Farmen, eine Apotheke, einen Immobilienhändler, und einige weitere Geschäfte, die zum Leben einer Gemeinschaft wie Sandrock gehörten. Der weitaus größte Arbeitgeber von Sandrock war die Sandrock Correctional Facility der Inman Corporation. Außerdem hatte Sandrock einen Bürgermeister, fünf Angestellte der öffentlichen Verwaltung – alle ehrenamtlich – einen Sheriff, einen Deputy, eine kleine freiwillige Feuerwehr, eine öffentliche Bibliothek, sowie eine Gesellschaft für die Wasserversorgung.

4 Uhr am Nachmittag. »Es ist mir klar, dass ihr mir das nicht glauben könnt«, sagte Oberst Warren ruhig. Seit einer halben Stunde saßen er, Fred Reilly und Pit Cooper einige Meilen außerhalb von Sandrock in einer schwarzen Pontiac Limousine mit militärischer

Registrierung. Warren hatte sich das Auto von der Hensley Air Naval Station bei Dallas ausgeliehen. Durch die detaillierten Informationen, die Paul O'Brien über die Bewohner von Sandrock zusammengetragen hatte, war es für Warren ein Leichtes, herauszufinden, dass Reilly und Cooper, die schwitzend und ungläubig im Fond seines Autos saßen, das ideale Team für seine Sabotage von Excess waren.

»*Jetzt* könnt ihr mir noch nicht glauben. Aber in einer Woche werdet ihr euch an Folgendes erinnern.« Warren zog einen DVD-Player aus seinem schwarzen Aktenkoffer. »Schaut genau hin!«, befahl er ihnen. »Wenn ihr das in einer Woche im Fernsehen seht, wisst ihr, dass ich die Wahrheit gesagt habe. Und dass uns nur noch zehn Tage bleiben, die Weltregierung zu verhindern!«. Er drückte auf *Play*.

»Guten Morgen, meine Damen und Herren, wir unterbrechen hier unser Programm wegen aktueller Entwicklungen in Europa. Ich bin Judith Roth und berichte live vom NBC Breaking News Desk in New York City. Wie vor wenigen Minuten bekannt wurde, hat sich eine schwere Explosion am Flughafen London-Heathrow ereignet …«

Nach zehn Minuten stoppte Warren die DVD und blickte die beiden sehr verblüfften Gäste lächelnd an. »Ihr werdet mir glauben. In einer Woche.«

»Und was haben wir mit dieser Sache zu tun?«, fand Cooper als Erster Worte.

»Ihr seid Teil der weltweiten Konterrevolution«, antwortete Warren seelenruhig.

»Der was?«, fragte Reilly.

»In einer Woche wird *etwas* beginnen. Wie soll ich sagen? Es ist eigentlich wie ein Football-Spiel, nur etwas ernster und … es wird ein weltweites Football-Spiel sein.«

»Ein weltweites Football-Spiel!«, wiederholte Reilly.

»Ja, ein weltweites Football-Spiel«, setzte Warren in bedrücktem Ton seine Desinformationskampagne fort. »In den frühen Morgenstunden des 10. September wird eine internationale Politmafia verschiedene *Ereignisse* in Europa, den USA und Russland starten, die in kurzer Folge zu eskalieren drohen. Man wird erzählen, dass man alle Länder der Welt in einem Weltstaat zusammenführen muss. Das wird Gemeinschaft der Weltbürger heißen: Nur so könne der Dritte Weltkrieg und damit das Ende der Menschheit verhindert werden. Alle Ereignisse sind echt, aber doch nur inszeniert.« Er machte eine Pause, um seine Worte wirken zu lassen.

»Echt, aber doch nur inszeniert«, wiederholte Reilly.

»Ja genau. Eine Gruppe patriotischer Offiziere im Pentagon hat vor einiger Zeit durch einen Überläufer Wind von der Sache bekommen. Leider ist es aus bestimmten Gründen, die ich hier nicht ausführen kann, nicht mehr möglich, die geplanten *Vorgänge* ganz zu verhindern.« Er machte eine entschuldigende Geste. »Wir haben lange nicht geglaubt, dass es sich bei der Geschichte des Überläufers um Tatsachen handelt. Auch war lange das geplante Anfangsdatum nicht bekannt. Aber wir organisieren jetzt mit Hochdruck in den ganzen USA ein Netzwerk von Konterrevolutionären, die zu einem bestimmten Zeitpunkt zu den Waffen greifen werden, um die Truppen der Weltrevolution zu bekämpfen.« Wieder stoppte er seinen Vortrag und blickte die beiden im Rückspiegel an. Die Temperatur im Auto stieg von Minute zu Minute. Die Köpfe seiner Gäste glühten vor Aufregung. »Solche Netzwerke werden in diesen Tagen auch in vielen anderen Ländern der Welt organisiert. Zum Zeitpunkt X wird auf der ganzen Welt ein Aufstand der Patrioten beginnen. In kleinen Dörfern wie Sandrock ebenso wie in den Hauptstädten auf allen Kontinenten, um mit einem gezielten Gegenschlag die Weltverschwörung zu stoppen.« Warren startete den Motor und stellte die Klimaanlage auf höchste Stufe.

»Ich kenne Sie irgendwoher«, bemerkte Cooper plötzlich.

»Natürlich«, entgegnete Warren. »Ich reise seit Monaten von Ort zu Ort um herauszufinden, wer sich für die Gegenaktion eignen könnte.« Warren hoffte, dass den beiden die Unstimmigkeit nicht auffallen würde, dass es schon fast ein Jahr her war, als er in Sandrock gewesen war.

»Sie haben gesagt, Sie würden eine Kulisse für einen Werbespot suchen«, fiel Reilly ein und fuchtelte mit dem Zeigefinger.

»Exakt.«

»Und was sollen wir tun, wenn der Zeitpunkt X gekommen ist?«, fragte Reilly und versuchte, einen der Wichtigkeit einer weltweiten Konterrevolution angemessenen Gesichtsausdruck zu machen.

»Zu den Waffen greifen und die Truppen, die sich in eurem Ort aufhalten, außer Gefecht setzen«, antwortete Warren.

»Sie meinen, wir sollen sie erschießen?« Reilly und Cooper blickten sich ungläubig an.

»Bald ist Krieg! Um die Weltdiktatur zu verhindern, gibt es nur eine Lösung – Kampf! Ihr oder sie. Also ist es das Beste, wenn ihr ihnen eine Kugel in den Kopf jagt.« Warren drehte sich um und blickte Reilly und Cooper an.

»Aber sie werden zurückschießen«, meinte Reilly verunsichert.

»Das ist so im Krieg. Ihr könnt mir jetzt natürlich auch sagen, dass ihr nicht wirklich Männer seid, sondern nur so ausseht. Dann bringe ich euch nach Hause und wir vergessen das Ganze. Kein Problem – wenn ihr euch für den Rest des Lebens versklaven lassen wollt.«

Sie saßen einige Minuten schweigend da.

»Ihr habt doch Waffen, oder?«, setzte Warren das Gespräch wieder in Gang.

»Na klar. Allein die Leute im Dorf haben mindestens, also, wahrscheinlich Dutzende, und im Gefängnis gibt es ein ganzes Arsenal davon. Oder was meinst du, Palito?«

»Waffen sind kein Problem. Munition auch nicht. Aber wie erfahren wir, wann der Zeitpunkt X gekommen ist?«, fragte Cooper.

Warren griff in seinen Aktenkoffer und zog eine kleine Schachtel hervor. Er reichte sie ohne sich umzudrehen nach hinten. Reilly nahm und öffnete sie. Mit spitzen, zittrigen Fingern entnahm er ihr einen kleinen Gegenstand aus Kunststoff, der aussah wie ein urzeitliches Insekt. Ungläubig beäugten er und Cooper das Ding.

»Ein fliegender Roboter«, erklärte Warren, »der nur einhundert Meter hoch fliegt und in dieser Höhe weder gehört noch gesehen werden kann. Er entzieht sich natürlich auch jedem Radar. Hunderte dieser Roboter werden von verschiedenen geheimen Punkten der USA aus von unseren Kameraden gestartet werden, sobald der Zeitpunkt X feststeht. Wie eine Armee von Arbeitsbienen werden sie ausschwärmen mit ihrer Botschaft. Die befindet sich hier.« Er nahm Reilly den Flugroboter aus der Hand und schraubte des Ende des kleinen Rumpfs auf. Dann zog er ein Stück Kunststoff heraus und hielt es in die Höhe.

»Und wo wird es landen?«

»Das müssen wir jetzt vereinbaren. Das Ding – man nennt es Caloptechnic – navigiert so präzise, dass es sogar durch ein geöffnetes Fenster in einen Raum fliegen kann. Risikoloser wäre jedoch ein Landeplatz unter freiem Himmel.«

»Hinter dem Sportplatz!«, platzten Reilly und Cooper fast gleichzeitig heraus.

»Also auf der Sandrock abgewandten Seite«, erklärte Reilly.

Warren zog eine schwarze Ledermappe aus dem Aktenkoffer, öffnete sie und notierte auf einem Block *Sandrock, TX, Caloptechnic Landeplatz: westliches Ende des Sportplatzes.* Dann verstaute er die Mappe wieder im Aktenkoffer.

»Der Caloptechnic wird noch in der Nacht vom 9. auf den 10. September, vermutlich kurz nach Mitternacht, auf dem vereinbarten Platz landen. Schnappt ihn euch unauffällig und entnehmt die Botschaft. Merkt euch den darin enthaltenen Zeitpunkt X und zerstört das Ding anschließend. Einmal kräftig drauftreten und dann am besten unter der Erde verscharren. Habt ihr das verstanden?«

Reilly und Cooper nickten wortlos und mit großem Ernst.

»Okay. Und jetzt gut zuhören. Zwölf Stunden vor dem Zeitpunkt X weiht ihr fünf Männer eures Vertrauens ein. Männer, die Waffen haben und mit ihnen umgehen können. Dabei ist es wichtig, dass ihr euch nur auf der Straße vom Dorf zum Gefängnis, etwa auf halbem Weg, und nur im Flüsterton unterhaltet. Als Beweis, dass ihr keinen Unsinn erzählt, sagt ihnen, dass am 10. September, kurz vor Mitternacht, gemeldet werden wird, eine Bombe sei in der Nähe des Weißen Hauses explodiert. Habt ihr euch das gemerkt?«, fragte Warren eindringlich.

»Ja, vor Sonnenuntergang am 10. September auf halbem Weg zwischen Dorf und Gefängnis im Flüsterton fünf Männer in die Hintergründe einweihen und ihnen sagen, kurz vor Mitternacht, Meldung, dass Bombe in der Nähe des Weißen Hauses explodiert ist«, wiederholte Reilly.

»Zum Zeitpunkt X schlagt ihr dann los, und setzt möglichst viele der Truppen der Nationalgarde außer Gefecht. Vermutlich werden sich nicht mehr als maximal ein Dutzend Soldaten in Sandrock aufhalten. Es sollte bei einem Überraschungsangriff also kein Problem sein, sie zu überwältigen. Ab dann ist jeder auf sich allein gestellt, aber mit Gottes Hilfe wird … alles gut gehen.« Warren fuhr mit gesenkter Stimme fort. »Und bis dahin, Gentlemen, zu niemandem ein Wort, sonst ist die weltweite Konterrevolution gefährdet. Ihr müsst euch beherrschen! Und das Allerwichtigste ist … Ihr dürft euch, wenn ihr vor dem Fernseher sitzt *kein Vorauswissen anmerken lassen!*«

»Siehst du, Palito, ich habe dir schon lange gesagt, dass alles überwacht wird«, stellte Reilly triumphierend fest.

»Ja wirklich, das hast du, Sherlock«, bemerkte Cooper anerkennend und sehr beeindruckt.

»Wie heißen Sie eigentlich?«, fragte Reilly dann.

»Namen spielen keine Rolle. Wir werden uns vermutlich ohnehin nicht mehr sehen, da ich in einen sehr delikaten und gefährlichen Teil der Konterrevolution involviert bin.«

Reilly wollte nachfragen, aber Warren winkte ab. »Stellt keine Fragen.« *Und jetzt noch was ganz Beeindruckendes.* »Ihr seid nicht stark genug für die Antwort!«

Nachdem sie schweigend und kopfschüttelnd noch einige Minuten im Auto saßen, schickte sich Warren an, seine Kampagne zu beenden.

»Also, Soldaten, noch Fragen?«

»Zu viele …«, antwortete Reilly etwas resigniert.

»Jetzt nicht den Kopf hängen lassen. Wir sind bald im Krieg, und das Schlimmste was passieren kann, ist nicht an den Sieg zu glauben. Wir kämpfen für die gerechte Sache und wir werden gewinnen! Also, Kopf hoch, Jungs! Geht nach Hause und nehmt eine kalte Dusche, das wird euch gut tun. Ich habe euch viel zugemutet, weil ich an euch glaube. Wir alle glauben an euch!«

Sie stiegen aus. Warren umarmte sie und klopfe ihnen kräftig auf den Rücken, als er sich von ihnen verabschiedete.

Er blickte Reilly und Cooper aus dem Auto heraus noch lange nach, während sie verunsichert Richtung Sandrock marschierten. *Menschen sterben*, dachte er. *Sie können sich glücklich schätzen, wenn sie für eine gute Sache sterben.*

26

Freitag, 9. September 2016 I-Day – 1

Die Kollage des zeitgenössischen italienischen Künstlers war sündhaft teuer. Nicht, dass drei Millionen Dollar für Art Sinshy ein erwähnenswerter Betrag gewesen wäre. Aber das fünf mal drei Meter große Werk von Marco Fabiaccio hatte es ihm angetan. Es passte genau an die Stirnwand der Eingangshalle seiner Villa bei Boston. Sinshys Nerven kitzelten, als fünf Männer Fabiaccios ›Mondo universale‹ nach stundenlanger Plackerei an den in die Wand eingelassenen Stahlverstrebungen befestigt hatten.

David Isler traf fast der Schlag, als er die E-Mail las. Your News Alert ›SC16‹. Zum ersten Mal seit Anfang März produzierte das Stichwort ein Resultat. Der kurze Artikel der Onlineausgabe der Amarillo Globe News vom 9. September 2016 lieferte Isler ein weiteres Puzzleteil frei Haus. Die Bekanntmachung des Pentagons informierte in knappen Worten über das Manöver ›Southern Countdown 16‹, das vom Verteidigungsministerium in Zusammenarbeit mit dem Heimatschutzministerium und der Texas National Guard in den nächsten zwölf Tagen im Texas Panhandle durchgeführt würde. Betroffen seien die Counties Potter, Carson, Gray, Randall, Armstrong und Donley. Im Gebiet südlich des U.S.-Highways 287 in Armstrong County könne es zu Verkehrsbehinderungen kommen. Den Anweisungen der beteiligten Behörden sei Folge zu leisten.

Nachdem sie den Test zum dritten Mal wiederholt hatte, gab es keinen Zweifel mehr. Josephina war schwanger! Seit Tim letzten Samstag ihre Wohnung wutentbrannt verlassen hatte, war es zu keinem Gespräch mehr gekommen. Mindestens dreißig Mal hatte sie das Telefon in die Hand genommen und fast seine Nummer gewählt, aber sich nie durchringen können, es wirklich zu tun. Sie saß auf dem Sofa und dachte nach. Zwei Sachen waren ihr klar: Sie wollte Tim heiraten und sie erwartete ein Kind von ihm. Sie konnte sich beim besten Willen nicht vorstellen, dass er sich nicht mehr melden würde. Wahrscheinlich litt er genauso wie sie. Sie griff zum Telefon, legte es dann aber wieder weg. Sie entschied, sich erst einmal selbst an die Neuigkeit zu gewöhnen, bevor sie morgen Tim anrufen wollte.

»Ah, heute im kleinen Schwarzen!«, bemerkte Jacques Maître, Chef der Special Tactical Operations Group.

»Sie scheint auch ein bisschen aufgeregt zu sein«, kommentierte Edward Trust, Leiter der Operation Cosmoculus.

»Kein Wunder, heute ist der große Tag!«

Maître und Trust gingen wie Synchrontänzer näher an den Bildschirm, als Patricia Palmer Paul O'Brien umarmte und ihm lächelnd etwas ins Ohr flüsterte.

»Bitte Ton lauter schalten!«, kommandierte Maître sofort. »… hätte sich wirklich gefreut. Ich denke er wäre jetzt mindestens so aufgeregt wie wir« hallte Patricias Stimme durch den Einsatzraum der STOG bei Luxemburg.

»Ach so, sie redet wohl von diesem …«

»Eugene Moore.«

»Ja, der arme Eugene.« Maître zuckte die Schultern. »Warum musste er auch unbedingt nach Hawaii fliegen, wo er doch ohnehin so stark unter seiner Flugangst litt.«

»Nicht ganz zu Unrecht«, fügte Trust hinzu.

»In der Tat, in der Tat«, meinte Maître nachdenklich. »Wie lange noch bis zur I-Minute?«, fragte er Trust.

»Genau zwei Stunden und zweiundzwanzig Minuten. 8.55 Uhr unserer Zeit.«

»Schön. Frühstück?«

»Gute Idee.«

Maître und Trust verließen den Raum durch die Sicherheitsschleuse.

Alle Vorbereitungen für Excess waren abgeschlossen – auf beiden Seiten des Atlantiks.

Texas im Dunkeln. Europa erwachte.

Es konnte losgehen.

II

27

Samstag, 10. September 2016 I-Minute – 55'

Die vielen Striche auf einem der Bildschirme an Paul O'Briens Arbeitsplatz zeigten die Bewegungsprofile aller in Sandrock lebenden Menschen an. Es hatte ihn eine gute Woche Zeit gekostet, jedem Gesicht den richtigen Namen zuzuordnen. Alle zogen seit dem Start der Aufzeichnungen vor drei Tagen einen dünnen farbigen Strich auf dem Citizen Tracking Screen hinter sich her. Technische Grundlage war eine Gesichtserkennungssoftware, wie sie schon seit Jahren auf vielen großen Flughäfen verwendet wurde. Damit nicht der ganze Bildschirm in einem Farbenmeer versank, wurden nur die Bewegungen der letzten zwölf Stunden angezeigt. O'Brien hatte auch die Möglichkeit, nur die Wege eines einzelnen Bürgers zu verfolgen, seit er vom System zum ersten Mal erfasst worden war. Oder er konnte dem System einen Alarmbefehl geben, wenn Bürger X an einem von ihm definierten Ort ankam oder mit einer bestimmten Person oder Gruppe zusammentraf. O'Brien konnte auch bestimmte Verhaltensweisen zur Generierung einer Alarmmitteilung programmieren. Zum Beispiel, wenn die Gesichter zweier Menschen, die verheiratet waren – allerdings nicht miteinander –, für mehr als fünf Sekunden in einer Kussposition verharrten. Er hatte in den letzten Tagen bereits elf Ehebrecherinnen und Ehebrecher identifiziert. Sehr amüsant fand er, dass sich zwei Ehepaare über Kreuz betrogen, ohne davon zu wissen.

Neben dem Citizen Tracking Screen standen vier weitere Bildschirme an seinem mit Stress Consultant bezeichneten Arbeitsplatz. Er konnte sie in beliebig viele Felder unterteilen. Auf ihnen wurden die Bilder aus den öffentlichen Überwachungskameras und den in die Fernseher eingebauten Kameras dargestellt. Ein Mausklick aktivierte das dazugehörige Mikrofon. Außerdem hatte er die Möglichkeit, alle Bilder aus der Sandrock Correctional Facility aufzuschalten. Sämtliches Material wurde zur späteren Auswertung aufgezeichnet. In zehn Tagen würden von über fünfhundert Kameras einhundertzwanzigtausend Stunden Bild- und Tonmaterial zusammenkommen, zu Analysezwecken wie eine relationale Datenbank nach Stichworten abrufbar: Namen, Orte, Zeiten, Begegnungen, Verhalten und was einem Soziologen sonst noch so einfiel. Alle Bewegungen wurden vom System kontinuierlich in einer Protokolldatei festgehalten.

Obwohl das Experiment noch gar nicht begonnen hatte, glühte sein Kopf vor Aufregung. Der Soziologe Paul O'Brien war in seinem persönlichen Schlaraffenland angekommen.

Wie Paul befanden sich auch alle anderen an ihren Arbeitsplätzen im SitRoom. Experiment Supervisor Oberst Warren überwachte das Team von seinem Podest aus. Sein Jack-Nicholson-Grinsen reichte von einem Ohr bis zum anderen. Weniger wegen des bald beginnenden Experiments. Viel mehr konnte er nicht aufhören, sich über die Naivität seiner Mitarbeiter zu amüsieren. Sie dachten tatsächlich, in zehn Tagen könne man das Experiment beenden, den unfreiwilligen Teilnehmern hunderttausend Dollar geben und damit wäre die Sache geregelt. *Zivilisten!* Er wunderte sich, dass selbst Floyd Landler ihn in den vergangenen dreizehn Monaten kein einziges Mal auf dieses Problem angesprochen hatte. Warren war klar, dass selbst wenn er Excess nicht sabotieren würde, alle wie sie hier im SitRoom saßen, im Knast landen würden. Sein Grinsen beruhte auf seiner Überzeugung, dass in Excess noch eine zweite Ebene verborgen sein musste. *Jemandem* war das Experiment genug wert, über zweihundertfünfzig Menschen in den Tod zu schicken. Warren hatte sich den Kopf zermartert, war aber zu keiner vernünftigen Erklärung gekommen. Alles was er wusste, war, dass Excess mehr war als ein gesellschaftspolitisches Experiment – im schlimmsten Fall war Excess sogar die Tarnung für etwas anderes. Aber was?

Experiment Executive Officer Floyd Landler war in seine Arbeit vertieft. In einer halben Stunde – bei I-Minute minus zwanzig – war es Zeit, die Phase-II-Checkliste der Isolationsvorbereitung durchzugehen. Die Phase-I-Checkliste war bereits vor sechs

Stunden abgehakt worden. Bisher lief alles nach Plan. Sie hatten die verschiedenen Phasen der Isolation in den letzten Tagen wieder und wieder simuliert.

Die echten Fernsehprogramme liefen jetzt nicht mehr aus dem Kabelnetz in die Fernseher. Das Hauptkabel aus dem öffentlichen Netz endete im redundant ausgelegten Mediencomputer des SitRooms. Dort wurden alle Programme zehn Sekunden zwischengespeichert und anschließend ins ›Sandrocknet‹ eingespeist.

Unbehagen bereitete Landler die Tatsache, dass sich einunddreißig Bürger noch außerhalb der Experimentzone befanden. Diese wurde durch einen Fünf-Meilen-Radius um das Zentrum des Dorfs definiert. Die Grenze – Demarkationslinie der Realität, wie Warren sie nannte – überwachten im Abstand von zweihundert Metern aufgestellte Bewegungsmelder. Das Quarantänezentrum für die mit echten Nachrichten kontaminierten Personen hatte eine Aufnahmekapazität für nur zwanzig Personen – im Notfall würde man improvisieren müssen.

»Drohnen zur Störung der Satellitensignale in Position.« Der Airborne Vehicles and Airspace Manager klickte auf seine elektronische Checkliste. ›In Position‹ bedeutete, dass sie ab jetzt in einer Höhe von fünfundvierzigtausend Fuß über Sandrock kreisten. Im Moment der Isolation würden sie mit ihren Störsignalen den Empfang von Satellitensignalen in der Experimentzone verhindern. Die Sperrung des Luftraums in einem Umkreis von zehn Meilen um Sandrock bis zu einer Höhe von zehntausend Fuß hatte um Mitternacht begonnen. Am nächsten Tag würde die Sperrung auf einen Umkreis von dreißig Meilen und bis in eine unlimitierte Höhe erweitert werden. Begründung nach außen war die Übung Southern Countdown 16.

Das Manöver war seit gestern Mittag im Gang. Die wenigen Truppen in der Experimentzone gehörten alle zu Landlers Global Planning and Execution Corporation und nicht zum Verteidigungsministerium, dem Heimatschutzministerium oder der Texas National Guard. Fünf von ihnen befanden sich im Don's und streuten unter den Gästen Desinformationsfetzen über den Inhalt des nordtexanischen Manövers. Sie hatten den Auftrag, sich nach der Isolation aus dem Dorf zurückzuziehen, um die Peripherie der Experimentzone zu überwachen.

Kurz nach 1 Uhr. Tim ›Silk‹ Lewis war müde und zufrieden. Er zog ernsthaft in Erwägung, Don's am Freitag und Samstag in Zukunft länger geöffnet zu lassen. Er stützte – Wirtegeste – beide Hände auf die Bar und bat die letzten sieben Gäste freundlich zu gehen. »Hey Leute, sorry aber der Laden macht zu.«

Die fünf Soldaten der Texas National Guard prosteten sich noch einmal zu und ließen das restliche Bier aus den Flaschen in ihre Kehlen laufen.

»Dann ab ins Bett«, kommandierte einer unüberhörbar und stand auf.

»Du meinst wohl in den verdammten Schlafsack«, sagte ein anderer und rülpste laut.

Sie blickten kurz zu Tim, nickten und verschwanden durch die Tür stiefelstapfend in die Nacht.

Nur zwei seiner treuesten Stammgäste waren noch nicht gegangen – Fred ›Sherlock‹ Reilly und Pit ›Palito‹ Cooper. Sie saßen nicht wie sonst an der Bar, sondern hatten sich den ganzen Abend an einem Ecktisch des Lokals unterhalten – über Reillys letzte Verschwörungstheorie, wie Tim vermutete. Er schnappte drei Stamper vom Regal und füllte sie mit Whiskey. Mit den Gläsern zwischen den Fingern ging er an ihren Tisch und stellte sie ab. »Hey, ihr zwei Vögel. Geht aufs Haus. Auf ex!«

Erschrocken blickten sie zu Tim.

»Hast du was gehört?«, fragte Reilly. Cooper kickte ihm unter dem Tisch ans Schienbein.

»Was?« Tim verstand nicht. »Also was jetzt? Auf ex habe ich gesagt und dann raus hier!«

Sie prosteten sich zu, leerten die Schnapsgläser und stellten sie mit einem lauten Klacken wieder auf der Tischplatte ab. Mit einem Handgriff sammelte Tim die Gläser der beiden ein. »Und jetzt meine Herren – ihr wisst ja, wo der Ausgang ist. Ihr könnt morgen zahlen. Ist alles aufgeschrieben.« Hauptsache sie waren draußen und er konnte endlich aufräumen. Seinen Mitarbeiter Joe hatte er bereits nach Hause geschickt; als selbständiger Unternehmer musste Tim hart kalkulieren.

Reilly und Cooper stemmten sich von den Stühlen hoch, als müssten sie heute mehr Schwerkraft überwinden als sonst.

»Also dann.« Reilly blickte Tim in die Augen. »Alles Gute!« Cooper versetzte ihm einen Stoß und schaute Tim mit einem entschuldigenden Kopfschütteln an. »Bisschen melancholisch heute der Gute – Probleme mit der Alten.«

»Gute Nacht dann.« Tim öffnete die Tür und atmete erleichtert auf, als er sie hinter ihnen zusperren konnte. Noch einmal mobilisierte er im jetzt totenstillen Lokal seine Energien. Er holte ein großes Tablett, ging von Tisch zu Tisch, räumte ab, stellte das Tablett auf die Bar und verteilte Flaschen, Gläser und Müll in Kästen, Spülmaschine und Abfalleimer. Nach drei Runden waren alle Tische leer geräumt. Er ließ die Spülmaschine laufen und wanderte mit einem kleinen Eimer und Putzlappen von Tisch zu Tisch und wischte sie ab. Dann stellte er die Stühle mit der Sitzfläche nach unten auf die Tischplatten und kehrte mit einem großen Besen einmal durch das ganze Lokal. Mit routinierten Handgriffen füllte er die Kühlfächer mit neuen Flaschen auf. Er stellte die mit Leergut gefüllten Kästen in den Lagerraum, räumte die Arbeitsfläche an der Bar auf, schnappte sich den gut gefüllten Geldbeutel und schaltete die Lichter aus. Endlich Zeit, nach Hause zu gehen.

Nachdem er die Tür von außen verschlossen hatte, lockerte er wie nach einem Basketballspiel mit ein paar Dehnübungen seine angespannten Arm- und Nackenmuskeln. Er deutete ein paar Laufschritte an, atmete tief ein und einige Male stoßweise aus und schlenderte dann, ein Lied vor sich hinsummend, die hundert Meter zu seinem Haus. Zufrieden sog er die kühle, klare Luft in sich auf. Nur das Zirpen der Grillen und das Knirschen seiner Stiefel durchbrachen die Ruhe der Nacht. Oft haderte er mit der Enge und Abgelegenheit von Sandrock – er würde nicht ewig hier bleiben, dafür war er mit seinen dreißig Jahren zu jung – aber in Momenten wie diesen ließ er das Gefühl des Friedens gerne auf sich einwirken.

28

Samstag, 10. September 2016 I-Minute – 33'

Zweihundert Kilometer westlich von Sumatra, fünfundzwanzig Kilometer unter dem Meeresspiegel. Die indisch-australische Platte hielt es für angebracht, sich ruckartig ein kleines Stück unter die eurasische Platte zu schieben. Die Folge war ein Seebeben der Stärke 8,2.

Bereits fünf Minuten später verbreitete das US Geological Services Earth Quake Network eine Blitzmeldung an Nachrichtenagenturen und Medien. Möglicherweise müsse in bestimmten Küstengebieten entlang des indischen Ozeans und im pazifischen Raum mit einem Tsunami gerechnet werden.

Um sich im Fall tödlicher Konsequenzen nicht mitschuldig zu machen oder um den Zuschauern einen Kick zu versetzen, entschieden viele Chefs vom Dienst in TV- und Radiostationen rund um die Welt, das reguläre Programm für eine Sondermeldung zu unterbrechen.

Zwölf Minuten nach dem Seebeben. Noch eine Minute bis zum Beginn der Isolationsvorbereitung zum Phase-II-Check. Auf fünf Bildschirmen, die unter der Decke an der Wand angebracht waren, liefen die Programme der großen US-Sender. Bis jetzt war die gesamte Einleitung der Isolation Sandrocks vom Rest der Welt nach Plan verlaufen. Im SitRoom verbargen die meisten ihre Nervosität hinter ostentativer Gelassenheit.

Oberst Warren stand auf und klatschte zweimal in die Hände; die Anspannung nagte nun selbst an seinen Veteranennerven. »Floyd?«, bat Warren den Experiment Executive Officer mit hochgezogenen Augenbrauen um den nächsten Schritt. »Ruhe jetzt bitte!«, mahnte er Konzentration an.

Media Coordinator Patricia Palmer und Stress Consultant Paul O'Brien hatten keine unmittelbar mit der Isolation in Zusammenhang stehenden Aufgaben. Sie beobachteten mit Spannung das Geschehen.

Alle hatten ein Headset am rechten Ohr befestigt und waren über Funk miteinander verbunden. Landler rief die Checkliste im System auf. Jedes erledigte Element wurde durch einen grünen Punkt markiert. Alle konnten an ihren Arbeitsplätzen auf einem Bildschirm den Fortgang mitverfolgen.

»Isolationsvorbereitung Phase II«, begann Landler. »Stromgeneratoren?«

»Stromgeneratoren in Betrieb, Reservegeneratoren einsatzbereit«, antwortete der zuständige Mitarbeiter.

Landler klickte ›Stromgeneratoren‹ am Bildschirm an und ein grüner Punkt erschien neben der Zeile der Checkliste. »Kabelfernsehenisolation?«

»Kabelfernsehenisolation bereit, Sendersequenz auf Automatik.« Der zweite grüne Punkt. In den nächsten Minuten wurde die ganze Checkliste abgehakt. Kabelradioisolation. Drohnen zur Störung der Satellitensignale. Einrichtung zur Störung terrestrischer Funksignale. Isolation der Funktelefonantennen. Isolation von Telefon- und Datennetz. Quarantänestation für Spätrückkehrer. Datenaufzeichnung. Betäubungsgasbehälter. Nachdem er den letzten Punkt angeklickt hatte, wurde die Checkliste durch einen grünen Rahmen als erfolgreich abgeschlossen gekennzeichnet. Alle Komponenten waren in Betrieb oder bereit, zum Zeitpunkt der Isolation aktiviert zu werden.

»Phase II beendet. Siebzehn Minuten bis Isolation«, meldete Landler.

Patricia Palmer tigerte nervös hin und her. Sie waren nicht über den Berg, solange die Isolation nicht abgeschlossen war.

Paul O'Brien zappte sich weiter durch die Bilder der Überwachungskameras.

»Faszinierend!« Patricia stellte sich hinter ihn und schüttelte den Kopf.

»Fühle mich wie Alice im Wunderland. Nervös?«, fragte O'Brien.

»Sehr. Ich bin froh, wenn wir es hinter uns haben.«

Typisch Zivilisten, erst große Töne spucken und dann den Schwanz einziehen wenn's ernst wird, dachte Warren abschätzig. Er stand auf und ging zu den beiden. »Na? Sind wir ein bisschen nervös?«

»Sie sagen es, Oberst.« Patricia errötete.

»Wird sich gleich legen. Sobald die ersten Schüsse gefallen sind, beginnt man sich an den Lärm zu gewöhnen«, entgegnete er mit breitem Grinsen. *Ihr werdet euch noch wundern.*

»Ja, sicher. Wenn es nur endlich losgehen könnte.«

Warren blickte auf die Uhr. »Noch dreizehn Minuten!«

Floyd Landler rollte nervös mit seinem Bürostuhl hin und her, als das Programm von NBC auf einmal vom Bildschirm verschwand. Der ganze SitRoom erstarrte. War das Programm ausgefallen? Im nächsten Moment wurden die schlimmsten Befürchtungen bestätigt. Vor dunklem Hintergrund erschienen marmorne Buchstaben und formierten sich zu *Breaking News.* Noch zehn Sekunden. Dann würde man in Sandrock dasselbe sehen.

Neun.

Acht.

Warren betrachtete Landler wie ein Fluglehrer seinen Schüler. Er wollte ihm noch einen Augenblick Zeit geben, selbst zu reagieren, bevor er eingriff.

Sieben.

Jetzt unterbrach auch CNN das Programm.

Sechs.

»NOTFALLISOLATION!« schrie Warren in den Raum. »ALLE SENDER JETZT!«

Fünf.

»ISOLATION PHASE III!«, begann Landler endlich.

Vier.

»Kabelfernsehenisolation, manuell, alle Hauptsender!« In Landlers Stimme schwang Konsternation mit. Wie beim Telefongespräch mit dem Flugzeughändler Miller hatte er versagt.

Drei.

»Kabelfernsehenisolation aktiviert, Sequenz manuell, alle Hauptsender aktiviert«, reagierte der Sendermanager sofort und drückte auf den roten Notknopf. Keine Reaktion. Juan ›Gonzo‹ Gonzalez hatte vor einer Woche vergessen, diese Funktion zu testen. Der Knopf war nicht verdrahtet und lugte sinnlos aus der Tischplatte. Alle blickten auf die fünf Bildschirme.

Zwei.

»Dann mach es mit der Maus, verdammt!«, schrie Landler den Sendermanager an.

Shit! Paul O'Brien hielt die Hände über den Kopf. Sollte es doch noch schief gehen? Auf einem seiner Monitore konnte er das Bild sehen, wie es sich auf den Fernsehern in Sandrock darstellte.

Eins.

Der Sendermanager fuchtelte nervös mit der Maus auf dem Bildschirm umher und begann zu klicken.

Null. Die *echten* NBC Breaking News kamen in Sandrock an – das Seebeben vor Sumatra.

O'Brien sah, wie der NBC-Bildschirm schwarz wurde. Dann, wie zehn Sekunden vorher im SitRoom der Schriftzug *Breaking News*.

Plus eins. Erst jetzt begannen die vom Sendermanager aktivierten Laufwerke der Grafikserver zu rattern.

Plus vier. O'Brien sah, wie die Schrift verschwand und eine schwarze Nachrichtensprecherin auf dem Bildschirm erschien. Einen Moment lang blickte sie schweigend in die Kamera. Jetzt endlich startete das Excess-Medienszenario. Wieder wurde der NBC-Bildschirm schwarz und marmorne Buchstaben kündigten eine Eilmeldung an – die ersten Sekunden des gefälschten Programms. Zeitgleich die anderen vier Sender.

Aufatmen im SitRoom.

Sofort machte Landler mit der Checkliste weiter. Kabelradio isoliert. Satellitenstörsignal der Drohnen aktiviert. Terrestrischer Störsender aktiviert. Funktelefonantennen abgeschaltet. Telefon- und Datennetze abgeschaltet. Experimentzone abgeriegelt – die Truppen an der Peripherie erhielten den Befehl zur Sperrung der einzigen Zufahrtsstraße. Urknall – ferngezündet. Nach drei Sekunden erreichten die Schallwellen der Explosion den Keller des SitRoom und verbreiteten eine Atmosphäre von Krieg.

Landler klickte den letzten Punkt der Checkliste an. Sie erschien grün eingerahmt auf dem Bildschirm. »Isolation abgeschlossen!«, verkündete er. »1.43 Uhr.« Zwölf Minuten früher als geplant. Er notierte die Zeit im Protokoll.

Die Programme waren so aufgezeichnet worden, dass in den ersten vier Stunden keine minutengenauen Zeitangaben gemacht wurden – Palmers weise Voraussicht. Die aktuelle Uhrzeit wurde aus dem SitRoom direkt in die Programme eingeblendet. Bis 6 Uhr würden die Programme während gezielten Stromunterbrechungen wieder zeitsynchronisiert werden.

Mit jeder Sekunde driftete Planet Sandrock tiefer ins Dunkel des Excess-Universums.

29

Samstag, 10. September 2016, 02.17 CDT (Sommerzeit zentrale Zeitzone USA) 09.17 MESZ

Aus dem Bus drangen stampfende Rhythmen und Gejohle. Der glatzköpfige Söldner von Global Planning and Execution Corporation sah einige der Passagiere die Köpfe gegen die Fenster gelehnt, schlafen. Zischend öffnete sich die vordere rechte Tür, nachdem der Bus angehalten hatte. Die Musik schallte ihm jetzt fast mit Diskolautstärke ans Ohr. Der Söldner verzog das Gesicht. Der Fahrer beugte sich nach rechts und drehte die Lautstärke runter, was Protestgeschrei der jungen Passagiere nach sich zog.

»Texas National Guard. Woher kommen Sie?«, fragte der Söldner.

»Amarillo«, antwortete der Fahrer verdutzt. Er hatte zwar vom Manöver gehört, das in diesen Tagen in der Gegend stattfand, sah sich aber zum ersten Mal mit einer Straßensperre konfrontiert.

»Motor ausschalten«, wies der Söldner an. Zwei andere standen vor dem Nagelbrett, das auf der Zufahrtsstraße nach Sandrock lag – fünf Meilen vor dem Dorf, drei Meilen südwestlich der Abzweigung von der 287. Sturmgewehre hingen über ihren Schultern. »Wie viele Passagiere?«

»Einunddreißig.«

»Wohnen alle in Sandrock?«

Der Fahrer griff zum Mikrofon und fragte die unruhig werdenden Mitfahrer, ob jemand nicht in Sandrock wohne. Keine Reaktion. Der Söldner nickte zufrieden.

»Was ist los? Das Manöver?«, erkundigte sich der Fahrer.

»Warten Sie hier«, war alles, was er zur Antwort bekam. Der Söldner verschwand in der Dunkelheit neben der Straße. Über Funk nahm er Kontakt zum SitRoom auf. Er erklärte die Situation.

Nach Rücksprache mit Warren wies Landler den Söldner an, den Fahrer zu fragen, ob sie seit der Abfahrt aus Amarillo Nachrichten im Radio gehört hatten. Der Söldner ging wieder zum Bus.

»Haben Sie während der ganzen Fahrt Musik gehört?«

Der Fahrer bejahte.

»Keine Nachrichten?«

»Nein – ich sagte doch, nur diese Musik.«

Wieder funkte der Söldner zum SitRoom. Landler stellte zufrieden fest, dass die Insassen des Busses nicht mit den Tsunami-Nachrichten kontaminiert waren. Er gab dem Söldner genaue Instruktionen. Dieser bestätigte, wies seinen Kollegen an, die Straße freizugeben, und stieg in den Bus. »Okay, Abfahrt«, sagte er zum Fahrer. Fünf Minuten später in Sandrock angekommen, ließ er die Passagiere aussteigen und begleitete den Bus zurück zur Straßensperre, wo er sich verabschiedete und ausstieg.

Nachdem Fred Reilly und Pit Cooper Don's verlassen hatten, gingen sie zu Reilly, schalteten den Fernseher ein und wählten NBC. Eine halbe Stunde später war eingetreten, was der Mann aus dem Pentagon eine Woche zuvor prophezeit hatte. Schnell hatten sie die Wiederholung des Breaking-News-Vorspanns und die nur für Sekunden im Bild erscheinende schwarze Sprecherin vergessen. Die Mahnung, sich Vorauswissen nicht anmerken zu lassen nicht erinnernd, schüttelten sie fassungslos die Köpfe. Reilly wiederholte immer wieder in getragenem Ton »Palito! Es ist soweit, die Weltrevolution hat begonnen! Er hat die Wahrheit gesagt! Ein historischer Moment!«

Paul O'Brien hatte davon nichts mitbekommen, weil er das Mikrofon in einem anderen Wohnzimmer aktiviert hatte. Nur bei einer genauen Analyse der Aufzeichnung würde man das seltsame Verhalten der beiden entdecken können.

Die laute Explosion irgendwo in der Nähe von Sandrock – die Fenster hatten in ihren Rahmen geklirrt –, hatte Fred Reillys Frau Tiffany aus dem Bett geholt. Irritiert kam sie im Bademantel ins Wohnzimmer gewankt. Auf ihre Frage, was los sei, hatte Reilly die

Explosion in London-Heathrow erwähnt. Die Explosion vor Ort war nicht ins Bewusstsein der beiden vorgedrungen. Reilly hatte zu seiner Frau gesagt, sie solle wach bleiben, vielleicht passiere noch mehr. Sie hatte verständnislos den Kopf geschüttelt und war wieder ins Bett gegangen.

Jetzt standen Reilly und Cooper hinter dem Sportplatz und suchten mit zwei Taschenlampen bewaffnet nach dem Caloptechnic. Sie zitterten vor Aufregung. Die Weltrevolution war in vollem Gang und ihnen fiel die verantwortungsvolle Aufgabe zu, in Sandrock die Konterrevolution zu leiten!

Oberst Warren hatte den Caloptechnic, nachdem Sandrock isoliert war, aus dem Fenster seines Schlafzimmers im ersten Stock des Excess Headquarters gestartet. Leise surrend war der nur wenige Gramm leichte Flugroboter davongeflogen. Warren hatte ihn gerade noch nach rechts zu seiner Destination drehen sehen, bevor er in der Nacht verschwand. Zehn Minuten später hatte der Caloptechnic nach fünf Meilen Flug seinen Landeplatz westlich des Sportplatzes erreicht. Nun lag er auf dem Rücken zwischen zwei Pinchots Wacholderbüschen.

Nach einer geschlagenen Stunde tauchte der Caloptechnic wie eine Erscheinung im Lichtkegel von Coopers Taschenlampe auf. »Das gibt's doch nicht«, flüsterte er. Reilly, der zwanzig Meter weiter südlich den Boden absuchte, merkte nichts von der Entdeckung seines Freundes.

»Das gibt's doch nicht!«, wiederholte Cooper. Er ging in die Hocke und bewegte seine Hand vorsichtig zum Caloptechnic.

»Hast du was gefunden?« Reilly eilte herbei.

»Schau!«

Bewegungslos lag der nur zehn Zentimeter lange Flugroboter im Schein der beiden Taschenlampen auf dem Steppenboden. Ehrfürchtig beäugten die beiden das Ding. Schließlich griff Cooper zu und hob den Caloptechnic vom Boden auf.

»Aufschrauben, Zeitpunkt X merken, Insekt am Boden zerstampfen und vergraben«, erinnerte Reilly sich an die Instruktionen des Offiziers aus dem Pentagon.

»Wo er wohl jetzt gerade ist?«, fragte Cooper.

»Wer?«

»Na der Konterrevolutions … koordinator!«

»Ich vermute, er bereitet sich in Washington darauf vor, das Weiße Haus mit seinen Truppen einzunehmen, um die Hochverräterin vor ein Kriegsgericht zu stellen«, antwortete Reilly mit vielsagendem Nicken und erhobenem Zeigefinger. Cooper nickte, schraubte den Caloptechnic auf und zog das kleine Stück Plastik heraus. Darauf stand mit schwarzem Filzstift Datum und Uhrzeit geschrieben. Sie steckten ihre Köpfe zusammen und starrten auf das kleine Teil, das in Coopers Hand zitterte.

»Der Zeitpunkt X!« Reilly erschauderte.

»Ja«, flüsterte Cooper.

Nachdem sie sich die Information gemerkt hatten, traten sie mehrmals auf den Caloptechnic, als müssten sie ihn töten, und verscharrten ihn im Boden. Dann stiegen sie in Coopers alten Toyota und fuhren zu Reillys Haus zurück. Als sie den Fernseher einschalteten, hatte sich die Lage bereits wesentlich verschärft.

»… hat nun das Heimatschutzministerium die Terrorwarnstufe auf Rot erhöht. Eine bisher unbekannte terroristische Vereinigung mit dem Namen ›Kampfgruppe 9/11‹, die sich zum Anschlag auf den Flughafen London-Heathrow bekannt hat, bei dem, wie wir inzwischen wissen, mehr als einhundert Menschen ums Leben gekommen sind, hat einen Drohbrief an verschiedene TV-Sender in Europa und den USA gesendet. Darin heißt es, ich zitiere, die dekadente westliche Welt wird ihrer gerechten Strafe nicht entgehen und in einem Bombenteppich sterben, der von Küste zu Küste, vom Berg ins Tal und von der Großstadt bis ins Dorf reicht. Das Heimatschutzministerium hat aus diesem Anlass die Medien gebeten, folgende Mitteilung an die Bürgerinnen und Bürger der USA zu verbreiten.«

Ein Text begann über den Bildschirm zu rollen. Der Moderator las vor. »Liebe Mitbürgerinnen und Mitbürger! Unser Land wird von terroristischen Elementen bedroht. Deshalb hat das Heimatschutzministerium die höchste Terrorwarnstufe ausgerufen. Der

Anschlag auf den Flughafen London-Heathrow und neueste Erkenntnisse der Geheimdienste zeigen, dass eine akute Gefährdungslage besteht. Aus diesem Grund sind wir gezwungen, Sofortmaßnahmen zu ergreifen, um Ihre Sicherheit zu gewährleisten. Kommunikation über Telefon, Internet und andere Mittel ist ab sofort nicht mehr in vollem Umfang möglich. Da die Terroristen diese Mittel benutzen, um ihre Anschläge zu koordinieren, ist dies ein essentieller Schritt zu Aufrechterhaltung Ihrer Sicherheit. Bis zu einer Entspannung der Lage müssen wir außerdem die Reisefreiheit vorübergehend einschränken. Wir bitten Sie, morgen zuhause zu bleiben. Tätigen Sie nur die zu Ihrer Versorgung mit den Gütern des täglichen Bedarfs unbedingt notwendigen Gänge. Achten Sie dabei darauf, sich nur innerhalb Ihrer Stadt oder Ihres Quartiers zu bewegen. Nur Personen, deren Arbeit für die Aufrechterhaltung öffentlichen Ordnung essentiell ist, sollen ihren Arbeitsplatz aufsuchen. Dazu folgen im Anschluss genaue Erläuterungen. Truppen der Nationalgarde wurden angewiesen, im ganzen Land Straßenblockaden zu errichten. Wer keine essentiellen Funktionen hat, kann diese Blockaden nur mit einem vom Heimatschutz- oder Verteidigungsministerium ausgestellten Passierschein durchqueren. Keine Passierscheine benötigen alle zur Aufrechterhaltung der nationalen Sicherheit notwendigen Behörden und ihre Mitarbeiter, sowie medizinisches Personal im Notfalleinsatz. Falls Sie sich zur Zeit auf dem Weg nach Hause befinden ist es möglich, dass Sie aufgehalten werden und nicht sofort weiterreisen können. Wir bitten Sie, den Anweisungen von Polizei, FEMA, Militär, Nationalgarde und Heimatschutzministerium strikte Folge zu leisten. Alle Maßnahmen wurden nur im Interesse Ihrer Sicherheit getroffen. Soweit die aktuelle Mitteilung des Heimatschutzministeriums. Wie wir soeben erfahren, wird es in den nächsten Stunden eine Pressekonferenz der Behörde geben, um diese Maßnahmen zu erläutern.«

Der Moderator machte eine Pause. Die Kamera zoomte auf sein Gesicht. »Die Welt hat sich in den letzten zwei Stunden verändert. Wir blicken mit Unglauben und Schrecken auf die Nachrichten, die uns in dieser Nacht überwältigen. Aber wir werden den Glauben nicht verlieren. Den Glauben, dass das Böse letztendlich nicht siegen wird.« Er blickte zu seiner Kollegin. »Judith?«

Sie nickte mit dem Kopf und presste die Lippen zusammen. Dann atmete sie tief durch. »Für alle, die erst in den letzten Minuten den Fernseher eingeschaltet haben, jetzt eine kurze Zusammenfassung der Ereignisse …«

Reilly hatte in der Zwischenzeit seine Frau Tiffany aus dem Bett geholt. Sie saß verstört neben ihrem Mann. »Mein Gott, das darf nicht wahr sein! Ich muss sofort meine Eltern anrufen!« Sie griff zum Telefon und wählte eine Nummer in Houston. »Es tut uns leid, Ihnen mitzuteilen, dass eine Verbindung zur von Ihnen gewählten Nummer zurzeit nicht möglich ist«, tönte es aus dem Hörer. »Sie haben bereits das Telefon abgeschaltet«, stellte Tiffany resigniert fest. Kurz darauf läutete es. Coopers Frau Ashley war am Apparat. Innerhalb von Sandrock waren die Anschlüsse nicht unterbrochen worden. Cooper versprach seiner Frau, bald nach Hause zu kommen.

Einige Minuten später verstummte der Fernseher und die Lichter im Haus erloschen.

»Was ist?« Tiffanys Stimme bebte. Die Situation fing an, zu einer nervlichen Belastung zu werden. Reilly ertastete die auf dem Wohnzimmertisch liegende Taschenlampe und schaltete sie ein. »Ich geh mal zum Sicherungskasten.«

»Nein geh nicht.« Tiffany begann zu weinen. »Palito kann doch gehen.«

Reilly gab Cooper die Taschenlampe und erklärte ihm, wo der Kasten hing. Dann setzte er sich neben Tiffany und nahm sie in den Arm. »Ganz ruhig. Wir werden das in den Griff kriegen. Niemand wird ungestraft davonkommen«, flüsterte er und drückte sie fest an sich.

30

Samstag, 10. September 2016
04.31 CDT / 11.31 MESZ

Pater Aurelius blickte David Isler wortlos an. Minutenlang saßen sie sich schweigend gegenüber. Zwischendurch schüttelte der Pater den Kopf und murmelte etwas Unverständliches. Isler wartete geduldig, bis das Gespräch weiterging. Manchmal lächelten sie sich zu; in diesen Minuten gab es nichts zu sagen. Das Gesagte musste verarbeitet werden.

»Gebe Gott, dass Sie diesmal nicht recht haben, David«, meinte Pate Aurelius schließlich und nickte nachdenklich mit dem Kopf. Sein schlohweißes Haar wippte phasenverschoben nach.

Auf dem Tisch in der Stube des Paters lag ein großes Blatt Papier. gewagte Thesen über eine gewagte Machtergreifung hatte Isler es betitelt. Entlang des unteren Rands des quer liegenden Blatts verlief eine Zeitachse. Sie reichte von 2015 bis in eine unbestimmte Zukunft – irgendwann. Den größten Raum nahmen die Jahre 2015, 2016 und der Anfang des Jahres 2017 ein. Am linken Rand stand oben Beobachtungen, in der Mitte Thesen und darunter Strategeme. Dem Betrachter präsentierte sich eine Darstellung, die auf der linken Seite harmlos begann und rechts im ultimativen politischen Größenwahn eskalierte. Die an zahlreichen Stellen vorkommenden Fragezeichen manifestierten die Unsicherheiten, mit denen das von Isler entworfene Thesengebäude behaftet war.

»Die gesamte Lebenserfahrung eines normalen, rechtschaffenen Menschen scheint gegen das zu sprechen, was Sie hier aufgezeichnet haben.« Pater Aurelius fuhr mit der Hand über das Blatt.

Isler nickte.

»Es scheint verrückt. Geradezu wahnsinnig.« Der Pater schüttelte den Kopf, das Haar wippte nach. »Aber die Geschichte zeigt – es hat sie gegeben. Die Wahnsinnigen, die Rücksichtslosen, die Anmaßenden, die aus purer Machtversessenheit nach einem Imperium strebten, das sich vom einen Ende der Welt zum anderen erstreckt. So groß, dass die Sonne über ihrem Reich nie untergehen sollte.« Er blickte Isler in die Augen. »Und es wird sie wieder geben.«

Er schmunzelte. »Manche werden heute als Helden gesehen. Kommt immer darauf an, wer gerade die Macht hat, die Geschichtsinterpretation zu dominieren. Das ändert sich alle paar Jahrzehnte.«

Sie lachten.

»Ja, David, manchmal muss man lachen, um nicht zu weinen. Vielleicht ist heute wieder so ein Tag.«

Seine eigenen Überlegungen verunsicherten Isler. Vielleicht hatte er sich in etwas verrannt. Außer ihm und dem Pater wusste niemand, was er vermutete. Nicht der SND. Schon gar nicht der Bundesrat. Wahrscheinlich würde man ihn für verrückt erklären. »Wie wahrscheinlich …«, setzte Isler an.

»Nur Gott kennt die Antwort.« Pater Aurelius winkte ab. »Fragen Sie nicht mich. Gott hat Ihnen einen starken Verstand mit auf den Weg gegeben. Sie haben viel daraus gemacht. Und Sie haben das Herz am rechten Fleck.« Er bewegt den Kopf langsam hin und her, als er überlegte. »Vielleicht ist das schon die Antwort, David.«

Texas Army National Guard First Sergeant Abdiel Ricardo, mit einem erheblichen Betrag aus dem Excess-Budget gekauft, rauchte gemütlich die Zigarette fertig. Dann schlenderte er in den ersten Stock der vor Jahren stillgelegten Kaserne, wenige Meilen südlich von Amarillo gelegen. Er und seine Truppe waren die einzigen Personen im Gebäude. Er rief sich noch einmal seine Mission in Erinnerung. Eine Minute blieb er vor der Tür zum Schlafsaal stehen, in dem sich die zehn Männer und drei Frauen vom langen Marsch des Vortags in tiefem Schlaf regenerierten. Alle waren Reservisten, die vor zwei Tagen ihren Wiederholungskurs mit dem Manöver Southern Countdown 16 begonnen hatten. Dann riss er die Tür auf, schaltete das Licht an und brüllte in den Raum: »GRUPPE SANCHEZ AUFSTEHEN! IN ZEHN MINUTEN BESAMMLUNG IN VOLLPACKUNG IM AUFENTHALTSRAUM!«

Private First Class Hector Sanchez, der sein Bett direkt neben der Tür hatte, hielt sich abwechselnd die Hände vor die Augen und die Ohren. »Hey, Abdiel, das kannst du doch nicht ernst meinen. Wir sind gestern fünfundzwanzig Meilen marschiert und wirklich keine Elitetruppe, Mann. Außerdem heißt die Übung Comfort und nicht Stress, oder? Verstehst du? Ricky hatte gestern fast …«

»ES GIBT KEINE ÜBUNG SOUTHERN COUNTDOWN MEHR, DU SCHLAPPSCHWANZ, DER VERDAMMTE ERNSTFALL IST EINGETRETEN! IHR HABT NOCH NEUN MINUTEN!« Ricardo trat näher an Sanchez' Bett. »PRIVATE SANCHEZ, ICH ZIEHE SIE PERSÖNLICH ZUR VERANTWORTUNG UND BRINGE SIE VORS KRIEGSGERICHT, WENN DIE BESAMMLUNG NICHT AUF DIE MINUTE PÜNKTLICH KLAPPT!«

»Okay, okay!«, beschwichtigte Sanchez seinen Vorgesetzten, während er sich aus dem Bett rollte. Dann brüllte er in den Raum: »GRUPPE SANCHEZ, JETZT RAUS IHR VERDAMMTEN SCHLAPPSCHWÄNZE!« Er wollte nicht vor dem Kriegsgericht enden. Obwohl er das mit dem Ernstfall nicht glaubte.

Zehn Minuten später befanden sich alle im Aufenthaltsraum der Kaserne. »Gruppe Sanchez vollzählig angetreten«, meldete Sanchez seinem Vorgesetzten Ricardo salutierend.

»Ruh'n! Setzen Sie sich hin und schauen Sie sich das an.« Ricardo schaltete den Ton des Fernsehers ein. Das Gerät war über eine nur für diesen Zweck gelegte Feldleitung mit dem fünfundvierzig Meilen entfernten SitRoom verbunden. Die Kaserne selbst verfügte, mit Ausnahme dieses einen Gerätes, weder über Fernseher, Radio oder Internetanschluss.

Warren hatte während der Vorbereitung die Idee gehabt, dass auch die sich in Sandrock aufhaltenden Truppen das Excess-Szenario für authentisch halten mussten. Nur so würden sie sich bei Kontakt mit der Bevölkerung nicht durch unbedachte Bemerkungen verraten. Deshalb waren die für den Einsatz in Sandrock vorgesehenen zwölf Personen am Vorabend des I-Days in diese stillgelegt Kaserne gebracht worden. Handys, Radios, Taschenfernseher und andere Dinge, um Verbindung mit der Außenwelt herzustellen, hatten alle bei Beginn des Manövers abgeben müssen. Nur ihr Vorgesetzter Ricardo wusste Bescheid.

Ricardo schaltete ein paar Mal zwischen den verschiedenen Nachrichtensendern hin und her. Niemand sollte auf die Idee kommen, es handle sich um einen Teil des Manövers. Nach zwanzig Minuten ›Nachrichten‹, die die Gruppe Sanchez mit ungläubigem Staunen verfolgte, schaltete er den Ton wieder weg und hielt ein Stück Papier hoch.

»Meine Damen und Herren, die Präsidentin ist offenbar kurz davor, den nationalen Notstand auszurufen. Dies ist eine sehr ernste Situation. Ich denke, es ist überflüssig zu erwähnen, dass die Übung Southern Countdown 16 abgebrochen wurde. Das Adjutant General Department hat mir mitgeteilt, dass die Gruppe Sanchez den Auftrag hat, die Sicherheit in einem Dorf namens«, er tat, als suche er auf dem Papier, »Sandrock in Armstrong County zu gewährleisten.« Er blickte zu Sanchez. »Man ist sich in Austin wohl bewusst, Private First Class Sanchez, dass es sich bei euch nicht um Elitetruppen handelt. Deshalb werdet ihr auch nicht für eine der großen Städte eingeteilt. In Dallas und Houston soll schon die Hölle los sein. In den nächsten Minuten wird ein EH101-Helikopter auf dem Vorplatz landen, um Sie nach Sandrock zu bringen. Ich selbst werde nicht mitkommen, da ich in den Stab nach Austin zurückbeordert wurde. Sanchez! Sie sind in Sandrock auf sich gestellt. Im Helikopter befindet sich die Ausrüstung die Sie brauchen. Drei oder vier Zelte, die Sie sofort nach Ihrer Ankunft am Rand des Dorfs aufstellen werden. Einige Funkgeräte, Lebensmittel, Wasser, Munition. Sobald Sie in Sandrock angekommen sind, melden Sie Ihre Ankunftszeit über Funk auf der eingestellten Frequenz. Fragen?«

»Wie lange …«, begann Sanchez.

»Ich weiß es nicht, Sanchez. Wir schrammen am Rand eines nationalen Notstands entlang und keiner weiß, was passieren wird.« In der Ferne hörte man das Knattern von Rotoren, die den sich im Sinkflug befindlichen Helikopter abbremsten. »Gehen Sie jetzt raus. Viel Glück! Abtreten!«

Nach zwanzig Minuten Flug landete der Helikopter in der Morgendämmerung zwei Meilen westlich von Sandrock. Nachdem er und seine Leute alles Material ausgeladen hatten, teilte Sanchez die Ankunft über Funk mit: »Private First Class Sanchez, melde Ankunft der Gruppe Sanchez in Sandrock, zwei Meilen westlich, um fünfhundertfünfundvierzig.«

»Verstanden, Private First Class Sanchez, hier spricht Alpha Delta. Ab jetzt ist Ihr Rufzeichen Delta Eleven«, antwortete Oberst Warren aus dem SitRoom.

»Verstanden, Alpha Delta von Delta Eleven. Wir bauen jetzt den Posten auf.«

»Verstanden, Delta Eleven. Schicken Sie sechs Ihrer Leute in Zweiergruppen auf Patrouillengang ins Dorf, der Rest baut den Posten auf. Melden Sie Vollzug.«

Sanchez bestätigte und machte sich mit seinen Leuten an die Arbeit.

Floyd Landler wies zwei seiner Leute an der Peripherie des isolierten Gebietes an, die Leitung zur Fort Amarillo Kaserne zu kappen und das Teilstück von der Außengrenze der Experimentzone bis zum SitRoom wieder zu demontieren und aufzurollen. Sie hatte ihren Zweck bereits erfüllt.

31

Samstag, 10. September 2016
08.56 CDT / 15.56 MESZ

Fazit nach sieben Stunden?« Jacques Maître stand, die Hände hinter dem Rücken, neben dem Leiter der Operation Cosmoculus Edward Trust. Maître machte wie meistens einen spitzen Mund und streckte die Nase in die Höhe. Es entsprach seiner arroganten Art, hatte aber vor allem den praktischen Grund, dass er seinem Gesprächspartner ins Gesicht sehen konnte – Maître war einen guten Kopf kleiner als ein durchschnittlicher erwachsener Mann.

»Well done! Allerdings bin ich enttäuscht von Landler. Wenn Warren ihm während der Notfallisolation nicht unter die Arme gegriffen hätte ...« Trust hob vielsagend die Augenbrauen.

»Als Team haben sie es ja geschafft. Immerhin. Aber es sind nur Amerikaner, was kann man da schon erwarten.« Maître verzog den Mund zu einem abschätzigen Lächeln.

»Sie sagen es, Monsieur.« Obwohl Trust Maître nicht sonderlich mochte, war er zumindest in diesem Punkt seiner Meinung.

»Nächstes Ereignis im Excess-Programm?«, fragte Maître.

»Um 9 Uhr Texas-Zeit die Pressekonferenz der Präsidentin – in zwei Minuten.«

»Gut.« Maître seufzte. »Die kann wenigstens nichts mehr falsch machen.« Er lächelte säuerlich.

»Nein. Denn sie hat ja schon alles falsch gemacht«, ergänzte Trust, ohne eine Miene zu verziehen.

»... schalten wir jetzt ins Weiße Haus zur Pressekonferenz der Präsidentin.«

»Ladies and Gentlemen, the President of the United States!«, kündigte ein männliche Stimme an.

Jeanne Adams schritt durch die Tür in den zwischen Weißem Haus und Westflügel gelegenen James-S.-Brady-Presseraum. Der

Raum war nach Ronald Reagans Pressesekretär benannt, der beim Anschlag auf den Präsidenten 1981 schwer verletzt worden war.

Wie immer saß die Frisur der Präsidentin perfekt. Sie trug ein schwarzes Kostüm. Am linken Revers reflektierte eine Brosche mit dem Präsidentensiegel blitzend das Scheinwerferlicht. Adams bedeutete den Anwesenden, sich zu setzen, und legte ihre Hände auf das Rednerpult. Ernst blickte sie in die Runde der wartenden Journalisten.

»Wie Sie alle wissen, ist der Grund für diese Pressekonferenz nicht sehr erbaulich«, leitete sie das Thema ein. »Wenn menschenverachtende Terroristen ihre kranken Pläne in die Tat umsetzen, erfassen uns Unglauben, Schrecken und Trauer. Unglauben über die seelischen Abgründe der Terroristen. Schrecken über den plötzlichen Kollaps der alltäglichen Ordnung. Und Trauer über den Verlust unschuldiger Mitmenschen.« Sie blickte ihrer in der vordersten Reihe sitzenden Freundin Maya Shifter von der New York Times in die Augen. »Morgen ist der fünfzehnte Jahrestag der Attentate vom 11. September 2001 ...«

Josephina Saprissa saß, das Telefon in der Hand, auf dem Sofa und blickte gedankenversunken auf das Fernsehbild aus Washington. Sie hatte Angst davor, Tims Nummer zu wählen. Was, wenn er gleich wieder einhängen würde? Oder sie anschreien würde, sie solle sich nie wieder melden? Oder wenn sich gar eine Frauenstimme meldete, die ihr schnippisch mitteilte, Tim wäre für sie nicht zu sprechen? Ihr wurde schlecht bei dem Gedanken. Also blickte sie weiter auf den Bildschirm, ohne das Geschehen wirklich wahrzunehmen. Sie legte das Telefon aus der Hand und griff zur Fernbedienung. Ziellos zappte sie sich durchs Programm. Warum rief *er* eigentlich nicht an?

»Es tut uns leid, Ihnen mitzuteilen, dass eine Verbindung zur von Ihnen gewählten Nummer zurzeit nicht möglich ist.« Tim Lewis warf den Hörer auf den Boden und rieb sich den Schlaf aus den Augen. Soeben erwacht, hatte er als Erstes zum Telefon gegriffen, um Josephina anzurufen. Letzte Nacht hatte er von ihr geträumt.

Wie sie sich gestritten hatten. Und wieder versöhnt. Warum konnte keine Verbindung hergestellt werden?

»Nationalgarde, bitte öffnen Sie! Mister Lewis, wir wissen, dass Sie zuhause sind! Öffnen Sie die Tür!« Nachdrückliches Hämmern. Tim schüttelte den Kopf. *Was war das jetzt?* Das Problem mit der nicht funktionierenden Verbindung für den Moment vergessend, stand er auf und streifte sich Jeans über. Durch den Türspion sah er die Köpfe zweier behelmter Männer. Tim drehte den Schlüssel um und öffnete.

»Guten Morgen. Entschuldigen Sie die Störung. Texas Army National Guard, Private First Class Hector Sanchez. Sie sind Tim Lewis?« Sanchez blickte Tim fragend an. Ricky Myers, der neben Sanchez stand, grüßte kurz mit dem rechten Zeigefinger am Helm.

»Der bin ich.«

»Gut. Sie sind also der Wirt von ...« Sanchez suchte den Namen auf einer Liste.

»... Don's Bar and Grill ...«, half Tim.

»... richtig. Also wir bitten Sie ... nein, also, ich meine wir müssen Sie leider anweisen, Ihren Betrieb bis auf Weiteres schon eine halbe Stunde vor Sonnenuntergang zu schließen, also um neunzehnhundertdreißig.« Sanchez räusperte sich verlegen und versuchte zu lächeln.

»Wann?«, fragte Tim erstaunt.

»Ach so!« Sanchez wollte sich an den Kopf greifen und verschob dabei versehentlich den Helm. Er rückte ihn wieder zurecht. »Das verstehen Zivilisten natürlich nicht. Das bedeutet 7.30 Uhr abends.«

Myers blickte seinen Kameraden von der Seite an. *Das verstehen Zivilisten natürlich nicht!* Dabei waren sie bis vorgestern selber noch welche gewesen.

Tim rieb sich am Kinn. Wieso musste er um halb acht schließen? »Und Sie sind sicher, dass Sie nicht im falschen Film sind?«, fragte er Sanchez.

»Ganz sicher«, lächelte der zurück. »Wann haben Sie zum letzten Mal ferngesehen?«

Erst jetzt erinnerte sich Tim. Der Anschlag in London. Die herzzerreißend weinende Augenzeugin. Der Fehler zu Beginn der Eilmeldung, als zuerst eine schwarze Sprecherin und nur Sekunden später die bekannte Judith Roth im Bild gewesen war. Irgendwann in den frühen Morgenstunden war er vor dem Fernseher erwacht und hatte ihn, ohne weiter hinzusehen, ausgeschaltet. Dann war er ins Bett gegangen.

Sanchez erklärte, das Heimatschutzministerium habe eine Ausgangssperre von Sonnenuntergang bis Sonnenaufgang verhängt. »Alle Einrichtungen für die Öffentlichkeit, dazu gehören auch Restaurants, dürfen erst eine halbe Stunde nach Sonnenuntergang öffnen und müssen eine halbe Stunde vor Sonnenaufgang schließen.«

»Umgekehrt«, korrigierte Myers.

»Umgekehrt was?« Sanchez blickte ihn verwirrt an. »Ach ja, natürlich umgekehrt! Also sie müssen eine halbe Stunde nach Sonnenuntergang schließen und dürfen erst eine halbe Stunde vor Sonnenaufgang öffnen.« Sanchez lächelte.

»Eine halbe Stunde nach Sonnenaufgang öffnen und eine halbe Stunde vor Sonnenuntergang schließen«, verbesserte Myers zum zweiten Mal.

Sanchez schüttelte den Kopf und tänzelte nervös von einem Bein aufs andere. »Ja, so ist es richtig, so wie Ricky, also, ich meine, wie Private Myers es gesagt hat.« Wieder räusperte er sich verlegen. »Da Sie aber sowieso erst am Vormittag öffnen, betrifft Sie nur der Teil mit dem Sonnenuntergang. Kann man sich auch leicht merken.« Er nickte Myers zu.

»Aber Sie machen jetzt einen Scherz mit mir?«, fragte Tim und legte die Stirn in Falten.

»Sie meinen das mit dem Sonnenuntergang und der halben Stunde?«, fragte Sanchez.

»Nein, ich meine die Ausgangssperre. Das ist doch ein Scherz?«

»Sie haben also schon einige Stunden keine Nachrichten mehr gesehen, Mister … äh …?«

»Lewis. Tim Lewis. Doch, ich habe Nachrichten gesehen, gestern Nacht. Ein Anschlag in London.«

»Okay, Sir, der neueste Stand: Unser Land wird akut bedroht von terroristischen, …« Sanchez suchte nach dem richtigen Wort.

»Elementen«, ergänzte Myers und rollte mit den Augen.

»So ist es. Wir hoffen natürlich alle, dass diese Maßnahmen sehr bald wieder rückgängig gemacht werden können. Aber aktuell ist das der Stand der Dinge. Wir bitten Sie außerdem, dies hier zu lesen.« Sanchez reichte Tim ein Blatt Papier.

Texas National Guard: Information and Instructions to the Citizens of Texas regarding Terrorist Threat to the United States.
Urgent!
Read carefully!

Die Informationsblätter, ebenso wie einen Jeep und zwei Megaphone, hatte die Gruppe Sanchez von einem uniformierten Mitarbeiter Landlers kurz nach ihrer Ankunft in Sandrock bekommen. Tim nahm das Blatt und überflog es ungläubig.

»Bis auf Weiteres ist es den Bürgern von Sandrock gestattet, sich innerhalb des Dorfes frei zu bewegen«, erklärte Sanchez weiter. »Obwohl das Heimatschutzministerium die Bürger eigentlich angewiesen hat, zuhause zu bleiben.«

»Was heißt innerhalb des Dorfes? Kann ich nicht nach Amarillo fahren, um dort jemanden zu besuchen?«, erkundigte sich Tim erstaunt.

Sanchez verneinte und räusperte sich. »Also, das wäre es dann von unserer Seite. Tut uns leid.« Sanchez und Myers drehten sich um und gingen auf die Straße.

Tim schloss die Tür und schaltete den Fernseher ein. Offenbar wurde gerade live aus dem Weißen Haus eine Pressekonferenz der Präsidentin übertragen. Er nahm das Telefon und drückte die Wiederholungstaste. »Es tut uns leid, Ihnen mitzuteilen …«

»Verdammt!« Er legte das Telefon weg und drehte die Lautstärke des Fernsehers auf.

»… größte Herausforderung für die USA seit dem Zweiten Weltkrieg«, erklärte Präsidentin Adams.

Angriff auf die Freie Welt, hatte der Sender die Lage betitelt.

Was ist passiert? Tim verfolgte die Textzeilen am unteren Bildrand und begann zu verstehen.

»… ist es sehr wichtig, den Anweisungen der Behörden Folge zu leisten. Mir ist bewusst, dass die von uns ergriffenen Maßnahmen unangenehm sind. Vielleicht sogar erschreckend. Aber sie sind notwendig, um geplante Attentate zu verhindern. Sobald sich die Situation beruhigt hat, können wir wieder zum Alltag zurückkehren. Aber bis dahin gelten folgende Regeln, und es ist mir wichtig, sie noch einmal zu wiederholen.« Präsidentin Adams blickte jetzt direkt in die Kamera. »Erstens. Auf dem ganzen Gebiet der USA herrscht ab heute von Sonnenuntergang bis Sonnenaufgang eine globale Ausgangssperre. Personen, die sich nicht an diese Ausgangssperre halten, können festgenommen und auf unbestimmte Zeit in Gewahrsam genommen werden. Zweitens. Aufgrund der massiven und ernstzunehmenden Drohungen terroristischer Gruppen habe ich in Rücksprache mit den zuständigen Behörden entschieden, bis auf Weiteres die Reisefreiheit innerhalb der USA einzuschränken. Dies betrifft auch den Flugverkehr, der nur noch in reduziertem Maß abgewickelt wird. Es wurden Straßenblockaden im ganzen Land errichtet, um meine Anweisungen durchzusetzen. Drittens. Um die Koordination …«

Tim saß kopfschüttelnd vor dem Fernseher. Sein Mund stand offen. Immer wieder musste er die Textzeile lesen, um zu glauben, was er hörte: *Breaking News * Präsidentin Adams erklärt Nationalen Notfall basierend auf dem Gesetz über Nationale Notfälle (50 US-Code)*

»… von Attentaten durch Terroristen zu erschweren, ist außerdem die Kommunikation über Telefon und Datennetze landesweit starken Einschränkungen unterworfen. Nach genauer Abwägung wurde mit Rücksichtnahme auf die Bürger aber entschieden, die Netze wenigstens auf lokaler Ebene bis auf Weiteres in Betrieb zu lassen …«

Also deshalb! Tim realisierte, dass er heute weder zu Josephina nach Amarillo fahren noch mit ihr telefonieren konnte. Und alles wegen dieser terroristischen Arschlöcher!

»Viertens. Von Montag den 12. bis mindestens Mittwoch den 14. September bleiben Banken, Börsen, Geschäfte und öffentliche Einrichtungen geschlossen. Ausgenommen sind Lebensmittelverteiler, Restaurants, alle Notfalldienste …«

Tim lag quer über dem Sofa und rieb sich das Gesicht. Warum hatte er nicht schon vorher Josephina angerufen? Gestern Nachmittag? Vorgestern Abend? *Verdammte Scheiße!* Er hörte sich weiter die Ausführungen von Präsidentin Adams an. Er hatte für sie gestimmt. *Möchte nicht in ihrer Haut stecken.*

Nach der Pressekonferenz stand er auf und ging in die Küche, um sich Kaffee zu machen. Es begann gerade in der Maschine zu tröpfeln, als der Strom ausfiel. Tim dachte zuerst, es sei ein Problem mit dem neuen Fernseher, weil er nichts mehr hörte. Dann stellte er fest, dass nicht nur Fernseher, sondern auch Kaffeemaschine, Licht, Herd und der Warmwasserboiler der Dusche nicht mehr funktionierten. Er fluchte und schlug gegen die Wand. Er entschied, sich den Frust vom Leib zu laufen. Er zog T-Shirt, Shorts und Turnschuhe an. Zwei Minuten später verließ er das Haus.

Neben dem Excess-Szenario liefen im SitRoom auch die Originalsender.

»Dissoziative Identitätsstörung«, kommentierte Paul O'Brien ohne eine Miene zu verziehen, als die Präsidentin um 9 Uhr zufälligerweise eine Erklärung zum 11. September abgab, während ihr elektronischer Klon parallel dazu im Szenario einen Auftritt hatte.

»Was genau?«, fragte Patricia Palmer nach.

»Multiple Persönlichkeitsstörung«, schaltete sich Oberst Warren ein. »Kommt auch bei Menschen vor, die durch Kriegserlebnisse traumatisiert wurden. Ich könnte Ihnen da Geschichten erzählen …« Er winkte grimmig lächelnd ab.

Fasziniert betrachtete man im SitRoom die beiden Präsidentinnen, die live aus dem Presseraum des Weißen Hauses sprachen. Kein Unterschied!

32

Samstag, 10. September 2016
11.12 CDT / 18.12 MESZ

Neuneinhalb Stunden nach der Isolation herrschte im SitRoom eine routinierte Arbeitsatmosphäre. Während zwei der Stromausfälle in den ersten vier Stunden nach Beginn des Experiments war das Medienszenario wieder zeitlich synchronisiert worden. Je ein Medienserver, teure Geräte, wie sie auch von echten Sendern eingesetzt wurden, spulte eines der fünf Programme zuverlässig ab. Zusätzlich liefen Computer im Hintergrund mit, um bei technischen Problemen sofort übernehmen zu können.

Die Stromgeneratoren versorgten Sandrock mit Energie. Die Klimaanlagen, ausrangierte Großgeräte aus der Industrie, zogen so viel Strom aus dem texanischen Stromnetz, wie es dem normalen Tagesprofil von Sandrock entsprach. Drei Kommunikationscomputer simulierten die Telefonbeantworter aller Anschlüsse in Sandrock und zeichneten die eingehenden Nachrichten auf. Andere Computer wählten Telefonanschlüsse außerhalb des Dorfs an. Sie wurden umgeleitet und endeten in den Chips von Geräten, die von Landlers Firma für das Experiment aufgestellt worden waren. So sollte ein halbwegs reguläres Kommunikationsprofil geschaffen werden, um die Telefongesellschaften keinen Verdacht schöpfen zu lassen. Keine perfekte Konstruktion. Aber man hoffte, dass es für zehn Tage genügen würde.

Die lokalen Sender übertrugen inzwischen das Programm der großen fünf. Sport-, Cartoon-, Shopping- und Pornosender waren zum Teil schon abgeschaltet. Eine Texttafel wies auf die Programmunterbrechung aufgrund der aktuellen Ereignisse hin.

Oberst George Warren, der sich von seinem Arbeitsplatz aus in alle Systeme einschalten konnte, verfolgte unauffällig jeden einzelnen Schritt von Fred Reilly und Pit Cooper. Er hatte sich zwei Amateure für seine kleine Subverschwörung ausgesucht und wollte kein Risiko eingehen. Kopfschüttelnd hatte er kurz nach der Isolation vor seinem Bildschirmen gesessen und nur anhand ihrer Gestik und Mimik ablesen können, dass sich die beiden sehr unprofessionell verhielten. Aber jetzt war es zu spät – er saß mit ihnen in einem Boot. Er hoffte, dass sie sich an seine Instruktionen halten und sich nicht verraten würden. Der Zeitpunkt X war noch lange nicht gekommen.

Weiterhin beschäftigte ihn das Rätsel, das hinter Excess stecken *musste.*

Patricia Palmer bereitete sich auf ihren Einsatz als Sue Battista vor. Nach dem Absturz der Boeing 767 südlich von Sandrock am morgigen Sonntag würde sie als Fernsehreporterin des Texas Action News Networks nach Sandrock gehen und mit ihrer Crew einige Aufnahmen der Absturzstelle machen. Außerdem sollte sie Interviews mit Augenzeugen führen. Der heikelste Punkt war ein kurzer Live-Bericht, der genau in das aufgezeichnete Medienszenario passen musste. Sie hatte das Gespräch mit der Moderatorin im ›NBC-Studio‹ oft geübt – den Dialog sogar selbst geschrieben – freute sich aber schon auf den entspannenden Moment, wenn sie es endlich hinter sich haben würde. Jetzt stand sie in einem Nebenraum des SitRooms vor der Kamera, in ihrem Blickfeld ein Kontrollmonitor, und sprach immer wieder ihren kurzen Aufsager und das folgende Gespräch mit ›NBC New York‹. »I'm Sue Battista reporting live from Sandrock, Texas.« Einmal hatte sie sich einen Schnitzer geleistet und noch gesprochen, als man ihr aus der ›NBC-Zentrale‹ schon die erste Frage stellte. Beruhigt hatte sie festgestellt, dass es auch nicht anders wirkte als Fehler, wie sie auch bei echten Live-Sendungen passieren.

Paul O'Brien saß seit neuneinhalb Stunden an seinem Stress-Consultant-Platz und verfolgte kopfschüttelnd und staunend sein Soziologen-Programm live aus den Wohnzimmern von Sandrock. Und aus dem Don's. Dem Supermarkt. Der Kirche. Der Tankstelle. Und der Sandrock Correctional Facility. Zwischendurch kündigte er mit wichtiger Akademikermiene an, dass es bald wieder Zeit für einen Stromausfall sei. Nach Rücksprache mit Patricia Palmer und Oberst Warren gab er dem Experiment Executive Officer

Floyd Landler dann eine Anweisung wie »Stromausfall, 9.22 Uhr, sieben Minuten«. Landler leitete sie an den Electrical Power Manager weiter.

Nur manchmal, wenn er die Angst in den Gesichtern der Menschen sah, bekam O'Brien wieder dieses Gefühl. Und sein schlechtes Gewissen meldete sich zurück. Nicht ausgestiegen zu sein. Nicht einmal, nachdem sein Halbbruder Eugene beim Absturz des Airbus zu Tode gekommen war. Bei etwas mitzumachen, angetrieben von seinem wissenschaftlichen Ehrgeiz, was man eigentlich nicht tun sollte. Langsam kroch die Frage hoch, ob es möglicherweise für ihn irgendwelche negativen Konsequenzen haben könnte, *mitgemacht* zu haben. Und ob das mit den hunderttausend Dollar Entschädigung für die Subjekte des Experiments wohl funktionieren würde.

David Isler lief in seinem Arbeitszimmer im Keller des Einfamilienhauses in Bolligen bei Bern unruhig hin und her. In knapp drei Stunden würde Bundespräsident Giovanni Mattei vom Flugplatz Belp nach Washington fliegen. Erster Programmpunkt am Sonntag war die Teilnahme an einer Gedenkfeier zum 11. September 2001 im State Department. Am Montag und Dienstag würde es zu verschiedenen Arbeitsterminen kommen. Höhepunkt der Reise am Montag war ein Lunch mit Präsidentin Adams.

Isler kannte Mattei persönlich, seit er von ihm vor zwei Jahren zu einem Hintergrundgespräch in sein Büro ins Eidgenössische Department für Auswärtige Angelegenheiten eingeladen worden war. Seitdem hatten sie sporadisch Kontakt. Einmal war Mattei sogar zu Isler nach Hause zum Abendessen gekommen. Es bestand ein Vertrauensverhältnis.

Trotzdem. Der Gedanke, der Isler jetzt nicht mehr losließ, ging nach konventioneller Lesart zu weit. Er war geradezu anmaßend. Unprofessionell. Verrückt. Aber er verfolgte ihn gnadenlos. Isler überlegte eine Sekunde lang, zum Telefon zu greifen, um mit Pater Aurelius zu sprechen. Doch dies verbat sich von selbst. Wenn er tun würde, was er in Erwägung zog, durfte er keine elektronischen Spuren hinterlassen. Sonst könnte er gleich den Dienstweg beschreiten, was für seinen Plan viel zu gefährlich war. Entweder ein Vieraugengespräch mit Mattei. Oder gar nichts.

Larry Monk und Alberto Suarez stocherten lustlos mit den Plastikgabeln in dem undefinierbaren Brei herum, den ihnen vom Wärter auf Plastiktellern durch den Türschlitz gereicht worden war. Wenn sie aus mehrjähriger Erfahrung als unfreiwillige Bewohner der Sandrock Correctional Facility nicht gewusst hätten, dass man die Nahrungsaufnahme überlebte, sie würden es nicht glauben.

»Verdammter Scheißfraß hier!« Der zwei Meter große, bei seiner Ankunft über hundertfünfzig Kilo schwere und von oben bis unten tätowierte und an zahlreichen Körperteilen gepiercte Drogenhändler Monk zerbrach die Plastikgabel und ließ die einzelnen Teile angewidert auf den grauen Nahrungshaufen bröseln. Er stand auf, ging zur Tür und hämmerte mit der Faust dagegen. »Wache! Bestellung!«

Alberto Suarez, einem schmächtiger Mexikaner, der bei einem Überfall auf eine Tankstelle in Panik den Besitzer angeschossen hatte, blieb nichts als zu essen – er hatte kein Geld für Sonderwünsche. Ohne Monk zu beachten, verschob er den grauen Brei vom Plastikteller stückweise in seinen Magen, wobei er den Fernseher nie aus den Augen ließ. NBC's ›Angriff auf die Freiheit‹ konnte Gefängnisinsassen nicht sonderlich schockieren. Im Gegenteil – für sie war es spannende Ablenkung.

Die Sandrock Correctional Facility, eines von zahlreichen Gefängnissen des Branchenführers Inman Corporation, sparte, wo immer möglich – Gewinnmaximierung. Möglich war es beim Kauf der Grundstücke, weshalb man billigen Boden in Gegenden wie Sandrock erwarb, der Bezahlung des Personals, sowie anderen laufenden Kosten wie der Verpflegung der Insassen. Wer Geld hatte, konnte zu überteuerten Preisen echtes Essen kaufen.

Die Klappe in der Tür öffnete sich. »Huhn oder Pasta?«, fragte Fred Reilly vom Gang aus.

»Wie teuer?«

»Huhn elf, Pasta neun«, antwortete Reilly ungeduldig.

»Verdammte Halsabschneider!«, knurrte Monk. »Pasta.«

»Deine Nummer?«

»Elf siebenundzwanzig zweihunderteins.«

Ohne weitere Worte zu verschwenden schob, Reilly ein Geschirr mit Pasta durch den Schlitz.

Suarez reagierte auch jetzt nicht, obwohl Monk *seine* Nummer angegeben hatte. Er hatte gegen den grobschlächtigen Texaner keine Chance. Wenigstens konnte Suarez sich so Monks Schutz erkaufen und überlebte den Duschgang ohne rektale Schäden.

Monk setzte sich wieder an die an der Wand befestigte Tischplatte. Mit einem feisten Grinsen zog er die Aluminiumabdeckung vom Geschirr. »Na, *Su*, willst du auch was? Kriegst aber nix! Denk an deinen engen Aztekenarsch – dann gönnst du es mir doch gleich, oder?«

Suarez tat, als habe er nichts gehört, und würgte weiter den Shareholdervalue-Brei in sich hinein.

33

Samstag, 10. September 2016
13.46 CDT / 20.46 MESZ

Die wenigen Meter vom Times Building zum Rice, Ecke Main Street, Texas Avenue, legte Chefredakteur Luce Brencis im Laufschritt zurück. Houston lag unter einer nachhaltig inkontinenten Wolkendecke. Er hasste es, wenn Regen auf seine Glatze tropfte, und war froh, als er die den Bürgersteig überdachende Galerie des altehrwürdigen Rice erreichte. Seit einem halben Jahr wohnte Brencis im historischen Gebäude, das früher Sitz des Kapitols der Republik Texas war. Er hatte sich gut eingelebt; das vor dem Eingang zur Lobby angebrachte Konterfei Sam Houstons weckte in ihm schon Heimatgefühle. Der Namensgeber der Stadt und sagenhafte General, der Texas 1836 mit der Schlacht von San Jacinto den Mexikanern entriss und in die Unabhängigkeit führte und in seiner ersten Amtszeit die aus einer pro-mexikanischen Verschwörung geborene Córdova Rebellion niederschlug, schien Brencis milde anzulächeln.

Als er in die mit historischem Mobiliar, das sich auf dem hellen Marmorboden spiegelte, ausgestattete Lobby trat, sah er seinen Interviewpartner Vince Osman auf einem der bordeauxroten Sofas die Texas Times lesen. Neben Osman saß sein schmächtiger und anämisch wirkender Assistent Hank Darling. *Wie Dick und Doof*, dachte Brencis. Der dicke, stiernackige Osman nahm vom Sofa eben so viel Platz ein wie der kleine, verlegen dreinblickende Darling auf dem Sessel nebenan.

Osman, texanischer Immobilienmagnat, der kürzlich über seine soziale Ader gestolpert war und als Chef und Financier der texanischen Solidaritätsbewegung eine neue Identität gefunden hatte, begrüßte Brencis mit einem jovialen »Ah, der Maestro ist angekommen!« Er stand auf und ließ Brencis Hand in seiner großen Pranke verschwinden. »Freut mich immer, Sie zu sehen. Wie geht's in der Redaktion?«

Brencis winkte kichernd ab.

»Hank Darling«, sagte Osman wie beiläufig in den Raum, als er seinen Assistenten vorstellte.

»Also, wir machen was Schönes für die Sonntagsausgabe«, erklärte Brencis in geschäftsmäßigem Ton, während sie sich setzten. »Der Artikel steht bereits – ein ausführlicher Bericht über die Ausweitung Ihrer Aktivitäten und die Umbenennung der Solidaritätsbewegung in ›Texas First!‹. Toller Name übrigens.« Brencis grinste.

»Danke. Ist mir so eingefallen«, winkte Osman ab und rückte seine Texas-Lone-Star-Krawatte zurecht. Die Mickey-Krawatten zog er auf Anraten eines PR-Beraters seit einiger Zeit nicht mehr an.

Brencis aktivierte sein Journalistennicken. Dann blickte er um sich. Als er sah, dass sie alleine in der Lobby waren, entschied er, das Interview gleich vor Ort zu machen. Er hatte es wegen der hektischen Atmosphäre nicht in der Redaktion durchführen wollen. Nachdem er die Aufzeichnungsfunktion des Handys eingeschaltet und es auf den Holztisch gelegt hatte, stellte er die erste Frage. »Mister Osman, zuerst einmal vielen Dank, dass Sie sich heute Zeit genommen haben. Sie sind ja als Unternehmer, Wohltäter, engagierter Texaner und ab morgen auch als Vorsitzender einer Partei ein viel beschäftigter Mann. Darf ich zuerst fragen: Wie geht es Ihnen heute?«

Mit einem Ruck entschied David Isler *es* zu wagen. Er legte einige Unterlagen in den Aktenkoffer, verließ sein Kellerbüro und verschloss die Tür. 8.45 Uhr. Der Abflug des Bundespräsidenten stand kurz bevor. Er hastete die Treppe hinauf ins Erdgeschoss. Mit einem »Muss noch mal weg!« verschwand er einen Moment später aus dem Haus und rannte zur Garage. Der starke Regen passte ihm gar nicht. Um noch rechtzeitig am Flugplatz Belp anzukommen, blieb ihm nichts anderes übrig, als zum ersten Mal das Blaulicht zu benutzen. Er hatte es vor Jahren von der Bundespolizei bekommen – es war nur für den äußersten Notfall vorgesehen. Irgendjemand in der Verwaltung des SND hatte gefunden, Isler brauche es als Analytiker möglicherweise einmal. Er hatte nichts dagegen gehabt und den obligatorischen Fahrkurs absolviert.

Jetzt musste es schnell gehen. In der Garage angekommen, warf er den Aktenkoffer auf den Beifahrersitz, nahm die Kiste mit dem Blaulicht vom Regal und befestigte es mit dem Magnetmechanismus auf dem Dach seines schwarzen Volvos. Isler setzte sich ins Auto, ließ den Motor an, öffnete das Fenster ein Stück weit, um das Kabel des Blaulichts mit dem dafür vorgesehenen Stecker am Armaturenbrett zu verbinden. Er drückte auf die beiden Knöpfe, die er noch nie gebraucht hatte. Ohrenbetäubend laut startete die Sirene und schien die kleine Garage zum Zittern zu bringen. Was seine Frau und Olivia wohl dachten? Das Blaulicht, von den Wänden ins Auto zurückgeworfen, machte die Garage zur Disko. Es war keine Zeit mehr zu verlieren! Isler gab Gas und fuhr auf die Straße des beschaulichen Wohnquartiers. Aus dem Augenwinkel sah er die Nachbarn zum Fenster hinausstaunen. Sechzehn Kilometer Blaulichtfahrt, ein nicht angemeldetes Gespräch mit dem Bundespräsidenten und eine mitgebrachte These, die bei den allermeisten Menschen – vielleicht auch bei Mattei – nur Kopfschütteln auslösen würde. *Genügt das für eine Kündigung?*

Isler konzentrierte sich, um auf den nassen Straßen keinen Unfall zu verursachen. Er rief sich die Regeln für Blaulichtfahrten in Erinnerung. Wie war das noch mal? Der Fahrkurs war Jahre her, und so folgte er einfach dem gesunden Menschenverstand. Vor Kreuzungen abbremsen, Augen auf!, aber dann ohne mit der Wimper zu zucken bei Rot über die Ampel. Nach einigen Kilometern, als er die Autobahn A6 erreichte, begann es, ihm Spaß zu machen. Mit hundertsechzig Stundenkilometern flog er Richtung Belp. Er versuchte seine Gedanken für das Gespräch mit Mattei zu ordnen. Am Flugplatz vorbeirasend sah er, dass die Falcon der Bundesregierung noch auf dem Vorfeld stand. Nach zehn Kilometern Autobahnfahrt erreichte er die Ausfahrt Rubigen.

Drei Minuten später parkte er sein Auto vor dem Eingang zum Terminal – ein Gebäude, nicht viel größer als ein Einfamilienhaus.

Er schnappte den Aktenkoffer und rannte zur Passkontrolle. »Strategischer Nachrichtendienst, ein Notfall, ich muss den Bundespräsidenten sprechen!«, ließ er den Grenzpolizisten wissen und zeigte seinen Dienstausweis. Die Schiebetür zum Vorfeld öffnete sich und Isler rannte in den strömenden Regen hinaus.

Er sah Mattei unter einem Schirm vor der Treppe zum Flugzeug stehen und mit einem seiner Mitarbeiter reden.

»Stopp!« Dreißig Meter, bevor er Mattei erreichte, stellte sich ein Personenschützer in den Weg, die rechte Hand schon unter den Mantel gestreckt, bereit, seine Dienstwaffe zu zücken. »Stehen bleiben! Wer sind Sie?«, fragte er Isler und blickte ihn misstrauisch an.

Isler stellte sich vor. »Ich muss Mattei sprechen! Jetzt!«

Nachdem der Bodyguard den Dienstausweis kontrolliert hatte, wies er Isler an, sich nicht vom Fleck zu bewegen. Er sprach in sein Handmikrofon, ohne Isler aus den Augen zu lassen. Isler sah, wie ein anderer Bodyguard auf Mattei zuging und in seine Richtung zeigte. Als der Bundespräsident ihn erkannte, winkte er ihn zu sich.

»David?«, begrüßte ihn der Bundespräsident verwundert.

»Giovanni, entschuldige bitte den Auftritt, aber ich muss mit dir sprechen.« Isler wischte sich das Regenwasser aus dem Gesicht.

»Du sprichst ja schon mit mir.«

»Unter vier Augen.« Isler blickte zu einer der Limousinen, die neben dem Jet standen.

Mattei zögerte. »Wir müssen wirklich …«

»Fünf Minuten.«

»Gut. Fünf Minuten«, entschied der Bundespräsident.

»Er ist nicht durchsucht worden«, wandte der Personenschützer übereifrig ein.

»Nicht nötig«, winkte Mattei ab.

Sie gingen zum Auto und setzten sich in den Fond.

Jetzt hielt es Josephina Saprissa nicht mehr aus. Sollte passieren, was wollte. Vielleicht würde sie in drei Minuten wissen, dass ihr das Schicksal einer allein erziehenden Mutter bevorstand. Aber es musste Klarheit geschaffen werden. Ihr Herz klopfte bis zum Hals. Sie stand vom Sofa auf, griff zum Telefon und drückte auf die Schnellwahltaste mit Tims Nummer. Warten. Läuten.

»Hi, hier spricht Tim Lewis.« Der Anrufbeantworter! »Ich bin gerade beschäftigt. Eine kurze Nachricht und ich rufe zurück.«

Josephina drückte auf die Unterbrechungstaste. Die Nerven! Sie ging in die Küche und trank ein Glas Wasser. Noch mal. Wählen. Warten. Läuten. Der Anrufbeantworter.

»Tim, hier spricht Josephina. Bitte ruf zurück. Ich ... ich möchte mit dir sprechen.« *Soll ich es sagen?* »Ich hoffe, es geht dir gut. Adiós.«

David Isler saß tropfend in seinem Auto. Das Entfernen des Blaulichts in strömendem Regen hatte ihn vollends durchnässt. Er war aufgewühlt. Hatte er es dem Bundespräsidenten so gesagt, dass der es für glaubwürdig hielt und die Botschaft weitergab? Mattei hatte ihn skeptisch angeblickt. »Du weißt, dass ich viel von dir halte, aber ...« hatte Mattei gesagt. Dieses *aber*. Er konnte Mattei verstehen. Was er von ihm verlangte, war außergewöhnlich. Er hoffte, dass Mattei ihm glaubte. Und dass er sich nicht täuschte.

Isler ließ den Motor an. Er schaltete den Ventilator auf maximale Stärke. Die Scheiben waren beschlagen und so konnte er nur hören, wie die Falcon über die Piste raste und dann in den tief hängenden Regenwolken verschwand.

Wenigstens hatte niemand von seiner Blaulichtfahrt Notiz genommen.

Aber dieses *aber*.

Eine halbe Stunde, nach dem der Strom ausgefallen war, war er wieder da. Der Fernseher im Don's hatte sich von selbst wieder eingeschaltet. Tim ging als Erstes in die Küche, um bei seinem Koch Jimmy ein Rührei zu bestellen. Obwohl die Menschen Sandrock nicht verlassen konnten, herrschte nicht viel Betrieb. Die meisten saßen zu Hause und klebten an den Bildschirmen. Niemand wollte etwas verpassen.

Auf der Main Street, die sich als Gerade durch ganz Sandrock zog, war selten jemand zu sehen. Abgesehen von einzelnen Personen, die im Supermarkt um die Ecke das Nötigste besorgten, und den Patrouillen der Nationalgarde.

Da es nichts zu tun gab, drehte Tim die Lautstärke des Fernsehers hoch. Immer wieder wurden dieselben Sequenzen wiederholt. Vom Flughafen London – die Zahl der Toten wurde inzwischen mit dreihundert angegeben – sah man nur verwackelte Aufnahmen von Dutzenden von Polizei- und Rettungsfahrzeugen und der Zerstörung im Terminal. *Sieht heute überall auf der Welt gleich aus,* dachte Tim. Bilder der Präsidentin, die den US-Bürgern die einschneidenden Maßnahmen erklärte. Von der Pressekonferenz des FBI, das sich zum vereitelten Anschlag auf Adams äußert.

Tim wischte gerade mit einem Stück Brot den Teller sauber, als die nächste Stufe im Excess-Szenario gezündet wurde.

»... hat sich jetzt also bestätigt, dass ...«, erzählte Judith Roth von NBC zum x-ten Mal.

»... Judith, es tut mir leid, dich zu unterbrechen«, fiel ihr der neben ihr im Studio in New York sitzende Kollege Roberto McIntyre ins Wort, »aber in dieser Minute hat das State Department folgende Meldung herausgegeben, ich zitiere im Wortlaut: Wie uns der US-Botschafter in Moskau heute Mittag mitgeteilt hat, scheint es in der Innenstadt von Moskau, insbesondere in der unmittelbaren Umgebung des Kreml, zu einer Ansammlung militärischer Kräfte wie auch Truppen des Innenministeriums gekommen zu sein. Dabei sind auch vereinzelte Schüsse gefallen. Der Versuch des Botschafters, Stellen im Kreml zu erreichen, war bisher erfolglos. Das staatliche russische Fernsehen hat seine abendliche Nachrichtensendung ausfallen lassen. Der Secretary of State ist besorgt über die Meldung und gab seiner Hoffnung Ausdruck, dass es sich nur um ein Missverständnis handle. Soweit die soeben verbreitete Meldung des State Departments im Wortlaut.« McIntyre blickte zu Judith Roth. »Wenn ich das richtig interpretiere, teilt uns das State Department mit, dass in Moskau ein – wie soll ich sagen – improvisierter Regierungswechsel ...«

»… sagt man dazu nicht Putsch?«, wandte Judith Roth ein.

»Ich denke, wir sollten nicht vorschnell drastische Schlüsse ziehen, aber ehrlich gesagt, Judith, das muss man wohl annehmen. Hoffen wir, dass es sich tatsächlich nur um ein Missverständnis handelt, wie es das State Department formuliert hat. Am Telefon direkt aus Moskau ist nun unsere Korrespondentin Julia O'Donnell. Julia, wie ist die Situation in Moskau?«

Holy shit, holy shit! Tim schüttelte den Kopf. Die acht Gäste im Don's hatten ihre Gespräche eingestellt und blickten zum Fernseher.

»… haben wir tatsächlich eine größere Ansammlung von militärischem Personal und Gerät im Zentrum von Moskau beobachten können«, erklärte Julia O'Donnell. »Dabei handelt es sich sowohl um Truppen des regulären Militärs wie auch des Innenministeriums. Da es jedoch in der Vergangenheit immer wieder Übungen in Moskau gegeben hat, ist die Tatsache einer Ansammlung von Truppen in der Stadt an sich nicht sehr alarmierend. Was allerdings erschreckend ist und offenbar auch der Anlass war für die Meldung des US-Botschafters James Pool an das State Department, ist die Tatsache, dass es nicht möglich ist, mit Stellen im Regierungsapparat Kontakt aufzunehmen. Unsere ständigen Versuche, einen Mediensprecher des Präsidentenbüros oder des Innenministeriums zu kontaktieren, sind bisher leider erfolglos geblieben. Roberto?«

Judith Roth schaltete sich in das Gespräch ein. »Julia, in der Meldung des Botschafter wurde erwähnt, dass das staatliche Fernsehen die Abendnachrichten hat ausfallen lassen. Was können Sie uns dazu sagen?«

»Judith, wir können diese Meldung bestätigen, sind allerdings im Moment nicht in der Lage, diesen Vorgang zu erklären, da auch die Kommunikation mit der …« Mit einem Knacken in der Leitung unterbrach der Bericht aus Moskau.

Das Telefon läutete. Tim stand auf und ging hinter den Tresen. »Ja?«

Fred Reilly. »Hi, Sherlock. Beängstigend, nicht wahr?«

»Allerdings, und ich kann dir sagen es steckt mehr dahinter, als man …«

»Hör auf, Sherlock! Ich will von deinen Verschwörungstheorien nichts hören.«

»Nein, nein, Tim, keine Verschwörungstheorien. Ich kann nicht mehr darüber sagen, aber glaube mir, es ist noch viel schlimmer, als sie uns sagen.«

»Was soll das? Es kann doch gar nicht schlimmer sein. Eine verdammte Ausgangssperre in den USA und ein Putsch in Moskau, was soll denn noch schlimmer sein? Oder sind es etwa die Aliens, die das alles veranstalten?«

»Nein, keine Aliens. Was ich aber eigentlich fragen wollte, wie lange hast du heute …«

»Bis halb acht.«

»Halb acht nur?«

Tim erinnerte an die Ausgangssperre.

»Ja, klar. Bis nachher. Bin noch bis fünf im Knast, komme dann vorbei.«

Sherlock! Weiß immer ein bisschen mehr als die anderen, schüttelte Tim den Kopf. Keine Minute später wurde der Bildschirm schwarz. »This is NBC Breaking News«, kündigte eine Stimme an.

Eine aufgeregte Judith Roth blickte zwischen ihrem Monitor und der Kamera hin und her. »Kann … Ich muss meine Produzentin fragen, ob dies wirklich …« Sie blickte ins Leere, als ihr etwas mitgeteilt wurde. »Okay. Meine Damen und Herren, Associated Press meldet in diesem Moment, dass eine Bombe in der Nähe des Weißen Hauses explodiert ist. Über Opfer und Schäden ist noch nichts bekannt.«

Tim schlug mit der flachen Hand auf den Tresen und schüttelte den Kopf.

»Zahlen!« Eine Gruppe von drei Gästen entschied, sofort nach Hause zu gehen.

Edward Trust hatte von seinem Arbeitsplatz im Einsatzraum der STOG bei Luxemburg beobachtet und belauscht, wie Oberst

Warren mit zusammengekniffenen Lippen das Telefongespräch zwischen Fred Reilly und Tim Lewis mitgehört hatte. Das war kein Zufall. Kurz nach Beginn des Experiments hatte Trust sich die Konfiguration von Warrens Bildschirmen angesehen. Dabei war ihm nicht entgangen, dass Warren einen ›Fred Reilly‹ und einen ›Pit Cooper‹ auf die ›Continuous Tracking‹-Liste gesetzt hatte.

»Irgendwas …«, hatte Trust gemurmelt, nachdem er Warrens Gesichtsausdruck während seiner Lauschaktion gesehen hatte. »Irgendwas wissen wir nicht. Und das ist schlecht. Ganz schlecht.«

Jetzt ließ auch der Leiter der Operation Cosmoculus Reilly und Cooper nicht mehr aus den Augen.

34

Samstag, 10. September 2016
14.29 CDT / 21.29 MESZ

Der einundachtzigjährige Kenneth Williams saß mit traurigem Blick vor dem Fernseher. »Was ist nur aus unserer Welt geworden?« Er erwartete keine Antwort von seiner Frau Joyce. Sie seufzte und schüttelte den Kopf. »Nur noch Verrückte und Terroristen«, murmelte sie.

Seit über zwölf Stunden saß Kenneth Williams in Schlafanzug und Morgenmantel auf dem uralten, abgewetzten Sofa. In den ersten Stunden war das unerwartete Fernsehprogramm eine willkommene Unterhaltung für ihn gewesen, da er schon lange unter Schlafstörungen litt. Die Ausgangsperre hatte die Williams nicht sonderlich berührt, sie blieben sowieso immer zu Hause. Aber spätestens seit die Nachricht über eine Explosion in der Nähe des Weißen Hauses verbreitet wurde, hatte sich eine tiefe Traurigkeit über Kenneths Gemüt gelegt. Er hatte sich immer als Patriot empfunden. Sein älterer Bruder John war bei einer Schlacht in der Eifel Ende 1944 gestorben. Kenneth war immer stolz auf seinen Bruder gewesen. Der hatte Amerika verteidigt und dafür sein Leben gelassen.

Das Haus der Williams stand an der Jackson Street, keine fünfzig Meter von Sandrocks Main Street entfernt. Wenn eine Patrouille der Nationalgarde vorbeikam, gingen Kenneth und seine Frau zum Fenster und winkten freundlich. Sie waren froh über die Anwesenheit der jungen Soldaten in ihrem Dorf. Sie gaben ihnen Sicherheit in einer Welt, die sie schon lange nicht mehr verstanden.

Joyce nahm die Hand ihres Manns und tätschelte sie. »Nicht mehr unser Planet!«, sagte sie und lachte kopfschüttelnd. Wie schon viele Male in den letzten zehn oder zwanzig Jahren.

»… überschlagen sich die Ereignisse. Wir verfolgen zur Zeit mehrere Entwicklungen in Moskau, London und Washington. Außerdem hat sich in Berlin, ein neuer … Kriegsschauplatz aufgetan.« Judith Roth hatte einen Kugelschreiber zwischen Zeige- und Mittelfinger der rechten Hand geklemmt und jonglierte mit mehreren Blatt Papier. Sie versuchte, Ordnung in das Chaos zu bringen. »Beginnen wird mit den aktuellsten Meldungen aus Moskau. Die Stadt wurde vollkommen abgeriegelt. Alle Straßen, die in die Stadt führen, wurden blockiert. Gleichzeitig ist offenbar auch der zivile Luftverkehr auf den drei Flughäfen Sheremetjevo, Vnukovo und Domodedowo eingestellt worden. Diese Meldung hat uns soeben über das Netzwerk Unabhängiger Journalisten erreicht. Es ist uns leider bisher nicht gelungen, den Kontakt zu unserer Kollegin Julia O'Donnell wieder herzustellen. Aus Berlin, Deutschland, wird berichtet, dass sich eine Explosion am Hauptbahnhof ereignet hat. Nach diesem noch unbestätigten Bericht sind dabei vermutlich Dutzende von Menschen ums Leben gekommen. Wir versuchen, diese Meldung zu verifizieren. Eine andere Entwicklung verfolgen wir in Washington. Bei einer Explosion an der Pennsylvania Avenue ganz in der Nähe des Weißen Hauses …«

»Joyce!« Mit erstickter Stimme rief Kenneth den Namen seiner neben ihm sitzenden Frau. Sein Kopf kippte nach hinten weg, während seine rechte Hand einen schwachen Versuch machte, seine Brust zu erreichen. »Joyce!«, stöhnte Kenneth mit schmerzverzerrtem Gesicht.

»Um Gottes Willen! Ganz ruhig, ich rufe einen Arzt!« Die siebenundsiebzigjährige Joyce stand auf, so schnell sie konnte, drehte Kenneths Oberkörper so, dass sein Kopf nicht mehr über die Rückenlehne des Sofas hing, und hastete zum Telefon im Flur. Sie wählte 9-1-1. Der Anruf endete an Landlers Arbeitsplatz im SitRoom.

Floyd Landler schrie »Ruhe!« in den Raum und schaltete den Anruf auf sein Headset. »Notrufzentrale?«, meldete er sich und hörte dann zu. »Ihr Mann? … Vielleicht etwas mit dem Herz, verstehe. … Kenneth Williams? … Wie ist Ihre Adresse? … Zwölf Jackson Street, Sandrock. … Ja, Armstrong County, ich weiß. Warten Sie im Haus. … Ihr Hausarzt in Clarendon? … Ja, aber wir schicken sofort einen Helikopter, das geht schneller. … Nein, Sie müssen die Kosten nicht selbst tragen, es wird vom …«, Landler überlegte eine Sekunde. »… von der Amarillo Medical Foundation finanziert. … Ja, Ma'am, er wird in spätestens zwanzig Minuten eintreffen. Bleiben Sie bitte ruhig. … Ich sehe Ihre Nummer auf meiner Anzeige. … Ja, in spätestens zwanzig Minuten.« Etwas unsicher beendete der das Gespräch: »Alles wird gut!«

Sofort funkte er die am Flugplatz in Clarendon stationierte Helikoptercrew an, zwanzig Meilen östlich von Sandrock. Außerdem instruierte er zwei seiner Mitarbeiter, mit dem Sanitätsauto, das beim Excess Headquarter geparkt war, in die Jackson Street zu fahren, den Patienten in das Auto zu verlegen und zum Sportplatz westlich von Sandrock zu bringen.

Paul O'Brien schaltete das Bild aus der Jackson Street auf. Schockiert beobachtete er, wie Joyce Williams neben ihrem leblos auf dem Sofa liegenden Mann saß und versuchte, ihn durch Tätscheln auf die Wangen wieder zu Bewusstsein zu bringen. O'Brien wagte es nicht, den Ton aufzuschalten – er wollte nicht hören, was die verzweifelt schluchzende Frau sagte.

Oberst Warren saß an seinem Arbeitsplatz und überlegte. In knapp zehn Minuten würde der Helikopter landen. In einem Militärhospital bei Amarillo war eine Station für medizinische Notfälle aus Sandrock eingerichtet worden. Wenn der Patient tot war … was sollte dann mit seiner Frau geschehen? Jetzt musste eine schnelle Entscheidung getroffen werden. »Floyd, was machen wir mit seiner Frau?«

Landler drehte sich um. Er schien die Brisanz der Frage nicht zu verstehen. »Na was? Nichts.«

»Sie wird mit ihrem Mann ausfliegen wollen.«

»Ich verstehe nicht?«

»Wer macht ihr klar, dass sie absolutes Stillschweigen bewahren muss?« Warren stand auf und schaute Landler gereizt an.

»Ach so. Einer meiner Mitarbeiter.«

»Wer?«

»Also … irgendeiner.«

Warrens Wangenmuskeln traten hervor. Er presste seine Lippen zusammen. Offensichtlich hatte er Landler gewaltig überschätzt. Er war schlichtweg überfordert. Sobald etwas Außergewöhnliches passierte, hatte Landler keinen Plan!

»Folgendes«, entschied Warren dann. »Patient fliegt nach Amarillo. Frau bleibt vorerst zu Hause. Hast du das verstanden?«

Landler quittierte indigniert.

»Sind die Ärzte in Amarillo im Bild?«, fragte Warren nach.

»Ich werde sie gleich über die Ankunft informieren«, antwortete Landler.

Warren schüttelte den Kopf. »Wissen die Ärzte, was hier passiert?«, zischte er, seine Frage neu formulierend.

»SC16?«, fragte Landler unsicher zurück. »Meinst du das mit SC16?«

»Nein!« Warren war kurz davor, die Geduld zu verlieren. Aufgrund von Landlers Reaktion schloss er, dass dieser zwar eine isolierte Station im Krankenhaus hatte einrichten lassen, aber keine plausible Erklärung – eine *Cover Story* – als Begründung gegeben hatte. *Jetzt können wir nur hoffen, dass der Patient für immer schweigen wird*, dachte Warren grimmig. Und dass es zu keinen weiteren medizinischen Notfällen kommt. *Diese Sache steht auf tönernen Füßen!*

Paul O'Brien und Patricia Palmer blickten sich vielsagend an. Der Zwischenfall ging ihnen sehr nahe. Nicht nur, dass jemand wegen der *Angst*, die sie den Menschen systematisch einjagten, vielleicht an einem Herzinfarkt gestorben war – und das schon am ersten Tag. Sondern der Fall machte ihnen das Problem der Beendigung von Excess deutlich; abgesehen von der Frage, wie man mit Notfällen eigentlich *genau* umgehen sollte.

O'Brien sah, wie zwei von Landlers Leuten den alten Mann auf eine Bahre legten. Seine Frau schluchzte in den Armen einer Nachbarin.

Minuten später. »Der Mann ist tot.« Die Meldung aus dem Sanitätswagen brachte den SitRoom für einen Moment zum Schweigen. Jetzt war nur noch das Surren der Ventilatoren in den Computern zu hören.

Patricia Palmer wurde bleich. Sie hielt sich an den Armlehnen ihres Stuhls fest.

»Der Helikopter soll umkehren«, durchbrach Warren mit ruhiger Stimme die Stille. *Gerade noch mal gut gegangen.* Landler funkte den Piloten an. Sie hörten, gedämpft durch die Mauern des Kellers, wie sich das Knattern der Rotorblätter wieder entfernte.

»Die Leiche des Mannes ins Haus zurückbringen«, wies Warren Landler an. »Sie sollen ihn auf sein Bett legen. Dann den richtigen Geistlichen informieren, damit er die Letzte Salbung geben kann.« *Wenn man nicht alles selbst macht.* »Außerdem müssen wir jemanden schicken, der einen Totenschein ausstellt. Einen *Militärarzt.* Jemand von dir.« Warren zweifelte, dass Landler entsprechende Formulare vorbereitet hatte, im schlimmsten Fall musste man ein Formular improvisieren. »Die Beerdigung muss auf jeden Fall auf dem Friedhof hier am Ort stattfinden. Auch wenn er etwas anderes verfügt haben sollte. Nationaler Notfall. Bis zur Beerdigung werden wir seine sterblichen Überreste hier unten im Kühlraum nebenan aufbahren.« Warren ignorierte Patricia Palmers entsetzten Blick. Schlecht gelaunt verließ er den SitRoom. Er brauchte frische Luft.

Die Falcon erreichte über der Region Champagne-Ardenne die Reiseflughöhe. Während seine Mitarbeiter über den bevorstehenden Arbeitsbesuch sprachen, zog Bundespräsident Mattei die Karte aus dem unverschlossenen Kuvert. Isler hatte es ihm vor dem Abflug in die Hand gedrückt. Der Inhalt sei zur Untermalung seiner Botschaft geeignet. Über seine Verwendung entscheiden müsse aber selbstverständlich er, Mattei, selbst. Isler, der sich angestrengt hatte, schön zu schreiben, hatte einen Reim mit präsidialer Geschichte gewählt:

Bullfight critics ranked in rows
Crowd the enormous plaza full;
But only one is there who knows
And he's the man who fights the bull.

Mattei ließ Islers Erläuterung Revue passieren: John F. Kennedy hat den Vers bei einer Rede vor Chefredakteuren am 16. Oktober 1962 vorgetragen – nachdem er Fotos eines Aufklärungsflugs gesehen hatte, die den Bau von Raketenabschussrampen auf Kuba zeigten. Sein Publikum verstand erst Tage danach, worauf Kennedy angespielt hatte, als er am 22. Oktober die Welt über die sowjetischen Abschussrampen und Kuba informierte. Gut dreizehn Monate später erfuhr der Vers eine erneute Anwendung: Er war einziger Inhalt der von der CIA täglich erstellten President's Intelligence Checklist vom 22. November 1963 – der Tag, an dem Kennedy in seinem offenen Wagen an der Dealey Plaza in Dallas, Texas, ermordet wurde.

Der Jet war schon über dem Atlantik, als Mattei immer noch über sein Gespräch mit Isler nachdachte.

35

Samstag, 10. September 2016
17.42 CDT / 00.42 MESZ (11.9.)

Die Unterbrechung des Wahlkampfs – in zwei Monaten standen die allgemeinen Wahlen bevor – wurde ohne weitere Details zu nennen regelmäßig erwähnt. Als das Szenario aufgenommen wurde, wusste man noch nicht, wer die Kandidaten sein würden.

Gerade als die Leiche von Kenneth Williams im Excess Headquarter ankam, um im Kühlraum bis zur Beerdigung zwischengelagert zu werden, wechselte NBC das Nachrichten-Motto. ATTACK ON FREEDOM wurde ersetzt durch WORLD IN DISTRESS. Inzwischen liefen vier Schriftbänder über den Bildschirm, davon drei mit einer ständigen Wiederholung des Nachrichtengeschehens, sowie ein extra breites Schriftband mit den Anweisungen des Heimatschutzministeriums. Die Schriftbänder nahmen das untere Viertel des Bildes ein. Darüber stand auf der linken Seite der in dramatischem Orange und Schwarz gehaltene Schriftzug World in Distress. In der rechten oberen Ecke pulsierte im Sekundentakt ein roter Punkt, der die höchste Terrorwarnstufe symbolisierte. Links oben waren vier verschiedene Countdowns eingeblendet, die den Beginn der Ausgangssperre für die vier Zeitzonen der USA anzeigten. Der ganze Bildschirm war umrahmt von einem schwarzgelb gestreiften schmalen Balken, um die Dramatik der Situation zusätzlich zu untermalen. Ursprünglich hatte Patricia Palmer die Idee gehabt, dass die Farben des Balken alternieren sollten. Aber als ihr und einigen anderen im Studio beim Anblick des unruhigen Bildes nach kurzer Zeit schlecht geworden war, hatte man darauf verzichtet.

»Meine Damen und Herren, ich bin nun schon seit zwanzig Jahren im Nachrichtengeschäft tätig und habe auch am 11. September 2001 moderiert, aber was sich hier und heute abspielt sprengt alle Dimensionen«, kommentierte Judith Roth fassungslos.

»Kann endlich jemand den Ton wegschalten!«, bellte Warren in den Raum. Dann lehnte er sich zurück und beobachtete die Gesichter der anderen, als der tote Kenneth Williams in einem schwarzen Body Bag von zwei Mitarbeitern Landlers in den Kühlraum nebenan getragen wurde. Bis zur Beerdigung am kommenden Donnerstag war dies seine vorübergehende Ruhestätte.

Das kurze Gespräch mit Mattei erlaubte es Isler, ein weiteres Detail – ob relevant oder nicht, würde sich weisen – zur grafischen Darstellung seiner These hinzuzufügen. Er saß seit seiner Rückkehr vom Flugplatz Belp wieder in seinem Kellerbüro und dachte nach. Seine Frau Angela war einige Zeit damit beschäftigt gewesen, den Nachbarn zu erklären, warum er mit Blaulicht und Sirene durch die Gegend gefahren war; sie hatte irgendetwas von einer Übung erzählt. Wieder einmal erwies sie sich als ideale Frau eines SND-Mitarbeiters, wie Isler zufrieden feststellte.

»Es lebe Eurasien! Es lebe das neue Amerika! Es lebe die neue Welt!«, hatte der Sprecher des Kongresses, Art Sinshy, beim Pearlbridge-Treffen in Rom gesagt. Mattei, der zum ersten Mal eingeladen worden war, hatte die Worte nicht vergessen. Zu seltsam hatten sie in seinen Ohren geklungen. Zu unwahrscheinlich für den Sprecher des US-Kongresses. Mattei hatte Isler vor seinem Abflug erzählt, wie er sich mit einem seiner Tischgenossen damals über Sinshys Trinkspruch mokiert hatte. »Der Sprecher des US-Kongresses hebt sein Glas auf *Eurasien!*«

Natürlich – der Spruch lud dazu ein, alles Mögliche hineinzulesen. Er war *eigentlich* keinesfalls geeignet, als Indiz gewertet zu werden. Trotzdem. Er ließ Isler nicht mehr los.

Der Trinkspruch des Sprechers erinnerte Isler an die Heartland Theory. Der britische Gelehrte Halford Mackinder hatte damit darstellen wollen, wie die menschliche Geschichte Teil des Lebens des Weltorganismus sei. Er hatte 1904 Aufsehen erregt, als er in seinem Traktat *The Geographical Pivot of History* (Der Geographische Drehpunkt der Geschichte) dargelegt hatte, wie die Kontrolle über das Gebiet zwischen Osteuropa und dem Pazifik – dem Herzland – der Schlüssel zur Kontrolle der ganzen Welt sei. 1919 fasste Mackinder seine Theorie in einem seither prominenten Dreisatz zusammen:

Who rules Eastern Europe commands the Heartland
Who rules the Heartland commands the World Island
Who rules the World Island commands the World!

Die Wichtigkeit des Herzlandes war vor dem Zweiten Weltkrieg auch dem deutschen Geopolitiker Karl Haushofer nicht entgangen. Dessen *Drang nach Osten* hatte Adolf Hitlers Außenpolitik beeinflusst – die sich letztendlich als ziemlicher Flop entpuppte.

Die plakative Verkürzung, wusste Isler, führte immer wieder zu unlässigen Vereinfachungen der Heartland-Theorie. In Zeiten asymmetrischer, psychologischer, ökonomischer und finanzieller Kriegsführung und vor dem Hintergrund von Massenvernichtungswaffen, die während Mackinders Lebzeiten noch nicht existiert hatten, schien sie an Relevanz verloren zu haben. Die Frage war nur: Wussten das alle?

Eine andere Frage, die Isler nicht losließ, lautete: Wenn seine These stimmte, wieso wählte man dann für das *Projekt* einen uncharismatischen Klotz wie Vince Osman?!

First Lady war im Jagdfieber. Mit weit aufgerissenen Augen pirschte sie sich an ihre Beute heran. Ihre Bauchhaare berührten den Teppich des präsidialen Wohnzimmers, die Schwanzspitze zuckte aufgeregt hin und her. Als sie in Sprungweite war, machte sie einen Satz aufs Sofa und biss in die Spitze des Kugelschreibers, mit dem Präsidentin Adams ihre Rede überarbeitete.

»Wirklich, ich kann so nicht arbeiten«, kicherte Adams. »Geh lieber Ratten fangen; davon gibt es genug in Washington.«

Doch First Lady hatte ihre eigenen Pläne. Nach einigen Rückwärtsschritten in geduckter Haltung hechtete sie todesverachtend zwischen die Blätter des Redemanuskripts.

»… islamische Terroristen. Nein. ›Islamisch‹ wird gestrichen. Nur ›Terroristen‹«, murmelte die Präsidentin vor sich hin. Mit Schaudern dachte sie daran, was der Republik eines Tages bevorstehen könnte, wenn es jemals zu einer wissenschaftlichen Untersuchung der Vorgänge des 11. September käme. Wenn man die Informationen zusammentragen würde, die seit langem bekannt und unbestritten waren. Sie war schockiert, als ihr vor Jahren ein ehemaliger Präsident der Flugunfalluntersuchungskommission der U.S. Air Force einige ihr bis dahin unbekannte Details erzählt hatte. Niemals hätte sie so etwas in ihrem Land für möglich gehalten. *Was war ich doch naiv!*

Aber das war nicht ihr Thema. Ihre Amtszeit dauerte nur noch einhundertzweiunddreißig Tage. Irgendein Präsident, in fünfzig oder hundert Jahren, wenn das Thema abgekühlt war, könnte es sich zu eigen machen, die wahre Wahrheit herauszufinden und sie der Welt und seinem Land auf schonende Weise beizubringen.

Seit sie sich mit dem bevorstehenden Ende ihrer politischen Karriere abgefunden hatte, konnte sie ihre Zukunft als Elder Stateswoman mit Wohnsitz auf Hawaii kaum erwarten. Ihr Mann Richard hatte eine großzügige Villa mit Blick auf den Pazifik gefunden, in die sie sich sofort verliebt hatte. Zwar überstieg der Kaufpreis von acht Millionen Dollar eigentlich ihre Möglichkeiten – als Präsidentin verdiente sie nur eine halbe Million pro Jahr –, aber ein Verlag war bereit, für ihre Memoiren einen Vorschuss von zehn Millionen zu zahlen. Sie würde Bücher schreiben, sich im Garten entspannen, Vorträge halten, schnorcheln gehen, Freunde einladen und in der Welt herumreisen. Und natürlich ihren Mann mit ihrer Anwesenheit nerven – herrliche Zeiten!

»…uns immer noch nicht möglich, Näheres über die Situation in Moskau zu erfahren«, fasste Judith Roth zusammen, »da sämtliche Mittel der Kommunikation unterbunden wurden. Dennoch ist es jetzt offensichtlich, dass es sich bei den Vorgängen in der russischen Hauptstadt um einen Putsch handelt. Präsidentin Adams hat alle Beteiligten aufgefordert, keine Gewalt anzuwenden. Außerdem hat sie nachdrücklich darauf hingewiesen, dass

Leib und Leben sämtlicher ausländischer Diplomaten und ihrer Angehörigen in der Stadt gemäß internationalem Recht zu schützen seien.«

Die Kamera wechselte auf ihren Kollegen Roberto McIntyre. »In Berlin sind vor drei Stunden bei der Explosion einer Autobombe unmittelbar vor dem Hauptbahnhof nach aktuellen Meldungen mindestens zweiundsechzig Menschen getötet worden. Zu diesem schrecklichen Anschlag hat sich ebenfalls, wie schon zum Anschlag auf den Flughafen London-Heathrow, die Kampfgruppe 9/11 bekannt. Wir schalten nun nach Berlin zu unserem Korrespondenten Graham Warner. Graham, was ist der aktuelle Stand der Dinge?«

»Roberto, ganz Europa ist wie paralysiert über die schrecklichen Vorgänge in London und jetzt im Berliner Hauptbahnhof. Hunderte von Rettungskräften bemühen sich zur Stunde immer noch, die Toten zu bergen und den zahlreichen Verletzten die notwendige Hilfe zukommen zu lassen. Der Regierende Bürgermeister von Berlin hat in Absprache mit dem deutschen Innenminister und dem Europakommissar für Katastrophenschutz für das gesamte Gebiet der Stadt den Notstand ausgerufen. Neben den Rettungskräften sind Einheiten der Landespolizei sowie verschiedener Geheimdienste fieberhaft mit der Suche nach möglichen Mitverschwörern des Attentats beschäftigt. Beim Brandenburger Tor haben sich inzwischen tausende von Menschen zu einer Demonstration gegen Terrorismus eingefunden. Mit einer langen Kette von Kerzen geben sie ihrer Betroffenheit Ausdruck. Roberto?«

»Graham, es ist das erste Mal seit langer Zeit, dass Deutschland direkt von Terrorismus getroffen wurde. Sie haben eben die Reaktion in der Bevölkerung geschildert. Wie aber reagieren die Politiker?«

»Nachdem die Meldungen über die Katastrophe eingegangen sind, haben viele Politiker in einer ersten Stellungnahme der Hoffnung Ausdruck gegeben, dass es sich vielleicht um einen Unfall handle. Die ersten Untersuchungen der Polizei und das Bekennerschreiben der so genannten Kampfgruppe 9/11, die in nur zwölf

Stunden soviel Leid über Europa gebracht hat, haben jetzt diese Hoffnung zerstört. Der deutsche Bundeskanzler Joseph Bartholdy hat in einer Stellungnahme den Angehörigen sein Beileid ausgesprochen und gesagt, ich zitiere, Europa und die zivilisierte Welt werden mit Augenmaß aber mit Härte auf die barbarischen Taten der Terroristen reagieren. Außerdem hat er die Bevölkerung aufgerufen, Ruhe zu bewahren und sich nicht eine Stimmung der Hoffnungslosigkeit aufzwingen zu lassen.«

Sieben Nachrichten auf dem Beantworter zu hinterlassen grenzte an Hysterie. Deshalb entschied Josephina jetzt, einen anderen Weg zu wählen – den nach Sandrock! Sie steckte Handy und Geldbörse ein, nahm den Autoschlüssel und verließ ihre Wohnung.

Tim Lewis wurde mulmig beim Gedanken, dass er am Abend schon um halb acht schließen musste. Er hatte fast keine Reserven und abends machte er den größten Teil des Umsatzes. Deshalb reagierte er sofort und folgte seiner makabren Eingebung. Er klebte das auf beiden Seiten handgeschriebene Plakat von innen an ein Fenster des Don's.

End of the World Lunch at Don's
Celebrate Apocalypse together!
11 am to 2 pm, Daily Sunday 9/11 through Armageddon
one Beverage included
only $ 4,99 per Soul

Nicht, dass er das mit dem Weltuntergang ernst meinte. Aber er hoffte, dass er die Krise nützen konnte, das flaue Mittagsgeschäft grundsätzlich zu verbessern. Zu seiner Überraschung hatte ihm die Nationalgarde auf Anfrage zugesagt, ihn mit Lebensmitteln zu den üblichen Großhandelspreisen zu beliefern. Montag würde er diesen Service zum ersten Mal in Anspruch nehmen. Die Präsidentin hatte ja bereits angekündigt, dass die Notstandsmaßnahmen bis mindestens Mittwoch aufrecht erhalten würden.

Drei Meilen, nachdem sie von der 287 rechts auf die Zufahrtsstraße nach Sandrock abgebogen war, musste Josephina vor einer Straßensperre anhalten. Verwundert kurbelte sie das Fenster runter. »Was ist das hier?«, fragte sie den Gardisten – einer von Landlers Mitarbeitern.

»Sorry Ma'am, Sie können hier nicht weiterfahren, das Gebiet ist wegen dem Manövers gesperrt.«

»Manöver?« Sie hatte nie etwas von einem Manöver gehört.

»Southern Countdown 16. Stand in den Zeitungen.«

»Okay, dann parke ich das Auto hier und gehe zu Fuß ins Dorf«, entschied sie.

Der Gardist winkte ab. »Ich fürchte, das geht nicht. Sie müssen zuerst einen Passierschein beantragen.«

»Was?« Sie glaubte sich verhört zu haben.

»Sie müssen einen Passierschein beantragen. Hier.« Er reichte ihr einen Zettel mit einer Adresse. *Department of Defense, DAPOR, ATTN: Col. G. Warren, Washington D. C. 20301-1100.*

»Schreiben Sie an diese Adresse. Kann einige Tage dauern, bis Sie den Passierschein erhalten. Das Pentagon ist ein bürokratischer Koloss«, fügte er hinzu und zog die Augenbrauen hoch.

»Und die Leute im Dorf?«, fragte Josephina verwundert. »Müssen die auch einen …«

»Nein, natürlich nicht«, unterbrach sie der Gardist. »Viele sind aber, nachdem wir sie vor Beginn des Manövers über die Sperrung informiert haben, für einige Tage verreist. Wen wollten sie besuchen?«

Josephina zögerte. »Also … Lewis. Tim Lewis.«

Der Gardist zog einige Unterlagen aus der Innentasche. Er drehte sich zur Seite und begann zu blättern. »Lewis, Tim haben Sie gesagt?«

Sie bejahte.

»Ist abwesend. Hat seinen Laden vorübergehend dicht gemacht.«

Sie fragte den Gardisten, ob er wisse wo Tim jetzt sei.

»Natürlich nicht, Ma'am. Wir sind ein freies Land. Jeder kann reisen, wohin er will.« Er tippte sich mit Zeige- und Mittelfinger der rechten Hand an den Helm. »Wünsche Ihnen einen schönen Tag.« Damit ging er zurück zu seinem Plastikstuhl, der neben der Straßensperre stand.

Verdutzt startete Josephina den Motor, wendete das Auto und fuhr nach Hause.

36

Samstag, 10. September 2016
21.17 CDT / 04.17 MESZ (11.9.)

Ein voller Erfolg! Art Sinshy fuhr sich lächelnd mit der Hand übers Haar und ließ sich von der Beschleunigung auf Piste 04 des Amarillo International Airport in den Ledersessel drücken. *Beschleunigung der Geschichte.* Zufrieden sog er den Duft von Lavendel ein. Er hatte die Piloten gebeten, die ersten fünfunddreißig Meilen Richtung Südosten zu fliegen, um den Palo Duro Canyon im Licht des Mondes sehen zu können. Amarillo Departure gewährte den Wunsch ohne weitere Nachfrage. Allerdings machte man die Crew auf das Prohibited Area 47B aufmerksam, das am Ende des Canyons lag. Für die leistungsstarke G-70 kein Problem, es in mindestens zehntausend Fuß Höhe zu überfliegen. Nach fünf Minuten blickte Sinshy, ein Glas Whiskey in der Hand, links aus dem Fenster. Das Licht in der Kabine war auf ein Minimum gedimmt. Neben dem Klacken der Eiswürfel gegen das Glas, und dem diskreten Rauschen der Belüftung hörte Sinshy nur seinen eigenen Atem.

Dort unten war es. Abgelegen, unauffällig, nichts ahnend. *Globalvillage.* Fasziniert blickte Sinshy auf den kleinen Fleck, erkennbar nur an einigen beleuchteten Straßen. Er presste die Lippen zusammen beim Gedanken an das Schicksal, dass den Bewohnern bevorstand. Doch dann lächelte er zufrieden über den Platz in der Geschichte, den sie einnehmen würden. Die Flügelspitze zeigte direkt auf Sandrock, als das Flugzeug nach links drehte, um Kurs auf Boston zu nehmen.

Ein voller Erfolg! Sein Tag in Texas ließ ihn einmal mehr sein Geschick als wahrer Staatsmann bewundern. Es war nicht das erste Mal in diesem Wahlkampf, dass er in Texas war, und es würde nicht das letzte Mal sein. Seine Berater konnten nicht verstehen, warum er mehr als nur einige Pflichttermine dafür verschwendete. Wo doch die Texaner seit dreißig Jahren nicht mehr für einen Demokraten als Präsident gestimmt hatten. Aber er hatte seine Gründe.

Niemand sollte ihm vorwerfen können, er habe sich nicht um Texas gekümmert. Heute hatte die Öffentlichkeit außerdem eine wichtige Feststellung gemacht. Er und der Chefredakteur der Texas Times, Luce Brencis, waren sich spinnefeind. Bei einer Pressekonferenz in Houston hatte Brencis zuerst gefragt, ob die Beschäftigung einer illegalen Einwanderin als Haushaltshilfe die Wähler nicht auf charakterliche Defizite schließen lasse.

»Das ist eine uralte Geschichte!«, hatte Sinshy geantwortet.

»Das müssen die Wähler entscheiden, finden Sie nicht?« Brencis hatte den aggressiven Ton des investigativen Journalisten angeschlagen.

»Sie werden es entscheiden, da bin ich ganz gelassen. Außerdem ist es unwichtig.«

»Dann ist vielleicht etwas anderes wichtig. Nämlich die Tatsache, dass zwei Drittel der Wähler nicht glauben, dass ein Multimilliardär die Interessen eines Normalbürgers vertreten wird.«

»Wie Sie wissen, finanziere ich meinen Wahlkampf selbst. Mit anderen Worten: Ich bin niemandem etwas schuldig, der glaubt …«

»Aha! Warum sollte Sie dann jemand wählen?«

»Sie haben mich unterbrochen! Ich bin niemandem etwas schuldig, der glaubt, ich müsse ihm einen Gefallen tun, weil seine Firma mich im Wahlkampf …«

»Sechzig Prozent der Wähler halten Sie aufgrund Ihrer Herkunft für …«

»Es würde mich freuen, wenn ich zuerst einmal meine Antwort zu Ende formulieren darf, bevor Sie …«

»… aufgrund Ihrer Herkunft für abgehoben und nicht mit den Problemen des durchschnittlichen Amerikaners vertraut. Was sagen Sie dazu?«

Sinshy hatte nur ein verärgertes »Sie haben jetzt schon genug Fragen gestellt!« in Brencis Richtung geknurrt und einen anderen Journalisten aufgerufen. *Perfekt!*

Die Umfragen zeigten, dass Sinshy landesweit zehn Prozentpunkte vor seinem republikanischen Gegner Fred Coleman aus

Florida lag. Das hatte weniger mit Sinshys Beliebtheit bei den Wählern zu tun, als mit Colemans Farblosigkeit – die Personaldecke der Republikaner war dünn und Coleman nicht mehr als ein Pro-forma-Kandidat. Er hatte eigentlich damit gerechnet, gegen Jeanne Adams anzutreten und zu verlieren. Potgate hatte das Spiel verändert. Jetzt würde er gegen Art Sinshy antreten und verlieren. Das machte für Coleman keinen Unterschied. Für Sinshy auch nicht.

Nachdem er schon um halb acht schließen musste und keinen Kontakt mit Josephina herstellen konnte, musste sich Tim Lewis erst daran gewöhnen, an einem Samstagabend zu Hause zu sitzen. *Mach' ich mir mal einen schönen Fernsehabend,* dachte er sarkastisch. Knapp zwanzig Stunden, nachdem er durch den Beginn der Krise daran gehindert worden war, die Late Night Show zu sehen, hatte er sich schon an den Notstand gewöhnt – ein bisschen wenigstens. Was aber immer mehr an ihm nagte, war die Mauer zwischen ihm und Josephina, die er vorher nicht hatte einreißen wollen und jetzt nicht einreißen konnte. Er wusste, dass ihr die politische Entwicklung schreckliche Angst einflösste. Er hoffte, dass ihre beste Freundin Mable jetzt bei ihr war, und sie nicht alleine in ihrer Wohnung saß. Er hasste den Gedanken, dass sich ein anderer Mann eingenistet haben könnte.

Die Pizza hatte es ohne Stromausfall geschafft, sich im Ofen essfertig zu machen. Tim war schleierhaft, warum heute dreimal der Strom ausgefallen war. Vielleicht, weil das Netz schon lange nicht mehr das zuverlässigste war, und heute so viele Leute zu Hause bleiben mussten, und ihre Zeit mit Kochen verbrachten. Aber er machte sich darum nicht viele Gedanken.

Die Pizza war zur Hälfte gegessen und eine leere Bierbüchse gerade im Eimer unter dem Basketballkorb an der Wand gelandet, als der Bildschirm wieder schwarz wurde. Das Licht war nicht ausgegangen, also kein Stromausfall. Allein die Unterbrechung der fortdauernden Breaking News und der schwarze Bildschirm genügten, um ihm einen massiven Adrenalinschub zu versetzen.

Stille, Schwärze. Drei, vier, fünf Sekunden. Tim hielt den Atem an. *This is NBC Breaking News,* dachte er. Nach weiteren zehn Sekunden wurde er eines Besseren belehrt. Es gab noch eine Steigerung.

»This is an NBC News Emergency Message!«, dröhnte es dominant in das Zimmer. Auf dem Bildschirm erschien ein Mann in olivgrüner Uniform, hoch dekoriert. Er saß an einem Tisch und redete in einer fremden Sprache in die Kamera. Rechts neben ihm befand sich eine weiß-blau-rote Fahne, links neben ihm eine rote Fahne mit gelben Symbolen. Am unteren Bildrand kyrillische Schriftzeichen. Nach einigen Sekunden interpretierte Tim, dass NBC das Bild eines ausländischen – wahrscheinlich russischen – Senders übernommen hatte. Aus dem Off kam die Stimme von Judith Roth. »Meine Damen und Herren, wir sehen Live-Bilder des russischen Staatsfernsehens. Es spricht ein General der russischen Streitkräfte, sein Name ist … Leonid Schdanow. … Haben wir den Übersetzer? … Wann …«

Der Synchronübersetzer wurde zugeschaltet. »… Jahren der Demütigung nun ein Punkt erreicht, an dem gehandelt werden muss. Die zivilen Führungen seit 1990 waren nicht in der Lage, die russischen Interessen und die ihrer Brudernationen effizient zu vertreten. Manche haben Russland sogar verraten. Es ist Zeit für einen neuen russischen Aufbruch. Dieser Aufbruch beginnt heute – nein, er beginnt jetzt! Mit großer Zufriedenheit teile ich Ihnen, liebe Russinnen und Russen, mit, dass unser großes Land ab sofort unter einer neuen Führung steht. Diese Führung besteht aus qualifizierten und verdienten Russen, die ihre Heimat lieben und ihr wieder die Größe verschaffen wollen, die ihr in der Welt zusteht.« Die Übersetzung war nicht fließend, sie wirkte authentisch.

»Verdammte Scheiße!« Tim schob die Pizzareste beiseite. Seine ganze Aufmerksamkeit galt dem Fernseher.

»Die zivile Führung, die unser Land verraten und ausverkauft hat, wurde abgesetzt. Der Präsident wurde von einem Sondergericht zum Tode verurteilt. Das Urteil wurde bereits vollstreckt. Das

Komitee der russischen Auferstehung hat mich zu seinem Vorsitzenden gewählt. Für sein Vertrauen danke ich ihm. Heute ist ein guter Tag für Russland. Und es kann ein guter Tag für andere große Länder der Welt werden! Wenn sie einsichtig sind. Wenn sie ihre Intrigen einstellen. Und wenn sie verstehen, was die Stunde … was die Stunde geschlagen hat.«

General Schdanows Miene ließ an seiner Entschlossenheit keinen Zweifel. Er sprach schnell. Der Übersetzer hatte Mühe mitzukommen.

*Breaking News * Russischer General Schdanow: »Der russische Aufbruch beginnt jetzt!«*

»An alle Russinnen und Russen sende ich diese Botschaft: Haben Sie keine Angst! Das Schlimmste liegt bereits hinter uns. Ordnung und Größe werden zurückkehren. Die Sonne geht auf über Russland und sie wird unser Land mit ihrem Licht und ihrer Wärme erfreuen. Sie wird mit ihren Strahlen den Sumpf von Dekadenz und Verfall trockenlegen. Sie wird auf unsere Bemühungen scheinen und sie Früchte tragen lassen. An die benachbarten Länder: Glücklich ist Ihre Zukunft und gewogen ist Ihnen das Schicksal … gewogen das Schicksal, wenn Ihre Gesinnung mit uns ist. Sie werden profitieren von unserer … unserem Aufschwung, werden wie mit … von einem Magneten von uns nach oben gezogen werden. Vorsehen müssen sich aber jene, die unserem Land feindlich gesinnt sind. Die Zeiten, da man den russischen Bären schlagen und bespucken konnte, ohne vor Konsequenzen Angst … Angst haben zu müssen, sind mit dem heutigen Tag zu Ende gegangen. Seien Sie uns gewogen, dann wird auch Ihr Land aufblühen. An die Länder des Westens, vor allem … insbesondere an die Vereinigten Staaten und das Vereinigte Königreich: Heute wurde ein neuer Partner und Freund geboren. Das neue Russland …«

Tim hatte es nicht mehr auf dem Sofa gehalten. Er stand vor dem Tisch und hielt seine Hände über den Kopf. Er interessierte sich nicht sonderlich für Politik, aber es war offensichtlich, dass die Entwicklung in Russland alles in den letzten zwanzig Stunden Geschehene übertraf.

»... bietet Ihnen seine Freundschaft an. Eine Freundschaft gleichberechtigter Nationen. Kein Senior-Junior-Verhältnis. Eine gleichberechtigte Freundschaft, oder gar keine.«

Schdanow trank einen Schluck Wasser. Der Übersetzer nutzte die Pause, um den letzten Satz fertig zu formulieren.

»Zu dieser gleichberechtigten Freundschaft gehört, dass sich Ihre Länder aus der russischen Einflusssphäre zurückziehen. Viel zu lange hat unser geliebtes Russland zugesehen, wie Sie sich an unseren Rändern eingenistet haben.« Zum ersten Mal huschte ein Lächeln um Schdanows Lippen. »Die Frage stellt sich, was die USA getan hätten, wenn Russland in Mexiko militärische Basen gebaut hätte. Die Antwort ist klar: Man hätte den sofortigen Rückzug gefordert. Das tut auch Russland! Heute fordern wir Sie unmissverständlich und ultimativ auf, Ihre Stützpunkte in den ehemaligen Ländern des Warschauer Pakts aufzugeben. Russland wird nicht akzeptieren, der ... die Einkreisung durch Ihre Streitkräfte länger tatenlos hinzunehmen. Ihre hervorragenden Nachrichtendienste wissen, dass Russland über die modernsten seegestützten strategischen Waffen verfügt, die es heute gibt. Wir verlangen von Ihnen ein positives Signal. Der Abzug Ihrer Truppen und der Rückbau Ihrer Basen kann nicht über Nacht geschehen. Aber die Entscheidung muss auf Ihrer Seite sehr schnell und ... nachvollziehbar fallen.« Schdanow machte wieder eine Pause. Sekundenlang blickte er wortlos in die Kamera. Dann ließ er die Bombe platzen. »Jedes andere als das von mir skizzierte Verhalten müsste von unserem Land als eine Kriegserklärung interpretiert werden. Russland will keinen Krieg. Aber wenn ein stolzer Mann mit dem Rücken zur Wand steht und immer weiter bedrängt wird, hat er nur zwei Möglichkeiten. Entweder er gibt sich auf. Oder er schlägt zu. Russland ... Russland wird sich niemals aufgeben!«

»Der Dritte Weltkrieg!« Tim setzte sich wieder hin. »Das ist wirklich nicht mehr lustig. Das ist verdammt noch mal nicht mehr lustig!« Er schüttelte den Kopf. Wenn er jetzt wenigstens bei Josephina sein könnte!

Die Urheber des Excess-Szenarios hatten herausgefunden, wie man die Dramatik eines schrecklichen Nachrichtenprogramms noch einmal steigern konnte. Mit … gar keinem Programm.

Das Bild zeigte eine verblüffte Judith Roth. »Meine Damen und Herren, aufgrund einer Anweisung des Ministeriums für die Sicherheit des Heimatlandes wird NBC jetzt das Programm bis morgen um 6 Uhr Ostküstenzeit unterbrechen. Ich danke Ihnen für Ihr Verständnis.« Sie blickte zur Seite als wolle sie fragen: »War's das? Noch was?« Dann verschwand sie hinter einem Wall aus Schwärze.

Stille. Schwärze. Panik. In einem Land, das seit drei Generationen den Fernseher nicht mehr ausgeschaltet hatte, wirkte das blinde Schweigen des Fernsehers grausamer als die schlimmsten Nachrichten. Keine Schrifttafel. Nur Schwärze.

Tim griff zur Fernbedienung und schaltete um. CNN. »… morgen um 6 Uhr Ostküstenzeit.« Weg. Stille. Schwärze. Die anderen drei großen Sender waren bereits abgeschaltet. Tim zappte sich durchs Programm. Nichts. Kein einziger Sender lief mehr. Höhnisch schwieg ihn der Fernseher an. Tim legte das Gesicht in seine Hände. Von nirgendwo ein Ton. Wie tot. *Josephina!* Vielleicht würde er sie nie wiedersehen. Wie schrecklich ihr es gehen musste! Hätte er doch nur ein paar Stunden früher seinen blöden Stolz überwunden und sie angerufen. Dann wären sie jetzt vielleicht zusammen und könnten sich gegenseitig Mut machen. Aber so. Allein zu Hause. Draußen eine Ausgangssperre. Die unerträgliche Stille im Raum.

Fünf Minuten. Zehn Minuten. Dann endlich ein Geräusch – das Telefon läutete. Tim stolperte über einen Stuhl, als er den Hörer ergreifen wollte. Sein Schienbein tat weh. Er drückte auf die Telefontaste. Eine fremde Frauenstimme. »Dies ist eine aufgezeichnete Mitteilung des Heimatschutzministeriums. Wir weisen Sie darauf hin, dass Präsidentin Adams gestützt auf US-Code 50 heute einen nationalen Notstand erklärt hat. Die nun folgenden Regeln gelten für alle fünfzig Staaten und den District of Columbia. Zuwiderhandlungen können schwere Konsequenzen nach sich ziehen. Erstens …«

Tim hatte keine Nerven mehr, sich die Regeln noch einmal anzuhören. Er wagte es aber auch nicht, einfach einzuhängen. Vielleicht würde man es registrieren und ihn auf eine schwarze Liste setzen. Also legte er den Hörer neben sich auf den Boden. Verschwommen sah er durch seine tränenden Augen an die Decke des Wohnzimmers. Wie aus einer anderen Welt hörte er die Stimme aus dem Telefon. Dazwischen sein leises Schluchzen. Als er realisierte, dass die Mitteilung von vorne begann, hängte er ein.

In der Zwischenzeit hatte sich der Kühlschrank eingeschaltet und surrte vor sich hin. Wenigstens ein Surren. Tim stand auf und wischte sich die Tränen aus dem Gesicht. *Genug geplärrt. Heulsuse!* Er würde Musik laufen lassen, um so der Stille den Garaus zu machen. Kaum war er aufgestanden … Dunkelheit. Der Strom war ausgefallen.

»Jetzt?« Paul O'Brien fand, der Psychoterror sei groß genug.

»Jetzt! Genau *jetzt*!« Oberst Warren wollte testen, wie weit er die Zivilisten bringen konnte.

Allen im SitRoom war ein kalter Schauer über den Rücken gelaufen, als die fünf Programme nach Schdanows Ultimatum innerhalb einer Minute nur noch Schwärze ausstrahlten. Ein kollektives »Huuuh!« war durch den Raum gegangen.

»Jetzt!« Warren blickte O'Brien unnachgiebig an.

»Also gut. Ihre Verantwortung. Meiner Meinung nach haben sie genug. Ist ja eigentlich mein Job.« O'Brien war nicht wohl in seiner Haut. Er hatte die Angst in den Gesichtern der Leute gesehen und sich gewünscht, nie bei dem Experiment mitgemacht zu haben. Nie mit seinem Halbbruder über das Thema gesprochen zu haben. Nie an einer Sitzung im Pentagon teilgenommen zu haben. Aber jetzt saß er hier im SitRoom im Keller des Excess Headquarters. Hatte ein schlechtes Gewissen. Er war müde. Zu müde, um sich noch gegen Warren zu wehren.

»Also. Stromausfall. Jetzt. Fünf Minuten«, sagte er Richtung Landler.

»Zwanzig Minuten!«, trieb es Warren auf die Spitze.

»Ich bin der … Stress Consultant.« Der Titel wirkte auf O'Brien jetzt nur noch peinlich und hochtrabend. Sie trieben ein schlimmes Spiel mit unschuldigen Menschen. Im Raum nebenan kühlte die Leiche ihres ersten Opfers ab. Und er nannte sich prätentiös *Stress Consultant.* Dabei war er nicht mehr als ein Verbrecher.

»Machen Sie, was der Oberst sagt. Seine Verantwortung. Schreiben Sie das ins Protokoll.«

Landler machte einen Eintrag ins Log und blickte zum Electrical Power Manager. Der klickte mit der Maus und der Strom in Sandrock war weg.

37

Sonntag, 11. September 2016
06.07 CDT / 13.07 MESZ

Um keine Spuren – zumindest keine offensichtlichen – bei den elektronischen Aufklärungsabteilungen amerikanischer und anderer Dienste zu hinterlassen, wurden die von Sandrock nach Luxemburg gesendeten Informationen kunstreich verschlüsselt und versteckt. Die Kryptografie war nicht das wirkliche Problem. Sie war so massiv, dass selbst die voraussichtlich in zehn, zwanzig Jahren verfügbaren Computer noch Ewigkeiten brauchen würden, um sie zu knacken. Da die National Security Agency, das National Reconnaissance Office und andere Dienste es jedoch nicht gerne sahen, wenn sie Daten nicht dechiffrieren konnten, war das Verstecken des Datenflusses wichtiger als die Verschlüsselung. Letztere war nur der Notfallschirm.

Um die Daten zu verstecken, bediente sich die STOG der Steganografie – der Wissenschaft der verborgenen Übermittlung von Informationen. Schon im Altertum wurde dieser Trick angewendet. So markierte man zum Beispiel einzelne Buchstaben eines unverfänglichen Texts mit Tinte, die erst durch Zugabe einer Substanz sichtbar wurde. Die markierten Buchstaben ergaben den Inhalt der versteckten Nachricht.

Jahrtausende später ließ Margaret Thatcher, erbost über Kabinettsmitglieder, die interne Dokumente an die Presse weitergaben, die Textverarbeitungssoftware in den Ministerien modifizieren. Anhand der Abstände zwischen den Buchstaben und Wörtern konnte die undichte Stelle identifiziert werden.

Im Fall von Excess war das Verstecken der Daten komplexer: Die einzelnen Bilder aus Sandrock wurden zuerst auseinandergenommen und dann chiffriert. Dies geschah in den Prozessoren, die vor dem Experiment ohne Wissen des Excess-Teams in einige Computer im SitRoom eingebaut worden waren. Die einzelnen chiffrierten Datenpakete wurden dann in einem unauffällig wirkenden, konstanten Datenfluss – den Bildern einer Webcam, die den Palo Duro Canyon zeigte – vom SitRoom nach Amarillo gesendet. Dort landeten sie bei ErotiPixx.com, einem Anbieter von Softpornos. ErotiPixx.com war eine Frontorganisation der STOG, die, um keinen Verdacht durch zeitliches Zusammentreffen hervorzurufen, bereits seit einem Jahr in Betrieb war. In den Servern des Erotikanbieters wurden die chiffrierten Daten von den Bildern der Webcam in Bildpunkte der Softpornos eingeschleust – nicht wahrnehmbar für das menschliche Auge. Die regulären Kunden von Erotipixx.com betraf dieser Vorgang allerdings nicht. Die STOG hatte in Mitteleuropa dreihundert fiktive Webkonten aufgestellt. Sie waren die Empfänger der chiffrierten und steganografierten Bilder. In ihren Computern wurden die Datenpakete aus Sandrock ausgepackt und über sichere Verbindungen nach Luxemburg gesendet. Das komplizierte Vorgehen hatte zur Folge, dass man in Luxemburg, mit einer Zeitverzögerung von zehn Sekunden nur zwei Bilder pro Sekunde empfing. Was allerdings vollkommen genügte.

Tim Lewis erwachte durch das nervtötende Quäken des Weckers. *Warum so früh? Shit – weil NBC wieder sendet!* 6 Uhr. Noch neunzig Minuten bis zum Ende der Ausgangssperre. Als sich Tim aus dem Bett quälte – er hatte keinen Fernseher im Schlafzimmer – fiel ihm auf, dass er den Wecker ein Stunde früher hätte stellen müssen. NBC hatte von 6 Uhr Ostküstenzeit gesprochen, also 5 Uhr in der Zeitzone, in der Texas lag. Nachdem er die Kaffeemaschine angeworfen hatte ging er ins Wohnzimmer. Zuerst der Telefontest – Josephina. »Wir müssen Ihnen leider mitteilen …« Wieder nichts!

Er realisierte, dass er Herzklopfen hatte, als er den Fernseher einschaltete. Was wohl in der Zwischenzeit alles passiert war? Schon das erste Bild ließ an Dramatik nichts zu wünschen übrig. Die Textzeile beseitigte alle Interpretationsmöglichkeiten. *Silos der Atomraketen in Russland geöffnet.* Darunter: *Bild und Ton dieser Sendung freigegeben durch Verteidigungsministerium.* Eine Satellitenaufnahme einer Waldlichtung irgendwo in Russland. Zehn schwarze Löcher gähnten im Boden. Tief in der Erde, unsichtbar für das

Kameraauge des Satelliten, je eine interkontinentale ballistische Rakete – bestückt mit Atomsprengköpfen. Schnitt zurück ins Studio, ins Bild kam Judith Roth. »Präsidentin Adams wird sich heute um 9 Uhr Ostküstenzeit mit einer wichtigen Ankündigung an das amerikanische Volk wenden«, erklärte sie. Sie trug eine modische olivfarbene Bluse, an deren Kragen eine Brosche in der Form einer amerikanischen Flagge geheftet war. »Es ist zu vermuten, dass die Präsidentin das Kriegsrecht für das gesamte Gebiet der Vereinigten Staaten von Amerika ausrufen wird. Das wäre zum ersten Mal seit 1861 durch Präsident Abraham Lincoln. Die Präsidentin und der Generalstab haben bereits das Militär in erhöhte Alarmbereitschaft versetzt. Seit 4 Uhr gilt für alle US Streitkräfte DEFCON 2. Dies war zum letzten Mal 1962 während der Kubakrise der Fall.« Ernst fügte sie hinzu. »Der nächste Schritt, DEFCON 1, würde erklärt, wenn die USA tatsächlich angegriffen werden. Sämtliche Feierlichkeiten zum Gedenken an die Anschläge vom 11. September 2001 wurden abgesagt.«

Das Bild wechselte auf ihren Kollegen Roberto McIntyre. »Wir weisen Sie darauf hin, dass Bild und Ton dieser Sendung von der militärischen Zensur überwacht werden.« Er drehte sich und blickte in eine andere Kamera. »Die Entwicklung in Russland ist schlimm genug, aber …«

Zwei Gefühle rangen in Tim um Vorherrschaft: Angst vor der allernächsten Zukunft und Trauer wegen des fehlenden Kontakts zu Josephina. Die Situation legte sich wie eine Decke aus Blei über ihn. Das abstrakte Element der Nachrichten wurde durch die Ausgangssperre und die Einschließung in Sandrock mehrfach verstärkt. Gestern war der alte Kenneth Williams vor dem Fernseher an einem Herzinfarkt gestorben. Es hatte nur wenige Stunde gedauert und ganz Sandrock wusste von seinem Tod. Er wirkte wie ein Omen – die Alten und Schwachen sterben zuerst.

»… in der Nacht sind in fünfzehn Städten der USA, Europas und dem Nahen Osten Bomben mit möglicherweise radioaktiven Stoffen explodiert. Dabei wurden mehr als siebenhundert Menschen getötet und tausende verletzt. Betroffen sind die Städte

Boston, Baltimore, Washington D. C., Seattle, Dallas, San Francisco, Orlando, London, Birmingham, München, Hamburg, Genf, Marseille, Rom und Jerusalem. Zu den Anschlägen hat sich die Kampfgruppe 9/11 bekannt. Erschreckend ist, dass dies trotz der einschneidenden Maßnahmen, die seit gestern getroffen wurden, geschehen konnte. Dies zeigt, dass die Anschläge von langer Hand vorbereitet worden sind. Inzwischen wurde auch in den betroffenen Ländern der Notstand ausgerufen.«

David Isler saß am heimischen Esstisch und starrte in den Teller. Er war überzeugt, dass seine These stimmte. Aber: Sie musste bewiesen werden. Bevor das Schlimmste eintrat. Genau hier lag das Problem. Die beteiligten Personen würden alles unternehmen, um ihre Spuren zu verwischen. Außerdem konnten die Spuren nicht an Orten gefunden werden, die der Öffentlichkeit zugänglich waren. Und wie sollte man dort suchen, wo man keinen Zugang hatte?

»Die List gehört zur Welt wie die Nacht zum Tag«, hatte Pater Aurelius gestern zu ihm gesagt. Und bedauernd hinzugefügt: »Die Menschen im Abendland sind listenblind – und wissen es nicht einmal. Das betrifft vor allem Intellektuelle! Es ist einfach, sie an der Nase herumzuführen. Viele Akademiker lieben es, unkonventionelle Ansichten als *Verschwörungstheorien* zu brandmarken – im naiven Irrglauben, so ihre intellektuelle Überlegenheit zu beweisen! Dabei beweisen sie nur ihre Ignoranz!« Aber wie habe Einstein gesagt: Jeder Wissenschaftler solle es sich zur Pflicht machen, eine halbe Stunde am Tag das Gegenteil von dem zu glauben, was er für erwiesen halte!

»Schmeckt es nicht?« Ohne Vorwurf blickte Angela Isler zu ihrem Mann. Sie saßen am Esstisch im Wohnzimmer ihres Hauses in Bolligen, wo Olivia gerade probierte, eine einzelne Spaghetti aus dem Knäuel zu ziehen.

»Doch.« Isler kehrte aus seiner gedanklichen Abschweifung zurück und aß weiter. »Doch, sehr gut sogar.« Er rollte eine Gabel Spaghetti auf und führte sie an Olivias Mund.

»Nicht so viel, sie wird noch ersticken«, mahnte Angela.

Olivia riss den Mund auf wie ein Nilpferd und schob ihn über die Gabel. Die Sauce blieb an ihren Lippen hängen. Sie kicherte ihren Vater an, als sie genüsslich mampfte.

Isler legte die Gabel beiseite. »Es ist faszinierend, wie listig manche Menschen sind. Wenige zwar – aber die dafür umso listiger.«

Angela blickte ihn fragend an. Sie wusste, dass nun ein Vortrag kommen würde. Sie hatte sich mit Islers Eigenart, ständig zu denken, schon lange abgefunden. Manchmal fand sie sogar interessant, was ihr Mann erzählte.

»Du erinnerst dich doch an Operation Northwoods«, begann er. Angela nickte.

»Der Plan, in den USA Terrorakte zu inszenieren, um sie den Kubanern in die Schuhe zu schieben.«

»1962«, bestätigte Angela.

»Genau. Ein Element der Kampagne, die sich der US-Generalstab ausgedacht hat, und die von Kennedy gestoppt wurde, war besonders listig.«

Olivia blickte zu ihrem Vater und zeigte lachend auf ihren offen stehenden, leeren Mund. Isler rollte eine weitere Ladung Spaghetti auf, diesmal allerdings eine kindgerechte Portion, und gab sie ihr zu essen.

»Besonders listig, um es besonders authentisch zu gestalten. Also. Eine Staffel von vier oder fünf F-101-Kampfjets sollten vor der Küste Kubas, aber immer noch in internationalen Gewässern, auf eine Übungsmission gehen. Nur einen einzigen der Piloten – er war mit den anderen nicht persönlich bekannt –, der für diese Mission von einer anderen Staffel hinzugezogen worden wäre, hätte man in die wahre Absicht hinter der Übung eingeweiht.«

»Nämlich?«

»Er würde sich hinter die Staffel zurückfallen lassen, und sobald er außer Sichtweite wäre, einen Notruf absetzen. ›Mayday Mayday, ich werde von kubanischen Flugzeugen angegriffen!‹ Über internationalen Gewässern! Das wäre ganz klar ein illegaler Akt Kubas gewesen.«

»Aber?«

»Er sollte dann im Tiefflug zu einem geheimen Militärflughafen in den USA fliegen. Gleichzeitig würde ein U-Boot der Navy F-101-Wrackteile und einen Fallschirm im Wasser verteilen und dann wieder abtauchen. Die anderen Piloten würden das Kommando erhalten, sofort wieder zu ihrer Basis zurückzukehren. Stunden später würde ein Rettungsschiff die Wrackteile und den Fallschirm finden. Sowohl die anderen Piloten wie auch die Besatzung des Rettungsschiffs würden den Abschuss für vollkommen authentisch halten. Man könnte die Piloten vor eine Fernsehkamera stellen und sie würden *absolut glaubwürdig* über den Abschuss berichten. Wer würde dann noch zweifeln? Obwohl es nie einen Abschuss gegeben hätte!« Isler schüttelte fasziniert den Kopf.

Von einem Moment auf den anderen lag sie hellwach im Bett. 6.30 Uhr. Josephina gähnte und streckte sich. Schlagartig kam die Erinnerung an den Traum zurück. Sie hatte Tim gesehen, wie er sich mit einer billigen Blondine an irgendeinem Strand im Wasser vergnügte. Ohne auch nur den Hauch eines Gedankens an sie zu verschwenden.

Ohne es ihr zu sagen, war er in die Ferien verreist – der Soldat an der Straßensperre vor Sandrock hatte es ihr gestern persönlich gesagt, es gab also keinen Zweifel. Und Tim beantwortete nicht einmal ihre Anrufe. Tränen kullerten über ihre Wangen. Wieso sollte sie annehmen, dass er alleine abgereist war? Oder dass er an seinem Ferienort nicht sofort eine Frau kennen lernen würde? Niemals, *niemals* hätte sie für möglich gehalten, dass er so kalt und niederträchtig sein konnte! Wie man sich doch in einem Menschen täuschen konnte! Aber jetzt musste sie sich auf ihre Schwangerschaft konzentrieren. Abzutreiben lag nicht im Bereich ihrer Erwägungen. Also zur Welt bringen und dann alleine zurechtkommen. Eines war ihr jetzt klar: Von Tim wollte sie *nie wieder* etwas hören! Sie griff zum Telefon und löschte seine Nummer. Aus. Fertig. Vorbei! Heulend drehte sich sie um und versuchte, wieder einzuschlafen.

38

Sonntag, 11. September 2016
07.41 CDT / 14.41 MESZ

Bis jetzt hatte Bundespräsident Giovanni Mattei die Präsidentin nur kurz gesehen, als die Falcon gestern vor Mitternacht in Andrews Air Force Base bei Washington gelandet war. Adams, gerade mit Marine One vom Weißen Haus in Andrews angekommen, begrüßte ihn, bevor sie mit Air Force One nach New York weiterflog. Dort fanden heute die zentralen Feierlichkeiten vor dem neuen Freedom Tower statt. Keine Gelegenheit, mit ihr über einen heiklen Sachverhalt zu sprechen. Er musste also bis Montag warten, bis zum offiziellen Treffen.

8.40 Uhr Ostküstenzeit. Mattei saß in der fünften Reihe im repräsentativen Benjamin Franklin Room des State Department, wo sich zweihundert Exzellenzen aus aller Welt eingefunden hatten. Hier fand die internationale Zeremonie zur Erinnerung an die Opfer aus über neunzig Ländern statt, darunter auch zwei Schweizer. Auf der kleinen Tribüne stand US-Außenminister William Hull und hielt eine Ansprache. Um 8.46 Uhr, dem Zeitpunkt des ersten Einschlags ins World Trade Center, bat er die Anwesenden, sich für eine Schweigeminute zu erheben.

Seit 7 Uhr war der Luftraum in einem Umkreis von dreißig Meilen um Sandrock gesperrt. Der Radius war so gewählt, dass der Betrieb auf Amarillo International und dem südwestlich gelegenen Tradewind Airport weiterhin möglich war. Nur Anflüge auf Piste 31 in Amarillo International waren bis zum Ende des Experiments untersagt, da der Anflugpunkt CEVEX in der Sperrzone lag. Clarendon Smiley Johnson Municipal Field war ganz geschlossen. Davon nicht betroffen war natürlich die dort stationierte Crew des Notfallhelikopters. Die Sperrung des Luftraums erstreckte sich jetzt bis in eine unlimitierte Höhe. Oberst George Warren hatte die Einrichtung der Sperrzone 47B unauffällig im Rahmen des Manövers Southern Countdown 16 arrangiert.

Die zeitlich unbeschränkt existierende Sperrzone 47 betraf die Nuklearwaffenfabrik Pantex im Nordosten Amarillos – die einzige Installation ihrer Art in den ganzen USA.

Die Boeing 767 in den Farben von United Airlines, die bald bei Sandrock abstürzen würde, war um 7 Uhr in Reglin Air Force Base in der Wüste Arizonas gestartet. Einige von Landlers Leuten und ein Pilot waren in Reglin, um den Jet zu betanken, flugfertig zu machen und auf die Piste zu rollen. Start, Flug und Absturz erledigte das automatische System autonom. Im Gegensatz zum Jumbo, den man in Reglin abgeschossen hatte, war die 767 als Roboter ausgelegt. Das Flugzeug brauchte nur ein Startsignal, um ohne jede Hilfe von außen zuverlässig sein dreidimensionales Profil abzufliegen. Theoretisch wäre es allerdings möglich, das Flugführungssystem während des Flugs umzuprogrammieren – wenn man über die notwendigen Zugangscodes verfügte.

Der Flug der Boeing 767 war bei der FAA als militärische Bewegung im Zusammenhang mit Southern Countdown 16 angemeldet worden. Die FAA kannte den Flugweg des Jets, hatte ihn auf dem Radar und separierte den restlichen Luftverkehr.

»Nächster Punkt?« Maître war mit dem Verlauf des Experiments um Großen und Ganzen zufrieden. Die aufwendige Vorbereitung hatte sich bis jetzt ausgezahlt. Allerdings war Wachsamkeit geboten. Zum Schluss musste alles so verlaufen *wie geplant*, damit Excess seinen wahren Zweck erfüllen konnte. Maître kannte natürlich den nächsten Punkt, aber er ließ Trust gerne spüren, wer der Chef war.

»Der Absturz des Jets von United Airlines um … 8.20 Uhr Texas-Zeit.« Trust tat, als würde er Maîtres arrogantes Verhalten nicht bemerken.

»Ist das Flugzeug pünktlich gestartet?« Maître blickte Trust nicht in die Augen, als er die Frage stellte, sondern auf einen der Bildschirme. So kam er darum herum, zum viel größeren Trust aufblicken zu müssen.

»Auf die Minute.«

»Gut. Sehr gut!« Maître lächelte zufrieden. »Das wird einen richtig schönen Knall geben!«

Larry Monk und Alberto Suarez saßen bei der Mahlzeit, die vom Gefängnismanagement als ›Frühstück‹ bezeichnet wurde. Im Gegensatz zu Mittag- und Abendessen konnte man zum Frühstück keine Alternative kaufen. Der Fernseher war auf NBC geschaltet.

»Verdammte Scheiße!«, schüttelte Monk den Kopf. »Machen die Russen die Atomraketen scharf! Das darf doch nicht wahr sein! In zwei Jahren würde ich hier rauskommen. Aber wenn das so weitergeht …«

»Mucho gefährlich!«, pflichtete Suarez bei und löffelte die als ›Rührei‹ ausgegebene gelb-graue Masse in sich hinein. Die brisante internationale Situation ließ sie ihre Animositäten vorübergehend vergessen.

»Roberto, wir haben in der letzten Stunde ein Kamerateam nach Manhattan geschickt«, fuhr Roth fort, »um die Meinung der Bevölkerung zu hören.«

Kameraschwenk über den Times Square. Nur wenige Menschen auf den Straßen. Auf dem NASDAQ-Display im Telegrammstil Nachrichtenmeldungen. Schnitt auf zwei Passanten, ein junges Paar. Frage aus dem Off: »Was sind Ihre Gefühle, wenn Sie an die Nachrichten der letzten vierundzwanzig Stunden denken?« Schnitt auf die Frau. Besorgtes Gesicht. »Ich hatte nie in meinem Leben so große Angst. Es ist unglaublich, wie die Situation so schnell eskalieren konnte.« Bildausschnitt wird vergrößert, zeigt jetzt ihren Freund, der zustimmend nickt.

»Ich war am 11. September – also ich meine den vor fünfzehn Jahren, mein Gott, heute ist ja wieder der 11. September! – sieben Jahre alt, und hatte damals große Angst. Aber jetzt ist es wirklich schlimm. Terroristen, die unsere Freiheit angreifen und *gleichzeitig* ein Putsch in Moskau von einem verrückten General. Vielleicht stecken sie unter einer Decke. Ich bete, dass wir das überleben.«

Dann eine ältere Dame, grell geschminkt, auf dem Kopf ein Hut mit bunten Federn. »Ich habe schon so viele Krisen überlebt. Stellen Sie sich vor, ich war vier Mal verheiratet! Mich kann nichts umbringen!«

Ein junger Schwarzer im Hip-Hop-Look, Kaugummi kauend. »Sie werden uns alle umbringen«, Schimpfwort weggepiept, »das sage ich«, Schimpfwort weggepiept, »das ist das«, Schimpfwort weggepiept, »Ende der« Schimpfwort weggepiept, »Welt!«

Ein älterer Herr. »Die Strafe Gottes! Alles wird in Flammen aufgehen!«

Eine Gruppe Jugendlicher. »Das Schlimmste ist, dass man nirgendwo mehr ausgehen kann wegen dieser – Piep – Ausgangssperre!« – »Das stimmt!« – »Dad, ich bin im Fernsehen!«

»Die Schnecke regt sich auf wegen der Ausgangsperre!« Monk schnaubte verächtlich. »Soll sie mal zu uns in die Zelle kommen, dann will sie sowieso keinen Ausgang mehr!«

Suarez nickte zustimmend. »Wo du recht hast, hast du recht, Monk.«

Als der nächste Passant ins Bild kam, wurde die Reportage unterbrochen.

Roberto McIntyre. »Soeben erhalten wir aus Russland folgende Meldung. Das so genannte Komitee der russischen Auferstehung unter Führung von General Leonid Schdanow hat jetzt die Generalmobilmachung aller russischen Truppen angeordnet. Ich wiederhole.« McIntyre blickte aufgeregt in die Kamera. »Russland hat die sofortige Mobilmachung aller Truppen angeordnet.«

39

Sonntag, 11. September 2016
08.00 CDT / 15.00 MESZ

Tim Lewis hatte um 7.30 Uhr sein Haus verlassen und war einmal um Sandrock gejoggt. Pünktlich zur erwarteten Pressekonferenz der Präsidentin saß er verschwitzt vor dem Fernseher. Als er einschaltete, sah er Adams am Rednerpult ankommen. Sie war flankiert von einigen Kabinettsmitgliedern, dem Generalstabschef und anderen Uniformierten. Finstere Mienen, in Falten gelegte Stirne.

Tim nickte die nächsten fünfzehn Minuten. Adams' Auftritt erfüllte die allgemeine Erwartungshaltung – unter den *neuen* Umständen. Sie erklärte, dass sie aufgrund der internationalen Lage das Kriegrecht ausrufe. Zum ersten Mal seit Bestehen des Systems sei die Verteidigungsbereitschaft auf DEFCON 1 erhöht worden. Es bestehe die akute Gefahr eines Angriffs. Das strategisch Arsenal – die Nuklearwaffen – sei auf relevante Ziele programmiert worden und bereit zum Abschuss. Sie wünsche keinen Krieg, werde aber nicht zögern, von allen ihr zur Verfügung stehenden Mitteln Gebrauch zu machen, sollte dies erforderlich sein. Obwohl die neue russische Regierung nicht legitim sei, bemühe sie sich um die Herstellung eines Dialogs. Sie sei gezwungen, das Land jetzt mit harter Hand zu führen. Über Terroristen und alle, die die Wehrbereitschaft der USA schwächten, würde im Eilverfahren gerichtet werden. Das Regierungskontinuitätsprogramm sei aktiviert, der Vizepräsident unterwegs an einen sicheren Ort. Sie selbst werde Washington verlassen und ebenfalls einen sicheren Ort aufsuchen. Sie bitte alle Amerikaner, für das Land und die Welt zu beten. Dann entschwand sie mit ihrer Entourage aus dem Bild.

Tim hatte keine Zeit, nachzudenken. Die Übertragung aus dem Weißen Haus war gerade beendet, als er ein Heulen am Himmel hörte.

»Dann hoffen wir mal, dass die Automatik hält, was man uns versprochen hat.« Oberst Warren grinste amüsiert, als die 767 das Excess Headquarter mit Kurs auf das vier Meilen westliche gelegene Sandrock überflog. In fünfundvierzig Sekunden würde das Flugzeug über der Main Street sein. Jetzt war es ein bisschen wie Krieg. Nervenkitzel. Große Maschinen. Zerstörung. Der verrückteste Akt des Excess-Szenarios hatte begonnen. Man hatte den Zeitpunkt für den Absturz so gewählt, dass es möglichst wenige Augenzeugen außerhalb der Experimentzone geben würde – Sonntagfrüh, kurz nach acht. Die 287 war nur sehr schwach befahren. Der Jet flog jetzt schon so tief, dass er von der Straße aus nicht mehr gesehen werden konnte. Den Abstieg aus der Reiseflughöhe hatte die 767, im Sturzflug von Südosten kommend hinter sich gebracht. Nur ein paar Rinder hatten sich beim Wiederkäuen verschluckt, als sie sahen, wie der United Jet Richtung Sandrock gerast war.

Oberst Warren hatte den Flug des Jets geschickt in das Manöver Southern Countdown integriert. Da Excess dem Informationszugangsgesetz unterstand, hatte er selbst innerhalb des Pentagons keine weiteren Erklärungen abgeben müssen. Er hatte in Aussicht gestellt, dass das menschenleere Flugzeug aufgrund ›ungewöhnlicher Flugmanöver‹ im schlimmsten Fall auf freiem Feld abstürzen könne. Eine Untersuchung eines möglichen Unfalls sei nicht notwendig. Damit verhinderte er, dass nach dem Absturz militärische Ermittler in Sandrock aufkreuzen würden. Die DAPOR sei im Fall eines Absturzes mit dem notwendigen Löschgerät vor Ort. Jetzt musste nur noch alles funktionieren wie geplant.

Das Heulen wurde lauter. *Ein Flugzeug!* Tim sprang auf und rannte auf die Straße. Einen Moment glaubte er zu träumen. Ein riesiger Passagierjet raste im Sturzflug auf ihn zu. Bild füllend. Menschen kamen aus ihren Häusern. Frauen hielten die Hände vor den Mund. Männer schrieen Namen von Flugzeugtypen durcheinander. Viele warfen sich auf den Boden, als der Jet im Tiefflug und mit ohrenbetäubendem Lärm über die Main Street hinwegdonnerte.

Tim drehte sich um und sah, wie das Flugzeug ruckartig nach links abkippte, Richtung Canyon drehte und im Sinkflug in seiner Schlucht verschwand. Der Lärm ebbte ab.

Alle redeten durcheinander.

»United. United Airlines!«

»Eine 737!«

»Quatsch, eine 787!«

»Sie wurde sicher entführt!«

»Heute ist der 11. September!«

Tim stand da und schüttelte den Kopf. Langsam war er sich nicht mehr sicher, ob er all das wirklich erlebte oder irgendwo in einer Intensivstation lag und wild träumte. Aber doch – alles war echt. *Es passiert wirklich!*

»Sie kommt zurück!« Ein Mann schrie panisch. Er stand weiter östlich in der Main Street und hatte zwischen Häusern hindurch freien Blick zum Canyon. Menschen stoben nach allen Seiten weg. Andere blieben wie angewurzelt stehen.

Die 767 stieg steil nach oben. Ihre Triebwerke liefen auf Volllast. Sie setzte zum zweiten Sturzflug auf Sandrock an. Immer noch mit großer Schräglage nach links kurvend peilte sie die Achse der Main Street an. Metergenau steuerte das Flugführungssystem den Jet innerhalb des dreidimensionalen Korridors, den seine Auftraggeber programmiert hatten.

Die Kamera! Tim hastete ins Haus zurück. Er stieß sich mit dem Ellenbogen am Türrahmen. Er spürte nichts. Blut tropfte auf den Teppichboden des Wohnzimmers. Er holte die Kamera aus dem Regal und schaltete sie noch im Zurücklaufen ein. Gerade als er wieder auf die Straße trat, befand sich die 767 zum zweiten Mal im Sturzflug, und hielt genau auf ihn zu. Wie ein Kriegsberichterstatter zielte er mit der Kamera stur auf das Objekt.

Schreie.

»Sie wird auf das Dorf stürzen!«

Tim filmte weiter. »Und wenn es das Letzte ist, was ich tue!«, sagte er trotzig zu sich selbst. »Na komm schon! Komm schon!« Sein Herz schlug ihm bis zum Hals. Die Situation war so intensiv, seine Konzentration so hoch, dass er in diesem Moment alles andere vergessen hatte. Das Kriegsrecht. Die Atomsilos. Josephina.

Die Kamera war senkrecht nach oben gerichtet, als er sich um seine eigene Achse drehte, und filmte, wie das Flugzeug aus dem Sturzflug abgefangen wurde, und zum zweiten Mal nach links wegkippte und im Canyon verschwand. Mit ihm der Lärm der Triebwerke.

Zehn, fünfzehn Sekunden später, ein dumpfer Knall. Explosionen. Ein Feuerball stieg in den Himmel. Dann nur noch schwarzer Rauch.

»Und?« Warren grinste. »Im Zielquadrat abgestürzt?«

»Wie eine Cruise Missile!« Der Airborne Vehicles and Airspace Manager war sichtlich erleichtert.

»Schön!« Warren griff zum Mikrofon. »Delta Eleven von Alpha Delta!«

Nach einigen Sekunden. »Delta Eleven, hier ist ein Flugzeug abgestürzt!«

»Wir haben das Signal des Emergency Locator Transmitters erhalten«, antwortete Warren. Er instruierte die Nationalgarde, den Sheriff und vor allem die Bürger abzuhalten, zur Absturzstelle zu gehen. »Wir haben ein Feuerwehrkontingent in der Nähe. Sie werden sich um die Sache kümmern! Niemand geht zur Absturzstelle. Auch Sie nicht! Haben Sie das verstanden?!«

»Verstanden … vielleicht gibt es noch Überlebende?«

»Keine Überlebenden! Setzen Sie meine Anweisungen mit allen Mitteln durch! Die Präsidentin hat soeben das Kriegsrecht ausgerufen. Die gesamten US-Streitkräfte sind jetzt auf DEFCON 1. Bitte wiederholen Sie!«

»Oh mein Gott! Alle Streitkräfte auf DEFCON 1.«

»Sollte sich jemand Ihren Anweisungen widersetzen, können Sie von Ihren Waffen Gebrauch machen!«

»Verstanden.«

»Over!«, beendete Warren die Kommunikation.

Patricia Palmer blickte ungläubig zu Warren. »Finden Sie nicht, dass Sie ein bisschen …«

»*Übertreiben?!* Ist es das, was Sie sagen wollten, Patricia?«, schnitt ihr Warren das Wort ab.

»Sie sagen den Leuten, sie können von ihren Schusswaffen Gebrauch machen?«

»Ich habe *Ihnen* allen vor über einem Jahr gesagt, Sie sollen sich gut überlegen, worauf Sie sich einlassen. *Sie haben offenbar immer noch keine Ahnung!* Was wir hier machen, ist todernst!«

Patricia sah Warren fassungslos an und fragte sich, ob er vielleicht geisteskrank war.

Paul O'Brien sprang von seinem Drehstuhl auf. Der Moment war gekommen, wo er eingreifen musste. »Aber das ist kein Grund, die Situation noch weiter anzuheizen!«

»Erklären Sie mir nicht, wie ich meinen Job machen soll! Wir sind auf DEFCON 1! Machen Sie Ihren Job und ich meinen!«

»Trotzdem ist es verantwortungslos …«

»MACHEN SIE IHREN JOB UND ICH MEINEN! VERSTANDEN, SOZIOLOGE O'BRIEN?!« Warren hatte nicht im Geringsten die Absicht, die Zivilisten anders zu behandeln als einen subordinierten Rang bei den Marines.

Paul schüttelte fassungslos den Kopf. Er wurde bleich und setzte sich wieder vor seine Bildschirme. Patricia stapfte beleidigt aus dem SitRoom und ging in den ersten Stock in ihr Zimmer.

Landler gab den Befehl an seine wartende Crew, mit den vier auf dem Flugplatz von Clarendon stationierten Feuerwehrfahrzeugen zum Absturzort zu fahren. Er tat, als habe er von der Auseinandersetzung nichts mitbekommen.

Warren atmete tief durch. Nichts als Scherereien mit den Zivilisten. Er wusste, dass die Gardisten in Sandrock nicht die Nerven hatten, auf Menschen zu schießen. Es waren schließlich nur Reservisten. Er setzte sich und nahm Kontakt mit der Leitung des Manövers SC16 auf, um zu bestätigen, dass man keine Hilfe bei Lösch- und Aufräumarbeiten benötige.

Dann informierte er die FAA. Beim Absturz sei niemand zu Schaden gekommen, weitere Angaben könne er nicht machen. Der Vorgang stehe unter dem Schutz des Informationszugangsgesetzes. Man werde die Medien selbst informieren.

Außerdem sandte er eine Meldung an das Umweltministerium in Washington die besagte, dass alle Vorkehrungen zum Boden- und Gewässerschutz getroffen würden.

Schließlich meldete er der Hotline von Boeing, dass man aus Gründen der nationalen Sicherheit keine Repräsentanten des Herstellers an das Wrack heranlassen werde.

Zum Schluss wies er Landler an, die vorbereitete Meldung an Associated Press zu senden:

Military Jet Crash in Texas
A military transport jet crashed in Armstrong County near Amarillo this morning at around 0820 CDT. The two crew were able to exit the plane and parachute to safety before impact. The airplane was part of the ongoing military exercise Southern Countdown 16.
We Advise media representatives that the crash happened in context of an operation under protection of the Information Accessibility Act.

Tim Lewis und ein paar andere Bewohner waren bereits auf halbem Weg zwischen dem südlichen Ende von Sandrock und der Absturzstelle, als ihnen die zwei Jeeps der Gardisten den Weg abschnitten.

40

Sonntag, 11. September 2016
08.32 CDT / 15.32 MESZ

Josephina Saprissa hatte sich zwei Stunden unruhig im Bett gewälzt. Das Gewirr ihrer langen schwarzen Haare verteilte sich auf dem Kopfkissen und um ihren Hals. An Schlafen war nicht zu denken. Hin und her gerissen zwischen dem beruhigenden Gefühl der Unabhängigkeit und der beängstigenden Aussicht auf eine Zukunft ohne Tim und eine fehlgeschlagene Familienplanung – wo ihr beides doch so wichtig war –, fühlte sie sich miserabel. Sie stand auf, machte einen Tee, und setzte sich vor den Fernseher. *Heute ist ja der 11. September*, fiel ihr ein. Präsidentin Adams stand in New York am Ort der unerträglichen Anmaßung größenwahnsinniger Menschheitsfeinde und hielt ihre Ansprache. Obwohl Josephina ihr eigenes Terrorszenario durchlebte, versuchte sie sich auf die Rede zu konzentrieren um sich von ihr ablenken zu lassen. Nach einigen Minuten lief am unteren Bildrand eine Textzeile durch.

*Breaking News * Militärjet in der Nähe von Amarillo abgestürzt. Crew konnte sich mit Schleudersitz retten.*

Zuerst wunderte sie sich, dass an einem Sonntag – an *diesem* Sonntag, der ganz im Zeichen der Erinnerung stand – Militärjets unterwegs waren. Dann fiel ihr das Manöver ein, von dem ihr der Soldat an der Straßensperre erzählt hatte. Sie machte sich keine weiteren Gedanken.

Ohne genau bestimmen zu können, warum, gefiel ihr die Rede der Präsidentin. Vielleicht war es der Ton, in dem Adams sprach. Vielleicht war es die menschliche Reife der Präsidentin, die sich wohltuend von Vorgängern abhob. Vielleicht der fehlende Revanchismus. Wahrscheinlich alles zusammen.

Sie konnte sich nicht gegen die blitzartig auftretenden Bilder wehren, die einen ausgelassenen Tim an einem Strand mit einer anderen Frau zeigten. Josephina schüttelte den Kopf. *Wie kann ein*

Mensch nur so schlecht sein! Eine Woche keinen Kontakt – akzeptabel nach dem Streit, in dem sie auseinandergegangen waren. Aber nicht zu ihr zu kommen und zu sagen *Hey, lass es uns vergessen. Wir gehen ein paar Tage in die Ferien – die machen da ein Manöver mit Straßensperren und allem Drum und Dran. Ich schließe einfach den Laden und wir verreisen zusammen. Okay?*

David Isler verfolgte seit Anfang August die gesamte Berichterstattung über Vince Osman, Chef der texanischen Solidaritätsbewegung. Er hatte eine Statistik über die Häufigkeit von Berichten über Osman angelegt. Mount & Guesston, die PR-Agentur mit finanziellen und personellen Verflechtungen zur von Art Sinshy gegründeten Headline & Footage-Gruppe, leistete ganze Arbeit. Interessant fand Isler, dass über Osman nicht nur in den USA berichtet wurde, sondern weltweit. Obwohl es für Medienkonsumenten – *Propagandasubjekte* – in Europa oder Asien völlig uninteressant war, was Osman in oder für Texas tat. Die markant steigende Frequenz von Berichten ließ Isler darauf schließen, dass Osman und seine Organisation *positioniert* wurden. Vorbereitet auf das Unglaubliche, das Isler erahnte und von dem er doch hoffte, dass es nicht eintreten würde.

Die Arbeit von Agenturen wie Mount & Guesston war sündhaft teuer. Erst recht, wenn sie den ganzen Globus betraf. Osman – oder wer immer auch die PR-Leute bezahlte – hätte das Geld direkt in die Organisation stecken können. Wenn es nur darum ginge.

Was Isler einfach nicht verstehen konnte, war: Warum um Gottes Willen ein Klotz wie Osman? Allerdings wusste er, dass es eine Erklärung gab. Und sie ließ für Osman nichts Gutes erahnen. *Aber ist es nicht paranoid, so etwas zu vermuten?*

Isler hatte sich mit seiner Frau darauf verständigen können, sich heute Nachmittag, obwohl es Sonntag war, in seinem Büro zu vergraben. Er hatte Angela erklärt, warum er die Arbeit zum USA-JIS-2-Enigma außerhalb des SND erledigen musste – räumlich und zeitlich.

Der aktuellste Bericht über Osman war eine Doppelseite in der Texas Times. Isler las Artikel und Interview im Web aufmerksam durch. Kein Zweifel: Was die Texas Times machte, war reinste Hofberichterstattung. Osman, der Wohltäter, der Selbstlose, der Bescheidene, der Innovative, der Witzige. Und seit heute: Osman, der Politiker.

Anhand seiner Statistik hatte Isler bemerkt, dass die Texas Times die führende Zeitung in der Berichterstattung über Osman war. Viele der anderen Artikel beriefen sich auf das texanische Blatt aus Houston. Ihm war außerdem aufgefallen, dass bei fast allen Artikeln der Chefredakteur der Texas Times, Luce Brencis, demonstrativ sein Kürzel angebracht hatte. Demonstrativ deshalb, weil er auch andere Redakteure hätte vorschieben können. Identifizierte er sich aber als Interviewer, wie in der heutigen Ausgabe, verlieh dies dem Interview zusätzliches Gewicht.

Isler bedauerte sehr, dass die Menschen den Medien gegenüber zwar sehr skeptisch waren, aber die Techniken der Manipulation nicht durchschauten. Viel zu wenige stellten sich die Frage, *warum* ein Artikel über dieses oder jenes Thema erschien. *Warum* er so prominent platziert war. *Warum* so groß angekündigt. *Warum* der Ton so unkritisch. *Wer will mir diesen Eindruck vermitteln und warum?* waren Kernfragen, die sich Leser, Zuhörer und Zuschauer stellen sollten, was sie aber leider viel zu selten taten.

Der Sheriff Rahim Shareef, ein zwei Meter großer, breitschultriger Schwarzer, wurde gleich nach der Landung der Nationalgarde darauf aufmerksam gemacht, dass er denselben Restriktionen unterlag wie die Normalbevölkerung. Er solle weiterhin seinen Job machen und für Ruhe und Ordnung sorgen – kein anstrengender Job in Sandrock. Shareef, Absolvent der FBI National Academy und des National Sheriff's Institute, war 2012 zum ersten Mal gewählt worden. Da er sehr beliebt war und ohne Gegenkandidat blieb, würde die Wahl vom November nur eine Formsache sein. Nach zwanzig Jahren beim FBI war er in seine

Heimatgemeinde zurückgekehrt. Er liebte den Canyon und hasste die Kriminalität in der Großstadt. Seine letzten zehn, fünfzehn Arbeitsjahre wollte er in Sandrock verbringen. Seine Kinder waren längst erwachsen und lebten in Oklahoma und Chicago. Seine Frau war vor seiner Rückkehr nach Sandrock mit einem anderen durchgebrannt.

Shareef war verärgert. Es war nicht einfach, den mit endloser Geduld ausgestatteten Gesetzeshüter zu provozieren. Aber wie sich die Nationalgarde vor Ort verhielt, war nicht akzeptabel. Kriegsrecht hin oder her. Die jungen Schnösel, denen man ansah, dass sie nicht gewohnt waren, Uniform zu tragen, und die von polizeilicher Arbeit keine Ahnung hatten, versteckten ihre Unsicherheit hinter einer Fassade von Arroganz.

Shareef nahm sich vor, wenn die Menschheit überhaupt überleben würde, einen Brief an die Leitung der texanischen Nationalgarde zu schreiben. Nicht nur, dass er die Ausgangssperre beachten musste, als habe er nicht dreißig Jahre Erfahrung in der Durchsetzung von Recht und Ordnung und einen Sheriffstern an der Brust. Man hatte ihn auf dem Weg zum Absturzort des Verkehrsflugzeuges zurückgehalten und angebrüllt wie einen Schuljungen. Und ein Sturmgewehr auf ihn gerichtet. Ihm war nichts anderes übrig geblieben, als zu kuschen.

Obwohl er immer noch Sheriff war, saß er jetzt zu Hause. De facto hatte er zurzeit nichts zu melden. Um einen Streit mit den Gardisten zu vermeiden, hatte er es vorgezogen, sich zurückzuziehen. Wie die meisten anderen Bewohner von Sandrock verfolgte er die weitere Entwicklung der Nachrichtenlage.

Er hörte, wie einige Feuerwehrfahrzeuge durch die Main Street Richtung Absturzort rasten, als die fortdauernden Breaking News ein weiteres Mal unterbrochen wurden.

»… Präsidentin bald Washington verlassen, um sich in eine atomwaffensichere Kommandozentrale zu begeben.« Judit Roth hielt inne und blickte zur Seite. »Okay«, antwortete sie und nickte. Dann blickte sie wieder in die Kamera. »Meine Damen und Herren … die nicht enden wollende Kette von schlechten Nachrichten reißt nicht ab. Wie die FAA soeben meldet, ist in der Nähe von Amarillo im Norden von Texas heute früh ein Passagierflugzeug von United Airlines abgestürzt. An Bord befanden sich zweiundfünfzig Passagiere und sieben Besatzungsmitglieder. Nach dem ersten Bericht der FAA ist es wahrscheinlich, dass die Maschine, die von New Orleans nach Denver unterwegs war, entführt wurde. Sie sei, ohne ein Notsignal zu senden, plötzlich steil aus ihrer Reiseflughöhe abgestiegen. Ein Pilot der U.S. Air Force, der den Absturz vom Boden aus beobachtet hat, berichtet von Flugmanövern vor dem Absturz, die auf einen Kampf im Cockpit schließen lassen könnten. Soweit die Meldung der FAA.«

Roberto McIntyre blickte sie nachdenklich an. »Das ist wirklich eine schreckliche Meldung. Judith, zwei Sachen fallen mir sofort auf. Vielleicht ist das Flugzeug aus demselben Grund abgestürzt ist wie United 93 am 11. September 2001 – heute vor fünfzehn Jahren – nämlich durch mutiges Eingreifen der Passagiere. Die FAA hat ja offenbar einen Bericht von einem kompetenten Augenzeugen, der von einem möglichen Kampf um die Kontrolle des Flugzeugs spricht. Und etwas anderes fällt mir auf. Wie Sie wissen komme ich aus Texas, und war schon oft in Amarillo. Ganz in der Nähe befindet sich die Pantex Nuklearwaffenfabrik.« Er blickte Roth vielsagend an.

»Sie meinen …«

»Das ist natürlich reine Spekulation, ich sage das mit aller gebotenen Vorsicht. Aber vielleicht haben heldenhafte Passagiere verhindert, dass Terroristen das Flugzeug in diese Fabrik gestürzt haben.«

»Ein schrecklicher Gedanke«, seufzte Judith Roth kopfschüttelnd.

»Für mich hat es aber eher ausgesehen, als wollten sie das Flugzeug auf Sandrock stürzen lassen!« Shareef schüttelte den Kopf. Vielleicht hatte McIntyre recht. Pantex war nur gut fünfunddreißig Meilen entfernt. Und dass ein Kampf im Cockpit stattgefunden haben könnte, fand er sehr plausibel. Wie sonst sollte man die Kamikazemanöver über Sandrock erklären?

»Nun kommt es, wie es kommen musste«, meldete Roth, »die FAA gibt soeben bekannt, dass der zivile Flugverkehr in den USA sofort eingestellt wird. Nur noch militärischer Flugverkehr und Regierungsflüge sind zugelassen.«

»Das ist wohl auch das Beste, was man zur Zeit machen kann«, kommentierte McIntyre. »Wenigstens kann man so eine Gefahrenquelle ausschalten.«

»Meine Damen und Herren«, sagte Roth dann, »wir zeigen in den nächsten dreißig Minuten einen Zusammenschnitt der Ereignisse seit gestern – war es erst gestern?! Sollte in der Zwischenzeit irgendetwas passieren, werden wir Sie selbstverständlich sofort informieren. Ich bin Judith Roth …« Sie blickte zu ihrem Kollegen.

»… und ich bin Roberto McIntyre in New York City.«

»Und ich bin Rahim Shareef in Sandrock, Texas!«

Eine Stunde später.

»Das ist wirklich ein unglaublicher Zufall«, flüsterte Pit Cooper.

»Ein verdammt unglaublicher Zufall!« Fred Reilly kam aus dem Kopfschütteln nicht mehr heraus. Die beiden saßen auf dem sandigen Boden zwischen einigen Wacholderbüschen in der Nähe des Sportplatzes. Reilly meinte, es sei ein abhörsicherer Platz. Außerdem konnte man sie hier nicht sehen. Dass die Nationalgarde die Büsche absuchen würde, war wenig wahrscheinlich.

»Stürzt uns der Vogel doch fast auf den Kopf!«

»Glaubst du, was sie im Fernsehen gesagt haben?« Reilly legte die Stirn in Falten.

»Du meinst das mit den heldenhaften Passagieren?«

Reilly nickte.

»Ja! Aber anders, als sie uns erzählen!«

»Wie – anders?«, fragte Reilly.

»Ich bin überzeugt«, dozierte Cooper, »dass Konträrrevolutionäre wie wir in den Flugverlauf eingegriffen haben!«

»Meinst du wirklich?«

»Aber sicher! Sie haben herausgefunden, dass die Weltverschwörung das Flugzeug auf die Pampers-Fabrik …«

»Pantex!«

»Sag ich doch. Also sie wussten, dass der Flieger für die Fabrik bestimmt war. Sie konnten den Start aber nicht mehr verhindern. Also haben sie in den Flugverlauf eingegriffen, um das Flugzeug hier abstürzen zu lassen, wo nichts passieren kann!«

»Du meinst …«

»Sie haben ihr Leben geopfert. Unsere Kameraden von den Weltrevolutionsbekämpfern!« Cooper blickte wissend Reilly triumphierend an.

»Das ist … unglaublich. Aber ich denke es auch. So war es«, stimmte Reilly zu.

»Wir sollten eine Minute für unsere Kameraden schweigen«, sagte Cooper dann.

»Ja. Schweigen wir.«

Cooper legte seine rechte Hand – militärisch grüßend – an die Schläfe. Reilly sah es und tat es ihm gleich. So saßen sie drei Minuten auf dem Steppenboden zwischen den Büschen.

Mit einem »Danke, Kameraden!« beendete Cooper die Zeremonie.

»Ihr seid Helden! Helden der Weltgeschichte! *Semper Fi!*«, fügte Reilly hinzu.

»Sherlock, wir müssen einen heiligen Schwur leisten.«

»Ja?«

»Also … ich habe gestern zu Silk am Telefon ein paar Andeutungen …«

»Bist du wahnsinnig!«, herrschte Reilly ihn an.

»Psst! Nicht so laut! Ich habe nicht wirklich was gesagt. Aber wir müssen jetzt schwören, dass wir nie wieder …«

»Ich habe *nie* etwas gesagt!«

»… über die Sache reden.«

»Wie konntest du nur!« Reilly schüttelte den Kopf. »Ausgerechnet du, wo du mir seit Jahren erzählst, dass alles abgehört wird.«

»Wird es ja auch.«

»Wieso hast du dann …«

»Es war nichts. Also, schwörst du?«

»Ich schwöre!« Reilly streckte drei Finger der rechten Hand in die Luft. Cooper ebenfalls.

Sie schwiegen einige Zeit. »Der Flugzeugabsturz wirft für uns eine entscheidende Frage auf«, erklärte Cooper.

»Nämlich?«

»Stimmt der Zeitpunkt X überhaupt noch?« Er blickte Reilly mit hochgezogenen Augenbrauen an.

»Du meinst …«

»Vielleicht hat sich damit der Plan geändert. Vielleicht sind wir jetzt auf uns alleine gestellt.«

»Das wäre natürlich …«

»… der Moment, in dem wir uns bewähren müssen, mein alter Freund!«

41

Sonntag, 11. September 2016
10.27 CDT / 17.27 MESZ

Seit einer knappen halben Stunde machte das TV-Team, Mitarbeiter von Landlers Global Planning and Execution Corporation, Aufnahmen der Absturzstelle. Ein Van, ausgerüstet mit einer Satellitenschüssel, die allerdings nur dekorative Zwecke hatte, stand am östlichen Rand des Dorfs. Er war so platziert, dass die eigentliche Übertragung von Bild und Ton über eine Richtstrahlverbindung vom Van direkt zum War Room stattfinden konnte.

Patricia war mit gemischten Gefühlen nach Sandrock gegangen. Noch gestern hatte sie damit gerechnet, nur nervös zu sein. Doch jetzt kamen zwei andere Empfindungen dazu: Erstens war sie entsetzt über das Verhalten von Warren. Er schien sich immer mehr in die Situation hineinzusteigern. *Wir sind auf DEFCON 1, Soziologe O'Brien!* Ob er noch wusste, was Realität und was Simulation war? Sie war wütend auf ihn und hatte ihn das auch spüren lassen. Zweitens hatte sie gegenüber den Bewohnern von Sandrock ein *sehr* schlechtes Gewissen. Während der dreizehn Monate Vorbereitung hatte sie an alles Mögliche gedacht, nur nicht daran, dass es sich bei den Opfern des Experiments um wirkliche Menschen handelte. Vielleicht hatte dazu beigetragen, dass sie mit niemandem über das Experiment sprechen durfte. Irgendjemand hätte sie vielleicht rausreißen können, aus ihrem Ehrgeiz, beim ungewöhnlichsten Feldversuch aller Zeiten mitzumachen. Aber jetzt war es zu spät. Deswegen begegnete Patricia den Menschen in Sandrock mit demonstrativem Anstand und Respekt. Sie hielten es für einen Ausdruck ihrer ethnischen Herkunft – asiatische Höflichkeit. Oder für das Geschleime einer Journalistin. Doch es war nur das schlechte Gewissen.

Jetzt kam ihre Bewährungsprobe. Patricia Palmer war Sue Battista, eine neue Korrespondentin des lokalen Texas Action News Networks.

»Ein weiterer Schauplatz der sich überschlagenden Ereignisse ist in den letzten Stunden der kleine Ort Sandrock im Norden von Texas geworden. Dort ist um 8.21 Uhr Ortszeit eine Boeing 767 der United Airlines, die sich auf dem Flug von New Orleans nach Denver befand, unmittelbar neben dem Ort abgestürzt. Dabei sind alle neunundfünfzig Insassen ums Leben gekommen. Wie durch ein Wunder sind nach ersten Berichten keine Drittpersonen zu Schaden gekommen. Möglicherweise sollte das Flugzeug in die Pantex Nuklearwaffenfabrik gelenkt werden. Wie schon am 11. September 2001 scheint es aber selbstlosen Passagieren gelungen zu sein, die Entführer, deren Identität noch nicht bekannt ist, zu überwältigen und das Flugzeug auf freiem Feld zum Absturz zu bringen. Ein wirklich heroischer, aber auch tragischer Vorgang. In Sandrock, Texas, steht nun Sue Battista vom Texas Action News Network. Sue?«

Mit Lampenfieber aber doch sehr konzentriert und professionell, las sie den vorbereiteten Text vom Teleprompter ab. Sie stand mit ihrem Team südlich des Dorfs und nördlich der Unfallstelle. Als Hintergrund diente das immer noch rauchende Wrack der Boeing. Nationalgardisten von Sanchez' Team Delta Eleven sorgten dafür, dass niemand näher als zehn Meter an Patricia herankam. Landler hatte sie so angewiesen. Auf diese Weise sollte eine Störung der gestellten Live-Übertragung aus Sandrock vermieden werden – sie könnte das Timing gefährden. Patricias Aufsager mussten genau in die Pausen des aufgezeichneten Szenarios passen.

»Judith, ich stehe hier in unmittelbarer Nähe der Absturzstelle und die Bilder und Eindrücke, die sich bieten, sind verheerend. Das Flugzeug ist nach Zeugenaussagen mit hoher Geschwindigkeit in einem Winkel von etwa dreißig Grad auf dem Boden aufgeschlagen, glücklicherweise, oder von den heldenhaften Passagieren so beabsichtigt auf freiem Feld, so dass vermutlich niemand am Boden zu Schaden gekommen ist. Vor wenigen Minuten hatte ich Gelegenheit, mit dem Kommandeur der lokalen Einheit der Texas National Guard, Private First Class Hector Sanchez, zu sprechen. Er hat den Absturz beobachtet.«

Das aufgezeichnete und genau in die zeitliche Lücke geschnittene Interview mit Sanchez wurde eingespielt.

Anschließend wurde wieder Patricia Palmer eingeblendet. Sie musste nur dem Text des Teleprompters folgen, um die Synchronisation mit der Aufzeichnung nicht zu verlieren; wie bei echten Korrespondentenberichten, die live in Nachrichten eingespielt werden, hatte auch Palmer als Feedback einen kleinen Monitor mit dem originalen TV-Bild in ihrem Blickfeld.

»Soweit das Gespräch mit Private Sanchez von der Texas National Guard. An dieser Stelle möchte ich mich bei der Texas National Guard bedanken, die es möglich gemacht hat, dass wir an den Absturzort kommen konnten. Wir haben auch …«

»Sue, entschuldigen Sie, dass ich Sie unterbreche«, schaltete sich Judith Roth wieder ein, »ist es möglich, dass gefährliche Güter an Bord des Flugzeugs waren, die nun Mensch und Umwelt in irgendeiner Weise schädigen könnten?«

»Nach Informationen von United Airlines hat sich auf diesem Flug keine Fracht befunden, die als gefährlich eingestuft wird.«

»Wenigstens eine gute Nachricht, aber fahren Sie fort, Sue.«

»Judith, ich habe mit einem weiteren Augenzeugen gesprochen, der den Vorgang aus einer anderen Perspektive beobachtet hat, und zwar mit Tim Lewis. Hören wir uns an, was er erlebt hat.«

Die Fernseher im Don's waren auf NBC geschaltet. Im Lauf der nächsten Stunde würde man Sue Battista auch auf allen anderen Nachrichtensendern sehen können. Sie hatte Tim erklärt, dass sie als Pool-Reporterin auftrat, und ihr Bericht von jedem Sendern gekauft werden könne.

Es war erst eine halbe Stunde her, als die Journalistin hereingekommen war und ihn gefragt hatte, ob er den Absturz gesehen habe. Sofort hatte er sich bereiterklärt, ihr ein Interview zu geben. »Wir zeichnen das jetzt auf und senden es über Satellit zum NBC Headquarter, wo es geschnitten wird«, erklärte sie ihm. Sie hatten zwar fünf Mal neu ansetzen müssen, weil ihn die Journalistin immer wieder unterbrochen hatte. »Wenn Sie das so oder so sagen, kommt es viel besser rüber.« Aber sie war dabei immer sehr freundlich geblieben.

Ungefähr zehn Gäste befanden sich im Restaurant. Anerkennende Pfiffe, als sein Gesicht im Bild erschien. *Tim Lewis auf NBC!*

»Mann, ich sehe verdammt gut aus, findet ihr nicht?« Er stand an der Bar und konnte sich ein Grinsen nicht verkneifen. Er hoffte inständig, dass Josephina jetzt auch vor dem Fernseher saß.

»Mister Lewis, wie haben Sie den Absturz erlebt?«

Tim erzählte wie er zuhause das Geräusch eines tief fliegenden Jets gehört habe und auf die Main Street gerannt sei, um zu sehen was los sei. Wie das Flugzeug auf ihn zuzustürzen schien. Wie es von einer Seite zur anderen geschwenkt sei, als finde im Cockpit ein Kampf statt. »Dann ist das Flugzeug nach Süden abgedreht und in den Canyon abgetaucht.«

»Wo es dann aufgeschlagen ist«, ergänzte Patricia Palmer alias Sue Battista ahnungslos.

»Nein, es kam noch einmal zurück. Flog genau die gleiche Strecke wieder von Osten her über Sandrock. Erst nach diesem zweiten Überflug ist es im Canyon zerschellt.«

»Jetzt kommt's«, kündigte Tim seinen Gästen an. Doch es kam nicht. Tim hatte die Journalistin gefragt, ob er noch jemanden grüßen dürfe. »Hi Josephina, ich hoffe, es geht dir gut«, hatte er direkt in die Kamera gesagt. »Ich liebe dich!« Doch sie hatten es rausgeschnitten.

Vor Aufregung hatte Tim vergessen, der Journalistin zu erzählen, dass er eine Videoaufnahme des Absturzes hatte.

Das Bild zeigte wieder Patricia Palmer. »Das war mein Gespräch mit einem Augenzeugen. Der Absturz einer United Airlines Boeing 767 bei Sandrock, Texas. Tödlich für die Insassen. Tragisch für die Angehörigen. Traumatisierend für die Bewohner dieses friedlichen Dorfes inmitten einer krisenhaften Welt. Ich bin Sue Battista und berichte live aus Sandrock, Texas.«

Als Patricia sah, wie das Programm von NBC nach ihrem letzten Aufsager nahtlos weiterging, war sie maßlos erleichtert. Mit dem Absturz der 767 und ihrem Live-Bericht von der Absturzstelle war der technisch heikelste Teil des Experiments abgehakt. Sie und ihre Crew packten zusammen, stiegen in den Van und fuhren zurück zum Excess Headquarter.

11.30 Uhr Ostküstenzeit. Die üppig angelegte Feierlichkeit zum fünfzehnten Jahrestag der Anschläge vom 11. September 2001 neigte sich dem Ende zu. Südmanhattan war ein einziges Fahnenmeer. Der größte Teil der politischen Klasse Amerikas befand sich in der von Polizei, FBI, Secret Service, United States Marshals Service und Militär bewachten Sicherheitszone am Freedom Tower. Scharfschützen auf Dächern, Gullys versiegelt, U-Bahnhöfe gesperrt, die Flughäfen der Stadt geschlossen, Militärjets in der Luft. Ein Anschlag würde die USA enthaupten.

Eine dünne Schicht von Zirruswolken kündigte schlechtes Wetter an. Der stete Westwind ließ die Fahnen tanzen und die Präsidentin um ihre Frisur fürchten.

Endloser Redemarathon. Die Präsidentin. Der Sprecher des Kongresses. Der Gouverneur des Staates New York. Der Bürgermeister der Stadt. Ein Vertreter eines Angehörigenverbandes der Opfer. Vor einer Stunde hatte die Nennung der dreitausend Namen der Opfer begonnen.

Richard Adams hatte sich bereit erklärt, ausnahmsweise als First Gentleman zu repräsentieren. Seine Frau würde in vier Monaten in Frühpension gehen und heute war ein wichtiger Tag. Das Protokoll hatte ihn in der ersten Reihe platziert, neben seinem Vorgänger Art Sinshy.

Richard Adams hasste es, in der Öffentlichkeit zu stehen. Wenn eine Kamera auf ihn gerichtet war und er sah, wie das rote Licht über dem Objektiv anging, begann er nervös zu blinzeln. Drei Stunden hatte er es neben Sinshy ausgehalten, ohne seine Abneigung zu verbalisieren.

»Sie sind eine verdammte Ratte«, zischte Richard dann kaum hörbar, stur nach vorne blickend. Sinshy reagierte nicht. Präsidentin Adams verzog keine Miene, sondern griff nach Richards Hand und drückte sie.

»Haben Sie nicht gehört? Sie sind eine elende Ratte!«, wiederholte Richard.

»Lass es«, flüsterte die Präsidentin.

»Man sollte Sie vierteilen und Ihren verseuchten Körper in einem tiefen Loch versenken.«

Die Präsidentin seufzte. Obwohl sie jedes Wort unterschreiben konnte, hasste sie den Gedanken an einen Skandal. Sollten die Medien Wind von Richards Ausbruch bekommen – sie würden sich auf die Geschichte stürzen. Aber sie wollte ohne Skandal das Amt verlassen. Ihre politische Erfolglosigkeit war schlimm genug.

Sinshy blickte Richard Adams lächelnd an. Als habe er etwas Belangloses gesagt.

Noch vor dem Abflug aus Boston hatte Sinshy in seiner Kapelle mit seinem Herrn gesprochen. Das ignorante Unverständnis seines Sitznachbarn konnte ihn nicht aus der Fassung bringen.

42

Sonntag, 11. September 2016
12.46 CDT / 19.46 MESZ

Nach dem Ende des Festakts verließen zuerst die Präsidentin, der Vizepräsident und der Sprecher des Kongress das Gelände. Adams, ihr Mann Richard und ihre Tochter Barbara wurde von Marine One nach JFK geflogen, wo ihr Jumbo wartete. Vizepräsident Kings Boeing 757 stand auf dem Flughafen Newark auf der anderen Seite des Hudson River. Ziel beider Flugzeuge war Andrews Air Force Base bei Washington. Sinshys G-70 wurde in Teterboro für den Flug zurück nach Boston vorbereitet.

Für die Fahrt des Vizepräsidenten vom Freedom Tower nach Newark hatte man den Autoverkehr entlang des Fahrkorridors stillgelegt. Zwei Helikopter der Polizei schwebten eintausend Fuß über den Straßen östlich und westlich des Holland-Tunnels. Mit Feldstechern bewaffnete Agenten suchten die Dächer und Fenster entlang der Strecke ab. Der Tunnel war seit den frühen Morgenstunden gesperrt. Seine Einfahrten wurden von schwer bewaffneten Soldaten bewacht. Straßen, die die Fahrstrecke des Konvois kreuzten wurden von quergestellten Polizeifahrzeugen blockiert. Da erst unmittelbar vor der Abfahrt durch Wurf einer Münze der Weg zum Tunnel entschieden wurde, war eine Vielzahl von möglichen Routen abgesichert. Den Aufwand hielt man für gerechtfertigt, da die Strecke nach dem Konvoi von Vizepräsident King auch zum Transport anderer Politiker benutzt wurde.

»Ihr Peilsender ist ausgefallen.« Der Agent des Secret Service drückte King eine kleine schwarze Kugel in die Hand.

King griff in die Tasche und reichte dem Agenten den defekten Transponder.

»Gute Fahrt, Herr Vizepräsident!«

King stieg in die Limousine und nahm neben seiner Frau Platz. Erleichtert seufzte er auf, als die schwere Tür geschlossen wurde. Er blickte auf die Uhr. »Vier Stunden!«

»Jetzt haben wir es ja hinter uns«, tröstete ihn seine Frau.

Keine Minute später setzte sich der aus achtzehn Fahrzeugen bestehende Konvoi in Bewegung.

»*Zwei* Decoys heute?«, fragte King den neben dem Fahrer sitzenden Agenten, als sie mit hundert Stundenkilometern den Financial District verließen. Das aufgeregte Sirenengeheul war im limousinenähnlichen Radpanzer kaum hörbar.

»Sicher ist sicher!« Der Secret Service, der weiterhin für den Schutz des Vizepräsidenten verantwortlich war, hatte entschieden, heute zwei und nicht nur einen ›Lockvogel‹ in die Karawane einzugliedern. Die Lockvögel waren nichts anderes als mit Kings Limousine identische Fahrzeuge. Sie dienten zur Verwirrung eines möglichen Angreifers.

Der Wagen des Vizepräsidenten war bei Beginn der Fahrt hinter den beiden Decoys gewesen. Als der Konvoi um die erste Ecke bog, überholte der Fahrer wie vereinbart und setzte sich vor die beiden Lockvögel. Im Tunnel wurden die Plätze noch einmal getauscht. Jetzt fuhr der Vize an zweiter Stelle.

Der Transponder in Kings Hosentasche diente zur Lokalisierung im höchst unwahrscheinlichen Fall einer Entführung – ein noch schlimmeren Albtraum als ein Attentat. Im Web kursierende Bilder eines hochrangigen US-Politikers, der von seinen Entführern drangsaliert und zur Erpressung des Landes benutzt wird – so unvorstellbar wie ein Foto des Papstes unter der Dusche.

Präsidentin Adams, Richard und Barbara stiegen die Treppe hinauf, drehten sich um, winkten für die Kameras einem nicht anwesenden Publikum zu und verschwanden dann im vorderen Teil des Jumbos. Sofort wurde die Treppe weggefahren, die Tür geschlossen und die Triebwerke gestartet. Die Passagiere in den Terminals des JFK-Flughafens atmeten auf. Sobald Air Force One in der Luft war, konnte der Flugbetrieb weitergehen.

»Langsam wird's ernst.« Trotz der vorgerückten Stunde wollte sich Maître den nächsten Punkt nicht entgehen lassen.

»Es wird immer ernster.« Trust, der seit Beginn des Experiments achtzehn Stunden pro Tag im Einsatzraum der STOG seine Mitarbeiter überwachte, war übermüdet. Hatte er die Anwesenheit seines Vorgesetzten am Anfang als überflüssig betrachtet, empfand er sie jetzt als störend.

Dreißig Minuten später wurde das Unfassbare bekannt gegeben. Die in Schwarzweiß gehaltene Schrifttafel mit dem Foto des Opfers war in ihrer Aussage unzweideutig.

Ross King, Vice President of the United States
1961–2016

Betroffen blickte Judith Roth in die Kamera. »Meine Damen und Herren, das Weiße Haus teilt mit, dass der Vizepräsident der Vereinigten Staaten Ross King heute einem Attentat zum Opfer gefallen ist. Mit ihm starben seine Frau Rosita und sieben Personenschützer des Secret Service.«

Das Bild wechselte auf Roberto McIntyre. »Vizepräsident Ross King kam ums Leben, als seine Limousine von einer starken Explosion zerfetzt wurde. King befand sich auf dem Weg zum Flughafen …«

»Unglaublich!« Rodney Atkinson schüttelte fassungslos den Kopf.

»Das muss aber eine Riesenbombe gewesen sein. Diese Limos sind doch gepanzert wie … ein Panzer«, kommentierte sein Bruder Jones und leerte mit einem großen Schluck sein Bierglas.

»Mir tut vor allem die Frau leid. Kann sie ja nichts dafür, wenn ihr Mann Vizepräsident ist«, fügte Jones' Frau Hillary hinzu.

»Silk!« Jones blickte zu Tim Lewis und hielt sein Glas in die Höhe. »Noch eines.«

Der End of the World Lunch war gut angelaufen. Schon heute, am ersten Tag, waren zwanzig Leute im Restaurant. Doppelt so viele wie sonst am Mittag.

»… ist rätselhaft, wie die Terroristen einen Anschlag auf einen der bestgeschützten Menschen der Welt durchführen konnten.

Vizepräsident King befand sich auf dem Weg nach Andrews Air Force Base, von wo aus er zu einem für den Kriegsfall eingerichteten Bunker abfliegen wollte. Das Attentat geschah nur sieben Meilen vor dem Flughafen.« Roth blickte zu McIntyre.

»Noch ist nicht bekannt, ob die Präsidentin einen neuen Vizepräsidenten berufen wird. Theoretisch ist dies allerdings nicht erforderlich. Selbst wenn der Präsidentin etwas zustoßen sollte, wäre die präsidiale Nachfolge auch ohne Vizepräsident geregelt. In diesem Fall würde die Nummer zwei auf der Nachfolgeliste, der Sprecher des Kongress Art Sinshy, der nächste Präsident der Vereinigten Staaten.«

»Sinshy?« Jones lachte verächtlich. »Ein Multimilliardär als Präsident – hat uns gerade noch gefehlt. Dann können sie die Wahl im November ja gleich absagen.«

»Du bist ja nur neidisch«, regte sich seine Frau auf. »Schau mal!« Sie zeigte auf den Bildschirm. »Schon wieder schwarz!«

»Langsam hab' ich keine Nerven mehr für die verdammten Scheiß-Nachrichten.«

Ohne Vorspann wurde wieder ins Studio zu Judith Roth geschaltet. »Gut vier Stunden, nachdem die russische Militärregierung eine Generalmobilmachung angekündigt hat, reagiert Washington ...«

Tim fragte sich, ob jetzt vielleicht tatsächlich das Ende der Welt – zumindest das Ende der Menschheit – bevorstehe. Roth verkündete einen Beschluss der Regierung Adams, sämtliche Truppen des US-Militärs für den Kriegsfall zu mobilisieren. Es wurde bekannt gegeben, dass dies auch Zwangsverpflichtungen bedeuten könne.

Der Zeitpunkt war gekommen, die guten Vorsätze aufzugeben. Nachdem er Jones das Bier gebracht hatte, kehrte er hinter die Bar zurück. »Ein Bourbon auf die Mobilmachung?«, fragte er den Sheriff Rahim Shareef, der vor einer Tasse Kaffee am Tresen saß.

Shareef nickte. »Wieso nicht? Bin ja eigentlich nicht im Dienst.«

Tim griff nach der besten Flasche Whiskey und schenkte zwei Gläser ein.

»Auf den verdammten Krieg!«

Sie prosteten sich zu.

»Das Schlimmste ist, dass ich nicht nach Amarillo kann.« Tim schüttelte traurig den Kopf.

»Deine Freundin.«

»Wir haben uns gestritten vor einer Woche. Kommt mir viel länger vor. Vorgestern Nacht wollte ich sie anrufen, aber da waren die Leitungen schon unterbrochen. Verdammt übel.«

»Sie probiert sicher auch, dich zu erreichen.«

»Vielleicht.« Tim schenkte sich noch einen Whiskey ein und blickte Shareef fragend an. Der schob sein Glas neben Tims.

»Und wenn du einen Passierschein beantragst?«, schlug der Sheriff vor.

»Passierschein? Wo?«

»Beim Pentagon. Hat mir einer von der Nationalgarde gesagt. Kann allerdings dauern. Bürokratie.«

»Um meine Freundin zu besuchen? Dafür haben die sicher keine Zeit.«

Nach einigen Minuten, in denen sie die Nachrichten verfolgten, drehte sich der Sheriff zu Tim. Er tippte ihm auf die Schulter. »Ich weiß zwar nicht wie du nach Amarillo reinkommst. Aber ich kenne da einen Schleichweg durch den Canyon. Du bist ja sportlich. Nach zwei Tagen könntest du dort sein.« Er hielt einen Finger vor den Mund. »Aber – pssst!«

Tim war verblüfft. Dieser Vorschlag, ausgerechnet vom Sheriff. »Du meinst …«

Shareef beugte sich über den Tresen. »Ohne Lokalkenntnisse wäre es reiner Zufall, wenn sie dich auf der Flucht erwischen. Der Weg beginnt hinter dem Sportplatz und führt in einer Felsrinne in den Canyon hinunter. Dort wird es ja wohl keine Straßensperren geben.«

Tim lächelte und schüttelte den Kopf. »Der Hüter des Gesetzes!«

»Mein Sohn ist so alt wie du. Wer weiß, wie es weitergeht. Und deine Freundin …«

»Josephina.«

»Sie solltest du auf jeden Fall noch mal sehen. Ich meine, falls es wirklich zum Schlimmsten kommt.«

Tim nickte. »Ich denke drüber nach.«

»Du weißt es nicht von mir!« Der Sheriff blickte ihn mit hochgezogenen Augenbrauen an.

»Natürlich nicht! Ich kenne den Canyon wie meine Hosentasche!«, lachte Tim und zwinkerte ihm zu.

»Aber dann der Weg in die Stadt …« Shareef zuckte die Schultern und hob die Hände in die Höhe. »Riskante Sache!«

43

Sonntag, 11. September 2016
14.12 CDT / 21.12 MESZ

Als Art Sinshy mit seinem Convoy durch den Holland-Tunnel und dann Richtung Norden zum Flugplatz Teterboro gebraust war, stand die G-70 startbereit auf dem Vorfeld. Eine Stunde nach der Abfahrt vom Freedom Tower landete Sinshys Helikopter auf der Wiese seines Anwesens bei Boston. Er hatte nicht viel Zeit. Schon am späten Nachmittag erwartete man ihn in einem Fernsehstudio in Boston; er sollte CNN für die Abendnachrichten ein Interview geben. Anschließend besuchte er eine weitere Gedenkveranstaltung in Cambridge, und ein weiteres Interview mit einem Journalisten des Boston Globe. Am späten Abend dann der Flug nach Washington D. C.

Richard Adams ignorante Stänkereien hatten in Sinshy den Wunsch geweckt, sich das überdimensionierte Werk von Marco Fabiaccio wieder einmal anzusehen. ›Mondo universale‹. Sinshy saß auf einem Sessel in der Eingangshalle seiner Villa und lächelte die fünfzehn Quadratmeter große Kollage an. Er war allein im Haus. Seinem Personal hatte er für den Nachmittag frei gegeben.

Mit Bedauern hatte er zur Kenntnis nehmen müssen, dass sein Rosengärtner schwer erkrankt war und ihn bald verlassen würde. Die Stelle musste neu besetzt werden. Zehn Jahre hatte der talentierte Botaniker sich um sein Anwesen gekümmert und einen prächtigen Rosengarten gezaubert. *Einen wirklichen Rosengarten, nicht wie vor dem Weißen Haus.* Seine Frau Chantalle war in Los Angeles, um ihn übermorgen bei einem Wahlkampfauftritt zu begleiten.

»Den Verwegenen gehört die Welt!« Sinshy lachte und stand auf. Er ging näher an das Kunstwerk und betrachtete seine vielen Details. Aus Tausenden von Papierstücken hatte Fabiaccio eine Weltkarte gezaubert. Manche nicht größer als ein Fingernagel. Andere so groß wie eine Zeitungsseite. *Collage d'Art*, wie Sinshy sie Besuchern vorstellte. Dass sie die Doppeldeutigkeit nicht *wirklich* verstehen konnten, lag in der Natur der Sache.

Seinen Ärger über das undankbare Verhalten der Präsidentin hatte er längst vergessen. Ganz im Gegenteil. So wie es jetzt war, fügte es sich viel besser in ein Ganzes. Wie die *Collage d'Art*, der er gegenüberstand. Gott hatte ihm wieder einmal unterstützend unter die Arme gegriffen.

In zwei Monaten schon würde er President-elect sein, der gewählte Präsident der Vereinigten Staaten von Amerika! In gut vier Monaten, am 20. Januar 2017, mittags Ostküstenzeit, würde er vor der Westseite des Kapitols in Washington D. C. seine Rechte zum Schwur heben, die Linke auf die Bibel legen und den Eid des Präsidenten ablegen. Spätestens von jenem Moment an würde ihn zwar alle Welt mit Wonne kritisieren. Aber tatsächlich machte ihn das Amt fast unangreifbar.

»Ich kann Ihnen gar nicht sagen, wie ich mich auf die Gesichter freue!« Oberst Warren grinste Paul O'Brien an. Der lächelte müde zurück. Den Soziologen zu provozieren, war inzwischen zu Warrens Hobby geworden. Seine militärische Erfahrung und die Routine im Umgang mit Ausnahmesituationen machten Warren den Zivilisten im SitRoom weit überlegen. Warren hatte gesehen, wie Körper von Kameraden auf dem Schlachtfeld von Granatsplittern zerfetzt wurden. Das hatte ihn verändert, aber nicht gebrochen. Zu erleben, wie die Zivilisten erbleichten, nur weil ein Schießbefehl erteilt wurde, ließ in ihm nur ein Gefühl aufsteigen: Verachtung. Nicht wegen der Reaktion. Sondern wegen der Naivität, mit der sie ein Jahr lang an Excess gearbeitet hatten. Wie Kinder waren sie in das Experiment hinabgetaucht, ohne sich auch nur einmal *wirklich* Gedanken darüber zu machen, dass es für die Menschen in Sandrock kein Experiment war, sondern bittere Realität.

Warren wusste, dass ein Zusammenbruch der alltäglichen Routine – wie in Kriegssituationen – die menschliche Psyche innerhalb von Minuten verändern konnte. Palmer und O'Brien hatten gedacht, dass die Eskalation des Medienszenarios *nur* einhundert Stunden dauern würde. Aber sie hatten nicht bedacht, dass einhundert Stunden genügten, um die Welt zu zerstören.

»Die Gesichter, wenn die Meldung kommt: Breaking News, die Präsidentin ist tot!«

Patricia Palmer saß an ihrem Platz und ignorierte Warrens Provokationen. Er hatte sie für den perfekten Auftritt als Sue Battista überschwänglich gelobt, als sie vorhin in den SitRoom zurückgekehrt war. Doch sie hatte ihn stehenlassen um mit O'Brien über die Szene zu sprechen. Worauf Warren nur gegrinst hatte.

»Was wir hier machen, ist eine ernste Angelegenheit. Kein Grund zur Schadenfreude.« O'Brien überlegte, ob er seine Aussage mit wissenschaftlicher Terminologie untermalen sollte, entschied sich dann aber dagegen.

»Oh! Wirklich? Eine ernste Angelegenheit?« Warren setzte sein Das-überrascht-mich-aber-Gesicht auf. »Ich dachte, es sei nur eine Simulation!« Er schlug sich mit der Hand auf die Stirn und schüttelte den Kopf.

»Hören Sie auf, Oberst.« O'Brien wandte sich wieder seinen Bildschirmen zu und hoffte, der Oberst würde einen anderen Zeitvertreib finden.

»Es geht los.« Patricia sah auf ihrem Ablaufplan, dass die erste Meldung über die Präsidentin bevorstand.

»Was sind die Konsequenzen einer Generalmobilmachung?«, fragte Roberto McIntyre einen Militärexperten.

»Also, das hat weitreichende Folgen. Zum einen ...«

Der Bildschirm wurde schwarz. »This is an NBC News Special Message!«

Ein kollektives »Nicht schon wieder!« ging durch den Raum. Tim Lewis setzte sich reflexartig auf den Stuhl, an dem er gerade vorbeiging.

Judith Roth. »Wie NBC aus zuverlässiger Quelle aus dem Weißen Haus soeben erfahren hat, gibt es, ich zitiere, seit einer halben Stunde Unklarheiten über den Aufenthaltsort und Status von

Präsidentin Jeanne Adams.« Sie blickte so ernst in die Kamera wie noch nie seit der ersten Meldung über einen Anschlag auf den Flughafen London-Heathrow.

»Was soll das jetzt heißen?« Tim blickte einen am Tisch sitzenden Gast an. Der zuckte die Schulten.

»Am Telefon ist der NBC Chefredakteur Frank Bobbitt. Frank, was bedeutet die letzte Meldung aus dem Weißen Haus?«

»Guten Tag, Judith.« Bobbitt räusperte sich. »Also, die Meldung lässt sich in verschiedene Richtungen interpretieren. Ich glaube aber, dass eine Interpretation besonders hervorsticht. So erschreckend und traurig sie auch ist …«

»Merkst du es?«, fragte Tim den Tischnachbarn.

»Was?«

»Sie wollen uns schonend beibringen, dass Adams *tot* ist!« Tim schlug hart mit der Faust auf den Tisch.

»… könnte – und ich sage *könnte* – bedeuten, dass Präsidentin Adams tatsächlich etwas zugestoßen ist. Vielleicht will man mitteilen, dass sie … nicht in der Lage ist, ihr Amt auszuüben«, erklärte Bobbitt mit bedrückter Stimme.

Bundespräsident Giovanni Mattei blickte nachdenklich auf das einhundertsiebzig Meter hohe Washington Monument. Aus dem ersten Stock der Schweizerischen Botschaft an der Cathedral Avenue hatte man freie Sicht auf den Obelisken, der nach dem Bürgerkrieg zu Ehren des ersten Präsidenten errichtet worden war. Mit finanzieller Unterstützung aus der Schweiz – als Zeichen der Verbindung der beiden Schwesterrepubliken.

Mattei hatte sich immer noch nicht zur Entscheidung durchringen können, ob er Präsidentin Adams in die These von David Isler einweihen sollte oder nicht. Die Angelegenheit war in mehrfacher Hinsicht äußerst heikel.

Erstens hatte Isler ihm klar gemacht, dass strikte Geheimhaltung der Information – wenn man es so nennen durfte – an die Präsidentin unabdingbar war. Im Normalfall hätte Isler seine These zuerst innerhalb des SND besprochen. Anschließend wäre die Entscheidung gefallen, ob man den Residenten der CIA in der US-Botschaft in Bern informieren sollte. Dieser wiederum hätte die Information an die CIA-Zentrale in Langley weitergegeben. Dort wäre überlegt worden, ob man die Präsidentin informieren wollte oder nicht. So der Dienstweg. Dies hätte aber bedeutet, dass möglicherweise die falschen Kreise von der Sache Wind bekommen und Gegenmaßnahmen ergreifen würden. Deshalb hatte sich Isler für den kurzen Dienstweg entschieden. Isler. Mattei. Adams.

Zweitens wusste Mattei, dass er ein hohes Risiko einging, wenn er mit Adams über die Sache sprach. Vielleicht würde sich alles als Trugbild herausstellen und Mattei damit eine Verstimmung des bilateralen Verhältnisses riskieren. Wenn die Öffentlichkeit durch eine gezielte Indiskretion davon Wind bekäme, möglicherweise auch sein Mandat als Bundesrat.

Drittens konnte Mattei nicht einschätzen, wie Adams auf seine Information reagieren würde.

Viertens hatte er das Problem, dass er nicht mit dem Botschafter in Washington oder anderen Diplomaten über die Sache reden konnte. Nicht, weil er dem Botschafter misstraute. Aber Islers These war derart ungewöhnlich, dass sich Mattei nicht in die Position bringen wollte, sich rechtfertigen zu müssen.

Vor einer halben Stunde hatte Mattei, am Fenster der Schweizer Residenz sitzend, Marine One zum Weißen Haus fliegen sehen. Das Herz der US-Regierung befand sich genau in der Fluchtlinie zum Obelisken. Allerdings konnte man es von der Botschaft aus nicht sehen, da das Weiße Haus nur zwei Stockwerke hoch war.

Mattei erinnerte sich an ein Gespräch mit David Isler, das er vor Jahren mit ihm geführt hatte. Eigentlich war es mehr ein Referat gewesen, das Isler zum Thema schweizerisch-amerikanische Beziehungen gehalten hatte. Mattei war der Enthusiasmus aufgefallen, den Isler ausgestrahlt hatte.

Damit stand Isler in einer langen Linie schweizerischer Tradition. Ebenso wie die Schweiz waren auch die USA aus dem brennenden Wunsch entstanden, die Unterdrückung durch imperiale Herren nicht länger hinzunehmen. Mattei war nach seiner Rückkehr aus dem State Department lange vor dem Stich gestanden, der in der Lobby der Botschaft hing. Er zeigte zwei Köpfe. Den von George Washington. Und den von Wilhelm Tell. *Die Helden der unsterblichen Freiheit* hatte der Künstler vor über zweihundert Jahren seine Darstellung betitelt.

Es war der Schweizer Rodolphe Valltravers, der in einem intensiven Schriftverkehr mit einem der Gründerväter der USA, Benjamin Franklin, den Begriff der Schwesterrepubliken geprägt hatte. *Obwohl ich nicht ein Amerikaner von Geburt bin,* hatte Valltravers an Franklin geschrieben, *bin ich Amerikaner aus Überzeugung.*

Während des Bürgerkriegs zwischen der Union – den Nordstaaten – und der Konföderation – den Südstaaten – griffen die sklaventreibenden Südstaaten Handelsschiffe der Union mit Kriegsschiffen aus britischer Produktion an. Nach dem Krieg bezichtigte Washington die Briten der kriminellen Fahrlässigkeit, da sie es zugelassen hatten, dass die Konföderation auf diese Weise gegen die Handelsschiffffahrt der Union vorgegangen war. 1872 wurde in der Schweiz über den Fall verhandelt. In der Folge musste Großbritannien eine Entschädigung von über fünfzehn Millionen Dollar an die USA entrichten.

Hundert Jahre nach dem Bürgerkrieg spielte die Schweiz eine kleine, aber wichtige Rolle während der Kuba-Krise. Da die USA zu Kuba – ebenso wie zum Iran – keine diplomatischen Beziehungen unterhielten, hatte Washington ein Abkommen mit der Schweiz, zwischen den Ländern als Liaison zu fungieren. Am 22. Oktober 1962 rief der Schweizer Botschafter im Auftrag von Präsident Kennedy in Havanna an, um mitzuteilen, dass die in der kommenden Nacht über Kuba fliegenden U-2-Flugzeuge der USA keine Bomben werfen, sondern nur Fotos schießen würden. Castro meldete zurück, dass Kuba die Flugzeuge nicht angreifen werde. Am Abend desselben Tages wandte sich John F. Kennedy mit einer dramatischen Rede an die Welt – im Wissen, dass es in dieser Nacht nicht zu Kampfhandlungen kommen würde.

»Was soll ich nur tun?«, murmelte Mattei vor sich hin und seufzte. Adams nichts sagen und damit möglicherweise einen Fehler von historischer Tragweite begehen? Oder mit der Präsidentin sprechen und, wenn Isler nicht recht hatte, so das Ende seiner Karriere einleiten?

Mattei entschied, die Entscheidung auf morgen zu vertagen. Er atmete tief durch, stand auf und ging zum Büro des Botschafters, mit dem er sich zu einem Gedankenaustausch verabredet hatte. Nur über ein Thema, da war sich Mattei sicher, würde er mit dem Botschafter nicht sprechen.

44

Sonntag, 11. September 2016
15.23 CDT / 22.23 MESZ

David Isler kannte die Abgründe der Zeitgeschichte ebenso gut, wie sie den meisten anderen Menschen fremd waren. Trotzdem hatte er keinen Hang zur Depression. Das Scheitern von Präsidentin Adams im Amt hatte er mit großem Bedauern beobachtet. Sie hatte versucht, das Ruder herumzureißen. Aber man hatte sie mit einer gezielten Kampagne neutralisiert. Doch jetzt ging es um mehr als eine andere Politik. Für die USA ging es ums Überleben. Umso mehr war er bereit, seine Karriere im SND aufs Spiel zu setzen, um das Schlimmste zu verhindern.

»Hast du Amerika schon gerettet?« Angela kam ins Kellerbüro und begann, seinen verspannten Nacken zu massieren.

»Sehr witzig.« Isler machte sich nichts aus den spöttischen Kommentaren seiner Frau. »Hier.« Er hielt einen internen Bericht des SND in die Höhe.

»Die inszenierten Revolutionen in Osteuropa.« Angela sah ihn fragend an. »Kann man Revolutionen *inszenieren?*«

Isler schüttelte lachend den Kopf. »Machst du Witze?«

»Nein. Ich frage nur.«

»Okay. Ich fasse zusammen. Ein Nachrichtendienst, zum Beispiel die CIA …«

»Du solltest unbedingt wieder mal abstauben. Sieh nur.« Sie strich mit dem Zeigefinger über den Rand des Schreibtischs und hielt ihm den mit Staub bedeckten Finger vor die Augen.

»Ja, Schatz. Abstauben. Also. Ein Dienst wie die CIA gründet einige Fronten.«

»Kaltfronten?«, fragte Angela unschuldig, blies sich den Staub vom Finger und massierte weiter.

»Hey, nicht unwitzig«, grinste Isler. »Frontorganisationen. Verdeckt natürlich. In der Öffentlichkeit werden sie als Nichtregierungsorganisationen wahrgenommen. Sie heißen … was weiß ich.

Zum Beispiel Institut für Demokratie und Menschenrechte. Wie auch immer. Diese NGOs gründen Ableger in dem Zielland, in dem man die Regierung ändern will. Nennen wir es einfach Ostland.«

»Ostland.« Angela massierte weiter seinen Nacken.

»Das machst du sehr gut. Habe ich das schon mal gesagt?«

»Ja.« Sie blickte lächelnd zur Decke.

»Gleichzeitig lanciert die Covert Action Group der CIA, die für verdeckte Medienarbeit zuständig ist, Berichte in westlichen Medien – und natürlich in Ostland – in denen Korruption der Regierung und Menschenrechtsverletzungen angeprangert werden. Dasselbe könnte natürlich auch die STOG des JIS-2 machen. Oder eine andere spezialisierte Einheit. Es werden Interviews gemacht mit Vertretern …«

»… des Instituts für Demokratie und Menschenrechte …«

»… um diesen Berichten Substanz zu geben. Sie sind vielleicht nicht einmal falsch. Aber der Punkt ist, dass man dieselben Berichte auch über hundert andere Länder machen könnte. Aber dort will man ja keine Revolution inszenieren. Gelder – wir sprechen hier von Millionen – werden in Oppositionsgruppen in Ostland gepumpt. Deren Chefs versucht man zu kaufen oder nur zu beeinflussen. Man verleiht ihnen Preise, lädt sie zu exklusiven Seminaren ein. Moralische Korruption. Vielleicht auch ein Nummernkonto. Das ganze Programm. Hier.« Er nahm ihre Hände und lenkte sie zwischen seine Schulterblätter. »Ja, hier. Schrecklich verspannt.«

»Du Ärmster!«

»Gleichzeitig versucht man die Regierung von Ostland, die man durch die inszenierte Revolution stürzen will, zu provozieren. Wenn sie dumm ist …«

»… listenblind!«, präzisierte Angela.

»Genau, listenblind, werden sie darauf reinfallen und einen Fehler begehen. Dieser wird dann von den Medien seziert und aufgebauscht. Die Oppositionsgruppen rufen zu Demonstrationen gegen die Regierung von Ostland auf. Agents provocateurs versuchen die Polizei zu reizen, so dass sie hart gegen die Demonstranten vorgeht. Bilder von Zivilisten mit blutüberströmten Gesichtern gehen durch die Nachrichten. Die Demonstrationen halten an. Die CIA-Fronten sind mit großen Summen Cash vor Ort, um den harten Kern der Demonstranten bei Stange zu halten. Drei, vier, fünf Tage. Die Situation wird untragbar.«

»Auch an den Oberarmen?«

»Da ist es besonders wichtig. Auch sehr verspannt. Strahlt aus vom Nacken. Also. Das normale Leben in Ostland bricht zusammen. Die Regierung belagert. Alle Welt drängt auf Rücktritt und schnellstmögliche Neuwahlen. Schnellstmöglich, um die Stimmung in der Bevölkerung in Wahlresultate umzumünzen. Die Regierung bricht ein. Voilà! Die inszenierte Revolution hat ihr Ziel erreicht. In den letzten zwanzig Jahren ein halbes Dutzend Mal passiert. Die von der CIA korrumpierte Opposition wird gewählt und schon hat Ostland eine neue Regierung. Deren Ministerpräsident ist allerdings nicht – wie Verschwörungstheoretiker sagen würden – ein Agent der CIA, sondern einfach ein Politiker, der nicht weniger korrupt ist als sein Vorgänger. Nur dass er von der anderen Seite finanziert wird.«

Angela seufzte.

»Und das Beste daran ist: Wenn die Regierung von Ostland nicht listenblind ist und die Niederlassung der CIA-Front in ihrem Land verbietet, weil sie weiß, was der Plan ist, wird sie als undemokratisch angeprangert. Und wenn sie sagt, es sei gar keine NGO, sondern eine Front der CIA, gilt sie schlicht als verrückt.«

»Ziemlich perfide.«

»Du sagst es.«

»Und warum machen die Medien mit?«

»Entweder weil sie keine Ahnung haben. Oder sie wissen zwar was läuft, wollen aber das Wichtigste nicht verlieren.«

»Nämlich?«

»Zugang! Zugang zu den Institutionen der US-Regierung. Ein Chefredakteur macht sich nicht besonders beliebt, wenn er eine laufende Operation seziert und druckt, was wirklich hinter Revolution X steckt. Seine Zeitung würde den Zugang zu den Institutionen der Regierung verlieren. Keine Interviews mehr. Keine Informationen von den Verbindungsleuten zu den Diensten. Eine Kopfhautmassage wäre auch gut.«

»Meinst du, dann wachsen wieder Haare?«

»Den letzten Satz habe ich nicht gehört. Eine inszenierte Revolution wird meiner Überzeugung nach bald wieder passieren. Und zwar in Texas!«

»Um einen neuen Gouverneur zu installieren?«

Isler drehte sich um und blickte seiner Frau in die Augen. »Nein, Angela«, schüttelte er den Kopf. »Um einen *Präsidenten* zu installieren. Man will Texas zur Sezession bewegen, um die USA zu zerstören!«

»This is an NBC Emergency Message!«

Judith Roth blickte mit ihrem offiziellsten Gesicht in die Kamera. »Meine Damen und Herren. Soeben meldet das Weiße Haus.« Sie räusperte sich. »Präsidentin Jeanne Alexandra Adams, fünfundvierzigster Präsident der Vereinigten Staaten von Amerika, ist heute, am 11. September 2016, um 15.18 Uhr Ostküstenzeit, beim Absturz von Air Force One ums Leben gekommen.« Ein Bild einer lächelnden Präsidentin Adams wurde eingeblendet.

Jeanne Alexandra Adams
45th President of the United States of America
Born: Niles, Ohio, May 24, 1960
Died: Andrews Air Force Base, Maryland, September 11, 2016

Ohne Hintergrundmusik ließ NBC das Bild unendliche fünf Minuten stehen. Schriftbänder, Ausgangssperrentimer und Terrorwarnstufenindikatoren waren ausgeblendet. Nur das Bild von Adams mit ihren Lebensdaten. Keine Musik. Keine Hintergrundgeräusche. Nicht einmal das Logo von NBC. Nur ein Standbild.

Tim starrte auf den Bildschirm, die Hände in die Hüften gestützt. »Ich kann das nicht glauben. Ross tot. Adams tot.«

»Ob die Russen dahinter stecken?«, überlegte Shareef laut.

»Du meinst, die Russen haben das Flugzeug zum Absturz gebracht?«

»Überleg doch mal. Eine bisher unbekannte Terrorgruppe lässt überall Bomben hochgehen. Gleichzeitig findet in Moskau ein Putsch statt. Dann wird die Spitze unserer Regierung umgebracht. Das kann doch kein Zufall sein!«

Tim schüttelte den Kopf. »Du redest ja schon wie Sherlock. Ich glaube nicht an Verschwörungstheorien.«

»Keine Verschwörungstheorie«, winkte Shareef ab. »Ich habe nur laut überlegt.« Er rieb sich am Kinn. »Ein Instruktor an der FBI Academy hat uns da mal was erzählt.«

»Ja?« Tim blickte immer noch irritiert auf den Bildschirm.

»In den sechziger oder siebziger Jahren im letzten Jahrhundert wollte der KGB eine Pipeline in Westeuropa sprengen, um damit eine Umweltkatastrophe auszulösen. Irgendein großer See hätte verseucht werden sollen.«

»Und?«

»Der KGB hätte ein Bekennerschreiben einer nicht existenten Terroristengruppe am Tatort hinterlassen, um von sich selbst abzulenken.«

»Wirklich?« Tim legte die Stirn in Falten. »Der KGB hätte so getan, als wären es Terroristen, die es aber in Wirklichkeit gar nicht gab?«

»Genau!«

Tim zuckte die Schultern. »Kann schon sein. Aber ich denke, Staaten sind Staaten und Terroristen sind Terroristen.«

»Ist auch egal.« Shareef wollte nicht auf seiner Geschichte beharren. Er erinnerte sich nicht mehr an die Details. »Sinshy!« Er zeigte auf den Bildschirm.

Die Sendung wurde fortgesetzt. Neben der Moderatorin Judith Roth ein Foto des Kongress-Sprechers.

»Im Namen von NBC, und ich denke im Namen aller Amerikaner, spreche ich den Angehörigen von Präsidentin Jeanne Adams die zutiefst empfundene Anteilnahme aus.«

»Das Obergericht hat bekannt gegeben«, kündigte Roberto McIntyre an, »dass gemäß der präsidialen Nachfolgeregelung bereits in den nächsten Minuten der Sprecher des Kongresses, Arthur Carrick Sinshy, den Eid als sechsundvierzigster Präsident der USA leisten wird. Aus Sicherheitsgründen wird der Aufenthaltsort von Sinshy geheim gehalten.«

»Ohnehin der bessere Präsident! Für uns alle!« Jacques Maître strahlte übers ganze Gesicht. Er reichte Edward Trust ein Glas Champagner. Der nahm es zögernd in die Hand.

»Die Präsidentin ist tot! Es lebe der Präsident!« Die sieben Spezialisten im Einsatzraum tauschten verstohlen Blicke aus.

»Santé!« Maître stieß sein Glas an das von Trust und nahm einen großen Schluck.

»Cheers!« Trust überlegte und leerte das Glas in einem Zug. »Man findet immer wieder einen Grund zum Trinken«, sagte er wie beiläufig. Maître tat, als habe er nichts gehört.

Maître musste lächeln, als er daran dachte, wie Sinshy und er das Medienszenario entwickelt hatten, das unter Patricia Palmers Leitung und mit Hilfe der RARAP so perfekt umgesetzt worden war. Im Übermut hatten sie die Szene, als Sinshy den Eid leistete, im Beau Rivage durchgespielt. Maître hatte den Oberrichter gespielt. Sinshy sich selbst.

45

Sonntag, 11. September 2016
16.01 CDT / 23.01 MESZ

I, Arthur Carrick Sinshy, do solemnly swear, that I will faithfully execute the office of President of the United States, and will to the best of my ability, preserve, protect and defend the Constitution of the United States. So help me God.«

»Congratulations, Mister President!« Oberrichter Kimber schüttelte Sinshy die Hand. Er hatte kein Lächeln auf den Lippen – die Situation war zu ernst. Auch Sinshys Gesichtsausdruck ließ nicht darauf schließen, dass er sich freute. Nur ein halbes Dutzend Menschen waren bei der Zeremonie anwesend.

»Diese Bilder, aufgenommen von einem Kameramann des Weißen Hauses, haben uns soeben erreicht«, erklärte Judith Roth. »Damit haben wir einen neuen Präsidenten. Art Sinshy hat als sechsundvierzigster Präsident der Vereinigten Staaten an einem geheimen Ort vor Oberrichter Stephen Kimber den Eid abgelegt.«

»Aber auch andere Aufnahmen wurde in diesen Minuten von der militärischen Zensur freigegeben«, übernahm Roberto McIntyre. »Wir möchten Sie warnen. Die Bilder, die wir nun senden werden, sind schrecklich. Sie zeigen den Abschuss von Air Force One unmittelbar nach dem Start von Andrews Air Force Base. Sie wurden von einem Mitarbeiter der Luftwaffe aufgenommen. Er hat den Start des Flugzeugs gefilmt, um zu dokumentieren, wie Präsidentin Adams Washington verlässt, um sich in eine atomwaffensichere Bunkeranlage zu begeben. Wir zeigen diese kurze Filmsequenz, weil sie ein historisches Dokument ist.«

Tim schüttelte den Kopf und drehte sich um. »Sag mir, was du siehst«, forderte er Shareef auf.

»Der Jumbo der Präsidentin. Er rollt die Startbahn entlang auf die Kameraposition zu. Bildfüllend. Die Nase steigt hoch. Das Flugzeug hebt ab. Das Fahrwerk wird eingezo… Mein Gott!«

Roberto McIntyre schaute immer noch auf den Kontrollmonitor, als er schon im Bild war. Er drehte sich zur Kamera, brachte aber kein Wort heraus. Roth übernahm. »In einem ersten Statement hat Präsident Sinshy versprochen, die Verantwortlichen für die Morde an Vizepräsident Ross und Präsidentin Adams zu finden und mit der vollen Härte des Gesetzes zu bestrafen. Ich bin Judith Roth …«

»… und ich bin Roberto McIntyre. Sehen Sie eine kurze Zusammenfassung der Ereignisse der letzten Minuten.«

»Wenn man vom Teufel spricht!« Der Botschafter blickte auf den Bildschirm auf seinem Schreibtisch und lächelte. »Das Weiße Haus lässt fragen, ob Sie spontan Zeit hätten für ein informelles Treffen. Die Präsidentin lädt Sie zum Tee ein.« Er schaute auf die Uhr. »Five o'clock tea.«

»Jetzt?«, fragte Mattei erstaunt.

»Ja. Offenbar weiß man, dass Sie hier in der Residenz sind.« Der Botschafter blickte zu Mattei. »Sagen Sie zu? Wenn ich die E-Mail beantworte, kommt in zehn Minuten eine Limousine und holt Sie ab.«

»Selbstverständlich!« Mattei seufzte. Er hatte gehofft, noch einmal über die Entscheidung schlafen zu können. Andererseits – morgen würde es zum Arbeitstreffen mit der Präsidentin kommen. Er hatte also immer noch Zeit, diese wichtige Angelegenheit sorgfältig zu überdenken.

Eine halbe Stunde später saß er mit Präsidentin Adams im Blue Room des Weißen Hauses.

»Ich fühle mich sehr geehrt, dass Sie trotz Ihres angespannten Zeitplans an diesem wichtigen Tag so spontan Zeit für ein Treffen haben, Misses President.«

»Die Ehre ist ganz meinerseits, Herr Bundespräsident. Aber wollen wir es nicht etwas weniger formal machen, Giovanni?«

»Okay, Jeanne. Ein sehr schöner Name übrigens.« Mattei lächelte.

»Du fragst dich sicher, warum ich Termine vereinbare, als wäre ich eine vernachlässigte Ehefrau.« *Was ich eigentlich auch bin.* »Obwohl ich heute noch ein halbes Dutzend andere Verpflichtungen habe.«

»Nun …«

Adams schlug Mattei ein Gentlemen's Agreement zu einem der morgen anstehenden Fragen vor. Sie könnten das am besten unter vier Augen erledigen. Es ging um ein Abkommen zur Zusammenarbeit in der Frage der internationalen Geldwäsche. Adams bat Mattei, morgen anzudeuten, dass die Schweiz Probleme habe, das Abkommen, so wie es vorgeschlagen wurde, zu unterzeichnen. Das sei doch auch in seinem Sinne. Er würde ihr damit einen großen Gefallen tun, da sie so den Entwurf wieder zurück an den zuständigen Ausschuss des Kongresses senden könne. Sie sei nicht zufrieden mit dem Text, wolle aber die Geduld des Ausschusses nicht zu sehr strapazieren, da sie von ihm Entgegenkommen in einer anderen Angelegenheit brauche. Ein politischer Kuhhandel.

»Ich werde das mit dem zuständigen Bundesrat besprechen. Ich denke, wir können das so machen, Jeanne«, antwortete Mattei nach kurzem Überlegen.

Sie kannten sich seit fünf Jahren. Allerdings nicht gut genug, um ein wirkliches Vertrauensverhältnis entwickelt zu haben. Mattei wunderte sich darüber, wie offen sie mit ihm gesprochen hatte. *Soll ich jetzt …? Es wäre ideal. Hier unter vier Augen …*

»Misses President, entschuldigen Sie, aber die Angehörigengruppe wartet im Oval Office«, unterbrach der Stabschef die Sitzung.

»Natürlich.« Sie stand auf. »Also, Giovanni. Danke, dass du Zeit hattest. Wir sehen uns dann morgen. Der Fahrdienst wird dich zurück in die Botschaft bringen.« Sie gab ihm die Hand. Sekunden später war sie verschwunden.

»Das!« David Isler setzte sich im Bett auf und schaltete die Nachttischlampe an. Er sah sich in der verspiegelten Tür des gegenüber dem Bett stehenden Kleiderschranks. »Du bist ein Genie!«, sagte er zu seinem Spiegelbild.

»Danke«, murmelte Angela schlaftrunken. »Können wir jetzt wieder schlafen?«

»Ich muss dich enttäuschen, Liebes, aber *ich* bin das Genie! Du bist allerdings auch ganz toll! Sehr toll sogar. Wirklich!« Er schlug die Decke beiseite, schaltete das Licht aus und tastete sich der Wand entlang zur Schlafzimmertür.

»Du bist das Genie? Danke, dass du mich geheiratet hast.«

»Keine Ursache. Muss noch mal kurz ins Büro.«

Er holte die Uhr aus dem Bad und ging in den Keller. An seinem Schreibtisch angekommen, schaltete er sein Offline-Notebook ein. Er startete ein Schreibprogramm und dachte einen Moment nach. Dann begann er zu tippen. *Operation Magnoliophyta.*

Eine halbe Stunde später, nachdem er die Datei mit einem Passwort geschützt und den Ausdruck in den Schredder gesteckt hatte, ließ er den Online-Computer laufen. Vielleicht würde eine Suche im Web noch weitere Erkenntnisse bringen, die er bisher übersehen hatte.

Es war nach Mitternacht, als er die Suchbegriffe ›Sezession‹ und ›Texas‹ eingab. Erst auf der siebzehnten Seite der Resultate sah er den Link, der ihn elektrisierte.

Neue Texanische Sezessionsbewegung durch Feuer ausgelöscht

Der Artikel der Texas Times vom 21. August 2015 berichtete in knappen Worten über den Feuertod aller acht Mitglieder des Vorstands der obskuren Bewegung. Die Polizei vermute Brandstiftung, könne aber noch keine weiteren Angaben machen. Eine neue Suche mit dem Namen der Gruppe förderte einen weiteren Artikel zutage. Ein Jahr später meldete die Texas Times, der oder die Täter seien immer noch nicht gefunden. Polizei und FBI hätten alle Ermittlungsmethoden ausgeschöpft. Ein Sprecher des FBI bezeichnete die Chancen als gering, den Fall noch aufzuklären. Personen aus dem Umfeld der Opfer kämen nicht als Täter in Frage. Die Brandstiftung habe möglicherweise politische Hintergründe gehabt. Daher gäbe es zwischen Täter und Opfern vermutlich keine Verbindung.

»Soso! Acht Menschen sterben und das FBI scheint froh zu sein, den Tätern nicht zu nahe zu kommen«, murmelte er. »Die Sezessionisten wurden getötet, um … eine neue Sezessionsbewegung ins Leben zu rufen. Eine synthetische. Die Partei für Staatenrechte. Die Partei von Vince Osman.«

Kurz vor 4 Uhr.

»Bin in zehn Minuten wieder da«, ließ Tim seinen Angestellten Joe wissen. Er öffnete die Tür und blickte skeptisch zum Himmel. Wolken waren aufgezogen und es hatte angefangen zu regnen. Er atmete ein paar Mal tief durch und sprintete dann die hundert Meter zu seinem Haus.

»Jetzt wird's spannend!« Er nahm die auf dem Esstisch liegende Kamera, schaltete sie ein und setzte sich aufs Sofa. *Play*. Sein Gesicht erhellte sich, als er Josephina auf dem Bildschirm sah. Die Kamera hatte bei Null angefangen abzuspielen. Es waren Aufnahmen von dem Fest, das sie im Januar in Laredo besucht hatten. Herzklopfen. Er sah einige Minuten lächelnd zu und drückte dann auf ‚Schnellvorlauf'. Drei Sequenzen mit Josephina hoppelten über den Bildschirm, bis die Szene vom Vormittag erschien. Er hielt das Bild an und atmete tief durch. Kopfschüttelnd und mit zusammengepressten Lippen beobachtete er den Sturzflug der Boeing 767 Richtung Main Street. Er war erstaunt, wie ruhig er die Kamera gehalten hatte, nachdem der Jet ins Bild gekommen war. Jedes Detail des Flugzeugs war zu erkennen, als es sich mit rasender Geschwindigkeit näherte. Er erkannte einige Metallteile neben dem Cockpit, von denen er nicht wusste, wozu sie dienten. Die Scheibenwischer. Den Spalt, der sich zwischen dem vordersten Abschluss des Rumpfs und dem Cockpit kreisrund um die Nase zog. Die Türen der Fahrwerke, als der Jet über ihn hinwegflog. Die Ausschläge von Klappen an den Flügeln, als er nach links abdrehte und dann im Canyon verschwand. Fassungslos blickte Tim auf den kleinen Bildschirm. Sein Herz schlug ihm bis zum Hals. Er bedauerte, die Aufnahmen nicht der Journalistin gezeigt zu haben. Andererseits – die Menschen hatten in den letzten zwei Tagen schon genug spektakuläre Bilder gesehen.

Er schaltete die Kamera ab und verließ sein Haus, um zurück zu seinem Lokal zu gehen. Ein diffuses Gefühl von Unstimmigkeit saß ihm im Nacken. Er nahm sich vor, die Aufnahmen am Abend noch einmal anzusehen.

46

Sonntag, 11. September 2016
18.00 CDT / 01.00 MESZ (12.9.)

Die Partei für Staatenrechte war vor einem Jahr in Texas gegründet worden. Als neue Partei musste sie nicht bei den Vorwahlen bestehen, um auf den Wahlzettel für November zu kommen, sondern Unterschriften im Umfang von einem Prozent der Wählerstimmen bei der letzten Abstimmung sammeln, also etwa fünfzigtausend. Diese Hürde hatte sie dank professioneller Organisation und den nötigen Mitteln problemlos genommen. Ihr Programm bestand darin, für eine Verlagerung der Kompetenzen von Washington nach Austin zu kämpfen. Bisher hatte die Partei für Staatenrechte weitgehend unterhalb der Wahrnehmungsschwelle der Öffentlichkeit existiert. Das hatte sich mit dem heute erschienenen Artikel in der Texas Times über Vince Osman geändert. Wie im Artikel angedeutet und gerade eben passiert, wurde Osman von den Mitgliedern zum neuen Vorsitzenden der Kleinstpartei gewählt. Man hatte sich das ambitionierte Ziel gesetzt, spätestens bei den übernächsten Wahlen im Jahr 2018 in den Landtag von Austin einzuziehen. Realistischerweise erkannte man, dass der Antritt bei den Wahlen vom November nur den Zweck hatte, sich bei den Wählern bekannt zu machen.

Als einziger Journalist hatte Luce Brencis die Wahl von Osman beobachtet. In der morgigen Ausgabe der Texas Times würde über den Parteitag und den Aufstieg Osmans ein kurzer Artikel erscheinen. Nichts, was irgendwie Aufmerksamkeit erregen könnte.

Vince Osman wusste nicht, *was* passieren würde, aber *etwas* war im Busch in Texas. Das wusste er seit seinem Besuch in Genf. Art Sinshy hatte ihn in die unglaubliche politische Verschwörung eingeweiht. Und ihm gleichzeitig bedeutet, dass man ihn von jetzt an auf Schritt und Tritt überwachen werde – zu seinem eigenen Schutz. Es war Osman schwergefallen, den Mund zu halten. Aber er hatte sein Schweigegelübde selbst seiner Frau gegenüber nicht gebrochen. Zu verlockend war die Aussicht, noch dieses Jahr an die Spitze der politischen Elite von Texas vorzurücken. Und zu beängstigend die Vision, Art Sinshy, einen der mächtigsten Männer der USA – ja, der Welt! – zum Feind zu haben. Niemand in der Partei und ihrem Vorstand ahnte, was Osman wusste. Alle gingen davon aus, einen beschwerlichen politischen Weg angetreten zu haben, der vielleicht in einigen Jahren mit kleinen Erfolgen belohnt würde. Die Million Dollar, um die Osman die Partei bereichert hatte, war für den Vorstand Grund genug, ihn zum Vorsitzenden zu wählen. Außerdem wusste man aus einigen Zeitungsberichten, dass er sich seit einiger Zeit für das Wohl von Texas engagierte. Dass er uncharismatisch und ohne jede politische Erfahrung war, verbuchte man unter der Rubrik *nobody's perfect.*

Ein Kataklysmus stand dem Bundesstaat bevor. Er würde die politische Dynamik radikal verändern. Er würde alte Wahrheiten zerstören und neue etablieren. Er würde das Unmögliche möglich machen.

Judith Roth kündigte die Ansprache an. »Meine Damen und Herren, wir übernehmen nun eine Übertragung des Secret-Service-Mediendienstes. Aus Gründen der Nationalen Sicherheit wird der Ort der Aufnahme von den Behörden nicht bekannt gegeben. Es spricht der sechsundvierzigste Präsident der Vereinigten Staaten, Arthur Sinshy.«

»My fellow Americans!« Sinshy hatte eine olivgrüne Bomberjacke an und wirkte modisch falsch beraten. Er stützte seine Unterarme auf eine schnörkellose Tischplatte. Seine rechte Hand lag über seiner linken. Hinter ihm ein Vorhang in präsidialem Blau. »Das Schicksal hat mich heute durch seine fatale Fügung in das Amt des Präsidenten unserer großen Nation gespült. Ich wünschte, es wäre nicht so gekommen. Feige und grausame Terroristen haben zuerst Vizepräsident Ross King und dann Präsidentin Jeanne Adams getötet. Dies ist ein schwerer Schlag für unser Land. Er offenbart außerdem gravierende Lücken in unserem Sicherheitssystem. Es ist meine erste Aufgabe, diese Lücken zu schließen, um die Handlungsfähigkeit unserer Institutionen sicherzustellen. Aus diesem Grund habe ich als ersten Schritt nach Aufnahme meiner Arbeit heute Nachmittag verschiedene wichtige Personalentscheidungen getroffen. Dies betrifft insbesondere die Leitung des United States Marshals Service, den Direktor des Secret Service, den Direktor der CIA, den Minister für die Sicherheit des Heimatlandes sowie den Direktor des FBI. Ich habe außerdem eine Sondereinheit ins Leben gerufen, um die Morde an Jeanne Adams und Ross King zu klären. Sie ist mit weitreichenden Befugnissen ausgestattet. Ihr stehen alle Ressourcen der Bundesregierung zur Verfügung.«

»Wahnsinn!« Sheriff Shareef blickte zu Tim. »Aber andererseits unvermeidbar. Die Chefs sind kompromittiert. Sie haben versagt und müssen weg. Vielleicht war das auch eine Absicht der Terroristen.«

»Der Russen?«, fragte Tim und schaute Shareef herausfordernd an.

»Russen, Islamisten, Österreicher, wer auch immer.«

»... zwei sich überschneidende Krisenlagen. Einerseits haben blutrünstige Terroristen eine Kampagne gegen die westliche Welt gestartet, die in der Geschichte ohne Beispiel ist. Ihre Bekämpfung und Eliminierung erfordert einschneidende Maßnahmen, die ja bereits von meiner Vorgängerin getroffen wurden. Mir ist sehr bewusst, wie gravierend sich diese Maßnahmen auf unseren Alltag, unsere Wirtschaft, unser Zusammenleben auswirken. Aber es bleibt uns keine andere Wahl. Präsidentin Adams hat Ihnen gestern mitgeteilt, dass die Einschränkungen, die zu Ihrer Sicherheit getroffen wurden, bis mindestens Mittwoch gültig sind. Ich teile Ihnen nun mit, dass wir vor Montag, dem 19. September, nicht mit einer Normalisierung der Lage rechnen können. Trotz aller Sicherheitsvorkehrungen ist es Terroristen heute gelungen, ein Flugzeug in ihre Gewalt zu bringen. Unsere Behörden haben Grund zur Annahme, dass es tatsächlich von Passagieren zum Absturz gebracht wurde, bevor es in die Nuklearwaffenfabrik Pantex geflogen werden und damit eine Katastrophe verursachen konnte.«

Tim und Shareef sahen sich wortlos an.

»Die FAA hat deshalb die richtige Entscheidung getroffen, sämtlichen zivilen Luftverkehr zu unterbinden. Eine zweite Krisenlage hat sich aus dem gewaltsamen Regierungswechsel in Russland ergeben. Nationalistische Militärs haben die legitime Regierung verdrängt, den Präsidenten getötet und bedrohen nun die Atlantische Allianz mit einem Ultimatum. Die russische Generalmobilmachung wurde angeordnet. Meine Vorgängerin hat mit einem entsprechenden Befehl geantwortet. Wie aus dem Nichts ist so die Situation entstanden, vor der wir uns während des Kalten Krieges immer gefürchtet haben.« Die Kamera zoomte langsam an Sinshy heran. Die Tischplatte verschwand nach unten aus dem Bildausschnitt. »An den einzigen Ansprechpartner, der mir in Russland jetzt zur Verfügung steht, General Leonid Schdanow, sende ich folgende Botschaft: Überdenken Sie Ihre Entscheidungen. Ich bin bereit, mit Ihnen über Fragen des bilateralen Verhältnisses unserer Länder umfassend zu verhandeln. Aber ich warne Sie davor, an Ihrem Ultimatum festzuhalten. Niemand will Krieg – schon gar keinen Atomkrieg. Die Vereinigten Staaten von Amerika lassen sich nicht bedrohen, ohne mit geeigneten Mitteln zu antworten. Die konventionellen und strategischen Streitkräfte der USA sind die stärksten der Welt. Wer die USA und ihre Verbündeten angreift, fällt damit unweigerlich den Beschluss über seine totale Vernichtung. Alle bekannten diplomatischen Kanäle stehen Ihnen zur Verfügung, um mit mir jederzeit Kontakt aufzunehmen. My fellow Americans, die schwerste Prüfung in der Geschichte unseres Landes ist über uns gekommen. Zusammen werden wir sie meistern. Mit Gottes Hilfe wird schon in wenigen Wochen dieser Albtraum hinter uns liegen. Aber jetzt ist die Stunde der Bewährung. Jetzt müssen wir zusammenstehen. Nur so können wir das tiefe Tal des Schreckens durchqueren und wieder mit Zuversicht in die Zukunft blicken. Gott schütze die Vereinigten Staaten und die Welt.«

Tim blickte den Sheriff an. »Vielleicht stecken doch die Russen dahinter.«

»Du sprichst ja schon wie Sherlock«, foppte Shareef.

»Nein, ich habe mit diesem ganzen Alien-Zeugs nichts am Hut«, winkte Tim ab, »aber wer weiß? Ich habe zwar vorher noch nie gehört, dass Agenten von Geheimdiensten sich als Terroristen verkleiden, aber könnte ja theoretisch sein. Ist ja wirklich ein komischer Zufall, dass der Putsch ausgerechnet an diesem Wochenende passiert ist.«

»Sinshy hat aber nichts darüber angedeutet«, gab Shareef zu bedenken.

»Ja. Wie auch immer. Vielleicht weiß er etwas, kann es aber nicht sagen.«

»Möglich. Alles möglich. Werden wir wohl nie erfahren.« Shareef stand auf und legte drei Dollar auf den Tisch. »Ist gut so. Ich geh' mal raus. Sheriff spielen.«

»William!« Sinshy umarmte den britischen Premierminister und klopfte ihm freundschaftlich auf den Rücken. »Ist mir immer eine große Freude, dich zu sehen!«

»Ganz meinerseits!« William Millner legte seine Hände auf Sinshys Schultern. »Du siehst gut aus. Ich sehe, der Wahlkampf beflügelt dich.«

»Es ist mehr die Aussicht auf die Zukunft … im Allgemeinen.«

»Ja!« Millners Augen funkelten. »Die Zukunft! Wie ich höre läuft alles zufrieden stellend.«

»Wir können hier nicht offen sprechen«, flüsterte Sinshy Millner ins Ohr.

»Natürlich. Ist auch nicht nötig.«

»Aber wollen wir uns nicht setzen?«, kam Sinshy seinen Gastgeberpflichten nach.

Sie nahmen in den braunen Ledersesseln Platz. Das Separée der Bar im Westin Hotel Boston war kurzfristig angemietet worden, nachdem sie sich spontan zu diesem Treffen verabredet hatten. Millner hatte auf dem Flug von Washington nach London eine Zwischenlandung eingelegt und Sinshy entschieden, das Abendessen mit seinem alten Freund einzunehmen. Sie kannten sich, seit

Sinshy nach seinem Abschluss an der Columbia University in New York für zwei Jahre nach Oxford gegangen war, um dort – nur aus Interesse – Vorlesungen in Theologie und Philosophie zu besuchen.

Dass Millner jetzt in Downing Street Ten arbeitete, und nicht irgendein anderer, war für Sinshy eine weitere göttliche Fügung. Nach einigen Gesprächen im letzten Jahr, bei denen Sinshy Millners politische Matrix genau sondiert hatte, war für Sinshy klar, dass er ihn in den *großen Plan* einweihen konnte.

Natürlich wusste auch Millner nichts vom göttlichen Auftrag, in dem Sinshy handelte, aber das tat seinem Enthusiasmus für das Projekt keinen Abbruch. Millner sah darin die historische Chance, eine alte britische Wunde zu heilen. Er war fest dazu entschlossen, alles in seiner Macht Stehende zu tun, um den Erfolg des Projekts zu sichern – und damit sein politisches Erbe als Premierminister seiner Majestät. Der Mantel der Geschichte würde an Downing Street Ten vorbeiflattern und Millner beherzt zupacken.

»Wie war die Gedenkfeier in Manhattan?«, fragte der Premier, nachdem sie Hummer und einen leichten Weißwein bestellt hatten.

Sinshy winkte ab. »Zu lang! Viel zu lang! Vier Stunden. Völlig übertrieben. Und im State Department?«

»Sehr angenehm. Eine halbe Stunde. Keine großen Reden.«

»Gespräche mit Kollegen?« Nicht nur wegen seiner zukünftigen Rolle als Präsident interessierte Sinshy sich grundsätzlich dafür, was in der Welt der Regierungs- und Staatschefs vor sich ging.

Der Kellner kam und Sinshy probierte den Wein. Er nickte und der Kellner schenkte ein. Als er den Raum wieder verlassen hatte, erzählte Millner freudestrahlend. »Du wirst es nicht glauben, aber ich habe mich ein bisschen mit dem mexikanischen Präsidenten unterhalten.«

»Castaneda. Sehr fähiger Mann«, kommentierte Sinshy.

»Allerdings. Nach einigen Minuten kam er auf die mexikanische Zuwanderung in die USA zu sprechen. Ich kann dir sagen, er hat sich enthusiastisch darüber geäußert, dass in spätestens zehn Jahren alle Grenzstaaten von Kalifornien bis Texas einen hispanischen Gouverneur haben werden.«

Sinshy nickte lächelnd. »Ich glaube, Castaneda wird viel Verständnis für die Entwicklung in unserem Land haben.«

»Das glaube ich auch«, stimmte Millner zu. »Er ist jemand, mit dem man Vereinbarungen treffen kann. Ich habe die Gelegenheit genutzt und ihm eine Vertiefung des bilateralen Verhältnisses angeboten.«

»Und?«

Millner lachte. »Er konnte die Überraschung in seiner Mimik nicht verbergen. ›Was führen Sie im Schilde?‹, hat er mich gefragt.«

Sinshy lachte. »Er ist ein erfahrener Staatsmann; hat Geschichte studiert.«

»Genau. Ich habe also so unschuldig geschaut wie ich nur kann …«

»… was dir schwer gefallen sein dürfte …«

»… und ihm versichert, ich habe nur das Wohl Mexikos im Sinn.«

»Was er dir natürlich nicht geglaubt hat.«

»Er hat nur gelacht. Als wir schließlich doch noch ernsthaft über meinen Vorschlag gesprochen haben, hat er zu erkennen gegeben, dass er großes Interesse an einer Festigung der Beziehungen zu Großbritannien und zur EU hat.« Millner blickte Sinshy mit ernster Miene an. »›Die USA bröckeln langsam weg‹, war seine Begründung.«

»Ich sagte doch«, kommentierte Sinshy, »Castaneda hat Geschichte studiert – und sie verstanden.«

47

Sonntag, 11. September 2016
22.25 CDT / 05.25 MESZ (12.9.)

Gibst du mir auch eine?« Ricky Myers zog eine Zigarette aus der Schachtel und gab sie seinem Kollegen Hector Sanchez. Sie saßen vor einem der Zelte und unterhielten sich über die Entwicklung, seit sie vor drei Tagen zur Übung Southern Countdown 16 angetreten waren. Obwohl eigentlich total übermüdet, waren sie zu aufgewühlt, um schlafen zu gehen.

»Es ist mir immer noch nicht ganz klar, was wir hier eigentlich tun«, wiederholte Myers zum wer weiß wie vielten Mal. Sanchez zuckte mit den Schultern.

»Wir haben nicht einmal den Befehl erhalten, die Häuser nach Waffen zu durchsuchen«, setzte Myers seine Überlegungen fort. »Was können wir also verhindern durch unsere Anwesenheit? Nichts!«

»Wir sind wohl eher aus symbolischen Gründen hier«, erwiderte Sanchez.

»Symbolische Gründe?«

»Wie Polizisten, die in Flughafenterminals mit Maschinenpistolen patrouillieren. Nur zur Beruhigung der Passagiere.«

»Vielleicht. Trotzdem habe ich ein komisches Gefühl. Ich meine, irgendetwas stimmt nicht an der ganzen Sache.«

»Wovon redest du?«, fragte Sanchez verwundert.

»Na ja, es stimmt einfach alles zu sehr. Wie in einem Film. Dieser seltsame Zufall, dass der Flieger genau hier abstürzt. Und Alfa Delta sofort weiß, dass es keine Überlebenden gegeben hat.«

»Irgendwo muss er ja abstürzen«, wandte Sanchez ein.

»Außerdem ist mir noch was anderes aufgefallen.«

»Und das wäre?«

»Wir heißen zwar Delta Eleven, aber es gibt keine anderen Deltas. Weder werden von Alpha Delta an andere Deltas Kommandos erteilt, noch hört man andere Deltas auf der Frequenz. Das ist doch seltsam, findest du nicht?«

Sanchez blickte ihn überrascht an. »Ja, verdammt, du hast Recht. Das ist wirklich komisch.«

»Aber es gibt was, das noch viel komischer ist.« Myers stand auf und zeigt in Richtung des Flugzeugwracks. »Das Flugzeug ist einfach abgestürzt, ein paar Feuerwehrautos kommen und fertig!«

»Was fertig?«

»Na fertig, Schluss, aus, vorbei, Ende! Verstehst du nicht? Ein riesiger Trümmerhaufen einer 767 liegt vermischt mit Leichenteilen im Canyon und kein Mensch kümmert sich darum. Kein Rapid Response Team des Pentagons, des FBI, der FAA, der NTSB. Niemand sammelt Leichen ein. Kein Mensch fotografiert, abgesehen von den Leuten vom Fernsehen. Verstehst du? Nichts!« Myers schüttelte den Kopf. »Irgendwas ist hier faul.«

»Wir hatten wenig Schlaf in den letzten Tagen«, gab Sanchez zu bedenken. »Vielleicht sind wir ein bisschen überreizt.«

»Hast du die Tussi vom Fernsehen schon mal gesehen? Ich nicht. Und was hat sie gesagt, wie sie heißt?«

»Sue … irgendwas.«

»Und warum lag dann ein Ausweis mit ihrem Foto auf dem Rücksitz des Vans, auf dem der Name Patricia Palmer stand? Beobachter des Manövers Southern Countdown 16?«

Sanchez blickte ihn mit zusammengekniffenen Augen an. »Du machst Witze!«

»Nein, ich schwöre dir, das habe ich mit meinen eigenen Augen gesehen!«

»Also das ist wirklich …«

»Und noch was, Hector! Meine Ex arbeitet beim Fernsehen, Eyewitness News. Und eins kann ich dir sagen. Bei Berichten der Art, wie sie diese angebliche Sue gemacht hat, gibt es niemals Teleprompter!«

»Was für Dinger?«

»Sie hat ihren Text von einem Gerät abgelesen, das vor die Kamera montiert war. Ist normal in jedem Nachrichtenstudio, aber niemals bei solchen spontanen Live-Einsätzen auf freiem Feld. Völlig unmöglich! Gib mir noch eine Zigarette.«

Sanchez nahm die Packung und zog zwei Zigaretten heraus. Nachdem sie sie angezündet hatten, fragte er Myers: »Und was bedeutet das alles?«

»Es kann nur eines bedeuten: Wir sind immer noch im Manöver. Alles, was sich in den Nachrichten abspielt ist gestellt.«

»Ricky, das ist vollkommen unmöglich! Überleg doch mal! Alle großen Nachrichtensender berichten über diese Ereignisse. Das kann doch nicht gestellt sein. Ich meine, okay, diese Sue war zwar neu und könnte theoretisch eine Schauspielerin sein. Aber wir haben es doch selbst gesehen letzte Nacht in der Kaserne und vorher in der Bar – alle Stars der großen Fernsehsender sind auf Sendung. Die Präsidentin. Der russische General. Sinshy. Du glaubst doch nicht etwa, dass es lauter Doppelgänger sind?«

»Ja, verdammt, das ist allerdings *sehr* komisch. Aber wenn es doch nur gestellt ist? Heutzutage kann man doch alles machen elektronisch.«

»Ricky, du hast totale Paranoia! So einen Aufwand würden die doch nie treiben, nur für ein Manöver!« Sanchez schüttelte den Kopf. »Es gibt sicher eine andere Erklärung.«

»Ja, nur welche?«

»Was weiß ich, Ricky. Ich geh' jetzt schlafen. Bin todmüde. Bis nachher.« Sanchez stand auf und kroch ins Zelt.

Nachdem Myers noch einige Minuten dasaß und sich den Kopf über die Situation zerbrach, hielt er es nicht mehr aus. Im Laufschritt bewegte er sich auf die Absturzstelle zu. Zwar hatte ihnen Alpha Delta verboten, sich dort aufzuhalten, angeblich um die Unfalluntersuchung nicht zu behindern, aber Myers hatte entschieden, jetzt selbst zu untersuchen. Irgendwas stank zum Himmel, und ... *Das ist es! Es stinkt nichts! Genau das fehlt! Kein Gestank von verbranntem Fleisch! Nach dem Absturz hat es einen großen Feuerball gegeben, und trotzdem fehlte der Gestank von verbranntem Fleisch!* Völlig außer Atem kam Myers einige Minuten später beim Trümmerfeld an. Er hatte zwar die Taschenlampe vergessen, aber das Licht des Halbmonds, das durch ein

Wolkenloch schien, erhellte die Szenerie. Er hörte nicht, wie sich von Norden her ein Jeep auf Sandrock zu bewegte. Wie hypnotisiert stolperte er durch die Wrackteile und versuchte angestrengt, Teile von menschlichen Körpern ausfindig zu machen.

»Stehen bleiben!«, herrschte ihn eine Stimme an. Er drehte sich um und wurde vom grellen Licht einer Taschenlampe geblendet.

»Es gibt keine Leichen!«, stammelte Myers entsetzt.

Ohne etwas zu sagen, legten ihm die beiden Mitarbeiter von Landler Handschellen an und brachten ihn zum Jeep.

Einige Zeit später saß Myers allein in einer der Quarantänestationen, die eigentlich für die Spätrückkehrer eingerichtet worden waren. Für ihn war die Übung damit beendet.

Die Stimmung war ausgelassen. Vince Osman und Hank Darling saßen am Tresen der Music Bar im Zentrum von Houston. Laut und falsch sangen sie mit. »But what it is, is something true, made up of these three words that I must say to you. I just called to say I love you, I just called to say how much I care, I just called to say I love you, and I mean it from the bottom of my heart!«

Osman bestellte noch zwei Bier.

»Und ich soll wirklich Innenminister werden?«, fragte Darling kichernd. Osman hatte ihn gerade in den unglaublichen Plan eingeweiht. Es war zum ersten Mal seit seinem Aufenthalt im Beau Rivage in Genf, dass Osman über die Sache redete. Er hätte es besser nicht getan.

»Von mir aus auch Außenminister«, erwiderte Osman jovial.

»Oh, ja. Ich sehe die Schlagzeilen schon vor mir: Außenminister Darling auf Staatsbesuch in Washington!« Laut lachend schlug ihm Osman auf den Rücken.

»Und wann beginnt der Wahlkampf?«, fragte Darling und prustete los, obwohl er versuchte, ernst zu bleiben.

»Bald, Darling, sehr bald. Es kann sich nur noch um Tage handeln«, antwortete Osman und schob sich eine Handvoll Erdnüsse in den Mund.

»Also wirklich, Chef, ich muss schon sagen! Dabei waren Sie früher so ein Arschloch!« Für eine Sekunde erstarrte Darlings Gesicht vor Schreck. Dann konnten sie sich nicht mehr halten vor Lachen.

Nachdem sie einige Zeit grölend nebeneinander gesessen hatten, stand Darling auf, und krächzte quer durch die Bar: »Ladies and Gentlemen, Vince Osman, the President of the free Republic of Texas!«

Niemand verstand, was Darling sagte, da die laute Musik seine Stimme übertönte. Nur ein Gast, der neben Osman saß und die ganze Zeit in sein Glas schaute, hob für eine Sekunde eine Augenbraue. Er zog sein Handy aus der Tasche und tippte darauf herum. Dann legte er es wieder weg.

Tim Lewis lächelte beim Anblick der Bilder von Josephina. Er hatte vor einer Stunde den Fernseher ausgeschaltet, war ins Bett gegangen und schwelgte in Erinnerungen. Zwischendurch versuchte er, Josephina zu erreichen – vergeblich. Ob er sie überhaupt je wiedersehen würde?

Irgendwann war er bei den Aufnahmen von der 767 angekommen. Nachdem er die Bilder zum vierten Mal angesehen hatte, fiel es ihm auf. Er glaubte zuerst, seine Augen hätten ihm einen Streich gespielt. Er spulte zur entscheidenden Stelle der Aufnahme, als das Flugzeug in einem steilen Winkel auf ihn herabstürzte und er mit der Kamera direkt in das Cockpit zielte. Er stoppte das Bild und vergrößerte den Ausschnitt. Fassungslos starrte er auf den Bildschirm. In aller Klarheit sah er, was ihn gestört hatte: Das Cockpit war leer! Deutlich waren die Rückenlehnen der beiden Pilotensitze zu sehen. Das Cockpit schien keine Rückwand zu haben, denn im Hintergrund konnte er den Anfang der Kabine erkennen. Auch sie war absolut leer. Es fehlten Wandverkleidungen und Passagiersitze. Frame für Frame klickte er sich durch die Aufnahme und sah doch immer wieder nur dasselbe. Ein leeres Cockpit einer Boeing 767 ohne Passagiersitze.

Er lehnte sich zurück. Was sollte das bedeuten? Warum war niemand im Cockpit zu einer Zeit, als das Flugzeug noch mehrere Wechsel der Fluglage machte? Konnte es dies von selbst tun? Machte es der Autopilot? Warum waren keine Passagiersitze zu sehen? Warum fehlte die Wandverkleidung in der Kabine? Warum waren überhaupt keine Menschen im Flugzeug?

»Was soll das?!« Tim stand auf, ging ins Bad und schaufelte sich mit den Händen kaltes Wasser ins Gesicht. »Das ist die bescheuertste Sache, die ich je gesehen habe!«, sagte er zu seinem Spiegelbild.

Er war verzweifelt, mit niemandem sprechen zu können, der in der Lage war, seine Fragen zu beantworten. Fred Reilly vielleicht, aber der redete viel und war kein Pilot. Reilly hatte einmal erzählt, dass die Boeings, die am 11. September 2001 ins World Trade Center und ins Pentagon gekracht waren, ferngesteuert gewesen seien. Aber woher wollte er das wissen? Er behauptete schließlich auch, dass außerirdische Reptilienwesen sich Masken anziehen würden und dann wie die Präsidentin aussähen. Nein, Reilly würde seine Fragen nicht beantworten können.

Niemand im SitRoom bei Sandrock und im Einsatzraum bei Luxemburg ahnte, was Tim gesehen hatte.

48

Montag, 12. September 2016
00.34 CDT / 07.34 MESZ

Weder der Taxifahrer noch die beiden Fahrgäste bemerkten, dass ihnen seit ihrer Abfahrt vor der Music Bar an der Austin Avenue ein Auto folgte.

Vince Osman flüsterte seinem Assistenten ins Ohr. Er wollte nicht, dass der Taxifahrer etwas mitbekam. »Und, Darling, damit wir uns richtig verstehen. Kein Wort zu niemandem. Könnte sonst sehr unangenehm werden!« Osman realisierte trotz des hohen Alkoholpegels, dass er einen Fehler gemacht hatte, mit Darling über die Sache zu sprechen.

»Ich schweige wie ein Toter«, gelobte Darling flüsternd und hob drei Finger in die Höhe.

Minuten später verabschiedeten sie sich und Darling stieg aus. Er winkte dem Taxi nach. »Bye, Mr. President!« Er torkelte zur Tür des Wohnblocks im Westen Houstons. Das Auto, das ihnen gefolgt war, parkte einen halben Block entfernt. Aber niemand stieg aus.

»Republic of Texas«, flüsterte Darling, als er auf den Lift wartete. »Und ich werde Außenminister! Außenminister Hank Darling!« Er lachte übermütig auf und kratzte sich am Kopf. »Wer hätte das gedacht.« Er stieg in den Lift und drückte auf die Neun. In seiner Wohnung angekommen, zog er Jacke und Schuhe aus und ging ins Bad.

Während er sich die Zähne putzte, läutete es Sturm. Er achtete nicht darauf und dachte an einen dummen Scherz. Als die Klingelei nicht aufhörte, spülte er sich den Mund aus und ging zur Gegensprechanlage. »Wer ist da?«

»Mister Darling?«, fragte eine Frauenstimme.

»Ja, und Sie?«

»Miranda Smith. Ich wohne im dritten Stock und habe den Schlüssel vergessen, ich dummes Huhn. Habe gesehen, dass bei Ihnen noch Licht brennt. Können Sie bitte aufmachen?«

Darling überlegte, was ihm nicht leicht fiel. Sein Kopf surrte. Er hatte nie etwas von einer Miranda Smith gehört. »Also, eigentlich nicht. Sie wissen ja. Wie lange wohnen Sie schon hier?«

»Erst seit diesem Monat. Bitte.«

Die zarte Frauenstimme hörte sich nicht nach der eines Einbrechers an. Er fluchte, weil der Vermieter – sein Chef Vince Osman – immer noch keine Bildschirme installiert hatte, auf denen die Mieter sehen konnten, wer vor der Tür stand.

»Na gut«, seufzte er. »Ausnahmsweise. Aber nächstes Mal Schlüssel mitnehmen.«

»Sie sind ein Schatz. Bringe Ihnen morgen einen Donut vorbei.«

»Nicht nötig. Einfach Schlüssel mitnehmen. Gute Nacht.« Er drückte auf den Summer und ging ins Schlafzimmer. Im Vorbeigehen schaltete er das Licht im Bad aus.

Er lag keine Minute im Bett, als es erneut läutete, diesmal an der Wohnungstür.

»Jetzt reicht's aber!«, wetterte er. »Sie bringt mir den verfluchten Donut schon jetzt. Anstatt mich einfach schlafen zu lassen!« Er stand auf, ging zur Tür und schaute durch den Spion. Vor seiner Türe stand eine Frau, nicht viel größer als er – also klein –, mit langen strohblonden Haaren. Er seufzte und schloss auf.

»Hank Darling?«, fragte die Frau.

»Hören Sie, ich mag keine Donuts. Ich hatte einen anstrengenden Abend …« Er kam nicht dazu, den Satz zu Ende zu sprechen.

»Es tut mir leid«, entschuldigte sich die Frau, während sie an Darling vorbei in die Wohnung ging, »manchmal bin ich total schusselig. Heute ist wieder so ein Tag. Sind Sie mir böse?« Sie lächelte Darling an und drückte die Tür ins Schloss. Sie schien nicht zu sehen, dass er nur in Unterhosen vor ihr stand.

»Was soll das?« Darling wusste nicht, wie ihm geschah.

»Wissen Sie, ich bin eben blond, außen und innen.« Plötzlich stieß sie einen Schrei aus und riss die Augen auf. »Passen Sie auf, hinter Ihnen!«

Darling drehte sich erstaunt um. »Was …?!«

Mit einer einzigen Bewegung zog sie einen mit Sand gefüllten Stoffschlauch aus der Handtasche und schlug Darling damit fest auf den Hinterkopf. »Sorry, Darling. Ist wohl nicht Ihr Tag heute!«

Sofort fiel er bewusstlos zu Boden. Sie ließ das in Killerkreisen ›Katze‹ genannte Betäubungsinstrument wieder in ihrer Handtasche verschwinden und rückte ihre Perücke zurecht. Trotz ihrer engen Jeans und den hochhackigen Lederstiefeln gelang es der zierlichen aber kräftigen Hitwoman – eine der besten der STOG, denn die hatte einen Großteil ihrer *Kräfte* in Texas und Washington D.C. zusammengezogen –, Darling durch den Flur ins Bad zu zerren und dort in die Badewanne zu legen. Sie band ein Frotteetuch um den Hahn und ließ Wasser einlaufen. Sie ging zurück in den Flur und holte ihre Handtasche, entnahm ihr Gummihandschuhe, einen Plastikschlauch, eine Spritze, eine Dose mit Schlaftabletten und ein Mittel zur Unterdrückung des Brechreizes. Sie zog die Gummihandschuhe an und legte alles auf dem Toilettendeckel zurecht. Präzise Handgriffe. Auf dem Badewannenrand sitzend, griff sie nach Darlings Kopf, bog ihn zurück, machte seinen Mund auf und führte den Plastikschlauch ohne zu zögern in seine Speiseröhre ein. »Sitzt«, stellte sie zufrieden fest. In ihrem billigen Outfit wirkte sie wie eine Ärztin, die während einer Karnevalfeier zum Noteinsatz gerufen wurde. Sie achtete darauf, sein Gesicht immer mit der ganzen Handfläche anzufassen, um keine Druckstellen zu hinterlassen.

In der Küche fand sie eine halbe Flasche Whiskey. Mit ihr unter dem Arm und einem Glas in der Hand ging sie zurück ins Bad. Sie ließ zehn Schlaftabletten aus der Dose ins Glas kullern und füllte es mit dem Whiskey und dem Antibrechreizmittel zur Hälfte auf. Mit dem Stiel der Zahnbürste vermischte sie beides. Als sich die Tabletten aufgelöst hatten, zog sie den Cocktail in die Spritze. Sie flanschte sie an das Ende des Schlauchs und drückte den Inhalt in seinen Magen. Dann presste sie das Glas gegen seine Unterlippe und die Finger seiner rechten Hand.

Anschließend stellte sie das Glas neben die Whiskeyflasche auf den Boden und kippte es um.

Sie drehte das Wasser ab, legte Darling ein zusammengerolltes Frotteetuch unter den Nacken und prüfte, ob er auch ohne ihre Hilfe mit dem Kopf über Wasser liegen blieb. »Gut machst du das!«, lobte sie ihn. Sie holte das gefaltete Blatt Papier der fiktiven Frau aus der Handtasche, die ihm mitteilte, dass sie mit ihm keine Beziehung wünsche. Sie faltete den Brief auf, zerknüllte ihn und ließ ihn ins Wasser sinken.

Im Schlafzimmer schüttelte sie Bettdecke und Kopfkissen auf und legte beides ordentlich hin.

Zurück im Bad summte sie ein Lied, während sie Augenreflexe und Puls überprüfte. Noch lebte er. Die Zeit, bis der Tod eintrat, nutzte sie, um ihre Utensilien zusammenzupacken. Nach einem Rundgang durch die Wohnung um sicherzustellen, dass sie keine Spuren zurückließ, setzte sie sich ein letztes Mal auf den Rand der Wanne und fühlte Darlings Puls.

»Mausetot«, stellte sie fest. »Suizid unter Alkoholeinfluss. Liebeskummer. Armer kleiner Darling.« Sie zog vorsichtig den Schlauch aus seinem Magen, rollte ihn ein und verpackte ihn in einer Plastiktüte.

Kein texanischer Rechtsmediziner würde Darling so genau untersuchen, dass Mord als Todesursache festgestellt werden könnte. Dazu wäre nicht nur notwendig, den Kopf zu rasieren, um die durch den Schlag verursachte Schwellung festzustellen. Es müsste auch die Speiseröhre seziert werden. Kleine Blutungen würden das Einführen eines Schlauchs verraten.

Sie zog die Handschuhe aus, nahm ihre Tasche, überprüfte im Spiegel den Sitz der Perücke, zog den Lippenstift nach, setzte die Brille mit den großen getönten Gläsern auf und verließ die Wohnung.

Kurz vor eins. Tim konnte nicht einschlafen. *Aufstehen und Fernseher einschalten? Nein. Genug Breaking News für heute.* Das Bild des leeren Cockpits ging ihm nicht aus dem Kopf. Wenn er es nicht mit eigenen Augen gesehen hätte! Es war eine der Storys, die Sherlock andauernd erzählte. Nur dass es diesmal keine Story war. Tim konnte sich keinen Reim auf die Situation machen. Lenkten die Russen ferngesteuerte Flugzeuge über die USA? Hätte das Ding wirklich in die Atomwaffenfabrik stürzen sollen? Wer waren die trauernden Angehörigen, die das Fernsehen am Flughafen Denver gefilmt hatte? Russen? Schauspieler? Wusste Präsident Sinshy, dass bei dem Absturz niemand gestorben war – weil niemand an Bord war? Oder war Sinshy sogar Teil der … Verschwörung? Steckte er vielleicht hinter dem Attentat auf King und Adams? Nein! Tim schüttelte den Kopf und lachte über seine Theorien.

Der Gedanke, dass er etwas gesehen hatte, was er nicht hätte sehen sollen, und sogar über einen *Beweis* dafür verfügte, jagte ihm einen Schreck ein. »Holy Shit!« Er setzte sich im Bett auf und überlegte. Er war sicher, dass er niemandem von seiner Entdeckung erzählt hatte. Zwar hatten einige gesehen, wie er gefilmt hatte, aber das *an sich* war ja kein Problem. Er schwor sich, vorerst keiner Menschenseele von dem leeren Cockpit zu erzählen. Wenn ihn jemand bitten würde, ihm die Aufnahmen zu zeigen, würde er irgendetwas von einem Defekt an der Kamera sagen.

Das Telefon läutete. Tim streckte blind den Arm aus und nahm den Hörer vom Nachttisch. *Josephina?* Er seufzte. *Vergiss es!*

»Hallo?«

»Silk!« Fred Reillys Stimme klang atemlos. »Hast du es gesehen?!«

Um Himmels Willen!, dachte Tim. *Er meint doch nicht etwa die Sache mit der 767!?* »Was ist, Sherlock?«, fragte er. »Ich habe seit zwei, drei Stunden nicht mehr fern gesehen, falls du …«

»Okay, schalt' den verdammten Fernseher ein, Silk. Jetzt wird es *wirklich* schlimm!«

»Noch schlimmer? Okay, danke.« Tim schlug die Decke zurück und stand auf.

»Bis später.«

»Ja.« Tim legte das Telefon weg und ging ins Wohnzimmer. Er nahm die Fernbedienung und schaltete NBC ein. »Mein Gott! Der Krieg hat angefangen.« Er sah das Bild eines riesigen Atompilzes, aufgenommen aus großer Distanz durch das Fenster eines Flugzeugs.

*Breaking News * Atombombe explodiert in Los Angeles * Stadt weitgehend zerstört * Wahrscheinlich mehr als eine Million Opfer*

»… streitet jegliche Involvierung kategorisch ab«, informierte Judith Roth. »In einem soeben verbreiteten Statement spricht General Schdanow von einem, Zitat, barbarischen Akt. Russland habe keine kriegerischen Handlungen ergriffen. Es sei nicht Teil russischer Kriegsstrategien, die Zivilbevölkerung anzugreifen. Schdanow spricht in dieser Erklärung der amerikanischen Bevölkerung sein Beileid aus.«

Roberto McIntyre übernahm. »Wie NORAD meldet, ist die Explosion, die in South Gate, ungefähr zehn Meilen östlich des Los Angeles International Airport ihr Zentrum hatte, nicht von einer Rakete verursacht worden. Damit wird immer wahrscheinlicher, dass es sich um eine von Terroristen platzierte Bombe handelt.«

Tim hielt sich die Hand vor den Mund. In dieser Sekunde fällte er die Entscheidung. *Und wenn es das Letzte ist, was ich tue!*

49

Montag, 12. September 2016
07.11 CDT / 14.11 MESZ

David Isler hatte schon früh beim SND angerufen und sich krank gemeldet – Schwindelgefühle. Spontan war er in seinen Volvo gestiegen und nach Disentis gefahren. Jetzt saß er Pater Aurelius in dessen Stube des Benediktinerklosters gegenüber. Er hatte dem Pater in der letzten halben Stunde in leisem Ton von Operation Magnoliophyta erzählt.

»Ein wagemutiger Plan!« Pater Aurelius sah nachdenklich zum Fenster hinaus.

»Ja.« Isler tat es dem Pater gleich und ließ seine Gedanken über die Berge südlich der Talsohle schweifen. Ohne ihn anzublicken, fügte er hinzu: »Aber vielleicht ist es gar nicht nötig. Wenn Mattei mit der Präsidentin spricht und sie das Manöver abbricht, noch bevor es zur Katastrophe kommt.«

Minuten später zeigte der Pater mit zittriger Hand auf eine Alpweide. Sie war auf halber Höhe zwischen dem Tal und dem Gipfel des Piz Muraun. »Sehen Sie das Bauernhaus auf dem Scheitelpunkt der Wiese?«

Isler nickte.

»Als ich noch gut zu Fuß war, bin ich oft in der Gegend gewandert. An der Fassade des Hauses ist ein Weisheitsspruch eingeschnitzt. Er hat mir immer gut gefallen.« Er blickte lächelnd zu Isler, hob die Augenbrauen und sagte in getragenem Ton: »Fessle durch Taten die jagende Zeit und schmiede den Tag an die Ewigkeit!«

»Sehr schön«, nickte Isler. »Wirklich sehr schön.«

»Mir ist bewusst, dass Sie über den Aspekt schon nachgedacht haben. Aber wenn Ihnen bei Ihrer Mission etwas zustoßen sollte, ist Ihre Familie abgesichert?«

»Ich habe eine Lebensversicherung.« Isler schluckte.

»Olivia würde Sie vermissen.«

»Meine Frau auch.«

»Sind Sie sicher?« Pater Aurelius machte eine beschwichtigende Geste. »Kleiner Scherz. Natürlich würde Angela Sie auch vermissen. Aber wir wollen nicht vom Schlimmsten ausgehen.«

»Nein. Ich bin eigentlich kein Held.«

»Noch nicht, mein Lieber!«

Sie lachten.

Der Pater stand unvermittelt auf, so schnell es sein alter Körper zuließ, und nahm seine Strickjacke. »Gehen wir in die Kirche.«

»In die Kirche?«, fragte Isler und ärgerte sich prompt über seinen verwunderten Ton.

»In die Kirche. Beten wir. Für die Präsidentin. Für die Texaner.« Er drehte sich um und blickte Isler in die Augen. »Und für Sie, David!«

Oberst Warren war es im Verlauf des Sonntagnachmittags gelungen, die Stimmung im SitRoom wieder zu drehen. Er wusste, dass die Zivilisten Paul O'Brien und Patricia Palmer nicht die Konstitution hatten, einen Streit mit ihm für mehr als ein paar Stunden durchzuhalten. Außerdem wollte er vermeiden, dass Floyd Landler und die anderen sich anstecken ließen oder Partei ergriffen. Der SitRoom war nicht groß, und sie mussten es noch mehrere Tage miteinander aushalten.

Nachdem er seit 6 Uhr, als er den SitRoom betreten hatte, darauf wartete, dass sich Delta Eleven – die Nationalgarde in Sandrock – meldete, um den Abgang von Ricky Myers zu melden, wurde er nun selbst aktiv. Myers war seit letzter Nacht, als er durch die Wrackteile der abgestürzten 767 gestolpert war, mit der Wahrheit kontaminiert. Jetzt befand er sich in der Quarantänestation. Dort würde er bleiben bis zum Ende des Experiments.

Warren griff zum Mikrofon. »Delta Eleven von Alpha Delta.«

Nach einigen Sekunden meldete sich ein verunsicherter Hector Sanchez. »Alpha Delta, go ahead.«

»Haben Sie Ihren Laden eigentlich im Griff?«, knurrte Warren. Es machte ihm sichtlich Spaß, den Reservisten einzuschüchtern.

»Sie sprechen wohl von Private Myers.« Sanchez konnte seine Verwunderung nicht verbergen. Woher wusste man schon von Myers Abwesenheit? »Er ist seit letzter Nacht verschwunden, aber wir gehen ihn jetzt suchen.«

»Nein, Sie gehen ihn nicht suchen. Er befindet sich im Krankenhaus.« Warren blickte grinsend zu Palmer. Sie lächelte verhalten zurück. Die große Liebe war es nicht.

»Im Krankenhaus? Was ist passiert?«

»Er hat sich verletzt, als er die Arbeit der Flugunfalluntersucher übernehmen wollte. Ziemlich vorwitzig, Ihr Private Myers. Schwere Schnittwunde am Bein. Zum Glück konnte er noch bis zu einem Haus gehen und die Bewohner alarmieren. Er wird erst in einigen Tagen wieder zurückkehren.«

»Verstanden. Ich habe nichts davon gewusst. Ist ja nochmal gut gegangen.«

»Sie sollten besser auf Ihre Leute aufpassen, Delta Eleven! Haben Sie das verstanden?!«

»Verstanden«, tönte es kleinlaut aus dem Lautsprecher.

»Noch was. In Los Angeles ist letzte Nacht eine Atombombe explodiert. Bitte wiederholen, Delta Eleven.«

»Was?!« Sanchez wiederholte Warrens Mitteilung ungläubig.

»So ist es. Der radioaktive Fall-out wird aber vermutlich nicht bis Texas reichen. Je nachdem, wie sich die Wetterlage entwickelt. Falls doch, werden wir Sie rechtzeitig mit Jodtabletten versorgen.« Warren stauchte Sanchez noch einmal zusammen und schärfte ihm ein, sich genau an die Anweisungen zu halten. »So, und jetzt gehen Sie wieder auf Patrouille. Die Bürger von Sandrock warten darauf. Es gibt ihnen ein Gefühl der Sicherheit. Over and out.«

50

Montag, 12. September 2016
12.56 CDT / 19.56 MESZ

Der Arbeitstermin am Vormittag war wie geplant verlaufen. Mattei hatte Adams vor zwölf Mitarbeiter beider Seiten wortreich mitgeteilt, dass die Schweiz das Abkommen über die Geldwäsche nicht unterzeichnen könne. Er wies auf die vielen Offshore-Bankenplätze ehemaliger europäischer Kolonialmächte hin. Die Schweiz werde erst unterzeichnen, wenn auch diese sich vergleichbaren Regeln beugen würden. Daraufhin hatte man sich geeinigt, den Entwurf wieder an die Verhandlungsdelegationen zurückzusenden. Drei andere Verträge wurden wie geplant unterschrieben.

Beim anschließenden Mittagessen hatte Mattei die Entscheidung gefällt: Er würde seine Karriere aufs Spiel setzen und mit Adams über Islers Anliegen sprechen. Seiner diskret geäußerten Bitte um ein Vieraugengespräch nach dem Lunch hatte Adams ohne Zögern entsprochen.

Jetzt waren sie allein im Oval Office im Westflügel des Weißen Hauses.

»Interessant!« Mattei stand vor dem Kamin und betrachtete das seltsame Stück Metall, das auf einen Kubus aus schwarzem Holz montiert war – das abgebrochene Rotorblatt, das einst Sinshy Halsschlagader durchtrennt hatte.

Adams seufzte. »Ein Geschenk.« Sie zuckte die Schultern. »Von meinem wahrscheinlichen Nachfolger – Sinshys *Grün-Frei-Wohlhabend*-Kampagne kommt gut an bei den Leuten. Aber worum geht es?« Sie wies auf die Sitzgruppe in der Mitte des Raums. »Wollen wir uns nicht setzen?«

»Vielleicht ein kleiner Spaziergang?« Mattei lächelte und hielt eine zum Trichter geformte Hand ans Ohr.

»Verstehe.« Sie griff zum Telefon und informierte den Personenschutz. Keine Minute später wurde die östliche Tür geöffnet. Mattei ließ Adams den Vortritt, als sie in den Rose Garden hinausgingen.

»Sie machen es ja wirklich spannend, Giovanni!«

»Es geht um eine heikle Angelegenheit.«

»Dafür ist der Rose Garden wie geschaffen.«

Langsam gingen sie auf der von Rosen und Holzapfelbäumen gesäumten Wiese umher. Das Licht der Septembersonne blitzte zwischen den im lauen Wind schwingenden Ästen hindurch. Die Luft war klar, gereinigt durch die Regenfront, die in der Nacht über den Nordosten der USA gezogen war.

»Vor einiger Zeit hat mich einer der fähigsten Analytiker unseres Auslandsnachrichtendienstes auf einige besorgniserregende Beobachtungen aufmerksam gemacht«, begann Mattei. »David Isler. Ich kenne ihn persönlich und er hat mein Vertrauen. Sonst hätte ich Sie nicht um dieses Gespräch gebeten. Isler hält es für sehr wichtig seine Bedenken auf dem direkten Weg ins Oval Office zu tragen.«

»Und sein Träger ist der Bundespräsident?«

Mattei lächelte. »So ist es. Zurzeit findet in Texas eine militärische Übung statt. Southern Countdown 16. Isler ist fest davon überzeugt, dass das Manöver nur eine Tarnung für einen anderen Vorgang ist.« Mattei wählte seine Worte mit Bedacht. Er sprach zwar sehr gut Englisch, wollte aber auf jeden Fall vermeiden, etwas Falsches zu sagen.

»Jetzt wird es interessant.«

»Er vermutet, dass es sich dabei um eine … Verschwörung zum Nachteil der Vereinigten Staaten handelt.«

»Eine Verschwörung?« Adams hob erstaunt die Augenbrauen. »Inwiefern? Und wer soll daran beteiligt sein?«

»Seit einiger Zeit wird in Texas mit großem Aufwand eine politische Bewegung positioniert. An ihrer Spitze steht ein gewisser Vince Osman.«

»Osman? Nie gehört.«

»Im letzten Winter hat es in Genf vermutlich eine Zusammenkunft zwischen einem hochrangigen US-Politiker, diesem Vince Osman, und Jacques Maître gegeben.«

»Jacques Maître?« Adams kannte den Namen, konnte ihn aber nicht einordnen.

»Er ist der Chef der STOG – Special Tactical Operations Group – des Joint Intelligence Service 2. Und ein lizenzierter Anti-Amerikaner! *Big time!*«

»Sie sagen, es habe *vermutlich* eine Zusammenkunft dieser Leute gegeben? Und wer ist der hochrangige US-Politiker?«

»Die drei Personen befanden sich alle für wenige Stunden im selben Hotel. Isler ist überzeugt, dass es sich dabei nicht um einen Zufall handelt.« Er wich der letzten Frage der Präsidentin aus. »Ein Freund von Isler, der beim JIS-2 arbeitet, hat ihm auf konspirativem Weg vor einiger Zeit mitgeteilt, dass bei der STOG außergewöhnliche Aktivitäten im Gang sind.«

»Außergewöhnliche Aktivitäten?«

»Die offenbar im Zusammenhang mit dem Manöver in Texas stehen.«

Adams blieb stehen und blickte Mattei in die Augen. »Giovanni, ich verstehe immer noch nicht. Was wollen Sie mir sagen?«

Mattei rieb sich am Kinn. Er konnte nicht mehr zurück. »Isler glaubt – und ich kann seine These nicht ganz von der Hand weisen –, dass in Texas durch den im Manöver versteckten Vorgang eine Stimmung des Aufruhrs gegen Washington geschürt werden soll. Sie soll von der politischen Bewegung des Vince Osman dann politisch umgesetzt werden, um Texas ...« Er zögerte.

Das Gesicht der Präsidentin war ein einziges Fragezeichen.

»Um Texas zur Sezession von den Vereinigten Staaten zu bewegen!« Mattei blickte Adams an, als wolle er sagen, *ich bin nicht verrückt!*

»Darf ich zusammenfassen? Ein US-Politiker und eine kriminelle Gruppe im europäischen Nachrichtendienst sind eine Verschwörung eingegangen, um ein Manöver unserer Streitkräfte in Texas zu benutzen, durch einen nicht genauer definierten Vorgang eine derartige politische Unruhe zu erzeugen, dass die Texaner rebellieren und sich von den USA lossagen wollen?«

Mattei nickte und hob entschuldigend die Hände.

»Keine Angst. Ich kenne die Abgründe der Politik. Aber du hast mir immer noch nicht gesagt, *wer* der involvierte US-Politiker ist.«

»Isler hat es mir nicht sagen wollen«, log Mattei.

Adams glaubte ihm nicht, wollte aber vorerst nicht weiter bohren. »Und was für ein Vorgang soll die Texaner so erregen, dass sie einen epochalen Vorgang wie eine Sezession für angemessen halten?«

»Ich weiß es nicht, Jeanne.«

»Und was soll ich jetzt machen?«

»Das Manöver so schnell wie möglich abbrechen! So würdest du dem unbekannten Vorgang die Tarnung entziehen. Vermutlich wäre die Verschwörung damit zum Scheitern verurteilt.«

»Du kennst diesen Isler gut, sagst du?«

»Sehr gut. Er ist unkonventionell, trifft aber sehr oft ins Schwarze.«

Adams nickte. »Jetzt ist mir auch klar, warum dein Vertrauensmann nicht den Dienstweg gewählt hat.«

»Ja. Isler hat mir außerdem diese schriftliche Botschaft an dich mit auf den Weg gegeben.« Mattei griff in die Innentasche seines Jacketts, zog die Karte hervor und gab sie Adams.

Bullfight critics ranked in rows
Crowd the enormous plaza full;
But only one is there who knows
And he's the man who fights the bull.

»Kuba-Krise«, bemerkte Adams, als sie den Vers gelesen hatte.

»So ist es.«

Adams blickte auf ihre Armbanduhr.

»Vielen Dank, dass du mich angehört hast, Jeanne. Ich denke, es ist überflüssig zu sagen, dass dieses Gespräch …«

»Es bleibt unter uns. Ich werde mir überlegen, ob ich deinem Rat folge und das Manöver abbreche.« Sie reichte ihm die Hand. »Und vielen Dank, Giovanni.«

»Keine Ursache. Schwesterrepubliken.« Er lächelte erleichtert.

Sie gingen zurück zum Oval Office. Adams erwog, Mattei noch einmal nach dem Namen des involvierten US-Politikers zu fragen, entschied sich dann aber dagegen. Offenbar gab es für Mattei gewichtige Gründe, ihr diese Information nicht zu geben. Wie immer diese auch lauteten, Adams wollte sie respektierten – für den Moment.

Nachdem sie Mattei verabschiedet und er das Oval Office verlassen hatte, setzte sie sich an den Resolute Desk. Der über einhundertdreißig Jahre alte Schreibtisch, geschreinert aus Hölzern eines britischen Forschungsschiffs, hatte alle Kriege und Krisen des 20. Jahrhunderts mit stoischer Gelassenheit ertragen. Adams sah lange auf die Karte mit Islers Handschrift, die ihr Mattei im Rose Garden überreicht hatte. Immer wieder las sie den Reim. Plötzlich kniff sie die Augen zusammen, nahm einen Kugelschreiber und ließ ihn über die Karte flitzen. Zufrieden lächelte sie über ihre Entdeckung. Sie nahm sich vor, noch heute zu entscheiden, ob das Manöver in Texas abgebrochen werden sollte.

Laura's Southern Grill an der Ecke Texas und Austin Street in Houston gehörte zu den Restaurants, die man schon vergessen hatte, sobald man wieder auf die Straße hinaustrat. Der hohe dunkle Raum hatte den Charme einer Bahnhofshalle, woran auch der braune Spannteppich nichts ändern konnte. Aber das Essen war zuverlässig gut. Wegen seiner zentralen Lage zwischen den Bürotürmen von Banken, Versicherungen und Medienkonzernen war Laura's jeden Mittag gut besucht. Vince Osman saß mit dem Chefredakteur der Texas Times, Luce Brencis, an einem der Zweiertische am Fenster. Osman bestellte gerade einen Kirschkäsekuchen zum Nachtisch, als sein Telefon läutete. Er blickte auf das Display, konnte aber die Nummer aus Houston nicht zuordnen. Da das Gespräch mit Brencis seit einigen Minuten stockte, entschied er, abzuheben.

»Osman?« Seine Stimme ließ erkennen, dass er nicht auf den Anruf gewartet hatte.

»Mr. Vince Osman?«, fragte eine unbekannte Männerstimme.

»Am Apparat. Und Sie?« Er blickte zu Brencis und verdrehte die Augen.

»Lieutenant Lombok, Houston Police Department. Kennen Sie einen gewissen Hank Darling?«

»Natürlich. Mein Assistent.«

»Mr. Osman, ich muss Ihnen eine traurige Mitteilung machen.«

Schlagartig setzte sich Osman aufrecht hin. Sein Mund klappte auf.

»Hank Darling hat sich letzte Nacht vermutlich mit einer Überdosis Schlaftabletten umgebracht.«

Eine Kaskade von Gedanken schoss Osman durch den Kopf. »Mein Gott! Darling!«

Brencis blickte Osman verwundert an.

»Ja. Es tut mir leid. Wann haben Sie ihn das letzte Mal gesehen?«, fragte der Polizist.

»Gestern Abend«, antwortete Osman. In diesem Moment erinnerte er sich daran, was er Darling erzählt hatte. Über den *Plan*. Er wurde bleich »Das kann nicht sein. Sind Sie sicher, dass es keine Verwechslung ist?«

»Ganz sicher. Der Hausmeister hat ihn identifiziert.« Der Polizist erklärte, der Hausmeister sei mit seinem Generalschlüssel am Vormittag in Darlings Wohnung gegangen, um eine kleine Reparatur in der Küche auszuführen. Er sei davon ausgegangen, dass Darling bei der Arbeit sei. Zu seinem Entsetzen habe er ihn tot in der Badewanne gefunden.

»Das ist ja schrecklich. Und Sie sagen, es war Selbstmord?«

»Vermutlich«, antwortete der Polizist. »Es wird allerdings noch eine Leichenschau stattfinden. Wir brauchen Ihre Aussage, Mr. Osman. Bitte kommen Sie so schnell wie möglich in unsere Station an 61 Riesner Street. Sind Sie jetzt in Houston?«

»Ja. 61 Riesner. Ich komme sofort. Zehn Minuten.«

»Okay. Vielen Dank.« Lieutenant Lombok legte auf. Osman rieb sich die Augen und schüttelte dann den Kopf. Entsetzt blickte er Luce Brencis an. »Hank Darling hat sich letzte Nacht das Leben genommen.«

»Das ist ja schrecklich. Mein herzliches Beileid.« Brencis machte einen betroffenen Gesichtsausdruck.

»Einmal Kirschkäsekuchen.« Die Bedienung stellte den Nachtisch ab.

»Ich muss gehen, tut mir leid.« Osman schüttelte bedauernd den Kopf und stand auf.

»Die Rechnung geht auf mich«, wies Brencis die Bedienung an, die verdutzt Osman nachblickte, als dieser hastig das Restaurant verließ.

David Isler hatte im Lauf der Zeit eine Matrix entwickelt, in die er Journalisten einteilte: Schribbls, Radikaldebile, Goebbels und echte Journalisten. Schribbls war die große Mehrheit der ewig dem Mainstream hinterher hechelnden, eher harmlosen und gnadenlos oberflächlichen Idioten, die vor allem in den Redaktionen der Boulevardpresse und Fernsehnachrichten arbeiteten. Sie kümmerten sich grundsätzlich nicht um den Wahrheitsgehalt ihrer Berichte, waren höchstens darauf bedacht, so zu formulieren, dass keine rechtlichen Probleme entstehen konnten. Radikaldebile nannte Isler die Pseudointellektuellen im Nachrichtengeschäft. Sie verbargen ihre inhaltliche Leere hinter einem Schwall akademisch wirkender Formulierungen. Worthülsen, die auch einer Sammlung von Kalenderblättern – ein passender Spruch zu jedem Tag – entstammen könnten. Mit ein paar Dutzend Zitaten aus der Menschheitsgeschichte bewaffnet, versuchten sie, Eindruck zu schinden und eine Kulisse zu erschaffen, die von ihrer genuinen Denkunfähigkeit ablenken sollte. Goebbels waren die Propagandisten im Geschäft. Intellektuell bestens gerüstet aber moralisch verkommen, wurden sie von ihren Chefredakteuren auf die heiklen und brisanten Themen gejagt. Nicht wenige der Goebbels standen auf der Gehaltsliste von Nachrichtendiensten.

Schließlich die Journalisten. Die wenigen echten, gebildeten, engagierten, integren Medienschaffenden, die qualitativ hochstehende, investigative und umfangreich recherchierte Berichte verfassten. Sie scherten sich einen Dreck um die Frage, was ihre Berufskollegen von ihnen hielten und ob die Resultate ihrer Recherchen gesellschaftlich opportun waren oder nicht. Echte Dissidenten. Sie hatten es naturgemäß am schwersten, da sie meist – ebenso naturgemaß – gegen den Strom schwimmen mussten. Kein

Mensch auf der Welt erinnerte sich länger als fünf Minuten, was Schribbls und Radikaldebile von sich gaben. Bei den Goebbels konnte dies leider nicht immer behauptet werden. Die Arbeit der echten Journalisten – von ihnen gab es bei Regionalzeitungen mehr als bei den dominanten Blättern – überdauerte oft Jahre oder gar Dekaden. Isler war nicht entgangen, dass, entsprechend der Komplexität der menschlichen Natur, bei vielen Journalisten Elemente von mehr als nur einer Kategorie feststellbar waren. Wie er immer wieder beobachtet hatte, konnte es auch passieren, dass ein echter Journalist im Lauf der Zeit schwach wurde und aus materiellen Überlegungen und gesellschaftlichem Opportunismus zum Goebbels oder Radikaldebilen mutierte. Der umgekehrte Weg war seltener zu beobachten. *Bei Medienleuten ist Rückgrat ein genetischer Defekt*, fand Isler. Da er aber nicht zum Hass neigte, seine eigenen Schwächen nie vergaß und grundsätzlich Berufliches von Menschlichem trennte, hatte er keine Probleme damit, freundschaftliche Kontakte zu Repräsentanten aller vier Arten aus der seltsamen Medienfamilie zu pflegen. Eine ehemals Radikaldebile hatte er sogar geheiratet – seine Frau Angela.

Isler räumte gerade die Spülmaschine ein – heute war er dran – als das Telefon klingelte. Er zog die Gummihandschuhe aus und nahm ab. Bundesrat Mattei. Ohne Namen oder Details zu nennen – die ganze Welt hörte mit – teilte er Isler mit, dass er seine Botschaft und die Karte überbracht habe. Er wisse aber nicht, ob daraus eine entsprechende Handlung resultiere. Isler bedankte sich, legte auf, zog die Gummihandschuhe wieder an und schloss seine aktuelle Aufgabe – Küche aufräumen – gewissenhaft ab.

51

Montag, 12. September 2016
20.51 CDT / 03.51 MESZ (13.9.)

Ich verstehe trotzdem nicht, wieso Cooper unbedingt hier auf dem Sofa schlafen möchte, wo doch zuhause eine Frau und ein Bett auf ihn warten.« Tiffany Reilly sah ihren Mann Fred fragend an. Zu dritt saßen sie im Wohnzimmer und verfolgten mit, wie auf NBC die Petition von fünfunddreißig Politologen und Historikern verlesen wurde, die Präsident Sinshy aufforderten, sich sofort und mit aller Kraft für eine neue, globale Weltordnung einzusetzen. Dies sei die einzige Möglichkeit, den Dritten Weltkrieg und damit das Ende der Menschheit zu verhindern.

»Will wirklich nicht stören, aber …«, entschuldigte sich Cooper.

»Es ist sowieso zu spät für Pit, nach Hause zu gehen. Die Ausgangssperre«, unterbrach Reilly und stopfte sich Popcorn in den Mund. Er versuchte, das Zittern seiner Hand zu unterdrücken. »Er ist heute Nacht unser Gast und basta!«

»… alle sind Bürger der Einen Welt. Wir alle sind Angehörige derselben menschlichen Art. In diesen Tagen stehen wir an einem epochalen Wendepunkt der Geschichte. Die einzige relevante Frage ist: Schaffen wir es, den seit Jahrtausenden bestehenden Reflex, Konflikte mit Gewalt zu lösen, zu überwinden? Ist es uns möglich, jetzt mit den alten Denkmustern zu brechen und zu erkennen, dass es unser gemeinsames Interesse ist, auf einer höheren Ebene zusammenzufinden? Wir meinen, dass diese Frage nur mit Ja beantwortet werden kann, werden darf. Wir denken, dass jeder vernünftige Mensch zum selben Schluss kommt. Aber zwischen den vernünftigen Menschen auf der Welt und der möglichen Selbstauslöschung unserer Art stehen politische und militärische Eliten. In Planspielen haben sie tausendmal geübt, wie sie den Dritten Weltkrieg gewinnen können. Aber haben sie auch geübt, den Krieg zu verhindern, indem sie dem Ruf der Vernunft folgen?«

Tiffany schüttelte verwundert den Kopf. »Was das wohl heißen soll, globale Weltordnung?«

»Ich denke, so was wie eine Weltregierung.« Reilly blickte verstohlen zu Cooper.

»Weltregierung? Du meinst, wie in deinen Verschwörungstheorien?« Wieder schüttelte sie den Kopf. Dann zuckte sie die Schultern. »Aber wenn es den Dritten Weltkrieg verhindert? Warum eigentlich nicht?! Immer noch besser als sterben. Hier in Sandrock wird sich sowieso nichts ändern.«

Reilly blickte zu Cooper und zog die Augenbrauen hoch. *Siehst du, es funktioniert genau so, wie sie es geplant haben.*

Cooper presste die Lippen zusammen und nickte. Beiden saß die Angst in den Knochen. Sie hatten entschieden, morgen vor Sonnenaufgang zu den Waffen zu greifen und loszuschlagen. Reilly hatte Cooper überzeugt, dass sie auf sich allein gestellt seien und der Zeitpunkt X keine bindende Wirkung mehr habe. In wenigen Stunden stand die größte Bewährungsprobe ihres Lebens bevor. Im schlimmsten Fall würden sie dabei sterben. Aber besser als Helden der weltweiten Konterrevolution in die Geschichte einzugehen, als sich auf ewig versklaven zu lassen. Sie würden Sandrock zur befreiten Zone erklären und diese Freiheit mit allen Mitteln verteidigen.

»… Ziel der Verhandlungen ist es, eine Gemeinschaft der Weltbürger zu gründen. Diese soll mit einem globalen Gewaltmonopol ausgestattet werden und als fairer und unparteiischer Vermittler zwischen den Nationen auftreten. So kann nicht nur die Weltkrise überwunden, sondern Frieden in Freiheit langfristig gesichert werden.«

Die beiden saßen noch lange schweigend da. Aus seinem Bunker ließ Präsident Sinshy mitteilen, er und seine Berater seien interessiert am revolutionären Vorschlag der Akademiker. Wie NBC weiter meldete, seien auch aus dem Umfeld von General Schdanow positive, wenn auch verhaltene Reaktionen gemeldet worden.

Um sich nicht zu verraten – sie wussten, dass alles überwacht wurde – beschränkten sie ihre Konversation auf das Notwendigste. Tiffany wunderte sich über ihr Verhalten. Aber sie war erleichtert, dass sich endlich eine Perspektive eröffnete. Vielleicht würde der Albtraum bald vorbei sein. Nach einer Flasche Bier, die sie ausnahmsweise getrunken hatte, verschwand sie gut gelaunt ins Bett. »Ich verstehe euch wirklich nicht.« Sie lachte. »Eine Lösung ist in Sicht, und ihr macht ein Gesicht wie zwei zum Tode Verurteilte.«

Nachdem er Don's um halb acht geschlossen hatte, war Tim Lewis mit weichen Knien, aber fest entschlossen, seinen Plan umzusetzen, Richtung Canyon gerannt. Der Sheriff hatte ihm auf einer Landkarte einen Weg eingezeichnet, der schon wenige hundert Meter südlich von Sandrock zwischen Felsspalten hindurch in das zerklüftete Gelände hinabführte, das sich Richtung Nordwesten bis wenige Meilen vor Amarillo erstreckte. Kurz bevor er an den letzten Häusern vorbeikam, kreuzte er den Weg einer Patrouille der Nationalgarde. Er erklärte, er wolle vor Beginn der Ausgangssperre noch ein bisschen joggen, hob die Hand zum Gruß und rannte weiter. Das Herz schlug ihm bis zum Hals, aber niemand hielt ihn auf.

Jetzt, es war halb zehn, war er bereits außer Gefahr. Weder im SitRoom noch im Einsatzraum bei Luxemburg hatte man seine Flucht bemerkt. Die entlang der Demarkationslinie der Realität aufgestellten Kameras – fünf Meilen um das Zentrum von Sandrock – hatten die Furchen und Spalten nicht im Blickfeld. Ein Planungsfehler von Floyd Landler, der Tim jetzt zugute kam. Natürlich konnte er nicht ahnen, dass er, bereits zwei Meilen außerhalb der Experimentzone von Excess, hätte hüpfen und schreien und tanzen können, und so versuchte er weiterhin, möglichst nah an der Felswand entlang zu rennen. Zwischendurch ging er immer wieder in die Hocke und beleuchtete die Karte vorsichtig mit der Taschenlampe. Das fahle Licht des Mondes ließ den verästelten Canyon bedrohlich erscheinen. Tim atmete schwer. Sein rechtes Schienbein schmerzte, seit er es vor einer halben Stunde an einem aus der Wand ragenden Felsen angeschlagen hatte. Er wusste, dass er einen langen Weg vor sich hatte. Innerhalb der nächsten vierundzwanzig Stunden wollte er so nah wie möglich an Amarillo herankommen, um dann Mittwochmorgen, nach dem Ende der Ausgangssperre, irgendwie zu versuchen, in die Stadt zu gelangen.

Das Wasser in der kleinen Plastikflasche, die er mit sich trug, war bereits aufgebraucht. Der Sheriff hatte die Stellen markiert, an denen er sie würde auffüllen können. Zum Glück hatte es am Vortag geregnet und so hoffte Tim, die kleinen Bäche und Tümpel nicht leer vorzufinden. Zu essen hatte er nichts mitgenommen. Es war schwierig genug gewesen, Wasserflasche, Taschenlampe und Karte so in seiner Joggingjacke zu verstecken, dass es nicht allzu sehr auffiel. Er fragte sich, was passieren würde, falls man ihn erwischte. Die Präsidentin hatte mit der Möglichkeit standrechtlicher Verfahren gedroht. Er hoffte, seine wahrheitsgemäße Erklärung, er wolle nur seine Freundin noch einmal sehen, würde das Schlimmste verhindern. Spätestens morgen, wenn Don's nicht wie gewöhnlich öffnete und man ihn nicht zuhause vorfand, würde seine Flucht auffliegen.

Tim hatte Angst. Abgesehen von Falschparken hatte er noch nie im Leben das Gesetz übertreten. Jetzt riskierte er, als Terrorist gebrandmarkt zu werden. Ob man ihn schon vor dem Haus von Josephina erwartete? Sie wussten ja, dass er ihre Nummer immer wieder gewählt hatte. Andererseits: Würde es überhaupt ein Morgen geben?

Nach reiflicher Überlegung hatte Jeanne Adams die Entscheidung gefällt. Southern Countdown 16 musste abgebrochen werden – auch wenn sie nicht genau wusste, warum. Eine unauffällige Anfrage beim Koordinator der Geheimdienste Emmanuel Rubinstein hatte kein Resultat ergeben. Offenbar waren die inländischen Dienste vollkommen ahnungslos. Sie vertraute dem Ratschlag von Mattei und seinem Ausnahmeanalytiker. Obwohl sie sich im Klaren darüber war, dass auch sie nur eine sehr vage Vorstellung vom Wesen des möglicherweise im Manöver versteckten Vorgangs hatten. Wäre sie jetzt im Wahlkampf um eine neue Amtsperiode, die Entscheidung wäre ihr viel zu riskant. Die Gegner würden sie im schlimmsten Fall als Gefahr für die nationale Sicherheit darstellen.

Adams fluchte, weil sie für den Abbruch des Manövers ausgerechnet auf die Zusammenarbeit mit dem Verteidigungsminister Paul Jackson angewiesen war. Er hatte seit seiner Ernennung kurz nach ihrem Amtsantritt, zu der sie sich aufgrund zahlreicher Interventionen von Think Tanks, die der Rüstungsindustrie nahe standen, durchgerungen hatte, keine Gelegenheit ausgelassen, sie sein Missfallen spüren zu lassen. Mehr als einmal waren sie bei Kabinettssitzungen aneinander geraten, und mehr als einmal hatte er, seinen fehlenden Respekt demonstrierend, die Sitzungen vorzeitig verlassen oder war absichtlich zu spät erschienen. Seit sie ihn daraufhin einmal wie einen Schulbuben abgekanzelt hatte, war ihr Verhältnis vollkommen zerrüttet.

Sie griff zum Telefon und bat die Kommunikationszentrale des Weißen Hauses um eine sofortige Verbindung mit Jackson. Zehn Minuten später hatte sie ihn am Apparat.

»Dieses Manöver in Texas, Southern Countdown, ich nehme an, es findet unter Federführung des Pentagons statt?«, kam sie sofort zur Sache.

»Ganz recht. Sie sprechen sicher von dem Absturz.«

»Nein, es geht mir nicht um den Absturz. Ich möchte, dass Sie das Manöver sofort beenden.«

»Wie bitte?« Seine Stimme klang, als habe sie ihm seine Entlassung mitgeteilt.

»Ich denke nicht, dass es Probleme mit der Verbindung gibt, Mister Secretary. Ich habe gesagt, Sie sollen das Manöver so schnell wie möglich beenden!«

»Aus welchem Grund?«

Aus Gründen der nationalen Sicherheit. »Das kann ich Ihnen nicht mitteilen.«

»Ich muss aufs Äußerste protestieren, Misses President! Sie wollen, dass ich ein Manöver abbreche, das seit über einem Jahr vorbereitet wurde und in das über zehntausend Personen aus verschiedensten Stellen des Bundes und des Staates Texas involviert sind? Ohne mir einen Grund zu nennen?«

»Mister Secretary«, zischte sie, »tun Sie einfach, was ich sage. Ich erwarte Ihre Vollzugsmeldung bis morgen 8 Uhr auf meinem Schreibtisch. Auf Wiederhören.«

Ohne eine Antwort abzuwarten, beendete sie das Gespräch und stellte sich bereits die Frage, ob ihre Gesprächsführung wirklich zielführend war. Vielleicht hätte sie ihre Abneigung Jackson gegenüber wenigstens dieses eine Mal überwinden sollen.

Oberst Warren saß im SitRoom an seinem Supervisor-Arbeitsplatz und starrte mit in Falten gelegter Stirn in einen der Bildschirme. Was er sah, war beunruhigend: Pit Cooper war nicht bei sich zu Hause, sondern saß neben Fred Reilly auf dem Sofa in Reillys Wohnzimmer, obwohl die Ausgangssperre bereits begonnen hatte. Er sah in ihre Gesichter und erkannte die Angst. Es war derselbe Gesichtsausdruck, den er von Soldaten kannte, die vor einem gefährlichen Einsatz standen. Warren ahnte, dass das Experiment sehr bald ein abruptes Ende nehmen würde. Er dachte nach. Vielleicht täuschte er sich und der Grund für die Angst in ihren Gesichtern war ein anderer, als die bevorstehende *Konterrevolution.* Aber er durfte kein Risiko eingehen. Falls die beiden planten, loszuschlagen, würde die Hölle über Sandrock und den SitRoom hereinbrechen. Zu diesem Zeitpunkt wollte er bereits weit weg sein von dem Irrenhaus, das er selbst mitgeholfen hatte, zu erschaffen. Er fand es müßig, darüber zu sinnieren, warum die beiden wahrscheinlich vorhatten, den Angriff vorzuziehen. Der Zeitpunkt X war erst für Freitag vorgesehen. Excess war trotz aller Planung ein Abgrund von Unberechenbarkeit und jeder mit ein bisschen Verstand wollte nichts als weit, weit weg sein, wenn die letzte Stunde des Experiments gekommen war. Für seine Flucht war gesorgt. Die anderen waren ihm vollkommen egal – außer Patricia. Er hatte väterliche Gefühle für die junge, intelligente und so rührend naive Frau entwickelt. Er war fest entschlossen, ihr die Möglichkeit zu eröffnen, den Konsequenzen zu entgehen, mit denen alle Beteiligten nach Ende des Experiments konfrontiert werden würden. Nein, er würde ihr die Möglichkeit nicht eröffnen – er würde sie dazu zwingen.

Der Leiter der Operation Cosmoculus Edward Trust tigerte im Einsatzraum der STOG bei Luxemburg nervös auf und ab. Er hatte Oberst Warren zugeschaut, wie dieser mit sorgenvollem Gesicht die zwei Kandidaten auf der Continuous Tracking List, Reilly und Cooper, beobachtet hatte. Noch immer wusste Trust nicht, was es mit der Sache auf sich hatte, aber sein Instinkt sagte ihm, dass sich eine Störung des Ablaufs von Excess anbahnte. Vielleicht täuschte er sich auch, aber allein die Möglichkeit machte ihm Bauchschmerzen. Warum beobachtete Warren die beiden? Was hatten sie vor? Und *wann* würde *was* passieren? Egal, was es war; Excess als Initialzündung für den ganz großen Plan, die epochale Entwicklung, musste unter allen Umständen so beendet werden, wie das von Anfang an vorgesehen war. Nie wieder, zumindest nicht bald, würde sich eine so ideale Konstellation ergeben, um mit mutiger Hand Geschichte zu schreiben. Obwohl total übermüdet – Trust war seit Beginn des Experiments, von stundenweisen Unterbrechungen zum Schlafen und Essen abgesehen, durchgehend an seinem Arbeitsplatz gewesen –, weigerte er sich, seinem vor Müdigkeit schmerzenden Körper nachzugeben. Und wenn er nach dem Ende des Experiments halbtot zusammenbrechen würde: Er musste im Einsatzraum anwesend bleiben, um jederzeit agieren zu können.

52

Dienstag, 13. September 2016
02.21 CDT / 09.21 MESZ

Oberst Warren drehte sich noch einmal um und warf einen letzten Blick in den SitRoom. Jetzt, mitten in der Nacht, lief der Betrieb auf Sparflamme. Floyd Landler, Paul O'Brian und Patricia Palmer waren auf ihren Zimmer im ersten Stock und schliefen. Nie hätte Warren gedacht, dass seine vierzigjährige Karriere bei den Streitkräften *so* enden würde. Keine Abschiedszeremonie, niemand, der zu ihm lachend und schulterklopfend sagte: *Endlich sind wir dich los, du alter Sack*, kein Geschenk, überreicht durch den Verteidigungsminister oder wenigstens seinen Stellvertreter. Nichts. Einfach Sachen zusammenpacken, rausgehen und fertig. Wie nach einem ganz normalen Arbeitstag. Gut zweiundsiebzig Stunden, nachdem Sandrock vom Rest der Welt isoliert worden war, schloss sich die Tür zum Kontrollraum des organisierten Wahnsinns ein letztes Mal hinter ihm. Es war Zeit, das Weite zu suchen.

Er ging in sein Zimmer, das direkt neben dem von Patricia lag, und packte die von seinem Arbeitsplatz mitgenommenen Unterlagen und seine persönlichen Utensilien in den Koffer. Nachdem er sichergestellt hatte, nichts zurückgelassen zu haben, stellt er den Koffer im Gang ab. Vorsichtig öffnete er die Tür zu Patricias Zimmer. »Patricia«, flüsterte er. »Wachen Sie auf!«

»Was … was ist? Wieso …?«, stammelte sie schlaftrunken und schob sich die schwarzen Haare aus dem Gesicht.

Mit einem »Entschuldigung, wir müssen reden« betrat Warren den Raum und schloss die Tür hinter sich.

»Was soll das? Ist etwas passiert?« Palmer zog die Bettdecke bis unters Kinn. Ihr Blick ließ erkennen, dass sie nicht sicher war, ob Warren sich über sie hermachen wollte.

»Nicht so laut! Hier wird sehr bald der Teufel los sein. Ziehen Sie sich an und packen Sie. Wir müssen das Gelände sofort verlassen.« Mit jeder Faser seiner Oberststatur kommunizierte er, dass Widerrede zwecklos war.

»Aber …«, machte sie einen schwachen Versuch des Widerstands.

»Patricia! Hören Sie mir jetzt gut zu. Sie haben zwei Möglichkeiten. Entweder Sie bleiben jetzt in Ihrem Bett liegen und geben sich weiter der Illusion hin, dass man Ihnen für Ihre Arbeit an Excess einen Orden verleihen wird und Sie dann in Ihrer Firma weiter arbeiten können, als sei nichts passiert. Ich garantiere Ihnen, dass Sie dann in spätestens vierundzwanzig Stunden in Untersuchungshaft sitzen werden und man eine Anklage gegen Sie vorbereiten wird, die Sie für Jahre hinter Gitter bringt.« Er machte eine Pause, um seine Aussage wirken zu lassen.

»Ich verstehe nicht …« Ihr Gesicht versteinerte zu einer Maske. »Soll das ein Witz sein? Ich habe Ihren Humor noch nie …«

»Sie kommen mit mir. Jetzt!« Er blickte ihr unnachgiebig in die Augen.

»Wohin?«

»An einen Ort, wo man uns nicht findet. Patricia! Gefängnis oder ein neues Leben. Andere Alternativen gibt es nicht!«

Sekundenlang schwiegen sie sich. Patricia verstand zwar nicht, was passiert war. Aber sie ahnte, dass Warren recht hatte.

»Ein neues Leben? Ich will kein neues Leben!«

»Dann werden Sie die nächsten zwanzig Jahre zusammen mit anderen Schwerverbrecherinnen in einer Bundesanstalt verbringen.«

»Sie haben gesagt, wenn überhaupt würden höchstens *Sie* Probleme mit dem Gesetz bekommen!«, herrschte sie ihn wütend an.

»Die Situation hat sich geändert.« Er blickte zum Fenster hinaus und seufzte. »Ich gehe jetzt vor die Tür und warte zwei Minuten. Wenn Sie dann nicht mit Ihrem Koffer neben mir stehen, haben Sie die einzige Chance verpasst, Ihre Freiheit zu retten. Wissen Sie eigentlich, wie es in einem Frauengefängnis zugeht?« Er drehte sich auf dem Absatz um und verließ den Raum.

Zwei Minuten später stand Patricia neben ihm. Sie zitterte vor Zorn. In den letzten Minuten war ihr ganzes erfolgreiches schönes Leben zusammen gebrochen. Sie wirkte um Jahre gealtert.

Jetzt war es an Warren, die vorbereitete Flucht gezielt umzusetzen. »Hören Sie zu. Wir werden jetzt dieses Haus verlassen und in eines der Autos steigen. Ich werde den Wachen sagen, es handle sich um einen Notfall und wir seien in wenigen Stunden wieder zurück.«

»Wir haben aber unsere Koffer dabei. Ziemlich auffällig, Oberst!«

Er lächelte. »Egal. Wir müssen uns nicht rechtfertigen. Ich bin der Chef. Schon vergessen? Folgen Sie mir!«

»Wohin …?«

Wortlos ging er los. Sie stapfte beleidigt hinterher.

Dass Oberst Warren in der Nacht seinen Arbeitsplatz verließ, fand Edward Trust nicht beunruhigend. Ihm war aber nicht entgangen, dass Warren sämtliche Unterlagen mitgenommen hatte. Das war alarmierend. Er griff zum Telefon und wählte die Nummer seines Chefs.

»Schlechte oder gute Nachrichten?« Maître meldete sich aus seinem Büro in der Nähe des Einsatzraums der STOG. Er wusste, dass Trust ihn nicht ohne gewichtigen Grund anrief.

»Ich halte es für möglich, dass das Experiment sehr bald einen unvorhergesehenen Verlauf nehmen wird.« Trust berichtete, wie Warren offenbar über das Verhalten zweier Bewohner von Sandrock beunruhigt war und vielleicht die Experimentzone verließ. Trust nahm die Gelegenheit wahr, Maître für seine Entscheidung zu kritisieren, bei Excess voll und ganz auf elektronische Aufklärung gesetzt und keine Informanten aus Fleisch und Blut in den SitRoom eingeschleust zu haben. Diese hätten jetzt Bericht erstatten können, ob Warren das Gebäude wirklich verlassen hatte. Er genoss die Situation. Seine Müdigkeit war wie weggeblasen.

»Sie wissen genau, wieso wir keine Leute vor Ort haben«, wies ihn Maître zurecht.

»Wie Sie meinen. Auf jeden Fall sollten wir ab sofort jederzeit bereit sein, Excess wie vorgesehen zu beenden.«

»Semper paratus.« *Immer bereit.* Maîtres Motto. »Machen Sie einfach Ihren Job und lassen Sie mich wissen, wann es losgeht. Noch was?« Maîtres Stimme klang ungnädig. Das ›*Noch was?*‹ diente nur dazu, eine rhetorische Revanche einzuleiten. Trust musste wissen, wer der Chef war.

»Das wäre alles«, antwortete Trust.

»Nein, das wäre nicht alles.« Maîtres Stimme schnitt wie eine Kreissäge durch die Leitung. »Stellen Sie sicher, dass alle an Operation Cosmoculus beteiligten Personen ab sofort an ihrem Arbeitsplatz im Einsatzraum sind.«

»Schon geschehen. Wir sind vollständig ...« Noch während Trust sprach, legte Maître auf.

»Fucking bastard!«, flüsterte Trust, als er den Hörer weglegte. Er ahnte nicht, wie recht er hatte.

53

Dienstag, 13. September 2016
06.03 CDT / 13.03 MESZ

Verteidigungsminister Paul Jackson hatte die ganze Nacht überlegt. Endlich war er zu einer Entscheidung gekommen. Im Januar, mit dem Ende der Amtszeit von Präsidentin Jeanne Adams, wäre der Schlusspunkt seiner Karriere ohnehin gekommen und er hätte in den wohlverdienten Ruhestand gewechselt. Nun würde er eben sofort beginnen. Das Manöver in Texas wollte er auf keinen Fall abbrechen. Nicht ohne plausible Begründung. Die Präsidentin musste den Befehl zum Abbruch eben seinem interimistischen Nachfolger, dem stellvertretenden Verteidigungsminister, noch einmal erteilen. Der könnte sich dann mit der Zicke herumschlagen. Bis 8 Uhr Ostküstenzeit war es noch fast eine Stunde. Wenn das Weiße Haus auf Trab war, wäre das machbar.

In seinem Büro im Osten des Pentagons angekommen, griff er zum Telefon und wählte die Nummer eines befreundeten Journalisten der Washington Post Online Edition. Er teilte ihm mit, dass in wenigen Minuten eine wichtige Erklärung des Pentagons über die elektronischen Ticker gehen würde. Anschließend informierte er seinen Vize über die bevorstehende Veränderung. Dann diktierte er seiner Assistentin den Text seines Rücktrittsschreibens an die Präsidentin.

Mrs President
I hereby submit to you my resignation, effective immediately, from the Office of Secretary of Defense of the United States.
God bless America!
Yours Sincerely
Paul Jackson

Kurz, knapp, maximal beleidigt. Anschließend den Text der Presseerklärung:

Department of Defense – Pentagon
Flash Press Release – Zur sofortigen Verbreitung
Der Verteidigungsminister Paul Jackson hat heute morgen der Präsidentin der Vereinigten Staaten sein Rücktrittsschreiben übermittelt. »Grund für meinen Rücktritt ist eine Anordnung der Präsidentin, die ich nicht bereit und in der Lage war auszuführen«, so Paul Jackson. Er habe dem Land gerne gedient und sehe seine Zeit als Verteidigungsminister als den Höhepunkt seiner beruflichen Karriere. Mr. Jackson, 64, wird sich nun in das Privatleben zurückziehen.

Für Paul Jackson war es eine Genugtuung, der Präsidentin sogar durch die Art seines Abgangs einen weiteren Schlag zu versetzen.

Fred ›Sherlock‹ Reilly und Pit ›Palito‹ Cooper achteten darauf, Tiffany nicht aufzuwecken, als sie sich um kurz nach sechs aus dem Haus schlichen. Bevor sie die Tür öffneten, blickten sie sich in die Augen und umarmten sich.

»Es lebe die weltweite Konterrevolution!«, flüsterte Reilly.

Jetzt musste es schnell gehen. Es sollte ein Überraschungsangriff werden. Sie waren auf sich alleine gestellt. Bewaffnet mit drei Avtomat Kalashnikova 1947, besser bekannt als AK 47, und fünfhundert Schuss Munition, stürmten sie durch die Tür und rannten zu Coopers Pick-up. Reilly hatte die Waffen kurz nach dem Gespräch mit Oberst Warren vor Beginn des Experiments besorgt und im Keller versteckt. Cooper setzte sich hinters Steuer, Reilly sprang auf die Ladefläche. Zu allem entschlossen setzte Cooper das Auto zurück, legte den Vorwärtsgang ein und drückte das Gaspedal bis zum Anschlag durch. Wie sie es besprochen hatten. Reilly saß auf der Ladefläche und hielt sich mit einer Hand fest, während die andere die geladene und entsicherte AK 47 umklammerte. Schnell hatte das Auto die Grenze von Sandrock passiert. Cooper musste abbremsen, da es ab jetzt auf freiem Gelände weiterging. Über den kargen, nur von einigen Gräsern und Büschen bedeckten Steppenboden fuhren sie direkt auf die Zelte der Nationalgardisten zu, die gerade dabei waren, sich auf den Tag vorzubereiten.

Eben erst im SitRoom angekommen, bemerkte Floyd Landler, dass, zum ersten Mal, die Ausgangssperre verletzt wurde. Mit zusammengekniffenen Augen starrte er auf den Bildschirm. Kein Zweifel. Er sah wie zwei Bewohner von Sandrock mit Sturmgewehren bewaffnet zu einem Pick-up rannten und dann mit großer Geschwindigkeit Richtung Westen fuhren. Landler blickte um sich. Oberst Warren war nirgendwo zu sehen. Er schickte einen Assistenten in den ersten Stock, um den Supervisor des Experiments sofort in den SitRoom zu holen.

Paul O'Brien kam gerade lächelnd und mit einem Becher Kaffee durch die Tür, als er Landler fluchen hörte. Er stellte den Becher ab und ging zu ihm. Als er über dessen Schultern auf den Bildschirm schaute, wurde er bleich. Seine Knie begannen zu zittern, so dass er sich an der Rückenlehne von Landlers Stuhl festhalten musste.

»Es lebe die weltweite Konterrevolution!«, schrie Cooper und griff zum neben ihm liegenden Sturmgewehr. Er hielt es so, dass der Lauf aus dem Fenster der Fahrerseite zeigte. »Bist du bereit?«, schrie er nach hinten.

»Ich bin bereit!«, brüllte Reilly, »ich bin bereit!«

Noch eine halbe Meile.

Private First Class Hector Sanchez stand vor seinem Zelt und starrte auf den Pick-up, der direkt auf ihre Stellung zufuhr. Die nächtliche Ausgangssperre war noch nicht beendet. Sanchez erwartete nichts Schlimmes. *Muss sich wohl um einen medizinischen Notfall handeln.* Seine Gruppe, die Hälfte noch in den Zelten, die andere damit beschäftigt, sich anzuziehen oder das militärische Fertigfrühstück einzunehmen, bemerkte das Auto nicht. Seit Ricky Myers Abgang waren sie noch zu elft.

Im Einsatzraum der STOG bei Luxemburg hatte Edward Trust über die im präparierten Fernseher eingebaute Kamera beobachtet, wie Fred Reilly und Pit Cooper um kurz nach 6 Uhr Texas-Zeit das Wohnzimmer verließen. Sie hatten Stiefel an, wollten also offenbar nach draußen. Trust hatte auf die Uhr geblickt und realisiert, dass die Ausgangssperre noch nicht beendet war.

Er schaltete das Bild einer der in den Straßenlaternen installierten Kameras ein, das Reillys Haus zeigte. Dann wählte er die Nummer seines Chefs Jacques Maître. Er teilte ihm mit, was er gesehen hatte und dass die erwartete, wenn auch unbekannte Störung von Excess vermutlich unmittelbar bevorstand.

Maître bedankte sich, steckte das Handy in die Innentasche seiner Anzugjacke, verließ sein Büro und ging zum Treppenhaus. Die Treppen ins Erdgeschoss flog er förmlich hinauf. Nachdem er zwei Sicherheitsschleusen passiert hatte, durchquerte er die große Lobby. Er musste sich zwingen, in normalem Tempo zu gehen. Obwohl *jetzt* noch keine Gefahr bestand. »Gehe schnell was essen«, sagte er zu den Leuten am Empfang und verließ das Gebäude. Bei seinem Auto auf dem Parkplatz des JIS-2-Komplexes angekommen, bemerkte er verärgert, dass er am ganzen Körper zitterte.

Private First Class Hector Sanchez, inzwischen nicht mehr der einzige Gardist, der zum herannahenden Pick-up starrte, griff zu seiner Waffe. Nicht um zu schießen. Aber um bei dem Vortrag, den er den ankommenden Personen gleich halten würde – sie hatten die Ausgangssperre verletzt! –, Eindruck zu schinden.

»Warren und Palmer haben heute Nacht das Gebäude verlassen. Sie wollten bald wieder zurück sein«, teilte der Assistent Floyd Landler mit, als er schnaufend wieder in den SitRoom zurückkehrte.

»Fuck! Fuck! Fuck! Was ist hier los?!«, fluchte Landler. Sein Blick klebte am Bildschirm. Die Kamera in der am westlichen Ende der Main Street stehenden Straßenlaterne zeigte den Pick-up von hinten, wie er sich mit großer Geschwindigkeit auf den Posten der Nationalgarde zubewegte.

Der Soziologe Paul O'Brien schüttelte hilflos den Kopf. »Wir sollten das Betäubungsgas anwenden«, flüsterte er. Doch er wusste, dass es dafür bereits zu spät war.

Noch eine Viertelmeile. Cooper steuerte den Pick-up auf einen Punkt einige Meter rechts der Zelte zu. Sie würden, auf Seriefeuer schießend, den Posten so lange umkreisen, bis sich keiner der Gardisten mehr bewegte.

Jacques Maître, der inzwischen in seinem gepanzerten Mercedes saß, griff zum Handy. Sekunden später hatte er Edward Trust in der Leitung.

»Und?« Er versuchte, sich seine Aufregung nicht anmerken zu lassen.

»Offenbar drehen zwei Bewohner durch. Sie sind bewaffnet und rasen mit einem Pick-up auf den Posten der Nationalgarde zu.«

»Bleiben Sie in der Leitung und berichten Sie fortlaufend, was Sie sehen.«

»Wo sind Sie eigentlich?«

»Auf dem Weg zu Ihnen«, log Maître.

Einhundert Meter vor den Zelten der Gardisten eröffneten Fred Reilly und Pit Cooper das Feuer. Obwohl es beiden nicht leicht fiel, aus dem über die Steppe holpernden Auto zu zielen, fanden einige der Projektile bereits in den ersten Sekunden ihr Ziel.

»Sie schießen!«, waren die letzten Worte von Private First Class Hector Sanchez, bevor er tödlich getroffen zusammensackte. Keinem der jetzt noch zehn lebenden Gardisten gelang es, seine Waffe einzusetzen. Zwanzig Kugeln pro Sekunde, konzentriert auf ein Gebiet von wenigen Quadratmetern, metzelten die Gardisten nieder.

»Sie schießen alle über den Haufen«, berichtete Trust seinem Chef Maître. »Sie töten sie alle!«

»Entsichern Sie sofort die Gasbehälter!«, wies Maître seinen Untergebenen an.

»Und aktivieren Sie die Rauchpatronen.« Er schluckte. »*Experiment beenden wie vorgesehen.*«

»Verstanden«, bestätigte Trust. »*Experiment beenden wie vorgesehen.*«

Selbst Jacques Maître, dem kein menschlicher Abgrund fremd war, wurde bleich, als er hinter dem Steuer seines Mercedes, immer noch auf dem Parkplatz vor dem Gebäude des Joint Intelligence Service 2 stehend, der Dinge harrte, die nun kommen würden.

»Wir hätten nie damit beginnen dürfen.« Paul O'Brien ließ sich in den Stuhl an seinem Stress-Consultant-Platz fallen und schlug die Hände vors Gesicht. Er begann zu schluchzen.

Floyd Landler blickte immer noch auf den Bildschirm. Er presste seine Kiefer zusammen, so dass seine Adern an den Schläfen hervortraten. Der elektronische Zoom war auf den Posten der Gardisten gerichtet. Noch immer umkreisten die Angreifer die Zelte und schossen, obwohl sich längst keiner der Gardisten mehr bewegte. Die vom Kugelhagel zerfetzten Zelte hingen lose herunter.

Larry Monk und Alberto Suarez blickten durch das vergitterte Fenster aus dem zweiten Stock ihres Gefängnisses kopfschüttelnd auf die gespenstische Szene, die sich in der nur vom Mond und zwei Autoscheinwerfern beleuchteten Steppe vor Sandrock abspielte. Ein Pick-up, der die Zelte der Nationalgarde umkreiste. Die Schüsse, die nicht enden wollten. Der Ort des Geschehens war zu weit weg, als dass Monk und Suarez hätten Details erkennen können. Aber sie empfanden die Szene als näher, als ihnen lieb war.

Reilly und Cooper konnten nicht aufhören zu schießen. Immer wieder luden sie ihre Waffen mit vollen Magazinen nach und feuerten eines nach dem anderen auf den Posten ab. Beide gaben seltsame Schreie von sich, die Freude über den gelungenen Angriff zum Ausdruck bringen sollten. Aber es war nur ein schreckliches Krächzen, übertönt vom Seriefeuer ihrer Kalaschnikows.

Edward Trust drückte auf einen mit *Phase I* bezeichneten Knopf und aktivierte so die in den modifizierten Fernsehern eingebauten

Rauchpatronen. Innerhalb von Sekunden füllten sich die Straßen von Sandrock mit Menschen, die aus ihren Häusern flüchteten.

Niemand im SitRoom begriff, was jetzt passierte. Die wenigen, die in der Lage waren, ihren Blick vom Bild des Gardistenpostens zu trennen, sahen zwar, wie die Opfer des Experiments auf die Straßen liefen, und wie aus einigen der offenen Türen und Fenster Rauch quoll. Aber keiner verstand, was vor ich ging.

»Und?«, fragte Maître. Seine Stimme klang apathisch. Das Schlimmste stand noch bevor. »Sind schon genug Menschen auf den Straßen? Wir brauchen ein gutes Bild!«

»Würde sagen drei Viertel der Bewohner sind jetzt *in Position*«, berichtete Trust. »Aber wo zum Teufel stecken Sie eigentlich, Maître?!«

»Ich bin bei Ihnen, Trust. Starten Sie jetzt Phase II.«

»Verstanden.« Trust zögerte eine Sekunde. Dann drückte er auf den mit *Phase II* beschrifteten Knopf. Damit besiegelte er nicht nur das Schicksal der Bewohner von Sandrock und der sich im SitRoom befindlichen Menschen.

»Haben Sie den Knopf gedrückt?«, fragte Maître flüsternd.

»Phase II ist gestartet«, bestätigte Trust.

»Sie sind ein Held, Trust. Ihr seid alle Helden!« Er zuckte zusammen, als aus dem Keller des JIS-2-Gebäudes der dumpfe Knall einer Explosion über den Parkplatz rollte und den Mercedes zum Wanken brachte.

54

Dienstag, 13. September 2016
06.09 CDT / 13.09 MESZ

Die Explosion, die von den präparierten Servern im SitRoom ausging, tötete augenblicklich. Zeitgleich mit dem Cosmoculus-Team im Einsatzraum der STOG bei Luxemburg verloren auch die Menschen im SitRoom in Sandrock ihr Leben. Getötet für eine Operation, für die Excess immer nur ein Instrument gewesen war. Getötet, um sie als Zeugen für alle Zeit zum Schweigen zu bringen. Wie die Insassen des Airbus, dessen Wrack auf dem Grund des Pazifik lag. Wie den Flugzeughändler Mike Miller, der, ohne es zu wollen, zu viel gehört hatte. Wie die Mitarbeiter der britischen RARAP, die mit dem digitalen Morphing die Schauspieler in Judith Roth und ihre Kollegen verwandelt hatten.

Mike Miller. Eugene Moore. Sein Halbbruder Paul O'Brien. Der Leiter des Experiments Floyd Landler. Ein Dutzend Mitarbeiter seiner Global Planning and Execution Corporation, die seit 6 Uhr im SitRoom anwesend waren. Der Leiter der Operation Cosmoculus Edward Trust und seine Mitarbeiter. Die Experten der RARAP. Zeugen. Tot.

Doch sie waren nicht *das Bild*. Das Bild entstand in diesen Sekunden in den Straßen von Sandrock.

Zischend strömte das InstantDeath-Gas, eine der tödlichsten jemals von Menschenhand erschaffenen Chemikalie, aus den im Dorf und in der Sandrock Correctional Facility zu Dutzenden versteckten Behältern. In ihnen wähnten die soeben verstorbenen Köpfe des Excess-Teams das Betäubungsgas, um das Experiment auf eine humane und für die Betroffenen ungefährliche Art abbrechen zu können. Falls die Situation jemals eskalieren würde.

Schnell füllte sich die Senke – *the dump* – mit dem tödlichen Gas. Die Bewohner von Sandrock, seit drei Tagen unter dem hohen Stress des Excess-Nachrichtenszenarios stehend, vor einigen Minuten geweckt durch den Lärm der Maschinengewehrsalven von Reillys und Coopers weltweiter Konterrevolution, aus ihren Häusern geflüchtet vor dem aus den Fernsehern dringenden dicken Rauch, fielen zu Boden und starben, als wären sie vom Blitz getroffen.

Das Bild der übereinander und nebeneinander auf der Straße liegenden unzähligen Leichen erinnerte an die Aufnahmen aus dem nordirakischen Habalja. 1988 waren dort tausende von Kurden durch einen Giftgaseinsatz getötet worden.

55

Dienstag, 13. September 2016
06.13 CDT / 13.13 MESZ

Jacques Maître wusste genau, dass Bilder eine andere Wirkung als geschriebene oder gesprochene Worte hatten. Sie kommunizierten aufgrund ihrer authentischen Wirkung einen Inhalt auf einer emotionalen, unmittelbaren Ebene. Und waren beliebig interpretierbar.

Mit Excess wurde die Voraussetzung für die jetzt folgende Kampagne geschaffen: das Pentagon – und damit die US-Regierung – in die Katastrophe zu involvieren, die sich in Sandrock abgespielt hat. Niemand würde den Beteuerungen Washingtons Glauben schenken, vom Giftgas nichts gewusst zu haben. Jeder würde dies als Schutzbehauptung interpretieren.

Man hatte Washington an die Wand gespielt.

Maître beobachtete aus seinem Mercedes, wie Menschen in Panik aus dem JIS-2-Gebäude strömten. Bevor er sich zu ihnen gesellte um Entsetzen zu mimen, erledigte er einen Anruf. Das Gespräch war kurz. Maître sagte nur einen Satz: »Die Informationsoperation kann beginnen!«

III

56

Dienstag, 13. September 2016

Halb acht Ostküstenzeit. »Zurückgetreten?« Adams verdrehte die Augen. »Dieser Idiot!« Gerade im Oval Office angekommen, erwartete die Präsidentin die Meldung über den Abbruch von Southern Countdown 16 vorzufinden. Stattdessen erfuhr sie aus Jacksons Rücktrittsschreiben von seinem schnellen Abgang. »Ein weiterer glücklicher Tag im Oval Office!« Sie zog einen Handspiegel aus einer Schublade des Resolute Desk und stellte zufrieden fest, dass ihre Frisur den Gang von der Residenz zu ihrem Arbeitsplatz gut überstanden hatte. Schnell ließ sie den Spiegel wieder verschwinden und knallte die Schublade zu. Sie drückte auf den Knopf, der sie mit der Kommunikationszentrale verband. »Stellen Sie mich umgehend zu Vizeverteidigungsminister Jack Gedmin durch. Es eilt.« Der Bildschirm auf ihrem Schreibtisch, nicht größer als ein Taschenbuch, war auf NBC geschaltet. Die Journalisten sprachen über den Rücktritt Jacksons und was es mit der Anordnung der Präsidentin auf sich habe, die er nicht habe ausführen können. Das Weiße Haus habe sich noch nicht geäußert. Adams drehte den Ton lauter, als der Bildschirm schwarz wurde.

»This is NBC Breaking News.«

Adams schluckte.

Die in der Wand eingelassene Tür zum Sekretariat öffnete sich.

»Guten Morgen, Misses President. Sind wir Jackson endlich los. Die Medien machen uns die Hölle heiß.« Der Pressesprecher Oliver Grafton, Mitte vierzig, gut genug aussehend, dass man ihn vor die Kamera stellen konnte, aber nicht so gut, dass er oberflächlich wirkte, stellte sich neben die Präsidentin, um mit ihr auf den Bildschirm zu schauen.

»Morgen, Oliver. Das wird ein lustiger Tag. Ich hoffe, Sie sind in Form.«

»… bin Judith Roth und berichte live vom NBC Breaking News Desk in New York City. Wie soeben bekannt wurde, hat sich in der Zentrale des Joint Intelligence Service 2 bei Luxemburg eine heftige Explosion ereignet, der mindestens sieben Menschen zum Opfer gefallen sind.«

Adams' Gesicht verdüsterte sich. Adrenalin schoss in ihre Blutbahnen. Sie seufzte. *Eine Verschwörung zum Nachteil der Vereinigten Staaten*, erinnerte sie sich an Matteis Worte. Dunkle Vorahnung. Etwas passierte und sie saß im Oval Office wie eine Maus in der Falle. Wieder meldete sie sich bei der Kommunikationszentrale. »Ich gebe Ihnen noch eine Minute um Gedmin aufzutreiben. Es ist ein Notfall.«

»Was ist passiert?« Der Pressesprecher ging um den Tisch, legte seine Unterlagen ab und setzte sich.

»Wenn ich das wüsste«, murmelte Adams mehr zu sich selbst als zu Grafton. Sie ließ den Bildschirm nicht aus den Augen. »Ich habe Jackson gestern angewiesen, Southern Countdown 16 sofort abzubrechen.«

Endlich läutete das Telefon. Adams nahm ab. Gedmin. Sie kam sofort zur Sache. »Sie sind ja ab heute der neue Verteidigungsminister der Vereinigten Staaten. Gratuliere, Jack. Als Erstes … Moment.« Sie hielt inne. Schon wieder lief der Breaking-News-Vorspann über den Bildschirm.

Dann sah sie *das Bild.* Beschriftet mit *Sandrock, TX, heute Früh.* Sie blickte mit offenem Mund in den Monitor. Was für ein Abgrund! *Das* war es also!

Grafton sah in ihr Gesicht, sprang auf und schaltete den über dem Kamin hängenden Fernseher ein.

»… dieses Bild, das wir soeben erhalten haben, aufgenommen von einem Satelliten, zeigt die Gemeinde Sandrock im Norden von Texas«, erklärte Judith Roth. »Offenbar hat sich dort ein schreckliches Unglück ereignet. Wir haben zum jetzigen Zeitpunkt noch keine Informationen, die erklären können …«

»Rufen Sie mich in zehn Minuten an.« Adams legte das Telefon weg. Fassungslos blickte sie auf das Bild. NBC zoomte heran. Einzelne Menschen wurden erkennbar. Durcheinander auf dem Boden liegende Kinder, Frauen, Männer. Viele von ihnen in Schlafanzügen oder nur mit Unterwäsche bekleidet. Die Kamera fuhr langsam die Main Street entlang. Hunderte von Leichen. Eine nicht enden wollende Parade des Todes. Doch Adams hörte nur noch ein Rauschen. Sie realisierte, wie die Peripherie ihres Sichtfelds schwarz wurde. Die hellen Farben auf dem Bildschirm sprangen ihr in die Augen. Ihr wurde schlecht. Sie begann zu zittern. *Jetzt nicht wegkippen! Du bist die Präsidentin! Jetzt nicht wegkippen!* »Oliver, holen Sie mir ein Glas Eistee«, sagte sie mit schwacher Stimme.

Grafton drehte sich um. Er sah eine kreidebleiche Präsidentin, die sich mit beiden Händen am Schreibtisch festhalten musste, um nicht vom Stuhl zu fallen. »Mein Gott! Soll ich einen Arzt …«

»Nein, bloß nicht! Es ist schon kompliziert genug. Nur irgendein Zuckerwasser. Und diskret bitte.«

»Gut. Aber legen Sie sich zwei Minuten hin.« Er eilte zu ihr, half ihr aufzustehen, und stützte sie auf dem Weg zum Sofa. Doch sie legte sich nicht hin. Der Kampfgeist half ihrem Kreislauf wieder auf die Sprünge.

»Es geht schon wieder, Oliver.« Sie versuchte sich zu konzentrieren. »In zwanzig Minuten will ich den Nationalen Sicherheitsberater, den neuen Verteidigungsminister, den Geheimdienstkoordinator und den Chef des FBI im Situation Room haben. Und sagen Sie den Geiern von den Medien, dass die Präsidentin schockiert und zutiefst betroffen ist über die Bilder aus Texas.«

»Wird gemacht.«

»Eine weitere Stellungnahme im Lauf des Vormittags.« Sie atmete tief durch, zupfte ihr Kostüm zurecht und ging zurück zum Schreibtisch. »Und Oliver. Nehmen Sie mit Jackson Kontakt auf. Er soll der Presse erklären, dass ich ihn gestern Abend angewiesen habe, das Manöver in Texas abzubrechen.« Sie setzte sich hin und nutzte die letzte Minute der Ruhe, bevor die Welt über das Weiße Haus hereinbrechen würde, um nachzudenken. Mattei hatte also Recht gehabt. Im Manöver war ein Vorgang versteckt, der – wie auch immer – zum Tod eines ganzen Dorfs geführt hat. Alle würden auf Washington zeigen. Abstreiten zwecklos. Dass Jackson seine Presseerklärung so unglücklich formuliert hatte, machte es noch schlimmer. Oder war er sogar Teil der Verschwörung?

Der Gedanke, dass sich während ihrer Amtszeit Texas – zehn Prozent der USA – für unabhängig erklären könnte, war ihr unerträglich. Die für sie wichtigste Frage war: *Wem kann ich vertrauen?* Mattei und sein Analytiker hatten richtig gehandelt, ihr unter Umgehung aller Dienstwege eine Warnung zukommen zu lassen. *Wem kann ich vertrauen?* Sie wusste, dass es gefährlich war, sich auf ihr Gefühl zu verlassen. *Francis Raffles!* – Unangenehme Erinnerung. Für ihn hätte sie die Hand ins Feuer gelegt. Und doch war er es gewesen, der ihr ein Messer in den Rücken gestoßen, und so der Potgate-Kampagne zum Erfolg verholfen hatte. Mattei hatte ihr einen Informationsvorsprung verschafft. Auch wenn der worst case nun eingetreten war - diesen Vorsprung durfte sie nicht aufgeben. Dank der versteckten Botschaft auf der Karte des Schweizer Analytikers hatte sie sogar einen konkreten Verdacht, wer der Kopf der Verschwörung war. Was die Sache allerdings noch komplizierter machte.

»*Das* ist es! Unglaublich!« Texas-Times-Chefredakteur Luce Brencis stand unrasiert vor dem Fernseher und betrachtete die Bilder aus Sandrock. Mit einem Schlag wurde ihm der Rest des Konzeptes klar, in dem er und Vince Osman ihre Rolle spielten. Eine Sonderausgabe der Texas Times musste sofort in Angriff genommen werden. Natürlich mit einem Interview mit Osman. Es läutete an der Tür seiner Wohnung. Er öffnete.

»Luce Brencis?«, fragte ein ihm unbekannter Mann.

»Ja. Und Sie?«

»Spielt keine Rolle. Das hier ist für Sie.« Der Mann reichte Brencis einen dicken Aktenumschlag. Dann drehte er sich um und verschwand im Treppenhaus.

Verwundert blickte Brencis ihm nach. »Hey? Wer sind Sie?« Keine Antwort. Er schloss die Tür und kehrte ins Wohnzimmer zurück. Vorsichtig öffnete er den Umschlag und entnahm den Stapel Papier. Offenbar alles Kopien von Dokumenten. Schon die erste Seite elektrisierte ihn.

DAPOR – Defense Agency for Population Research
Classification: Top Secret, Special Handling, Special Distribution
For Eyes Only
1 March 2016
Subject: Chemical Warfare Field Test Embedded in MilEx Southern Countdown 16 / Project Excess

1. *Joint Chiefs of Staff and President of United States have communicated approval to proceed with field testing of newly developed Composite chemical weapon, dubbed ID-Gas (instant death gas).*
2. *Field testing of ID-Gas to take place during MilEx Southern Countdown 16 in northern Texas. Provisions be made to ensure field test will affect limited number of population only, i. e. not more than one thousand (1 000) individuals.*
3. *Resulting collateral damage will officially be explained with accident that took place during MilEx.*

For the Defense Agency for Population Research
George Warren
Colonel

Brencis' Gesicht glühte. Sein Verstand sagte ihm, dass das Dokument gefälscht war. Aber dies spielte keine Rolle. Er erinnerte sich an einen seiner Lieblingssätze aus einer Politologievorlesung an der Uni. »Die Frage der Wahrheit ist Sache von Theologen und Philosophen. In der Politik geht es nicht um Wahrheit, sondern um Wahrnehmung.« Brencis wusste, dass die Zeit gekommen war. Alle Komponenten waren vorhanden: das Ziel, der Kandidat, die Motivation, die Mittel. Er lehnte sich zurück und schloss die Augen. Jetzt war eine behutsame Vorgehensweise angezeigt. Nur nicht zu früh das Pulver verschießen! Knapp sechzig Tage verblieben bis zum Wahltag. Und nur dieser zählte! Man musste den Druck langsam hochfahren, so dass er einen Tag vor dem 8. November seinen Höhepunkt erreichte. Der Wahlzettel als Ventil. Jeder, der Kritik am Resultat äußerte, würde sich selbst zum Antidemokraten stempeln. Brencis kicherte. Er, Luce Brencis, hatte einen Fuß in der Tür zum großen Saal der Geschichte! Formulierungen sausten durch seinen Kopf. *Ob Unfall oder Vorsatz, die Frage bleibt: Wie lange noch wird Texas es akzeptieren, Teil eines Systems zu sein, das manchen als das korrupteste der Welt gilt?* Und: *Im nie endenden Hickhack zwischen Bundesrechten und Staatenrechten könnte nun das Pendel der Geschichte auf eindeutige Weise zugunsten der Staaten ausschlagen und mit Texas ein Exempel statuieren.* Und: *Vince Osman passt nicht ins Schema eines Kandidaten für ein hohes Amt. Genau dies ist sein Vorteil – seine Echtheit, seine ungekünstelte Authentizität, sein texanischer Charme.*

Im ersten Moment war Tim Lewis sicher, dass ihm seine Augen einen Streich spielten. Er war die ganze Nacht durchmarschiert. Zuerst mehr als zehn Meilen in südliche Richtung, dann Richtung Nordwesten. Auf Höhe der 207, die den Palo Duro Canyon dreißig Meilen südöstlich von Amarillo durchquerte, stand er auf einmal vor einer Gruppe Jugendlicher, die vor ihren Zelten um ein Lagerfeuer saßen. Sie wirkten, als hätten sie die ganze Nacht durchgefeiert. In der beginnenden Morgendämmerung, in einer der vielen Zerklüftungen des Canyons, erschienen sie keine zwanzig Meter entfernt wie aus dem Nichts in Tims Blickfeld. Er blieb stehen und starrte sie an. Sie starrten zurück.

»Ziemlich gefährlich«, sagte er schließlich.

Die sieben Jugendlichen blickten sich an und lachten hysterisch. Dann starrten sie ihn wieder an wie eine Erscheinung.

»Nochmal richtig Party gemacht vor dem Ende der Welt, was?«

Wieder prusteten sie los. Einer stand auf und machte Tim nach. »Nochmal richtig Party gemacht vor dem Ende der Welt, was?« Laut lachendes Rollen am Boden.

»Was bist du denn für einer? So ein Sekten-Heini?«, fragte der Imitator.

Tim verstand nicht. »Ich meine, wegen der Ausgangssperre. Die Präsidentin hat standrechtliche Verfahren angekündigt«, sagte er leise. Irgendetwas stimmte nicht. Er kam sich blöd vor.

Nachdem sie sich beruhigt hatten fragte der Imitator: »Bist du ein Bulle oder so? Wir haben keine Drogen dabei.«

»Alles schon geraucht«, murmelte es aus einem Berg von Rastalocken.

Tim schüttelte den Kopf und setzte sich auf einen Stein. Ihm war nicht nach Lachen zumute. »Habt ihr was zu trinken?«

Die Rastafrisur stand auf und gab ihm eine Büchse Bier.

»Nein, ich meine Wasser. Habt ihr Wasser zu trinken?«

»Sicher. Komm zu uns.«

Tim setzte sich zu ihnen und trank in einem Zug eine halbe Flasche Wasser. »Habt ihr keine Angst vor der Nationalgarde?«, fragte er dann.

»Wegen des Manövers?«

Tim blickte sie verständnislos an. »Nein. Ich sagte doch. Wegen der Ausgangssperre.«

»Wir sind alle volljährig.«

Tim seufzte. Er war müde und überfordert. »Ich bin auch volljährig. Trotzdem habe ich Angst.«

»Ups«, meinte der Rasta. »Sie suchen dich wohl.«

»Schon möglich. Gut möglich. Ich habe die Ausgangssperre verletzt.«

Verstohlene Blicke. *Natürlich ist er volljährig. Sieht man doch. Ich habe die Ausgangssperre verletzt. Komischer Typ.* »Hast du irgendwas eingeschmissen?«, fragte einer neugierig.

Tim schüttelte den Kopf. Dann begann er zu begreifen. »Wann habt ihr zum letzten Mal Nachrichten gehört?«

»Schon Ewigkeiten nicht mehr. Nachrichten sind Bullshit.«

»Dann wisst ihr es also gar nicht?«

»Was wissen wir nicht?«

»Das mit dem Terror. Und der Atombombe in Los Angeles.«

»Um Gottes Willen!« Der Rasta sprang auf. »Meine halbe Familie wohnt in Los Angeles. Wann ist das passiert?!«

»In der Nacht auf Montag«, antwortete Tim. »Millionen Tote.«

Der Rasta zog sein Handy aus der Hosentasche und drückte zwei Tasten. »Rick? Gott sei dank! Bist du okay? … Bist du zuhause? … Sorry, dass ich dich geweckt habe. Hier verarscht uns jemand und hat was von einer Atombombe erzählt, die in Los Angeles explodiert sein soll. … Keine Atombombe. Halt die Ohren steif.«

Sieben Augenpaar sahen Tim durchbohrend an.

»Hast du wirklich mit jemandem in LA telefoniert?« Tim war fassungslos. Er begann zu erzählen und erntete nur verständnislose Blicke. Nach einigen Minuten reichte ihm einer aus der Gruppe ein Handy und forderte ihn auf, die Webpage von NBC anzuwählen. *Apokalypse in Sandrock, TX* las Tim und verstand gar nichts mehr.

Pünktlich um 7 Uhr Ostküstenzeit drückte Art Sinshy auf *Play.* In einer halben Stunde würde man ihn abholen. Ein weiterer anstrengender Wahlkampftag stünde ihm bevor, der heute wegen der Ereignisse in Sandrock und Washington noch anstrengender sein würde als sonst. Es war Zeit, seinen durch Opfertod umgekommenen Mitbürgern in diesem intimen Rahmen die letzte Ehre zu erweisen.

Erbarme Dich, mein Gott, um meiner Zähren Willen, erklang es aus den Lautsprechern.

Langsam schritt er, in sein Papstgewand gehüllt, zum Altar der Kapelle auf seinem Anwesen bei Boston. Nachdem er den Altar geküsst, mit dem Weihräucher in der Hand umschritten und diesen an die elektrische Schwenkvorrichtung gehängt hatte, hob er die Arme, und begann in feierlichem Ton aus der vorher auf der richtigen Seite aufgeschlagenen Bibel zu lesen.

»Offenbarung Jesu Christi, die Gott ihm gegeben hat, damit er seinen Knechten zeigt, was bald geschehen muss; und er hat es durch seinen Engel, den er sandte, seinem Knecht Johannes gezeigt. Dieser hat das Wort Gottes und das Zeugnis Jesu Christi bezeugt: Alles, was er geschaut hat. Selig, wer diese prophetischen Worte vorliest und wer sie hört und wer sich an das hält, was geschrieben ist; denn die Zeit ist nahe. Johannes an die sieben Gemeinden in der Provinz Asien: Gnade sei mit euch und Friede von Ihm, der ist und der war und der kommt, und von den sieben Geistern vor seinem Thron und von Jesus Christus; er ist der treue Zeuge, der Erstgeborene der Toten, der Herrscher über die Könige der Erde. Er liebt uns und hat uns von unseren Sünden erlöst durch sein Blut; er hat uns zu Königen gemacht und zu Priestern vor Gott, seinem Vater. Ihm sei die Herrlichkeit und die Macht in alle Ewigkeit. Amen. Siehe, er kommt mit den Wolken und jedes Auge wird ihn sehen, auch alle, die ihn durchbohrt haben; und alle Völker der Erde werden seinetwegen jammern und klagen. Ja, Amen. Ich bin das Alpha und das Omega, spricht Gott, der Herr, der ist und der war und der kommt, der Herrscher über die ganze Schöpfung.«

Schaue hier, Herz und Auge weint vor Dir, bitterlich.

Sinshy richtete seinen Blick nach oben und begann mit dem intimen Teil seiner privaten Messe, mit dem persönlichen Zwiegespräch mit Gott:

»Herr, in großer Zahl sind sie heute übergegangen in Dein ewiges Reich. Sie folgen Deinem Plan, die Geschichte der Menschheit zu ihrem logischen Ende zu führen. Herr, bitte nimm sie auf und vergib ihnen ihre Sünden. Obwohl Du mir schier unfassbare Opfer abverlangst, werde ich weiter mein Teil Deines Planes sein. In ewiger Treue schwöre ich Dir die Erfüllung meiner Pflichten. So wie auch Dein erster Sohn, mein Bruder Jesus, seine Pflichten erfüllt hat. Die Reise, so lange und beschwerlich sie auch noch sein möge, so viele Opfer sie verlange, ist Alpha und Omega meines Seins. Der seidene Mantel der Einheit, in den die Erde sich eindreht, färbt sich immer mehr in das Rot der bedingungslosen Liebe. Für eine Erde in Einheit, Freiheit und ewigem Frieden. Im Namen des Vaters und des Sohnes und des Heiligen Geistes. Amen.«

Über sein Gesicht liefen Tränen der Rührung. Er verharrte schweigend. Minutenlang schluchzte er leise. Flüsternd sprach er den Abschluss:

»Herr, ich bin nicht würdig, dass Du eingehst unter mein Dach, aber sprich nur ein Wort, so wird meine Seele gesund.«

Josephina Saprissa war sicher, Tim auf dem Bild erkannt zu haben. Ihre Freundin Mable hatte sie angerufen, als sie gerade aus der Dusche gekommen war. Seither saß sie vor dem Fernseher und war fassungslos vor Entsetzen. Nicht lange nach der ersten Meldung wurde erwähnt, dass der Tod der Bewohner von Sandrock möglicherweise durch ein Unfall im Umgang mit einem chemischen Kampfstoff verursacht worden sein könnte. Das Weiße Haus verlautbarte, die Präsidentin sei schockiert und zutiefst betroffen. Man kündigte für den späteren Vormittag eine weitere Stellungnahme an. Außerdem berichteten die Sender vom Gerücht, dass die Explosion im JIS-2-Gebäude bei Luxemburg in einem Raum stattgefunden habe, von dem aus man das Manöver Southern Countdown 16 beobachtet habe. Möglicherweise, so wurde spekuliert, weil der europäische Nachrichtendienst wusste, dass bei dem Manöver chemische Kampfstoffe eine Rolle spielen könnten. Des Weiteren könne es sein, dass der Rücktritt von Verteidigungsminister Jackson im Zusammenhang zu sehen sei. Die Medien machten darauf aufmerksam, dass auf einen Teil des Manövers das Informationszugangsgesetz angewendet worden war. Es sei ihnen nicht gestattet, weitere Details zu veröffentlichen. Das Manöver Southern Countdown 16 sei unmittelbar nach Bekanntwerden der Katastrophe von Sandrock abgebrochen worden.

Josephina saß auf dem Sofa und heulte sich die Augen aus. Sie hatte Tim zu Unrecht verurteilt. Er war nie in die Ferien gegangen. Nur Minuten, nachdem sie den Fernseher eingeschaltet hatte, war sie schon überzeugt, dass die Regierung ihn und die anderen Bewohner gegen deren Willen festgehalten hatte. Vielleicht sogar, um sie als Versuchsobjekte zu missbrauchen. So wie sie Washington einschätzte – und sie wusste, dass die meisten ihrer Freunde ihre Meinung teilen würden – war der Regierung alles zuzutrauen. Nicht, dass sie sich besonders für Politik interessierte. Aber: Washington! Jeder wusste, dass die Stadt der korrupteste Ort auf Erden war, der die charakterlosesten und schlechtesten Menschen anzog wie das Licht die Motten! Jetzt lag ihr geliebter Tim, Vater ihres werdenden Babys, zwischen den anderen tot auf der dreckigen Straße. Getötet durch eine Chemiewaffe. Sie war so endlos traurig und wütend! Sie schaltete ihr Notebook ein und schickte ihrem Arbeitgeber eine Mitteilung. Sie könne heute nicht kommen, ihr Freund sei in Sandrock ums Leben gekommen. Mable hatte schon angekündigt, so schnell wie möglich zu ihr zu fahren, um ihr beizustehen.

Eine halbe Stunde später läutete es an der Tür. Wenigstens war sie jetzt nicht mehr allein. Sie öffnete und hatte eine Erscheinung.

57

Mittwoch, 14. September 2016

David Isler empfand keine Genugtuung, obwohl es gekommen war, wie er befürchtet hatte. In Southern Countdown 16 war ein grausames Geheimnis verborgen. Die aktuelle Ausgabe der Texas Times ließ die Katze aus dem Sack. Isler saß im Kellerbüro in seinem Haus in Bolligen und las den Artikel von Chefredakteur Luce Brencis online.

TEXAS AM SCHEIDEWEG
Die USA nach der Sandrock-Apokalypse
Von Luce Brencis. Houston, 13. September 2016, 22.30 Uhr.

Mit dem grausamen Gastod von über eintausend unschuldigen Zivilisten – mithin die gesamte Bürgerschaft der nordtexanischen Gemeinde Sandrock – und dreihundert Insassen der Sandrock Correctional Facility wurde Washington in die schwerste Krise seit Jahrzehnten gestürzt. Vielleicht sogar seit Gründung der Union.

Noch hat sich die durch den Potgate-Skandal gezeichnete Administration Adams nicht zu der Katastrophe geäußert, sieht man von allgemeinen Bekundungen des Bedauerns und der Betroffenheit ab.

Fest steht bisher nur, dass Sandrock mitten in einem Gebiet liegt, in dem seit einigen Tagen das Manöver Southern Countdown 16 abgehalten wurde. Erwiesen ist außerdem, dass Sandrock das Ziel eines Versuchs unbekannter Natur war, der von der strenger Geheimhaltung unterliegenden ›Defense Agency for Population Research‹ geleitet wurde.

Medienvertreter wissen, dass US-Generalstaatsanwalt Terry Walker den Versuch bereits vor einem Jahr dem Informationszugangsgesetz unterstellt hat, das die freie Berichterstattung der Presse fast gänzlich unterbindet.

Nur Stunden, vor die ersten Bilder aus Sandrock die Welt erschütterten, hat Verteidigungsminister Paul Jackson seinen Rücktritt bekannt gegeben. Brisant ist seine Begründung: Er sei nicht bereit und in der

Lage gewesen, eine Anordnung der Präsidentin auszuführen. Jackson will sich heute, Mittwoch, gegenüber der Öffentlichkeit erklären.

Auffallend war die zögerliche Antwort der Präsidentin bei der gestrigen Pressekonferenz auf die Frage, ob Jacksons Rücktritt im Zusammenhang mit den Vorgängen in Texas stehe. ›Möglicherweise nicht unmittelbar‹, sagte eine unverkennbar unter Druck stehende und verunsicherte Jeanne Adams, nachdem sie zuerst mehrere Sekunden betreten geschwiegen und hilflos zu ihren Beratern geblickt hatte.

Wer einmal lügt, dem glaubt man nicht, lautet ein altes Sprichwort, mit dem rechtschaffene Eltern ihre Kinder zur Wahrheitsliebe erziehen. Genau hier liegt für Washington das Problem. Die Geschichte Washingtoner Krisen ist eine Geschichte der Lüge.

Vom Angriff auf Pearl Harbor, der nicht so unerwartet kam, wie oft geschildert, und als Vorwand diente, die USA in den Zweiten Weltkrieg zu stürzen, über den zweiten Zwischenfall im Golf von Tonkin, der 1964 zur Eskalation des Vietnamkriegs geführt hat und eine reine Erfindung war, über ›Operation Tailwind‹, mit dem die US Armee 1970 Deserteure in Laos mit dem Nazi-Gas Sarin tötete, was vom Pentagon bis heute abgestritten wird, über die Watergate-Affäre, bis zu den Lügen um Saddam Husseins Massenvernichtungswaffen, die in das militärische und politische Desaster an Euphrat und Tigris geführt haben: Wenn es eine Konstante in Washington gibt, ist es die Kaltschnäuzigkeit, mit der die Zentralregierung die Bevölkerung wieder und immer wieder belogen hat.

Eine Frage des Vertrauens werden die in den nächsten Tagen und Wochen folgenden Erklärungsversuche sein, die man in Washington der Bevölkerung präsentieren wird. ›Es ist abzusehen, dass man sich dumm stellen, und im besten Fall schwere Versäumnisse eingestehen wird‹, so ein langjähriger Beobachter des Washingtoner Politbetriebs. ›Niemals würde man zugeben, dass man die eigene Bevölkerung – falls dem so war – als menschliche Versuchkaninchen missbraucht und einen schrecklichen Tod hat sterben lassen. Egal, wie die Erklärung schlussendlich lauten wird. Für Washington ist Sandrock der politische Super-GAU‹.

Der TEXAS TIMES wurden gestern Dokumente zugespielt, die Washington im Zusammenhang mit dem Tod der Bürger von Sandrock schwer belasten. Diese Dokumente weisen darauf hin, dass höchste Regierungsstellen seit Monaten gewusst haben, dass passieren würde, was die Welt gestern so erschüttert hat. Der Schutz des Informationszugangsgesetzes erlaubt es der TEXAS TIMES jedoch nicht, diese Dokumente zu veröffentlichen. Deshalb hat die Redaktion entschieden, sie an einem sicheren Ort zu verwahren, um sie eventueller behördlicher Einflussnahme zu entziehen.

Die Frage an höchste Exponenten der Regierung ›Was wissen Sie und seit wann haben Sie es gewusst?‹ lässt sich jedoch nicht vermeiden. Ob jemals eine Antwort folgen wird, ist ungewiss.

Tatsächlich hat Washington im Jahr 2002 zugegeben, in den 60er und 70er Jahren Test mit chemischen und biologischen Waffen an der eigenen Bevölkerung durchgeführt zu haben. Die dabei zum Einsatz gebrachten Stoffe waren u. a. VX-Gas, Sarin und verschiedene Bakterien. Die Tests mit Namen wie ›Devil Hole‹, ›Big Tom‹ und ›Rapid Tan‹ fanden in Alaska, Florida, Hawaii und anderen Staaten statt.

Die Partei für Staatenrechte, die sich heute anlässlich einer außerordentlichen Generalversammlung in Austin in ›Texanische Freiheitspartei‹ umbenennen wird, sieht den Zeitpunkt gekommen, das letzte Kapitel des US-Bundesstaates Texas zu schreiben: ›Emanzipation von den USA, und volle Souveränität für die Republik Texas!‹ ist das Motto des Parteivorsitzenden Vince Osman. ›Die Auslöschung eines ganzen texanischen Dorfs auf bestialische Weise durch Unfall oder Vorsatz hat uns bis ins Mark erschüttert. Was muss noch passieren, um uns zu veranlassen, unser Schicksal endlich in die eigenen Hände zu nehmen? Die Geschichte zeigt: Kein Staat existiert ewig. Vor fast einem Vierteljahrtausend haben sich die amerikanischen Kolonien für unabhängig von europäischer Bevormundung erklärt. Es ist Zeit für Texas, dem historischen Vorbild zu folgen, good bye zu sagen, und seine Zukunft selbst zu gestalten.‹

Obwohl es auf den ersten Blick utopisch erscheinen mag, dass vielleicht schon bald ein neuer Staat Teil der internationalen Gemeinschaft sein wird – die Republik Texas –, sollte man sich an den Fall der Berli-

ner Mauer erinnern. ›Geschichte entwickelt sich in Schüben‹, so Vince Osman. ›Die einzige Frage ist: Glauben wir an unsere eigene Kraft, oder wollen wir uns weiterhin bevormunden lassen?‹

Damit steht Texas am Scheideweg. Zwar hat eine Blitzumfrage ergeben, dass nur acht Prozent sicher für die Partei für Texas bzw. die Texanische Freiheitspartei stimmen. Doch Vince Osman und seine Crew haben angekündigt, den Bürgern von Texas in den Wochen bis zum Wahltag präzise darzulegen, dass Texas durch Zurückgewinnung seiner vollen Souveränität nichts verlieren, aber etwas Unschätzbares gewinnen wird: die Kontrolle über das eigene Schicksal. Die Macht über die eigene Zukunft.

Nachdem Isler auch den Kommentar von Osman und das Interview mit ihm gelesen hatte verließ er das Büro. Er musste frische Luft schnappen. Vierundzwanzig Stunden nachdem die Katastrophe eingetreten war, lief die Kampagne bereits auf Hochtouren. Man hatte die Katze aus dem Sack gelassen, um die Wähler möglichst früh an das Sezessions-Thema zu gewöhnen. Eines war ihm jetzt klar: Die Kampagne konnte nur neutralisiert werden, indem man die Köpfe der Verschwörung dazu brachte, von sich aus ein Geständnis abzulegen. Alles andere würde unglaubwürdig wirken, als *Lüge Washingtons* abgestempelt werden und die Sezessionsdynamik nur verschärfen. Es war an der Zeit, mit den Vorbereitungen zu Operation Magnoliophyta zu beginnen.

Der nach den Anschlägen vom 11. September 2001 renovierte Situation Room, ein fast fünfhundert Quadratmeter großer Komplex unter dem West Wing des Weißen Hauses, war an diesem Tag Schauplatz der zweiten Sitzung seit dem Desaster von Sandrock. Selbst wenn keine Sitzung stattfand, war der Situation Room vierundzwanzig Stunden in Betrieb. Watch Officers beobachteten einen nie endenden Eingang von Nachrichten und öffentlichen und geheimen Informationen aus der ganzen Welt. Die CIA, das Pentagon, das Außenministerium und eine klassifizierte Zahl anderer Quellen sendeten ihre letzten Erkenntnisse in die Nervenzentrale des Weißen Hauses. Der nationale Sicherheitsberater entschied von Fall zu Fall, ob es angemessen war, die Präsidentin oder den Präsidenten zu informieren.

Nachdem Präsidentin Jeanne Adams mit dem Schweizer Bundespräsidenten Mattei telefoniert hatte, verließ sie das Oval Office.

Minuten später betrat sie das zentrale Sitzungszimmer. Alle anderen waren bereits anwesend: der nationale Sicherheitsberater Chester Blitzer, der Vorsitzende der Vereinigten Stabschefs General Omar Curtis, der Geheimdienstkoordinator Emmanuel Rubinstein, der neue Verteidigungsminister Jack Gedmin, sowie der Direktor des FBI, Dan Stiglitz. Und ein gutes Dutzend in der zweiten Reihe sitzende Referenten.

Sie registrierte die konsternierten Gesichter und empfand Mitleid mit der Herrenrunde. Die höchsten Exponenten des US-Regierungsapparats – der größten Organisation der Welt – saßen um den dunkelbraunen Holztisch wie Schüler, die ihre Hausaufgaben nicht gemacht hatten. Wichtige neue Erkenntnisse hätte man ihr sofort zukommen lassen. Sie wusste, dass diese Sitzung, so wie die gestrige, ein Stochern im Dunkeln würde.

»Sie sind zu früh gekommen«, versuchte Adams die Stimmung aufzulockern. Nachdem sie den schwarzen Ledersessel auf dem anthrazitfarbenen Teppich in Position gerollt und an der Stirnseite des Tisches Platz genommen hatte, machte sie eine Geste zu Geheimdienstkoordinator Rubinstein, der zu ihrer Rechten saß. »Wollen Sie anfangen?«

»Danke, Misses President.« Rubinstein berichtete zuerst von der Bestandsaufnahme in Sandrock. Eintausenddreihundertzwölf Tote im Dorf und dem benachbarten Gefängnis, gestorben durch ein Derivat des seit Jahrzehnten bekannten VX-Gases; Dutzende von Behältern, in denen Reste des Gases gefunden wurden; vierzehn Tote im Keller eines vollständig ausgebrannten Gebäudes einige Meilen östlich des Dorfs; reihenweise Computer, deren Inhalt aufgrund der starken Beschädigung aber nicht mehr rekonstruiert werden könne; zwölf tote Nationalgardisten westlich des Dorfs, von M43-Patronen durchlöchert wie Schweizer Käse; zwei

Bewohner von Sandrock mit AK-47-Sturmgewehren in der Hand, einer mit einer Mütze auf dem Kopf mit dem Text *Es lebe die weltweite Konterrevolution!*; weitere sieben durch das Gas gestorbene Menschen an zwei Stellen einige Meilen außerhalb von Sandrock; hunderte von im Handel nicht erhältlichen, modifizierten Fernsehgeräten, deren Innenleben durch eine Explosion zerstört sei; versteckte Kameras und Mikrofone im ganzen Dorf; seltsame Aufzeichnungen, wie etwa eine Werbung für einen ›End-of-the-world-Lunch‹ im einzigen Restaurant der Gemeinde; eine Batterie von Stromgeneratoren und altmodischen Klimaanlagen, verbunden mit dem ausgebrannten Gebäude und dem Stromnetz von Sandrock; das Wrack einer Boeing 767 – ohne Leichen – einige Meilen südlich. »Kurz und gut: Der ganze Schauplatz ist ein einziges grausames Rätsel!«

Adams betrachtete mit Schaudern die Fotos und Videoaufnahmen, die während Rubinsteins Vortrag von seinen Referenten auf die großen Bildschirme eingespielt wurden. »Wie bringen Sie den Tatort mit Southern Countdown 16 in Verbindung?«, fragte Adams in Gedmins Richtung.

Verteidigungsminister Jack Gedmin rollte mit dem Sessel näher an den Tisch, blätterte in seinen Unterlagen und flüsterte mit einem Referenten. Dann blickte er stirnrunzelnd in die Runde. »Also«, nachdenkliches Kopfwiegen, »das ist eine seltsame Sache.« Wieder beugte er sich nach hinten zu einem Mitarbeiter, um sich die richtige Stelle in einem Dokument zeigen zu lassen. »Ach ja. Also, die DAPOR. Ich meine, da ist ein Oberst Warren. Er hat seit dem 8. September Urlaub.« Er räusperte sich verlegen.

»Warren hat Urlaub! Wissen Sie auch, wo?«, zischte Generalstabschef Curtis zu Gedmin und verdrehte die Augen.

»Ob sich Warren unter den Toten befindet ist zurzeit noch Gegenstand der Untersuchungen«, ergänzte Rubinstein.

»Das ist noch nicht alles«, fuhr Gedmin fort. »Vielleicht erkläre ich das am Besten folgendermaßen. Es gibt im Pentagon diese DAPOR. Defense Agency for Population Research. Eine Spezialeinheit der DARPA. Übrigens, mein Vorgänger sollte jeden Augenblick im Weißen Haus ankommen, er ist vielleicht besser im Bild. Aber das nur nebenbei. Wie gesagt«, Gedmin lehnte sich zurück und hielt mit ausgestreckten Armen zwei Dokumente nebeneinander vor sich hin, »letzten August, also 2015, hat der Generalstaatsanwalt ein Projekt der DAPOR dem Informationszugangsgesetz unterstellt, wenn ich das richtig sehe.« Er drehte sich wieder um und flüsterte. »Das ist doch richtig? Wie heißt der Generalstaatsanwalt eigentlich?«

»Danke, Herr Verteidigungsminister«, unterbrach Adams und versuchte, sich ihre Ungeduld nicht anmerken zu lassen. »Vielleicht ist es besser, wenn wir auf Jackson warten. Obwohl er eigentlich keine Security Clearance mehr für den Situation Room hat. Aber ich werde ein Auge zudrücken.«

Gedmin atmete erleichtert auf und lächelte.

»Ich denke, es wäre sinnvoll, wenn wir eine Verbindung zum Justizministerium herstellen, um Generalstaatsanwalt Walker direkt zum Vorgang zu befragen«, riet Rubinstein der Runde. Sofort verschwand ein Referent im Nebenraum, um das Notwendige in die Wege zu leiten. »Bis Jackson eintrifft, möchte ich die neuesten Erkenntnisse unserer britischen Freunde bekanntgeben.« Rubinstein machte eine entschuldigende Geste. »Also, folgendes Dossier haben wir direkt aus Downing Street Ten erhalten. Nach Informationen britischer Nachrichtendienstkreise handelt es sich bei Oberst George Warren möglicherweise um einen Agenten des russischen Militärgeheimdienstes GRU.« Er blickte verlegen auf die Tischplatte.

»Warren soll für die Russen gearbeitet haben?« General Curtis schnaubte verächtlich. »Ich habe hier einen Bericht über Warren und wenn ich eines weiß, dann das: Er die Russen gehasst hat wie die Pest. Woher haben die Briten diese Informationen?«

»Das weiß ich im Einzelnen nicht«, erklärte Rubinstein. »Ich kann hier nur sagen, was uns mitgeteilt wurde. In London hält man es für denkbar, dass Warren bereits in Russland untergetaucht ist.«

Adams blickte Rubinstein skeptisch an.

In der nächsten Minute verschärfte sich die Geometrie der Situation um eine weitere Stufe. Im Sitzungszimmer erhielt man die Nachricht, dass der ehemalige Verteidigungsminister Paul Jackson kurz nach der Abfahrt von seinem Haus durch ein Bombenattentat ums Leben gekommen sei. Ungläubiges Staunen. Sofort wurde ein Nachrichtensender auf einen der großen Bildschirme geschaltet. Nach einigen Minuten ließ Adams den Ton wegdrehen.

»Gott sei seiner Seele gnädig«, murmelte sie. Sichtlich unter Stress fragte sie Rubinstein: »Was habe ich vorgestern Abend am Telefon zu Jackson gesagt, Emmanuel?«

»Ma'am?«, fragte Rubinstein verständnislos.

»Sie wollen mir doch nicht erzählen, dass mein Telefon nicht überwacht wird?« Adams war entsetzt.

»Das würden wir uns *niemals* erlauben«, wehrte Rubinstein ab.

»Also gut.« Sie seufzte. »Ich habe ihm gesagt, er solle Southern Countdown 16 abbrechen und mir bis Dienstag 8 Uhr über den Vollzug Bescheid geben.«

»Dann war es *das* also, was er gemeint hat in seiner Meldung über den Rücktritt.« Rubinstein schüttelte fassungslos den Kopf. »Aber – warum?«

Niemand am Tisch verstand, was vor sich ging.

»Ich wurde am Montag gewarnt, dass das Manöver vielleicht nur Tarnung für einen anderen Vorgang ist. Was sich ja jetzt bestätigt hat.«

Rubinstein schaute der Reihe nach alle anderen an. Doch jeder verneinte seine ungestellte Frage. »Wer hat Sie gewarnt?«

Sie holte tief Luft. »Das kann ich Ihnen nicht sagen.«

»Warum erfahre ich erst jetzt davon?!« Rubinstein warf seinen Kugelschreiber auf den Tisch. Als Koordinator der Geheimdienste war er der Erste, dem Adams davon hätte berichten müssen.

Adams zögerte. »Es hat nichts mit Ihnen zu tun …«

»So geht das nicht!« Der nationale Sicherheitsberater Chester Blitzer, der bisher nur schweigend und mit zusammengekniffenen Lippen die Situation beobachtet hatte, ergriff das Wort. »Das geht alles so nicht. Wir sitzen hier um den Tisch wie ein Haufen Vollidioten, während Unbekannte das Pentagon in eine Gasattacke auf die eigenen Leute verwickeln und den ehemaligen Verteidigungsminister von der Straße sprengen!«

»Woher wissen Sie, dass es dieselben Täter sind?«, fragte der Direktor des FBI, Dan Stiglitz.

»Es ist anzunehmen.« Blitzer schüttelte den Kopf. »Was zum Teufel geht hier vor?«

Rubinstein nahm die aktuelle Ausgabe der Texas Times und hielt sie in die Höhe. »Das geht hier vor. Texas am Scheideweg. Keine vierundzwanzig Stunden nach den ersten Meldungen aus Sandrock geht das Sezessionsgespenst um.«

»Das ist vollkommener Unsinn«, winkte Blitzer ab und lachte verächtlich. »Alles Mögliche kann passieren, aber Sezession? Gehört nicht zu den Risiken, die wir als relevant erachten.«

»So?«, fragte Rubinstein. »Acht Prozent der Texaner sehen das aber anders.«

»In zwei Wochen werden es nur noch die Hälfte sein«, war sich Blitzer sicher.

»Außerdem schreibt die Texas Times von Dokumenten, die uns angeblich schwer belasten«, fuhr Rubinstein fort.

»Ach was!« Blitzer schnaubte. »Die wollen nur ihre Auflage steigern. Funktioniert ja auch bestens.«

Generalstaatsanwalt Walker wurde aus dem Justizministerium zugeschaltet. Er teilte zur Überraschung aller mit, dass er von seinem Amt zurücktreten werde, obwohl er sich keiner Schuld bewusst sei. Man habe ihm gegenüber plausibel begründet, warum das Experiment Excess, von dem er nicht wisse, worum es sich im Detail handle, dem Informationszugangsgesetz unterstellt werden müsse.

FBI-Direktor Stiglitz stellte in Aussicht, dass seine Behörde ihn sehr bald zum Vorgang vernehmen werde, vorläufig allerdings noch als Zeugen.

In den letzten dreißig Minuten der Sitzung wurde auf hohem Niveau weiter gerätselt. Als Rubinstein die These aufstellte, Sinshy könne als ehemaliger Besitzer der Headline & Footage-Gruppe, der die Texas Times gehörte, in die Sache verwickelt sein, trat Adams auf die Notbremse. Alle durften verdächtigt werden, nur nicht Sinshy. Sie machte Rubinstein klar, dass Ermittlungen in diese Richtung nur als Racheakt von ihr interpretiert würden, weil Sinshy ihre Chance auf eine zweite Amtszeit zunichte gemacht habe. Vielleicht die Russen, die Chinesen oder eine terroristische Gruppe, die die Institutionen infiltriert habe – aber mit Sicherheit nicht Sinshy! »Außerdem«, fragte sie, »was sollte er für ein Motiv haben? Wieso sollte er die Präsidentschaft der USA anstreben und gleichzeitig Teil einer Verschwörung sein, die einen der größten Teilstaaten zur Sezession bewegen soll? Das ergibt keinen Sinn. Vergessen Sie das. Wir müssen herausfinden, wer die *wirklichen* Täter sind.« Sinshy musste sich sicher fühlen, so viel war ihr klar. »Und Emmanuel«, sagte sie kurz vor Schluss der Sitzung zum Geheimdienstkoordinator, »ich möchte, dass Sie persönlich Sinshy kontinuierlich über den neuesten Stand der Ermittlungen auf dem Laufenden halten.«

58

Sonntag, 18. September 2016

Die Strecke von Amarillo nach Laredo hatten Oberst George Warren und Patricia Palmer in einem gecharterten Flugzeug zurückgelegt. Nur Stunden nach ihrem nächtlichen Abgang aus dem Excess Headquarter hatten sie die amerikanisch-mexikanische Grenze von Laredo nach Nuevo Laredo überquert, getarnt als amerikanisches Paar, das zu einem Kurzurlaub nach Monterrey aufbrach. Die schlechte Stimmung im Auto – Palmer war noch immer beleidigt – hatte sie als Paar authentisch wirken lassen. Oder es war einfach Glück, dass sie an der Grenze nicht kontrolliert worden waren. Um Palmer nicht nervös zu machen, hatte Warren ihr nichts von den fünfzig Kilo Gold und Platin im Wert von vier Millionen Dollar erzählt, die im Kofferraum des Fluchtautos lagen. Warren hatte es am Flughafen Laredo eine Woche zuvor bereitgestellt. Er hatte es sich auch verkniffen, seiner Verwunderung Ausdruck zu geben, dass der Wagen überhaupt noch da war. Vom Flughafen Quetzalcoatl in Nuevo Laredo waren sie, wieder mit einem gemieteten Flugzeug, weiter nach Tuxtla Gutiérrez im Bundesstaat Chiapas geflogen. Ein alten Jeep Wrangler hatte sie schließlich am Dienstagnachmittag in die Nähe einer im Dschungel versteckten Holzhütte gebracht, irgendwo an der Grenze zu Guatemala. Warren musste die letzten paar hundert Meter mehrmals gehen, um die fünfzig Kilo Edelmetalle, eine Walter PPK, einen Weltempfänger und Lebensmittelvorräten für vier Wochen in die Hütte zu schleppen. Sie hatten ihre Mobiltelefone nicht mitgenommen, weil man sie damit hätte orten können. Das Dschungelversteck hatte Warren nur als ersten Stopp in seinem Fluchtplan vorgesehen.

Schon auf dem Flughafen von Nuevo Laredo hatten sie erfahren, was in Sandrock passiert war. Patricia hatte Warren ins Gesicht geschlagen, weil sie annahm, er habe vom schrecklichen Ausgang des Experiments vorher gewusst. Er hatte sie dann aber doch überzeugen können, dass er zwar ein Militär, aber kein Unmensch war.

Allerdings war es ihm nicht mehr möglich gewesen, die von ihm selbst angezettelte Konterrevolution zu verschweigen. »Warum sind wir dann geflüchtet?«, hatte sie immer wieder gefragt. Von der Situation vollkommen überfordert, hatte sie trotz ihres Hasses entschieden, vorerst bei ihm zu bleiben.

Ihre Depression über die zerstörte Lebensplanung manifestierte sich in kompromissloser Zickigkeit. Nicht einmal die Tatsache, dass Warren ihr das Leben gerettet hatte, erkannte sie an. In einer Holzhütte im Dschungel zu wohnen, war für sie schlimmer als tot zu sein.

Als Warren im Radio zum ersten Mal von der Texanischen Freiheitspartei und deren Sezessionsplänen hörte, wurde ihm schlagartig klar, dass sie nur Bauern in einem großen Schachspiel gewesen waren – *The Great Game*, Neuauflage 21. Jahrhundert. Excess als Instrument für einen asymmetrischen Angriff auf die USA, durch wen auch immer. Und er als Tölpel, um die DAPOR und damit die US-Regierung zu involvieren.

Warren hatte in den fünf Tagen seit seiner Flucht aus dem Sit-Room den Bart wachsen lassen. Seit Donnerstag wurde er mit internationalem Haftbefehl gesucht. Und er zermarterte sich den Kopf, wie es jetzt weitergehen sollte.

»Halt endlich dein verdammtes Maul!« Patricia Palmer stand mit geballten Fäusten vor der Holzhütte und schrie in den Urwald. Der Brüllaffe kümmerte sich nicht und brüllte weiter. Der Geräuschpegel hier im Dschungel war mit dem einer Shoppingmall am Samstagnachmittag vergleichbar. Was Palmers Nerven aufs Äußerste beanspruchte.

Oberst Warren, der seinen müden Kriegerkörper in einer Hängematte schaukelte, die zwischen zwei Bäumen verzurrt war, versuchte sie zu beschwichtigen. »Das Tier kann nichts dafür. Es hält mit dem Gebrüll andere Männchen davon ab, in sein Revier einzudringen. Versuchen Sie, es zu ignorieren!« Er konnte sich ein Grinsen nicht verkneifen.

»Geben Sie mir die Knarre! Heute Abend gibt's Affenfleisch. Und schalten Sie das dämliche Grinsen ab, Oberst. Sonst vergesse ich mich!«

Warren überlegte, sie mit einem »Sie sind süß, wenn Sie sauer sind« endgültig auf die Palme zu treiben, entschied sich dann aber dagegen. »Sie würden sich mit der Waffe nur selbst verletzen. Außerdem ist es doch äußerst romantisch hier!«

»Romantisch?«, keifte sie. »Letzte Nacht ist mir ein kleines Krokodil übers Gesicht gelaufen. Finden Sie das ROMANTISCH?!« Sie stieß einen spitzen Schrei aus, als eine Libelle direkt vor ihren Augen vorbeiflog, und fuchtelte wild mit den Händen.

»Krokodil!« Warren hielt sich den Bauch vor Lachen. »Es war nur ein Gecko!« Er schüttelte den Kopf. *Zivilisten!*

Müde von ihrem ständigen Nahkampf mit der wuchernden Natur setzte sie sich auf einen Klappstuhl.

Warren war längst klar geworden, dass er sich wie ein Idiot verhalten hatte. Anstatt den Bestechungsversuch und das ganze kranke Experiment den Strafverfolgungsbehörden zu melden oder öffentlich zu machen, um es so zu verhindern, hatte er sich der Illusion hingegeben, mit seiner Sabotage durch die *weltweite Konterrevolution* klug gehandelt zu haben. Er hätte es in der Hand gehabt, die Sache im Keim zu ersticken. Quasi nebenbei, ohne es zu ahnen, hätte er damit den Tod von über eintausendfünfhundert Menschen verhindert. Ganz abgesehen vom politischen Desaster, das sich in Texas zusammenbraute. Jetzt saß er im Dschungel auf einer aussichtslosen Flucht, zusammen mit einer überspannten Zivilistin, die ein Gecko nicht von einem Krokodil unterscheiden konnte. Er wusste, dass er verloren hatte. Früher oder später würde ihm und Palmer nichts anderes übrig bleiben, als sich den Behörden zu stellen. Nicht nur um die unmögliche Flucht zu beenden. Sondern auch um die Öffentlichkeit darüber zu informieren, mit welcher Perfidie die DAPOR und das Pentagon – und damit die Regierung – in den Gastod von eintausend Amerikanern verstrickt worden waren. Die Frage war nur, wie er es anstellen sollte, ohne sein Leben und das von Patricia zu gefährden.

Am Donnerstag hatte Vince Osman sein Immobilienunternehmen zum völlig überhöhten Preis von einhundertfünfzig Millionen

Dollar an einen Fonds auf den Kaimaninseln verkauft. Einhundertzwanzig Millionen davon flossen in die Politischen Aktionskomitees ›Osman for Governor‹ und ›Independence for Texas‹. Damit standen ab sofort zwei Millionen Dollar pro Tag für den Wahlkampf von Osman für das Amt des Gouverneurs von Texas und für den in den letzten Tagen aufgestellten Kandidaten der Texanischen Freiheitspartei (TFP) für den texanischen Kongress und Senat zur Verfügung. Wie aus dem Nichts hatten die TFP und Osman seit dieser Woche außerdem ein Team von erfahrenen Wahlkampforganisatoren, Redenschreibern, Medienprofis und Imageberatern an ihrer Seite. Sie würden die TFP in den fünfzig Tagen bis zur Wahl weitere zehn Millionen kosten. Organisation war alles. Geld spielte keine Rolle. Wahlkampf.

An diesem Tag fand in Austin, der Hauptstadt des Bundesstaates, die zentrale Trauerfeier für die Opfer von Sandrock statt. Ort der weltweit übertragenen Veranstaltung war der Park vor dem texanischen Capitol. Der ökumenische Gottesdienst wurde von fünf Geistlichen abgehalten. Särge waren nicht zu sehen in Austin. Die Beerdigungen würden in den nächsten Tagen, nachdem alle Leichen obduziert waren, von den Angehörigen individuell durchgeführt werden.

Die Trauerfeier war politisch brisant, doch vor allem ein protokollarischer Albtraum. Das Zusammentreffen von Präsidentin Adams, dem Gouverneur von Texas, Kenneth Henderson, und den Präsidentschaftskandidaten der beiden großen Parteien, Art Sinshy und Fred Coleman, mit dem Kandidaten der Texanischen Freiheitspartei, Vince Osman, erforderte politisches Fingerspitzengefühl. In den wenigen Tagen, die zur Vorbereitung der Zeremonie blieben, mussten sich Delegierte aller Parteien über die genaue Vorgehensweise einigen. Zum Beispiel über die Fragen, ob es zu einem Shakehands zwischen Adams und Osman kommen sollte (nein), wie die Sitzordnung zu arrangieren sei (Osman nicht zu weit vorne, um ihn nicht wichtig zu machen, aber auch nicht zu weit hinten, um nicht den Eindruck zu erwecken, man wolle ihn ausbooten), wer eine Rede halten würde und wer nicht (nur

Gouverneur Henderson und drei der Geistlichen), und was in den Reden auf jeden Fall und auf keinen Fall anzusprechen sei (um Gottes Willen nichts Politisches!). Die Zuständigen der US Marshall Service Presidential Protection Division rotierten seit Tagen, weil die Morddrohungen gegen Adams einen neuen Höchststand erreicht hatten. Trotzdem wollte man nicht mit einer ganzen Armee anrücken, um die Präsidentin bei der öffentlichen Veranstaltung zu schützen – der politischen Wirkung wegen. Das Pfeifkonzert, das den ganzen Park und den nördlichen Abschnitt der Congress Avenue erfüllte, als Adams ankam, war ein Desaster. Osman war von seinen Beratern optimal auf diesen Moment vorbereitet worden.

»Zeigen Sie keinerlei Triumphgefühl, wenn das Gepfeife losgeht. Tun sie so, als würden sie es nicht wahrnehmen. Das strahlt menschliche Größe aus, und projiziert eine präsidiale Aura.«

Osman tat wie befohlen. Er wusste, dass die Bildregien der Fernsehanstalten zwischen der ankommenden Präsidentin, der pfeifenden Menge, und seinem Gesicht hin- und herschnitten. Er verzog auch keine Miene, als bei *seiner* Ankunft gepfiffen wurde. Nach letzten Umfragen wollten zwölf Prozent der Texaner für die TFP stimmen. Die Mehrheit von 88 Prozent hielt nichts von der Sezessionsidee oder zumindest nichts von Osman. Noch nicht. Allerdings waren Osmans Leute klug genug gewesen, ihn zu einem Zeitpunkt auf seinen Sitz zu platzieren, als die Live-Übertragung noch nicht angefangen hatte und die Zuschauerränge noch weitgehend leer gewesen waren. So hielt sich das Gepfeife in Grenzen.

Die Medienleute der TFP fanden trotz der protokollarischen Vereinbarung einen Weg, Osman eine Rede halten zu lassen. In Form ganzseitiger Inserate in der texanischen Sonntagspresse. In diesen beschuldigte er *Washington* und die *Zentralregierung* – ein wichtiger Begriff in der Kampagne der TFP –, fahrlässig oder vielleicht sogar vorsätzlich den Tod seiner texanischen Mitbürger verursacht zu haben. Außerdem hatte man in den letzten Tagen einen politischen Werbespot zusammengebastelt, der auf einigen texanischen Sendern vor und nach der Übertragung des Traueraktes gesendet wurde. Darin sah man einen weichgezeichneten Osman mit feuchten Augen in die Ferne blicken und sich mit einem gefalteten Stofftaschentuch einige Tränen von den Wangen tupfen. Filmtränen. Dazu der von einer samtenen Stimme aus dem Off gesprochene Text: »Zuerst blickte Vince Osman auf Sandrock, Texas. Seine Welt zerbrach, als er die unschuldigen Opfer auf den Strassen liegen sah. Dann blickte Vince Osman in sein Herz und erkannte, dass es Zeit war, zu handeln. Jetzt blickt Vince Osman mit festem Blick in die Ferne und sieht die einzige Zukunft, die Texas haben kann. Eine Zukunft der Freiheit und Unabhängigkeit.« Der Spot war, wie die ganze Kampagne, auf einer emotionalen Ebene gehalten.

Um die große hispanische Gemeinde in Texas zu erreichen, wurde die Kampagne zweisprachig geführt. Dazu wurden Osmans rudimentäre Spanischkenntnisse von einem Sprachcoach auf Vordermann gebracht. Von der hispanischen Unterstützung am Wahltag versprach sich die TFP sehr viel. In spätestens zehn, fünfzehn Jahren würden die mexikanischen Einwanderer die Mehrheit der texanischen Bevölkerung stellen. Die TFP rekrutierte deshalb von ihrem Hauptquartier in Houston aus laufend hispanische Wahlkampfhelfer, die ihren Leuten in Aussicht stellen sollten, dass eine Republik Texas in nicht allzu ferner Zukunft sogar einen mexikanischstämmigen Präsidenten haben könnte. Kein ungeschickter Schachzug. Keiner der Kandidaten für das Gouverneursamt konnte auf die hispanischen Wähler verzichten. Deshalb würde es Osmans Gegnern auch nicht möglich sein, ein hispanisches Texas als Schreckensvision darzustellen – man würde zu viele eigene Wähler vergraulen.

Ebenfalls bei der Trauerfeier anwesend war, allerdings als Privatperson, der Schweizer Bundespräsident Giovanni Mattei. Adams und er hatten sich zu einem kurzen informellen Treffen im Anschluss an die Veranstaltung am Flughafen Austin-Bergstrom verabredet. Dort teilte Mattei der Präsidentin die Details zu Islers Operation Magnoliophyta mit. Adams erklärte sich mit dem Plan sofort einverstanden und sagte zu, das ihrige beizutragen. Damit war die Gegenverschwörung geboren. Isler. Mattei. Adams.

Tim Lewis hatte seinen auf Hawaii lebenden Eltern und seinen engsten Freuden brieflich mitgeteilt, dass er noch lebte. Allerdings sollten sie das für sich behalten und keinen Kontakt mit ihm aufnehmen, er fühle sich bedroht. Er hoffte, dass die jungen Leute, die er im Canyon getroffen hatte, wie vereinbart dichthalten würden. Woran er stark zweifelte. Sie hatten ihm am Dienstag ein Taxi bestellt, das ihn zu Josephina nach Amarillo gebracht hatte.

Tim hatte Angst. Washington, das offensichtlich vor nichts zurückschreckte, würde vielleicht einen Killer auf ihn ansetzen. Schließlich wusste er, was vor dem Gaseinsatz in Sandrock passiert war – die Öffentlichkeit hatte davon keine Ahnung. Allerdings konnte er sich die Situation nicht erklären. Wenn es nur um einen Versuch mit chemischen Kampfstoffen gegangen war – oder war es doch nur ein Unfall? –, wieso dann die gefälschten Nachrichten? Seit seiner Ankunft bei Josephina hatte er keinen Fuß mehr vor die Tür gesetzt. Wenn es läutete, versteckte er sich unter dem Bett. Nur Josephinas Freundin Mable wusste, dass er bei ihr war.

Der Tod seiner Freunde und Bekannten in Sandrock belastete ihn schwer. Aber er war glücklich, wieder mit Josephina zusammen zu sein. Und er freute sich darauf, bald Vater zu werden. Ihr Wiedersehen am Dienstagvormittag würde keiner von beiden je vergessen. Josephina, die ihn unter den Toten in Sandrock wähnte. Tim, der nicht wusste, dass sie schwanger war. Nachdem sie beide Tage des Terrors hinter sich hatten, das Ende der Welt nahe wähnten oder den Tod des Partners glaubten verkraften zu müssen, Freunde verloren und sich wiedergewonnen hatten, wurde der Dienstag zum Tag ihres Lebens.

Stundenlang erzählten sie sich von ihren Erlebnissen. Tim vom eskalierenden Wahnsinn, der aus dem Fernseher gequollen war, von seinem Auftritt auf ›NBC‹, vom Kamikazeflug der Boeing 767 ohne Piloten, von seiner Flucht durch den Canyon. Josephina von ihrem Schwangerschaftstest, den zahllosen Anrufen nach Sandrock, dem Tag, als sie an der Straßensperre zurückgewiesen wurde mit dem Hinweis, Tim sei in die Ferien gefahren. Nach mehrfachem physischem Nachvollzug ihrer Wiedervereinigung holte Josephina in der Stadt einen Berg von mexikanischen und italienischen Delikatessen. Es wurde die Mutter aller Partys.

Obwohl ihm nichts lieber gewesen wäre, als bei Josephina zu bleiben, hatte Tim entschieden, ihre Wohnung noch heute zu verlassen. Aus den Medien wussten sie, dass die Untersuchung der Leichen oder wenigstens die Feststellung ihrer Identität vielleicht nur ein oder zwei Wochen in Anspruch nehmen würde. Spätestens dann wäre Washington klar, dass er nicht unter den Toten war. Man würde ihn suchen. Also musste er sich verstecken. Doch wie lange konnte man im Untergrund bleiben? Er und Josephina sahen die einzige Hoffung darin, dass Texas tatsächlich eine unabhängige Republik würde. Die Regierung der neuen Republik wäre wohl in der Lage – und vor allem willens – ihn vor dem langen Arm Washingtons zu schützen. Um die gute Sache zu unterstützen, hatte Josephina zweihundert Dollar an die TFP überwiesen. Außerdem volontierte sie als Wahlkampfhelferin und verteilte nach Arbeitsschluss in den Einkaufszentren und Restaurants Amarillos TFP-Broschüren.

Die Verschlagenheit Washingtons glaubten Tim und Josephina am deutlichsten beim Anschlag auf das JIS-2-Gebäude zu erkennen. Die CIA habe den JIS-2 unterwandert, um in der JIS-2-Zentrale einen Sprengsatz zu platzieren. Dieser war am Dienstag just in dem Raum detoniert, von dem aus der JIS-2 das Manöver Southern Countdown 16 beobachtet habe. So berichtete die Texas Times und andere Medien. Zwar dementierten sowohl CIA wie auch JIS-2 diese Gerüchte, aber Tim schenkte den Dementis keinen Glauben. Die CIA stritt es aus offensichtlichen Gründen ab. Der JIS-2 wohl nur, weil man in Europa Angst vor den Konsequenzen einer Bestätigung entsprechender Meldungen hatte – schließlich schreckte Washington vor nichts zurück. Wie die Texas Times aus nachrichtendienstlichen Quellen aus dem Umfeld des JIS-2 wusste, war vermutlich ein gewisser Fred Trust ein Doppelagent gewesen. Er arbeitete offiziell für den JIS-2. Die CIA habe ihn aber – darauf deute alles hin – gekauft, um die Beweise des JIS-2 für eine Involvierung Washingtons in den Giftgasvorfall zu zerstören. Man vermute, dass Trust beim Versuch, eine Sprengladung zu installieren, ein Fehler unterlaufen sei und er dadurch selbst zum Opfer seiner eigenen Verschlagenheit wurde.

Wegen ihrer, wie sie fanden, ausführlichen und mutigen Berichterstattung hatten sich Tim und Josephina sogar entschieden, die Texas Times zu abonnieren. Präsidentin Adams, für die Tim und Josephina noch bis letzten Dienstag nicht wenige Sympathien empfunden hatten, war für sie jetzt nur noch eine falsche Schlange. Eine Teufelin.

59

Samstag, 24. September 2016

Am frühen Nachmittag durchbrach Sirenengeheul die ländliche Idylle von Bolligen. Der Krankenwagen raste am Gemeindehaus vorbei die Zentralstraße entlang und bog in den Klosterweg ein. Vor David Islers Haus hatte er sein Ziel erreicht. Zwei Sanitäter und ein Notarzt sprangen aus dem Auto und hasteten Richtung Haustür, wo sie bereits von einer aufgelösten Angela Isler erwartet wurden. Bestürzte Blicke von Nachbarn über Gartenzäune.

»Kommen Sie schnell«, winkte sie die Helfer herbei. »Er ist einfach umgefallen.« Der Tross eilte ins Haus. Die Tür ging zu.

Wenige Minuten später kamen die beiden Sanitäter wieder heraus, öffneten die Heckklappe des Rettungswagens, entnahmen die Trage und kehrten wieder zurück. Kurz darauf sahen die Nachbarn, wie ein leichenblasser und bewusstloser David Isler auf der Rolltrage zum Auto geschoben wurde.

»Wir müssen schnell machen.« Der Notarzt hielt den Beatmungsbeutel in der rechten Hand, um ihn abwechselnd zu drücken und wieder aufgehen zu lassen. Eine Infusionsflasche hing vom Haltebügel. Ein multifunktionales Gerät zur Überwachung des Kreislaufs, an der Seite der Trage angehängt, piepste im Rhythmus von Islers Puls. Der Arzt fischte mit der linken Hand sein Handy aus der Jackentasche. Er drückte einen Knopf und gab medizinisches Fachchinesisch von sich. »In zehn Minuten muss alles parat sein. Instabiler Zustand«, beendete er das Gespräch.

Angela Isler trat mit der Handtasche unter dem Arm aus dem Haus und schloss ab. Sie hielt sich ein zerwühltes Papiertaschentuch vor den Mund und stellte die Tapferkeit einer um ihren Mann bangenden Ehefrau zur Schau. Sie stieg als Letzte in den Rettungswagen. Sofort setzte sich das Auto mit Sirenengeheul in Bewegung.

»Schrecklich«, seufzte eine Nachbarin und schüttelte ratlos den Kopf. »Hoffentlich geht alles gut. Der arme David.«

Präsidentin Adams glaubte sich verhört zu haben. Gerade teilte ihr Geheimdienstkoordinator Emmanuel Rubinstein die neuesten Erkenntnis zum Projekt Excess mit.

»Doug Herring? Der Berufssohn und Playboy?« Sie schüttelte den Kopf.

»Er hat eine Milliarde Dollar in einen Think Tank mit dem Namen ›Patrioten für Globale Demokratie‹ geschleust.«

»Was?« Adams verzog das Gesicht.

»Patrioten für Globale Demokratie«, wiederholte Rubinstein. »Dieser Think Tank hat das Geld an ein Konto der DAPOR überwiesen. Doug Herring ist der Financier von Excess.«

Adams wusste, dass es sich um ein Täuschungsmanöver handeln musste. Was ihr jetzt nicht ungelegen kam. »Woher hat er das viele Geld? Ist er wirklich *so* reich?«

»Derivatgeschäfte. Wir konnten die Transaktionen aber noch nicht wirklich nachvollziehen. Es sind Offshorestandorte der britischen Krone involviert. Die Regierung Millner ist leider nicht so kooperativ, wie wir uns das wünschen.«

»Ich werde mit dem Premierminister sprechen.« Adams stand auf und blickte durch das Sicherheitsglas in den Rose Garden. »Doug Herring. Ich dachte immer, er interessiert sich nur für sein Jet-Set-Leben. Und wissen wir schon, was es mit Excess auf sich hat?«

»Dazu komme ich gleich. Wir haben den Tatort genau durchsucht und können einige interessante Schlüsse ziehen. Allerdings hat auch eine nochmalige Überprüfung der Büros und Computer der DAPOR keinerlei Resultate ergeben. Oberst Warren hat sauber aufgeräumt. Und die wenigen Mitarbeiter der DAPOR waren genauso überrascht wie wir. Doug Herring verweigert die Aussage. Er hat allerdings durchblicken lassen, dass er sich bedroht fühlt.« Rubinstein lachte. »Der alte Playboy scheint richtig froh darüber, durch die soliden Mauern eines Bundesgefängnisses von der Außenwelt isoliert zu sein.«

»Wer außer uns weiß von der Inhaftierung von Herring?«

»Stiglitz und einige Exekutivbeamte. Aber in wenigen Stunden wohl die ganze Welt.« Er wusste, dass Adams den Vorschlag ablehnen würde, machte ihn aber trotzdem. »Es sei denn, Sie designieren ihn als Illegalen Feindlichen Kämpfer. Dann könnten wir ihn inkommunikado der Militärjustiz …«

»Vergessen Sie's. Sie wissen, was ich von dieser Art von Rechtsstaat halte.«

»Ja, Ma'am.«

»Obwohl es unbezahlbar wäre, zu beobachten, wie der Hedonist Doug Herring, bekleidet mit einem Overall in zeitlosem Orange, in einem Käfig auf Kuba Arabisch lernt und zum Islam konvertiert.« Die Camps auf Guantanamo Bay hatte Adams längst geschlossen. Aber für einen Witz taugten sie immer noch.

»Weiter.«

»Die mexikanischen Behörden haben Oberst Warren in Begleitung einer asiatisch aussehenden Frau auf einem Überwachungsvideo auf dem Flughafen Quetzalcoatl gesehen. Das war am Tag, an dem die Sache in Sandrock passiert ist. Sie vermuten, dass er inzwischen irgendwo in Südamerika ist. Trotzdem haben sie Truppen in den Dschungel an der Grenze zwischen Mexiko und Guatemala geschickt, um ihn zu suchen. Ein Team der CIA begleitet sie dabei. Ich verspreche mir nicht viel davon. Warren ist ein Krieger. Er weiß, wie man sich versteckt.«

»Verstehe.«

Rubinstein legte den ersten Zwischenbericht der Tatortuntersuchung vor, eine der aufwendigsten, die das FBI je gemacht hatte. Der gesamte Ort und die Umgebung waren bis ins Detail digitalisiert. Jeder Fussel aufgehoben und registriert. Die Spezialisten wussten nicht nur, was sich in jeder Schublade in jedem Haus befand und welche Lebensmittel in den Kühlschränken schon jenseits des Ablaufdatums waren. Sie hatten alles von oben bis unten fotografiert, gefilmt, dreidimensional auf Computer übertragen, Luft-, Boden und Wasserproben genommen, unter die Betten und Teppiche geschaut, Keller und Dachböden ausgeräumt, Gärten umgegraben, Straßen aufgerissen, die Kanalisation durchschwommen und meilenweit die gesamte Umgebung abgesucht.

»Daraus ergibt sich folgendes Bild. In den frühen Morgenstunden des 10. September wurde Sandrock hermetisch von der Umwelt abgeriegelt. Nicht nur physisch, sondern auch hinsichtlich aller Kommunikationswege, inklusive Stromnetz und Kabelfernsehen. Die Bewohner mussten das alles aber für normal halten.«

»Normal?« Adams drehte sich um, so dass sie nun mit dem Rücken zur Fensterfront stand.

»Aus Aufzeichnungen aus Tagebüchern, einigen leider unvollständigen Videoaufnahmen und zwei fiktiven Ausgaben der USA Today und der Amarillo Globe-News wissen wir, dass man eine fabrizierte Nachrichtenlage ins Kabelnetz eingespeist hat. Diese war so professionell gemacht, dass die Leute sie für echt hielten.«

»Wie ist das möglich?«

»Moderne Technik. Genaueres wissen wir noch nicht. Die Nachrichtenlage stellte offenbar eine extrem krisenhafte Situation dar. Terrorismus, ein Putsch in Moskau, Straßensperren im ganzen Land, sogar ein Attentat auf den Vizepräsidenten und Sie, Ma'am.« Rubinstein zuckte entschuldigend die Schultern.

»Und? Was steht in den Tagebüchern? Ist sie endlich tot, die alte Kuh?«

»Nein, Ma'am. Soweit ich weiß hat sich niemand über Ihren Tod gefreut. Man hat im Gegenteil sogar die Amtsübernahme durch den Sprecher – gemäß der Nachfolgeregelung – eher skeptisch gesehen.«

Sinshy hat sich zum Präsidenten gemacht!, erschrak Adams. Sofort fiel ihr die rettende Verdrehung ein. »Sehen Sie! Das beweist, dass er mit der Sache nichts zu tun hat. Er hätte ja damit rechnen müssen, dass diese Untersuchungen stattfinden würden. Sinshy würde sich niemals auf diese Art selbst inkriminieren.«

»Ja. Wahrscheinlich.« Rubinstein bewegte den Kopf als wolle er noch etwas über Sinshy sagen, ließ es dann aber. Er setzte seinen Bericht fort. »Das Gas, das zum Einsatz kam, kann überall auf der Welt hergestellt werden. Es ist eine Abwandlung bekannter chemischer Kampfstoffe. Gnadenlos tödlich. Was wissen wir noch? Unter den Toten im Gebäude östlich von Sandrock ist ein Soziologe mit dem Namen Paul O'Brien. Seine Frau hat uns bestätigt, dass er seit einem Jahr fürs Pentagon gearbeitet hat. Woran, weiß sie nicht. Außerdem waren viele der Opfer, die nicht ihren Wohnsitz in Sandrock hatten, bei einer privaten Militärfirma angestellt. Global Planning and Execution Corporation. Die Angestellten der Firma, die nicht in die Sache involviert waren, wussten aber nicht, woran ihre Kollegen gearbeitet hatten. Ihr Chef, Floyd Landler, ist ebenfalls unter den Toten. Oberst Warren ist es gelungen, durch persönliche Kontakte im Pentagon den Termin für ein ohnehin in Texas geplantes Manöver – Southern Countdown 16 – um einige Wochen zu verschieben.« Er seufzte. »Das wissen wir und noch ein paar tausend Details mehr. Es ging also – vor dem Gaseinsatz – um eine Simulation der Realität. Zu welchem Zweck ist uns allerdings ein Rätsel.«

»Danke. Halten Sie mich auf dem Laufenden. Und bitte keine Details an die Öffentlichkeit. Wir müssen zuerst eine genaue Vorstellung haben, wie diese Nachrichtenlage und das Gas zusammenpassen.«

»Der Gaseinsatz sollte wohl Bilder liefern, die die Menschen empören und Washington dämonisieren. Wegen dieser Sezessionssache. Das scheint der ultimative Zweck gewesen zu sein. Aber wir halten es für sehr unwahrscheinlich, dass diese Texanische Freiheitspartei mehr als nur ein paar Prozent bei den Wahlen bekommen wird. Obwohl wir die Situation sehr genau beobachten.« Er zuckte die Schultern. »Hier der Bericht.« Er legte ein Dossier auf den Resolute Desk.

»Woher kamen die Bilder eigentlich? Doch nicht von einem unserer Satelliten?«, fragte Adams.

»Vom JIS-2.«

»Soso.« Adams setzte sich wieder hin. »Bitte informieren Sie meinen Ex schnellstmöglich über die Festnahme von Herring und die anderen Erkenntnisse.«

»Ma'am?«

Sie blickte Rubinstein mit hochgezogenen Augebrauen an.

»Ach so.« Er räusperte sich. »Natürlich. Sie sprechen vom Sprecher Art Sinshy.«

»Ja, ich spreche vom Sprecher. Nicht, dass er es noch aus seinen … aus *den* Medien erfährt.«

»Wird sofort erledigt.« Er zögerte. »Da wäre noch etwas.«

»Bitte!«

»Es betrifft den Sprengstoff, mit dem Jacksons Auto zerfetzt wurde. Er stammt von der CIA.« Rubinstein seufzte.

Adams entschied, vorläufig davon auszugehen, dass es trotzdem nicht die CIA war, die Jackson umgebracht hatte. »Gibt es andere Hinweise auf die Täter?«

»Leider nein. Aber wir bleiben dran.«

»Schön.« Sie kniff die Augen zusammen. »Ich gehe davon aus, dass die CIA keine Eigeninitiative ergreift, Emmanuel. Kann ich mich darauf verlassen?«

»Ja, Ma'am, zumindest soweit ich das …«

»Gut.« Sie überlegte, ob sie Rubinstein in Operation Magnoliophyta einweihen sollte, entschied sich dann aber dagegen. »Alles für heute?«, fragte sie dann.

»Alles für heute, Ma'am.«

Obwohl Vince Osman nominell für das Amt des Gouverneurs kandidierte, war klar, dass er eigentlich als erster Präsident der zu proklamierenden Republik Texas antrat. Fünf Punkte sprachen für Osman: Erstens brachte er einen Grundstock von zweitausend Parteimitgliedern mit – die Hälfte der Mieter seiner kürzlich veräußerten Immobilienfirma. Eine Mietvergünstigung hatte ihnen die Entscheidung erleichtert. Zweitens war Osman aufgrund seines beschränkten Horizonts und seines Karrierewillens leicht manipulierbar. Drittens wirkte er authentisch – wegen seines fehlenden Charismas. Viertens nahmen seine Gegner ihn und damit die TFP nicht ernst – wegen seines fehlenden Charismas. Fünftens würde jeder Nachfolger besser wirken als er – wegen seines fehlenden Charismas.

Was die rechtlichen Aspekte der Sezession betraf, argumentierte die TFP auf Basis der Verfassung des Bundesstaates Texas. Artikel eins (Gesetz der Rechte) Absatz zwei (Innewohnende Politische Macht; Republikanische Regierungsform) besagte:

All political power is inherent in the people, and all free governments are founded on their authority, and instituted for their benefits. The faith of the people of Texas stands pledged to the preservation of a republican form of government, and subject to this limitation only, they have at all times the inaleniable right to alter, reform or abolish their government in such manner as they may think expedient.

Sollten die Texaner also entscheiden, eine Regierung zu wählen, die einen souveränen Staat anstrebt, losgelöst von den USA, hätten sie dafür eine verfassungsmäßige Grundlage, so die Interpretation der TFP. Außerdem stellte sie sich auf den Standpunkt, dass die Annexion der von 1836 bis 1846 existierenden Republik Texas durch die Vereinigten Staaten unrechtmäßig war und bis zum heutigen Tag geblieben sei. Nach der Auslegung der US-Verfassung durch die TFP beschränkte sich die Staatsgewalt der Bundesregierung sogar ausschließlich auf den District of Columbia, also Washington D. C. Damit hatte die TFP die Argumentation der in der Öffentlichkeit weitgehend unbekannten Neuen Texanischen Sezessionsbewegung übernommen, deren gesamter Vorstand am 20. August 2015 durch einen vom JIS-2 organisierten Brandanschlag getötet worden war. Die wenigen Mitglieder hatten keine Nachfolgeorganisation gegründet. In dieses Vakuum war jetzt mit Wucht die synthetische TFP vorgedrungen. Damit hatte die TFP das Monopol auf die Sezessionsidee und kontrollierte den Prozess.

Zehn Tage nachdem Texas Times und TFP das Sezessionsgespenst losgelassen hatten, war es zum politischen Hauptthema in Texas geworden. Nach letzten Umfragen wollten zehn bis fünfzehn Prozent der Texaner ihre Stimme für Osman abgeben. Respektabel für den Anfang. Es blieben noch vierundvierzig Tage bis zur Wahl. Vierundvierzig Tage, um weiter an der Stimmungsschraube zu drehen. Das erste Ziel hatte man bereits erreicht: ‚Sezession' war kein Begriff mehr, den man mit vergangenen Zeiten oder anderen Kontinenten assoziierte. Hunderteinundfünfzig Jahre nach dem Ende des Bürgerkriegs wurde der Begriff wieder reanimiert und mit neuem Inhalt gefüllt. Und zwar in allen Dimensionen. Vor fünf Tagen war es in El Paso zum ersten Todesfall gekommen, als ein betrunkener Gegner der Sezessionsidee einen Befürworter auf offener Straße erschossen hatte. Sein T-Shirt mit der Aufschrift REPUBLIC NOW! war ihm zum Verhängnis geworden. Wasser auf die Mühlen der Sezessionisten. Einen Tag später resultierten aus einem Handgemenge in einem Einkaufszentrum in San Antonio mehrere leicht verletzte Texaner und mittlere Verwüstung eines Flaggenladens. Nie seit den Wochen nach dem 11. September 2001 waren in Texas so viele US-Flaggen zu sehen gewesen wie an diesem Tag. Diesmal aber vermischt mit einem Meer von Texas-Fahnen. Auch im Web hinterließ die Auseinandersetzung ihre Spuren. Webseiten und Blogs, die sich dem Thema widmeten, hatten Hochkonjunktur. Lehrer und Professoren diskutierten die Frage mit ihren Studenten. In den politischen Fernsehtalkshows wurde das Thema zum Dauerbrenner. Zeitungen, die sich nicht so eindeutig positionierten wie die Texas Times – die meisten –, kamen trotzdem nicht daran vorbei, sich mit dem Thema auseinanderzusetzen. Den texanischen Republikanern und Demokraten, die mitten im Wahlkampf standen, als die Katastrophe von Sandrock – *9/13* – die Welt erschütterte, bereitete die neue politische Dynamik Kopfzerbrechen. Beide waren Gegner der Sezession. Umso schwerer fiel es ihnen, sich noch voneinander abzugrenzen. Niemand in Texas war in der Lage, sich einer Stellungnahme zu entziehen. In den anderen neunundvierzig Staaten wurde die Entwicklung mit zunehmender Neugier verfolgt. Aber niemand nahm sie ernst. Zu unwahrscheinlich war die Vorstellung, dass ein Vince Osman und eine aus dem Boden gestampfte TFP in der Lage wären, einen geopolitischen Kraftakt dieser Größenordnung zu vollbringen.

60

Dienstag, 27. September 2016

In den frühen Morgenstunden setzte starker Regenfall ein. Das Blätterdach des Dschungels begann zu rauschen. Viele Tiere schienen sich verkrochen zu haben, zumindest hörte Oberst Warren nichts mehr von ihnen. Er lag hellwach in seinem Schlafsack. Die Augen geschlossen, konzentrierte er sich auf die verschiedenen Geräusche, die die Regentropfen je nach Landefläche verursachten. Und er dachte nach. Seit zwei Wochen versteckten er und Patricia Palmer sich im Urwald. Die Flucht langfristig durchzuhalten, war aussichtslos. Zwei Faktoren hatten seinen ursprünglichen Plan durchkreuzt. Erstens hatte er Palmer im Schlepptau. Sie hatte weder die Konstitution für eine kräfteraubende Flucht durch den Dschungel, noch das Alter, um sich für den Rest des Lebens zu verstecken. Zweitens war Excess nicht nur eine mittlere Katastrophe, nach der man wieder zur Tagesordnung überging, sondern stand im Zentrum eines epochalen politischen Umbruchs. Deshalb waren sie nicht nur auf einer Fahndungsliste, sondern wurden tatsächlich gesucht. Für Warren drehte sich alles um die Frage, wann und wie sie sich den Behörden in den USA stellen sollten. Wenigstens für Patricia sollte vorher ein Deal mit einem Gericht vereinbart sein. Vielleicht könnte sie so ihre Karriere doch noch fortsetzen. Oder zumindest ein Buch schreiben. Ohne vorher im Gefängnis zu verschimmeln. Warren öffnete die Augen und blickte an die Decke der Holzhütte, als er ein Geräusch hörte, das ihn beunruhigte. Nach einigen Sekunden hörte er es wieder. Das Bellen von Hunden. Keine hundert Meter von der Hütte entfernt. Es kam aus der Richtung, in der sie den Jeep unter einem Tarnnetz und Palmblättern versteckt hatten. Er stand auf, zog hastig seine Stiefel an und ging zu Palmer.

»Psst! Patricia!« Er schüttelte sie an der Schulter.

»Was …?«, schreckte sie aus dem Schlaf hoch. Warren drückte ihr die Hand auf den Mund. Er flüsterte. »Besuch! Wir machen es wie bei unserer ersten Flucht. Ich mache vor, und Sie machen nach.«

Sie nickte verängstigt und setzte sich auf.

»Schuhe anziehen.« Warren reichte ihr die Wanderstiefel, die sie vor zwei Wochen auf dem Weg in den Dschungel gekauft hatten. »Machen Sie schnell! In zehn Sekunden sind wir hier draußen.« Warren lud seine Waffe und steckte sie in die Innentasche seiner Jacke.

Das Bellen wurde lauter.

»Kommen Sie!« Er packte Palmer an der Hand und zog sie aus der Hütte. Ohne einen Blick nach hinten zu werfen, rannten sie durch den Dschungel. Weg von dem Bellen. Blätter schlugen ihnen ins Gesicht. Keine Minute, nachdem sie die Hütte verlassen hatten, waren sie durchnässt bis auf die Haut. Aber sie machten Strecke. Meter für Meter liefen sie schweigend hintereinander her. Verbissen versuchte Palmer, mit Warren Schritt zu halten. Er lief voraus und bahnte ihnen so eine Schneise durch das Dickicht. Die vier Millionen in Edelmetallen, gelagert in der Hütte, hatten sie zurücklassen müssen. Bis auf das Kilo Platin, das Warren eingesteckt hatte. Die Notreserve. Außer ihr und der Pistole hatte Warren nichts dabei. Nach zehn Minuten hörten sie nichts mehr von den Hunden. Sie hatten ihre Verfolger abgehängt. Fürs Erste. Keuchend machten sie eine Pause, um wieder zu Atem zu kommen.

»Es wird immer schlimmer!« Patricia schluchzte verzweifelt auf.

Warren sagte nichts. Seine Lunge schmerzte. Er spürte, dass er zu alt für solche Spielchen war. Trotzdem wollte er noch nicht aufgeben. »Los!« Ohne eine Antwort abzuwarten, kämpfte er sich weiter durch den Urwald, Palmer hinter sich. Irgendwann erreichten sie einen Fluss. Er trieb Richtung Süden.

»Können Sie schwimmen?«

Palmer nickte. Verzweiflung auf ihrem Gesicht. »Gibt es hier Krokodile?«

»Mit Sicherheit. Und Blutegel. Also los, kommen Sie!«

Sie liefen in den Fluss, bis ihnen das Wasser bis zur Brust reichte und begannen zu schwimmen.

Die Texas Times hatte in den letzten zwei Ausgaben die neuen Informationen aus Washington seziert. Der Playboy Doug Herring als Financier der Patrioten für Globale Demokratie. Ein großes Foto von Herring mit der Überschrift *Der Sündenbock?* setzte die Tonlage für die Berichterstattung. Die Unfähigkeit Washingtons, Fehler zuzugeben, habe pathologische Ausmaße erreicht, urteilte Chefredakteur Brencis in seinem Kommentar. Man schiebe eine völlig unpolitische Person vor, die angeblich der Mastermind der Sandrock-Apokalypse sein solle. Osama bin Herring. Da es für eine Anklage aber nicht reiche, habe man Herring auf seinen eigenen Wunsch nur in Schutzhaft genommen. Er sei außerdem ein wichtiger Zeuge, eine Verklausulierung, mit der man schuldhaftes Verhalten implizieren wolle, wenn man nicht genügend Beweise habe. Alles, was man Herring vorwerfen könne, sei, dass er ungefragt eine Milliarde an den Staat überwiesen habe. Nach heutigem Rechtsstand sei dies aber keine Straftat. Wahrscheinlich sei, so Brencis weiter, dass die Köpfe hinter der Sandrock-Apokalypse Herring nur vorgeschoben hätten, um ihn der Öffentlichkeit zu präsentieren. Herring sei die Art von *Einzeltäter* mit Tradition in der Geschichte der USA.

Sechs Wochen vor der Wahl lag Vince Osman in den Umfragen bei fünfzehn Prozent. Kein Wert, der Alarm auslöste. Die Unabhängigkeit von Texas schien Lichtjahre entfernt.

The Galleria im Westen von Houston, eines der größten Einkaufszentren der Stadt, sollte heute Teil der politischen Geschichte von Texas werden. Ebenso Geschichte werden sollte Vince Osman. Er hatte seine Auftritte als Kandidat für das höchste Amt des Staates so gut absolviert, wie er eben konnte. Osman war gut – geradezu ideal – um den Schock der Texaner in den ersten zwei Wochen nach der *Sandrock-Apokalypse* in parteipolitische Bahnen zu lenken. Aber er war nicht gut genug. Nie hatte man vorgehabt, Osman tatsächlich ins Amt des Gouverneurs zu hieven und später in das des Präsidenten. Er war immer nur als Vorwärmer vorgesehen, der durch seinen Abgang Platz machen sollte für einen wirklich wählbaren Kandidaten. Nach nur zwei Wochen im Einsatz war jetzt der Zeitpunkt für Osmans finalen Auftritt gekommen.

Gut gelaunt saß Vince Osman im Wahlkampfbus der TFP, der ihn vom Houston-Hobby-Flughafen zu seinem Auftritt in die Galleria brachte. In den letzten Tagen hatte er sich an die Wahlkampfsituation gewöhnt. Es hatte begonnen, ihm Spaß zu machen, auf einer Bühne vor hunderten von Zuschauern zu stehen, die Verschlagenheit der Washingtoner *Zentralregierung* anzuprangern und die Vorteile des texanischen Alleingangs anzupreisen. Immer seltener schaute er ins Manuskript. Immer öfter nahm er das Mikrofon in die Hand und begann auf der Bühne umherzuwandern. Immer öfter glaubte er, was er sagte.

Der Wahlkampfmanager der TFP erzählte Osman während der Fahrt von der Bedeutung des heutigen Auftritts. Die vor allem von Menschen mit überdurchschnittlichen Einkommen besuchte Galleria eignete sich dafür, der TFP neue Wählerschichten zu erschließen. Der texanischen Oberschicht, und damit der Wirtschaft, musste die Angst vor einem Alleingang genommen werden. Es ging darum, darzulegen, dass die Vorteile der Souveränität die Nachteile der Trennung weit überwogen. Neben der Übertragung von Osmans Auftritt durch einen regionalen Sender hatte die TFP auch eigene Kamerateams vor Ort, da man plante, eine Aufzeichnung der Veranstaltung an eine halbe Million Haushalte mit hohen Einkommen zu senden. Osman war klar, dass er sich heute noch mehr anstrengen musste als sonst. Über sein Gesicht zog ein zufriedenes Lächeln, als man ihm noch im Bus mitteilte, dass Hunderte seine Ankunft vor dem Einkaufszentrum erwarteten und der Zuschauerbereich bis auf den letzten Platz besetzt sei.

Kurze Zeit später war er von Menschenmassen umringt. Es war schwer auszumachen, wer nur aus Neugierde gekommen und wer ein überzeugter Sezessionist war. Aber die Bilder waren so, wie man sie geplant hatte. Seine Personenschützer hatten Mühe, wenigstens so viel Platz vor dem Bus zu schaffen, dass Osman aussteigen konnte. Er hatte sich inzwischen im Leistungshändeschütteln stark verbessert – Grundvoraussetzung für jede politische Kampagne. Noch vor einer Woche war es ihm schwer gefallen, mehr als zwei Hände gleichzeitig zu drücken. Heute gelang es ihm problemlos, durch beidhändiges beherztes Greifen in die ihm zugestreckte Händemasse einem guten halben Dutzend Menschen gleichzeitig das Gefühl zu geben, sie persönlich begrüßt zu haben. Nach fünf Minuten hatte er sich bis zum Eingang der Galleria vorgearbeitet. Dort fand wie vereinbart ein kurzes Interview mit einem Radiosender statt, das live übertragen wurde. Danach machte sich der ganze Tross auf den Weg zur Bühne. Nicht nur im Händeschütteln hatte Osman Politikermanieren angenommen. Da bei jedem Auftritt Sicherheitsleute und Organisatoren vorausmarschierten, gefiel es ihm, dann und wann die rhetorische Frage »Wohin gehen wir?« zu stellen. Sie gab ihm das Gefühl von Wichtigkeit.

»Meine Damen und Herren, begrüßen Sie Vince Osman, den ersten Präsidenten der neuen Republik Texas!«, kündigte ein Sprecher Osman an. Begeisterung von den Zuschauern in den vorderen Reihen, höflicher Applaus weiter hinten. Wie immer kam Osman mit einer Texas-Fahne um die Schultern aus der Kulisse. Er lachte, winkte, zeigte auf einige Leute und hielt den Daumen nach oben, als ob er sie kenne und sagen wolle, schön, dass du auch gekommen bist. Zwischendurch salutierte er locker und schüttelte, Erstaunen über den Applaus simulierend, den Kopf. Nach einiger Zeit ging er zum Rednerpult, bedankte sich und bedeutete den Menschen mit beschwichtigenden Gesten, langsam zur Ruhe zu kommen. Die Texas-Fahne auf seinen Schultern hängte er an die Frontseite des Rednerpults.

»Danke. Danke. Ich freue mich riesig, heute in Houston sprechen zu dürfen, der wirtschaftlichen Lokomotive der Republik Texas!«

Wie vorbestellt brandete nach dieser Einleitung der Applaus auf. Niemand aus dem Publikum schrie »We love you!«, aber Osman nickte dankbar und brüllte ein entzücktes »I love you, too!« zurück.

Er hielt seine Hand ans Herz und schüttelte gerührt den Kopf, die Lippen zusammenpressend. Dann kam der erste emotionale Höhepunkt des Auftritts.

»Meine Damen und Herren, wollen wir zuerst eine Minute für die Opfer von Sandrock schweigen.« Osmans Gesichtsaudruck wechselte auf maximal betroffen. Stille kehrte ein. Fotoapparate der Presse klickten, eine an einem Ausleger montierte Kamera schwebte von der Bühne aus übers Publikum.

»Danke«, beendete Osman die Schweigeminute und leitete mit dem nächsten Satz die Wahlkampfrede ein. Mit heruntergezogenen Augenbrauen sagte er nach einer Kunstpause so eindringlich, wie es ihm nur möglich war: »We will *never* forget!«

Eine halbe Wahlkampfrede später hatte Osman das Publikum weitgehend eingenommen. Jetzt war der Zeitpunkt für Osmans Abgang und damit für den Start der zweiten Phase des TFP-Wahlkampfs gekommen. Niemand bemerkte den Mann auf der unteren der beiden Galerien, die sich im Rechteck über den Ort der Veranstaltung zogen. Er stand direkt am Geländer auf Höhe der Bühne. Bisher war er nicht aufgefallen. Er hatte geklatscht, als die anderen geklatscht hatten und hörte zu, wenn die anderen zuhörten. Der Mann blickte um sich, als ob er jemanden suchen würde, und schaute dann wieder zur Bühne. Nachdem er in die rechte Tasche seines Mantels gegriffen hatte, ging alles sehr schnell. Er richtete die Pistole auf Vince Osman, schrie »Lang lebe Abraham Lincoln!« und zog den Auslöser in schneller Folge sechs Mal durch. Ein siebter Schuss löste sich aus der Waffe eines auf der Galerie stehenden Polizisten, der den Attentäter von hinten richtete.

Vince Osman hatte keine Chance. Zwei der Projektile waren sofort tödlich. Er sackte leblos zusammen. Die Leibwächter hechteten zu spät auf die Bühne und verbreiteten mit gezückten Pistolen Hektik. Als die Zuschauer sahen, wie Osman blutend zusammenbrach, breitete sich Panik aus. Die Menschenmasse stob in alle Richtungen auseinander. Schreie. Chaos. Die Kameraleute hielten die Szene gnadenlos fest. Die Wahlkampfberater der TFP blickten sich fragend an. Doch niemand sprach die Frage aus.

Nach kurzer Zeit war ein Arzt zur Stelle. Er konnte nur noch Osmans Tod feststellen. Den Tod des Märtyrers Vince Osman.

Texas-Times-Chefredakteur Luce Brencis, der den Anschlag auf Osman in der Galleria selbst miterlebt hatte, koordinierte auf dem Weg in die Redaktion die Sonderausgabe seiner Zeitung. Wie Brencis aus dem Büro von FBI-Chef Dan Stiglitz kurz nach der Tat erfahren hatte, handelte es sich beim Attentäter um einen gewissen Roger Evans. Doch eine andere Information war es, die seine Texas Times an diesem Tag zur meistzitierten Zeitung der Welt machte. Keine Stunde, nachdem Osman das Licht im Dienst des Projekts ausgeblasen wurde, war auf der Webseite der Texas Times zu lesen, dass Evans für die CIA gearbeitet hatte. Eine Bildergalerie von vier Fotos ließ das Thema wiederaufleben, mit dem die Zeitung schon einmal Stimmung gemacht hatte. Jetzt aber, wesentlich effektiver, im aktuellen Kontext: Neben John F. Kennedy, Martin Luther King und Robert Kennedy war ein Foto von Vince Osman abgedruckt. Darunter der Text: *Ermordet, weil sie für die gute Sache kämpften.*

Am späteren Nachmittag fanden in mehreren Städten Texas' spontane Demonstrationen statt. Zum ersten Mal sahen verblüffte Fernsehzuschauer auf der ganzen Welt, wie US-Flaggen nicht nur von Jugendlichen aus der Anarchistenszene verbrannt wurden, sondern von übergewichtigen, mittelalten Texanerinnen und Texanern aus dem Bürgertum. Steine flogen gegen die Niederlassung der Federal Reserve in Dallas und andere Einrichtungen des Bundes. Insgesamt waren in ganz Texas nicht mehr als ein paar tausend Leute auf der Straße. Glaubte man allerdings den Medien, schienen sie die Meinung der schweigenden Mehrheit zu verkünden.

Damit hatte die Sezessionsdynamik eine neue Qualität erreicht. Eine Umfrage am Abend bestätigte die Wirkung der Kampagne. Nicht weniger als dreißig Prozent der Texaner waren sich jetzt sicher oder erwogen zumindest, am Wahltag für die TFP zu stimmen.

David Isler befand sich nicht, wie der SND, Nachbarn in Bolligen und ausländische Nachrichtendienste dachten, die ihn vielleicht beobachteten, gesundheitlich schwer angeschlagen im Inselspital in Bern. Gesund und konzentriert bereitete er sich im Kloster Disentis auf Operation Magnoliophyta vor. Sein dramatischer Abgang vor vier Tagen hatte seinen Zweck erfüllt: eine plausible Erklärung zu liefern, warum er für Wochen nicht mehr in Bolligen und an seinem Arbeitsplatz in Bern auftauchen würde.

Für die Rückkehr der Seele einen Leichnam ausleihen. Das vierzehnte Strategem. Die Identität eines anderen Menschen anzunehmen, ist ein aufwendiger Akt. In knapp zwei Wochen stand ihm im Wynth Estate, dem Gut von Art Sinshy bei Boston, sein Einstellungsgespräch und die Sicherheitsüberprüfung durch den Secret Service bevor. David Isler war jetzt Patrick Malans, Rosenspezialist aus dem schweizerischen Rheintal, ausgestattet mit einem provisorischen Arbeitsvisum, haufenweise Empfehlungen in Form von Preisen, die er für seine Rosen gewonnen hatte, und dem brennenden Wunsch, sich um Sinshys Rosengarten zu kümmern. Oder, im jetzt bevorstehenden Winter, um sein Rosengewächshaus. Der echte Patrick Malans, dem David Isler entfernt ähnlich sah, befand sich ebenfalls in Disentis. Als Lehrer seines eigenen Lebenslaufs und seines Fachwissens über die Rosenaufzucht. Deren Grundbegriffe waren Isler als langjährigem Hobbyrosengärtner geläufig. Einen Pass mit den biometrischen Daten Islers, lautend auf den Namen Patrick Malans, hatte ein Spezialist des SND auf Wunsch von Bundespräsident Mattei ›privat‹ angefertigt. Ein anderer Spezialist – Bereich Netzwerke – hatte arrangiert, dass Islers Fingerabdrücke aus den Computern des US Immigration Services verschwanden, um die Einreise zu ermöglichen. Den Tipp, Patrick Malans als neuen Rosengärtner anzustellen, hatte Sinshy von seinem Freund, dem britischen Premierminister Millner erhalten. Millner war durch Bundespräsident Mattei am Schluss eines Telefongesprächs – »Ach, übrigens, ich habe zufälligerweise gehört, dass Art Sinshy einen neuen Rosengärtner sucht, ich wüsste da jemanden« – auf Malans aufmerksam gemacht worden.

Der echte Patrick Malans wusste nicht, worum es ging – Abschottung. Ein Scheck und eine diskret vorgetragene Bitte aus dem

Eidgenössischen Department für Auswärtige Angelegenheiten in Bern hatten ihn aber überzeugen können, für einige Wochen in Disentis unterzutauchen. Offiziell hatte der alleinstehende Malans seine Gärtnerei zum Verkauf ausgeschrieben. Um in die USA zu emigrieren.

Als Isler an diesem Abend die Nachrichten aus Texas hörte, wurde ihm schlecht beim Gedanken an die Verantwortung, die er auf sich genommen hatte.

61

1. Oktober 2016 – 9. Oktober 2016

Fünf Wochen vor den Wahlen in den USA sorgten Nachrichten aus London für Aufsehen. Anlässlich einer lange geplanten Rede des Premierministers Millner vor dem UK Business Council stellte er die Frage, wie die Regierung ihrer Majestät zur texanischen Sezession stehe. Mit seiner Antwort nahm Millner zum ersten Mal öffentlich zum Thema Stellung. »Zuerst möchte ich klar sagen, dass sich Großbritannien nicht in die inneren Angelegenheiten eines anderen Staates einmischt. Das haben wir immer so gehalten und daran wird sich auch in Zukunft nichts ändern. Trotzdem wird niemand bestreiten können, dass gerade das Vereinigte Königreich immer auf der Seite von Freiheit und Selbstbestimmung gestanden hat.« Millner gehörte zu jenen Politikern, die die ungeheuerlichsten Behauptungen in den Raum stellen konnten, ohne eine Miene zu verziehen. »Jede britische Regierung, die in dieser freiheitlichen und demokratischen Tradition handelt, wäre deshalb gezwungen, jedes Parlament anzuerkennen, das in freien und geheimen Wahlen zustande gekommen ist, selbst wenn dieses Parlament Schritte einleiten würde, die die britische Außenpolitik möglicherweise in einen Konflikt mit langjährigen Partnerländern stürzen würde.« Gegenüber Journalisten, die ihn nach der Rede um eine Erläuterung seiner Aussage baten, spielte Millner die Sache herunter. Er habe eine Binsenweisheit verkündet. Jeder andere Premierminister hätte dies auch getan.

Der zweite Aufreger aus London war eine Mitteilung des Foreign Office. Großbritannien habe entschieden, bereits kommende Woche ein Kriegsschiff mit zweitausend Mann Besatzung und Truppen in den Golf von Mexiko zu entsenden, um an einem kurzfristig anberaumten Manöver der mexikanischen Streitkräfte mitzuwirken. Die Tatsache, dass das Manöver an der Grenze zu Texas stattfinden und eine Woche vor den Wahlen in den USA beginnen werde, wollte man im Foreign Office nicht kommentieren. Niemand nahm den militärischen Aspekt der Entscheidung ernst. Was waren schon zweitausend britische Soldaten im Vergleich zur Militärmacht USA? Aber die Symbolik der Entscheidung, vor allem im Kontext mit Millners unprovoziertem Statement, hätte nicht stärker sein können. Die Meldung, auch der erst 2015 in Dienst gestellte britische Flugzeugträger ›HMS Prince of Wales‹ werde in den Golf verlegt, wurde allerdings umgehend dementiert.

Drittens brachte eine Aussage des ehemaligen Außenministers Lord Percy Mather, Abgeordneter des Oberhauses und langjähriger Freund von Premierminister Millner, Aufregung für die Medienleute. Nachdem die ersten Meldungen über Millners Aussage zur Texas-Frage über die Ticker gegangen waren, ließ sich Mather von der London Times zitieren: »Premierminister Millner und ich kennen, schätzen und respektieren uns ungefähr seit der Zeit von Königin Victoria. Ich bin der Pate seines ältesten Sohnes. Unsere Freundschaft ist in Whitehall Legende. Ich würde mir ein Bein ausreißen, wenn ich damit William den Nachmittag verschönern könnte. Es darf ernsthaft bezweifelt werden, dass William einen besseren Freund hat als mich – mit Ausnahme des Königs selbstverständlich. Aber was der Premierminister heute hinsichtlich der diffizilen Situation in Texas gesagt hat, wird mit Sicherheit als der schwächste Moment seiner Amtszeit in die Geschichte eingehen. Alles, was ein verantwortungsvoller europäischer Regierungschef zum heutigen Zeitpunkt zur Frage der texanischen Sezession sagen kann, ist: No comment. Jedes weitere Wort ist ein Wort zuviel.« Angesprochen auf die Ankündigung des Außenministeriums, Truppen in den Golf von Mexiko zu verlegen, meinte Mather: »Wenn ich nicht wüsste, dass heute nicht der 1. April ist, ich würde es für einen Scherz halten. Vielleicht sollte man den aktuellen Biorhythmus der britischen Außenpolitik überprüfen. Ich denke, man würde ihn heute tief im Keller vorfinden.«

Präsidentin Jeanne Adams stellte mit allen ihr zur Verfügung stehenden Mitteln sicher, dass die Frage, ob Art Sinshy in die Vorgänge in Sandrock und Texas involviert war, für die Ermittlungsbehörden tabu war. Dabei fiel ihr auf, dass FBI-Chef Dan Stiglitz vorauseilenden Gehorsam an den Tag legte, während sie beim Geheimdienstkoordinator Emmanuel Rubinstein und der CIA auf Widerstand stieß. Adams wusste, dass es ihr und den Ermittlungsbehörden bis zum Wahltag gelingen musste, immer neue Details zu der Katastrophe von Sandrock zu präsentieren, ohne eine Täterschaft zu benennen. Von der Medienabteilung der CIA und anderen in die Medien involvierten Institutionen der Regierung wurden als Kompensation für die nicht auffindbaren Täter alle möglichen Gerüchte gestreut, nur um sie sofort wieder zu dementieren. Ein großes Verwirrspiel. Oberst Warren selbst stehe hinter der Giftgasattacke, seine Flucht sei der beste Beweis. Mitarbeiter des russischen GRU seien in den Wochen vor dem Desaster in Texas gesichtet worden. Die elektronische Aufklärung habe verschlüsselte Botschaften arabischer Terroristen dechiffriert, die auf eine Involvierung hindeuteten. Der Financier von Excess, der Playboy-Millionär Doug Herring, habe eine besonders schauerliche Fantasie umsetzen wollen.

Die Situation war absurd: Durch die weiterhin offene Frage *Wer war es?* büßte Washington täglich Vertrauen ein – sofern das überhaupt noch möglich war. Dies kam den texanischen Sezessionisten zugute. Andererseits war klar, dass die Täter sich selbst der Tat bezichtigen mussten, um den Fall für die Öffentlichkeit, für die Texaner, glaubwürdig aufklären zu können. Hätte die Regierung Dokumente und Indizien präsentiert, die auf den wahrscheinlich nächsten Präsidenten als Täter hindeuteten, wäre dies nur als eine weitere Lüge Washingtons interpretiert worden. Sinshy hätte alles abgestritten und darauf hingewiesen, dass ihm das Motiv fehle. Ein Journalist, der Präsidentin Adams einmal fragte, was sie von den im Web kursierenden Gerüchten halte, Sinshy sei in den Texas-Komplex involviert, erhielt als Antwort nur ein knappes »Lächerliche Verschwörungstheorie.«. Der Mord am ehemaligen Verteidigungsminister Jackson war, obwohl ebenfalls unaufgeklärt, medientechnisch inzwischen fast vergessen. Wie viele politische Morde. Der Kongress hatte beschlossen, sich eingehend mit dem Fall zu beschäftigen – nach den Wahlen.

Die groteske Situation, dass die Texas Times, die vom Headline & Footage-Konzern gekauft worden war, als Sinshy noch Inhaber des Konzerns war, und jetzt die Kampagne der Sezessionisten rückhaltlos unterstützte, wurde Anfang Oktober entschärft, als Headline & Footage die Texas Times an eine texanische Investmentbank verkaufte.

Adams telefonierte regelmäßig mit Sinshy. Ab und zu kam es auch zu einem Vieraugengespräch im Oval Office. Dabei lenkte sie das Thema immer wieder auf die so gut wie sicher bevorstehende Amtsübergabe an ihren Ex-Freund. Adams weihte Sinshy sogar in Regierungsgeheimnisse ein, um ihr Vertrauen in seine Person zur Schau zu stellen. Ihr entging nicht, dass er sie in zunehmendem Maß wie eine von der Situation vollkommen überforderte Person behandelte. Sie wusste, dass er über sie lachte.

In allen Umfragen lag Sinshy mindestens zehn Prozentpunkte vor seinem Konkurrenten Coleman. Sinshy, jetzt in der heißen Phase des Wahlkampfs, vermied Stellungnahmen zur Texas-Frage. Er wiederholte immer wieder sein Mantra: »Die Texaner werden eine kluge Entscheidung treffen.« Seine Medienleute wurden nicht müde, den Journalisten zu erklären, dass ihr Chef die Texaner nicht bevormunden wolle, um sie so nicht noch mehr ins Lager der Sezessionisten zu treiben. Obwohl die TFP in den letzten Umfragen zwischen fünfunddreißig und vierzig Prozent lag, legte die Sinshy-Kampagne demonstrative Gelassenheit an den Tag. Im Moment, wo die Texaner in der Wahlkabine ihre endgültige Entscheidung treffen müssten, würden viele wieder nüchtern werden und die Sezessionsidee vergessen. Sinshy konzentrierte sich auf seine Grün-Frei-Wohlhabend-Kampagne. Die Zeit eines ökologischen Umbaus der USA sei gekommen. Der Klimakollaps stehe unmittelbar bevor und nur die USA als eine der größten Volkswirtschaften der Welt sei in der Lage, durch eine radikale Verhaltensänderung das Schlimmste abzuwenden. Dies schaffe außerdem Millionen von Arbeitsplätzen und werde den Amerikanern bisher ungeahnten

Wohlstand bringen. Den Zusammenhang zwischen dem endgültigen Abbau der verbleibenden Industrien und Millionen von neuen Arbeitsplätzen erklärte Sinshy nicht. Ebenso wenig den zwischen einem Benzinpreis von zehn Dollar pro Gallone und ungeahntem Wohlstand. Aber Sinshy profitierte weiterhin von der Farblosigkeit seines Gegners. Die erste Fernsehdebatte mit Coleman gewann Sinshy mit leichter Hand. Colemans Kampagne war ein einziges Desaster und übertraf in ihrer amateurhaften Art sogar die Kampagne von Senator Bob Dole gegen Bill Clinton 1996. Die Tatsache, dass die Wahlbeteiligung – außerhalb von Texas – wahrscheinlich fünf Prozentpunkte unter dem bisher tiefsten Stand liegen würde, da die meisten Amerikaner sich angewidert von der Politik abwendeten, störte Sinshy nicht. Gewählt war gewählt.

Jacques Maître, der sich unmittelbar nach dem Bombenanschlag auf den Einsatzraum der STOG vom JIS-2 für sechs Monate hatte beurlauben lassen, blickte zufrieden über den Atlantik. Er hatte seinen Teil des Pakts weitgehend erfüllt. Dass der von ihm angeworbene CIA-Agent Roger Evans, der Vince Osman zum Märtyrer gemacht hatte, gleich nach der Tat von einem texanischen Polizisten niedergestreckt worden war, registrierte er wohlwollend. Ein weiterer ewig schweigender Zeuge. Die Direktion des JIS-2 hatte Maître nach dem Bombenanschlag auf die JIS-2-Zentrale eingehend vernommen. Frustriert hatte man festgestellt, dass Maître mit der STOG einen Staat im Staat aufgebaut hatte. Die Chefs des JIS-2 wussten nicht, was sie denken sollten. Hatte die STOG tatsächlich das Manöver Southern Countdown nur beobachtet, wie Maître behauptete, oder war sie auf irgendeine Art in die Vorgänge involviert? Niemand im JIS-2 wagte, diesen Gedanken zu Ende zu denken. Die STOG wurde kurz nach Maîtres Beurlaubung aufgelöst. Europäische Politiker, die zuerst lautstark eine rückhaltlose Aufklärung des Falles forderten, verfielen in nachhaltiges Schweigen, als der JIS-2 in vertraulichen Gesprächen andeutete, welche Konsequenzen aus einer vollständigen Aufklärung erwachsen könnten. In Großbritannien wurden die Vorgänge in der STOG sogar unter den Schutz des Official Secrets Acts gestellt. Damit war es den Medien verboten, über das Thema zu berichten. Britische Journalisten hatten ihr Déjà-vu und fühlten sich wieder heimisch.

Oberst Warren und Patricia Palmer hatten sich inzwischen darauf geeinigt, so bald wie möglich in die USA zurückzukehren. Allerdings hatte Warren Palmer überzeugen können, ihre Rückkehr sorgfältig vorzubereiten. Da immer noch nichts vom Medienszenario in den Zeitungen stand, dem die Bewohner von Sandrock ausgesetzt worden waren, hatte Warren Bedenken, dass man ihnen etwas zustoßen lassen würde. Sie waren vielleicht die einzigen Zeugen, die wussten, was vor dem Giftgaseinsatz in Sandrock vor sich gegangen war. Dies konnte ein Vorteil sein, vielleicht aber auch ein Todesurteil. Auf ihrer Flucht waren sie inzwischen in El Salvador angekommen. Das Kilo Platin hatten sie bei einem Autohändler in Guatemala gegen einen rostigen Geländewagen und zehntausend Dollar in bar eingetauscht – das mit Abstand schlechteste Geschäft ihres Lebens. In der Nähe von Santa Ana hielten sie sich in einem baufälligen Haus versteckt. Warren, dessen Bart unkontrolliert wucherte, wagte sich ab und zu in die Stadt, um Lebensmittel zu kaufen. Palmers Wunsch, auch einige Kosmetika mitzubringen, hatte er allerdings ausgeschlagen. Trinkbares Wasser plätscherte in der Nähe ihres Verstecks vorbei. Warren wagte es nicht, zu einer Bank zu gehen, ein Konto zu eröffnen und sich einen Teil der auf einem Bankkonto in der Karibik lagernden sechs Millionen Dollar aus seinem Schmiergeldfonds überweisen zu lassen. Sofort hätten die Behörden ihre Spur wiedergefunden. Der weltweite Zahlungsverkehr wurde genauso wie sämtliche Kommunikation von der National Security Agency und anderen Institutionen rund um die Uhr überwacht. Er zermarterte sich den Kopf, wie er ihre Rückkehr einfädeln sollte. Er hatte ein Dutzend Lösungen entwickelt und sie alle wieder verworfen. Frustriert konstatierte er, dass sie sich in die Falle geflüchtet hatten. Sein robustes Gemüt veränderte sich mit jedem Tag – der Krieger Warren wurde depressiv. Jetzt war es Palmer, die die Stimmung vor dem totalen Absturz bewahrte. Sie hatte sich zu ihrer eigenen Überraschung an den Unzustand ihrer Situation gewöhnt. Irgendwoher schöpfte sie die Hoffnung, in nicht allzu ferner Zukunft ein neues Leben beginnen zu können. Sie knüpfte ihre Hoffnung an Warrens Überlegung, dass man ihnen als Kronzeugen vielleicht einen Deal anbieten würde, der sie vor einer Gefängnisstrafe bewahrte. Seit Tagen machte sie Notizen, aus denen einmal das Buch entstehen sollte: *Sandrock – die wahre Geschichte!*

Die einzige Tatsache, die Tim Lewis beruhigte, war, dass man ihn noch nicht suchte, zumindest nicht über die Medien. Obwohl die Identifikation aller Leichen abgeschlossen war und Washington eigentlich wissen musste, dass seine Leiche fehlte. Tim lebte in einer von Josephinas Freundin Mable gemieteten Einzimmerwohnung in Canyon, nur wenige Meilen südlich von Amarillo. Alle zwei, drei Tage kam Josephina vorbei, um ihn zu besuchen. Ihre Berichte von der Wahlkampffront und die neuen Umfrageresultate machten ihnen Mut. Er bedauerte, sich nicht selbst als freiwilliger Wahlkampfhelfer bei der TFP melden zu können. Die Geburt der Republik Texas würde das Ende seiner Flucht sein, davon war er überzeugt. Über Tims Bett hing neben einer Flagge der Republik Texas ein Union Jack. Die Texas Times hatte ausführlich über die Äußerungen des britischen Premiers Millner berichtet und Großbritannien hatte in Texas viele neue Freunde gefunden. Schockiert hatten Tim und Josephina im Fernsehen miterlebt, wie Vince Osman vom CIA-Agenten Evans getötet worden war. Obwohl sich Adams am Tag nach dem Attentat in einer Ansprache aus dem Oval Office an »my fellow Americans and especially our friends in Texas« gewandt und erklärt hatte, dass es doch ein ziemlicher Unsinn sei, anzunehmen, Washington und die CIA würden Vince Osman so etwas antun und ihn damit in den Märtyrerstand erheben, waren Tim und Josephina von der Schuld der *Zentralregierung* am Tod Osmans überzeugt. Es passte einfach alles ins Bild. Sie hatten entschieden, ihr Kind, wenn es ein Junge würde, *Vince* zu nennen. Vince Lewis.

Die Aussicht, bald Vater zu werden und stolzer Staatsbürger der Republik Texas zu sein, hielt Tim am Leben. Was ihm, dem Sportler, allerdings sehr zu schaffen machte, war die fehlende Bewegung. Tagsüber zu joggen war zu gefährlich, falls man ihn suchte. Nachts war es noch gefährlicher, da es auffällig wirken könnte. Also verbrachte Tim den ganzen Tag in seinem selbst gewählten Gefängnis und lernte die Texas Times auswendig. Bereits im Schlaf herunterbeten konnte er das Parteiprogramm der TFP: Freiheit und Souveränität für Texas, Einführung der direkten Demokratie, Politik für die Menschen, Kampf gegen Kriminalität, vollständige Privatisierung der Infrastruktur, grüne Revolution, freundschaftliche Beziehungen zu den Nachbarstaaten Mexiko und USA.

62

Montag, 10. Oktober 2016

Jetzt nur nicht nervös werden! David Isler wartete geduldig, als ihn die stämmige Stewardess am Gate mit zusammengekniffenen Augen ansah. Sie hatte seinen Pass – Patrick Malans – in der Hand, um sein Einreisevisum in die USA zu kontrollieren. Länger als bei den anderen Passagieren, wie Isler feststellte. Einen Moment lang fragte er sich, ob die Idee mit Operation Magnoliophyta wirklich so gut war. Schließlich war er kein James Bond und auch kein echter Agent, sondern nur Analytiker. Jemand, der von neun bis fünf am Schreibtisch saß, um Informationen in Bezug zu setzen, auszuwerten und Berichte darüber zu schreiben. Sie blätterte hin und her. »Alles in Ordnung!«, lächelte sie ihn an. »Guten Flug, Herr Malans!«, gab sie ihm den Pass zurück.

»Danke.« Isler ließ sich seine Erleichterung nicht anmerken und ging durch das Fingerdock zum Airbus der Swiss, mit dem er von Zürich nach Boston zu seinem Einsatz fliegen würde. Das Flugzeug war bis auf den letzten Platz besetzt. Isler atmete erleichtert auf, als er einige Minuten später an seinem Fensterplatz in der Touristenklasse angekommen war. Seine Hoffnung, die Zeit an Bord denkend verbringen zu können, zerschlug sich bereits, als das Flugzeug vom Gate zurückgeschoben wurde.

»Wenn ich nur nicht so schreckliche Flugangst hätte!« Nervös fummelte seine Sitznachbarin den Gurt zusammen. Isler blickte angestrengt aus dem Fenster und tat, als habe er nichts gehört. Er dachte an seine Frau und seine Tochter. Das trübe Regenwetter trug nicht dazu bei, seine Stimmung aufzuhellen.

»You speak English?« Seine Sitznachbarin ließ nicht locker. Ihre Armreifen klimperten, als sie mit den Händen zuerst durch die schulterlangen Haare fuhr und dann ihren Rock zurechtrückte.

Isler kapitulierte. »English, yes. Aber auch Deutsch«, wandte er den Blick zu ihr. Er schätzte sie auf Mitte vierzig.

»Das macht es natürlich um so einfacher. Wissen Sie, ein interessantes Gespräch hilft mir immer auf solchen Flügen.« Sie gluckste verlegen. »Und Sie? Haben Sie Flugangst? Ich muss aus beruflichen Gründen oft fliegen. Schrecklich. Wahrscheinlich habe ich den falschen Beruf gewählt. Manchmal fliege ich sogar mehrmals pro Woche. Und jedes Mal diese Aufregung. Wenn wir nur schon dort wären. Einmal wären wir fast abgestürzt, aber es ging dann doch gut. Sind wir schon auf der Startbahn? Ich habe ein vegetarisches Menü bestellt, Fleisch belastet meine Verdauung zu sehr. Hören Sie das? Da ist doch ein komisches Geräusch. Gut, ich weiß, man soll sich nicht verrückt machen. Es wird schon gut gehen. Fliegen ist ja eigentlich eine ziemlich sichere Sache. Oh, entschuldigen Sie, ich habe mich ja gar nicht vorgestellt. Viala. Gertrud Viala.« Sie streckte ihre rechte Hand über die Armlehne.

»Patrick Malans.« Er rang sich ein Lächeln ab und hoffte, dass sie irgendwann bewusstlos oder wenigstens einschlafen würde.

»Und das Schlimmste ist, dass ich nachher noch weiterfliegen muss. Müssen Sie auch umsteigen? Oder fliegen Sie nur bis Boston? Ich merke schon, ich rede wieder zuviel.«

»Nein, ich fliege nur bis Boston.«

Sie kramte eine Boulevardzeitung aus der Sitztasche. »Wissen Sie, ich bin Journalistin.«

»Toll.«

»Meine Redaktion hat mich nach Texas geschickt. Wegen dieser Sezessionssache. Das ist ja wirklich aufregend. Ich verstehe zwar nicht besonders viel von amerikanischer Politik, aber die Leser ja auch nicht.« Sie hielt sich die Hand vor den Mund und lachte. »Ich habe die Erlaubnis dieser neuen Partei bekommen, einige Tage den Wahlkampf zu begleiten. Und heute Nachmittag werde ich bei der Vorstellung des neuen Spitzenkandidaten anwesend sein. Waren Sie schon mal in Texas?«

»Nein.«

»Und Sie? Was machen Sie? Entschuldigen Sie meine Fragerei, aber das ist wohl eine Berufskrankheit.«

»Gärtner. Ich bin Gärtner.«

»Wie interessant. Dann fliegen Sie sicher in den Urlaub? Neuengland ist ja wunderschön im Herbst. Indian Summer.« Ein schwärmerischer Ausdruck huschte kurz über ihr Gesicht. »Aber ist es nicht schon ein bisschen spät dafür? Ich meine, der erste Schnee fällt doch bald. Ich war einmal mit meinem Mann in der Gegend. So, jetzt geht's los. Merken Sie es? Der Pilot drückt aufs Gaspedal. Mein Gott, wenn es doch nur schon vorbei wäre.«

Isler fragte sich, ob sie von der Gegenseite geschickt worden war, um ihn nervlich zu zerrütten, noch vor er amerikanischen Boden betrat.

»Jetzt sind wir auch schon in den Wolken verschwunden. Diese Turbulenzen habe ich gar nicht gerne. Man weiß ja nie, ob nicht doch mal ein Flügel abbricht. Aber egal, der Flug dauert ja nur knapp acht Stunden.«

»Ja.« *Acht Stunden!*

»Wollen Sie? Ist auch ein Artikel von mir drin.« Sie hielt ihm die Zeitung hin.

Er dachte zuerst, sie würde vielleicht einige Minuten schweigen, wenn er tat, als ob er läse, befürchtete dann aber, sie würde jeden Artikel kommentieren. »Es tut mir leid, ich habe meine Lesebrille nicht dabei.«

»Na gut. Dann können wir uns wenigstens unterhalten.«

»Also ...«

»Haben Sie das mit der Sezession verfolgt? Man liest ja fast nichts anderes mehr in den Zeitungen.«

»Nein.«

»Ich meine, das wäre ja e-po-chal. Stellen Sie sich nur mal vor! Und dann bringen die den Chef der Partei um! Ich habe geglaubt, ich träume. Das war natürlich ein schwerer strategischer Fehler! Und wie immer die CIA! Interessieren Sie sich überhaupt für Politik?«

»Nein.«

»Natürlich, hätte ich mir auch denken können. Als Gärtner widmen Sie sich sicher ganz Ihren Bäumen und Blumen. Ist ja auch viel schöner.«

Das Bitte-Anschnallen-Zeichen erlosch. Sofort ergriff Isler die Gelegenheit zur Flucht. »Entschuldigen Sie.« Er deutete an ihr vorbei auf den Gang.

Erleichtert atmete Isler auf, als der Airbus in Boston Logan landete. Der Laberterror ging allerdings noch bis zur Gepäckausgabe weiter. Sie hatte ihm alle uninteressanten Momente ihres Lebens erzählt. Er bedauerte zwar, dass sich ihr Mann vor einigen Jahren das Leben genommen hatte, konnte ihn aber gut verstehen. Isler achtete darauf, sich in der Warteschlange vor dem Einreiseschalter so einzuordnen, dass er sie nicht mehr hören konnte.

»Next!« Ein dicker Mann in Uniform winkte ihn mit dem Charme eines Gefängniswärters zu einem leeren Schalter, als er vorne in der Kolonne angekommen war.

»Hello«, lächelte Isler die Beamtin hinter dem Schalter an und legte seinen Pass auf den Tresen. Sein Herz schlug ihm bis zum Hals.

Schweigend griff sie nach dem Pass und blätterte. Sie blickte sein Gesicht auf dem Bildschirm vor ihr an und machte ein Foto. Nachdem sein Fingerabdruck elektronisch abgenommen worden war begann die Fragerei. Wieso reisen Sie in die USA? Was ist Ihr Geburtsdatum? Wann haben Sie das Visum bekommen? Wann waren Sie das letzte Mal in den USA?

Isler beantwortet alle Fragen korrekt. Seine Vorbereitung machte sich bezahlt. Dass trotzdem etwas nicht stimmte, wurde ihm klar, als plötzlich zwei Beamte der Einreisebehörde neben ihm standen. »Please follow us, Mister. We need to talk.«

Am Nachmittag texanischer Zeit präsentierte die TFP einer neugierigen Öffentlichkeit Osmans Nachfolger für das Amt des Gouverneurs. Andrew Clark. Spross einer texanischen Unternehmerfamilie, einundfünfzig Jahre alt, verheiratet, drei Kinder, Nichtraucher, Nichttrinker, Lebenslauf ohne die kleinste Schwachstelle, hochgewachsen, sportlich, jugendliches Gesicht mit markantem Kinn, strahlend blaue Augen, graumelierte Haare, Studium der Rechtswissenschaften an einer amerikanischen Elite-Universität, erfolgreich als Wirtschaftsanwalt mit eigener Kanzlei in Houston, bisher ohne jede Berührung mit der politischen Szene – großer Vorteil! –, hochintelligent, rhetorisch gewandt. Clark war die personifizierte Antithese zu seinem Vorgänger Osman. Die aus dem Hauptquartier der TFP in Houston von allen großen Sendern live übertragene Show ließ Sezessionisten das Herz höher schlagen und jagte Unionisten den Schreck ihres Lebens ein. Mit dem Geld von Osman in der Parteikasse und Clark als neuer Nummer Eins wurde die TFP von einer unangenehmen Erscheinung zur tödlichen Bedrohung für die Union.

Siegesgewiss lächelte Clark, als er mit seiner Familie im Schlepptau auf die Bühne trat. Ein riesiges *Freedom for Texas – Clark for President* prangte vor Dutzenden von Texas-Sternen in der Kulisse. Seitlich ein Schwarz-Weiß-Foto von Vince Osman auf einer Staffelei. Fünf Personenschützer, darunter zwei Frauen, alle in den obligaten dunkelblauen Anzügen, standen vor der Bühne und blickten in die Reihen der Journalisten. Nachdem die letzten Töne der Texas-Hymne – Texas, Our Texas – verklungen waren, schritt Clark zum Mikrofon. Seine erste Rede machte ihn von Andrew *Who?* zu einer texanischen Persönlichkeit. »Meine Damen und Herren, vielen Dank, dass Sie so zahlreich erschienen sind. Die Zeit stand still an jenem Dienstag, dem 27. September 2016, als wir Vince Osman blutend auf dem Boden liegen sahen, niedergestreckt von Kugeln aus den Arsenalen der Washingtoner Geheimdienste. Die Zeit stand still und die Welt schien zusammenzubrechen. Für einen Moment glaubten wir, dass die Unabhängigkeit, nach der Texas schon so lange strebt, wieder in weite Ferne gerückt sei. Doch die Menschen dieses wunderschönen Landes haben anders entschieden. Sie weigerten sich aufzugeben. »Jetzt erst recht!«, riefen sie Richtung Washington, »Freiheit!« Und sie waren fest entschlossen, allen, die gegen die Freiheit der Texaner sind, eine Lektion zu erteilen. Diese Lektion lautet«, er machte eine Pause. »*Don't mess with Texas! Don't you ever again mess with Texas!* Mit einer klaren Strategie im Kopf und Wut im Bauch machen wir uns jetzt daran, in den verbleibenden vier Wochen bis zur Wahl, die als die wichtigste in die Geschichte von Texas eingehen wird, für unsere Freiheit zu kämpfen. Denn Freiheit heißt überleben! Und Texas wird nicht nur überleben. Texas wird die neue *City on a hill*, der neue Leuchtturm der Freiheit, das neue Licht der Hoffnung auf dem nordamerikanischen Kontinent. Wir werden die Tyrannei abschütteln und das gottgegebene Recht verwirklichen, unser Schicksal selbst zu bestimmen. Lange genug haben die Texaner unter dem Joch der Washingtoner Zentralregierung gelebt. Lange genug haben wir geglaubt, wir täten dies aus Solidarität zu den anderen Staaten der Union. Aber schon lange haben sich Zweifel breitgemacht. Washington hat unsere Söhne und Töchter in unnötigen Kriegen verheizt, unser ehrlich verdientes Geld verschwendet, uns tausend Mal belogen und betrogen. Unzählige Male haben uns neue Präsidenten versprochen, Ehrlichkeit ins Weiße Haus zurückzubringen. Heute wissen wir: Es waren nur hohle Phrasen. Billige Taschenspielertricks, um uns bei Laune zu halten. Man hat nicht einmal davor zurückgeschreckt, aus einem unserer Dörfer ein Konzentrationslager zu machen und unsere Leute zu vergasen. Und als ob das noch nicht genug wäre, haben sie vor den Augen der ganzen Welt den Träger der Fackel der Freiheit, Vince Osman, heimtückisch niedergestreckt. Und jetzt sagen wir: *Enough is enough is enough!* Ich habe eine klare Botschaft an Washington. Je mehr ihr versucht, Mauern der Tyrannei um unser Streben nach Freiheit hochzuziehen, desto entschlossener werden wir diese Mauern einreißen. Wir kennen eure Verschlagenheit, wir kennen eure Tricks, wir kennen eure Schlechtigkeit. Lange haben wir Geduld gezeigt. Immer wieder haben wir euch auch die andere Wange hingehalten. Aber diese Zeiten sind vorbei. Der Damm ist gebrochen, die Mauer, die ihr immer höher baut, reißen wir mit bloßen Händen wieder ein. Ihr könnt uns nur stoppen, wenn ihr uns alle tötet. Ja, das ist die Sprache des Krieges. Denn wir sind im Krieg. Und wir werden diesen Krieg gewinnen. Denn Gott kämpft auf unserer Seite. Es lebe die Freiheit! Es lebe die Republik Texas! Ich danke Ihnen.«

In den folgenden Minuten verlor der Dollar zwei Prozent gegenüber Yen und Talo, der labilen Nachfolgewährung des erfolglosen Euro. Die Wall Street musste einen Einbruch von sieben Prozent hinnehmen. Nur die Aktien texanischer Unternehmen konnten sich dem Abwärtstrend entziehen. Die Märkte hatten ihr Urteil gefällt. Die TFP war in der ersten Liga angekommen.

63

Dienstag, 11. Oktober 2016

»Einundfünfzig Prozent!« General Omar Curtis, Vorsitzender des US-Generalstabs, kotzte die Zahl über den Resolute Desk.

»Ich habe die Umfrage auch gesehen.« Präsidentin Jeanne Adams verbarg ihre Unruhe hinter einer präsidialen Maske. Die ersten Umfragen nach Clarks Auftritt hatten ihm eine Mehrheit bescheinigt. Der Dollar verlor weiterhin an Wert. Aus allen größeren Städten von Texas wurden bürgerkriegsähnliche Szenen zwischen Sezessionisten und Unionisten gemeldet. Sie hatten mehrere Tote gefordert. Texas brannte und das Feuer griff auf die USA über. Der Name des Bundesstaats machte seiner ursprünglichen Bedeutung alle Ehre: In Sanskrit bedeutete *Tejas* schlicht *Feuer*.

»Es ist meine Pflicht«, fuhr Curtis fort, »Sie im Namen des Generalstabs darüber zu informieren, dass wir von Ihnen erwarten, geeignete Maßnahmen einzuleiten, um gemäß Ihrem Amtseid die kontinuierliche Existenz der Union und ihre territoriale Unversehrtheit sicherzustellen!«

»So?« Die unerwartete Verschärfung der Situation brachte Adams in schwere Bedrängnis. Und Operation Magnoliophyta hatte noch nicht einmal begonnen. Lange konnte sie Isler den Rücken nicht mehr frei halten. Sie befürchtete das Schlimmste.

»Misses President. Ich weise Sie darauf hin, dass der Generalstab Vorbereitungen getroffen hat, um diese Maßnahmen von sich aus zu ergreifen – falls Sie nicht dazu gewillt oder in der Lage sind.«

Adams zog die Augenbrauen hoch. »Bahnt sich etwa eine Verfassungskrise an? Drohen Sie mit einem Putsch? Muss ich Sie entlassen?«

Curtis blickte sie mit versteinerter Miene an.

»Was erwarten Sie von mir, General? Die tschetschenische Lösung?«

»Machen Sie von Ihrem Recht Gebrauch und verschieben Sie die Wahlen«, forderte Curtis.

»Das ist alles? Natürlich.« Sie griff zum Telefon und drückte auf den Knopf, der sie mit ihrer Sekretärin Jacqueline Bovard verband. »Jackie? Bitte rufen Sie den Wahlleiter an und teilen Sie ihm mit, dass ich die Wahlen abgesagt habe. Wir sind ab jetzt eine Diktatur.« Sie legte den Hörer wieder auf und blickte lächelnd zu Curtis. »Zufrieden? Gibt es sonst noch was, über das Sie mit mir sprechen möchten?«

Curtis blickte sie irritiert an. Hatte die Präsidentin tatsächlich gewagt, einen albernen Scherz mit ihm zu machen? »Misses President …«

»General! Hören Sie mir jetzt gut zu. Ich sage das nur einmal. Solange ich Präsidentin der Vereinigten Staaten von Amerika bin, wird dieses Land aus fünfzig Staaten und dem District of Columbia bestehen. Wenn Sie an meiner Entschlossenheit zweifeln sollten, haben Sie sich in mir geirrt. Bei dieser Gelegenheit möchte ich nicht unerwähnt lassen, dass es das Pentagon war, das uns den ganzen Schlamassel eingebrockt hat. Es ist nicht mein Fehler, wenn obskure Spezialeinheiten ein Eigenleben führen, wie es mit dieser DAPOR passiert ist. Wir haben jetzt noch genau vier Wochen bis zur Wahl. In diesen vier Wochen kann viel passieren. Eine Entscheidung, ob die Wahl wie geplant stattfindet oder nicht, kann bis am Vorabend des Wahltags getroffen werden.« Sie musste sich seine Kooperation sichern. »Sie können davon ausgehen, dass ich mir alle Optionen offenhalte. Auch die unsympathischen. Sie können auch davon ausgehen, dass zurzeit verschiedene *Operationen* im Gang sind, die der Sezessionsdynamik in Texas entgegenwirken.«

»Verschiedene Operationen? Wieso weiß ich davon nichts? Trauen Sie mir etwa nicht?«

»Haben Sie mir nicht gerade mit einem Putsch gedroht?«

Curtis' Mund stand offen.

»Es ist mir zum jetzigen Zeitpunkt nicht möglich, Genaueres zu sagen. Ich möchte Sie nur daran erinnern, dass ich Ihr Vorgesetzter bin und nicht umgekehrt.« Sie stand auf, stützte ihre Hände auf den Schreibtisch und blickte Curtis in die Augen. »Wenn Sie nicht vollkommen sicher sind, dass Sie mir gegenüber die Loyalität empfinden, die ich von Ihnen verlangen kann, gebe ich Ihnen jetzt die Gelegenheit, von Ihrer Position zurückzutreten.«

Curtis presste die Lippen zusammen.

»Sprechen wir ganz offen. Ich verstehe Ihre Situation. Natürlich können Sie nicht akzeptieren, dass sich Texas für souverän erklärt. Mir geht es genauso. Aber nachdem wir immer noch nicht wissen, *was* in Sandrock passiert ist und *wer* hinter dem Anschlag steckt, sind uns die Hände gebunden. Die Texaner werden keine fadenscheinige Erklärung mehr akzeptieren. Es würde alles nur noch schlimmer machen. Die Täter müssen ein umfassendes Geständnis ablegen. Alles andere wäre unglaubwürdig.«

»Wie wollen Sie das erreichen? Dazu müssen Sie die Täter erst einmal identifizieren!«

»Ich biete Ihnen jetzt einen Deal an, General«, wich Adams aus. »Vertrauen gegen Vertrauen. Ich werde Sie nicht entlassen und keine Personalrochade im Generalstab und im Pentagon starten. Im Gegenzug werden Sie mir bis zum Mittwoch vor der Wahl Zeit geben. Wenn sich die Situation bis dahin nicht verbessert hat, haben wir immer noch sechs Tage, um über *unkonventionelle* Lösungsansätze sprechen. Vertrauen gegen Vertrauen.«

»Ich …«

»Und noch etwas: Sie geben mir Ihr Wort, dass das Militär von psychologischen Operationen in Texas absehen wird. Wir müssen davon ausgehen, dass wir Verräter in den eigenen Reihen haben. Wenn die Texaner erfahren, dass Sie Ihre phantasiebegabten Spezialisten auf Texas losgelassen haben, wird der Schuss nach hinten losgehen – und die USA, wie wir sie kennen ist Geschichte. General?« Sie streckte ihm die rechte Hand entgegen.

»Ich muss verrückt sein«, knurrte Curtis, als er aufstand und einschlug.

David Isler hatte die Einreise schließlich doch noch problemlos vollziehen können. Wegen eines administrativen Fehlers in Washington war im zentralen Computer des Visabüros nichts von einer Arbeitserlaubnis für einen Patrick Malans zu finden gewesen. Nach einigen Telefonaten war der Fehler aufgeklärt. Die schriftliche Einladung zum Vorstellungsgespräch im Haus von Art Sinshy hatte die Laune der Beamten merklich angehoben. »Was, Sie bekommen vielleicht einen Job bei unserem nächsten Präsidenten? Nicht schlecht!«

Isler hatte es irgendwie geschafft, die ganzen drei Stunden über ruhig zu bleiben. Aber er hatte sich geschworen, sich in Zukunft auf seine Arbeit als Analytiker im Büro in Bern zu beschränken. Selbst das Gebrabbel der Schribbljournalistin hatte ihn nicht soviel Nerven gekostet wie seine Einreise in die USA.

Die Nacht verbrachte er in einem Hotel in Boston. Am späten Vormittag holte Sinshys Hausverwalter Alex Paul ihn mit dem Auto am Hotel ab. Das Einstellungsgespräch mit Paul und dem Chefgärtner im Büro des Personalhauses verlief gut. Anschliessend zeigten sie Isler seinen neuen Arbeitsplatz, ein vierhundert Quadratmeter großes Gewächshaus. Es war hinter einer Allee von Bäumen verborgen,.so dass es von der Villa aus nicht zu sehen war. Dutzende von Rosenarten in verschiedenen Wachstumsstadien verbreiteten einen wunderbaren Duft. Dank seiner ausgiebigen Recherchen über Sinshy und der Vorträge von Patrick Malans in Disentis, konnte Isler die meisten Rosenarten benennen. Einige waren im unbekannt. Schon in den ersten Minuten machte er einige Änderungsvorschläge. »Der CO2-Gehalt der Luft sollte noch etwas erhöht werden. Das Licht lässt sich auch verbessern. Die Rosen erhalten doch um Gottes Willen kein Leitungswasser? Der Chlorgehalt wäre viel zu hoch.« Erfolgreich präsentierte er sich als Rosenspezialist, der mit Schweizer Präzision ans Werk ging. Isler konnte förmlich hören, wie der immer nach Prestige gierende Sinshy mit ihm angeben würde. *Ich habe einen neuen Rosengärtner. Ein Spezialist aus der Schweiz. Ein Künstler!*

»Es wird natürlich eine Probezeit geben«, erklärte Paul, als sie wieder im Büro waren.

»Natürlich.«

»Sie müssen sich auch erst hier einleben. Vielleicht wollen Sie ja nach ein paar Wochen wieder nach Schweden … in die Schweiz zurückkehren.«

»Das glaube ich kaum«, winkte Isler lachend ab.

»Schön. Sie wissen ja, dass es sich bei Ihrem neuen Chef um eine wichtige Persönlichkeit handelt.«

»Oh, ja!«

»Deshalb wird es, bevor wir einen Vertrag unterzeichnen können, noch zu einem Gespräch mit dem Secret Service kommen. Aber das sollte kein Problem sein, wenn Sie nichts zu verbergen haben.« Paul hielt den Kopf schräg und blickte Isler lächelnd an. »Sie haben doch nichts zu verbergen, oder, Patrick?«

64

Samstag, 15. Oktober 2016

»Du strahlst ja übers ganze Gesicht!« Präsidentin Adams stand auf, als Art Sinshy ins Oval Office kam, ging auf ihn zu und umarmte ihn lächelnd. Zusammen mit ihm und dem republikanischen Kandidaten Fred Coleman gab sie heute den Startschuss für die Kampagne *Stay United!* Sie hatte dem massiven Druck involvierter Stellen nachgegeben, obwohl sie sich nicht viel von der Aktion versprach. *Just say No!* Die Anti-Drogen-Kampagne von Nancy Reagan war nicht die einzige, die sich als totaler Flop herausgestellt hatte. Wer hört schon auf Ermahnungen der Regierung? Immerhin war es gelungen, innerhalb kurzer Zeit über einhundert bekannte Sportler, Schauspieler, Künstler, Unternehmer und andere Persönlichkeiten davon zu überzeugen, mitzumachen.

»Mir geht es prächtig!« Sinshy strotzte vor Vitalität. »Allerdings macht mir die Entwicklung in Texas Kopfzerbrechen«, fügte er hinzu und versuchte betroffen zu wirken. »Clark führt immer noch alle Umfragen an. Es dreht mir den Magen um, wenn ich daran denke, dass Texas mein erstes Dossier sein wird.« Er entdeckte Coleman, der sich auf einem der Sofas kleingemacht hatte. »Hi Fred! Wie läuft deine Kampagne?«

Coleman, der wie ein Hausmeister kurz vor der Pensionierung wirkte, verzog das Gesicht zu einem säuerlichen Lächeln, winkte und versteckte sich wieder hinter der Washington Post.

»Ich werde mit Vergnügen aus meiner neuen Villa auf Hawaii nach Washington blicken und beobachten, wie du eine der größten Krisen in unserer Geschichte meisterst.« Adams versuchte, authentisch zu wirken.

»Das ist nun wohl die Strafe …«, tat Sinshy geknickt.

»… dass du mich ausgebootet hast«, vervollständigte sie lächelnd. »Aber kommen wir zur Sache.«

Sie setzten sich zu Coleman, um die Aufnahme zu besprechen. Zuerst sollte jeder ein paar Sätze in die Kamera sagen. Anschließend würden alle drei im Bild sein und die Texaner gemeinsam auffordern, die Entscheidung über die Zukunft ihres Staates gut zu überdenken. Adams wusste, dass der daraus entstehende Spot eine einzige Peinlichkeit sein würde. Coleman war vor der Kamera sowieso nicht zu gebrauchen. Und dass Sinshy und sie gemeinsam im Bild erscheinen würden, wo alle Welt wusste, dass er ihr die zweite Amtszeit geklaut hatte, wirkte auch nicht glaubwürdig. Die letzte Entscheidung, ob der Spot gesendet würde, hatte sie sich vorbehalten.

Der Backgroundcheck durch den Secret Service war problemlos verlaufen. Seit drei Tagen hatte David Isler einen Arbeitsvertrag als Rosengärtner Patrick Malans im Hause Sinshy. Operation Magnoliophyta – bedecktsamige Pflanzen, zu denen auch Rosen gehörten – hatte begonnen: die Suche nach Dokumenten, die Sinshy mit Excess und der texanischen Sezessionsbewegung in Zusammenhang brachten. Isler ging aufgrund der von ihm gesammelten Indizien nicht nur davon aus, dass Sinshy der Kopf – die *Superstruktur* – der Texas-Operation war, sondern er hielt es wegen Sinshys eitlem Naturell auch für wahrscheinlich, dass er bei sich Dokumente aufbewahrte, die das belegten. Pläne, Aufzeichnungen, Notizen, Gedankenprotokolle. Sollte dem so sein, musste es Isler in den nächsten drei Wochen nur noch gelingen, diese Notizen zu finden, sie an sich zu nehmen und an Präsidentin Adams zu senden. Alles Weitere lag dann an ihr. Isler wusste, dass er sich auf ein fast aussichtsloses Unterfangen eingelassen hatte. Lange hatte er in seinem Kellerbüro in Bolligen überlegt, ob es nicht besser wäre, eine andere Person mit der Suche zu beauftragen. Man hätte einen der Secret-Service-Leute, die sich ständig auf Sinshys Anwesen aufhielten, in den Plan einweihen können. Da aber niemand wusste, wer zur Texas-Verschwörung gehörte und wer nicht, hielt er es für besser, die Sache selbst in die Hand zu nehmen. Neben seiner Frau wussten nur Bundespräsident Mattei und Präsidentin Adams, dass sich Isler bei Sinshy eingeschlichen hatte. Nur wenn die Gegenverschwörung so klein wie möglich war, konnte sichergestellt werden, dass sie nicht sabotiert wurde.

Die 1900 als Nachbau eines französischen Schlosses direkt an der Atlantikküste erstellte Villa bot mehr als genug Möglichkeiten, Dokumente gut zu verstecken. Einer der größten Räume war der Eingangsbereich, in dem ›Mondo Universale‹, die von Sinshy erworbene, fünfzehn Quadratmeter große Kollage eines italienischen Künstlers, die eine Weltkarte darstellte, dominierte. Eine Küche, drei Wohnzimmer, zwei davon mit Kamin, eine Bibliothek und ein Gästetrakt mit zwei Schlafzimmern und einem Bad füllten den Rest des Erdgeschosses. Im ersten Stock befanden sich drei weitere Schlafzimmer, je eines davon belegt von Sinshy und seiner Frau, zwei Bäder sowie eine Lounge. Das Dachgeschoss, dominiert von einem turmartigen Aufbau, in das Sinshy sein Büro hatte einbauen lassen, diente als Lager für seine umfangreiche Kunstsammlung. Im Keller waren eintausendfünfhundert Flaschen Wein aus der ganzen Welt untergebracht. Sinshys Personal lebte in einem Gästehaus im Norden des vierzigtausend Quadratmeter umfassenden Grundstücks. Die Kapelle befand sich im Süden, nur wenige Meter vor der Küste. Im Westen war, versteckt hinter Bäumen, das Rosengewächshaus, direkt südlich der Villa der ausschweifende Rosengarten. Nachdem Sinshy das Anwesen vor Jahren für zwanzig Millionen Dollar erworben hatte, ließ er außerdem einen Swimmingpool und einen Tennisplatz bauen. Wer mit dem Boot nahe an der Küste vorbeifuhr, sah als Erstes den mächtigen Findling, den Sinshy aus den Appalachen hatte herbeischaffen lassen. Seit Sinshy Kandidat für das Präsidentenamt war, sorgte allerdings die Küstenwache dafür, dass niemand näher als drei Meilen an Sinshys Grundstück herankam.

Im Entree, den Wohnzimmern, den Schlafzimmern und Sinshys Büro waren gut zwei Dutzend Vasen mit frischen Rosen verteilt. Den Nachschub aus dem Gewächshaus sicherzustellen und die Rosen zu verteilen, gehörte zu Islers Aufgaben.

Am ersten Tag hatte er sich von Hausverwalter Alex Paul alles zeigen lassen. Die klammheimliche Freude, plötzlich in Sinshys Turmbüro zu stehen, wurde gedämpft durch den eindringlichen Hinweis Pauls, die Villa *niemals* ohne Begleitung von ihm, der

Hausdame oder einem Agenten des Secret Service zu betreten. War Sinshy anwesend, was durch eine Flagge mit dem Familienwappen der Sinshys an der Spitze des Turms angezeigt wurde, war die Villa für Isler tabu. Auf seine Frage, ob auch die Kapelle zu seinem Einsatzbereich gehörte, antwortete Paul, die Kapelle sei für alle außer Sinshy *off limits*.

Seit seiner Ankunft hatte sich Isler entweder im Gewächshaus oder in seinem Zimmer aufgehalten. Er vermied es, mit den anderen Angestellten mehr als nur das Notwendigste zu sprechen. Die Gefahr, in seinem Lebenslauf etwas durcheinander zu bringen, schien ihm zu groß. Er hielt es für nützlich, als Patrick Malans wesentlich schlechter Englisch zu sprechen, als es David Isler vermocht hätte. So legte er sich von Anfang an das Image des einzelgängerischen und wortkargen Rosenkünstlers zu.

Da der Hausherr heute Abend erwartet wurde, erhielt Isler den Auftrag, alle Vasen mit neuen Rosen zu füllen. Dazu musste er zuerst zweihundertfünfzig Rosen, deren Blüten gerade aufgingen, im Gewächshaus ernten, sie anschneiden, in Transportvasen zwischenlagern, sie auf einem für diesen Zweck angefertigten Wagen befestigen, den Wagen zu einem Nebeneingang der Villa ziehen, sich per Gegensprechanlage um eine Begleitperson bemühen, die alten Rosen einsammeln und auf den Kompost bringen, frisches Wasser in die Vasen füllen oder neue, von der Hausdame ausgesuchte Vasen aufstellen, und dann die Rosen sorgfältig in den Vasen anordnen. Ihm wurde eingeschärft, dass Sinshy nur eine Rosenart in seinem Büro duldete: *Gloria Dei* – Ehre sei Gott. Ihre Blütenblätter waren im Inneren hellgelb, nach außen diffundierte die Farbe in ein leichtes Rosa. Im Eingangsbereich wünschte Sinshy nur Queen-Elisabeth-Rosen. Ansonsten war es an Isler, aus den über fünfzig verschiedenen Arten zu wählen. Allerdings durfte in jede Vase nur eine Rosenart.

Der erste Schneefall erinnerte Isler daran, wie wenig Zeit ihm blieb, seine Mission erfolgreich abzuschließen.

65

Politische, gesellschaftliche, wirtschaftliche und religiöse Kräfte in der ganzen Welt waren gezwungen, ihre Haltung zur Frage der texanischen Sezession zu bestimmen.

In Europa waren es Bundeskanzler Bartholdy und die französische Präsidentin Bailly, die einen Gegenpol zur Haltung des britischen Premiers Millner bildeten. Millner repräsentierte aber keineswegs das gesamte britische Politestablishment. Die Beziehung zu seinem Freund Lord Mather hatte in den letzten Wochen sehr gelitten. Jede Andeutung von Millner, man müsse Verständnis für den Wunsch der Texaner nach ›Freiheit‹ haben, wies Mather sofort als grotesk zurück. Die beiden wurden schnell zu den Meinungspolen in Großbritannien. Mather, seit mehr als einem halben Jahrhundert in der Politik, erkannte vom ersten Tag an, dass es in Texas nicht um Freiheit ging, sondern um eine lange zuvor eingefädelte Kampagne. *Die Sache stinkt*, hatte ihn die London Times einmal zitiert, ohne die Aussage auszuführen. Ohnehin war vielen erfahrenen Politikbeobachtern klar, dass hinter der Sezessionsbewegung mehr steckte als der spontane Wunsch nach Souveränität.

Der Riss ging nicht nur quer durch Europa, sondern spaltete auch das EU-Sekretariat. Der deutsche Präsident des Sekretariats, Wolfgang Kröner, schlug sich auf Millners Seite und ließ Journalisten im Vieraugengespräch – »Ich verlasse mich darauf, dass Sie mich nicht zitieren« – wissen, dass die Welt Zeuge des Zerfalls der USA sei. Er verglich die Situation der USA 2016 mit der Sowjetunion 1989, Texas mit der DDR.

In Russland, China und dem arabischen Raum war die Situation ähnlich. Zwei Lager bildeten sich heraus. Eines sah, zweihundertvierzig Jahre nach der Unabhängigkeitserklärung, das Ende der USA gekommen, das andere rümpfte die Nase über die plumpe Kampagne, die ganz offensichtlich politisch motiviert war. Israel war eines der wenigen Länder, dessen politischen Klasse sich geschlossen gegen die Idee der Sezession wandte, weil man um die Stärke der Schutzmacht USA fürchtete.

Politiker in Kanada hielten sich vollkommen aus der Sache heraus. Ab und zu machte man private Bemerkungen gegenüber Journalisten, aber es hatte sich die Meinung durchgesetzt, dass man die Amerikaner allein entscheiden lassen solle.

Der mexikanische Präsident Castaneda mimte in der Öffentlichkeit Neutralität. Sie war jedoch wenig glaubwürdig, da er gleichzeitig mit Millner vereinbarte, die Zahl britischer Soldaten zu erhöhen, die am bald beginnenden Manöver südlich der US-Grenze bei Texas teilnehmen würden. Präsidentin Adams hatte in den letzten Wochen einige Male mit Castaneda telefoniert. Wortreich hatte er ihr versichert, beim Zusammentreffen zwischen Manöver und Wahl handele es sich um einen reinen Zufall, die USA seien nach wie vor der wichtigste Partner Mexikos. Wenigstens hatte sie ihm das Zugeständnis abringen können, mit dem Manöver mindestens einhundert Meilen Abstand zur Grenze zu halten. Von handfesten Drohungen, nicht unüblich im Verhältnis zwischen den USA und Mexiko, wollte sie vorerst absehen.

Der schweizerische Bundesrat hatte sich auf ein striktes »Kein Kommentar« geeinigt und hielt dies auch durch. Bundespräsident Mattei hatte seine sechs Kollegen auf diese Haltung eingeschworen.

Der Großteil der Journalisten auf der ganzen Welt war von der Situation überfordert. Hätten sie den Vorgang als Kampagne interpretiert, hätte dies zu viele Fragen über ihr Metier aufgeworfen. Also schrieben sie von Tag zu Tag, was in Texas passierte, ohne wirklich in die Tiefe zu gehen. Außerdem hatten Journalisten ein strukturelles Problem, das sie an seriöser Berichterstattung hinderte: Da es im Weltbild der meisten Massenmedien keine politischen Verschwörungen gab – sie waren irgendwann in den letzten Jahrzehnten ausgestorben – waren sie gezwungen, die Sezessionsbewegung als spontane Volkserhebung darzustellen.

Die Aktien- und Devisenmärkte schienen bereits darauf zu wetten, dass die Sezessionisten ihr Ziel erreichen würden. US-Aktien nicht-texanischer Unternehmen verloren ständig an Wert, ebenso der Dollar und US-Staatsanleihen. Hinter den Kulissen wurde dieser Prozess von der chinesischen Zentralbank unterstützt, die bereit war, den Wert ihrer eigenen Dollarreserven zu schmälern, wenn sie damit den USA einen strategischen Schlag versetzen konnte.

Der Papst rief bei seiner Mittwoch-Audienz zum Gebet für die Texaner auf; es möge ihnen göttliche Weisheit beim Umgang mit der aktuellen Krise geschenkt werden. Er verurteilte jegliche Gewalt.

In den USA waren die meisten Bürger außerhalb von Texas gegen die Sezession, weil sie um den Bestand des Landes fürchteten. Allerdings setzte sich die Meinung durch, dass es letztendlich die Entscheidung der Texaner sei. So gut wie niemand ergriff für Washington Position – zu gering war das Ansehen der Bundesinstitutionen. Ein paar zehntausend Amerikaner hatten allerdings bereits beschlossen, im Sezessionsfall ihre Zelte in den USA abzubrechen und in die Republik Texas zu ziehen. Das Census Bureau schätzte, dass langfristig insgesamt drei Millionen Texaner in die USA ziehen würden und fünf Millionen Amerikaner nach Texas, sollte die Sezession umgesetzt werden. Die Sezessionsthematik wurde in den Augen vieler Amerikaner durch die Existenz der Nordamerikanischen Union (NAU) entschärft, ein Zusammenschluss von Kanada, den USA und Mexiko. Präsidentin Adams hatte sich aber in einer Stellungnahme ausdrücklich gegen die Interpretation gewandt, es sei egal, ob die NAU aus Kanada, den USA und Mexiko bestehe, oder aus Kanada, den USA, *Texas* und Mexiko.

66

Sonntag, 23. Oktober 2016

Nach der ersten Fernsehdebatte zwischen den drei Bewerbern um den Posten des Gouverneurs von Texas, Kenneth Henderson (REP), Frank Cooper (DEM) und Andrew Clark (TFP), war Clark in den Umfragen gut zwei Wochen vor der Wahl massiv abgerutscht. Er belegte nur noch den zweiten Platz, vier Punkte nach Henderson, der mit einundvierzig Prozent führte. In der Debatte hatte sich Clark zwar als charismatischster und wortgewandter Politiker darstellen können, aber Henderson hatte es geschafft, ihn immer wieder in die Ecke zu argumentieren. Geholfen hatte, dass zwei der drei Journalisten, die die Fragen stellten, Gegner der Sezession waren und die Diskussion wiederholt auf Schwachpunkte im Konzept der TFP lenkten. Trotz aller Bemühungen war es Texas-Times-Chefredakteur Luce Brencis nicht gelungen, in die Reihe der Fragesteller aufgenommen zu werden. Republikaner und Demokraten hatten gedroht, die Debatte platzen zu lassen, sollte Brencis anwesend sein.

Die sinkenden Umfragewerte der TFP sorgten für Entspannung in Washington. Der Generalstab beruhigte sich. Der Druck auf Präsidentin Adams nahm ab. Das Gespenst schien sich langsam in Luft aufzulösen. Nur David Isler, der eine weitere Woche Sinshys Rosen gepflegt hatte, ohne seinem Ziel näher gekommen zu sein, traute der Entwicklung nicht.

In dieser Lage begann Teil eins der letzten großen Offensive der Wahrnehmungsmanager. Die Sonntagsausgabe der Texas Times hatte es in sich.

Dokumente belegen: Es war Washington!
Von Luce Brencis. Kurz vor dem Wahltag wurden der Redaktion der Texas Times Dokumente zugespielt, die die Dynamik des Wahlkampfs noch einmal radikal ändern können. Die von Experten als ›sehr wahrscheinlich authentisch‹ beurteilten Dokumente belegen, dass sowohl der

Generalstab wie auch die Präsidentin selbst ihre Zustimmung zum Test eines neuen Giftgases gegeben haben, das schließlich zum Tod von über 1 300 Texanern in der nordtexanischen Stadt Sandrock geführt hat. Das am meisten belastende Dokument stammt von dem mit einem weltweiten Haftbefehl gesuchten ehemaligen Chef der Defense Agency for Population Research, Oberst George Warren. Die Texas Times hat trotz des Risikos für die Redaktion und den Verlag entschieden, dieses Dokument im Faksimile wiederzugeben – denn die Texaner haben ein Recht darauf, endlich die Wahrheit zu erfahren:

DAPOR – Defense Agency for Population Research

Classification: Top Secret, Special Handling, Special Distribution

For Eyes Only

1 March 2016

Subject: Chemical Warfare Field Test Embedded in MilEx Southern Countdown 16 / Project Excess

1. *JCS and POTUS have communicated approval to proceed with field testing of newly developed Composite chemical weapon, dubbed ID-Gas (instant death gas).*
2. *Field testing of ID-Gas to take place during MilEx Southern Countdown 16 in northern Texas. Provisions be made to ensure field test will affect limited number of population only, i.e. not more than one thousand (1000) individuals.*
3. *Resulting collateral damage will officially be explained with accident that took place during MilEx.*

For the Defense Agency for Population Research

George Warren

Colonel

Damit wird zum ersten Mal zweifelsfrei widerlegt, was Washington seit Wochen behauptet. Nämlich, dass man bis heute nicht wisse, wie es zum Ausbringen des tödlichen Gases gekommen sei.

Beobachter sehen die jüngste Entwicklung als einen schweren Schlag für die Unionisten. »Damit ist das restliche Häufchen Glaubwürdigkeit Washingtons von einem Windstoss der Wahrheit wieder zerstört worden«, kommentierte ein langjähriger Beobachter des Washingtoner Politikbetriebs.

Brencis führte weiter aus, das Weiße Haus habe vehement abgestritten, dass es sich bei dem Dokument um ein Original oder eine Kopie eines Originals handle. Oliver Grafton, Pressesprecher der Präsidentin, habe sich sogar darüber lustig gemacht. Jedes Kind sei heute in der Lage, authentisch aussehende Dokumente innerhalb kürzester Zeit herzustellen. Dies zeige, so Brencis weiter, dass Zynismus und Menschenverachtung in Washington keine Grenzen hätten. Dass es sich nicht um eine Fälschung handele, belege die Reaktion einer nicht näher benannten polizeilichen Ermittlungsbehörde. Man habe die Texas Times am gestrigen Samstag eindringlich davor gewarnt, Dokumente zu veröffentlichen, die unter dem Schutz des Informationszugangsgesetzes stünden. Ein Justiziar der Behörde habe der Texas Times geraten, sollte das Dokument veröffentlicht werden, die zehn besten Medienanwälte der USA zu engagieren – man werde sie brauchen. Brencis schilderte die heftigen Diskussionen, die in der Redaktion stattgefunden hätten. Er verschwieg nicht, dass drei Redakteure die Texas Times verlassen hätten, als er die Entscheidung bekannt gab, das Dokument in der heutigen Ausgabe abzudrucken. Er bedaure, dass nicht alle Journalisten das Rückgrat hätten, das in diesem Beruf erforderlich sei. Die von einigen Journalisten, darunter auch ehemaligen Mitarbeitern der Texas Times, ins Web gestellte Seite www.stopbrencis.org, auf der haltlose Behauptungen über seine Person verbreitet würden, sei eine Operation der psychologischen Kriegsführung der CIA, die die beteiligten Journalisten gekauft habe. Bei dieser Gelegenheit fühle er sich auch nicht mehr an den Codex gebunden zu verschweigen dass die CIA ohne Wissen der Amerikaner seit Jahrzehnten gezielt Journalisten kaufe, um die Berichterstattung der Medien in bestimmte Bahnen zu lenken. Die dafür zuständige Abteilung, Covert Action Group, sei eines der bestgehüteten Geheimnisse der USA. Er, Luce Brencis, sei gewillt, seine Karriere – und vielleicht sogar sein Leben – aufs Spiel zu setzen, um diesen stalinistischen Unzustand jetzt endlich ans Licht der Öffentlichkeit zu bringen. Er bete zu Gott, dass die Gerechtigkeit siege und die Texanerinnen und Texaner den Mut fänden, bei den bevorstehenden Wahlen endlich einen Schlussstrich zu ziehen. Heute gäben er und die Texas Times in diesem Kontext seine Wahlempfehlung ab. *Wählen Sie Andrew Clark! Wählen Sie TFP! Für ein Texas mit Zukunft.*

Weil sich Freunde und Bekannte nicht länger abhalten ließen Isler im Inselspital in Bern zu besuchen, hatte seine Frau Angela ihnen mitgeteilt, dass er in eine Spezialklinik ins fünfhundert Kilometer östlich gelegene Kärnten verlegt worden sei. Er brauche absolute Ruhe und könne keinen Besuch empfangen.

Isler war frustriert. In gut zwei Wochen würden die Amerikaner in Texas und den anderen neunundvierzig Staaten zu Millionen in die Wahllokale strömen und er hatte noch nicht einmal einen einzigen Raum durchsucht. Die Regel, dass er sich nicht allein im Haus aufhalten durfte, wurde strikt durchgesetzt. So wie sich die Lage jetzt bot, war sein Plan gescheitert. *Er* war es, der Mattei und der Präsidentin den Plan vorgeschlagen hatte. Deshalb waren andere Strategien zurückgehalten worden. Im schlimmsten Fall würde es *seine* Schuld sein, wenn die Verschwörer ihr Ziel erreichten. Was würde in zweihundert Jahren in den Geschichtsbüchern stehen? *Ein nicht unbegabter aber größenwahnsinniger Analytiker des schweizerischen Auslandsnachrichtendienstes SND wurde ungewollt zum Steigbügelhalter für die Sache der texanischen Sezession von den Vereinigten Staaten. Wegen seines Plans hielt Präsidentin Jeanne Adams (2013–2017) die US-Nachrichtendienste von einer Aufklärung der Sandrock-Apokalypse ab. Doch die in ihn gesetzten Hoffnungen erfüllten sich nicht. Tatenlos musste Washington zusehen, wie Texas zur Republik wurde und damit den Zerfall der Vereinigten Staaten einleitete. Der gescheiterte Analytiker starb Jahre später, von Familie und Freunden verlassen, völlig vereinsamt an einer Alkoholvergiftung.*

Isler schmunzelte. Er war gerade damit beschäftigt, ein Beet für eine neue Rosenart vorzubereiten, als er eine vertraute Stimme hörte.

»Endlich darf ich den Maestro kennen lernen!« Sinshy stand am Eingang des Gewächshauses, lächelte und hielt die Arme, als wolle er Isler quer durch den Raum umarmen.

»Mister Sinshy!« Isler legte die Harke auf den Boden und putzte sich die Hände an seiner grünen Schürze ab. Sein Herz klopfte schneller. *Jetzt nur nichts Falsches sagen!*

»Bleiben Sie, wo Sie sind, Maestro!« Sinshy machte sich auf den Weg zu Isler, der am anderen Ende des Gewächshauses stand. »Ich will Sie nicht von der Arbeit abhalten. Man hat mir schon mitgeteilt, mit welchem Engagement Sie am Werk sind. Meine Rosen verdienen nur den Besten!«

»Nun ja.«

»Bescheiden, wie man sich das von einem Schweizer vorstellt. Sie sind doch Schweizer?« Sinshy war bei Isler angekommen. »Willkommen im Wynth Estate!« Er schüttelte ihm die Hand und klopfte ihm auf die Schulter.

»Ja, Schweizer. Aber vielleicht bald Amerikaner.«

»Wie heißen Sie nochmal?« Sinshy blickte ihn an, als würde die Nennung seines Namens einen lange gehegten Wunsch erfüllen.

»Malans. Patrick Malans.« Isler schluckte und versuchte zu lächeln

»Patrick! Der Vornehme! Das passt ja wunderbar zu den Rosen.«

»Nun, Sir …«

»Bitte nennen Sie mich Art. Einfach Art!«

»Art!«

Sinshy senkte seine Stimme und ging näher an Isler heran. »Wissen Sie, Patrick, unter uns gesagt. Der Koch ist mir sehr wichtig, da ich gerne gut esse. Die Leute vom Secret Service sind mir wichtig, weil sie mich vor allen möglichen Verrückten beschützen. Aber der wichtigste Mann auf dem ganzen Gelände ist für mich der Rosengärtner!« Er lachte jovial und legte Isler beide Hände auf die Schultern.

»Danke … Art.« Isler errötete. *Dass er so persönlich werden muss.*

»Fühlen Sie sich wohl bei uns? Oder wollen Sie vielleicht ein anderes Zimmer?«

»Alles bestens. Ich habe mich schon eingelebt. Mein Zimmer ist perfekt.«

»Und der Vertrag? Sind Sie zufrieden mit dem Vertrag? Ich kann Ihnen auch mehr zahlen, wenn Sie wollen. Mein Hausverwalter ist manchmal etwas knauserig.«

»Der Vertrag ist gut, Mister … Art.«

»Kann ich Ihnen sonst irgendeinen Wunsch erfüllen? Ich möchte wirklich, dass Sie sich bei uns wohl fühlen!«

Lassen Sie mich alleine ins Haus, damit ich Sie entlarven kann. »Nein. Es ist alles gut.«

Sinshy blickte ihn bewundernd an. »Sie leben wirklich ganz und gar für die Rosen, nicht wahr?«

»Etwas anderes gibt es nicht für mich.« Isler versuchte zu lächeln. *Zielperson kompensiert Massenmord mit ausgesuchter Freundlichkeit im persönlichen Umgang.*

»Patrick, ich bin stolz, dass Sie Teil unserer Familie sind!«

»Sie sind zu gütig.« *Vielleicht empfindet er es auch gar nicht als Massenmord.* Isler merkte, dass er zu schwitzen begann. Er stand *ihm* gegenüber, hatte nichts anderes im Sinn, als *ihn* zu entlarven und politisch zu neutralisieren. Islers Hoffnung, Sinshy während der Operation nicht persönlich zu begegnen, hatte sich gründlich zerschlagen. Er blickte auf das Beet. »Ich muss …«

»Natürlich, ich will Sie nicht aufhalten!« Sinshy lächelte. »Sehr schade, dass ich sowenig Zeit habe. Und ab nächstem Januar … Sie wissen ja, was mein Plan ist?«

Isler schluckte. »Ihr Plan?«

»Natürlich interessiert sich ein Künstler wie Sie nicht für Politik.« Sinshy kam so nahe an Isler heran, dass er seinen Atem spüren konnte, und flüsterte ihm ins Ohr: »Ich werde bald Präsident der Vereinigten Staaten von Amerika sein!«

»Ach so!« Isler lachte. Er bemerkte, wie ihm eine Schweißperle die Wange hinunterlief. »Ich … bin sehr stolz, für Sie arbeiten zu dürfen.«

»Ach was! Präsidenten sind auch nur Menschen.« Sinshy machte eine beschwichtigende Geste. »Für Sie bin ich einfach Art, glücklicher Empfänger der Resultate Ihrer künstlerischen Arbeit.«

»Danke sehr.«

»Also, Patrick. Widmen Sie sich weiter Ihrer Kunst. Ich will Sie nicht länger stören.« Sinshy klopfte ihm nochmal auf die Schulter. »Und wenn Sie einen Wunsch haben, wenden Sie sich an Alex.«

»Sicher. Danke.«

»Gut. Bis zum nächsten Mal.« Sinshy reichte Isler die Hand, drehte sich um und verließ das Gewächshaus.

67

Freitag, 28. Oktober 2016

»Verdammt!« Geheimdienstkoordinator Emmanuel Rubinstein legte seine Hand mit den langen Pianistenfingern auf das hundertseitige Dokument und trommelte darauf herum. Der Direktor der CIA, Donald Stone, hatte Rubinstein in die CIA-Zentrale nach Langley bestellt. Es handle sich um einen Notfall. Außer ihnen befand sich niemand in Stones Atombunker, wie er sein Büro zu nennen pflegte.

»Sie sagen es, Emmanuel. Dies ist wirklich die verdammt beschissenste Situation, in der wir uns je befunden haben.« Er stand auf, zog die Krawatte aus, ließ seinem dicken Hals freien Lauf, indem er den obersten Knopf des weißen Hemds öffnete, und holte sich ein Glas Scotch aus einem Fach des Wandregals.

»Bringen Sie mir auch einen.«

»Ich dachte …«

»Ich trinke nicht mehr, aber jetzt trinke ich. Kommt nicht mehr drauf an.« Rubinstein atmete tief durch. Tausend Gedanken schossen durch seinen Kopf. »Wir haben versagt!«

Stone lachte laut auf. »Versagt? Sie sollten Politiker werden. Wir haben nicht versagt. Wir haben *total* versagt. Wir sind das Versagen in Person. Hier.« Er reichte Rubinstein den Scotch. »Prost! Auf unsere Hinrichtung!«

Mit einem Schwung ließen sie das hochprozentige Getränk in ihren Mündern verschwinden.

Auf einhundert Seiten hatten die CIA und der elektronische Aufklärungsdienst NSA minutiös dargestellt, was in Sandrock passiert war. Sinshy. Maître. Die STOG. Sie wussten alles. Einem kleinen, aber hochkarätigen Team aus erfahrenen Leuten aus der amerikanischen Nachrichtendienstwelt war es gelungen, den Fall aufzuklären. Die Spur hatte beim ehemaligen Excess-Hauptquartier begonnen und von dort zu einem Verteilerkasten von AT&T an der 287 geführt. Man hatte herausgefunden, wie der steganografierte Datentransfer von Sandrock nach Luxemburg funktioniert hatte. Dass sich Sinshy und Maître schon lange kannten und sich in Genf getroffen hatten. Dass die Fernseher in den Wohnungen in Sandrock von der britischen RARAP im Auftrag der DAPOR modifiziert worden waren. Dass der elektronische Befehl, das Giftgas auszubringen, von Luxemburg aus gegeben wurde. Dass es Sinshy selbst war, der Luce Brencis als Chefredakteur der Texas Times empfohlen hatte. Dass ein Vermögenstransfer von einer Milliarde Dollar von Sinshy an Doug Herring stattgefunden hatte, getarnt als Derivatgeschäft, um Herring als Strohmann für die globalen Patrioten vorzuschieben. Dass Maître Herring zu dieser Handlung erpresst hatte, indem er ihm Fotos zukommen ließ, die Herring mit zwei sechzehnjährigen Mädchen in einem Hotelbett zeigten – eine klassische Honigfalle. Dass der Businessjet, der mit dem Airbus über dem Pazifik kollidiert war, von Luxemburg aus ferngesteuert worden war. Dass der Chef der Transportsicherheitsbehörde die Untersuchung des Unglücks bis heute hinausgezögert hatte. Mit Hilfe des Direktors des FBI. Dass Generalstaatsanwalt Terry Walker im letzten Jahr zu unerwartetem Reichtum gekommen war. Nichts war ihnen verborgen geblieben. Fast nichts.

»Und jetzt?« Stone setzte sich wieder und legte die Füße auf den Tisch. »Sollen wir zehn Tage vor der Wahl den Spitzenkandidaten fürs Präsidentenamt festnehmen? Wäre doch schön, ein kleiner Krieg zwischen dem Secret Service und der CIA. Sollen wir uns vielleicht vor die Kameras stellen und sagen: Hey, die ganze Scheiße ist nur passiert, weil wir geschlafen haben und weil wir die größten Versager in der Geschichte der US-Geheimdienste sind? Oder vielleicht, dass nach dem 11. September …«

Rubinstein rollte mit den Augen. Auch innerhalb der Nachrichtendienste der USA wurde seit Jahren diskutiert, ob kriminelle Elemente der CIA etwas mit den Anschlägen zu tun hatten. Die Wahrheit kannten nur wenige – Abschottung.

»… Sandrock der endgültige Beweis ist, dass die Regierung fünfzig Milliarden Dollar pro Jahr für die Geheimdienste zum Fenster hinauswirft, weil wir es sowieso nicht können?«

»Wir müssen es der Präsidentin sagen.« Rubinstein hielt Stone sein leeres Glas hin.

»Ach ja?« Stone nahm das Glas und sein eigenes, stand auf und schenkte nach. »Wo Sie die Präsidentin schon erwähnen. Ist es nicht lustig, dass sie es war, die uns daran hindern wollte, in Richtung Sinshy zu forschen?« Er blickte Rubinstein herausfordernd an. Im Gegensatz zu ihm war Stone nie ein Fan von Adams gewesen. Außerdem hatte er ihr nicht verziehen, dass sie ihn und seine CIA durch ihr kurzfristiges Austauschen der Rede zur Lage der Nation wie einen Idioten hatte aussehen lassen.

Rubinstein zuckte die Schultern. Er war nicht in der Lage, einen klaren Gedanken zu fassen.

»Vielleicht stecken die beiden ja unter einer Decke!« Stone setzte sich wieder hin und stellte die beiden nachgefüllten Gläser auf den Tisch.

»Unsinn!« Rubinstein begann zu nippen.

»Unsinn? Was macht Sie so sicher?«

»Sie hasst Sinshy.«

»Na und? Kennedy hat die CIA auch gehasst. Trotzdem hat er mit ihr kollaboriert und Mordpläne gegen Castro geschmiedet. Die Israelis haben Khomeini auch gehasst. Trotzdem belieferte Israel den Iran verdeckt mit Waffen, weil Israeli und Perser ein gemeinsames Problem hatten – die Araber. Und vom Pakt zwischen den Erzfeinden Hitler und Stalin …«

»Schon gut, schon gut!« Rubinstein winkte ab. Er seufzte und schüttelte den Kopf. »Mein Gott, was sollen wir nur tun.« Er wirkte um Jahre gealtert.

Stone überlegte weiter. »Was passiert eigentlich mit den Europäern, wenn die Welt erfahren sollte, was wir wissen? Werden wir ihnen ein paar Atomraketen schicken? Mit einem lieben Gruß von Uncle Sam?«

»Nicht, solange Adams Präsidentin ist.«

»Verdammt!« Stone beugte sich nach vorn und schlug mit der Faust auf den Tisch. »Ihre Freundin packt bereits die Koffer! Haben Sie das vergessen? Ach!« Er ließ sich wieder in die Rückenlehne seines Drehstuhls fallen. »Es hätte alles so schön sein können. In einem Jahr wäre ich in Pension gegangen, ohne einen einzigen Flecken auf meiner Weste. Jetzt bin ich von oben bis unten voll Scheiße und weiß nicht, ob es mir nicht lieber wäre, wenn ich gleich tot umfallen würde.«

»Warum eigentlich?«, murmelte Rubinstein vor sich hin.

»Das fragen Sie noch?«

»Ich meine, warum macht Sinshy so etwas?«

Stone lachte wieder laut auf. »Na, warum wohl? Die Staaten sind tot, es lebe das globale Imperium! Deshalb macht er es.«

Rubinstein hob die Augenbrauen und nickte. »Ja. Wahrscheinlich.«

Nach einigen Minuten Schweigen rückte Stone mit seinem Lösungsansatz heraus. »Also, wenn Sie mich fragen, gibt es nur einen Ausweg. Eine nationale Krise muss her, damit die Wahlen nicht stattfinden können. Die Texaner hätten keine Möglichkeit, die Sezessionisten zu wählen. Und der Rest des Landes würde auf Präsident Sinshy verzichten müssen. Es würde uns wenigstens etwas Zeit kaufen. Eine Operation unter falscher Flagge, natürlich ausgeführt durch einen ausländischen Partner.« Damit die CIA nicht belangt werden kann. Er schnippte mit den Fingern und blickte Rubinstein mit zusammengekniffenen Augen an. »So einfach ist das.«

David Isler hatte nachgedacht. Wenn er schon nicht im Haus nach Dokumenten suchen konnte, die Sinshy belasteten, müsste er eben an einer anderen Stelle anfangen. Am Sonntag hatte er gesehen, wie Sinshy für eine Viertelstunde in der Kapelle verschwunden war. Also wäre es zumindest denkbar, dass er dort belastendes Material versteckt hatte.

Heute ging er, wie fast jeden Tag nach dem Abendessen, das er gemeinsam mit den anderen im Personalhaus eingenommen hatte, noch einmal ins Gewächshaus. Nach einer Stunde Arbeit mit den Rosen steckte er eine kleine Taschenlampe ein. Er wusste, dass die Fenster der Kapelle von außen mit Brettern verschlossen waren. Das Licht im Inneren einzuschalten, konnte er nicht riskieren, da man es durch die Spalten der Bretter vom Haus aus sehen konnte. Er wusste außerdem, dass der Secret Service in unregelmäßigen Abständen über das ganze Gelände patrouillierte. Trotzdem – es musste riskiert werden. Es war halb neun, als er das Gewächshaus verließ und über den Weg Richtung Kapelle marschierte, als wolle er sich ein bisschen die Füße vertreten. Nur das vom Schnee reflektierte Mondlicht erhellte den Garten. Soweit er das bisher hatte herausfinden können, beschränkte sich die Kameraüberwachung auf das Gebiet unmittelbar um die Villa. Isler verfluchte sich und seine Operation Magnoliophyta. Jetzt, wo ihn schon der unter seinen Schuhen knirschende Schnee verraten konnte, wünschte er sich, in seinem Büro in Bern oder zuhause bei seiner Familie zu sein. Auf was hatte er sich nur eingelassen? Besser: Was hatte *er* sich einfallen lassen? Nach fünf Minuten erreichte er die Kapelle. Das alte Gemäuer und die verwitterten Bretter vor den Fenstern passten nicht zum sonst überall fein herausgeputzten Wynth Estate. Isler musste um das Gebäude herumlaufen, um zum Eingang zu gelangen. Der Hausverwalter hatte ihm gesagt, dass die Tür mit einem Vorhängeschloss gesichert sei. Isler hoffte, dass es sich um ein altes, von Rost zerfressenes Schloss handeln würde, das man mit ein paar kräftigen Schlägen dazu bringen konnte, zu entriegeln. Ein Lächeln huschte über sein Gesicht, als er das Schloss sah. Er hatte Glück. Es war zwar groß und nicht rostig, machte aber trotzdem nicht den Eindruck, besonders stabil zu sein.

Er blickte um sich, um sich zu versichern, dass niemand außer ihm im Garten war. Kurz hielt er den Atem an und konzentrierte sich auf die Geräusche. Doch abgesehen vom leichten Rauschen der Brandung konnte er nichts hören. Sich ein Herz fassend trat er einen Schritt zurück und kickte mit dem Fuß gegen das Schloss. Er erschrak über das laute, klappernde Geräusch, als das Schloss gegen die Holztür der Kapelle knallte. Sein Herz schlug ihm bis zum Hals. Nichts. Das Schloss hatte nicht nachgegeben. Er wartete ein, zwei Minuten und achtete auf die Geräusche. Noch schien niemand seine Aktion bemerkt zu haben. Mit einem »Sesam öffne dich!« versetzte er dem Schloss einen weiteren Kick mit dem Fuß.

Klirrend fiel es auf die Steinplatte vor der Tür. In die Freude, sein Ziel erreicht zu haben, mischte sich der Schreck: Der Bügel hatte auf beiden Seiten nachgegeben und sich vom Schließzylinder getrennt – das Schloss war kaputt. Er hob Schloss und Bügel vom Boden auf und steckte beides in die Tasche seiner grünen Gärtnerschürze. Dieses Problem musste er später lösen. Jetzt galt es, die Kapelle zu durchsuchen. Vorsichtig öffnete Isler die schwere Holztür. Geruch von kaltem Weihrauch. Atemlos trat er ein und zog die Tür hinter sich zu. Im Inneren der Kapelle war es stockdunkel. Er nahm die Taschenlampe in die Hand und schaltete sie ein. Dann sah er den Eisenriegel und verschloss die Tür damit. Entnervt lehnte er sich gegen die Wand. Sein Puls raste. Von seiner Position aus leuchtete er durch die Kapelle. Er achtete darauf, dass der Lichtkegel nicht die Fenster streifte. Vorn auf dem Altar sah Isler eine große Bibel. Über dem Altar hing ein Kreuz. Neben sich sah er einen Metallschrank. Verschlossen. Er beleuchtete das Schloss des Schranks und hatte keine Hoffnung, es ohne Spezialwerkzeug und Fachkenntnisse knacken zu können. »Was zum Teufel hat ein solider Metallschrank mit einem stabilen Schloss in so einer Kapelle zu suchen?«, murmelte er. Da er keine Möglichkeit sah, den Schrank zu öffnen, ohne Schäden zu hinterlassen, wollte er seine Suche abbrechen. Es war Zeit, wieder ins Gewächshaus zurückzukehren. Er schob den Eisenriegel beiseite und verließ die Kapelle. Nachdem er die Tür zugezogen hatte, holte er das Schloss aus der Tasche seiner Schürze. Nach einigen Minuten hatte er es geschafft, das Schloss so zu fixieren, dass es unbeschädigt aussah. Erst wenn Sinshy das nächste Mal das Schloss öffnen wollte, würde er bemerken, dass der Bügel nur leicht fixiert war. Da Sinshy voll im Wahlkampf engagiert war, würde er in den nächsten Tagen nicht nach Boston zurückkehren. Hoffentlich. Isler ging um die Kapelle herum und machte sich auf den Weg zurück zum Gewächshaus.

Die Veröffentlichung des gefälschten Dokuments, das angeblich von Oberst Warren verfasst worden war und Präsidentin und Generalstab als Urheber der Gasattacke darstellte, hatte TFP-Kandidat Andrew Clark in den Umfragen wieder an die erste Stelle geschwemmt. Und Texas endgültig in zwei Lager gespalten. Die Texaner, die die Texas Times und die Sezession schon vorher abgelehnt hatten, waren jetzt endgültig überzeugt, dass die größte Zeitung des Bundesstaates eine üble Kampagne fuhr. Die anderen glaubten die *smoking gun* gefunden zu haben. Sie verehrten Brencis wie einen Helden.

Tim Lewis und Josephina Saprissa waren sich nicht sicher. Tim begann an der ganzen Sache zu zweifeln. Er konnte sich auf all die Informationen, die täglich verbreitet wurden, keinen Reim machen. Wie hingen das Kampfgas und die gefälschten Nachrichten zusammen? Und vor allem: Warum stand davon nichts im von der Texas Times veröffentlichten Dokument? Wegen Tims Zweifel und den zunehmenden tätlichen Auseinandersetzungen zwischen Sezessionisten und Unionisten, die in einigen Gebieten bürgerkriegsähnliche Ausmaße erreichten und nur mit massiver Polizeigewalt eingedämmt werden konnten, hatte Josephina ihre freiwillige Arbeit für die TFP beendet. Sie wollte wegen ihrer Schwangerschaft kein Risiko eingehen.

Doch mit dem jetzt startenden Teil 2 der letzten großen Offensive der Sezessionisten wurden Tims Zweifel beiseite gewischt. Der Plan war teuflisch gut und würde in den folgenden Tagen Clark eine Zustimmung von sechzig Prozent bescheren.

Zehn Tage vor der Wahl stürmte auf Befehl des FBI-Chefs Dan Stiglitz ein Team von mehr als fünfzig Beamten die Redaktion der Texas Times in Houston, begleitet von mehreren Kamerateams. Es kam zu wüsten Handgreiflichkeiten zwischen den Polizisten und Redakteuren der Texas Times. Die Bilder, die Minuten später über die Fernsehschirme flimmerten, verfehlten ihre Wirkung nicht. Schwarz gekleidete Polizisten, ausgerüstet mit Protektoren und Helmen. Umstürzende Schreibtische. Schreie von am Boden liegenden Journalisten mit einem Polizistenknie im Rücken. Knüppel, die durch die Luft sausten. Und als Höhepunkt: Luce Brencis, der vor den Augen der Welt vom FBI verhaftet und abgeführt wurde.

FBI-Direktor Dan Stiglitz trat zeitgleich in Washington mit finsterer Miene vor die Journalisten. »Guten Abend. Zur in diesen Minuten in Houston stattfindenden Aktion des FBI möchte ich folgendes Statement abgeben. Es ist möglicherweise zu einer schweren Verletzung des Informationszugangsgesetzes durch die Texas Times gekommen. Aus diesem Grund haben wir den Chefredakteur Luce Brencis arretiert, um ihn eingehend zu befragen. Außerdem werden Dokumente und Computer in der Redaktion beschlagnahmt. Danke.« Er beantwortete keine Fragen, sondern verschwand sofort wieder aus dem Presseraum des J.-Edgar-Hoover-Gebäudes.

Damit hatte der FBI-Chef, auf den fünf Millionen Dollar aus dem Topf der globalen Patrioten auf einer britischen Karibikinsel warteten, seinen letzten Dienst für das Projekt erfüllt.

68

Samstag, 29. Oktober 2016

Der Aufschrei über die Verletzung der Pressefreiheit in Texas ging rund um die Welt. Der britische Premier Millner sprach von einem politischen Abgrund und forderte Washington auf, angesichts der historischen Entwicklung Augenmaß zu bewahren. Noch in der Nacht zitierte Präsidentin Adams den Direktor des FBI ins Oval Office, um ihm seine Entlassungsurkunde ins Gesicht zu knallen. Selten hatte man sie so wütend gesehen. Sie schickte ihren Pressesprecher vor die Kameras, der erklärte, es handle sich um eine Aktion, von der die Präsidentin nichts gewusst habe und die von ihr zutiefst verurteilt werde. Doch der politische Schaden ließ sich nicht wieder rückgängig machen. Als Luce Brencis Stunden später wieder auf freien Fuß gesetzt wurde und in die Redaktion zurückkehrte, war er von Kamerateams umringt wie ein Oscarpreisträger. Nichts machte einen Chefredakteur und seine Zeitung so glaubwürdig wie ein kurzer Aufenthalt im Gefängnis. Ab jetzt war Brencis ein lebender Mythos und die Texas Times die Speerspitze im Kampf um Wahrheit und Gerechtigkeit.

Die Vermutung der Präsidentin, dass Stiglitz Teil der Verschwörung war, wurde durch den Bericht der Geheimdienste bestätigt, den Emmanuel Rubinstein ihr in den frühen Morgenstunden vorlegte. Adams war schockiert über die Ausmaße der Verschwörung und weihte Rubinstein unverzüglich in Operation Magnoliophyta ein. Sie hasste es, ihm mitteilen zu müssen, bis jetzt keinen Bericht von Isler aus Boston erhalten zu haben. Rubinsteins Vorhaltungen, es sei extrem verantwortungslos, das Schicksal des Landes an die Aktion eines einzelnen Mannes zu knüpfen, konnte sie nicht von der Hand weisen. Allerdings konnte Rubinstein ihre Argumentation nachvollziehen, dass eine wirksame Neutralisierung der Verschwörung nur durch ein umfassendes Geständnis der Haupttäter geschehen konnte. Rubinstein ließ sie wissen, dass CIA-Direktor Stone erwäge, die Wahlen durch eine inszenierte Krise zu verhindern. Sie vereinbarten, die CIA vorerst nicht in die Operation in Boston einzuweihen, da sie eine Störung befürchteten. Außerdem erklärte sich Rubinstein bereit, Stone in den nächsten Tagen an der kurzen Leine zu halten. Nur noch leer schlucken konnte er, als ihm die Präsidentin eröffnete, dass der Generalstab ebenfalls Schritte vorbereite, um die Wahlen zu verhindern, sollte sich die Situation in Texas nicht schnell entspannen. Das Wort *Putsch* musste sie nicht aussprechen. Rubinstein hörte es auch so. FBI-Direktor Stiglitz sollte vorerst nicht festgenommen werden, um die Verschwörer keinen Verdacht schöpfen zu lassen. Am Schluss ihres Gesprächs schlossen sie einen Pakt: Rubinstein würde alles unternehmen, um Adams und Isler bis zum Mittwoch, sechs Tage vor der Wahl, den Rücken freizuhalten. Adams ihn über die Operation in Boston auf dem Laufenden halten.

Anschließend telefonierte Adams auf einer sicheren Leitung mit dem schweizerischen Bundespräsidenten Mattei. Er solle Isler auf unauffälligem Weg die Nachricht zukommen lassen, dass man ihm nur noch vier Tage einräume, um seine Mission erfolgreich abzuschließen.

Im Morgengrauen umstellten salvadorianische Polizisten und ein Team der CIA das Haus, in dem sich Oberst Warren und Patricia Palmer seit Tagen versteckt hielten. Ein Mitarbeiter eines Supermarktes, in dem Warren eingekauft hatte, hatte den Oberst trotz seines Vollbartes erkannt und die Polizei informiert. Damit war die Flucht beendet.

Keine zwei Stunden nach ihrer Verhaftung befanden sich Warren und Palmer an Bord eines Jets der CIA, der die beiden nach Washington brachte. Noch während des Flugs fand ein erstes Verhör statt. Beide stimmten zu, eine Aussage zu machen, obwohl keine Anwälte anwesend waren. In voreinander abgetrennten Teilen der Kabine schilderten sie, wie alles angefangen hatte.

Warren gestand, zehn Millionen Dollar kassiert zu haben. Er habe tatsächlich geglaubt, dass es um ein gesellschaftspolitisches Experiment ginge, das nur mit Hilfe des Pentagons möglich gewesen wäre. Er gab auch zu, zwei der Bewohner von Sandrock dazu gebracht zu haben, einen Angriff auf die Nationalgarde zu starten. Es sei ihm wichtig gewesen, das Experiment scheitern zu lassen. Weil seiner Überzeugung nach die Weltregierung die schlechteste Idee sei, seit die Menschen von den Bäumen geklettert waren. Erst als er die Bilder der vergasten Bewohner von Sandrock gesehen und die Sezessionskampagne in Texas begonnen habe, sei ihm bewusst geworden, dass es nur darum gegangen sei, das Pentagon in den teuflischen Plan zu verwickeln. Mit dem Gas habe er nichts zu tun. Er sei davon ausgegangen, dass es sich um ein Betäubungsgas handle, um das Experiment im Falle einer Eskalation abzubrechen. Wer hinter den bescheuerten Patrioten für globale Demokratie stehe, wisse er nicht. Das Dokument, das die Texas Times veröffentlicht habe, sei nicht von ihm und ganz offensichtlich eine plumpe Fälschung. Er bedaure es sehr, das Experiment nicht verhindert zu haben. Er habe seit der Ermordung des Flugzeughändlers in Arizona geahnt, dass die DAPOR nicht die einzige Institution sei, die am Experiment mitgearbeitet habe. Trotzdem habe er alles unternommen, das Experiment durchzuführen, um dessen spätere Sabotage zu ermöglichen. Er sei ein Idiot und verdiene es, in einer Gefängniszelle zu verrotten oder Schlimmeres.

Patricia Palmer betonte, aus beruflichem Interesse bei Excess mitgemacht zu haben. Für sie als Medienexpertin sei das Angebot zu verlockend gewesen, als dass sie es habe ablehnen können. Die Tatsache, dass ausgerechnet sie in das Expertenteam von Excess aufgenommen worden sei, habe sie mit Stolz erfüllt. Es sei ein ihr bis dahin nicht bekannter Politologe eines Washingtoner Think Tanks gewesen, der sie auf Excess angesprochen habe. Sie habe eine halbe Million Dollar für ihre Arbeit bekommen, nicht mehr als für andere große Aufträge. Sie wundere sich rückblickend über ihre große Naivität. Erst als ein älterer Bewohner von Sandrock an einem Herzinfarkt gestorben sei, habe sie zum ersten Mal Zweifel an der Richtigkeit ihrer Entscheidung gehabt. Über den Tod der Menschen sei sie endlos bestürzt. Von einer zweiten Ebene des Experiments habe sie nie etwas geahnt. Warren habe sie auch nach dem Absturz des Airbus über dem Pazifik ermutigt, an Excess weiterzuarbeiten.

Dass der Absturz wahrscheinlich absichtlich herbeigeführt worden sei, habe ihr Warren erst während der Flucht erzählt.

Nach der Landung in Andrews Air Force Base wurden die beiden in zwei verschiedene Bundesgefängnisse im Großraum Washington gebracht.

Noch hatte niemand bemerkt, dass das Schloss an der Kapelle kaputt war. Beim Frühstück mit den anderen sah Isler die Bilder von Luce Brencis, wie er in die Redaktion der Texas Times zurückkehrte. Es fiel Isler schwer, nicht auf den Teller zu kotzen. Judith Roth, Starmoderatorin von NBC, war noch in der Nacht nach Houston gereist und berichtete live von Brencis' Freilassung.

Die heimlichen Blicke von Hausdame Rachel versuchte Isler zu ignorieren. Sie hatte ihn gestern Abend im Gewächshaus erwartet, als er von der Kapelle zurückgekehrt war, und versucht, ihn in ein Gespräch über die Sezession zu verwickeln. Ihre Andeutungen ließen Isler darauf schließen, dass sie den Verdacht hatte, Sinshy könne etwas mit der Sache zu tun haben. Sie arbeite seit zehn Jahren im Wynth Estate und kenne ihren Chef sehr gut. Sie habe beobachtet, dass er in den letzten Wochen förmlich aufgeblüht sei und sich wenig um die Entwicklung in Texas zu kümmern scheine. Isler stellte sich dumm und betonte, dass er sich noch nie für Politik interessiert habe. Er zweifelte daran, dass sie ihm glaubte. Trotzdem ging er nicht auf das Gespräch ein. Vielleicht hatte der Secret Service Verdacht geschöpft und Rachel dazu veranlasst, Isler zu testen.

Bevor er ins Gewächshaus ging, warf er einen Blick in seine Mailbox. Darin fand er eine Mitteilung eines schweizerischen Absenders.

Lieber Patrick!
Bitte melde dich bis spätestens 2. November bei mir, da ich am Donnerstag ins Krankenhaus muss. Eine schwere Operation steht mir bevor und ich werde nachher wohl für einige Tage nicht mehr erreichbar sein.
Liebe Grüße
Adam

Die Präsidentin! Sie gab ihm noch vier Tage Zeit. Einhundert Stunden. *Nur* einhundert Stunden. Trotzdem bewunderte er sie für das Vertrauen, das sie in ihn setzte. Immer noch. Obwohl er bis jetzt keinerlei Resultat erzielt hatte. Er antwortete:

Lieber Adam!
Ich habe Deine Nachricht erhalten. Werde mich in den nächsten Tagen telefonisch melden. Die Arbeit hier ist schwer, aber erfüllend. Ich habe einen Vertrag mit Probezeit. Ich bin mir nicht sicher, ob ich die hohen Anforderungen erfüllen kann, aber ich gebe mein Bestes!
Patrick

Jetzt musste er sich etwas einfallen lassen. Vielleicht war seine einzige Chance, Rachel ins Vertrauen zu ziehen. Sie könnte ihm ermöglichen, Sinshys Büro und die andere Zimmer zu durchsuchen. Aber er kannte sie zu wenig. Er entschied, sie als allerletzte Option zu betrachten, und ging ins Gewächshaus zu seinen Rosen.

69

Montag, 31. Oktober 2016

Eine gute Woche bis zum Wahltag. Die Situation in Texas wurde immer hitziger. Von den neunundzwanzig Millionen Texanern gaben jetzt sechzig Prozent an, für die Sezession zu sein. Damit waren aber über elf Millionen dagegen. Jetzt, wo die Wahl in greifbare Nähe rückte, gab es keine andere Frage mehr, mit der man sich in Texas beschäftigte. Wüste Auseinandersetzungen zwischen Unionisten und Sezessionisten führten täglich zu vielen Verletzten und einigen Toten. Verschlimmert wurden die Straßenkämpfe durch die zahlreichen Militias, die sich auf die Seite der Sezessionisten geschlagen hatten und eine historische Chance witterten. Die Einrichtungen des Bundes waren mit Betonblöcken und Stacheldraht verbarrikadiert und von schwer bewaffneten Soldaten bewacht, wie amerikanische Botschaften in Krisengebieten. Täglich trafen Journalisten aus der ganzen Welt ein. Bei dieser Wahl wurden mehr Presseleute in Austin erwartet als in Washington D.C. In den großen Städten wie Dallas und Houston fanden jeden Tag Demonstrationen von Gegnern und Befürwortern der Sezession statt. Die Immobilienpreise in angrenzenden Staaten wie Oklahoma und New Mexiko stiegen spürbar an, da viele Unionisten ihre Emigration vorbereiteten. In Mexiko stand das von mexikanischen und britischen Streitkräften geplante Manöver kurz vor dem Beginn. Millner hatte trotz Protest seiner eigenen Kabinettsmitglieder insgesamt fünftausend britische Soldaten nach Mexiko gesandt, darunter auch die Spezialeinheit SAS. Sein bester Freund Lord Percy Mather hatte ihn deswegen zum Rücktritt aufgefordert. Millner sei schlicht unzurechnungsfähig, urteilte Mather. »My friend William has gone gaga.«

Der TFP-Kandidat für das Amt des Gouverneurs, Andrew Clark, der vor wenigen Wochen noch ein vollkommener Nobody gewesen war, gehörte inzwischen zu den bekanntesten Personen der

Vereinigten Staaten. Bei seinen Wahlkampfauftritten wurde er von einer Armee privater Sicherheitskräfte geschützt. Deshalb war er auch nur noch selten in der Öffentlichkeit zu sehen. Dafür umso mehr in den Medien. Zu den einhundertfünfzig Millionen Dollar, die Vince Osman in die Parteikasse gegeben hatte, waren durch Spenden weitere einhundert Millionen Dollar hinzugekommen. Es war der TFP fast nicht möglich, das ganze Geld in der kurzen Zeit auszugeben. Niemand konnte den Fernseher einschalten, ohne Wahlwerbung der TFP zu sehen, ganz egal, welchen Sender man wählte. Die Texas Times widmete in diesen Tagen mehr als die Hälfte ihrer Seiten der Sache der Sezession.

Die Finanzmärkte blieben bei der Einschätzung, die sie schon länger getroffen hatten. Der Dollar stürzte in eine schwere Krise. Die letzte Auktion von US-Staatsanleihen musste abgesagt werden, da sich nicht genügend Investoren gefunden hatten. In den vergangenen zwei Wochen hatten Dow Jones und andere US-Indizes mehr als dreißig Prozent verloren, Aktien texanischer Unternehmen aber weiter an Wert gewonnen. Der neu aufgelegte TexStocks-Index befand sich in einem Höhenflug wie Internetaktien in den neunziger Jahren des vergangenen Jahrhunderts.

Politologen, die noch vor einem Monat über die Sezessionsbewegung gelächelt und im Brustton der Überzeugung dargelegt hatten, wieso eine Sezession *unmöglich* sei, verkündeten jetzt ebenso abgeklärt, dass die USA einen historischen Wendepunkt erreicht habe.

Nachdem Isler erfahren hatte, dass Sinshy erst wieder am Wochenende vor der Wahl nach Boston zurückkehren würde, war er am Sonntagabend ein zweites Mal in die Kapelle eingedrungen. Er hatte ein Stemmeisen dabei, das er im Werkzeugraum neben dem Gewächshaus gefunden hatte. Da er übermorgen, nachdem das von der Präsidentin gesetzte Ultimatum abgelaufen war, anlässlich eines Besuchs in Boston die Flucht ergreifen würde – das Schweizerische Konsulat in Cambridge wäre seine erste Station –, konnte er seine Arbeit ab jetzt offensiver gestalten. Er war sicher, dass die Dokumente im Metallschrank in der Kapelle aufbewahrt waren. Dort war das ideale Versteck. Warum sonst galt bei allen Angestellten auf dem Anwesen die Kapelle als absolut *off limits*?

Es blieben ihm noch achtundvierzig Stunden. Wenn er in dieser Zeit sein Ziel nicht erreichte, wäre sein Plan gescheitert. Er wollte sich gar nicht vorstellen, was dann passieren würde.

Als er den Metallschrank aufgebrochen hatte, staunte Isler nicht schlecht. Was er fand, war ein Papstgewand mit Pileulus, ein antikes Weihrauchfass, eine mit Elfenbeinornamenten verzierte Büchse mit Räucherharz – und sonst *nichts*. Also mussten die Dokumente doch im Haus versteckt sein. Oder in einem Banksafe? Oder ganz woanders? Oder gab es vielleicht gar keine? Isler fragte sich, ob er sich total verrannt hatte. Und total übernommen. War seine Aktion nicht endlos anmaßend? Er, David Isler, hatte dafür gesorgt, dass die Präsidentin der Vereinigten Staaten dem größten Geheimdienstapparat der Welt Sand ins Getriebe gestreut hatte, um ihn an der Aufklärung des Falls zu hindern. Damit *er* Held spielen konnte. Es wurde ihm heiß und kalt zugleich. Was als große Aktion gestartet war, würde vielleicht in einer einzigen Peinlichkeit enden. Und abgesehen von der Sezession, was wären die Konsequenzen für seinen Mentor Mattei? Er müsste mit Sicherheit zurücktreten. Sinshy würde Präsident, Texas sich für unabhängig erklären. Die Katastrophe wäre perfekt.

Doch er durfte nicht aufgeben. Den ganzen Montag über hatte er sich den Kopf darüber zerbrochen, wie es jetzt weitergehen sollte. Selbst wenn er freien Zugang zu allen Räumen hätte, würde die Zeit für eine gründliche Durchsuchung nicht mehr reichen. Jetzt musste er gezielt vorgehen. Obwohl er davon ausgehen musste, dass sein Telefon vom Secret Service überwacht wurde, entschied er, mit Pater Aurelius in Kontakt zu treten. Vielleicht hatte der eine Idee.

Nach dem Frühstück ging er ins Gewächshaus und wählte die Nummer von Pater Aurelius' Mobiltelefon. Keine Minute später wurde sein Anruf beantwortet.

»Hallo? Pater Aurelius am Apparat.«

»Guten Tag, Pater. Mein Name ist *Patrick Malans*. Ich rufe aus Boston an. Wie geht es Ihnen?« Isler hoffte, dass der Pater sich an seinen Tarnnamen erinnerte oder wenigstens seine Stimme erkannte.

»Wie war nochmal Ihr Name?«

»Malans. Patrick Malans. Sie wissen schon. Der Rosenspezialist. *Patrick.« Der Pater ist nicht mehr der Jüngste. Hoffentlich spricht er mich nicht mit meinem richtigen Namen an.*

»Patrick! Jetzt fällt der Groschen. Wie geht es Ihnen in Boston? Viel zu tun mit den Rosen?« Die Stimme des Paters klang müde.

»Sehr viel, Pater. Sehr viel. Ich komme allerdings nicht so gut voran, wie ich mir das erhofft hatte. Sie wissen, ich bin immer auf der Suche nach *neuen Erkenntnissen*.«

»Ja, ja. Neue Erkenntnisse. Die suchen wir alle, nicht wahr?«

»Deshalb wollte ich wieder einmal mit Ihnen sprechen.«

»Das freut mich natürlich. Aber wie kann ich Ihnen helfen, mein Lieber?«

»Sprechen Sie einfach aus Ihrer Lebenserfahrung, Pater. Wenn die Zeit zu drängen scheint – wo sollte man am besten suchen?«

Der Pater seufzte. »Ich weiß wirklich nicht, ob ich Ihnen helfen kann, ähm, Patrick.«

»Versuchen Sie's.«

»Ich verstehe, was Sie meinen. Man kann schließlich nicht die ganze Welt durchsuchen. Das meinen Sie wohl.«

»So ist es.«

»Nun. Lassen Sie mich überlegen. Manchmal liegt das Glück ja auf der Straße.«

»Auf der Straße?«

»Direkt vor den Augen vielleicht. Haben Sie schon mal daran gedacht? Manche Menschen reisen um die ganze Welt, um letzt endlich festzustellen, dass sie ihr Glück an dem Ort finden, den sie schon immer im Blick hatten. Sie verstehen. Es ist wie mit dem Wald und den Bäumen.«

»Ja. Sicher.« Isler konnte mit dem Rat des Paters nichts anfangen. Aber was hatte er erwartet? Dass er ihm sagte: *Suchen Sie dort und dort, dann werden Sie fündig?*

»Mehr kann ich Ihnen nicht sagen.«

»Sie haben mir sehr geholfen, Pater. Danke.« Er glaubte nicht, was er sagte.

»Das freut mich. Ich wünsche Ihnen alles Glück der Welt, Patrick. Und rufen Sie doch wieder einmal an.«

»Sicher. Vielen Dank nochmal.«

»Gott sei mit Ihnen! Auf Wiederhören, Patrick.«

Nachdem er sich verabschiedet hatte, machte sich eine seltsame Melancholie in ihm breit. Ein Gefühl, das er nicht kannte, das ihn aber jetzt überwältigte.

70

Dienstag, 1. November 2016

Die obere Hälfte des George-Washington-Monuments verschwand in den Nebelschwaden, die vom Potomac nach Westen zogen. Auf den Stufen des Lincoln Memorials stehend, einige Meter von ihren Personenschützern entfernt, blickten sich Geheimdienstkoordinator Rubinstein und CIA-Direktor Stone, beide mit den obligaten dunkelblauen Anzügen bekleidet, in ihre müden Augen. Niemand störte an diesem kalten Dienstagvormittag ihr Gespräch, das bisher nur aus einigen Floskeln bestanden hatte. Nur einmal waren sie unterbrochen worden, als eine alte Dame mit Hut auftauchte und Stone, indem sie zu ihm blickte und die Kamera in die Luft hielt, darum bat, sie vor der Statue Lincolns zu fotografieren. Die Bodyguards hatten schon einschreiten wollen, aber Stone beschied ihnen, die Frau zu ihm zu lassen, damit er ihr den Gefallen tun konnte. Die praktizierte Bürgernähe tat ihm gut.

Es war keine Absicht gewesen, sich an diesem geschichtsträchtigen Ort zu treffen. Es hatte sich so ergeben. Stone musste einen Termin im Kongress wahrnehmen, Rubinstein kam gerade aus dem Weißen Haus. Ohne es zu erwähnen, realisierten sie, dass ihr Gespräch unter den großen Ohren des Bürgerkriegspräsidenten stattfand.

»Gehen wir ein bisschen.« Stone schritt die Treppen hinunter, Rubinstein tat es ihm gleich. Die Personenschützer folgten zuerst in einigem Abstand. Dann setzten sich zwei von ihnen an die Spitze.

Schweigend gingen sie in gemütlichem Spaziertempo entlang des Reflecting Pools nebeneinander her und schauten in den Nebel. In einer Woche war der Wahltermin. Morgen lief die Zeitspanne ab, die Präsidentin Adams mit Diensten und Militärs ausgehandelt hatte, um das *Problem* zu lösen. In Texas wurden schon die Feiern für die Proklamation der neuen Republik vorbereitet. Die TFP lag weiterhin in allen Umfragen deutlich über fünfzig Prozent. Alle Welt fragte sich, wieso Washington gelähmt wie das Kaninchen der Schlange in die Augen starrte. Stone und Rubinstein fühlten es selbst. Es war keine Lähmung. Es war pure Resignation. Die Resignation am Ende der Zeit. Nach einigen Minuten blieb Stone stehen und wandte sich Rubinstein zu. »Wir werden auch nach Ablauf der Ruhefrist morgen nichts machen. Keine Sonderoperation. Kein Wahrnehmungsmanagement. Keine psychologische Kriegsführung. Einfach nichts. Zumindest nichts, von dem *ich* weiß. Und wissen Sie, warum? Weil das ein Problem ist, das nur die Spitze selbst lösen kann. Die Präsidentin. Sie muss den Mut haben und die Wahlen absagen. Sie hat uns daran gehindert, vorher einzugreifen. Jetzt muss *sie* den ganzen politischen Schaden schultern.« Er atmete tief durch. »Es sei denn, es geschieht vorher noch ein Wunder und ihre wie auch immer geartete Spezialoperation, von der niemand Details zu kennen scheint«, er kniff die Augen zusammen, als könne er so in Rubinsteins Gehirn sehen, »kommt doch noch zum Erfolg.« Er schüttelte den Kopf. »Ich hätte mich niemals darauf einlassen sollen.«

Rubinstein seufzte nur, statt zu antworten. Bei seinem Gespräch mit Adams vor einer Stunde hatte er nichts erfahren, das ihn zuversichtlich gestimmt hätte. Keine Neuigkeiten aus Boston. Operation Magnoliophyta erwies sich als Schlag ins Wasser – wie er es befürchtet hatte. Adams hatte einen verzweifelten Eindruck gemacht und noch öfter als sonst den Sitz ihrer Frisur überprüft. Sie hatte Rubinstein gegenüber versucht, Zuversicht zu verbreiten. So wie es jetzt aussah, würden die Amerikaner – wenn die Wahlen wirklich durchgeführt würden – in einer Woche den Kopf der Verschwörung zu ihrem Präsidenten wählen und Texas sich für unabhängig erklären. Und alles, was den Verantwortlichen in Washington dazu einfiel, war, die Schultern hängen zu lassen und in den Nebel zu starren.

Rubinstein gab sich einen Ruck. »Im schlimmsten Fall – im allerschlimmsten Fall – müssen wir den Bericht öffentlich machen. Wir können nicht einfach *nichts* machen.«

Stone blickte ihn entsetzt an. »Niemand wird uns glauben! Schon gar nicht die Texaner. Sinshy und seine Unterstützer – die

Medien! – werden uns als plumpe Verschwörungstheoretiker hinstellen, die sich von Adams einspannen ließen, um Sinshy die Wahl zu vermasseln. Und man wird unsere Köpfe fordern. Er wird alles abstreiten. Die Rolle des Opfer einer politischen Kampagne kann er gut. Von den internationalen Konsequenzen ganz zu schweigen.« Er wollte weitersprechen, biss sich aber auf die Lippen. Niemand glaubte ihnen mehr. *Washington* hatte zu oft gelogen. »Adams ist am Zug! Sie wollte das Problem auf ihre Art lösen. Bitte! Soll sie machen! Außerdem – jetzt ist es sowieso zu spät, eine effektive Operation vorzubereiten. Wir haben zwar alle möglichen Sachen in der Schublade aber … ach, wem erzähle ich das eigentlich.«

Während Rubinstein überlegte, ob er Stone von Isler berichten sollte – seinem Plan, Sinshy belastende Dokumente zu finden und ihn so zu einem glaubwürdigen Geständnis zu bewegen – läutete sein Telefon. Es musste sich um etwas Wichtiges handeln, da nur sein Büro durchkam.

Nach einer Minute, in der er nichts sagte, sondern nur zuhörte, beendete er das Gespräch. Die letzte Hoffnung war gestorben. Kreidebleich starrte er an Stone vorbei Richtung Weißes Haus.

Stone wartete geduldig, dass Rubinstein zu reden beginnen würde. Er wusste, dass eine Katastrophe passiert war. Jetzt läutete auch sein Telefon. Sie sahen sich in die Augen, als Stone erfuhr, was Rubinstein seit einer Minute wusste. Jetzt begann Stone zu verstehen, was Adams geplant hatte.

David Isler versuchte, sein Gehirn in Gang zu bringen, indem er mit einer Hacke die Erde in den Rosenbeeten auflockerte. Immer wieder dachte er über das Telefongespräch nach, das er gestern mit Pater Aurelius geführt hatte. *Man kann schließlich nicht die ganze Welt durchsuchen.* Der Satz ging Isler nicht aus dem Kopf, doch er wusste nicht, warum. Was sollte er tun? Wäre es nicht am verantwortungsvollsten, die Aktion sofort abzubrechen, die Präsidentin zu informieren, dass er versagt hatte, und den geordneten Rückzug anzutreten? Er hatte nur noch vierundzwanzig Stunden Zeit und keine Idee, wie es weitergehen sollte. Seine Gedanken drehten sich nur noch im Kreis. *In der Todesspirale*, dachte Isler. Letzte Nacht hatte er geträumt, wie er als ›peinlichster Mensch der Welt‹ durch die Nachrichtensendungen gejagt wurde. Die Leute riefen ihm auf der Straße »Mr. Peinlich« hinterher, und seine Frau sagte bei der Abreise mit Olivia: »Mit so einem peinlichen Menschen möchte ich nicht mehr verheiratet sein!« Seine Tochter streckte ihm nur die Zunge raus.

»Kaffee?« Rachels Stimme befreite ihn von der niederschmetternden Erinnerung an den Traum. Sie stand in der Tür des Gewächshauses, eine Thermoskanne mit Instantkaffee in der Hand, und lächelte ihn freundlich an. Obwohl schon über fünfzig Jahre alt, hatte sie ein sehr jugendliches Gesicht. Es begann regelrecht zu strahlen, wenn sie lächelte.

»Rachel. Schön, dass Sie vorbeikommen. Ein Kaffee wäre nicht schlecht jetzt.« Es war früher Nachmittag und sein Mittagessen hatte nur aus einem Sandwich zwischen Tür und Angel bestanden.

Sie öffnete den Verschluss der Thermoskanne, goss die dampfende schwarze Brühe in einen Keramikbecher und reichte ihn Isler. »Wie immer schwarz. Wie können Sie so ein Gesöff nur schwarz trinken. Dabei haben wir italienischen Bohnenkaffee in der Küche.« Sie verzog das Gesicht, so dass einige Falten sichtbar wurden.

Isler zuckte entschuldigend die Schultern. »Viel zu tun heute?« Er verdrehte die Augen und lächelte, als er den ersten Schluck schlürfte.

»Wir sind mit den Vorbereitungen für die Feier nach der Wahl gut im Zeitplan.« Rachel überließ nichts dem Zufall. »Wie kommen Sie weiter?« Sie legte den Kopf schräg. Ihr Lächeln war der Ernsthaftigkeit gewichen.

Da war es wieder. Isler wusste, dass sie nicht die Rosen meinte. Doch er konnte kein Risiko eingehen. Noch nicht. Rachel war die Zuverlässigkeit in Person, und er hatte keinen Grund anzunehmen, dass sie ihm gegenüber loyaler war als gegenüber ihrem Dienstherrn.

»Es läuft«, antwortete er so beiläufig wie möglich. Für einen Moment schwiegen sie und blickten sich nur an.

»Gut«, nickte Rachel lächelnd. Sie ließ ihren Blick über die Rosenbeete schweifen. »Gedeihen gut, die Queen-Elisabeth-Rosen.«

»Für den Wahlabend.« Um nicht leer zu schlucken, trank er etwas Kaffee.

»Tja, dann … ich muss wieder.«

Für einen Moment glaubte Isler, in ihrem Gesicht ablesen zu können, dass es jetzt Zeit war, offen miteinander zu sprechen. Nur noch vierundzwanzig Stunden. Doch er zögerte.

Rachel drehte sich um und ging Richtung Ausgang. Isler stellte den Kaffee auf seinem Arbeitstisch ab und griff wieder zur Hacke.

»Übrigens«, sie hatte die Tür fast erreicht als sie sich ihm noch einmal zuwendete, »manchmal denke ich wir kennen uns aus einem vorherigen Leben.«

Sie ist die unesoterischste Person, die ich kenne, von Pater Aurelius abgesehen, dachte Isler. Was sie sagte, war entweder ein Angebot zur Kooperation oder eine perfide Falle – die er ihr nicht zutraute. »Das … wie meinen Sie das?«

Sie ging auf ihn zu, legte ihm die Hand auf die Schulter und nickte. »Aus einem Leben, in dem wir zusammen durch Dick und Dünn gingen, um die Bösen zur Strecke zu bringen, Patrick.«

»Die Bösen zur Strecke bringen«, wiederholte Isler leise. Er entschied, jetzt das Risiko einzugehen, sich ans Messer zu liefern. Die Zeit drängte! »Das Böse ist manchmal so nah!«

»Manchmal arbeitet man sogar für das Böse!« Ihr Gesicht verfinsterte sich. Es war ausgesprochen. Der Pakt war geschlossen.

Isler schluckte. »Also gut.« *Wie weiter?* »Was wissen Sie, Rachel?«

»Ich weiß nicht, wer Sie sind und ob Sie wirklich Patrick heißen. Aber ich glaube«, sie zögerte einen Moment, bevor sie das Ungeheuerliche aussprach, »Sinshy ist in diese Sache in Texas involviert.«

Es traf Isler wie ein Blitz. *So weit ist sie schon!* »Wie kommen Sie darauf?«

Rachel erzählte, wie in ihr im Verlauf der letzten anderthalb Jahre der Verdacht gewachsen sei, dass Sinshy mit der texanischen Sezessionsbewegung etwas zu tun haben könnte. Begonnen habe es, als sie im vorletzten Sommer einen Zettel in Sinshys Jackett gefunden habe. Sinshy hatte es ihr zur Reinigung gegeben. Aus Neugierde habe sie einen Blick auf den Zettel geworfen. Es sei ein Diagramm mit einigen Namen und Daten gewesen, in dem sie damals keinen Sinn habe erkennen können. Den Zettel habe sie zusammengefaltet und Sinshy sofort wieder zurückgegeben. Ihre kleine Spionageaktion sei ihrem Chef entgangen. Erst nach der Katastrophe von Sandrock habe sie sich einen Reim auf das Diagramm machen können. »Es stand etwas drauf von einem Experiment Excess, von der Texas Times, der Texanischen Freiheitspartei, von *Weltregierung* und einigen anderen Dingen.«

Islers Herz tanzte. Das Schicksal – oder wer auch immer – hatte ihm in letzter Sekunde einen neuen Weg geebnet. Mit Rachels Hilfe könnte seine Suche doch noch von Erfolg gekrönt werden. »Aber diesen Zettel – Sie haben ihn nicht mehr?«

»Nein. Ich habe ihn Sinshy in die Hand gedrückt, ohne mir anmerken zu lassen, dass ich ihn gelesen habe. Was dann passiert ist, weiß ich nicht.«

»In Sinshys Büro ist doch sicher ein Safe?«

»Ja, aber da kommen wir nicht ran. Patrick …«

»David.«

»Ich weiß nicht, für wen Sie arbeiten, aber ich glaube, wir müssen schnell handeln. Gerade eben in der Küche habe ich die Meldung im Radio gehört, dass in Boston ein Schweizer Spion festgenommen wurde. Ihr Partner?«

»Können Sie das bitte wiederholen?«

»Ein Schweizer Spion sei gerade eben in Boston verhaftet worden. Kennen Sie ihn? Ist er auch an der Aufklärung des Falles beteiligt?«

Tausend Gedanken schossen ihm durch den Kopf. Hatte Mattei noch jemanden eingeweiht? Und wieso in Boston? Was gab es in Boston zu suchen oder zu finden?

Seine Gedanken wurden von einem Knall unterbrochen, den die aus den Scharnieren und auf den Boden fallende Eingangstür zum Gewächshaus verursachte.

»POLIZEI! AUF DEN BODEN! AUF DEN BODEN! LOS! LOS! BEWEGEN SIE SICH! LEGEN SIE SICH SOFORT AUF DEN BODEN!«

Zwanzig teilweise vermummte Beamte vom FBI und der Massachusetts State Police rannten mit Geschrei und gezückten Waffen auf ihn und Rachel zu und warfen sie zu Boden.

Rücksichtslos presste ein Polizist Islers Gesicht in die Blumenerde zwischen zwei Rosenstöcken, während ihn ein FBI-Agenten mit dem Knie im Rücken auf den Boden drückte. Der Schmerz, den Isler spürte, wurde nicht von den unsanften Griffen der Polizisten verursacht, sondern von der Gewissheit, dass seine Suche damit erfolglos beendet war – gerade jetzt, als er wieder neue Hoffnung schöpfte. Wenigstens ließen die Polizisten von Rachel ab, als sie realisierten, dass sie nicht der schmächtige Mann war, den sie suchten.

Nachdem er mit auf dem Rücken zusammengebundenen Händen hochgezogen wurde und auf wackligen Knien zu stehen versuchte, trat ein FBI-Agent mit ausladendem Bauch und kleinen, tief im Kopf sitzenden Augen vor ihn. »Sind Sie David Isler, Bürger der Schweizerischen Eidgenossenschaft?«

Isler nickte. »Ja«, krächzte er. Seine Stimme versagte. Er räusperte sich und probierte es noch einmal. »Ich bin David Isler.« Er blickte resigniert zu Rachel. Er dachte an seine Familie. An Adams. An Mattei. An Texas. An seine Überheblichkeit. An seinen verrückten Plan, der noch vor einer Minute aufzugehen schien. An die ganze perfekte Katastrophe. Er spürte kalten Schweiß am ganzen Körper und begann zu zittern.

Der FBI-Agent blickte ihn voller Verachtung an. »Sie sind festgenommen wegen Spionagetätigkeit gegen die Vereinigten Staaten von Amerika!«

71

Mittwoch, 2. November 2016

Tim schüttelte nur noch den Kopf. »Unglaublich, zu welchen Mitteln sie jetzt greift.« Fasziniert und angewidert las er den Titel der aktuellen Ausgabe der Texas Times:

Wynthgate: Adams in Spionage gegen Sinshy verwickelt?

Josephina stand in der Küche der kleinen Wohnung wenige Meilen südlich von Amarillo, in der sich Tim immer noch versteckt hielt, und bereitete das Frühstück zu. »Lies vor.«

»Hör dir das an: Eine Geschichte wie aus einem Politthriller hält seit gestern die Welt in Atem und erschüttert das politische System der USA. Durch einen Hinweis des britischen Aufklärungsdienstes Government Communications Headquarters ist es dem FBI gestern Nachmittag gelungen, einen ausländischen Spion in der Nähe von Boston festzunehmen. Diese an sich noch nicht sehr aufregende Meldung entwickelte sich zu einer politischen Intrige von epischem Ausmaß, als in den Stunden nach der Festnahme die ersten Details an die Öffentlichkeit gelangten. Die Festnahme selbst wäre um ein Haar misslungen, da sie durch ein Missverständnis zwanzig Minuten zu früh gemeldet wurde. Der Spion wurde nur als ›D.I.‹ identifiziert. Er ist Agent des schweizerischen Auslandnachrichtendienstes. Allein dieser Umstand sorgte bei Kennern der Geheimdienstwelt für Stirnrunzeln. Die Schweiz ist ein kleines Land in Europa und bisher noch nicht durch internationale Spionageaktionen aufgefallen. Als vom FBI in den Abendstunden bekannt gegeben wurde, dass D. I. sich mit einer falschen Identität als Rosengärtner bei dem wahrscheinlich nächsten US-Präsidenten Art Sinshy hatte anstellen lassen, schrillten bei Experten sämtliche Alarmglocken. Als dann eine britische Agentur berichtete, dass niemand Geringerer als der Präsident der Schweiz, Giovanni Mattei, direkt in den Fall involviert ist, standen die Kommentatoren Kopf.

Denn Mattei ist ein persönlicher Freund von Präsidentin Adams. In den letzten Monaten haben sich beide mindestens zwei Mal privat getroffen, wie die Texas Times aus zuverlässigen Quellen erfahren hat. Das erste Mal am Tag vor der Sandrock-Apokalypse, das zweite Mal am Tag, als die Trauerfeier für die Opfer in Austin stattfand!« Tim schlug mit der flachen Hand auf den Tisch. »Das gibt es doch nicht!«

Josephina murmelte entsetzt: »Das darf doch nicht wahr sein«, als sie die verquirlten Eier in die Pfanne goss.

Tim las weiter. »Washingtoner Insider urteilten, es handle sich um einen Abgrund von Landesverrat, wenn die Präsidentin, aus reiner Missgunst und gekränkter Eitelkeit und nur um die Wahlchancen ihres Nachfolgers zu zerstören, bereit sei, mit einem ausländischen Geheimdienst zusammenzuarbeiten. Offenbar habe Adams gehofft, im Wynth Estate, dem Privathaus Sinshys, Material zu finden, aus dem sich ein Skandal konstruieren ließe. Obwohl das Weiße Haus in einer ersten Stellungnahme energisch bestritten hat, dass Adams auf irgendeine Art in den Spionagevorgang involviert sei und diesen aufs Schärfste verurteilt, hat der Schweizer Präsident Giovanni Mattei zugegeben, D. I. zu kennen und von der Aktion gewusst zu haben. Mattei entschuldigte sich über die Medien bei Art Sinshy für den Vorfall. Man habe, im Bemühen, sich ein möglichst vollständiges Bild vom neuen Präsidenten zu machen, in der Wahl der Mittel übertrieben, so Mattei. Der Sprecher des Kongresses, Art Sinshy, bezeichnete den Vorgang als verstörend und enttäuschend. Kurz vor Redaktionsschluss der Texas Times wurde gemeldet, dass das State Department den Schweizer Botschafter in Washington einbestellt hat, um ihm eine Protestnote der Präsidentin zu übergeben.« Tim lachte und schüttelte den Kopf. »Das nützt jetzt alles nichts mehr. Keiner glaubt ihr auch nur ein Wort. Und die Lupinen-Revolution hat noch mehr Schub bekommen, jetzt wo in Washington wieder ein Skandal an die Öffentlichkeit gekommen ist.« Die Lupine – lateinisch *lupinus texensis* – war die offizielle Staatsblume von Texas. Nach dem Vorbild der Rosen-, Orangen- und Zedern-Revolutionen der vergangenen Jahre hatte die Texas Times den Begriff ‚Lupinen-Revolution' geprägt und erfolgreich in Umlauf gebracht. Seit einigen Tagen war auf jeder Titelseite der Zeitung eine stilisierte Lupine abgedruckt.

»Sherlock …« Tim schüttelte nachdenklich den Kopf.

»Wer?«

»Fred Reilly. Wir haben ihn Sherlock genannt weil er alles Mögliche *wusste*. Das heißt, ich habe ihm eigentlich nie geglaubt. Er hat nur von Verschwörungen gesprochen und so. Aber auch von UFOs und Aliens und diesem Echsen-Zeug.«

»Ja, ich kann mich erinnern. Die Präsidentin ist ein Krokodil mit Maske.«

Sie lachten.

»Irgendwie hatte er doch recht. Verschwörungen – sie leben«, meinte Tim nachdenklich. Er blätterte um und ging zum nächsten Artikel. »Und das. EU-Assoziationsabkommen mit Republik Texas. Wie der Abgeordnete des EU-Parlaments und Mitglied der außenpolitischen Kommission, Benito Vasalli, gestern gegenüber Journalisten erklärte, halte er es für sinnvoll und sehr wahrscheinlich, dass die Republik Texas nach ihrer offiziellen Anerkennung in den Genuss eines Assoziationsabkommens mit der Europäischen Union komme. Vasalli führte aus …«

»Sehr schön, mein Lieber, aber jetzt frühstücken wir, okay? Genug Politik für einen leeren Magen.« Josephina stellte zwei Teller mit Rührei, Speck und ein paar Früchten auf die Texas Times und setzte sich zu Tim an den Tisch.

Die Stahltür der Zelle im neunten Stock der Spezialabteilung im Metropolitan Detention Center fiel krachend ins Schloss. Fünfeinhalb Quadratmeter im Westen Brooklyns. Fünfeinhalb Kilometer südlich des Freedom Towers. David Isler hatte ein neues Zuhause. Hätte die Zelle ein Fenster gehabt, hätte er auf den regen Schiffsverkehr in der Upper New York Bay blicken können.

Heute lief das Ultimatum ab. Er saß im Gefängnis. Mattei würde wahrscheinlich zurücktreten müssen. Adams' Ansehen war noch schlechter als zuvor. Und Sinshy hatte den Opferbonus. Operation

Magnoliophyta entpuppte sich als persönlicher und politischer Supergau. Ihm wurde übel bei der Vorstellung, wie die Medien in der Schweiz und den USA den Fall genüsslich sezieren würden, freilich ohne zu verstehen, was wirklich vor sich gegangen war. Eine Agentenstory, wie geschaffen für Schribbls und Radikaldebile.

Die Zeit zwischen seiner Festnahme gestern und der Ankunft im ADMAX SHU heute hatte er in einer Einzelzelle eines Bostoner Gefängnisses verbracht. Abgesehen von den üblichen erkennungsdienstlichen Maßnahmen war er zwei Mal aus der Zelle geholt und in ein Befragungszimmer geführt worden. Die einzige Frage, die er beantwortet hatte, war die nach seiner Identität. Sein Gesuch nach Kontakt zu einem Schweizerischen Konsulat oder zur Botschaft in Washington hatte man abgelehnt, wenigstens vorläufig. Heute wurde er um 5 Uhr geweckt. In einem Gefangenentransporter, begleitet von Polizeifahrzeugen, wurde er in knapp vierstündiger Fahrt nach Brooklyn gebracht. Vom ADMAX SHU hatte er schon gehört. In den Monaten nach dem 11. September 2001 wurden dort hunderte von Muslimen festgehalten. Im Gegensatz zu ihnen hatte man Isler bisher korrekt behandelt.

Nach seiner Ankunft wurde er wieder fotografiert. Es wurden Fingerabdrücke und eine Blutprobe genommen. Er musste einen orangen Overall anziehen. Für den Weg vom Empfangs- und Entlassungsbereich bis in seine Zelle wurden ihm Hand- und Fußfesseln angelegt. Niemand sprach ein Wort mit ihm. Ihm selbst war auch nicht nach Kommunikation zumute. Er bemerkte die vielen fragenden Blicke. Wahrscheinlich, weil niemand wusste, in welchem Kontinent die Schweiz – Schweden? Swaziland? – zu vermuten war.

Er legte sich auf die an der Wand befestigte Metallpritsche. Matratze und Wolldecke würde er später erhalten, hatte man ihm gesagt.

Grelles Neonlicht, Metallpritsche, Metalltischplatte, Metalltoilette, schlechter Geruch trotz ständig surrender Belüftung. Er starrte an die Decke und versuchte seine Gedanken zu ordnen. Er hoffte, dass sich irgendjemand um Angela und Olivia kümmerte.

Er verzog das Gesicht beim Gedanken daran, dass die Massenmedien vielleicht sein Haus belagerten – früher oder später würde seine Identität in die Öffentlichkeit gelangen. Und das Kloster Disentis, wo sich der echte Patrick Malans versteckt gehalten hatte oder immer noch hielt.

In Boston hatte man ihn darauf hingewiesen, dass er möglicherweise zu einer lebenslangen Haftstrafe verurteilt werden könne. Vor allem, wenn er nicht mit den Ermittlungsbehörden kooperiere. Als hätte er seine Gedanken gelesen, hatte ihn ein FBI-Agent angefaucht: »Und bilden Sie sich ja nicht ein, diese Präsidentin oder irgendein anderer Präsident wird Sie jemals begnadigen!«

Tief im Inneren spürte er, dass er bereits wusste, wo man in Sinshys Haus nach den Dokumenten suchen musste. Auch wenn Sinshy behaupten würde, er, Isler, habe sie dort platziert. Er spürte, dass er es wusste, konnte es aber nicht formulieren. *Man kann schließlich nicht die ganze Welt durchsuchen.* Er war nur einen Millimeter von der Lösung entfernt. Nur einen verdammten Millimeter!

Hin- und hergerissen zwischen der Hoffnung, dass es doch noch Rettung gäbe, und der abscheulichen Aussicht, im Gefängnis alt zu werden oder womöglich zu sterben, schloss er die Augen und versuchte ein bisschen zu schlafen.

Präsidentin Jeanne Adams hatte nicht den Hauch eines Zweifels, dass es jetzt um alles ging. Zuerst war das Land vierzig Jahre lang systematisch deindustrialisiert worden. Weltfremde Menschen in Elfenbeintürmen hatten begeistert die Segnungen der postindustriellen Informationsgesellschaft vermittelt. Papageie in Schlüsselpositionen hatten drei neue Sätze auswendig gelernt und damit ihre Karriere gestaltet. Unmittelbare Folge war ein riesiger Berg Schulden, ein Heer Arbeitsloser und eine verarmende und zunehmend demoralisierte Bevölkerung. Dann hatte man es erfolgreich verstanden, die USA nach 9/11 in die Falle der imperialen Überdehnung zu locken. Gleichzeitig hatten die Vorgängerregierungen den ehemaligen Leuchtturm der Freiheit in einen Polizei- und Überwachungsstaat verwandelt. Und so wie es heute aussah, würde schon in wenigen Tagen die territoriale Desintegration beginnen – die letzte Phase in der Zerstörung der Republik. Gerade deswegen hatte es sich Adams nicht erlaubt, die Hoffnung aufzugeben, trotz des schweren Rückschlags durch die Enttarnung Islers. Eine Schlacht war verloren, nicht aber der Krieg. Noch nicht.

Keep your friends close, but your enemies closer, dachte sie, als Art Sinshy das Oval Office betrat.

Nach einer kurzen Begrüßung gingen sie auf Adams Wunsch in den abhörsicheren Executive Briefing Room unter dem Ostflügel. Nachdem ihnen Kaffee und Wasser gebracht wurde, waren sie allein.

Adams blickte Sinshy mit ernster Miene an. »Ich will es kurz machen. Ich habe von der Aktion Matteis nichts gewusst, das musst du mir glauben. Er wollte mir helfen, weil er mich mag und es unfair fand, dass ich keine Chance auf eine zweite Amtszeit bekomme.«

Sinshy wollte etwas sagen, doch Adams hob die Hand und sprach weiter. »In einer Woche wirst du der gewählte Präsident sein und die Texanische Freiheitspartei in Texas die Republik proklamieren. Wenn die Wahl stattfindet.« Sie machte eine Pause, um ihm Gelegenheit zur Erwiderung zu geben.

»Die Wahl muss stattfinden.« Er hob bedauernd die Hände in die Höhe. »Sonst gibt es einen Bürgerkrieg.«

»Den gibt es vielleicht auch so. Also gut. Du sagst, die Wahl muss stattfinden. Art, ich stehe unter extremem Druck, die Wahl zu verschieben. Ehrlich gesagt kann ich nicht mit Sicherheit sagen, ob man mich noch ins Oval Office lässt, wenn wir wieder nach oben gehen. Der Generalstabschef hat mir heute unmissverständlich mitgeteilt, dass alle Vorbereitungen für einen …«

»Putsch?!« Sinshy presste die Lippen zusammen.

»Ja. Es kann jede Minute passieren. Deshalb müssen wir uns wie erwachsene Menschen verhalten. Vergessen wir alles, was bisher zwischen uns passiert ist.«

»Gut. Sehr gut.« Sinshy schien der Vorschlag zu gefallen.

»Also. Vertrauen gegen Vertrauen. Von heute an werden wir in ständigem Kontakt bleiben. Ohne Mitarbeiter dazwischen zu schalten. Wir sollten zwei Mal täglich miteinander sprechen. Wenn es wichtige Neuigkeiten gibt, musst du wohl oder übel herkommen, da ich nicht weiß, ob die sicheren Leitungen wirklich sicher sind.«

Sinshy nickte.

»Vielleicht passiert in den nächsten Tagen noch ein Wunder und die Texaner werden wieder normal.«

»Das ist zu hoffen!«, sagte Sinshy lauter als er wollte.

»Ich werde versuchen, das Militär noch zurückzuhalten.« Sie fasste zusammen: »Nach jetzigem Stand gibt es drei mögliche Entwicklungen und alle drei sind eine Katastrophe. Erstens: Ich erkläre einen nationalen Notstand und verschiebe die Wahl. Zweitens: Das Militär putscht und verschiebt die Wahl. Oder drittens: Die Wahl findet statt und die USA verlieren zehn Prozent ihres Territoriums.«

Sinshy seufzte. »Was für eine schreckliche Zeit!«

Du verlogene Ratte! Adams nippte am Kaffee.

Sie sprachen noch einige Minuten über Sinshys Wahlkampf. Er berichtete, wie kürzlich nach einem Auftritt der Secret Service in letzter Sekunde verhindern konnte, dass sich ein Mann aus dem Publikum auf ihn stürzte. Er habe doch tatsächlich den Vorwurf erhoben, Sinshy stecke hinter der Lupinen-Revolution. Adams versuchte locker zu bleiben.

Nachdem sie wieder ins Oval Office zurückgekehrt war und Sinshy das Weiße Haus verlassen hatte, ließ sie Geheimdienstkoordinator Rubinstein notfallmäßig zu sich bestellen.

Bundespräsident Giovanni Mattei stand seit Islers Festnahme mit dem Rücken zur Wand. Bundesratskollegen, die Spitze des SND, Parteifreunde, Medien, langjährige Begleiter – niemand hatte Verständnis für sein Verhalten. Einige wenige, die Isler persönlich kannten, vermuteten, dass es um etwas ganz anderes ging als nur darum, den nächsten Präsidenten der USA auszuspionieren. Aber das war nicht die allgemeine Wahrnehmung.

Die Frage, wie das britische Government Communications Headquarter herausgefunden hatte, dass Isler bei Sinshy eingeschleust war, ging Mattei nicht aus dem Kopf. Obwohl er wusste, dass die Frage müßig war. Großbritannien war Partner im ECHELON-System, dem größten und modernsten Abhörnetzwerk der Welt. Vielleicht hatte man Isler als SND-Mitarbeiter routinemäßig überwacht und es mehr oder weniger zufällig herausgefunden. Wie auch immer. Es war passiert.

Er wäre bereits zurückgetreten, wenn Isler nicht im Gefängnis sitzen würde. Nur deswegen wollte er sich noch so lange wie möglich im Amt halten. Isler in seiner schwierigen Situation zu unterstützen war selbst für ihn als Bundespräsident schwer bis unmöglich – aber als Privatmann hätte er gar nichts mehr unternehmen können.

Jetzt, es war später Abend, saß er neben Angela Isler im Wohnzimmer ihres Hauses in Bolligen bei Bern. Olivia schlief. Seit zwanzig Minuten versuchte der Bundespräsident, Angela zu trösten und ihr Mut zuzusprechen. Was ihm schwer fiel.

»Er war immer sehr zuversichtlich, dass es klappen würde.« Angela musste sich zusammenreißen, um nicht zu weinen.

Mattei legte ihr vorsichtig eine Hand auf die Schulter. »Es hätte funktionieren können. Es war ein guter Plan. Aber ich hätte es ihm verbieten müssen. Zu seinem eigenen Schutz. Er ist schließlich kein Agent.«

Angela tupfte sich ein paar Tränen aus den Augen und schnäuzte sich. »Ich habe Ihnen gar nichts zu trinken angeboten.«

»Nicht nötig«, winkte Mattei ab.

»Ein Glas Wein?«

»Sie haben mich überzeugt.«

Kurze Zeit später kehrte sie mit einer Flasche Rotwein, einem Korkenzieher und zwei Gläsern wieder ins Wohnzimmer zurück. Mattei dachte, dass es vielleicht doch keine schlechte Idee war, jetzt etwas zu trinken. Er hatte einen anstrengenden und sehr langen Tag hinter sich. Vermutlich würde er sich nicht mehr lange im Bundesrat halten können. Vor allem, wenn Sinshy die Wahl gewinnen würde und die Wahrheit hinter einer Mauer von als ›geheim‹ klassifizierten Dokumenten verstecken konnte.

»Sie haben doch nichts dagegen«, fragte Mattei rhetorisch, lockerte die Krawatte und öffnete den obersten Knopf seines Hemds.

Angela entkorkte die Flasche und goss ein wenig Wein in eines der Gläser. »Nichts übertrieben Hochkarätiges, aber ein solider Tropfen. Toskana. Wollen Sie probieren?« Sie brachte ein Lächeln zustande.

Mattei nahm einen kleinen Schluck, bewegte ihn im Mund hin und her und nickte zufrieden. »Ausgezeichnet. Genau das Richtige jetzt!«

Als sie auf Isler angestoßen hatten sagte Mattei, was er bisher verschwiegen hatte. Zwar wollte er keine falschen Hoffnungen wecken, aber trotzdem etwas Tröstliches sagen. »Adams ist noch bis Januar im Amt. Wenn der Prozess gegen David bald beginnt und zügig über die Bühne geht, hätte sie die Möglichkeit, ihn zu begnadigen.«

»Wir wissen beide, dass so ein Verfahren nicht so schnell …«

Mattei schüttelte heftig den Kopf. »Es ist auch schon vorgekommen, dass ein Präsident eine Begnadigung ausgesprochen hat, bevor überhaupt Anklage erhoben wurde. Theoretisch könnte sie ihn also sofort begnadigen.« Er erwähnte nicht, dass es sich beim Begnadigten um einen anderen Präsidenten gehandelt hatte – Richard Nixon.

»Was sie nicht tun wird.«

Er klopfte ihr freundschaftlich auf die Schultern. »Nicht sofort, Angela. Aber warten wir ab.«

David Isler fand es unpassend, dem Geheimdienstkoordinator der Vereinigten Staaten unrasiert und in Anstaltskleidung gegenüberzutreten. Obwohl er nicht wusste, wie er die Sache einschätzen sollte. Als ihn drei Wärter am Abend aus seiner Zelle geholt und Besuch – hohen Besuch! – angekündigt hatten, waren die Blicke noch fragender als bei seiner Einlieferung ins ADMAX vor fünfzehn Stunden gewesen. Diesmal hatte man ihm keine Handschellen und Fußfesseln angelegt.

Eine Liftfahrt später wurde er in einen kleinen Raum geführt. Sofort erkannte er Emmanuel Rubinstein, Geheimdienstzar der USA.

»Ich hoffe man behandelt Sie anständig«, begrüßte Rubinstein ihn lächelnd und drückte ihm die Hand. »Willkommen in den Vereinigten Staaten. Von Kollege zu Kollege.«

»Danke, Mister Rubinstein. Freut mich Sie kennen zu lernen.« Er nahm sich vor, vorerst weiterhin keine Aussage zu machen, bis er wusste, was Rubinstein wollte. Dass es sich nicht um eine normale Befragung handelte, war offensichtlich.

Sie setzten sich an einen in der Mitte des Raums stehenden Tisch. Rubinstein bedankte sich bei den Wärtern, worauf diese den Raum verließen und die Tür schlossen.

Rubinstein seufzte. »Ich musste mein ganzes Geheimdiensttalent mobilisieren bei der Anreise. Niemand weiß, dass ich hier bin. Außer der Präsidentin natürlich.«

Isler schluckte. Eine Falle?

»Zigarette?« Rubinstein zog ein Päckchen aus der Tasche seines Trenchcoats, der über der Stuhllehne neben ihm hängte.

»Nichtraucher, danke.«

Rubinstein klemmte sich eine Zigarette zwischen die Lippen und zündete sie an, das Rauchverbot ignorierend.

»Oder doch. Mal was Extremes machen.« Isler hatte seit über zehn Jahren nicht mehr geraucht. Angela hatte es ihm ausgetrieben. »Aber das bleibt zwischen uns!«

Isler musste husten, als er den ersten Zug nahm. Er entschied, den Rest der Zigarette nur zu paffen.

»Das bleibt alles zwischen uns«, wiederholte Rubinstein. »Ich komme im Auftrag von Präsidentin Adams.«

Isler sagte nichts sondern nahm einen weiteren Zug, den er sofort wieder ausblies.

»Sie hat mich autorisiert, Sie über den aktuellen Stand der Dinge zu unterrichten. Sie hat mich außerdem gebeten, mich von Ihnen beraten zu lassen. Sie hält große Stücke auf Sie!«

»Danke.« Isler räusperte sich verlegen. Nicht, dass der US-Geheimdienstapparat früher oder später von selbst herausgefunden hätte, wo Sinshy die Dokumente versteckt hatte, von denen nur er und Rachel wussten, dass es sie überhaupt gab. Aber Isler wusste es bereits jetzt. *Man kann schließlich nicht die ganze Welt durchsuchen.* Doch – man konnte! Vor einigen Stunden hatte ihn die Erkenntnis wie ein Blitz getroffen: Ein Geheimnis versteckt man am besten mitten in der Öffentlichkeit. Coram publico. Wie ›D‹, der Protagonist in Edgar Allen Poes ›Der entwendete Brief‹ es getan hatte. Isler *wusste*, dass Sinshy die Dokumente in der übergroßen Kollage ›Mondo Universale‹ – eine Weltkarte! – versteckt hatte.

»Das hier ist von Adams.« Rubinstein zog eine Karte aus der Innentasche seines Jacketts und reichte sie Isler.

Isler nahm sie und las lächelnd. »Bullfight critics ranked in rows, crowd the enormous plaza full; but only one is there who knows, and he's the man who fights the bull.« Es war die Karte, die Isler vor noch nicht einmal zwei Monaten Bundespräsident Mattei gegeben hatte, kurz vor dessen Abflug nach Washington. Offenbar hatte Adams den versteckten Hinweis verstanden: Beginnend mit dem ›y‹ in ›only‹ hatte sie sechs bei oberflächlicher Betrachtung kaum wahrnehmbar höhergestellte Buchstaben miteinander verbunden. Zusammen ergaben sie, rückwärts gelesen, ›sinshy‹.

»Auf der Rückseite ist eine persönliche Mitteilung der Präsidentin.«

Isler drehte die Karte um.

Lieber David! Ich hoffe es geht Ihnen gut. Emmanuel Rubinstein hat mein volles Vertrauen. Sie können offen mit ihm sprechen. Bitte sagen Sie ihm alles, was Sie wissen. Liebe Grüße, Jeanne Adams.

Isler entschied, keine Zeit mit dem Gedanken zu verschwenden, dass jemand die Karte gestohlen haben könnte und die Nachricht von Adams vielleicht nicht authentisch war.

»Okay. Wir können reden.« Isler hielt die Karte in die Luft wie eine Trophäe.

»In Washington herrscht eine seltsame Stimmung«, begann Rubinstein. »Viele Personen in hohen Funktionen scheinen zu ahnen, dass Sinshy hinter dieser Sache in Texas steckt. Aber weil es so undenkbar erscheint – so undenkbar unverschämt –, *kann* man es schlicht nicht glauben.« Er erzählte vom Bericht der Geheimdienste, der Sinshy schwer belastete. Und von der großen Wahrscheinlichkeit, dass der Generalstab es vermutlich auch wusste, wenn auch niemand etwas zu erkennen gab. »Man hat Adams die Gelegenheit geben wollen, den Karren aus dem Dreck zu ziehen. Weil sie darauf bestanden hat. Weil Sinshy mal ihr Freund war. Da von Anfang an klar war, dass es sich um eine Verschwörung unbekannten Ausmaßes handelt, hat man auch verstanden, dass nur ein sehr kleiner Personenkreis involviert werden darf. Ich selbst habe erst von Ihrer Aktion erfahren, als Sie schon der neue Rosengärtner von Sinshy waren. Aber jetzt ist die Zeit abgelaufen und Sie sitzen – dank der Unterstützung durch unsere britischen *Freunde* – in einem Hochsicherheitsgefängnis.« Rubinstein erzählte von Details, die in dem bis jetzt noch hoch geheimen Bericht standen, und von den Aussagen Oberst Warrens und Patricia Palmers. Beiläufig erwähnte er, dass im Web haufenweise Seiten mit Verschwörungstheorien zu finden waren, die Sinshy mehr oder weniger korrekt als den Kopf der Verschwörung darstellten. Die aber in den vielen anderen Verschwörungstheorien vollkommen untergingen.

Anschließend berichtete Isler von den wenigen Erkenntnissen, die er im Wynth Estate gewonnen hatte. Von seiner Kronzeugin Rachel, die ihm kurz vor seiner Festnahme geschildert hatte, wie sie für einen Moment in Sinshys Notizen Einblick gehabt hatte. Isler vergaß für einige Minuten, dass er ein unter Spionageverdacht Festgenommener war und in einem Hochsicherheitsgefängnis des Bundes saß. Als er Rubinstein vom Papstgewand mit Pileulus erzählte, das er in der Kapelle gefunden hatte, brach der in schallendes Gelächter aus.

»Womit sich einmal mehr bestätigt: Menschen mit politischen Visionen sollten den Psychiater konsultieren!«, sagte Rubinstein kopfschüttelnd. »Es gibt einfach zu viele Verrückte in der großen Politik!«

»So ist es«, pflichtete Isler ihm bei. »Aber jetzt muss es ganz schnell gehen. Ich war zwar während meines Aufenthalts im Wynth Estate nicht so erfolgreich, wie ich mir erhofft hatte, aber ich weiß, wie wir die Sache jetzt schnell zu Ende bringen können. *Ohne* Kollateralschäden.«

»Nämlich?«

»Man tian guo hai.«

»Wie bitte?«

»Den Kaiser täuschen und das Meer überqueren!« Isler strahlte.

»Sie sprechen in Rätseln.«

»Hören Sie zu. Es ist eigentlich ganz einfach.«

Eine Stunde später wurde Isler zurück in seine Zelle gebracht. Die Wärter verstanden gar nichts mehr, als sie in sein zufrieden lächelndes Gesicht blickten.

Geheimdienstkoordinator Rubinstein traf noch in derselben Nacht zu einem Gespräch mit Präsidentin Adams zusammen.

72

Donnerstag, 3. November 2016, Vormittag

In der Nacht begann Austin zu brennen. Immer mehr Menschen drängten sich in der texanischen Hauptstadt. Gewalttätige Unionisten versuchten das Kapitol zu besetzen. Anfänglich gelang es der Polizei, die Aktion zu verhindern. Doch dann geriet sie zwischen die Fronten. Bewaffnete Sezessionisten durchbrachen mit schweren Lastwagen und einem ausgemusterten Panzer die Barrikaden an der Congress Avenue, die von Süden her zum Kapitol führte. Um 2 Uhr morgens wurde der Park vor dem Parlamentsgebäude zum Schlachtfeld. Sezessionisten gegen Unionisten, dazwischen die Polizei und einige wagemutige Kameraleute. Reminiszenzen des Bürgerkriegs. Vom Sockel des im Park aufgestellten Denkmals aus schienen die Statuen dreier Soldaten, die für die Konföderation gekämpft hatten, die Schlacht mit wachen Augen zu beobachten. Erst bei Sonnenaufgang hatte sich die Situation beruhigt. Bilanz: siebzehn Tote, dreihundert Verletzte, fünfhundert Verhaftungen, ein vollkommen verwüsteter Park und hunderte traumatisierter Eichhörnchen.

Gouverneur Henderson wandte sich mit einem Appell an die Bevölkerung des Staates. Wenn nicht umgehend Ruhe einkehre, sehe er sich gezwungen, den Notstand für den Staat Texas zu erklären. Sofort meldete sich der Spitzenkandidat der Texanischen Freiheitspartei, Andrew Clark, zu Wort. Er rief ebenfalls zur Mäßigung auf, unterstellte aber Henderson, er wolle mit der Ausrufung des Notstandes nur die Wahlen verhindern. Noch immer zeigten die Umfragen, dass Clark mit sechzig Prozent der Stimmen rechnen konnte.

Nach seinem Appell, den er in aller Frühe direkt vom Park des Kapitols aus gehalten hatte, meldete sich Henderson telefonisch bei Präsidentin Adams. Er flehte sie an, endlich tätig zu werden. Es sei immer noch besser, die Wahlen zu verschieben, als es den Texanern zu gestatten, aus einer momentanen Rage heraus eine Entscheidung zu fällen, die unabsehbare Konsequenzen für das ganze Land, ja die Welt, haben würde. Adams versicherte ihm, die Situation von Minute zu Minute mitzuverfolgen.

Die nächste Meldung, die um die Welt ging, machte die Lage nicht einfacher. Völlig überraschend kündigten die Fraktionsvorsitzenden von Demokraten und Republikanern im Kongress an, ein Amtsenthebungsverfahren gegen die Präsidentin zu starten. Und zwar noch heute. Man sei bemüht, das langwierige Verfahren, bei dem Vertreter des Kongresses als Kläger und der Senat als Richter wirkten, im Zeitraffer zu erledigen. Die Präsidentin habe angesichts der Krise vollkommen versagt. Adams nahm von der Nachricht mit einem ausgedehnten Seufzer Kenntnis. Sie ließ mitteilen, der Entscheidung des Kongresses liege ein »kolossaler Fehler in der Einschätzung der Lage« zugrunde. Wenigstens hatte sie jetzt Gewissheit: Abgesehen von einem Attentat konnte es nicht mehr schlimmer kommen. Kurz nach der Ankündigung des Kongresses meldete sich Adams' Tochter Barbara. Sie fragte, ob sie ihre Mutter bald im Gefängnis besuchen müsse. Adams' Mann Richard rief aus Honolulu an. Er wollte seiner Frau Mut zusprechen und ermunterte sie, das verdammte Parlament zu beschießen, wie das Jelzin in den Neunzigern gemacht habe. Sie bedankte sich für den sinnvollen Ratschlag.

Im Weißen Haus wurde getuschelt. Man fragte sich, ob Adams vielleicht nicht mehr zurechnungsfähig sei. Mit der Ankündigung des Amtsenthebungsverfahrens bildete sich schnell die Meinung heraus, dass der Kongress eigentlich recht habe: Was hatte die Präsidentin seit 9/13 gemacht? Adams rettete sich in Galgenhumor. Wenigstens würde man, wenn alles schief ginge, ihren Namen auch in fünfhundert oder tausend Jahren noch kennen.

Um kurz vor acht rief sie ihre Freundin Maya Shifter von der New York Times an. Sie bat Shifter, sofort nach Washington zu kommen, und zwar möglichst auffällig unauffällig.

Um 9 Uhr ging Adams alleine in den Executive Briefing Room unter dem Ostflügel und ließ sich auf einer sicheren Leitung eine

Verbindung zu Art Sinshy herstellen, der den ganzen Tag über verschiedene Wahlkampfauftritte an der Ostküste geplant hatte. Nach drei Minuten hatte sie ihn am Apparat.

»Art, ich habe viel nachgedacht heute Nacht. Sehr viel.«

»Wirklich? Natürlich.«

»Ich habe dir gestern erzählt, wie ich die Lage einschätze. Ich war dir gegenüber sehr offen. Ich habe dir drei mögliche Entwicklungen aufgezeigt.«

»Ja, das hast du, Jeanne.«

»Nun bin ich zu der Überzeugung gelangt, dass es noch eine vierte mögliche Entwicklung gibt. Unter der Voraussetzung, dass das Militär ruhig bleibt. Ich habe aber dafür bereits eine Zusage bekommen, wenn auch nur vage.«

»Und das wäre? Die vierte mögliche Entwicklung?«

»Die Wahlen werden stattfinden wie geplant.«

»Du wirst die Wahlen stattfinden lassen?«

»Die Wahlen werden stattfinden wie geplant, um den Texanern die Möglichkeit zu geben, sich zu äußern. Die Wahl als Ventil. Das ist aber nur der erste Teil.«

»Und der zweite?«

»Wir werden Texas nicht einfach ziehen lassen, sondern es umarmen. So fest wie nötig, so liebevoll wie möglich. Washington wird in einen intensiven Dialog mit Austin treten. Wir werden zu Kreuze gekrochen kommen, Texas mehr Autonomie anbieten, finanzielle Vorteile, Verhandlungen auf allen Ebenen. Verhandlungen, Verhandlungen, Verhandlungen. Es geht *jetzt* nur darum, dass der Druck abgelassen werden kann. Und wir werden die TFP so lange bearbeiten, bis sie von der Maximalforderung, also Abspaltung von den USA, zurücktritt. Schließlich geht es um ein Wahlversprechen einer Partei und nicht um ein Plebiszit. Das alles wäre natürlich dann dein Job, da ich ja im Januar in Pension gehe und de facto bereits nächste Woche jede politische Legitimation verliere. Vom Amtsenthebungsverfahren ganz zu schweigen.«

»Also, das kommt ziemlich überraschend. Außerdem, hast du nicht gesagt, wir sollten die wichtigen Dinge unter vier Augen …«

»Ja du hast recht, Art. Bitte komme heute um 16 Uhr ins Weiße Haus.«

»Ich habe einen wichtigen Wahlkampfauftritt.«

»Du wirst sowieso gewinnen. Du musst kommen. Ich habe noch eine weitere Entscheidung getroffen, die ich aber nicht am Telefon mitteilen möchte. Heute 16 Uhr, Art. Es ist wichtig. Du verstehst.«

»Okay. Bis dann.«

»Bis dann, Art.«

Jeanne Adams lächelte in sich hinein und ging wieder ins Oval Office. Es gab noch viel zu tun.

Art Sinshy dachte einige Minuten über das Gespräch nach. Er ahnte, dass Adams mehr wusste als sie ihm sagte. Vielleicht wusste sie sogar *alles*. Aber er war sicher: Sie hat kapituliert. Wie damals. Sie hatte nicht gekämpft um ihn, sondern ihn einfach ziehen lassen. Obwohl es ihr das Herz gebrochen hatte. Er war ihre große Liebe gewesen. Und doch hatte sie ihn einfach ziehen lassen. Ohne zu kämpfen! Sie hat *kapituliert*! *Gott hat sie kapitulieren lassen!* Zufrieden über die erneute göttliche Intervention, bekam das Wort ›Gottvertrauen‹ für Sinshy jetzt eine sehr konkrete Bedeutung.

Für Rachel, Hausdame im Wynth Estate, begann ein ereignisreicher Tag. Um 8 Uhr überbrachte ihr ein Bote eines Brief- und Paketdienstes ein schwarz umrandetes Couvert. Es enthielt eine Nachricht von David Isler. Sie solle ein betroffenes Gesicht machen und dann, in einem unbeobachteten Moment, die riesige Kollage ›Mondo Universale‹ im Entree von Sinshys Anwesen systematisch abfotografieren. Den Chip mit den Aufnahmen solle sie, in einen gefalteten Zehn-Dollar-Schein geklebt, einem Blumenboten übergeben, der zwei Stunden nach dem Briefboten vor der Haustür stehen werden. Rachel führte die Anweisung mit absoluter Perfektion aus. Das mit dem betroffenen Gesicht fiel ihr schwer, weil sie vor lauter Aufregung hätte losjauchzen können – David war wieder im Spiel! Obwohl er laut Medienberichten in New York im Gefängnis saß. Offenbar hatte er Helfer. Sie tippte, dass er das gesuchte Dokument in der fünfzehn Quadratmeter großen Kollage des italienischen Künstlers vermutete.

Kurz vor Mittag läutete ein weiterer Blumenbote an der Tür. Ein ihr unbekannter *Emmanuel* forderte sie auf, sich mit dem Auto ins fünf Meilen entfernte Centerville zu begeben und dort an der Ecke Hull und Essex zu warten. Sie solle außerdem Alex Paul, dem Hausverwalter, mitteilen, dass sie um spätestens 18 Uhr wieder zurück sei. Sie habe einen schlechten Tag, fühle sich nicht wohl, wolle ihren Arzt aufsuchen und dann ein wenig spazieren gehen.

73

Donnerstag, 3. November 2016, Nachmittag

Den Vorsitzenden des US-Generalstabs General Omar Curtis und CIA-Direktor Donald Stone informierte die Präsidentin persönlich darüber, dass noch heute der Druck aus dem Texas-Dampfkessel abgelassen werde. Sie gab keine weiteren Details bekannt und ordnete absolute Geheimhaltung an.

Die Unterhaltung mit ihrem Vizepräsidenten Ross King im Oval Office noch am Vormittag dauerte etwas länger. Seine Argumente, Adams' Wunsch nicht nachzukommen, waren nicht leicht zu widerlegen. Schließlich hatte er sich nichts zu schulden kommen lassen und wollte seine Amtszeit bis zum letzten Tag erfüllen. Aber nach einer halben Stunde hatte sie ihn soweit. Vizepräsident Ross King gab seinen sofortigen Rücktritt bekannt, aus privaten Gründen.

Kurz darauf, um 14 Uhr, bat sie ihre Freundin Maya Shifter – die gerade im National Press Club ein Sandwich aß und so dafür sorgte, dass sie gesehen wurde –, mit Verweis auf eine zuverlässige Quelle zu verbreiten, dass die Präsidentin noch heute zurücktrete. Es sei wichtig, dass diese Nachricht noch in der nächsten Stunde in den Medien erscheine.

Wenig später meldeten vor Aufregung nach Luft japsende Reporter auf allen Kanälen nicht nur, dass Ross King, Vizepräsident der Vereinigten Staaten von Amerika, soeben seinen sofortigen Rücktritt bekannt gegeben habe. Sondern auch, dass die Demission der Präsidentin unmittelbar bevorstehe. Das Weiße Haus habe für den späteren Nachmittag eine wichtige Mitteilung der Präsidentin angekündigt. Sollten sich die Gerüchte bewahrheiten und Adams auch zurücktreten, bedeute dies, dass gemäß der präsidialen Nachfolgeregelung Art Sinshy, Sprecher des US-Kongresses, möglicherweise noch heute den Eid als Präsident leisten würde. Die Tatsache, dass sich Sinshy bereits auf dem Flug nach Washington befinde, deute zweifelsfrei auf diese Entwicklung hin.

Nachdem Sinshys Jet um 15.30 Uhr in Andrews Air Force Base gelandet war, wurde Art Sinshy von einem Helikopter der Marines abgeholt. Ziel: Weißes Haus. Lächelnd blickte er auf die Stadt. So wie die Dinge standen, würde er noch heute den Schwur als Präsident leisten. Die Wahl nächste Woche wäre nur noch eine reine Formalität. Zufrieden realisierte er, dass er damit die volle Kontrolle über die Texas-Frage hatte. Mit der Begründung, einen Krieg im eigenen Land vermeiden zu wollen, würde er Texas loslassen. Als Konkursverwalter der USA. *Altes muss zerstört werden, um Neues zu schaffen.*

Fernsehstationen auf der ganzen Welt übertrugen die Landung auf der Wiese südlich des Weißen Hauses. Noch sei der bevorstehende Rücktritt der Präsidentin nicht bestätigt worden. Offenbar gehe es Adams nur noch darum, die richtigen Worte zu finden. Der Kongress unterbrach die Vorbereitungen zum Amtsenthebungsverfahren. Man wolle zuerst die weitere Entwicklung abwarten.

Ein mit sich selbst und der Welt zufriedener Art Sinshy stieg aus dem Helikopter und sog die kühle Herbstluft in sich auf. Sie roch nach Macht. Absoluter Macht. Selig lächelnd winkte er in die Kameras.

»Mister Speaker, werden Sie noch heute den Eid als Präsident leisten?«, rief ihm ein Journalist die einzige Frage dieses Tages zu.

Sinshy stoppte auf halbem Weg, hielt den Daumen nach oben in die Kameras, gab allen Fotografen die Gelegenheit, in diesem Moment seines Lebens ein gutes Foto von ihm zu machen, und ging dann weiter.

Nachdem er das Weiße Haus betreten hatte, wurde er vom Stabschef sofort in den Westflügel geführt. Als er im Vorzimmer des Oval Office ankam, machte sein Herz einen Luftsprung. Es war soweit! Im Fernseher sah er die Präsidentin, wie sie ihre Rücktrittsrede hielt. Flüsternd begrüßten ihn die fünf im Vorzimmer anwesenden Mitarbeiter aus ihrem Stab und gratulierten ihm.

Mit verschränkten Händen, fast, als bete er, stand Sinshy mit den anderen vor dem Fernseher und hörte andächtig zu. Es war eine Stimmung wie vor der Inthronisierung eines Kaisers.

»… schwierige Situation bei diesen Wahlen durch die Entwicklung in Texas ist es wichtig, dass in Washington klare Entscheidungsstrukturen geschaffen werden. Durch das vom Kongress begonnene Amtsenthebungsverfahren bin ich in meiner Handlungsfähigkeit stark eingeschränkt. Da, wie Sie wissen, alle Umfragen deutlich zeigen, dass der Sprecher des Kongresses, Arthur Carrick Sinshy, mit größter Wahrscheinlichkeit kommende Woche zum nächsten Präsidenten der Vereinigten Staaten gewählt werden wird, haben Vizepräsident Ross King und ich beschlossen, mit sofortiger Wirkung zurückzutreten. Damit wird gemäß der Nachfolgeregelung Art Sinshy vor dem Vorsitzenden des Obersten Gerichts den Amtseid ablegen. Ich habe, trotz aller Widrigkeiten, meine Aufgabe als Präsidentin geliebt und danke Ihnen, dass Sie mir Ihr Vertrauen geschenkt haben. Aber jetzt ist es Zeit zu gehen. Ich wünsche meinem Nachfolger, Art Sinshy, alles Gute und Gottes Hilfe bei der Bewältigung der großen Probleme, vor denen unser Land steht. Ich danke Ihnen. Gott schütze Sie! Gott schütze die Vereinigten Staaten von Amerika!«

Jemand schaltete den Fernseher aus. Einige Atemzüge später öffnete sich die Tür zum Oval Office und Adams kam heraus. »Gratuliere, Mister President!« Sie ging auf ihn zu und drückte seine Hand. »Viel Glück, Art. Du wirst es brauchen! Komm, wir gehen in den Garten und reden ein bisschen.«

Der Hausfotograf machte einige Fotos. Eine Dokumentation der Machtübergabe.

»Danke, Jeanne.« Er umarmte sie. Dann gingen sie ins Oval Office – Sinshy lächelte die Leute der Fernsehcrew an, die gerade ihre Ausrüstung zusammenpackten – und von dort in den Rose Garden.

Sinshy atmete tief durch. »Ich muss sagen, du hast mich überrascht. Aber ich denke, es ist eine vernünftige Entscheidung.«

»Du bist fähiger als ich«, lächelte sie ihn an.

»Ach was!«, winkte er ab.

»Doch, doch!«, insistierte sie. »Dein Plan nötigt mir den größten Respekt ab. Wirklich. Niemand außer dir hätte sich so etwas ausdenken können.«

»Mein Plan?«

»Nun, wir wissen alle, dass das Zeitalter der Staaten vorbei ist. Manche haben es nur nicht wahrhaben wollen. Leider muss ich sagen, dass ich selbst auch zu denen gehörte, die sich der Realität verweigerten.«

Sie hat es also gewusst. Sie hat kapituliert. Er sagte nichts.

»Den meisten Menschen fehlt der Mut, Nägel mit Köpfen zu machen. Sie verwalten die Situation, anstatt sie zu gestalten. Bei dir ist das anders. Du bist zupackend, visionär und vor allem mutig!«

»Nun ...«

»Und den Mutigen gehört die Welt! Dir gehört die Welt! Und du hast es verdient.«

»Ich habe mich immer bemüht.« Sinshy lächelte.

Sie senkte ihre Stimme. »Außerdem ist es ein Akt der Humanität, nicht wahr? Texas mit militärischen Mitteln von den USA zu trennen hätte hunderttausende, wenn nicht Millionen Opfer gefordert. Aber Kleingeister können so etwas natürlich nicht anerkennen. Ich kann es aber anerkennen.« Sie streichelte seine Wange. »Ein Akt der Humanität«, flüsterte sie.

Damit hatte sie ihn soweit. Kamera und Mikrofon, in ihrer am Revers heftenden Brosche eingebaut, übertrugen jedes ihrer Worte in einen Raum im Westflügel.

Er seufzte. »Du hast es also gewusst!«

»Natürlich!«, lachte sie. »Am Anfang habe ich dich dafür gehasst. Aber jetzt verstehe ich dich. Und ich finde, dass du richtig gehandelt hast. Und vor allem intelligent, mein Lieber. Du weißt, dass mich deine Intelligenz immer beeindruckt hat. Auch in den Zeiten, als ich dich am liebsten tot gesehen hätte. In der Politik geht es darum, Ziele zu erreichen. Und zu wissen, was der Ruf der Zeit ist. Du hast den Ruf der Zeit gehört. Und konsequent agiert. Dafür bewundere ich dich.«

»Diese Potgate-Sache tut mir leid, Jeanne. Aber du hast dich auf einmal so stur gezeigt, dass …«

»Das ist Schnee von gestern«, winkte sie ab. »Jetzt zählt nur noch der Blick in die Zukunft! Es geht um die Zukunft, nicht um mich oder dich.«

Eine Weile blickte er auf den Rasen vor seinen John-Lobb-Lederschuhen und überlegte. Dann zuckte er die Schultern. »Ich muss zugeben, ich bin selbst ein bisschen stolz auf mich. Dem Pentagon unter dem Vorwand dieses Experimentes eine Giftgasattacke auf die eigene Bevölkerung unterzujubeln. Die Idee ist mit Wucht über mich gekommen«, er zeigte gen Himmel, »von einem Moment auf den anderen. Da habe ich gewusst, dass dies der richtige Weg ist.«

»Ja.« Adams nickte.

»Der Rest war nur eine Organisationsfrage. Die Texas Times. Die TFP. Mein Freund Jacques Maître hat die technischen Details für mich ausgearbeitet. Wir sind ihm zu großem Dank verpflichtet.«

»Natürlich.« Wieder nickte sie.

»Texas wird eine Dynamik auslösen, die in spätestens zehn Jahren zum vollständigen Zerfall dieses Landes führen wird.«

»Davon ist auszugehen.«

Er atmete tief ein. »Und dann gilt es, die Welt endlich zu einen.« Er schüttelte den Kopf und schaute nachdenklich in die Ferne. »Schade, dass niemand ahnt, *wie* epochal unsere Zeit wirklich ist. Aber in zehn, zwanzig Jahren werden es alle klar erkennen können.« Seine Augen glänzten. »Die Menschheit steht unmittelbar vor dem Zeitalter des Ewigen Friedens.«

Adams lachte auf. »Nur leider wird der Preis dafür ewiger Krieg sein.«

Sinshy blickte sie verwundert an. »Wie?«

»Man wird es nicht mehr Krieg nennen. Es wird Polizeiaktion heißen. Zur Niederschlagung terroristischer Aufstände.«

Sie blickten sich schweigend an.

Was geht hier vor? Ein heißkalter Schauer durchfuhr Sinshys Körper.

»Und weißt du, was das Beste an der ganzen Sache ist?«, fragte Adams.

»Was?«, fragte er verunsichert.

»Es wird nicht zu einer Schießerei zwischen dem Secret Service und dem FBI kommen.«

Er schüttelte den Kopf. »Ich verstehe nicht.«

Sie zog die Augenbrauen hoch. »Nun, die Situation ist nicht ganz ohne. Stell dir nur die Schlagzeilen vor. *Schusswechsel im Weißen Haus.* So etwas sollte man dem Land wirklich ersparen. Deine Leute vom Secret Service wurden in diesen Minuten Zeugen unseres Gesprächs. Wie auch das FBI.«

»Wovon … wovon sprichst du?« Alles in seinem Kopf begann sich zu drehen. Er fürchtete das Bewusstsein zu verlieren.

»Hast du deinen Pass dabei?«

»Meinen Pass? Um mich zu identifizieren? Bevor ich den Schwur …?«

Adams schüttelte den Kopf. »Mein Lieber, ich fürchte es wird nicht zum Schwur kommen.«

Sinshy begann zu hyperventilieren.

»Ich möchte dem FBI nicht vorgreifen, aber so wie ich die Situation einschätze, wird man dir jetzt den Pass abnehmen, die Auflage machen, das Land nicht zu verlassen und dich auf Schritt und Tritt verfolgen. Sobald der Kongress deine Immunität aufgehoben hat, wirst du in Untersuchungshaft genommen werden.« Sie blickte nachdenklich in den Himmel. »Dann beginnt der Prozess wegen Verschwörung zum Mord in über eintausend Fällen. Und natürlich wegen Hochverrat.«

Er realisierte, dass er auf einen einfachen Trick hereingefallen war. Adams hatte ihm nur ein bisschen geschmeichelt und er hatte seine Umsicht vollständig fahren lassen. Er hatte sich verraten. Sich selbst ans Messer geliefert.

»Dann bist du gar nicht …«, flüsterte er.

»Nein. Ich bin nicht zurückgetreten. Die Show im Vorzimmer war nur eine kleine Realitätssimulation. Ich habe von dir gelernt.«

Unfähig zu reden, stand er wie angewurzelt da.

»Gehen wir. Es muss ja nicht unter freiem Himmel passieren.« Sie legte ihm den Arm um die Schulter. Wie einen Schlafwandelnden leitete sie ihn zurück ins Oval Office. Dort warteten Geheimdienstkoordinator Emmanuel Rubinstein, der interimistische FBI-Direktor Brown und sieben seiner Mitarbeiter. Nachdem einer von ihnen die Tür zum Rose Garden geschlossen hatte, wendete sich Brown an Sinshy. »Mister Sinshy, es gibt einige Formalitäten zu erledigen. Ich denke, es ist besser, wenn wir das in einem anderen Raum machen.« Die FBI-Agenten formierten sich um Sinshy und der ganze Tross verließ das Oval Office.

»Leb wohl, Art«, sagte Adams leise und winkte zum Abschied.

Nachdem die Fraktionsspitzen im Kongress sofort über Sinshys FBI-Auflagen informiert worden waren und sie die Aufzeichnung des Gesprächs im Rose Garden mit seinem Geständnis gesehen hatten, wurde in einer Sondersitzung seine Immunität aufgehoben. Damit konnte er festgenommen werden. Man überführte ihn in ein Hochsicherheitsgefängnis des Bundes, wo er Gelegenheit hatte, mit einem Anwalt Kontakt aufzunehmen. Gleichzeitig wurden der ehemalige Direktor des FBI, Dan Stiglitz, und der Chef der Transportsicherheitsbehörde, der den Anschlag auf den Airbus vertuscht hatte, in Gewahrsam genommen. Der Chef der Texas Times, Luce Brencis, und der Spitzenkandidat der TFP, Andrew Clark, wurden als wichtige Zeugen in ein Büro des FBI gebracht, um sie zu verhören.

Judith Roth, Starmoderatorin von NBC, kollabierte vor Aufregung, als sie von der Festnahme Sinshys erfuhr. Sie hatte sich jedoch schnell wieder gefasst – *the show must go on* – und berichtete live von ihrer Position vor dem Weißen Haus. In den nächsten Minuten werde die Präsidentin in einer Ansprache dem Land erklären, was in der letzten Stunde passiert sei.

Tim Lewis und Josephina Saprissa saßen atemlos und händehaltend vor dem Fernseher in Tims Wohnung in Canyon, Texas, als die Rede der Präsidentin begann.

»My fellow Americans! Am 13. September haben die schrecklichen Bilder aus der Gemeinde Sandrock in Nordtexas, wo über eintausenddreihundert Menschen einer heimtückischen Gasattacke zum Opfer gefallen sind, unser Land und die Welt erschüttert. Es wurde behauptet, die Regierung in Washington und sogar ich persönlich hätten einem Test einer neuen Chemiewaffe an der eigenen Bevölkerung zugestimmt. Durch diese Lüge, durch die Verbreitung gefälschter Dokumente und andere Maßnahmen zur Manipulation der öffentlichen Meinung wurde in Texas eine Stimmung geschaffen, die die Bürger des Bundesstaats zur Sezession von den Vereinigten Staaten hätte bewegen sollen. Die hinter diesen Vorgängen stehenden Verschwörer wollten mit ihrem perfiden Plan die USA von innen heraus zerstören. Ultimatives Ziel war es, den Weg zur Schaffung einer Weltregierung frei zu machen. Diese sollte bis zum Jahr 2035 realisiert werden. Wie ich werden die meisten Menschen denken, die Idee einer Weltregierung sei krankhaft größenwahnsinnig. Nichtsdestotrotz geistert diese Idee seit Jahrzehnten in den Köpfen anfälliger Personen herum und scheint unausrottbar zu sein. Wie heißt es doch so treffend? *You can't kill a bad idea.* Heute Nachmittag hat der Kopf der Verschwörung, der ehemalige Sprecher des Kongresses, Arthur Carrick Sinshy, in einem Gespräch mir gegenüber seine Beteiligung gestanden. Er tat dies in einer Situation, von der er denken musste, keine Konsequenzen befürchten zu müssen. Bei der Betrachtung der nun folgenden Bilder bitte ich Sie zu beachten, dass ich meine Worte gewählt habe, um den Täter zu einem Geständnis zu motivieren. Ich habe in diesem Moment nicht meine wirkliche Meinung vertreten.«

Das mit der versteckten Kamera aufgezeichnete Gespräch im Rose Garden wurde eingespielt.

»Vielleicht ist das auch ein manipuliertes Programm«, flüsterte Josephina.

»Nein«, sagte Tim leise. »Das ist die Wahrheit, amor.«

»Man hat uns belogen.« Josephina lief eine Träne über die Wange.

»Ja.« Tim blickte ihr in die Augen. »Aber jetzt ist es vorbei.« Lächelnd nahm er sie in die Arme.

Oberst Warren kam aus dem Kopfschütteln nicht mehr heraus. »Dieses Schwein!« Er saß auf der Pritsche seiner Zelle und knirschte mit den Zähnen. »Und ich Idiot habe es möglich gemacht.« Er war frustriert. Ausgerechnet ein alter Krieger wie er hatte sich über den Tisch ziehen lassen wie ein blutiger Anfänger. In die Trauer über seine Rolle beim größten asymmetrischen Angriff auf die USA in der Geschichte der Republik mischte sich Sympathie für die Präsidentin, die den Plan der Verschwörer in letzter Minute – und mit der Unterstützung durch Isler und Mattei – aufgedeckt hatte. *Sie ist zwar nur eine Zivilistin*, dachte Warren, *aber trotzdem ziemlich fähig*.

In ihrer Zelle las Patricia Palmer der Präsidentin jedes Wort von den Lippen ab.

»... Sie darauf hinweisen, dass es sich nicht um einen feindlichen Akt Europas gehandelt hat. Kein europäischer Politiker hat von dem Plan gewusst. Nicht einmal der Joint Intelligence Service 2. Jacques Maître, Kollaborateur von Art Sinshy, war es gelungen, seine Spezialeinheit von jeder Kontrolle abzuschirmen. Zu besonderem Dank sind wir einem befreundeten europäischen Land und einem besonders fähigen Mitglied der nachrichtendienstlichen Gemeinde verpflichtet.«

Palmer wischte sich die Tränen aus den Augen. »Vielleicht kann ich nach der Zeit im Gefängnis wieder ein neues Leben starten«, sagte sie zu sich selbst und begann haltlos zu schluchzen.

Jeanne Adams bemerkte durch einen Blick auf den Kontrollmonitor, dass ihre Frisur der historischen Stunde gewachsen war. »Um ein Haar wäre es den Verschwörern gelungen, unser Land zu zerstören. Wir alle müssen aus den vergangenen acht Wochen unsere Lehren ziehen. Die vielleicht wichtigste Frage, die wir uns stellen müssen, lautet: Was glauben wir? Diese Frage zu beantworten, ist nicht leicht. Und keine Antwort ist endgültig. Aber wir können dieser Frage nicht ausweichen. Ich danke Ihnen für Ihre Aufmerksamkeit. Gott schütze Amerika!«

Nach drei Sekunden gab der Aufnahmeleiter das Zeichen. »Wir sind off air, Misses President.« Die Scheinwerfer wurden ausgeschaltet. Die Fernsehcrew begann, ihre Ausrüstung zusammenzupacken.

Adams stand auf, stellte sich an die Fensterfront und blickte in den Rose Garden. Sie dachte über die vergangenen Tage nach. Sie war müde aber zufrieden. Lächelnd beobachtete sie First Lady, die auf der Wiese saß und den Vögeln nachblickte.

Keine zehn Minuten später empfing Jeanne Adams David Isler und Rachel, Hausdame des Wynth Estate, im Oval Office. Außer ihnen war nur Geheimdienstkoordinator Rubinstein anwesend. Er war mit Isler von New York nach Washington geflogen, nachdem Adams Isler Stunden zuvor begnadigt hatte.

»Mister Isler! Was für eine Freude! Sie haben meinen Tag gerettet! Und meine Präsidentschaft!« Sie umarmte Isler und tätschelte lachend seinen Rücken.

Und noch was?, schmunzelte Isler. »Keine Ursache, Misses President!« Er wurde rot und lächelte verlegen. »Darf ich vorstellen: Rachel Piper, bis heute Hausdame des … Sprechers. Sie war mir eine unverzichtbare Hilfe.«

»Sie müssen mir unbedingt ein paar Details aus dem Privatleben Ihres Chefs erzählen«, sagte Adams augenzwinkernd, als sie Rachel die Hand reichte.

»Misses President!«, war das einzige, was Rachel herausbrachte.

»Schade, Sie sind kein Amerikaner!«, bedauerte Rubinstein, als er Isler begrüßte. »Wir könnten Sie gut gebrauchen.«

»Oh … Sie haben doch die besten Dienste der Welt!« Isler konnte sich ein Grinsen nicht verkneifen.

»Eben. Spätestens nach ein paar Jahren Schulung hätten Sie unser Niveau«, grinste Rubinstein zurück.

Isler blickte sich um und kam aus dem Kopfschütteln nicht mehr raus. »Fantastisch!« Der marineblaue Teppich mit dem Präsidentensiegel, den sich Adams von der Clinton Birthplace Foundation ausgeliehen hatte, die goldenen Vorhänge vor der Glastür zum Rose Garden, die Stuckaturen entlang des Deckenrands, hinter denen indirektes Licht hervorstrahlte, das Gemälde von George Washington über dem Kamin – Isler kannte alles von Fotos und Videoaufnahmen, aber die reale Version war doch überwältigend. Seine Aufmerksamkeit wurde von einer seltsamen Skulptur erregt, die auf dem Kaminsims stand.

Adams zögerte keinen Augenblick. »Das können Sie mitnehmen, David. Kleines Souvenir.«

»Wirklich? Das geht doch nicht.« Er nahm den Ebenholzkubus in die Hand, auf dem ein Stück eines Heckrotorblattes installiert war. Adams erklärte, es handle sich um ein Geschenk von Art Sinshy und erzählte kurz von dem Tag im Juli 1981, den Sinshy fast nicht überlebt hätte.

»Verstehe.« Isler nickte beeindruckt. »Vielen Dank, Ma'am!«

»Keine Ursache. Aber wollen wir nicht Platz nehmen.«

Sie begaben sich zur Sitzgruppe in der Mitte des Raums. Rubinstein öffnete einen Aktenkoffer und legte ein in einen durchsichtigen Schutzumschlag verpacktes Dokument auf den Holztisch. Es war ein von Sinshy selbst angefertigtes Diagramm, in dem er die Eckpunkte von Excess festgelegt hatte. Nachdem man die von Rachel gemachten Aufnahmen der Weltkarten-Kollage ›Mondo universale‹ ausgewertet hatte, fand man im Norden von Texas das Wort ›Excess‹ zwischen anderen Schnipseln hervorblitzen. Nach Sinshys Geständnis war die Kollage sofort auseinander genommen worden. Zum Vorschein kam das Diagramm des Größenwahns.

Alle vier blickten ungläubig und kopfschüttelnd auf das Stück Papier.

»Er ist wirklich verrückt«, kommentierte Adams.

»Das würde uns niemand glauben«, erwiderte Rubinstein.

»Ich kann doch sicher eine Kopie haben? Sie würde sich gut machen als Poster in meinem Büro«, fragte Isler.

»Wir werden es veröffentlichen.« Adams nickte.

»Das ist der Zettel, den ich im Frühling letzten Jahres in der Innentasche seines Jacketts gefunden habe«, bestätigte Rachel nachdenklich.

Isler erzählte von seiner Begegnung mit Sinshy im Rosengewächshaus, von der vergeblichen Suche in der Kapelle, wo er Papstgewand inklusive Pileulus entdeckt hatte (allerdings keine roten Schuhe), von den Andeutungen Rachels und von der Festnahme durch das FBI.

»Darüber werden wir heute Abend ausführlich sprechen. Sie beide sind natürlich meine Gäste.«

»Sie meinen …?«, fragte Rachel verdutzt.

»Natürlich. Es ist alles für Sie vorbereitet. Sie werden sehen, das Weiße Haus kann es mit den besten Hotels der Welt aufnehmen. Wir haben eine umfangreiche Bibliothek, einen Spa-Bereich und einen der besten Köche des Landes. Ich finde, Sie sollten es sich jetzt richtig gut gehen lassen! Und David, mein Geheimdienst teilt mir mit, Ihre Familie befinde sich bereits auf dem Weg in die USA. Ich freue mich sehr, sie in einigen Stunden kennen zu lernen.« Sie seufzte. »Meine Familie ist auch schon unterwegs.«

74

In den Tagen vor der Wahl

Jacques Maître legte ein umfassendes Geständnis ab. Er habe Excess als die historische Chance gesehen, die Geschichte der USA zu ihrem logischen Ende zu bringen. Zwar bedauere er, dass über eintausendfünfhundert Menschen ihr Leben verloren hatten. Allerdings seien Entwicklungen von historischer Tragweite immer mit Blutvergießen verbunden. Maître schilderte, wie er selbst den Sprengstoff im Einsatzraum der STOG gelegt hatte, um alle Zeugen der Operation Cosmoculus auszuschalten. Er bemerkte außerdem, dass es ihm gelungen sei, kurzfristig ein Attentat auf den ehemaligen Verteidigungsminister Jackson zu organisieren, um den Eindruck der Texaner zu verstärken, Washington spreche nur die Sprache der Gewalt. Normale Menschen seien wahrscheinlich nicht in der Lage, seine Überlegungen nachzuvollziehen. Aber normale Menschen hätten auch noch nie Geschichte geschrieben.

Art Sinshy gestand nicht ohne Stolz, geistiger Urheber der Operation gewesen zu sein, nachdem ein Bundesrichter ihm Hafterleichterungen in Aussicht gestellt hatte: Sinshy würde zu lebenslangem Hausarrest in einer seit vierzig Jahren nicht mehr renovierten Zweieinhalbzimmerwohnung in Alabama verurteilt werden. Außerdem müsse er eine Milliarde Dollar an den Bundesstaat Texas, eine Milliarde an die Angehörigen der Opfer von Sandrock und einhundert Millionen an eine zu gründende Stiftung für politische Aufklärung zahlen. Der Rest seines Vermögens und alle Sachwerte sollten in die Staatskasse fließen. Sinshy bedauerte, dass die Präsidentin und viele andere die historische Chance verspielt hätten, eine neue Weltordnung zu schaffen. Er sei überzeugt, dass die Geschichte ihm Recht geben werde. Fassungslos schüttelte der Richter den Kopf, als Sinshy seine Sicht der Situation in einem Satz zusammenfasste. »Ein großer Moment traf auf kleine Leute.«

Texas-Times-Chefredakteur Luce Brencis gab zu, dass sowohl die Potgate-Kampagne gegen Präsidentin Adams als auch die Berichte über den Hergang der Katastrophe von Sandrock reine Erfindung waren. Trotzdem habe er geglaubt, das Richtige zu tun; die USA in ihrer jetzigen Form seien nicht überlebensfähig. Er habe sich als Sterbehelfer gesehen. Es sei aber erst zwei Wochen vor der Wahl gewesen, als ihm TFP-Spitzenkandidat Clark das Amt des Informationsministers der Republik Texas in Aussicht gestellt habe. Dieser Karrieresprung sei nicht die Motivation seines Handelns gewesen. Dass es der langfristige Plan gewesen sei, eine Weltregierung zu schaffen, sei ihm nicht bewusst gewesen. Er bedaure zwar den Tod so vieler Menschen, sei aber trotzdem stolz auf seine erfolgreiche Arbeit als Chefredakteur der Texas Times. Sie habe gezeigt, dass er zu den fähigsten Journalisten des Landes gehöre.

Juan ›Gonzo‹ Gonzalez, den die STOG gekauft hatte, um die technischen Installationen vorzunehmen, die den SitRoom mit dem Einsatzraum bei Luxemburg verbunden hatten, wurde in einer Bar an einem romantischen Karibikstrand verhaftet und an die USA ausgeliefert. Seine Frührente hatte er sich anders vorgestellt. Der Playboy Doug Herring, Strohmann für die Patrioten für Globale Demokratie, wurde wegen unzüchtiger Handlungen mit Minderjährigen angezeigt.

Nachdem Präsidentin Adams in der Bevölkerung eine Zustimmung von über achtzig Prozent genoss, entschied die Demokratische Partei, sie als Kandidatin für das Präsidentenamt aufzustellen. Adams setzte im Eilverfahren ein Wahlkampfteam zusammen. *Our New Future Today!* – das Motto ihrer Kampagne – führte sie in den wenigen verbleibenden Tagen bis zur Wahl durch alle größeren Städte des Landes. Besonders herzlich wurde Adams in Texas empfangen. Es war eine Ironie des Schicksals, dass, wer Adams wählen wollte, sein Kreuz bei »Sinshy« machen musste. In der Kürze der Zeit war es nicht möglich, Dutzende von Millionen neuer Wahlzettel zu drucken und alle Computer neu zu programmieren.

Dollar und US-Aktienindizes gewannen in den Tagen nach Adams historischer Ansprache aus dem Weißen Haus wieder, was sie in den vergangenen Wochen verloren hatten. Der Kurssturz der texanischen Aktien würde als Platzen der Texas-Bubble in die Börsengeschichte eingehen.

Das Manöver in Mexiko wurde abgesagt. Der britische Premier Millner gab nach drei Tagen dem starken Druck nach und trat zurück. Zu den jüngsten Ereignissen in den USA wollte er sich nicht mehr öffentlich äußern. Lord Percy Mather, Millners bester Freund, zeigte sich erleichtert über die Entwicklung. Es sei das beste für Millners Gesundheit, wenn er sich in Zukunft nicht weiter von der Politik aufreiben lasse. Am Wochenende vor der Wahl gab der mexikanische Präsident Castaneda ebenfalls seinen Rücktritt bekannt. Aus privaten Gründen, wie er verlautbaren ließ. Außerdem sah sich der Gouverneur der chinesischen Zentralbank wegen gesundheitlicher Probleme zum Rücktritt gezwungen. Kenner der Szene wussten, dass er nur ein Bauernopfer war. Das Mitlaufen einiger Scharfmacher bei der Operation ›Brich-den-USA-den-Rücken‹ hatte nicht zum Ziel geführt und die Chinesen einige Dutzend Milliarden gekostet, verursacht durch ihre Angriffe auf den US-Dollar. Einer musste schuld sein.

Der Präsident des EU-Sekretariats, Wolfgang Kröner, gab bekannt, sich nach dem Ende seiner Amtszeit ins Privatleben zurückziehen zu wollen.

In Simulationen hatten die CIA und andere US-Dienste seit Jahren alle denkbaren Versionen asymmetrischer Angriffe auf die USA durchgespielt. Ein Angriff wie durch Excess war nicht dabei gewesen. Obwohl die CIA ausgiebige Erfahrung im Inszenieren von Revolutionen auf der ganzen Welt hatte, war man nicht in der Lage gewesen, Excess rechtzeitig zu erkennen und zu stoppen. So kam es in Washington zu zwei weiteren Rücktritten. Geheimdienstkoordinator Emmanuel Rubinstein und CIA-Direktor Donald Stone stellten ihre Ämter zur Verfügung. Sie baten allerdings bei der Beurteilung ihres Versagens zu bedenken, dass Excess, seinem Namen alle Ehre machend, eine besonders perfide Attacke war, mit der niemand hätte rechnen können.

Die Sezessionisten unter den Texanern erlebten die Offenbarung Sinshys und die Aufklärung durch die Präsidentin wie das Ende der Zeit. Fassungslos mussten sie realisieren, nur Instrumente in einem großen Spiel gewesen zu sein. Nach Sinshys Selbstbezichtigung im Rose Garden schien es jetzt absurd, dass irgendjemand hatte glauben können, was noch vor kurzem die gültige Weltsicht war: Mit Wissen von Präsidentin Adams habe das Militär einen chemischen Kampfstoff an der eigenen Bevölkerung getestet.

Nach dem Geständnis der Verschwörer brachen die Umfragewerte von TFP-Kandidat Andrew Clark innerhalb von einem Tag von über sechzig auf unter zehn Prozent ein. Der konsternierte Vorstand der TFP entschied, die Partei aufzulösen und nicht zur Wahl anzutreten. Clark beteuerte, nur das Beste für Texas gewollt zu haben.

Epilog

Jeanne Adams' Wahlsieg war ein Erdrutsch. Fast achtzig Prozent der Bevölkerung stimmten für sie und schickten sie für weitere vier Jahre ins Weiße Haus. Adams gewann alle Staaten und damit alle Wahlmännerstimmen. Zu ihrem neuen Vizepräsidenten wählte sie Emmanuel Rubinstein.

Monate nach der Wahl würde sie Oberst George Warren und Patricia Palmer begnadigen. Im Gegenzug forderte sie von den beiden, an Schulen und Universitäten Vorträge über Excess zu halten und die Lehren, die sie daraus gezogen hatten.

Tim Lewis und Josephina Saprissa heirateten am Wochenende nach dem Wahltag. Sie zogen nach Hawaii, um dort ein neues Leben zu beginnen. Fünf Monate später kam ihr Sohn zur Welt. Sie tauften ihn auf den Namen Adam.

»Auf die Schwesterrepubliken!« Bundespräsident Mattei, David Isler, seine Frau Angela und ihre Tochter Olivia saßen eine Woche nach der Wahl im Jet der schweizerischen Regierung auf dem Flug von Washington nach Bern.

»Auf die Schwesterrepubliken!« Isler genoss das Prickeln des kühlen Champagners.

»Das haben Sie nicht schlecht gemacht.« Mattei nickte anerkennend.

David Isler lehnte sich entspannt zurück und lächelte zufrieden.

Liebe Leserin, lieber Leser!

Hat Ihnen *EXCESS – Verschwörung zur Weltregierung* gefallen?

Ich würde mich über Ihre Rückmeldung sehr freuen. Jede Kritik ist willkommen!

Dieses Buch ist unter dem Titel
EXCESS – The Art of Treason
auch auf Englisch erhältlich!

Kontakt: info@excess.ch.

Herzlichen Dank!
Mathias Frey

Bemerkungen des Autors

Zum besseren Verständnis und zur Vermeidung von Missverständnissen möchte ich auf einige der im Manuskript vorkommenden Themen eingehen.

Da ist zuerst einmal die Sache mit Art Sinshy und seiner sehr persönlichen Form des politischen und religiösen Extremismus. Um es ganz klar zu sagen: Sinshy ist Katholik, weil ich es auch bin – und *nur* deshalb. Einer Figur wie Sinshy eine andere Religionszugehörigkeit als meine zuzuschreiben hätte ich für unanständig gehalten. Noch eine wichtige Klarstellung: In Kombination mit dem Thema Weltregierung in die Figur Sinshy das leidige Thema der jüdischen Weltverschwörung hineinzuinterpretieren wäre vollkommener Quatsch. Ich habe also nichts gegen Katholiken oder sonst wen! Ich habe auch nichts gegen Milliardäre, solange sie die Verfassungs-Maxime ›Eigentum verpflichtet‹ beachten.

Eine texanische Sezessionsbewegung gibt es auch in der Realität. Dank an Lauren Savage, ›Vice President of the Republic of Texas‹, für das offene Gespräch – trotzdem bin ich der Meinung, Texas sollte Teil der Union bleiben. Seit ich 2004 mit der Arbeit am Manuskript begonnen habe, hat das Thema Sezession in den USA einen neuen Aufschwung erlebt: Am 5. November 2006 wurde die ›Burlington-Declaration‹ verabschiedet. Die Teilnehmer der ›First North American Secessionist Convention‹ legten darin die Rahmenbedingungen für die Sezession von den USA fest. Wesentlich mehr Zuspruch als in Texas hat die Frage der Sezession jedoch derzeit (Sommer 2008) im Kleinstaat Vermont.

Die State of the Union Address findet normalerweise etwas später im Januar statt. Ich musste hier ein bisschen drehen, damit es zeitlich mit den Vorwahlen in New Hampshire klappt.

Die an den Bilderberg-Treffen ausgerichtete Pearlbridge Group macht sich bei ihrer Konferenz Gedanken über die globale Abkühlung. Das ist tatsächlich etwas weit hergeholt. Keineswegs aber wegen der Möglichkeit an sich, sondern weil eine nachhaltige Abkühlung erst Jahre später festgestellt werden könnte. Auch wenn dies nicht allgemein bekannt ist: Die Global-Warming-Vorhersage für das 21. Jahrhundert ist keineswegs konkurrenzlos. Der viel bemühte ›Konsens unter den Wissenschaftlern‹ existiert nur in der Medienrealität und in den schlechten Filmen von Al Gore. Erst im Frühling 2008 wurde die Oregon Petition, die die Möglichkeit eines ›Klimakollapses‹ (ein Wort wie ein Schildbürgerstreich!) kategorisch bestreitet, von über 31 000 Wissenschaftlern unterzeichnet. (Nachtrag Sommer 2013: Inzwischen wurde festgestellt, dass es seit 15 Jahren keine weitere Erhöhung der globalen Durchschnittstemperatur mehr gegeben hat. Selbstverständlich – *Politik der Angst!* – wird jetzt davor gewarnt, dass die Temperaturzunahme später dafür umso heftiger ausfallen wird!)

Minifluggeräte wie der Caloptechnic befinden sich im Entwicklungsstadium, u. a. unter den Bezeichnungen ›Nano Air Vehicles‹ oder ›Micro Air Vehicles‹.

Das Originaldokument zu ›Operation Northwoods‹ ist auf dem Server des National Security Archive der George Washington University zu finden.

Eine realistische Darstellung der Situation der US-Volkswirtschaft bietet die Webseite www.shadowstats.com.

Die Erklärung von Donald Rumsfeld vom 10. September 2001 über mehr als zwei Billionen ›verloren‹ gegangene US-Dollar (kein Übersetzungsfehler; auf Englisch »two trillion dollars«) ist auf der Webseite des US-Verteidigungsministeriums (und auf Youtube) einzusehen.

Allah als holografische Darstellung über Bagdad ist keine Erfindung von Oberst Warren. Wie einem Artikel der Washington Post vom 1. Februar 1999 zu entnehmen ist (»When Seeing and Hearing Isn't Believing«), zogen Spezialisten für verdeckte Operationen im Pentagon 1990 einen entsprechenden Plan in Erwägung. Neben technischen Problemen führte die Frage, wie Allah aussieht, dazu, den Plan zu verwerfen.

Sheriff Shareef hat sich an der FBI Academy nicht verhört: Wie vom SND 2003 dokumentiert wurde, hatte das Department V des KGBs den Plan zu ›Operation Zweno‹ – Sprengung einer Ölpipeline im Schweizer Rheintal – schon zur Hälfte in die Tat umgesetzt. Die Schweizer Behörden hatten Sprengstofflager entdeckt und den Russen Gennadi Mikhailowitsch Aleksejew festgenommen. Man konnte ihn 1974 aber nur der Widerhandlungen gegen das Ausländergesetz überführen. Mit der Sprengung der Pipeline und der daraus resultierenden Ökokatastrophe im Bodensee wollte man von den inneren Problemen der Sowjetunion ablenken. Der KGB hatte die Absicht, mit einem ›Bekennerbrief‹ fiktiver Südtiroler Terroristen eine falsche Fährte zu legen. – Eine klassische *False Flag Operation*!

Ich habe mir alle Mühe gegeben, die Medien möglichst unausgewogen darzustellen – wenigstens gab es da noch Maya Shifter … Denn: Dieses Jahrzehnt (1. Dekade des 21. Jahrhunderts) wird politisch durch zwei große Lügen definiert, die Terrorlüge und die Klimakollapslüge. In beiden Fällen haben die Medien als 4. Macht im Staat insgesamt gesehen grandios versagt. Anstatt Gegensteuer zu den modernen Hexenjägern zu geben, und die an die Wand gemalten Weltuntergänge zu relativieren, haben sich die Medien – aus welchen Motiven auch immer – als servile Erfüllungsgehilfen der einflussreichsten Kreise entpuppt. Deshalb hält sich meine Bewunderung in Grenzen.

Schließlich: Zur Frage der Weltregierung gibt es eigentlich nichts zu sagen. Nur, dass es ein reales Thema ist und dass ich es größenwahnsinnig und völlig abwegig finde, was dem aufmerksamen Leser nicht entgangen sein wird.

Zürich, im Oktober 2008

Danke!

Ich möchte mich bei den Menschen bedanken, die in den vielfältigsten Formen an der Entstehung von Excess beteiligt waren. Dazu gehören insbesondere meine Freunde und Familie, die meine jahrelangen Berichte über die verschiedenen Varianten des Manuskripts mit stoischer Gelassenheit ertragen (und teilweise sogar mitgelesen) haben. Dann danke ich meinen Probelesern Adrian, Adrian, Amran, Anneliese und Peter, meinen Schwestern Bigga und Caroline, Chris, Dagmar, David, Elsbeth, Ferry, Franziska, Jürg, meiner Mutter Karin, Lukas, Marco, Madlen, Marianne, Markus, Maya, Nina, Pasci, Peter Hieke, Reini, René, Roger, Rosa, Susy, Tina, Verena, Verena und natürlich dem Leser der ersten Stunde Marc-Olivier, der das Manuskript besser kennt als ich selbst.

Für fachliche Beratung danke ich dem Sinologen Prof. Dr. Dr. Harro von Senger vom Orientalischen Seminar an der Universität Freiburg i. Br. Professor von Senger hat mich auf die Idee gebracht, David Isler mit strategemischen Kenntnissen auszurüsten. Seine Bücher über die 36 chinesischen Strategeme kann ich wärmstens empfehlen. Ich danke Prof. Jürgen Udolph (bekannt aus Funk und Fernsehen) von der Universität Leipzig, für eine mögliche Erklärung zur Herkunft des Namens ›Sinshy‹.

Dann bedanke ich mich für verschiedene Hinweise zum US-Politikbetrieb bei Lt. Col. (USAF, ret.) Bob Bowman, der bei den Kongresswahlen im November 2006 um ein Haar einen traditionell republikanischen Bezirk in Florida gewonnen hätte. Bowman ist ein Charakterkopf, der sich nicht scheut politisch inopportune Wahrheiten auszusprechen. Das ist wohl der Grund, warum das Democratic National Committee keinen Finger für seinen Wahlkampf gerührt hat – so viel Opposition wie Bowman möchte man wohl nicht in Washington.

Außerdem danke ich Leo Berman, Abgeordneter des texanischen Kongresses und Vorsitzender des Wahlausschusses, für die Beantwortung einiger Fragen zum texanischen Wahlkampffinanzierungsgesetz.

Ich danke Wayne Madsen, einem ehemaligen Mitarbeiter der National Security Agency und heute Inhaber des bekannten Wayne Madsen Report aus Washington D. C., für Antworten auf aktuelle Fragen, die vor allem die Strukturen des politischen Washington betreffen. Wayne weiß, dass ich zu verschiedenen politischen Themen eine andere Haltung habe als er.

Schließlich danke ich dem Tourism Office Austin, dem Hotel Beau Rivage in Genf, und der Notfallabteilung des Kantonsspitals Winterthur.

Mein Dank gilt auch ›Nachtigall‹.

Last but not least danke ich sehr herzlich meiner Lektorin Christiane Geldmacher! Ohne ihre unnachgiebige Art wäre das Manuskript niemals lesbar geworden.

Über den Autor

Mathias Frey wurde 1969 in Cham, Deutschland, geboren und besitzt zwischenzeitlich die Schweizer Staatsbürgerschaft. Er war viele Jahre in der Fliegerei tätig, vor allem als Pilot in der Flugsicherungssimulation, bevor er mit der Arbeit an seinem Erstlingswerk »Excess« begann. Zu diesem Buch motivierte ihn sein leidenschaftliches Interesse an Zeitgeschichte und Politik. Mathias Frey lebt in der Nähe von Zürich.

Nachwort zur Taschenbuchausgabe

EXCESS – Verschwörung zur Weltregierung gehörte im ersten Halbjahr 2012 zu den zehn erfolgreichsten Kindle-Ebooks auf amazon.de, und war im Jahr 2012 das erfolgreichste Buch eines Schweizer Selfpublishers. Das Ebook stand Ende November 2013 wieder auf Platz eins der Download-Charts der bezahlten Ebooks. Dass Sie *EXCESS* als Taschenbuch im Buchhandel erwerben konnten, ist einem begeisterten Leser der ersten Stunde zu verdanken: Sein Enthusiasmus und sein unerschütterlicher Glaube an den Erfolg des Buchs mündete schliesslich in der Erstauflage des Taschenbuchs im September 2013. Meinen herzlichen Dank, Rassan!

Nach knapp drei Monaten ist die Erstauflage vergriffen, Sie halten hier eine leicht überarbeitete zweite Auflage in Ihren Händen.

Seit Mai 2013 ist *EXCESS* auch in einer englischen Übersetzung erhältlich unter dem Titel *EXCESS – The Art of Treason.*

Zürich, im Januar 2014

Excess – Liste der Personen und Organisationen

(Alphabetisch nach Nachnamen geordnet)

Personen

Jeanne	AdamsPräsidentin der USA
Pater Aurelius	Freund und Strategem-Berater von David Isler
Chester Blitzer	Nationaler Sicherheitsberater der USA
Luce Brencis	Chefredakteur der Texas Times
Andrew Clark	Spitzenkandidat TFP
Fred Coleman	Präsidentschaftskandidat Republikaner
Pit ›Palito‹ Cooper	Bewohner Sandrocks
General Omar Curtis	Vorsitzender des US-Generalstabs
Hank Darling	Assistent von Vince Osman
Jack Gedmin	Vizeverteidigungsminister
Oliver Grafton	Pressesprecher Weißes Haus
Kenneth Henderson	Gouverneur des Bundesstaates Texas
Doug Herring	Off. Financier Patrioten für Globale Demokratie
Angela Isler	Frau von David Isler
David Isler	USA-Analytiker des SND
Olivia Isler	Tochter von David und Angela Isler
Paul Jackson	Verteidigungsminister der USA
Ross King	Vizepräsident der USA
Floyd Landler	Ausführender Projektleiter Excess
Tim ›Silk‹ Lewis	Besitzer von Don's Bar and Grill (Sandrock), Freund von Josephina Saprissa
Patrick Malans	Rosengärtner
Lord Percy Mather	Abgeordneter des britischen Oberhauses
Jacques Maître	Chef der STOG

Giovanni Mattei	Bundespräsident der Schweizerischen Eidgenossenschaft
Roberto McIntyre	Sprecher NBC
William Millner	Premierminister von Großbritannien
Eugene Moore	Rechtsanwalt, Ex-US-Kongress, Halbbruder von Paul O'Brien
Ricky Myers	Nationalgardist Sandrock
Paul O'Brien	Soziologe, Halbbruder von Eugene Moore
Vince Osman	Texanischer Immobilienbesitzer, Chef der TFP
Patricia Palmer	Medienberaterin, Experiment Excess
Alex Paul	Hausverwalter Wynth Estate
Fred ›Sherlock‹ Reilly	Bewohner Sandrocks
Judith Roth	Sprecherin NBC
Emmanuel Rubinstein	Geheimdienstkoordinator USA
Hector Sanchez	Nationalgardist Sandrock
Josephina Saprissa	Freundin von Tim Lewis
Arthur ›Art‹ Sinshy	Kongressabgeordneter
Dan Stiglitz	Direktor des FBI
Donald Stone	Direktor der CIA
Edward Trust	Leiter Operation »Cosmoculus« der STOG
Terry Walker	Generalstaatsanwalt USA
Oberst George Warren	Chef der DAPOR, Supervisor Excess
Mable	Freundin von Josephina Saprissa
Rachel	Hausdame, Wynth Estate
First Lady	Katze der Präsidentenfamilie

Organisationen/Operationen

CIA
Ziviler Nachrichtendienst USA, Central Intelligence Agency

Cosmoculus
Operation der STOG, um Excess zu beobachten

DAPOR
Defense Agency for Population Research. Einheit des US-Verteidigungsministeriums, leitet Excess

DIA
Defense Intelligence Agency USA, Militärischer Nachrichtendienst

Excess
Soziologisches Experiment in Sandrock, Medienszenario Weltkrise

GCHQ
Government Communications Headquarters – Britischer Nachrichtendienst für elektronische Aufklärung (SIGINT)

Headline & Footage
Medienkonzern, gegründet von Arthur Sinshy

JIS-2
Joint Intelligence Service 2, Europäischer Auslandnachrichtendienst

NSA
National Security Agency, Elektronischer Aufklärungsdienst USA

SND
Strategischer Nachrichtendienst. Auslandsnachrichtendienst der Schweiz

STOG
Special Tactical Operations Group. Spezialeinheit des JIS-2

Mathias Frey

schreibt wieder …

Das Buch mit dem Arbeitstitel

SPIELTRIEB

erscheint voraussichtlich 2018.

Möchten Sie einen Hinweis erhalten,
sobald das Erstverkaufsdatum des neuen Titels feststeht?

Dann senden Sie eine Email an
spieltrieb@trasco-verlag.ch

Die Email-Adressen werden von uns nicht weitergegeben!

www.trasco-verlag.ch/spieltrieb